Hans Gerd Stelling

Der schwarze Falke

Hans Gerd Stelling hat neben Hörspielen und Drehbüchern zahlreiche Romane geschrieben. Besonders intensiv hat er sich mit der Geschichte Hamburgs und der Hanse beschäftigt.

Als Aufbau Taschenbuch liegen von ihm die Romane »Störtebeker« und »Der Rote Milan« vor.

Im Kessel einer Brauerei wird eine Leiche entdeckt: ein englischer Anwalt. Der Mann ist jedoch nicht im gärenden Bier ertrunken, sondern wurde hinterrücks erstochen. Offenbar wollte der Fremde den Ersten Bürgermeister der Hansestadt höchstpersönlich von einer großen Erbschaft unterrichten – und von einem Komplott gegen die Bierbrauer Hamburgs.

Hans Gerd Stelling

Der schwarze Falke

Ein Kriminalroman aus der Hanse-Zeit

aufbau taschenbuch
AUFBAU VERLAGSGRUPPE

ISBN 978-3-7466-2362-7

Aufbau Taschenbuch ist eine Marke der
Aufbau Verlagsgruppe GmbH

1. Auflage 2008

Umschlaggestaltung Mediabureau Di Stefano, Berlin
unter Verwendung eines Gemäldeausschnitts
von Claude Joseph Vernet, Bridgeman Giraudon
Satz LVD GmbH, Berlin
Druck und Binden CPI – Clausen & Bosse, Leck
Printed in Germany
www.aufbau-taschenbuch.de

1

Den Blitzen folgte der Donner so schnell, dass kaum Zeit blieb, auch nur einen Atemzug zu tun. Conrad Buddebahn meinte, es in seiner unmittelbaren Nähe einschlagen zu sehen. Trotz der geschlossenen Fensterläden sprang das Licht immer wieder bis in seine Schlafkammer hinein. Es lärmte und krachte, als werde das Ende der Welt eingeläutet.

Hilflos fühlte er sich den Mächten der Natur ausgeliefert. Es gab nichts, womit er sich hätte wehren oder die Gefahr verringern können. Wie alle Menschen in der Stadt konnte er nur warten – und hoffen. Schlug der Blitz in einem der vielen Holzhäuser auf dem Gelände der Brauerei oder in der Umgebung ein, war ein Brand unvermeidlich. Allein dem unaufhörlich trommelnden Regen war es zu danken, dass sich die Gefahr in Grenzen hielt. Wenn irgendwo ein Feuer ausbrach, würden die herabstürzenden Wassermassen es aller Wahrscheinlichkeit nach rasch löschen.

Es war, als wollte Gott ein Zeichen setzen.

Seht her! Hört her! Ich bin der Gott der Güte und der Liebe – aber es liegt in meiner Macht, auch der strafende Gott zu sein. Ich habe die Waffen in der Hand. Wenn ich will, kann ich euch mit dem Blitz erschlagen, und mit dem Wasser kann ich alles Übel von eurer sündigen Welt hinwegschwemmen.

An Schlaf war unter diesen Umständen nicht zu denken. Jedenfalls nicht für Buddebahn. Obwohl sich noch etwas in den krachenden Lärm mischte, ließ sich die neben ihm liegende Hanna Butenschön nicht stören. Ihn aber hielt es nicht mehr im Alkoven. Vorsichtig stand er auf, um Hanna nicht zu wecken, streifte sich die Schlafmütze ab und zog sich eine Hose an. Mitten in der Bewegung verharrte er und horchte. Und nun hörte er es ganz deutlich. Jemand trommelte mit den Fäusten gegen die Haustür.

Erschrocken durchquerte er den Raum und die sich ihm anschließende Küche, um die Tür zu öffnen. Der Lärm konnte nur bedeuten, dass der Blitz in die Brauerei niedergefahren war und eines der Gebäude in Brand gesetzt hatte.

»Was ist passiert?«, fragte Buddebahn, während die Tür aufschwang.

Im strömenden Regen stand Harm, der Pferdeknecht. Seine hellen, blauen Augen waren von Furcht und Orientierungslosigkeit gezeichnet. Bei jedem Blitz und besonders bei dem nachfolgenden Donnerschlag zuckte er zusammen, als habe es ihn getroffen. Fröstelnd zog er die Schultern an den Kopf hoch, hob nur kurz die rechte Hand und winkte als Aufforderung, ihm zu folgen.

»Man könnte meinen, das Jüngste Gericht habe begonnen«, stammelte er. »Gott will diese Stadt bestrafen, die in ihrem Reichtum übermütig geworden ist. Heilige Maria und Joseph, helft uns.«

»Rede dir das nicht ein, Harm«, bat Buddebahn. »Es ist ein schweres Gewitter, ein sehr schweres, aber nicht mehr.«

Harm entfernte sich weiter von ihm. Der alte Mann war nicht sehr groß. Die langen, schlohweißen Haare fielen ihm bis weit auf den Rücken herab, im Nacken zusammengehalten von einer aus Pferdehaaren geflochtenen Kordel.

»Komm endlich!«, drängte er mit heiserer Stimme. »Schnell!«

Conrad Buddebahn griff nach einem mit Wachs überzogenen Tuch, hielt es sich über den Kopf und trat auf den Hof hinaus. Seine Füße versanken im aufgeweichten Boden, und das Wasser trommelte auf ihn herab. Er war ein mittelgroßer, nicht besonders kräftiger Mann mit grauen, krausen Haaren. Mit 45 Jahren hatte er den Zenit seines Lebens bereits überschritten, was ihm nicht unbedingt anzusehen war, wenngleich er sich meist ein wenig gebeugt hielt.

»Harm, was ist los?«, rief er, wobei er sich suchend umblickte. Der Regen fiel so dicht, dass er kaum die nächsten Gebäude erkennen konnte. Nirgendwo durchbrach das Licht eines Feuers die Dunkelheit. »Willst du mir nicht endlich verraten, weshalb du mich aus dem Bett geholt hast?«

Der Pferdeknecht antwortete nicht, sondern schwang den Arm, um seiner Forderung Nachdruck zu verleihen. Unverdrossen stiefelte er zum Sudhaus hinüber, zog die Tür zum Haupteingang auf, blieb nun stehen und wartete auf ihn. Er nahm eine Fackel zur Hand, die in einem Eisenring an der Wand gesteckt hatte.

»Wirst schon sehen«, kam es über seine dürren Lippen.

Buddebahn lief in das Sudhaus hinein, legte das Tuch zur Seite und strich sich mit den Händen über die Arme, um das Wasser aus den Ärmeln zu drücken. Nass klebte sein Hemd an den Schultern und am Rücken. Er hätte auf das Tuch verzichten können. Es hatte ihn nur unzureichend geschützt.

»Verdammt, Harm, mach endlich den Mund auf! Warum trommelst du mich mitten in der Nacht heraus?«

»Nacht? Ist schon fast Morgen«, antwortete der Pferdeknecht. Die dünnen Haare klebten regennass an seinem Schädel. Immer wieder erhellten Blitze sein von tiefen Furchen durchzogenes Antlitz.

»Von mir aus.« Buddebahn reckte sich ächzend, und dann stellte er sich mit dem Rücken an die Tür, um sich gerade daran aufzurichten. »Meinem Rücken gefällt es nicht, wenn ich in solcher Eile aus dem Bett muss.«

Erschrocken zuckte er zusammen, als es blitzte und unmittelbar darauf ohrenbetäubend krachte. Eine unsichtbare Hand schien das Gebäude auseinanderzureißen. Durch die offene Tür konnte er auf den Hof hinaussehen. Am Brunnen züngelten Flammen hoch. Sie tanzten für einen kurzen Moment um das Holzrad, mit dessen Hilfe ein Eimer aus der Tiefe heraufgezogen werden konnte. Bevor es sich ausbreiten konnte, erschlugen die Regentropfen das Feuer. Der Blitz hatte das eiserne Gerüst mit der kunstvoll gestalteten Eule über dem Brunnen getroffen, an dem das Rad aufgehängt war. Von dort war es auf das Holz übergeschlagen. Vermutlich mussten die Eisenbögen erneuert werden. Zischend verdampfte das Wasser an ihnen. Der Blitz hatte sie glühend heiß werden lassen.

Im Stall wieherten die Pferde. Sie hatten Angst in dem Höllenlärm, mit dem das Gewitter die Stadt überzog. Einige von ihnen schlugen aus und versuchten, aus ihren Boxen zu entkommen. Buddebahn wunderte sich, dass Harm die Unruhe der ihm anvertrauten Tiere nicht zu bemerken schien.

Der Pferdeknecht knurrte etwas vor sich hin, drehte sich um und schritt ins Sudhaus hinein, die brennende Fackel in der Hand. Nachdem Buddebahn noch einmal kurz auf den Hof hinausgeblickt und sich davon überzeugt hatte, dass es nirgendwo brannte, ging er hinter ihm her. Er kannte Harm schon seit ewigen Zeiten. Er war da gewesen, so lange er denken konnte, und er hatte immer alt ausgesehen. Vielleicht war sein Haar früher nicht weiß gewesen, aber daran erinnerte sich Buddebahn nicht. Er gehörte zur Brauerei wie das alte Gemäuer, die eiserne Eule, die Bierfässer, das aus Eichen geschlagene Gebälk und die schweren Pferde.

An einem der offenen Sudkessel ließ sich der alte Mann auf die Knie sinken. Dabei streckte er den Arm mit der Fackel aus, um das Antlitz des Mannes zu erhellen, der bäuchlings vor ihm auf dem Boden lag, den Kopf zur Seite gedreht.

»Henning!«, entfuhr es Buddebahn. Er hatte das Gefühl, ein Messer sei ihm mitten durch das Herz gefahren. Er wollte nicht glauben, welcher Anblick sich ihm bot. Es war ungeheuerlich. Der Schädel des Braumeisters, der die Brauerei von ihm übernommen hatte, war blutig, und eine rote Lache breitete sich um seinen Kopf herum auf dem Boden aus. Er eilte zu ihm hin und tastete mit der Hand nach seiner Halsschlagader. Ein schwacher Puls signalisierte ihm, dass es Schröder nicht ganz so hart getroffen hatte, wie er befürchtet hatte.

»Er lebt«, stellte er fest. »Was, um alles in der Welt, ist hier geschehen?«

»Das ist nicht alles«, erwiderte Harm. Er zeigte mit dem Daumen nach oben und zu einem der kupfernen Kessel hin, in denen sich die Würze befand.

»Was denn noch?«, fragte Buddebahn. Ächzend richtete er sich auf, trat nah an den Kessel heran und strich mit der Hand über den weißen Schaum hinweg, der auf der Würze schwamm. Erschrocken zuckte er zusammen, als er etwas Weiches berührte. Rasch schob er nun den Schaum mit beiden Händen auseinander, bis er erkannte, auf was er gestoßen war.

Bestürzt wich er zurück.

»Das kann nicht sein«, weigerte er sich anzuerkennen, was nicht mehr zu leugnen war. Mechanisch wischte er ein paar tote Wespen zur Seite, die sich an der Würze gütlich getan hatten, was ihnen nicht bekommen war.

Bier wurde aus vier Grundstoffen hergestellt – aus Gerste, Hopfen, Hefe und Wasser. Das Getreide wurde zu Malz umgewandelt, der später zu Alkohol und Kohlensäure vergärte. Man feuchtete zunächst das Getreide an, sodass es zu keimen begann. Dieser Vorgang war das »Mälzen«. Dabei entstand eine Masse, die von den Mälzern als »Grünmalz« bezeichnet wurde. Diese wurde unter hohen Temperaturen getrocknet, danach geschrotet, mit Wasser vermischt und erhitzt. Diese Mischung war die Maische. In ihr entstand immer mehr Alkohol. Die fertige Maische wurde gefiltert, sodass keine Körner in der Flüssigkeit verblieben. Die so behandelte Maische hieß nun »Würze«. Ihr sollte in großen Kupferkesseln Hefe als vierter Bestandteil des werdenden Bieres zugesetzt werden.

Dazu würde es in diesem Fall nicht mehr kommen, denn jemand hatte die Würze unbrauchbar gemacht.

Etwas Ungeheuerliches war geschehen. Etwas Unverzeihliches.

Schon vor Monaten hatte Buddebahn sich aus dem Braugeschäft zurückgezogen und die Brauerei an Henning Schröder übergeben. Doch das war ein äußerlicher Prozess, der nicht alles von dem beinhaltete, um was es in diesem Fall ging, denn in seinem tiefsten Inneren hatte er sich noch nicht von der Brauerei getrennt, sein Herz hing nach wie vor an ihr. Es fiel ihm schwer, loszulassen; vielleicht würde es ihm nie gelingen. Aus diesem Grund war es geradezu ein Sakrileg für ihn, das Bier zu verunreinigen. Besonders auf diese Weise.

Er fühlte sich persönlich getroffen, so als sei ein Teil von ihm verletzt worden, zumal die vorliegende Verunreinigung alles überstieg, was er sich je hatte vorstellen können.

In der Würze schwamm eine Leiche.

Wie gelähmt stand er vor dem Kessel und sah zu, wie sich die Schaumdecke allmählich wieder schloss.

»Er rührt sich nicht«, sagte Harm, wobei er ihm sanft die Hand an den Arm legte.

Buddebahn schreckte auf. Ihm wurde bewusst, in welchem Zustand sie Henning Schröder vorgefunden hatten, und er eilte erneut zu ihm, um ihn zu untersuchen. Sein Nachfolger war offensichtlich mit einem der großen Holzlöffel niedergeschlagen worden, mit denen die Maische gerührt wurde. Das Instrument lag einige Ellen von ihm entfernt auf dem Boden. Es war mit Blut verschmiert.

Behutsam drehte er den Braumeister um. Das Gesicht des Verletzten wies Schrammen auf und war auf der rechten Seite geschwollen. Geradezu grotesk wirkte der mächtige Bart, der die Oberlippe zierte und dessen Spitzen bis fast an die Augen heranreichten. Seine Lider zuckten.

»Wir müssen den Medicus rufen«, stellte er fest. »Wir allein können nicht genug für Henning tun.«

»Den Medicus?«, wunderte der Pferdeknecht sich. »Du meinst den Bader?«

»Nein, ich möchte, dass du zu Tilmann Kirchberg gehst und ihn hierherbringst.«

Harm schüttelte verständnislos den Kopf, denn der Medicus behandelte vornehmlich die inneren Krankheiten, während der Bader für äußerlich sichtbare Probleme wie etwa solche Verletzungen zuständig war, wie Henning Schröder sie aufwies. Auf Bader aber war Buddebahn nicht gut zu sprechen, nachdem es beim Glocken-Bader zu dramatischen und wenig erfreulichen Zwischenfällen gekommen war.

»Nimm dir eines der Pferde und reite hin zu dem Medicus«, forderte Buddebahn. »Beeile dich!«

»Verdammtes Gewitter«, hörte er Harm fluchen. Zögernd blieb der Pferdeknecht an der Tür zum Hof stehen und bekreuzigte sich. »Der Blitz wird mich armen Sünder erschlagen!«

Buddebahn wurde sich dessen bewusst, was er gefordert hatte. Der alte Mann hatte recht. Unter den gegebenen Umständen war es viel zu gefährlich, nach draußen zu gehen. Wer sich jetzt auf die Straßen und Plätze der Stadt wagte, spielte mit seinem Leben.

Harm wollte dennoch in den Regen hinaus und zum Pferdestall hinüber laufen, der sich dem Unterbau des Brauhauses anschloss. Eine Treppe führte hinunter zu ihm. Buddebahn hielt ihn zurück.

»Nein, nein, das geht nicht. Ob es uns gefällt oder nicht, wir müssen warten, bis das Gewitter abzieht. Bis dahin müssen wir versuchen, Henning allein zu helfen.«

Unwillig schüttelte Harm den Kopf. Er wusste keinen Ausweg, und das gefiel ihm nicht.

Es regnete so stark wie noch nie zuvor in diesem Jahr. Wie aus Kübeln stürzte es aus der Höhe herab, sodass der Hof mittlerweile vollkommen unter Wasser stand. Dagegen zog das Gewitter allmählich ab. Dumpf rumorte es über Alster und Elbe.

Als überraschend ein Blitz in der Nähe des Doms einschlug, schreckte er auf.

»Genau das habe ich befürchtet«, sagte er zu dem Pferdeknecht. »Man denkt, es ist vorbei, und dann geht es wieder los.«

Während es wieder und wieder krachte, kehrte er zu Henning Schröder zurück, konnte aber nicht viel mehr tun, als ihm eine Decke über den Körper zu legen und ein weiches Stoffbündel unter den Kopf zu schieben. Am liebsten hätte er nun den Toten aus dem Kessel gezogen, doch er verzichtete darauf, um keine Spuren zu zerstören. Vorsichtig wischte er den Schaum auf der Würze zur Seite, bis er die Leiche sehen konnte. Bei dem Toten handelte es sich zweifellos um einen Mann. Er schwamm mit hoch angezogenen Beinen, die er mit beiden Armen umfing, in der Flüssigkeit. Dabei war nicht zu erkennen, ob er darin ertrunken war ob er hineingefallen war oder ob man ihn hineingestoßen hatte.

Es half nichts. Er musste warten, bis Harm den Medicus holen konnte. Dann galt es, das Rathaus zu verständigen, und erst wenn man dort keinen Einspruch erhob, konnte er die Leiche untersuchen. Solange musste sie in der Würze bleiben.

»Himmel, hier bist du!«, drang eine dunkle Stimme zu ihm.

Hanna Butenschön kam herein. Mit einer Decke über dem Kopf hatte sie sich gegen den Regen geschützt. Ein Teil ihres brünetten, lockigen Haars drängte sich nach vorn und überdeckte das schmale Antlitz. »Kannst du nicht Bescheid sagen, wenn du mich allein lässt? Oh, mein Gott, was ist mit ihm?«

Übergangslos wandte sie sich Henning Schröder zu, den sie erst in diesem Moment bemerkte. Neben ihm ließ sie sich auf die Knie sinken, um seinen blutigen Kopf zu untersuchen. Dann stand sie wortlos auf und eilte hinaus, um wenig später mit sauberen Tüchern zurückzukehren.

»Das Gewitter ist vorbei«, fuhr sie Buddebahn an. »Wann wollt ihr endlich den Bader holen?«

»Bin schon unterwegs«, rief Harm. Es regnete noch immer, wenngleich nicht mehr so stark wie zuvor. Das Gewitter war endgültig abgezogen. Nur in der Ferne blitzte es hin und wieder auf, ohne dass sie einen nachfolgenden Donner hören konnten. Der alte Mann lief nach draußen, und es dauerte nicht mehr lange, bis sie ihn vom Hof reiten hörten.

Hanna bemühte sich um Henning. Sie band ihm ein Tuch um den Kopf und wusch ihm das Antlitz, um es von Blut zu säubern. Er stöhnte verhalten.

»Wer hat das getan?«, fragte sie.

»Das weiß ich leider nicht«, antwortete er, gab ihr mit einem Wink zu verstehen, dass es darüber hinaus etwas gab, und als sie zu ihm kam, zeigte er ihr den Toten im Kupferkessel. Entsetzt schlug sie die Hände vor das Gesicht

»Ich habe gehört, wie die Hunde gebellt haben.« Sie wandte sich ab, um die Leiche nicht mehr länger sehen zu müssen. »Aber ich habe mir nichts dabei gedacht.«

»Wann war das?«

Hilflos zuckte sie mit den Achseln. »Irgendwann in der Nacht. Ich weiß nicht, wann. Es muss vor dem Gewitter gewesen sein.«

»Ich dachte, du schläfst.«

»Ich habe geschlafen. Ja. Dann hat es laut gekracht, und ich bin wach geworden.«

»Der Blitz hat am Brunnen eingeschlagen«, sagte Buddebahn. »Das wird dich geweckt haben.« Er ging bis zur Tür und blickte auf den Hof hinaus. Mittlerweile hatte es aufgehört zu regnen. Wasser tropfte von den Dächern. Zaghaft kamen die Hunde hervor. Während des Gewitters hatten sie sich in ihren Hütten verkrochen. Er klatschte leicht in die Hände, um sie auf sich aufmerksam zu machen. Aufmerksam spähten sie zu ihm herüber, doch dann wandten sie sich dem Tor zur Straße zu und begannen zu knurren.

Eine hochgewachsene Gestalt mit einem langen Umhang und einem schwarzen Hut betrat den Hof. Als der Unbekannte die Hunde bemerkte, blieb er stehen und streckte ihnen eine Hand entgegen. Bedrohlich knurrend liefen sie auf ihn zu, beruhigten sich jedoch, schnüffelten an der Hand und setzten sich friedfertig. Wie verflogen war ihre anfängliche Angriffslust.

»Hierher!«, rief Buddebahn. Sie gehorchten, eilten zu ihm und legten sich neben ihm auf den Boden. Den Mann am Tor ließen sie nicht aus den Augen. Hinter ihm war das wuchtig gestaltete Eichentor der Wolf-Brauerei zu sehen, die sich der Uhl-Brauerei gegenüber befand. Wie es dort aussah, war nicht zu erkennen. Hohe Mauern verwehrten den Blick auf die Gebäude.

»Wer ist das? Wer treibt sich zu so früher Morgenstunde hier herum?«, fragte Hanna leise. Sie schob ihre Hand unter seinen Arm, als suche sie Schutz. Der Unbekannte machte einen eigenartigen Eindruck. Hinter ihm lastete die Dunkelheit in der Gasse Hopfensack. Nur in schwachen Konturen waren die Häuser zu erkennen.

»Keine Ahnung«, erwiderte er und drängte das Unbehagen zurück, das in ihm aufkommen wollte. »Achte bitte auf die Hunde! Ich will mit ihm reden.«

Sie befahl die beiden Hunde zu sich und zog sich mit ihnen ins Brauhaus zurück. Während er zum Tor hinüberging, hörte er, wie die Tür in ihren Scharnieren knarrte. Die Wolken öffneten sich, und der Mond warf ein wenig Licht auf den Hof, erfasste aber nicht den Unbekannten, der im Dunkel des Torbogens verharrte.

Buddebahn blickte kurz zu den Wolken hoch. Es würde nicht mehr lange dauern, bis die Sonne aufging. Glucksend und rauschend lief das Wasser den Hopfensack hinunter und ergoss sich am Ende der Gasse in ein Fleet. Der Wasserstrom führte – wie immer nach solchen Regengüssen – allerlei Unrat mit sich und reinigte auf diese Weise die Wege.

Je näher Buddebahn dem Fremden kam, desto mehr schälte sich dessen Gesicht aus der Dunkelheit, zumal er den Hut nun leicht nach hinten schob, sodass er sein Antlitz kaum noch beschattete. Es war bleich wie bei jemandem, der sich nur selten im Freien aufhielt. In der Schwärze unter den Brauen waren die Augen nicht auszumachen.

Buddebahn glaubte, dass der Mann ihn nach einer der Brauereien fragen würde, die es im Hopfensack gab. Hier war nicht nur die Uhl-Brauerei angesiedelt, sondern gleich gegenüber die Wolf-Brauerei, die von Hildebrand Franke geführt wurde, etwas weiter auf der anderen Seite der Gasse die kleine und recht unbedeutende Hafen-Brauerei sowie die Brauerei mit dem Namen *Alsterwasser*, der ziemlich treffend war, da bei ihrem Bier der Anteil des Wassers so hoch war, dass es aus der Sicht Buddebahns den Namen *Bier* schon gar nicht mehr verdiente.

»Gott sei mit Euch«, rief der Fremde. »Ich bin froh, endlich jemanden anzutreffen. Überall sonst ist es still. Niemand ist draußen. Nur hier. Ist etwas passiert? Es hat hoffentlich kein Unglück gegeben?«

»Alles in Ordnung«, antwortete Buddebahn.

»Ich möchte Euch um Hilfe bitten«, sagte der Mann, als er nur noch wenige Schritte von ihm entfernt war. »Ich kenne mich nicht mehr aus in der Stadt. Außerdem ist es dunkel in den Gassen und auf den Plätzen, sodass jemand wie ich kaum erkennen kann, wo er ist und wohin er sich wenden muss.«

»Ihr seid fremd in der Stadt?«

»Mittlerweile muss man das wohl so sagen. Ich bin heute Nacht mit dem Schiff eingetroffen. Dummerweise bin ich von Bord gegangen, weil ich meinen Bruder überraschen wollte, anstatt bis zum Tagesanbruch zu warten. Ich dachte, ich finde mich zurecht, aber Hamburg hat sich verändert, seit ich hier war. Ist allerdings schon einige Jahre her.«

Buddebahn nickte. Nur mit einem Schiff konnte man während der Nacht nach Hamburg kommen, und auch das war nicht so einfach, denn die Stadt wurde bewacht. Am Abend wurden die Stadttore geschlossen, und danach wurde niemand mehr eingelassen. Am Hafen gab es Landsknechte, doch sie schienen nicht sehr aufmerksam zu sein. Es war nicht auszuschließen, dass sie einen Teil ihrer Wache in einem der Wirtshäuser am Hafen verbrachten.

»Klaas Bracker ist mein Bruder«, fuhr der Mann fort. »Er ist Banker.«

»Klaas Bracker?« Buddebahn musterte den Mann überrascht, der nun einen Schritt vortrat und in das Mondlicht geriet. Jetzt erfasste er, warum er ihm von Anfang an bekannt vorgekommen war. Der Fremde hatte eine gewisse Ähnlichkeit mit dem Banker, mit dem er seit vielen Jahren befreundet war. Allerdings war er deutlich größer und kräftiger als Klaas, und er war älter, wenigstens fünf Jahre. Sein Antlitz wirkte grob geschnitten, wobei die große Nase und das ausladende Kinn auffielen. Bilder aus der Vergangenheit stiegen in ihm auf und brachten ihm ins Gedächtnis zurück, dass damals ein Bruder neben Klaas gewesen war. Kontakt zu ihm hatte er nur selten gehabt, denn in jungen Jahren waren fünf Jahre eine riesige Zeitspanne. Aus seiner Sicht war der Bruder ein Erwachsener gewesen, der einem ganz anderen Freundeskreis angehörte als er selber und dem man mit einer gehörigen Portion Respekt begegnet, weil er in jeder Hinsicht überlegen war.

»Ja, mein Name ist Jonas Bracker. Könnt Ihr mir den Weg beschreiben zu dem Haus meines Bruders? Es steht in der Großen Beckerstraße. Ich bin vom Hafen gekommen. Man hat mir den Weg beschrieben, aber irgendwo bin ich falsch gegangen.«

»Ihr hättet rechts abbiegen müssen und nichts links. Außerdem hat die Familie Bracker in der Beckerstraße gewohnt«, entgegnete der Brauer. »Vor einigen Jahren hat er ein Haus am Speersort, direkt neben dem Domplatz gebaut, wo er auch sein Geschäft betreibt. Ich würde Euch hinführen, kann die Brauerei zurzeit aber nicht verlassen. Ihr werdet es finden.«

Untermalt von Gesten, beschrieb er den Weg. Jonas Bracker bedankte sich, indem er den Hut zog und sich leicht verneigte. Buddebahn bat ihn, Grüße auszurichten. Als der Mann sich entfernte, fiel ihm auf, dass er sein linkes Bein ein wenig nachzog, so als sei es kürzer geraten als das rechte oder als sei er am Fuß verletzt und nicht kräftig damit auftreten mochte, sondern ihn entlastete.

Er blieb am Tor, da am Ende des Hopfensacks Harm mit Tilmann Kirchberg auftauchte. Um schneller zu sein, hatte der Pferdeknecht ein Pferd für den Medicus mitgenommen, sodass dieser keine Zeit damit verlor, sein eigenes Pferd zu satteln. Dumpf hallte der Hufschlag der beiden Kaltblüter von den Wänden der Gasse wider.

»Harm hat mir schon alles erzählt«, verkündete Kirchberg, als er sich aus dem Sattel schwang, die Tasche mit seinen Instrumenten, den Verbänden und der Medizin vom Sattel löste und zum Brauhaus eilte. An der Tür blieb er stehen und wartete auf Buddebahn, der ihm gefolgt war. Kurzsichtig streckte er ihm den Kopf entgegen und musterte ihn eingehend. Dabei hielt er sich ein Stück Glas vor das rechte Auge, um seine Wahrnehmung zu verbessern. Von Jugend an konnte er nur konturenscharf erkennen, was sich unmittelbar vor seiner Nase befand. »Ich hoffe, Ihr habt genügend Geld im Haus, um mich für meine Arbeit zu entlohnen?«

»Macht Euch keine Sorgen«, besänftigte der Hausherr der Brauerei ihn. »Allerdings – falls Ihr fürchtet, nicht genug bei mir verdienen zu können, rufe ich gern einen anderen Medicus.«

Kirchberg grinste breit.

»Ihr habt mich erwischt«, versetzte er mit einem vergnügten Funkeln in den Augen. Er war durchaus nicht so geldgierig, wie er sich gern gab. Holte man seinen Rat ein oder benötigte man seine Dienste, versuchte er stets, so viel wie möglich für sich herauszuschlagen. Das Klagen über sein zu niedriges Honorar war ihm zur zweiten Natur geworden. Er trieb das Feilschen um seinen Lohn jedoch selten auf die Spitze. Unangenehm konnte er mit seinen Forderungen lediglich werden, wenn er es mit jemandem zu tun hatte, den er nicht mochte oder der sich verächtlich über seine medizinischen Leistungen äußerte. »Also dann! Ans Werk! Wo ist der Verletzte?«

Er wartete die Antwort nicht ab, sondern eilte ins Sudhaus, wo Henning Schröder auf dem Boden lag. Er war ein kleiner, schmächtiger Mann mit hohlen Wangen und knochigen Händen.

Bevor Buddebahn ihm folgte, blickte er, von einem unbestimmbaren Gefühl geleitet, zur Hofeinfahrt hinüber, in der kurz zuvor Jonas Bracker gestanden hatte. In diesem Moment begann jemand in der Gasse Hopfensack zu pfeifen. Es hörte sich zunächst an, als ob er es allein mit den Lippen täte, doch dann mischten sich eigenartige Töne hinein, wie man sie mit keinem Instrument erzeugen konnte, das Buddebahn kannte. Eine seltsame Melodie klang von dort herüber. Heiterkeit und Trauer schienen sich unlösbar in ihr zu vermischen. Sie schwang sich an den Fronten der Fachwerkhäuser entlang und verklangen am Tor der Hofeinfahrt.

Die Hunde wurden aufmerksam. Laut bellend trotteten sie auf die Einfahrt zu. Buddebahn hörte, wie sich eilige Schritte entfernten, und er befahl die Hunde zu sich. Sie gehorchten, und nachdem er sie kurz gestreichelt hatte, zogen sie sich in ihren offenen Zwinger neben dem Wohnhaus zurück.

Medicus Kirchberg rief nach ihm, und er betrat das Sudhaus. Henning Schröder war noch immer bewusstlos. Im Lichtschein der Fackeln sah er bleicher aus als zuvor, so als ob das Leben aus ihm gewichen sei oder nahe davor sei, aus ihm zu fliehen.

Kirchberg stand neben ihm, machte jedoch keine Anstalten, ihn zu untersuchen. Vielmehr nahm er sich die Zeit, Hanna Butenschön zu begrüßen. Er reichte ihr die Hand und verneigte sich ausgesprochen galant, was keineswegs selbstverständlich war, denn auch er gehörte zu jenen, die der Verbindung Buddebahns zu ihr kritisch gegenüberstanden.

Erst nachdem er einige Worte mit ihr gewechselt hatte, wandte er sich dem Verletzten zu. Neben ihm ließ er sich auf die Knie sinken, um dann voller Bedenken den Kopf zu schütteln, als wollte er sagen, da Schröder gar zu übel zugerichtet worden sei, könne er in diesem Fall nicht mehr viel ausrichten.

»Ihr habt allzu brutal zugeschlagen«, warf er Buddebahn vor.

»Ich? Wo denkt Ihr hin, Tilmann! Das war ein anderer. Bisher wissen wir nicht, wer es war, aber wir werden ihn finden. Zunächst eine andere Frage: Wird Henning wieder gesund werden? Wird er es überstehen?«

»Er hat eine kräftige Natur«, antwortete der Medicus. »Wenn er Freund Hein in den nächsten zehn bis zwölf Stunden widersteht, kommt er durch. Immer vorausgesetzt, die Wunde entzündet sich nicht.«

Er legte dem Braumeister einen Verband an, untersuchte ihn erneut, entdeckte keine weiteren Verletzungen und wollte ihn in das kleine Haus bringen lassen, in dem er wohnte. Buddebahn hielt ihn zurück.

»Ich habe noch etwas«, sagte er. »Helfen könnt Ihr ihm nicht mehr, aber Ihr seid ein wichtiger Zeuge, da Ihr nicht zum Bereich der Brauerei gehört, sondern von außen kommt und zudem ein Medicus seid.«

»Ihr macht mich neugierig«, entgegnete Kirchberg.

Buddebahn führte ihn zu dem Sudkessel, wischte den Schaum zur Seite und zeigte ihm den Toten, der in der Würze schwamm.

»Wir müssen ihn herausheben«, forderte der Medicus. »Ich kann wohl davon ausgehen, dass Ihr es nicht gewesen seid, der den Mann ertränkt hat?«

»Natürlich habe ich es nicht getan. Keiner von uns weiß, was hier geschehen ist. Davon abgesehen – wir müssen den Toten lassen, wo er ist. Ich muss dem Bürgermeister melden, was sich bei uns ereignet hat, und er muss ihn zur Untersuchung freigeben.«

»Ach, Unsinn!«, widersprach Kirchberg. »Ihr braucht keine Bedenken zu haben. Ihr habt mich als Zeugen. Dazu Hanna Butenschön und Harm. Wir alle können beschreiben, wie wir diesen Mann vorgefunden haben. Und jetzt helft mir endlich.«

»Er hat recht«, schloss sich Hanna ihm an. »Wir können alles bezeugen.«

»Nein, wartet noch«, bat der Medicus. »Was ist das?«

Er zeigte auf eine Zeichnung an der weiß gekalkten Wand. Sie war mit einem Kohlestift hingekritzelt worden und war etwa so groß wie die Hand eines Mannes. Dabei skizzierte sie einen Vogel mit ausgebreiteten Schwingen. Es war eine denkbar einfache Darstellung, die kaum mehr als die Umrisse enthielt. Lediglich die Flügel waren mit ein paar Strichen ausgefüllt, sodass sie sich schwarz und deutlich von ihrem Untergrund abhoben.

»Das ist ein Falke«, stellte Conrad Buddebahn fest. Nachdenklich schüttelte er den Kopf. »Ich habe keine Ahnung, wer sie hier angebracht hat. Ich war es jedenfalls nicht. Und Henning auch nicht. Er weiß noch nicht einmal, wie man einen Kohlestift hält. Außerdem würde er nie so einen Vogel malen. Er kann noch nicht einmal eine Möwe von einer Krähe unterscheiden.«

Buddebahn übertrieb, kam jedoch der Wahrheit sehr nahe. Schröder interessierte sich nicht für Vögel. Das hatte er noch nie getan. Er konnte nicht lesen und schreiben, und er hatte noch nie gezeichnet. Der Falke war mit wenigen Strichen auf die Wand geworfen worden, für Buddebahn aber, der sich auf diesem Gebiet besonders gut auskannte, war unverkennbar, dass er von einer geübten Hand skizziert worden war.

»Wie dem auch sei – raus mit der Leiche! Packt mit an!« Kirchberg trat sehr nah an die Wand heran, um sich den Falken anzusehen, verlor das Interesse an ihm jedoch sehr schnell.

Buddebahn zögerte, gab dann aber den Widerstand auf. Zusammen mit Harm und dem Medicus hob er die Leiche aus dem Sudkessel. Vorsichtig ließen sie ihn auf den Boden sinken. Der Tote verharrte ob der Totenstarre in der Hockstellung. Bis zu diesem Zeitpunkt hatte keiner von ihnen mehr als den Rücken des Mannes gesehen. Nun endlich konnten sie einen Blick auf sein Antlitz werfen. Buddebahn hatte gehofft, einen Hinweis auf den Hintergrund des Geschehens zu bekommen, irgendetwas, was ihm half, ein wenig Licht in die Angelegenheit zu bringen und wenigstens einen Teil des Rätsels zu lösen.

Doch er wurde enttäuscht.

Diesen Mann hatte er nie zuvor gesehen. Das Mordopfer war jung. Sicherlich war er kaum mehr als zwanzig Jahre alt. Er hatte ein schmales, blasses Gesicht mit einer langen Nase und ungewöhnlich weit auseinander stehenden Augen. Der Mund verschwand fast vollständig unter einem schwarzen Bart, der die Oberlippe und das Kinn in seiner ganzen Breite bedeckte. Der rechte Fuß steckte in einem Stiefel. Der andere war bloß. An seiner linken Hand fehlten zwei Finger. Darüber hinaus gab es keine ungewöhnlichen Merkmale.

»Ich möchte festhalten, was wir vorgefunden haben«, versetzte er. »Bitte habt ein wenig Geduld. Verändert nichts. Ich bin gleich zurück.«

Er eilte ins Wohnhaus hinüber, um einen Bogen Pergament und einen Kohlestift zu holen. Mit geschickter Hand fertigte er danach eine Zeichnung vom Gesicht des Fremden an. Er hielt sie hoch, um sie den anderen zu zeigen.

»Wer ist das?«, fragte er. »Wie ist sein Name? Ist es ein Hamburger?«

Harm murmelte unwirsch: »Woher soll ich das wissen?«

»Ist mir nie begegnet«, versetzte Hanna Butenschön. Sie war keineswegs überrascht, wie gut er das Antlitz des Toten getroffen hatte.

»Die Totenstarre hält an«, stellte Tilmann Kirchberg fest. »Das bedeutet, dass er seit wenigstens fünf Stunden tot ist. Möglicherweise aber schon seit einigen Tagen. Keiner kennt diesen Mann?«

»Nein. Er ist mir noch nicht über den Weg gelaufen«, antwortete

Buddebahn. Seine Blicke glitten von dem Toten zu dem Holzlöffel, von dort zu der Zeichnung an der Wand und der Maische. Er konnte sich nicht erklären, wie die Leiche in den Sudkessel gelangt war. »Wie lange hält die Totenstarre an?«

»Drei bis vier Tage. Danach verschwindet sie.«

»Also ist er im Verlauf der Nacht getötet und in den Sudkessel geworfen worden«, bemerkte Hanna.

»Das ist keineswegs sicher«, betonte der Medicus. »Das muss erst untersucht werden.«

»Ich verstehe.« Buddebahn nickte. »Damit wollt Ihr mir sagen, dass der Mann möglicherweise nicht hier im Sudhaus getötet worden ist, sondern an anderer Stelle. Vielleicht schon vor Tagen. Danach erst hat man ihn hierhergebracht.«

»So könnte es gewesen sein.« Kirchberg untersuchte den Toten. »Sicher ist auf jeden Fall, dass er ermordet worden ist. Seht her! Er hat eine Wunde in der Brust. Sie stammt von einem Messer, das man ihm ins Herz gestoßen hat.«

»Dann ist er nicht hier getötet worden«, konstatierte Buddebahn.

»Warum vermutest du das?«, fragte Hanna Butenschön.

»Weil vor dem Sudkessel nirgendwo Blut zu sehen ist, abgesehen von dem, was Henning Schröder vergossen hat. Auch ist die Würze nicht von Blut verfärbt. Daraus ist zu schließen, dass der Mann bereits tot war, als man ihn hierhergebracht hat, denn Tote bluten nicht.«

»Richtig«, anerkannte Tilmann Kirchberg.

»Wir lassen den Mann liegen«, beschloss der Brauer. »Harm, du könntest ihn zudecken. Ich muss das Rathaus verständigen, aber noch ist dort niemand anzutreffen. Es ist zu früh.«

Als Harm eine Decke über den Toten legen wollte, hielt Buddebahn ihn davon ab.

»Warte«, bat er, wobei er sich in die Hocke sinken ließ, die Blicke unverwandt auf den Ermordeten gerichtet. Er prägte sich jede Einzelheit an ihm ein und entdeckte erst etwas Auffälliges, als er den Stiefel am rechten Fuß der Leiche betrachtete. Er war aus feinem Leder gefertigt. Dabei hatte die Sohle einen eigenartig eckigen Schnitt. Er erhob sich.

»Es ist gut.«

Nach und nach trafen die Männer ein, die für Henning Schröder in der Brauerei arbeiteten. Er beschäftigte insgesamt sechzehn Helfer, die sich um die verschiedenen Belange der Brauerei kümmerten. Nicht alle hatten mit Bier zu tun. Ein Wagenschmied betreute die vier Fuhrwerke, ein Küfer war für die Bierfässer zuständig, Tischler hatten dafür zu sorgen, dass die hölzernen Zahnräder des Mahlwerks einwandfrei funktionierten, und ein Kupferschmied überwachte die Sudkessel und die Rohrleitungen. Dazu kamen Hilfskräfte, die ihnen zuarbeiteten, und Dienstmägde, die für alle kochten, die dafür nötigen Einkäufe tätigten und Hof und Brauerei sauber hielten.

Der Wagenschmied und ein Tischler trugen den Bewusstlosen in sein Haus, und der Küfer übernahm es, über ihn zu wachen. Er versprach, sofort Bescheid zu geben, wenn er zu sich kam oder falls sich sein Zustand verschlechterte.

Tilmann Kirchberg verabschiedete sich, nachdem er einen bescheidenen Lohn für seine Arbeit erhalten hatte, und Buddebahn zog sich mit Hanna Butenschön zurück, um ein kleines Frühstück zu sich zu nehmen. Allmählich wurde es hell. Die Wolken verzogen sich, und ein strahlend schöner Tag kündigte sich an. Im Sonnenlicht verdampfte das Wasser auf den Dächern der Häuser, und die Pfützen auf dem Hof leerten sich nach und nach.

»Ich muss immerzu an den Toten im Sudhaus denken«, sagte Hanna Butenschön, während sie ihren Karren vorbereitete, mit dem sie zunächst zum Hafen fahren wollte, um dort Fisch zu kaufen, und den sie danach zum Domplatz schieben würde, um die erworbenen Lachse, Schollen, Zander, Aale und Stinte auf den Markt zu bringen. »Ich kann mir nicht erklären, weshalb man die Leiche in den Kessel geworfen hat. Das ergibt keinen Sinn. Die meisten Mörder lassen ihre Opfer dort liegen, wo sie ihnen das Leben genommen haben. Oder irre ich mich?«

»Ich stehe ebenso vor einem Rätsel wie du«, erwiderte er. »Vielleicht erfahre ich im Verlauf des Tages mehr. Wenn das der Fall ist, werde ich es dich wissen lassen.«

»Und ich höre mich auf dem Markt um«, versprach sie. »Möglicherweise hat irgendjemand etwas gesehen – zum Beispiel das Blut, das der Ermordete verloren hat. An der Stelle, an der man ihn umgebracht hat, müsste es zu finden sein.«

»Unwahrscheinlich«, entgegnete er. »Vergiss nicht, dass es wie aus Kübeln gegossen hat. Die Spuren sind längst weggeschwemmt worden.«

Enttäuscht verzog sie das Gesicht.

»Womit du mal wieder recht hast.« Sie schob die Karre einige Schritte weit. Dann blieb sie stehen und blickte zurück. »Wer war eigentlich der Mann mit dem schwarzen Umhang? Was wollte er von dir?«

»Von mir? Gar nichts. Er hatte sich verlaufen und fragte nach dem Weg. Er sagte, er sei der Bruder des Bankers Klaas Bracker.«

»Der Bruder?« Hanna schien irritiert.

»Ja, das hat er gesagt. Ich erinnere mich kaum noch daran, dass Klaas einen Bruder hat. Er muss Hamburg schon in jungen Jahren verlassen haben.«

»Ach.« Sie stemmte sich gegen die Karre und lenkte sie vom Hof. Es wurde Zeit, dass sie zum Hafen kam. Es konnte sein, dass sich die Fischer wegen des Gewitters an diesem Morgen verspäteten, wahrscheinlicher aber war, dass sie bereits vom Fang zurück waren und mit ihren Schiffen im Hafen oder in einem der Fleete lagen. Wenn sie zu spät eintraf, gab es nichts mehr für sie zu kaufen.

In der Hoffnung, dass Henning Schröder sich mittlerweile erholt hatte, ging Buddebahn ins Krankenzimmer. Dort musste er zur Kenntnis nehmen, dass es nicht so gut aussah mit ihm. Der Braumeister war noch immer ohnmächtig. Harm, der den Küfer abgelöst hatte, und eine Dienstbotin benetzten sein Antlitz, um ihn aufzuwecken und zu erfrischen, erreichten damit aber keine Veränderung.

Dann suchte Buddebahn das Sudhaus auf, in dem zwei Mägde damit beschäftigt waren, das Blut von den Fußbodenbohlen zu wischen. Er wollte einschreiten und sie daran hindern, doch es war schon zu spät. Allzu viel Blut hatten sie bereits aufgenommen. Nun wartete er, bis sie fertig waren, und trug dann mit ihnen zusammen den Kupferkessel auf den Hof hinaus, in dem sich die verunreinigte Würze befand.

»Wascht mir den Kessel sorgfältig aus«, befahl er. »Er muss blitzblank sein, bevor wir ihn wieder benutzen können.«

Sie schütteten die Würze in eine Rinne, die zum Tor hinaus auf die Straße und zu einem nahen Fleet führte, sodass sie dorthin laufen konnte. Danach sah sich Buddebahn den Kessel noch einmal an, fand keinerlei Spuren daran – abgesehen von ein wenig Sand auf dem Boden – und gab ihn zur Reinigung frei.

Mit einigem Unbehagen machte er sich auf den Weg zum Rathaus. Ihm war klar, dass die Arbeit in der Brauerei weitergehen musste. In den Kesseln reifte das Bier heran. Er durfte es sich nicht selber überlassen, sondern musste den Prozess bis zur Auslieferung begleiten. Eben das hatte er lange genug getan. Er hatte Henning Schröder die Brauerei gegen einen für beide Seiten annehmbaren Zins übergeben und sich aus dem Geschäft zurückgezogen. Es war ihm schwergefallen, und sein Herz hing immer noch am Braugeschäft. Dennoch hatte er Abstand gewonnen und sich mit dem Gedanken vertraut gemacht, dass er nun nicht mehr für die Handwerker, Arbeiter und Mägde verantwortlich war und dass er nicht mehr morgens mit dem ersten Hahnenschrei aufstehen musste. Umso weniger behagte ihm, dass er die Führung der Brauerei nun wieder übernehmen musste, bis Henning Schröder sich ausreichend erholt hatte. Das konnte schnell gehen oder auch nicht. Wenn es ganz übel kam, brauchte der Braumeister Wochen oder gar Monate, um die Verletzung und ihre Folgen zu überwinden. Solange er bewusstlos war, konnte niemand sagen, ob er imstande war, die Brauerei weiterzuführen oder nicht.

2

Auf dem Weg zum Rathaus begegnete er zahlreichen Bekannten, Handwerkern vor allem, aber auch Händlern, die auf den Märkten ihrem Geschäft nachgingen. Die Gassen und Plätze hatten sich gefüllt. Aus dem Umland der Stadt waren viele Bauern nach Hamburg gekommen, um Gemüse und Obst, vor allem Pilze sowie Kleinvieh,

Schweine und Rinder zu verkaufen. Sie brachten grundsätzlich lebende Tiere in die Stadt, denn niemand kaufte geschlachtete und bereits ausgenommene Tiere. Getötet und für den Haushalt vorbereitet wurde das Schlachtvieh an Ort und Stelle. So blieb am Ende des Markttages niemand auf verderblicher Ware sitzen, sondern konnte das lebende Vieh wieder mitnehmen, um es am nächsten Tag erneut auf den Markt zu bringen. Blut und Abfälle lockten Möwen, Hunde, Katzen, Ratten und Wespen, Fliegen und andere Insekten an.

Conrad Buddebahn hatte den Eindruck, dass es an diesem Tag besonders viele waren. Vielleicht lag es an der drückenden Luft, die auf Hamburg lastete. Sie war schwül und schien mit ihrer Feuchtigkeit an der Haut zu kleben. Eine dunkle Wolkendecke war aufgezogen und schirmte die Sonne ab, sodass es schien, als wollte es an diesem Tag nicht richtig hell werden.

Hin und wieder blieb Buddebahn stehen, um mit dem einen oder anderen ein paar Worte zu wechseln, respektvoll zu warten, bis ein Schlachter einen Bullen von gewaltigen Dimensionen an ihm vorbeigeführt hatte, oder einem Gaukler zuzusehen, der seine Kunststücke vorführte und dabei singend und reimend ein paar Neuigkeiten aus Hamburg oder den anderen Hansestädten zum Besten gab. Man hörte ihm begeistert zu und belohnte ihn mit lautem Gelächter, wenn seine Verse besonders derb ausfielen.

Zu Buddebahns Überraschung wusste der Bänkelsänger bereits von dem Mord im Sudhaus, hatte darüber einige Verse verfasst, die er weitgehend singend vorgetragen hatte, sodass er nun zum Ende kam.

»… lag der Tote tief im Kessel,
auf dem Rücken eine Fessel.
Mausetot mit einem Loch im Bauch,
und im Bier ertrunken auch.
Der Möwe ist es einerlei,
doch ihr Schrei,
natürlich kurz,
begleitet seinen letzten Furz!«

Der Gaukler war ein kleiner Mann mit sehr weichen Gesichtszügen, einem fast jugendlich glatten Teint, wasserhellen blauen Augen und einem kugelrunden Bauch. Eine mit zahlreichen Glöckchen versehene Narrenkappe bedeckte seinen Schädel. Mit weißen Strähnen durchsetzte Haare lugten darunter hervor. Er hatte eine niedrige Stirn, eine vorspringende, zur Seite gekrümmte Nase und einen Mund, dessen Winkel – als er nun lachend um einen Lohn für seinen Vortrag bat und dabei in die Runde ging – beinahe seine Ohren erreichten. Der dünne, graue Lippenbart verriet, dass er die Vierzig bereits überschritten hatte, vielleicht sogar mehr als fünfzig Jahre zählte.

Buddebahn machte sich keine Gedanken um ihn und um sein Wissen. Er hatte von vornherein nicht daran geglaubt, dass der Vorfall in der Uhl-Brauerei unbeachtet bleiben würde. Die Handwerker oder Arbeiter mochten davon erzählt haben, und andere hatten die Nachricht begierig aufgenommen, um sie sofort in der Stadt zu verbreiten.

Hanna Butenschön war wie gewohnt schnell und erfolgreich gewesen. Sie hatte Fische gekauft und ihren Stand auf dem Platz vor dem Rathaus aufgebaut.

Kopfschüttelnd bediente sie zwei junge Frauen, die darauf bestanden, dass sie die Fische für sie filettierte.

»So was macht man nicht«, grantelte sie. »Der Fisch schmeckt am besten an der Gräte. Wenn ihr eure Männer im Bett so bedient wie am Tisch, werden sie sich bald andere Betten suchen.«

Die beiden Frauen kicherten. Sie nahmen ihr die Bemerkung nicht übel, ließen sich aber nicht dazu überreden, die Fische im Ganzen zuzubereiten.

»Mein Mann mag keine Gräten pulen«, sagte die eine.

»Meiner fasst die Fische gar nicht erst an, wenn die Gräten nicht raus sind«, fügte die andere hinzu.

»Ein Fisch ohne Gräten ist wie Bettgeschichten ohne Mann«, erwiderte Hanna. »Beim Fisch ist alles weg, was Geschmack verleiht, und im Bett kann man sich nur einbilden, dass es Spaß macht.«

Sie lachten, nahmen die Filets und zogen schwatzend zu den Gemüseständen.

»Solch dämlichen Hühnern würde ich gern noch was anderes sagen«, seufzte Hanna, während sie sich die Hände an ihrer Schürze abwischte. »Verdori, die glauben, ich mache Witze! Wer auch nur ein bisschen was von Fisch versteht, wird darauf bestehen, dass die Gräte dranbleibt, bis der Fisch auf dem Teller liegt. Das habe ich auch dieser dämlichen Frau des Bürgermeisters gesagt.«

»Du hast dich mit ihr angelegt?«, fragte Buddebahn.

»Nicht direkt. Erst als sie weg war, habe ich einiges losgelassen. Ich habe mit Alma geredet. Hätte ich wohl nicht tun sollen.«

»Und?«

»Sie ist eine alte Plaudertasche. Sonst ist sie ja ganz in Ordnung, aber was das betrifft, mit Vorsicht zu genießen. Verdori, ich hev seggt ...«

»Ja?«

»Ich kann verstehen, dass der Bürgermeister so oft im Rathaus ist, weil er dann diese hässliche Gans nicht immer sehen muss.« Sie verzog das Gesicht, ließ die Unterlippe tief herabsacken und verdrehte die Augen, um darzustellen, was sie von Emma Rother und ihren Geisteskräften hielt.

»Oje!«

»Will Rother schläft schon ein, bevor er mit der im Bett liegt.« Sie blickte ihn forschend an. Langsam bildeten sich ein paar Falten auf ihrer Stirn. »Oder? Findest du, dass Emma was hat? Als Weib, meine ich.«

Abwehrend hob Buddebahn beide Hände.

»Nie und nimmer wäre ich damit einverstanden, dass ein Fisch ohne Gräten auf den Tisch kommt«, beteuerte er. »Ich möchte auch nicht im Alkoven schlafen ohne die Frau, die ich liebe.«

»Hast Glück gehabt!« Ihr Antlitz lockerte sich zu einem strahlenden Lächeln. »War 'ne gute Antwort.«

Zufrieden wandte sie sich einer älteren Kundin zu, die an ihrem Stand stehengeblieben war und ihre Fische begutachtete. Buddebahn setzte seinen Weg zum Rathaus fort, blieb aber schon nach wenigen Schritten stehen, weil er das Gefühl hatte, beobachtet zu werden. Als er sich umdrehte und in die Runde blickte, sah er den Gaukler, der neben dem Stand eines Korbflechters in die Hocke gesunken war und vier Hunde mit Fleischstücken fütterte. Die Tiere drängten sich gierig um ihn, bis er ihnen seine leeren Hände hinhielt und sie daran lecken ließ. Dabei blickte er kurz auf, und ihre Blicke kreuzten sich. Der Possenreißer war zwei Nonnen im Weg, die einen Bogen machen mussten, um an ihm vorbeizukommen.

Buddebahn hatte ihn an diesem Morgen zum ersten Mal gesehen. Daher konnte er sich nicht vorstellen, dass er ein besonderes Interesse an ihm hatte.

Während sich der Bänkelsänger nun aufrichtete, davonschlenderte und schließlich in der Menge verschwand, ohne sich noch einmal umzudrehen, wartete er eine Weile und ging dann nachdenklich weiter. Er musste sich getäuscht haben. Es gab keine wie auch immer geartete Verbindung zwischen ihm und dem Spaßmacher. Eigenartig berührte ihn, dass der Mann streunende Hunde fütterte. Niemand sonst auf dem Markt kam auf die Idee, so etwas zu tun. Die Tiere fanden genügend Abfälle, sodass es nicht nötig war, sie zu versorgen.

Zum Rathaus vorzudringen erwies sich als schwierig. Unmittelbar vor dem teils aus Holz, teils aus Backsteinen errichteten Gebäude waren zwei Diebe auf einem erhöhten Podest an den Pranger gestellt worden. Ihre Köpfe und Hände steckten zwischen zwei Eichenbalken, die mit entsprechenden Öffnungen versehen waren und mit Hilfe eines Scharniers zusammengeklappt werden konnten. Eine johlende Menge umgab das Podest. Männer, Frauen und Kinder beschimpften und verspotteten die beiden, und einige von ihnen warfen mit Abfällen und Kot nach ihnen. Es war tief verletzend für die beiden Sünder. Buddebahn blickte hoch zu den beiden Dieben, sah ihre mit Kot beschmierten Gesichter, in denen sich nackte Verzweiflung abzeichnete, und empfand Mitleid mit ihnen. In aller Eile schob er sich an den Zuschauern vorbei. Er hatte kein Verständnis für die Menschen, die sich damit vergnügten, andere zu verhöhnen. In seinen Augen war es ein fur beide Seiten entwürdigendes Schauspiel.

Mit einem freundlichen Nicken begrüßte er die Landsknechte, die an der Treppe des Rathauses Wache hielten. Sie kannten ihn und erwiderten den Gruß.

»Ist der Bürgermeister schon da?«, fragte er in dem Bemühen, seine Aufmerksamkeit auf die Begegnung mit Will Rother zu richten und sich nicht mehr mit den Dieben am Pranger zu befassen.

»Gerade eben ist er gekommen«, erwiderte der Größere der beiden. Er trug einen Metallhelm, von dem hinten ein Büschel bunter Federn herunterhing. »Aber er wird wohl keine Zeit haben. Klaas Bracker ist bei ihm.«

»Nein«, versetzte der andere. »Der Banker ist schon wieder weg.«

»Danke. Dann will ich mich mal beeilen.« Während Buddebahn die steile Treppe hinaufstieg, die zum Eingang des Rathauses führte, vernahm er das Geschrei der Menge und die hässlichen Geräusche, die am Holz aufprallende Steine, Kot und Abfälle verursachten. Der Gedanke an den Pranger ließ ihn nicht los, und er schickte ein Stoßgebet zum Himmel hinauf, in dem er seinen Herrgott anflehte, er möge ihn niemals in eine Situation bringen, die den Pranger und die damit verbundene Schmach zur Folge hatte.

An mehreren subalternen Helfern vorbei erreichte er den mit edlen Hölzern getäfelten Raum, in dem der Bürgermeister arbeitete.

Als er eintrat, nachdem ihm ein Dienstbote die Tür geöffnet hatte, stellte Rother einen Bierbecher zur Seite, aus dem er getrunken hatte, streckte beide Hände aus und kam ihm mit einem strahlenden Lächeln entgegen.

»Mein lieber Freund«, rief er. »Was für eine Freude, dass Ihr mich besucht. Hoffentlich führt Euch kein trauriger Anlass zu mir.«

»Auf jeden Fall kein erfreulicher«, erwiderte Buddebahn, nachdem sie einander mit Handschlag begrüßt hatten. Mit knappen Worten berichtete er, was vorgefallen war. Je länger er sprach, desto mehr verdüsterte sich die Miene des Bürgermeisters.

»Ein Bierpanscher!« Er schlug die Hände zusammen, um seinen Worten mehr Ausdruck zu verleihen. »Ja, das muss es sein.«

»Wie kommt Ihr darauf?«, fragte Buddebahn befremdet. Er kannte den Bürgermeister als lebenslustigen Menschen, der hin und wieder auch zu derben Scherzen aufgelegt war. Jetzt aber vermochte er seinen Gedanken nicht zu folgen.

»Lieber Freund, ist Euch nicht bekannt, dass schon Babylons König Hammurabi strenge Biergesetze erlassen hat?«

»Ich habe davon gehört, als ich zur See gefahren bin und dabei Gewürze in einigen Häfen des Morgenlandes gekauft habe.«

»Dann sollte Euch bekannt sein, dass Hammurabi angeordnet hat,

Bierpanscher in ihren Fässern zu ertränken oder so lange mit ihrem Bier vollzugießen, bis sie ersticken.« Will Rother blickte ihn erwartungsvoll an. Er schien auf ein Lob oder ein anerkennendes Lachen zu warten. Doch danach war Buddebahn nicht zumute.

»Der Mann ist nicht ertränkt, sondern erstochen worden«, wiederholte er, was er dem Bürgermeister schon vorher berichtet hatte. »Ich kenne ihn nicht. Habe ihn nie zuvor gesehen. Mag sein, dass er in einer der anderen Brauereien der Stadt gearbeitet hat, aber er ist keiner der Braumeister, und er gehört auch keiner der Familien an, die in diesem Geschäft tätig sind, denn die sind mir alle bekannt.«

Rother verzog enttäuscht die Lippen. Er dachte eine Weile nach, bevor er sich wieder äußerte. Dabei fuhr er sich einige Male mit einem Tuch über das verschwitzte Gesicht. Die schwüle Luft machte ihm offenbar zuschaffen.

»Das alles gefällt mir ganz und gar nicht«, sagte er. »Eine ungeheure Provokation! Wer jemanden in die Bierwürze kippt, nachdem er ihn erstochen hat, will herausfordern. Wahrscheinlich Euch. Ja, das zielt auf Euch. Ganz ohne Frage. Überlegt, wen ihr Euch zum Feind gemacht habt, und Ihr habt den Täter.«

»Ich fürchte, so einfach wird es nicht sein«, entgegnete Buddebahn, der ebenfalls davon überzeugt war, dass man den Toten nicht zufällig in der Brauerei abgelegt, sondern ganz bewusst zu ihm ins Sudhaus gebracht hatte. Mit welcher Absicht auch immer.

»Und was jetzt?«, fragte Will Rother.

»Ich werde versuchen, den Täter zu ermitteln.«

»Auf keinen Fall! Das werdet Ihr nicht«, lehnte der Bürgermeister ab. »Das kann ich unter gar keinen Umständen zulassen.«

»Das solltet Ihr mir erklären.« Buddebahn war überrascht. Mit einem derartigen Einspruch hatte er nicht gerechnet, zumal er bereits alles getan hatte, was nach seiner Überzeugung notwendig war, um die Jagd nach dem Täter aufnehmen zu können. Wie selbstverständlich war er davon ausgegangen, dass er auch in diesem Fall der Ermittler sein würde und dass er sicher sein konnte, die ganze Autorität der Stadt hinter sich zu haben. Nicht ein einziges Mal war ihm der Gedanke gekommen, er solle ich diesem Fall nicht tätig werden.

Will Rother stand auf, verschränkte die Hände hinter dem Rücken und schritt mit gewichtiger Miene hinter seinem Arbeitstisch auf und ab. Sichtlich bemüht, die Würde seines Amtes herauszukehren, ließ er sich Zeit mit seiner Antwort. Hin und wieder schüttelte er den Kopf, so als stoße er bei seinen Überlegungen auf ein Problem nach dem anderen. Schließlich blieb er stehen, stützte sich mit beiden Händen auf dem Tisch ab und blickte Buddebahn geradezu beschwörend an.

»Es geht nicht, lieber Freund, denn Ihr gehört – ob es Euch gefällt oder nicht – zum Kreis der Verdächtigen. Außerdem habt Ihr keine Zeit.«

»Das ist Unsinn, und das wisst Ihr.« Erschrocken hielt er inne; sich dessen bewusst, dass er einen Fehler gemacht hatte. Dieser schroffe Vorwurf musste den Unwillen des Bürgermeisters hervorrufen. So bereitwillig Will Rother andere kritisierte, so wenig stellte er sich selber in Frage. Auf keinen Fall ließ er zu, dass es andere taten. Er war ein oberflächlicher Mann, der stets bemüht war, gute Laune zu verbreiten, der tief in seinem Inneren aber äußerst unsicher war und vor Entscheidungen zurückschreckte, um nur nichts falsch zu machen und sich und seine hohe Position als Bürgermeister dadurch selbst in Gefahr zu bringen. Je mehr man ihn zu Entscheidungen drängte, desto unsicherer wurde er, und desto mehr Ausflüchte suchte er, um ihnen ausweichen zu können.

Buddebahn deutete eine Verbeugung an. Dabei hob er seine Arme, jedoch nicht so hoch, dass der Eindruck entstand, er wolle sich einem Angreifer ergeben.

»Verzeiht, Bürgermeister, ich habe mich äußerst ungeschickt, ja ungehörig ausgedrückt. Ich hätte Euch daran erinnern müssen, dass ich nichts mehr mit der Brauerei zu tun habe. Ihr seid wahrhaft zu beschäftigt, als dass Ihr Euch mit solchen Dingen befassen könntet. Erlaubt mir also den Hinweis, dass ich das Geschäft Henning Schröder übergeben habe. Und was meine Zeit betrifft …«

»Gleichwohl ist der Tote auf Eurem Grundstück gefunden worden, in Eurer Brauerei, denn wenn ich richtig unterrichtet bin, seid Ihr nach wie vor der Eigentümer. Ihr habt die Brauerei nicht verkauft. Schröder ist nur der Pächter. Er zahlt Euch einen Zins.« Rother erwies sich als hervorragend informiert. »Also seid Ihr unmittelbar betroffen, und aus diesem Grund kann ich nicht zulassen, dass Ihr die Ermittlungen führt. Ich werde einen fähigen und vor allem neutralen Mann damit beauftragen, den Fall zu klären.«

Conrad Buddebahn erkannte, dass er nun nichts mehr ausrichten konnte. Er würde Rother nicht umstimmen können. Um sich zu verabschieden, verneigte er sich, wie es die Höflichkeit verlangte, und öffnete die Tür zum Vorraum. Mit einer Geste, die wohl versöhnlich wirken sollte, jedoch zu übertrieben ausfiel, hielt ihn der Bürgermeister zurück.

»Ich habe gestern Abend ausgezeichneten Fisch gegessen«, versetzte er. »Er hat geschmeckt, wenngleich er nicht an der Gräte war.«

»Freut mich zu hören.«

»Ihr könnt es dieser Fischfrau ausrichten.« Rother setzte ein herablassendes Lächeln auf und erzielte damit eine deutlich stärkere Wirkung auf ihn, als er mit beleidigenden Worten hätte erreichen können. »Es wäre sicherlich nicht falsch, wenn diese Frau ein weniger dreistes Verhalten an den Tag legen und respektieren würde, wem Respekt gebührt.«

»Ich werde ihr ins Gewissen reden«, versprach Buddebahn, der sich nicht anmerken ließ, wie sehr ihn diese Worte ärgerten. Er wollte den Bürgermeister nicht noch mehr herausfordern, einen Mann mit schwacher Persönlichkeit, der gleichwohl über Macht und Einfluss verfügte. Der Hinweis – er gehöre zu den Verdächtigen – war bedrohlich genug gewesen. Er verneigte sich erneut und durfte sich jetzt verabschieden.

»Haltet Euch zur Verfügung«, forderte der Erste Bürger der Hansestadt. »Wir müssen noch einen Ermittler bestimmen. Sobald es soweit ist, wird der von uns Beauftragte Euch sicherlich in der Brauerei aufsuchen. Und was Eure Zeit betrifft, frage ich Euch, ob Ihr vorhabt, persönlich Schanzdienste zu leisten, anstatt zu bezahlen, oder wollt Ihr einen Vertreter zu schicken?«

»Nein, wohl eher nicht.« Buddebahn gab sich zurückhaltend. Sein Antlitz wurde nahezu ausdruckslos. Er war alarmiert. Anmerken ließ er sich nichts. Im Zusammenhang mit dem Bau der Sicherungs- und Festungsanlage der Stadt hatte jeder Bürger einmal in der Woche zum »Schanzdienst« anzutreten. Ebenso wie die meisten der vermögenden Männer der Stadt hatte er sich in den vergangenen Jahren dieser Pflicht entzogen, indem er teils Sonderzahlungen vornahm oder einen seiner Helfer in der Brauerei als Vertreter schickte, um sich selber seinen Geschäften widmen zu können. Das war ein keineswegs ungewöhnliches Verfahren. Besonders vom Stadtkämmerer wurde es begrüßt und gefördert, da es ihm die Stadtkasse füllte.

Nachdem man der Bedrohung durch Seeräuber Herr geworden war, hatte es – abgesehen von einigen kleinen Scharmützeln – keinen ernsthaften Angriff auf die Stadt Hamburg gegeben. Umso mehr erlosch das Interesse der Bürger daran, den Schutzwall um die Stadt herum und die vielen Wachtürme so schnell wie möglich fertigzustellen und nach Kräften daran mitzuarbeiten.

Rother verschränkte die Arme vor der Brust und blickte auf den Boden. Schließlich schüttelte er den Kopf, breitete die Arme aus und schlug die Hände erneut zusammen, womit er eine gewisse Hilflosigkeit ausdrückte.

»So schnell fällt mir niemand ein, den ich beauftragen kann«, gestand er. »Um ehrlich zu sein, ich wüsste in diesem Fall überhaupt nicht, wo ich beginnen sollte. Es gibt keine Zeugen, und es gibt keine Spuren. Ihr kennt den Toten nicht, und wir können uns nicht erklären, weshalb man ihn in Eure Brauerei gebracht hat. Ganz zu schweigen von Henning Schröder, den man niedergeschlagen hat. Das wird keine leichte Aufgabe für den Ermittler.«

»Nein, ganz sicher nicht. Da kann ich Euch nur beipflichten, Bürgermeister. Darf ich Euch einen Rat geben?«

»Nur zu, lieber Freund, nur zu!« Rother tat, als gäbe es keinerlei Spannungen zwischen ihnen.

Buddebahn war auf der Hut. Sorgfältig wählte er seine Worte, um weitere Fehler zu vermeiden.

»Ihr solltet Euch schnell entscheiden, denn je mehr Zeit verstreicht, desto schwerer wird die Arbeit des Ermittlers, und umso größer werden die Aussichten des Täters, ungestraft davonzukommen.«

»Wohl wahr«, stimmte Rother voller Unbehagen zu. Sich auf die eine oder andere Lösung festzulegen, fiel ihm außerordentlich schwer, da er selten die Konsequenzen übersah, die sich daraus ergaben. Daher wich er den Problemen nach Möglichkeit aus, und nicht selten hatte er Glück damit, weil sich oft ein Ausweg in der einen oder anderen Richtung bot.

»Was geschieht mit der Leiche? Soll sie in der Brauerei verbleiben, bis Euer Ermittler sie gesehen hat? Oder wollt Ihr sie von Euren Landsknechten abholen lassen?«

»Übergebt ihn dem Totengräber von St. Michaelis. Er soll sich darum kümmern. Vielleicht finden sich in den Taschen des Ermordeten ja ein paar Münzen, sodass er für seine Beerdigung selber aufkommen kann. Falls das nicht der Fall ist, wird entweder die Kirche oder die Stadt die Kosten übernehmen. Ich denke, es wird die Kirche sein.« Er lächelte süffisant. »Natürlich hätte die Stadt nichts dagegen, wenn Ihr einspringt. Das überlasse ich Euch.«

Damit war der Fall für ihn erledigt. Mit derartigen Dingen befasste Rother sich nicht so gern. Vor allem nicht, wenn sie den Stadtsäckel belasteten.

»Ich bin sicher, dass wir den Mörder schon bald entlarven werden«, verabschiedete er ihn. »Ihr seid verdächtig. Das lässt sich nicht leugnen. Selbstverständlich glaube ich nicht, dass Ihr der Täter seid. Dessen könnt Ihr sicher sein. Sobald Henning Schröder aufwacht, wird er dem Ermittler wertvolle Hinweise geben. Mit ein bisschen Glück serviert er ihm den Mörder, ohne dass wir lange nach ihm suchen müssen.«

An eine derart einfache Lösung glaubte Buddebahn nicht, doch er äußerte sich nicht dazu. Henning Schröder hatte die Verletzung am Hinterkopf. Also war er von hinten angegriffen und niedergeschlagen worden. Unter diesen Umständen war nicht damit zu rechnen, dass er gesehen hatte, wer ihm den Hieb versetzt hatte.

Hanna Butenschön sah dem Gaukler zu, der in der Nähe ihres Standes einige Kunststücke vorführte, hin und wieder den Kopf schüttelte, um die Glocken seiner Narrenkappe klingen zu lassen, Verse singend derbe Witze machte und dafür viel Beifall erntete. Überrascht blickte sie auf, als Buddebahn an ihren Karren trat, auf dem sie noch reichlich Fisch anzubieten hatte.

»Du siehst nicht gerade glücklich aus. Was ist los? Hattest du Ärger mit dem Bürgermeister?«

»Das kann man so sagen. Rother ist dagegen, dass ich den Mörder suche. Er zählt mich zum Kreis der Verdächtigen.«

»Er hat seinen Verstand versoffen«, kommentierte sie in der ihr eigenen Art. »Ebenso wie seine Frau. Die ist mir allerdings ein Rätsel. Wie kann man etwas versaufen, was man gar nicht hat?«

»Du hast sie nicht gerade freundlich behandelt. Will Rother war verstimmt. Ich kann mir vorstellen, dass sie ihm in den Ohren gelegen und sich über dich beklagt hat.«

»Und du meinst, er hat sich deshalb für einen anderen Ermittler entschieden?« Ein Schatten fiel auf ihr schmales Antlitz mit den großen, skeptisch blickenden Augen. Sie sah sich mit einem Vorwurf konfrontiert, und das mochte sie nicht. Doch es war nicht ihre Art, sich in direkter Weise dazu zu äußern. Sie löste das Band, mit dem sie ihr lockiges Haar bändigte, und legte es sich erneut um den Kopf. Er kannte sie gut genug, um zu wissen, dass sie ein wenig Zeit gewinnen und sich nicht aus dem Gleichgewicht bringen lassen wollte. Sie mochte die Frau des Bürgermeisters nicht, und es gefiel ihr ganz und gar nicht, wenn er deren Partei ergriff. »Was spielt das für eine Rolle? Mich beeindruckt das nicht. Und dich auch nicht. Will Rother ist ein Versager. Denkbar ungeeignet für das Amt des Bürgermeisters. Wie ich dich kenne, wirst du dich den Teufel um das scheren, was er will, und dennoch ermitteln. Oder sollte ich mich täuschen?«

Er lächelte kaum merklich. Sie nickte nur. Sie war sicher, dass sie mit ihrer Vermutung richtig lag. In gewisser Weise fühlte er sich persönlich angegriffen, und er dachte nicht daran, tatenlos zuzusehen, wie der Fall im Sande verlief.

»Ich habe was gehört«, sagte sie. »Auf dem Markt wird viel geredet. Klatsch und Tratsch wie nirgendwo.«

»An dem du dich natürlich nicht beteiligst«, spöttelte er belustigt. »Du bist weit davon entfernt zu tratschen.«

»Klar. Ich bin kein Waschweib, sondern Fischfrau. Und die tun so was nicht.« Sie grinste vergnügt. Der Schatten verflog.

»Und was hast du gehört?«, fragte er.

»Gestern war ein junger Mann auf dem Markt, auf den die Beschreibung passt«, eröffnete sie ihm. »Die weit auseinander stehenden Augen und der schwarze Bart, unter dem Mund und Kinn verschwinden.«

»Du meinst den Ermordeten.« Er horchte auf. »Was war mit ihm?«

»Er wollte was kaufen. Einen Ledergürtel und eine Tasche. Mit Händen und Füßen haben sie miteinander geredet, weil Erna ihn nicht verstehen konnte.« Sie unterbrach das Gespräch, um einer jungen Frau einen Dorsch zu verkaufen. Dazu empfahl sie ihr eine scharfe Senfsoße. Buddebahn wartete geduldig. Danach wandte sie sich ihm wieder zu. »He hett was seggt, aber Plattdütsch wär' dat nich.«

»Kein Plattdeutsch? Was war es dann?«

»Kann Englisch gewesen sein.«

»Ist das alles?«

»Sie hat ihn später noch mal gesehen. Er war im *Hopfensaal* am Domplatz. Da saß er mit mehreren Männern zusammen. War alles ganz friedlich. Mehr weiß ich nicht.« Sie zuckte mit den Achseln. »Erna heute ist nicht da.«

»Ich könnte sie zu Haus aufsuchen.«

»Das würde ich dir nicht raten!« Eine steile Falte erschien auf ihrer Stirn. »Es könnte dir falsch ausgelegt werden. Ihr Mann ist ziemlich eifersüchtig. Immerhin ist Erna verdammt hübsch. Und er fackelt nicht lange, wenn er glaubt, dass sich jemand ein bisschen zu sehr mit seiner Erna beschäftigt.«

Er lachte.

»Ein Glück, dass du nicht eifersüchtig bist!«

»Habe ich Grund dazu?«

»Natürlich nicht.« Erschrocken zog er sich zurück. Hanna neigte dazu, ihm das Wort im Munde umzudrehen, und so konnte aus einem kleinen Geplänkel allzu leicht ein heftiger Streit entstehen. Das wollte er nicht riskieren.

»Ich gehe in den *Hopfensaal*«, rief er ihr zu. »Mal sehen, ob ich da etwas erfahre. Von Erna lasse ich lieber die Finger.«

»Das will ich dir auch geraten haben«, gab sie zurück, lächelte versteckt und begann damit, ihre Fische anzupreisen, wobei sie einigen jungen Frauen versprach, ihnen wertvolle Hinweise für die Zubereitung der Speisen zu geben.

Der *Hopfensaal* war ein Wirtshaus, das die Brauer der Stadt häufig und gern aufsuchten, nachdem sie auf dem Markt davor Hopfen eingekauft hatten. Hopfenhändler fanden sich ein, um Bekanntschaften und Freundschaften zu pflegen, die verschiedenen Biersorten der Brauer zu probieren und die deftigen Speisen zu genießen, die der Wirt auf den Tisch brachte.

Auf dem Hopfenmarkt davor reihten sich die Fleischer- und Steinhauerbuden aneinander. Wenige Schritte weiter wurden Fisch, Federvieh und in diesem Jahr besonders viele Pilze angeboten. Darüber hinaus gab es noch vieles mehr zu kaufen, was mit Nahrungsmitteln und dem täglichen Bedarf der Bürger zu tun hatte. Auch Hanna Butenschön verkaufte hier an einigen Tagen der Woche ihren Fisch. An den anderen Tagen baute sie ihren Stand auf dem Markt an der Nicolaikirche auf.

Buddebahn kämpfte sich mit einiger Mühe durch die Menschenmenge, die den Markt bevölkerte. Besonders dicht standen die Menschen vor dem Haus, in dem sich der *Hopfensaal* befand. Die meisten nutzten den Marktbesuch zu einem Schwätzchen mit Freunden und Bekannten, wobei man sich gegenseitig Ratschläge erteilte, wo man besonders gut oder günstig einkaufen konnte, oder sich Neuigkeiten vermittelte.

Er war froh, als sich die Tür des Gasthauses hinter ihm schloss und er den Schankraum betreten konnte. Alle Tische waren besetzt, und die Schankmädchen hatten viel zu tun, um die Gäste zu bedienen. Sie schleppten Bier und Speisen zu den Tischen. Buddebahn kannte fast alle Händler und Zunftmeister. Er winkte ihnen grüßend zu, ging jedoch nicht zu ihnen an den Tisch, sondern wandte sich an den Wirt, der schwitzend hinter dem Schanktisch stand und Bierkrüge füllte. Er war ein übergewichtiger Mann mit hochroten Wangen und einem mächtigen Stiernacken. Seine Arme waren so muskulös und dick wie bei manchem Mann nicht einmal die Oberschenkel. Das Wasser drängte sich ihm nicht nur aus den Poren, weil er schwer arbeitete, sondern weil die Luft im Raum feucht und stickig war.

»Endlich lasst Ihr Euch mal wieder blicken«, begrüßte er ihn und schob ihm einen Krug Bier hin. »Trinkt auf meine Kosten! Es ist Bier aus Eurer Brauerei.«

»Sie wird von Henning Schröder geführt«, erwiderte Buddebahn, nahm den Bierkrug und trank. Dabei blickte er unwillkürlich zu den Regalen hoch, die an der Wand hinter dem Schanktisch angebracht waren. Eines der Mädchen war dabei, die wertvollen Ritterhelme zu putzen, die sich dort in langer Reihe fanden, sodass sie im Licht der Fackeln und Kerzen glänzten. Bei fast allen Wirtshäusern waren an dieser Stelle edle oder originelle Bierkrüge zu finden. Nicht so im *Hopfensaal*. Mehr als ein Dutzend Helme zierten den Raum. Der Wirt behauptete, diese hätten ehemals alle mehr oder minder berühmten Rittern gehört, die bei ihm getrunken und mit ihm gewettet hätten. Der Einsatz sei jeweils eine kostenfreie Übernachtung mit voller Verpflegung gegen den Ritterhelm gewesen. Sprach man ihn darauf an, wies er voller Stolz darauf hin, wie oft er die Wette gewonnen hatte. Bei den Wetten ging es immer um höchst banale Dinge, mal um das Wetter, mal darum, wer als Nächster den Raum betrat, welches der Hurenweibchen als Erste über die derben Witze lächelte, die er zum Besten gab, und Ähnliches. Was ihm gerade so in den Sinn kam.

Seine Blicke glitten weiter zu einer Empore hoch, zu der eine gewundene Treppe hinaufführte. Dort hielt sich niemand auf. Ihr gegenüber und noch etwas höher befand sich eine Balustrade, von der aus sich eine Tür zu einem Balkon hin öffnete. Auf ihr erschien für einen kurzen Moment eine vollkommen in Schwarz gekleidete Frau. Sie trug einen Hut, von dem dichte Schleier herabfielen, sodass er ihr Antlitz nicht erkennen konnte. Als sie merkte, dass er zu ihr heraufsah, wandte sie sich ab und trat auf den Balkon hinaus.

»Wer ist das?«, fragte er.

»Ein Gast«, antwortete der Wirt kurz angebunden. Er verdrehte die Augen. Eine Frau, die ohne männliche Begleitung in seinem Haus Quartier bezog, war ihm nicht recht. Seine Schankmädchen waren allesamt käuflich, und niemand störte sich daran, dass sie »Hurenweibchen« waren. Von ihnen erwartete man nichts anderes. Eine alleinstehende Frau aber, die nichts mit dem ältesten Gewerbe der Welt zu tun hatte, duldete er nur widerwillig, gerade so, als ob sie dem Ruf seines Hauses schaden könnte. »Sie lässt sich höchst selten mal blicken, ist aber stets dort oben, nie hier unten. Keine Ahnung, wer sie ist und was sie hier will. Wie war das mit Eurer Brauerei?«

»Ihr solltet wissen, dass ich raus bin aus dem Geschäft«, betonte er, setzte den Krug ab und fuhr sich mit dem Handrücken über den Mund, um den Bierschaum zu entfernen. Er schloss den Deckel, mit dem das Trinkgefäß versehen war, damit keine Wespen hineingerieten. »Allerdings muss ich mich für ein paar Tage um die Brauerei kümmern.«

»Weil Henning eins über die Rübe bekommen hat.«

»Das wisst Ihr?«

»Die halbe Stadt spricht davon. Und von dem Toten in deinem Bier. Einige haben mich heute schon gefragt, ob ich Leichenbier aus deiner Brauerei habe. Sie halten das für witzig.«

Conrad Buddebahn schluckte. Er hatte nicht damit gerechnet, dass so schnell bekannt werden würde, was in der Brauerei geschehen war. Harm hatte sicherlich nichts erzählt. Auch Hanna nicht. Er vermutete, dass die Gehilfen Schröders verbreitet hatten, was sich ereignet hatte.

»Der Ermordete ist gestern im *Hopfensaal* gewesen«, versetzte er mit unbewegter Miene. »Erinnert Ihr Euch an ihn?« Umständlich holte er die Zeichnung unter seinem Rock hervor, strich sie glatt, da sie ein paar Falten davongetragen hatte, und zeigte sie dem Wirt. Dieser musterte sie scheu und zurückhaltend. Er wagte es nicht, das Pergament zu berühren, das in seinen Augen eine besondere Kostbarkeit darstellte. Zeichnungen und edles Material gehörten nicht zu seiner Welt.

»Es war voll bei uns«, erwiderte er zögernd. »Kann sein, dass er hier war. Ich will Frauke fragen.«

Er winkte ein Schankmädchen heran, das an einem der Tische stand und mit den Männern schäkerte, die sich an Bier und einem Schweinebraten gütlich taten.

»Sie ist eines der Hurenweibchen«, erläuterte der Wirt, als sie herankam. Sie trug einen langen, weiten Rock und eine Bluse mit einem sehr großzügigen Ausschnitt.

Er zeigte auf das Pergament. »Sieh dir das Bild an«, befahl er. »Erkennst du den Mann?«

Sie blickte Buddebahn an, missverstand ihn, setzte ein verführerisches Lächeln auf und ignorierte die Zeichnung. Ihr rundlich wirkendes Antlitz war von Sommersprossen übersät. Das brünette Haar trug sie straff nach hinten gekämmt, im Nacken zu einem dicken Zopf geflochten. So kess und herausfordernd sie sich gab, so tot wirkten ihre braunen Augen auf ihn. Sie verrieten, wie es in ihr aussah.

»Das Bild«, herrschte der Wirt sie an.

Verärgert verzog sie den Mund, fügte sich jedoch. Sie war ein einfaches Mädchen, das in jeder Hinsicht von Abel abhängig war und es niemals gewagt hätte, sich ernsthaft gegen ihn aufzulehnen.

»Was ist damit?«, fragte sie trotzig.

»Kennst du den Mann? Vielleicht hast du ihn gestern bedient.« Buddebahn hielt ihr die Zeichnung hin. Er beobachtete das Mädchen, das nun den Kopf hob und sich mit kesser Handbewegung eine Haarsträhne aus der Stirn strich.

»Kann schon sein«, erwiderte sie.

»Bilde dir ja nicht ein, dass du Geld für eine Auskunft herausschlagen kannst«, fuhr der Wirt sie an. »Rede endlich! Hast du mit dem Mann gesprochen? Oder muss ich aus dir herausprügeln, was du weißt?«

»Es ist wichtig«, beteuerte Buddebahn, der bemüht war, die Wogen zu glätten. Er hielt nichts davon, das Mädchen allzu heftig anzugehen. Mit ein wenig Freundlichkeit hoffte er, ihren Widerstand überwinden zu können und ihrer Erinnerung auf die Sprünge zu helfen. »Ich denke, du wirst mir auch so helfen. Es soll dein Schade nicht sein.«

Sie lächelte flüchtig, und dann nickte sie.

»Da hinten hat er gesessen. Mit Adolf Rumohr«, eröffnete sie ihm. »Er war nicht anders als die anderen.«

»Wie soll ich das verstehen?«

Sie schien verwundert. »Na, ich war mit ihm oben. Es war schnell vorbei, und gesagt hat er kaum etwas. Nur ein bisschen gestöhnt hat er.«

»Hast du etwas von dem verstanden?«

»Nein, hoher Herr. Habe ich nicht. Er war ja nicht von hier.«

»Ein Fremder also.«

»War wohl mit dem Schiff in Hamburg. Wie viele andere auch.«

Vergeblich versuchte er danach, weitere Informationen aus ihr herauszuholen. Sie war alles andere als intelligent, und der Mann war ihr absolut gleichgültig gewesen. Sie hatte getan, was man als »Hurenweibchen« von ihr erwartete, aber wer der Mann war, mit dem sie auf ihrer Kammer gewesen war, hatte sie nicht interessiert. Wozu auch? Er war ja unmittelbar danach verschwunden, und es lohnte sich nicht, darüber nachzudenken, ob er noch einmal kommen würde. Er drückte ihr eine geringe Summe in die Hand und verließ den *Hopfensaal,* um auf direktem Wege in den Hopfensack zur Brauerei zurückzukehren und nach Henning Schröder zu sehen.

Mehr und mehr wurde er sich dessen bewusst, dass er nicht untätig bleiben durfte. Bürgermeister Rother hatte klar gesagt, dass er zum Kreis der Verdächtigen gehörte. Diese Äußerung durfte er nicht auf die leichte Schulter nehmen. Dass der Bürgermeister darüber hinaus beteuert hatte, er glaube nicht an seine Schuld, zählte überhaupt nichts. Rother war ein Mann, der stets den leichtesten Weg suchte, sich wenig Gedanken machte und dabei keine Skrupel kannte.

Jetzt zählte nicht mehr, dass Buddebahn sich um die Brauerei kümmern musste, solange Schröder nicht dazu in der Lage war. Diese Arbeit musste Schritt für Schritt überwacht werden, damit am Ende das gewohnt gute Bier dabei herauskam. Sie war äußerst wichtig – und doch zweitrangig. Unter den gegebenen Umständen konnte er es sich nicht leisten, die Suche nach dem Mörder schleifen zu lassen oder einem anderen in dieser Angelegenheit blind zu vertrauen.

Die Ermittlung war seine ureigenste Angelegenheit. Unwichtig war geworden, dass er sich persönlich beleidigt fühlte, weil der Mörder die Leiche in den Kessel mit der wertvollen Würze geworfen und auf diese Weise die Arbeit des Braumeisters zunichtegemacht hatte. Er wollte und konnte sich nicht darauf verlassen, dass ein anderer die Ermittlungen führte. Allzu groß war die Gefahr, dass er dabei einem Irrtum erlag. Sorglosigkeit war nicht angebracht. Es ging um Mord. Konnte er seine Unschuld nicht beweisen, stand sein Leben auf dem Spiel.

Harm öffnete ihm die Tür zu dem Haus, in dem Schröder in seinem Alkoven lag. Noch bevor er den Pferdeknecht nach dem Befinden des Braumeisters fragen konnte, schüttelte dieser leise ächzend den Kopf, um ihm zu bedeuten, dass sich dessen Zustand nicht verbessert hatte.

Schröder war bleich, und sein mächtiger Oberlippenbart mit den nach oben gezwirbelten Enden wirkte wie ein Fremdkörper auf seinem Antlitz. Der Verband, den Tilmann Kirchberg ihm angelegt hatte, war ihm nach vorn in die Stirn gerutscht. Buddebahn schob ihn behutsam hoch. Da es nach seinem Empfinden allzu kalt durch den Raum zog, schloss er die Fensterläden, um sich danach auf einen Hocker am Bett zu setzen.

»Wieso hast du eigentlich etwas bemerkt, Harm?«, fragte er. »Immerhin war es mitten in der Nacht. Hast du nicht geschlafen?«

»Es war das Gewitter«, erwiderte der Pferdeknecht. »Schon vorher, bevor es richtig losging, habe ich es in den Knochen gespürt und bin aufgewacht. Ich weiß ja, wie die Pferde leiden, wenn es donnert und kracht. Ich habe nach ihnen gesehen und sie beruhigt. Dabei habe ich oben einen Schrei und ein Poltern gehört. Daraufhin bin ich ins Sudhaus gegangen.«

Die Pferdeställe befanden sich unterhalb des Sudhauses. In einem großen, sich anschließenden Raum erhob sich das mit vielen hölzernen Zähnen versehene Laufrad, mit dessen Hilfe das Mahlwerk der Brauerei betrieben wurde. Wenn das Grünmalz geschrotet werden sollte, wurden die Pferde an ein Gestänge gebunden und mussten im Kreis laufen. Dabei bewegten sie das große Zahnrad, das Antriebsorgan für mehrere kleine Räder vergleichbarer Art war. Diese Technik war der besondere Stolz Buddebahns, der zusammen mit Tischlern und Drechslern viele Monate lang daran gearbeitet hatte, bis sie es endlich geschafft hatten, die Maschinerie so zu gestalten, dass die aus Eichenholz gefertigten Zahn- und Speichenräder perfekt ineinandergriffen und die dabei angestrebte Leistung erreichten.

Buddebahn drückte sich ächzend die Hände in den Rücken. Dann stellte er sich an eine Wand, um sein Rückgrat daran zu richten. Er schloss die Augen und konzentrierte sich ganz auf die Übung, mit der er sich von Verspannungen befreien konnte. Harm ließ sich davon nicht irritieren.

Die Kaltblüter waren sein Ein und Alles. Normalerweise waren sie nicht so leicht aus der Ruhe zu bringen. Doch im Stall stand noch ein anderes Pferd. Ein edler Hengst, den Buddebahn erst vor wenigen Wochen erworben hatte. Dabei handelte es ich um eine Neuzüchtung aus dem Kloster zu Wilster. Um sein Temperament zu charakterisieren, bezeichneten die Mönche den Hengst als Warmblüter. In der Tat war er anders als die gewohnten Pferde. Er war wesentlich leichter und geschmeidiger, und wenn er trabte oder galoppierte, ließ er alle anderen weit hinter sich. Er reagierte schneller als die Kaltblüter, und er war insgesamt lebhafter als diese.

»Was ist mit dem Hengst?«

»Er hat besonders gelitten«, antwortete Harm. »Bei jedem Donnerschlag zuckte er zusammen. Er hätte wohl die Flucht ergriffen, wenn er die Möglichkeit gehabt hätte, den Stall zu verlassen. Da er das nicht konnte, hat er ausgeschlagen wie ein Wahnsinniger und die halbe Box zerlegt. Er hat den Teufel im Leib.«

Er bekreuzigte sich, um sich vor dem Bösen zu schützen, dass er offenbar in dem Warmblut vermutete. Dann kratzte er sich am Kopf und blickte in die Runde, als befürchte er, von Gesandten der Finsternis aus irgendeinem Winkel heraus angegriffen und überrascht zu werden.

»Du übertreibst, Harm. Vergiss nicht, dass die Mönche von Wilster diesen Hengst gezüchtet haben. Glaubst du denn, dass ausgerechnet sie mir den Teufel auf den Hals schicken? Das kann nicht dein Ernst sein.« Sie verließen den Stall und gingen noch einmal zu Henning Schröder. Buddebahn legte dem Verletzten die Hand an den Hals, um seinen Puls zu fühlen. Ihm war, als weiche allmählich das Leben aus dem Körper des Freundes. Gern hätte er etwas getan, um ihm zu helfen. Nur wusste er nicht, was er unternehmen konnte. Wo Tilmann Kirchberg nicht weiterkam, hatte er keine Aussichten, irgendetwas zu verbessern. »Behalte ihn im Auge, Harm. Wenn er aufwacht, solltest du bei ihm sein.«

»Das werde ich«, versprach der alte Mann. Er hob den Arm und wedelte mit der Hand. »Und nun verschwinde endlich.«

Buddebahn lächelte. Er ließ es sich gefallen, so behandelt zu werden. Leise schloss er die Tür hinter sich, entfernte sich einige Schritte vom Haus und blieb dann stehen, um in den Himmel hinaufzusehen. Das Unwetter war abgezogen, die Wolkendecke war aufgebrochen und das Blau über ihm weitete sich mehr und mehr aus. Das Gewitter war vorbei, und nirgendwo gab es Anzeichen eines Feuers. Sicherlich war die Stadt von zahllosen Blitzen getroffen worden, ohne dass ein Feuer ausgebrochen war. Ein gnädiges Schicksal hatte verhindert, dass auch nur eines der Häuser in Flammen aufging.

Er stieg die Holztreppe hinunter zu den Stallungen, um nach dem Hengst zu sehen. Er fand das edle Warmblut in seiner vollkommen zertrümmerten Box. Es machte einen friedlichen Eindruck. Die Ohren spielten neugierig, als er sich ihm näherte, legten sich jedoch nicht flach, und auch die Nüstern blieben offen. Der Hengst erkannte ihn und streckte ihm zur Begrüßung den Kopf entgegen. Er beugte sich vor und blies ihm sanft in die Nüstern, um ihm dann über den Hals zu streichen. Dabei sprach er leise und besänftigend mit ihm. Er spürte das Vertrauen, das Holstein ihm entgegenbrachte.

»Das Gewitter ist überstanden«, sagte er. Da der Hengst aus der Region nördlich von Hamburg stammte, hatte er ihm diesen Namen gegeben. Er gehörte einer neuen Rasse an, die von den Mönchen des Klosters zu Wilster gezüchtet wurde. Bislang hatten die Mönche noch keine großen Erfolge mit ihren Warmblutpferden erzielt, deren Vorteile von kaum jemandem erkannt wurden. Diese leichteren Pferde eigneten sie sich nicht für die Arbeit im Wald, weil sie keine geschlagenen Stämme herausziehen konnten, oder vor den Fuhrwerken, weil es kaum Wege und Straßen gab, die mit Steinen gepflastert waren, und die meisten sich bei Regen in schlammige Trassen verwandelten. Dafür waren sie schnell und ausdauernd, doch das waren Tugenden, die nur von wenigen geschätzt wurden. »Harm wird deine Box reparieren. Ich habe zu tun. Später werden wir ausreiten, damit du dich so bewegen kannst, wie du es brauchst, um dich wohlzufühlen.«

Es schien, als habe das edle Tier ihn verstanden. Es schnaubte leise. Buddebahn klopfte ihm den Hals und stieg die Treppe wieder hinauf. Als er auf den Hof hinaustrat, verspürte er Durst. Er ging zum Brunnen, um etwas Wasser zu trinken. Deutlich war zu erkennen, dass der Blitz das metallene Gestell mit der Eule darüber getroffen hatte, an dem der Eimer hing. Es war verbogen und die Eule war in der Mitte auseinandergeplatzt. Es würde aufwändig sein, sie zu reparieren, aber er würde es veranlassen und keinesfalls versuchen, die Figur durch eine andere zu ersetzen. »De Uhl« war das Symbol der Brauerei. Sie war noch von ihrem früheren Besitzer in Auftrag gegeben worden, von dem der Vater Buddebahns die Brauerei erworben hatte. Nach der Eule war auch die wichtigste Sorte – das Uhlen-Bier – benannt. Von den Bierprüfern der Stadt, die in Abständen von einigen Jahren immer mal wieder kamen, ohne sich vorher anzumelden, war es zum besten Bier erklärt worden, wobei den Ausschlag nicht nur der Geschmack gegeben hatte, sondern auch der hohe Gehalt an Malz.

Die Prüfer, die alle dem Rat der Stadt angehörten, hatten eine originelle Methode, den Malzgehalt zu prüfen. Sie schütteten reichlich Bier auf eine Bank und verteilten es gleichmäßig. Dann setzten sich alle drei mit ihren Lederhosen auf die derart präparierte Bank und blieben zwei Stunden darauf sitzen, ohne auch nur einmal das Hinterteil zu lüften. Eine Sanduhr stand auf dem Tisch, die nach genau zwei Stunden durchgelaufen war. Während dieser Zeit genossen sie das Bier der Brauerei und ließen sich von der Küche mit Speisen versorgen. War aller Sand durchgelaufen, erhoben sich alle drei auf ein Kommando gleichzeitig. Blieb die Bank an den Hosen kleben und ging mit in die Höhe, galt dies als Beweis dafür, dass genügend Malz im Bier war. Der Brauer hatte die Prüfung bestanden, und man bescheinigte ihm die hohe Qualität seines Bieres.

Buddebahn griff nach dem Seil und zog den Eimer Hand über Hand herauf, um ihn auf den Sims der Mauer abzustellen, die den Brunnen umgab. Doch er trank nicht, denn im Eimer lag ein Stiefel mit einer ungewöhnlich gestalteten Sohle. Sie war an ihrer Spitze und an der Hacke nicht gerundet, sondern eckig. Es war der linke Stiefel jenes Mannes, der tot im Sudhaus lag und zum Gottesacker St. Michaelis gebracht werden sollte.

Buddebahn nahm den Stiefel aus dem Eimer, ließ das Wasser herauslaufen und betrachtete ihn von allen Seiten. Abgesehen von der seltsam gestalteten Sohle gab es nichts Ungewöhnliches daran zu entdecken. Das Schuhwerk war fraglos aus einem hochwertigen Leder gefertigt, woraus sich schließen ließ, dass es einem wohlhabenden Mann gehört hatte. Weitere Hinweise gab es nicht. Jedenfalls nicht für ihn.

Er zog sich ins Haus zurück, um in Ruhe nachdenken zu können. Dazu setzte er sich an seinen Arbeitstisch, nahm einen großen Bogen Pergament und fertigte eine Zeichnung vom Sudhaus an, wie er es in der Gewitternacht vorgefunden hatte. Dabei bemühte er sich, aus seiner Erinnerung möglichst viele Details hinzuzufügen. Er begnügte sich nicht damit, Schröder dazustellen, wie er auf dem Boden lag, und wie sich das Blut um seinen Kopf herum ausgebreitet hatte, sondern brachte auch den Toten ins Bild, wie er in der Würze schwamm, vergaß darüber hinaus nicht, die Skizze des schwarzen Falken an der Wand einzufügen.

Danach stellte er den Stiefel aus dem Brunnen auf einen kleinen Bogen Pergament, markierte die Umrisse der Sohle, erhob sich und schritt tief in Gedanken versunken auf und ab. Schließlich sah er ein, dass er der Lösung der offenen Fragen um keinen Deut näher gekommen war, obwohl er nichts ausgelassen und alle Details des Geschehens gewürdigt hatte.

3

Jetzt kam es darauf an, das Bild, das sich bisher ergeben hatte, durch weitere Informationen zu vervollständigen. Er verließ den Hof und ging den Hopfensack hinunter. Wenig später bog er in die Niedernstraße ein, die zum Stadtwall hinunterführte. Hier reihten sich ärmlich aussehende Hütten aneinander, die allesamt den Eindruck machten, als seien sie bei dem Unwetter der vergangenen Nacht halbwegs zerstört worden. Sie sahen windschief aus. Ihre zur Straße hin abfallenden Dächer bestanden zumeist aus grob aneinandergelegten Hölzern. Keines von ihnen war in der Lage, das Regenwasser vollständig abzuleiten. Buddebahn war sicher, dass es in den Häusern nicht weniger nass war als außerhalb. Die Bewohner dieser Hütten gehörten zu den Ärmsten in der Stadt, und unter anderen Umständen hätte er einen weiten Bogen um diesen Teil Hamburgs gemacht. Jetzt aber näherte er sich ihnen, sah sich suchend um und blieb schließlich vor einer Kate stehen, aus der ein Hämmern zu vernehmen war. Durch die offene Tür konnte er einen Schuster sehen, der einen halb fertigen Schuh zwischen den Knien hielt und kleine Holzstifte in den Rand der Sohlen schlug.

»Moin, Vadder Pit«, grüßte er.

Der Schuster blickte auf, blinzelte aus verengten Augen zu ihm herüber, erkannte ihn und stand erschrocken auf. Der Schuh fiel auf den Boden. Er achtete nicht darauf. Gebeugt und mit leicht bebenden Händen trat er aus dem Dunkel ins Tageslicht heraus.

»Hoher Herr«, stammelte er, wobei er den Kopf neigte. »Ich habe keine Stiefel von Euch in Arbeit. Niemand aus Eurem Haus hat mir einen Auftrag dazu gegeben.«

»Beruhige dich, Vadder Pit. Deshalb bin ich nicht hier.« Buddebahn reichte ihm den Stiefel aus dem Brunnen. »Den habe ich gefunden. Kannst du mir sagen, wer ihn gemacht hat?«

Er kannte den Schuster nur unter dem Namen »Vadder Pit«. Als Kinder hatten sie ihn so genannt, und das hatte sich in späteren Jahren nicht geändert. Buddebahn wusste, dass er es mit einem gutmütigen, sehr einfachen Mann zu tun hatte, der hart arbeiten musste, um seine Familie ernähren zu können. Er hatte ihn schon lange nicht mehr gesehen. Als er ihm das letzte Mal begegnet war, hatte er schwarze, dichte Haare gehabt. Jetzt hatte sich seine einstige Haarpracht gelichtet, sodass sie kaum noch ausreichte, den Kopf zu bedecken. Zudem war er weiß geworden und hatte seine Zähne verloren.

Vadder Pit schüttelte den Kopf und gab ihm den Stiefel zurück.

»Der ist nicht aus Hamburg«, stellte er fest. »Der kommt aus einer englischen Werkstatt. Die Schuster in London nehmen zurzeit nur solche Sohlen. Modischer Kram. Nix für uns.«

»Aus London also. Bist du dir sicher?«

»Ja, das bin ich, hoher Herr. Wenn ich auch sonst nicht viel im Kopf habe, das weiß ich genau. Niemand bei uns verwendet solche Sohlen. Und so ein Leder haben wir gar nicht. Ist was für einen feinen Herrn.«

»Du kannst ihn behalten. Ich brauche ihn nicht mehr.« Buddebahn warf ihm den Stiefel zu, und er fing ihn auf. »Danke, du hast mir sehr geholfen.«

Er entfernte sich einige Schritte, dann blieb er nachdenklich stehen, um noch einmal zu der Hütte zurückzukehren.

»Ich habe Arbeit für dich«, versetzte er. »Du könntest mir zwei Paar Stiefel fertigen. Nimm das beste Leder, das du hast. Meine Maße kennst du. Falls du Fragen hast, wende dich an meine Dienstboten.«

»Ja, hoher Herr, danke«, erwiderte der alte Mann, dem vor Freude über den Auftrag die Tränen in die Augen stiegen. »Ich werde mich beeilen.«

»Du kannst dir Zeit lassen, Vadder Pit. Nur nichts überstürzen. Ich brauche die Stiefel erst später.«

»Eine Frage, Herr, wenn Ihr erlaubt«, bat Vadder Pit. »Wem gehörte der Stiefel? Ihr habt ihn nicht getragen. Er ist zu klein für Euch.«

»Der Mann braucht ihn nicht mehr. Er ist tot. Ermordet worden. Jemand hat ihn erstochen und seinen Stiefel weggeworfen.«

»Am Kattrepel?«

Buddebahn wollte sich schon abwenden und gehen, doch nun verharrte er überrascht.

»Am Kattrepel? Also nicht weit von hier? Wie kommst du darauf?«

»Da soll ein großer Blutfleck sein. Hat mir ein Nachbar gesagt. Allerdings ist der Markt auf dem Domplatz gleich daneben. Da werden schon mal Rinder, Schweine oder Schafe geschlachtet. Es wird nichts mit dem Ermordeten zu tun haben, Herr.«

»Sicherlich nicht.« Damit verabschiedete Buddebahn sich und machte sich auf zum Hafen, wählte allerdings nicht die kürzeste Strecke, sondern nahm einen Umweg in Kauf, der ihn über den Kattrepel führte, eine Straße im Schatten des Doms. Ihr Name wies darauf hin, dass es eine sehr schmale Gasse war, kaum breit genug für einen »Katzenstieg«.

Zu dieser Mittagsstunde herrschte das gewohnte Treiben auf dem Markt. Es schien, als habe sich die Hälfte der Hamburger Bevölkerung verabredet, gerade jetzt dort einzukaufen. In einigen Bereichen schoben sich die Marktbesucher Schulter an Schulter voran, sodass Buddebahn gar nicht erst versuchte, in die Nähe der Fischstände zu kommen und Ausschau nach Hanna zu halten. Dafür schlenderte er am Kattrepel entlang, der zum Markt hin nur durch einige Hütten und eine Dornenhecke getrennt war und auf dem sich sonst kaum jemand aufhielt. Die Gasse war in der Tat sehr schmal, sodass man nur mit Mühe eine Karre hindurchschieben konnte.

Schon nach wenigen Schritten fand er die Reste einer Blutlache. Sie breitete sich zwischen zwei Hütten aus und reichte auf der einen Seite bis unter das weit ausladende Hüttendach, unter dem einige Holzscheite für den Kamin lagen. Auch sie waren mit Blut beschmiert. Er blickte nur kurz in die Holzbauten hinein, um sich zu vergewissern, dass sie unbewohnt waren. Wie erwartet, enthielten sie Gartengeräte, Schubkarren und allerlei Gerümpel. Wo das Regenwasser nicht weit genug unter das Dach vorgedrungen war, fand sich noch Blut. Es war mittlerweile eingetrocknet. Fliegen und einige Wespen, die aus einem Nest direkt unter dem Dach kamen, taten sich daran gütlich.

Obwohl er sich die Lücke zwischen den beiden Hütten sowie den Blutfleck genau ansah, konnte er nirgendwo etwas entdecken, was Aufschluss über die Bluttat gab. Nur das flach an den Boden gepresste Gras wies darauf hin, dass ein Körper zu Boden gefallen war und für eine gewisse Zeit dort gelegen hatte. Augenscheinlich war das Mordopfer zunächst auf die Holzscheite gestürzt, war abgeglitten und danach im Gras liegengeblieben.

Das Gesamtbild der Spuren ließ keinen Zweifel daran, dass an dieser Stelle ein Mord stattgefunden hatte. Ein ganz anderes Bild hätte sich ihm geboten, hätte ein Tier sein Leben lassen müssen. Ein paar Haare aus dem Fell wären geblieben, vielleicht auch Teile des Gedärms, für die der Fleischer keine Verwendung hatte, zumindest aber sein Inhalt, falls der Darm für die Wurst eingesetzt werden sollte.

Des Weiteren ging Buddebahn davon aus, dass der Mann aus dem Sudhaus das Opfer war. Der Boden im Kattrepel war hartgetreten und wies keinerlei Abdrücke auf. Wo welche vorhanden gewesen waren, hatte der Regen der letzten Nacht sie hinweggeschwemmt. Schwach zu erkennen war in der Blutlache der Abdruck einer Fußsohle, also des vorderen Teils eines Fußes, nicht aber der Hacke. Die Spur musste jemand hinterlassen haben, der hier gestanden und sich dabei vornübergebeugt hatte.

Buddebahn blieb eine geraume Zeit vor dem Ort des grausigen Geschehens stehen, um sich so viele Einzelheiten wie nur eben möglich einzuprägen. Später würde er ein Pergament nehmen und eine Zeichnung anfertigen. Schließlich ließ er sich auf die Knie herabsinken und kroch in der Hoffnung durch das Gras, irgendetwas aufzuspüren, was dem Mörder zu Verhängnis werden konnte. Er fand lediglich einige tote Wespen, was angesichts des nahen Nestes nicht verwunderlich war.

Keineswegs zufrieden mit dem Ergebnis seiner Suche, erhob Buddebahn sich, drehte sich um und nahm das Bild der Häuser am Kattrepel in sich auf. Es waren kleine, nicht sehr ansehnliche Fachwerkgebäude. Er vermutete, dass hauptsächlich Handwerker und Händler in dieser Straße wohnten. Sie vermittelte wahrlich nicht den Eindruck von Wohlstand. Sie war recht schmutzig, Abfälle lagen überall herum, und die Häuser sahen vernachlässigt aus. Streunende Katzen ergänzten das Bild.

Da er hoffte, jemanden zu finden, der die Bluttat beobachtet hatte oder dem sonst irgendetwas aufgefallen war, ging er zu den Häusern hinüber und klopfte an die Türen. Das Ergebnis war enttäuschend. Keine der Türen öffnete sich ihm. Wo man überhaupt bereit war, mit ihm zu sprechen, stieß man die Läden auf und beugte sich zum Fenster heraus. Gesehen oder gehört hatte niemand etwas. Zwangsläufig gab Buddebahn sich damit zufrieden und setzte seinen Weg zum Hafen fort.

Er hatte es nicht weit. Schon als er die Wallanlagen passiert hatte, sah er die Schiffe am Kai liegen. An der Spitze der Masten leuchteten farbenfroh gestaltete Flaggen. Der schwache Wind hielt sie nur matt in Bewegung. Es waren die Flaggen der verschiedenen Reeder aus dem Bereich der Hanse.

Conrad Buddebahn kannte sich aus und hatte keine Mühe, eine Kogge und einen Kraveel als Schiffe aus London einzustufen. Mehrere Koggen hatten nebeneinander festgemacht. Sie kamen aus Danzig, Reval und Nowgorod. Zwei mit Laufrädern betriebene Kräne leichterten die Schiffe. Davor stapelten sich Waren der unterschiedlichsten Art. Sie wurden von einigen Handelsherren, zahlreichen Helfern und der Bürgerwache gesichert, die vom Kirchspielregiment St. Petri für den Hafen abgestellt wurde. Die Männer der Bürgerwache trugen keine Uniformen, wie die Landsknechte, sondern machten sich allein durch ihre Fahnen kenntlich. In diesem Fall waren es Fahnen in der roten Farbe St. Petris.

Die Kirchspiele waren elementare Organisationen bei der Verteidigung der Stadt gegen jegliche Bedrohung von außen. Zu ihnen gehörten nicht nur die Gemeinden der Kirche, sondern auch die Verwaltungen mit allen Rechten und Pflichten. Er ging zu der Kogge, musste aber immer wieder mal stehenbleiben, um einen Freund oder Bekannten zu begrüßen und ein paar Worte mit ihm zu wechseln. Es war nicht zu ändern, und er nahm es hin. Als Bierexporteur war er beinahe täglich im Hafen gewesen. Daher kannte man ihn. Es wäre unhöflich gewesen, irgendjemanden zu ignorieren. Glücklicherweise war noch nicht bekannt, was in der Brauerei geschehen war, und es gab keine diesbezüglichen Fragen. So beschränkte sich die Unterhaltung auf Allgemeinplätze, Höflichkeitsfloskeln, den Austausch von Klatsch oder derben Witzen. Daneben erhielt Buddebahn Hinweise über veränderte wirtschaftliche Bedingungen sowie Aufstieg und Fall einiger Handelshäuser, mit denen er und vor allem sein Nachfolger Henning Schröder zu tun hatten.

Klaas Bracker fand sich ebenfalls im Hafen. Buddebahn begegnete ihm vor der englischen Kogge, wo er mit Emma Rother zusammenstand. Die Frau des Bürgermeisters schien erregt zu sein. Sie redete heftig auf ihn ein, während er offensichtlich bemüht war, sie zu beruhigen. Buddebahn wartete ab, bis das Gespräch zu Ende war und Emma Rother davoneilte. Ihr Antlitz hatte sich entspannt. Dennoch machte sie nicht den Eindruck, als sei sie vollends zufrieden mit ihrer Begegnung im Hafen.

Ohne seiner Beobachtung besonderes Gewicht beizumessen, schlenderte er zu dem Banker hinüber, um ihn zu begrüßen. Bei dem Freund nahm er sich mehr Zeit als bei den anderen, mit denen er gesprochen hatte.

»Dein Bruder war bei mir und hat nach dem Weg gefragt«, berichtete er, nachdem sie ein paar belanglose Worte miteinander gewechselt hatten und der Höflichkeit mit Fragen nach dem Wohlergehen und dem der Familie Genüge getan war. »Ich hoffe, er hat dich gefunden.«

»Das hat er«, bestätigte Bracker, ein kleiner, energischer Mann. Obwohl es nicht besonders warm war an diesem Morgen, schwitzte er. Mit einem Seidentuch tupfte er Stirn und Oberlippe ab. Mit seinen lang und weit herabfallenden Haaren und seiner modischen Kleidung machte er eher den Eindruck eines Künstlers als den eines Bankers. Doch er war ein kühl und nüchtern denkender Mann, der genau wusste, was er wollte, und der ein einmal angepeiltes Ziel niemals aus den Augen ließ. »Und er hat mir erzählt, dass er zuerst bei dir in der Brauerei war. Wir haben uns seit vielen Jahren nicht mehr gesehen.«

»Und doch bist du hier am Hafen.«

»Ich kann das Geschäft nicht vernachlässigen, obwohl ich es in diesem Fall gern täte.« Bracker zuckte bedauernd mit den Achseln. »Ich habe ja später noch genügend Gelegenheit, mit meinem Bruder zu reden. Wenn man sich so lange nicht gesehen hat, geht der Gesprächsstoff nicht aus.«

»Das ist wohl richtig. Genieße die Zeit mit ihm. Wer weiß, wie lange er in Hamburg bleibt.«

Klaas Bracker fuhr sich mit dem Seidentuch über das Gesicht, und jetzt wich er den Blicken Buddebahns aus. »Das kann man bei ihm nie wissen. Er ist ein unruhiger Geist, den es nie lange an einem Ort hält. Das wird jetzt und mit Hamburg nicht anders sein. Manchmal ist er mir ein Rätsel. Er ist mein Bruder, und ich vertraue ihm, allerdings ...«

Er zuckte mit den Achseln, brachte den Satz nicht zu Ende und tat mit einer Handbewegung als unwichtig ab, was er eigentlich hatte sagen wollen.

Buddebahn nickte ihm grüßend zu und konnte nun endlich zu der Kogge mit der Flagge eines Londoner Reeders gehen. Ein grobschlächtiger Mann mit einer Augenklappe über dem rechten Auge, langen roten Haaren, die er mit einer Metallspange im Nacken zusammenhielt, und aufgeworfenen, herzförmigen Lippen stand an der Reling und überwachte die Arbeit der Tagelöhner, die allerlei Kisten, Kästen, Säcke und Fässer von Bord schleppten und auf verschiedene Pferdefuhrwerke verteilten. Hin und wieder schrie er ihnen Befehle in englischer Sprache zu, die sie nicht verstanden, und deren Bedeutung sie nur erraten konnten. Sie bewirkten, dass sie sich schneller mit ihren Lasten bewegten und im Laufschritt an Bord zurückkehrten, sobald sie ihre Fracht bei einem der Fuhrwerke abgeladen hatten.

»Erlaubt Ihr, dass ich an Bord komme?«, fragte Buddebahn auf Englisch, nachdem der Mann auf ihn aufmerksam geworden war.

Der Rothaarige blickte ihn überrascht an. Er schien nicht damit gerechnet zu haben, dass er sich in seiner Sprache artikulieren konnte.

»Nur zu, Mister«, antwortete er mit heiser klingender Stimme. »Kommt nur herauf, aber versucht nicht, mir etwas zu verkaufen. Falls doch, fliegt Ihr im hohen Bogen ins Wasser. Das ist sicher.«

»Ich bin aus einem ganz anderen Grunde hier«, erwiderte Buddebahn. Er wartete ab, bis sich eine Lücke in der Kette der Tagelöhner auftat, und schritt dann rasch über die hölzernen Planken an Bord, wo er zur Seite trat, um das Leichtern des Schiffes nicht zu behindern. Er wusste sehr wohl, dass manche Seeleute recht heftig reagieren konnten, falls man sich allzu sorglos und gedankenlos an Bord bewegte und dabei im Wege stand.

»Was führt Euch zu mir?«, fragte der Engländer.

»Vermisst Ihr einen Eurer Männer?«

Der andere blickte ihn überrascht an. Sein gesundes Auge schien sich zu vergrößern. »Warum wollt Ihr das wissen?«

»Ihr solltet mir zunächst antworten.«

»Und wenn ich es nicht tue und Euch dafür über Bord werfe?«

»Dann könnte es euch passieren, dass dieses Schiff nicht auslaufen darf«, entgegnete Buddebahn gelassen. Zugleich hob er ebenso abwehrend wie besänftigend die Hände. »Natürlich will ich Euch nicht behindern. Wie käme ich dazu? Nun?«

»Ihr wollt mir drohen?« Der Rothaarige trat ein wenig näher an ihn heran. Seine Hand legte sich um den Griff des Messers, das in seinem Gürtel steckte.

»Gott bewahre! Nichts liegt mir ferner als das. Ich möchte Euch nur darauf hinweisen, dass es unangenehm für Euch werden könnte. Wozu ein Risiko eingehen? Alles lässt sich verhindern, wenn Ihr mir sagt, ob Ihr einen Euren Männer vermisst.« Er gab sich den Anschein, als stärke die Autorität der Stadt Hamburg seinen Rücken – und hatte Erfolg mit diesem Täuschungsmanöver. Der Schiffshauptmann gab seinen Widerstand auf.

»Warum fragt Ihr?«

»Womit wir wieder dort wären, wo wir angefangen haben.« Buddebahn lächelte. »Machen wir es uns einfacher. Ihr gebt mir erst eine Antwort, und dann erkläre ich Euch alles.«

Sie standen sich gegenüber und blickten sich an. Keiner von ihnen war bereit, zurückzuweichen. Dabei war Buddebahn kleiner und weniger kräftig als der andere, wusste aber seiner Forderung mit Gelassenheit und Festigkeit Nachdruck zu verleihen. Er glaubte, förmlich sehen zu können, wie es hinter der Stirn des Rothaarigen arbeitete. Dieser war ein einfacher Mann mit einem begrenzten Horizont. Er war es gewohnt, sich mit Gewalt an Bord durchzusetzen, wobei ihm die strengen Gesetze der Seefahrt den Rücken stärkten. Seine Seeleute beugten sich ihm widerspruchslos. Dass er bei ihm auf Widerstand stieß, irritierte ihn, und es verstrich einige Zeit, bis er einsah, dass es besser für ihn war, einzulenken und nachzugeben.

»Ich vermisse keinen meiner Männer«, erwiderte er, wobei er zugleich zum Kraveel hinüber zeigte. »Dort drüben fehlt einer. Er ist gestern von Bord gegangen und nicht zurückgekehrt.«

Jetzt zog Buddebahn die Zeichnung aus der Tasche, die er gefertigt hatte.

»Ist er das?«

Verblüfft nickte der Rothaarige. Neugierig streckte er die Hand aus, nahm die Zeichnung vorsichtig entgegen, und betrachtete sie eingehend. »Das ist er. In der Tat. Was ist ihm widerfahren?«

»Jemand hat ihm ein Messer in die Brust gestoßen und ihn getötet«, eröffnete Buddebahn ihm. »Und ich will herausfinden, wer das war und warum er es getan hat. Wer war der junge Mann? Welche Aufgaben hatte er an Bord?«

»Kommt mit mir«, forderte der Rothaarige ihn auf. »Der Schiffshauptmann des Kraveel kann Euch mehr sagen als ich.«

Mit finsterer Miene ging er von Bord und eilte ihm voran. Dabei nahm er nicht die geringste Rücksicht auf die Männer mit ihren Lasten. Er wich ihnen nicht aus, sondern schob sie kurzerhand zur Seite, so sie ihm im Weg waren. Keiner der Tagelöhner wagte es, sich dagegen zu wehren. Es waren arme Leute, die mit äußerster Mühe und schwerster Arbeit zusammenbrachten, was sie und ihre Familien zum Leben benötigten. Die meisten von ihnen kannten nichts weiter als Bier und Brot auf dem Tisch. Einige konnten sich noch nicht einmal das leisten, mussten auf Bier verzichten und tranken Most aus vergorenen Äpfeln und Birnen, das billigste Getränk, das es – neben Wasser – in Hamburg gab. Sie wagten es nicht, sich aufzulehnen oder gegen die rüde Behandlung zu protestieren. Sie waren schwach, und sie wussten es. Der geringste Fehler konnte dazu führen, dass sie ihre Arbeit verloren. Danach blieb ihnen nichts, denn andere Arbeit gab es kaum. Viele Bauern – so sie keine Leibeigenen waren – verließen das Land, auf dem sie bisher gelebt hatten, weil die Ernten schlecht und die Abgaben an die Lehnsherren zu hoch waren. Sie suchten ihr Heil in der Stadt, hatten aber keine andere Möglichkeit, als sich als Tagelöhner zu verdingen. Da es ohnehin zu viele Tagelöhner gab, erhöhte sich der Druck auf den Lohn Tag für Tag und mit jedem weiteren, der in die Stadt drängte, weil er sich Erlösung aus seiner wirtschaftlichen Not erhoffte.

Der Schiffshauptmann des Kraveel war ein kleiner, untersetzter Mann. Er saß auf dem Achterkastell seines Schiffes, bemerkte sie, erkannte, dass sie zu ihm wollten, und gab ihnen mit einer Handbewegung zu verstehen, dass sie an Bord kommen sollten. Sie betraten das Schiff und stiegen einige Stufen hoch zum Achterkastell, vorbei an Tagelöhnern, die Ballen, Kisten und Fässer an Bord brachten, um sie dort an andere zu übergeben, die sie unter der Aufsicht des Steuermanns unter Deck verstauten. Dabei ging es laut und rau zu. Grob und unnachsichtig achtete der Steuermann darauf, dass sich nicht der geringste Fehler einschlich. Die Ladung richtig zu verteilen erforderte nicht nur Geschick, sondern auch Warenkenntnisse. Es kam darauf an, die Fässer, Säcke und Behälter so zu verteilen, dass der Schwerpunkt möglichst tief lag. Nur so war die Stabilität des Schiffs auf See gewährleistet. Darüber hinaus musste die Last so untergebracht werden, dass der Kraveel im Ankunftshafen zügig geleichtert werden konnte.

Um diese Belange schien sich der Schiffshauptmann nicht zu kümmern. Doch der Eindruck täuschte. Er war aufmerksam. Ihm entging nichts. Während er Buddebahn und den Rothaarigen aufforderte, sich auf einen Kasten mit Tauwerk zu setzen, warf er immer wieder mal Blicke auf die Arbeiter.

»Was führt Euch zu mir?«, fragte er Buddebahn.

Mit knappen Worten schilderte dieser, weshalb er ihn aufsuchte.

»Mord?« Der Kapitän erbleichte. »Norton ist ermordet worden?«

»Ihr kennt den Mann also.«

»Und ob ich ihn kenne!« Der Schiffshauptmann war sichtlich erschüttert. »Er ist mit mir nach Hamburg gefahren, weil er hier Geschäfte tätigen wollte.«

»Was für Geschäfte?«

»Darüber hat er sich ausgeschwiegen.«

»Wer war dieser Norton? Wie war sein Nachname? Was hat er in London getan? Oder kam er nicht aus London, sondern einer anderen Stadt in England? Erzählt mir mehr von ihm.«

»Das kann ich nicht.« Kopfschüttelnd blickte der Kapitän auf die Alster hinaus, ohne die Schwäne, die vielen Enten, die Kähne und Schaluppen wahrzunehmen, die sich darauf bewegten. Seine Augen waren leer und ohne Ausdruck. Er war mit seinen Gedanken bei Norton. »Jetzt frage ich mich selber, wer dieser Mann war. Wenn ich es recht überlege, hat er mir nichts über sich verraten. Ich weiß, dass sein Name Norton war. Das ist alles. Wir haben uns oft unterhalten. Demnach ist er in fernen Ländern gewesen. Vor allem in Spanien, Italien und in den maghrebinischen Reichen im Nordwesten Afrikas. Die seltsamen Sitten und Gebräuche dieser Völker haben ihn interessiert. Aber sonst? Es tut mir leid. Der Mann ist mir ein Rätsel.«

Der Steuermann kam zu ihnen und teilte dem Kapitän mit, dass der Kraveel alles an Fracht an Bord genommen hatte, was vorgesehen war.

»Wir können auslaufen«, stellte er abschließend fest.

»Und das werden wir auch«, erwiderte der Schiffshauptmann. Bedauernd wandte er sich an Buddebahn. »Ihr müsst das Schiff verlassen.«

»Ihr habt mir sehr geholfen«, erwiderte dieser und ging über das Fallreep an Land. Der rothaarige Kapitän nickte ihm nur kurz zu und eilte dann zu seiner Kogge.

Buddebahn blieb am Kai stehen und sah zu, wie die Leinen losgemacht wurden und der Kraveel ablegte. Als das Schiff schon einige Schritte vom Ufer entfernt war, fiel ihm noch eine Frage ein, die ihm wichtig erschien. Er hob den Arm, um den Kapitän auf sich aufmerksam zu machen, doch dieser beachtete ihn nicht. Er hatte genug damit zu tun, die Arbeiten an Bord zu überwachen. Das Manövrieren auf der Alster war schwierig, vor allem wenn der Wind aus östlicher Richtung kam. Es galt, in einen der nach Süden laufenden Fleete einzulaufen, weil das Schiff nur so den Elbstrom erreichen konnte. Dabei musste der Schiffshauptmann die einsetzende Ebbe nutzen. Bei auflaufendem Wasser konnte kein Schiff bis zur Elbe vorstoßen. Es musste vor Anker gehen und warten, bis die Tide kippte und die Ebbe einsetzte.

4

Nachdenklich kehrte Buddebahn in den Hopfensack zurück. Dabei machte er einen kleinen Umweg, um einen Schmied aufzusuchen und ihm den Auftrag zu geben, den Brunnenaufbau mit der metallenen Eule, dem Symbol der Brauerei, zu reparieren. Gleich darauf sah er nach Henning Schröder, fand ihn in unverändertem Zustand vor und ging in den Pferdestall, aus dem kräftiges Hämmern zu vernehmen war. Harm war mit einem Zimmermann dabei, die zerstörten Pferdeboxen wiederherzurichten.

»Ich habe die Pferde hinter der Brauerei angebunden«, rief der alte Mann Buddebahn zu, ohne die Arbeit zu unterbrechen.

Dieser hielt sich nicht lange auf. Da er die Arbeit in guten Händen wusste, stieg er die Treppe hinauf zum Sudhaus, durchquerte es und trat durch die Hintertür hinaus auf einen kleinen Hof. Hier befanden sich die Pferde. Sie waren nicht allein. Ein junger Mann war bei ihnen, mit dessen Anwesenheit er nicht gerechnet hatte. Er war gerade dabei, dem Hengst Holstein einen Sattel aufzulegen.

»David«, rief Buddebahn überrascht. Seit Wochen hatte er seinen Sohn nicht mehr gesehen. »Du bist wieder in Hamburg? Wolltest du nicht versuchen, in Lübeck oder Wismar Arbeit zu finden?«

»Das war nichts für mich«, erwiderte David. Mit einem Ruck zog er den Sattelgurt strammer. Obwohl er seine Haare an beiden Seiten seines Kopfes zu Zöpfen geflochten hatte, fielen sie ihm ins Gesicht. Er war mittelgroß, ein ganz anderer Typ als sein Vater. Drahtig, kräftig, zupackend, ein junger Mann, der sich bei körperlicher Arbeit wohlfühlte. Ein widersprüchlicher Charakter, der an einem Tag ein ganzes Schiff allein entladen konnte und am nächsten Tag jegliche Arbeit verweigerte, weil die Sonne schien und er nicht die geringste Lust verspürte, sich anzustrengen, oder weil er sich an ein paar Worten des Steuermanns oder Kapitäns gestört hatte. In Hamburg war er gescheitert, weil er seinen Meister verprügelt hatte, der unglücklicherweise auch noch die Zunft der Schiffsbauer vertrat und der danach dafür gesorgt hatte, dass David in Hamburg keine Arbeit mehr bekam. Nun machte die Antwort des jungen Mannes deutlich, dass es ihm in Lübeck und Wismar nicht anders ergangen war. Auch da hatte er offenbar Schwierigkeiten mit seinen Meistern oder der Zunft gehabt.

»Es trifft sich gut, dass du wieder da bist«, sagte Buddebahn. »Es ist einiges passiert. Henning Schröder liegt im Krankenbett, und die Brauerei braucht jede Hand. Ich würde es begrüßen, wenn du dich vorübergehend nützlich machst.«

»In der Brauerei? Du weißt genau, dass ich damit nichts im Sinn habe«, erwiderte David. Er machte Anstalten, sich auf den Rücken des Hengstes zu schwingen.

»Was hast du vor?«

»Ich will ausreiten.«

»Aber nicht mit Holstein«, widersprach Buddebahn.

»Er gehört mir«, behauptete David trotzig.

»Das ist ein Irrtum, mein Sohn. Ich habe dich auf eine bestimmte Mission geschickt und dir den Hengst dafür zur Verfügung gestellt. Du hast deine Aufgabe erfüllt. Sehr gut sogar. Das heißt aber nicht, dass ich dir Holstein geschenkt habe.«

David ließ die Zügel fahren und trat seinem Vater ein paar Schritte entgegen.

»Wenn du mir den Hengst gibst, helfe ich in der Brauerei«, bot er an.

Buddebahn schüttelte den Kopf. Er ging an seinem Sohn vorbei und stieg auf den Rücken des edlen Pferdes. »So was nennt man wohl Erpressung. Solche Geschäfte machen wir nicht. Entweder du hilfst, wo Not am Mann ist, oder du lässt es bleiben.«

Damit trieb er das Pferd an und trabte vom Hof. David blickte ebenso verblüfft wie verärgert hinter ihm her. Fluchend trat er gegen einen Stein, um ihn quer über den Hof zu befördern.

Ungestüm drängte der Hengst voran. Buddebahn hatte Mühe, ihn im Schritttempo zu halten. Er führte ihn über die Fuhrwege, die überaus wichtigen Landverbindungen zu den umliegenden Dörfern, den etwas weiter entfernten Städten und den zumeist versteckt liegenden Bauernhöfen. Da die Mittagszeit längst überschritten war, herrschte nur wenig Verkehr auf den Wegen. Früh am Morgen waren die Händler, Bauern, die Jäger und Handwerker in die Stadt gezogen, um dort anzubieten, was in den Siedlungen auf dem Lande gefertigt und erzeugt worden war. Später, wenn der Tag sich neigte, würden sich die Karawanen in umgekehrter Richtung von der Stadt weg und aufs Land hinaus bewegen. Dann waren die Verkäufe getätigt, und man hatte eingekauft, was benötigt wurde.

Buddebahn war froh, dem Trubel der Stadt für einige Zeit entkommen zu sein, und sich sowohl seinem neuen Pferd, als auch den Fragen widmen zu können, die sich durch den Mord an jenem Norton ergeben hatten.

Zunächst kam er nicht dazu, über das Verbrechen nachzudenken, denn der Hengst nahm seine volle Aufmerksamkeit in Anspruch. Vor wenigen Wochen hatte er das Pferd von einem Mönch des Klosters zu Wilster gekauft. Dieses sogenannteWarmblut war für den schnellen Transport etwa von Nachrichten oder Gütern von geringem Gewicht geeignet. Natürlich auch, um Reiter in möglichst kurzer Zeit von einem Ort zum anderen zu tragen. Solche Pferde waren bislang im Norden unbekannt gewesen, und so stieß seine Neuerwerbung bei vielen auf Spott und Ablehnung. Die Wenigsten erkannten, welch besonderen Wert dieser Hengst hatte.

Zu ihnen gehörte sein Sohn David, der mit dem Hengst von Hamburg nach Wismar und nach Ratzeburg geritten war und dabei mühelos Wegelagerern entkommen war, die mit ihren Kaltblütern keine Aussicht gehabt hatten, ihn und sein Pferd einzuholen.

Die Luft wurde drückend und schwül. Dunkle Wolken zogen am Horizont auf, über ihm aber war der Himmel wolkenlos blau. Auf der Suche nach abgeernteten Feldern zogen Schwärme von Amseln und Tauben über das Land. Sie fanden genügend Körner, die vorzeitig aus den Ähren gefallen und auf dem Boden verblieben waren.

Buddebahn hielt sich an die von Knicks umsäumten Wege, die sich meist bogenförmig durch das Land wanden und recht übersichtlich waren. Auf weiten Strecken konnte er sehen, wer sich darauf aufhielt. Es waren überwiegend Bauern oder Händler mit ihren Fuhrwerken. Sie bewegten sich in Gruppen oder kleinen Kolonnen, um gegen Überfälle gefeit zu sein und sich im Notfall gegenseitig helfen zu können.

Da vor allem einzeln Reisende gefährdet waren, beobachtete Buddebahn seine Umgebung sehr genau. Dennoch wurde er von drei Reitern überrascht, die plötzlich aus den eng zusammenstehenden Büschen eines Knicks hervorstürmten. Die verwegen aussehenden Gestalten hielten lange Messer und Bögen in den Händen. Laut schreiend trieben sie ihre Pferde auf ihn zu.

Buddebahn erkannte, dass sie mit dieser Taktik seine Aufmerksamkeit auf sich ziehen wollten, damit sich ihm zwei andere Reiter von hinten unbemerkt nähern konnten. Als er über die Schulter nach hinten blickte, sah er sie. Mit Armbrüsten in den Händen rannten sie auf ihn zu. Er blieb ruhig. Sie waren zu weit entfernt, um auf ihn schießen zu können. Da der Weg zu beiden Seiten von Knicks begrenzt wurde, schien es dennoch keinen Ausweg für ihn zu geben. Doch er entdeckte eine Lücke zwischen den Büschen. Entschlossen trieb er den Hengst hindurch. Es war, als habe das edle Tier nur auf dieses Kommando gewartet. Es schoss förmlich voran, sodass er sich weit nach vorn lehnen musste, um nicht abgeworfen zu werden. Mühelos brach es durch die Büsche und galoppierte auf ein Stoppelfeld hinaus.

Die Wegelagerer folgten ihm. Als der Pfeil aus einer Armbrust kaum eine Handbreit an seinem Kopf vorbei flog, hörte Buddebahn es unangenehm pfeifen.

Nun entfaltete der Hengst seine ganze Schnelligkeit, und schon bald sah es aus, als hätten die Wegelagerer aufgegeben, denn gar zu rasch fielen sie ab. Doch dieser Eindruck täuschte. Buddebahn wandte sich kurz um. In breiter Front jagten sie ihre Kaltblutpferde über das Feld.

Er lachte leise, klopfte dem Hengst die Schulter und ließ ihn laufen. Als er wenig später noch einmal nach seinen Verfolgern Ausschau hielt, hatten diese ihre Pferde gezügelt. Sie hatten erkannt, dass sie ihn auf keinen Fall einholen konnten. Holstein hatte gezeigt, dass er ihnen weit überlegen war. Er vermutete, dass sie nun vor allem damit beschäftigt waren, zu begreifen, mit was für einem Pferd sie es zu tun hatten. Wenn sie anderen von der Begegnung berichteten, würden sie maßlos übertreiben, vielleicht von einem Wunderpferd sprechen oder gar behaupten, die Hufe dieses rätselhaften Pferdes habe den Boden gar nicht mehr berührt, weil es nur so seine schier unbegreifliche Schnelligkeit habe entwickeln können.

Buddebahn lenkte Holstein auf einem mehrere Ellen breiten Weg in einen Wald hinein, galoppierte an einem See entlang und kam danach wieder auf freies Gelände. Hier nahm er den Hengst zurück. Auf einer Breite von mehr als hundert Schritten stiegen dunkle Rauchwolken vor ihm auf. Ein Kornfeld brannte, und auch die Kate eines Bauern hatte Feuer gefangen.

Jetzt trieb Buddebahn den Hengst erneut an, wich dem Feuer aus und ritt dann nah an die Kate heran. Hier band er das Pferd an einen Baum, damit es nicht weglaufen konnte, und rannte zu der Hütte des Bauern, blieb dann jedoch plötzlich stehen, als sei er gegen ein unsichtbares Hindernis gelaufen.

Er kam zu spät.

Er konnte nichts mehr tun.

An den Ästen einer Eiche baumelten die Leichen des Bauern, seiner Frau und zwei weiterer Erwachsener, wahrscheinlich Leibeigener. Nachdem man ihnen die Hände auf den Rücken gebunden hatte, waren sie erhängt worden. Flammen setzten nicht nur ihre Kleider in Brand, sondern auch den Baum.

Verzweifelt blickte Buddebahn sich nach einem Hilfsmittel um, mit dem er das Feuer bekämpfen konnte. Es gab keine. Nirgendwo lag ein Eimer. Noch nicht einmal eine Schöpfkelle war vorhanden. Er konnte das Feuer nicht löschen, und unter der herrschenden Hitze konnte er die Leichen nicht vom Baum holen. Er konnte sich ihnen nicht nähern, ohne dass seine Kleider ebenfalls Feuer fingen. Ihm blieb nur der Rückzug.

Während er niedergeschlagen zu seinem Pferd ging, das voller Unruhe an dem Riemen zerrte, mit dem es festgebunden war, sah er sich um. Viel Zeit blieb ihm nicht. Der Hengst fürchtete das Feuer. Unter diesen Umständen war es ratsam, ihn möglichst bald aus dem Bereich der Flammen und der von ihnen ausgehenden Hitze zu entfernen. Immerhin erkannte Buddebahn, dass der Boden mit Hufspuren von Pferden überzogen war. Aus ihnen ging eindeutig hervor, dass eine Reiterhorde den Hof überfallen hatte.

Als er sich in den Sattel schwang, fiel ihm sein Freund ein, der Bauer Hermann, dessen Hof sich in der Nähe befand. Von ihm kaufte er seit Jahren die Gerste für sein Bier. Es war eine besonders hochwertige Gerste, um die ihn die anderen Brauer beneideten. Bisher hatten sie sich vergeblich bemüht, herauszufinden, von wem er das Getreide bezog und wo sich dieser Bauerhof befand. Mit viel Glück und der entsprechenden Vorsicht hatten Hermann und er das Geheimnis bewahren können.

Jetzt fürchtete er um Leben und Sicherheit seines Freundes. Für ihn bestand nicht der geringste Zweifel, dass Brandstifter am Werk gewesen waren. Sie hatten die Ernte des Bauern vernichtet und ihn und seine Frau am Ende aufgeknüpft.

Wie ihm schien, ein vollkommen sinnloses Verbrechen, von dem niemand einen Vorteil haben konnte. Da das Korn verbrannt war, konnte es nicht mehr verarbeitet werden. Und Reichtümer waren bei einem Bauern ohnehin nicht zu holen. Im Gegenteil. Die überwiegende Zahl der Bauern lebte am Rande der Armut und war gezwungen, ein erbarmungswürdiges Leben zu führen. Das war so, und niemand dachte darüber nach. Die Bauern wurden in ihren Stand hineingeboren, befanden sich in Abhängigkeit von ihrem Lehnsherrn, der ihnen unter Umständen Leibeigene als Hilfskräfte zur

Verfügung stellte, und hatten so gut wie keine Möglichkeit, etwas zu ändern. Auch wenn sie in die Stadt zogen, um sich dort zu verdingen, verblieben sie – von verschwindend wenigen Ausnahmen abgesehen – in ihrem Stand.

Falls Hermanns Felder ebenfalls angezündet worden waren, gab es keine Gerste für die Brauerei, und Henning Schröder kam in ernsthafte Schwierigkeiten. Ohne Gerste konnte er kein Bier brauen.

Je weiter Buddebahn kam, desto mehr wuchs die Angst um Hermann und seine Familie. Dass keine Rauchwolken über dem Wald und dem darin versteckten Anwesen aufstiegen, beruhigte ihn keineswegs. Er atmete erst auf, als er ein Gehölz durchquert hatte, auf freies Gelände herauskam und das strohgelb leuchtende Stoppelfeld seines Freundes sehen konnte. Nichts war verbrannt, das Feld war abgeerntet worden, und die Kate mit dem kleinen Unterstand für das Pferd sah so aus wie immer, wenn er hiergewesen war. Zahlreiche Krähen, Raben und Tauben pickten die Körner vom Feld, und sie ließen sich auch durch einen Fuchs nicht stören, der an einem Knick entlangschnürte. Zwei Kühe grasten nicht weit von ihm entfernt am Waldrand.

Als Buddebahn die Kate erreichte, trat der Bauer aus dem Unterstand hervor.

»Hallo, Hermann.«

»Conrad!« Der Bauer war sichtlich erfreut, ihn zu sehen. Eine schwere Last schien von seinen Schultern zu fallen.

»Ist alles in Ordnung?«

»Wie immer.« Er zuckte mit den Achseln, als berühre ihn die Frage nicht besonders, dann aber atmete er tief durch und stieß die Luft ruckartig aus. »Nicht ganz.« Er blickte in die Richtung des Nachbarhofs.

»Ich war dort.«

»Schlimm.« Der Bauer redete nie sehr viel. An diesem Tag schien es ihm besonders schwerzufallen, die Lippen auseinanderzubringen.

»Bei euch ist nichts passiert? Deiner Familie geht es gut?«

Hermann blickte über die Schulter zum Unterstand hinüber, und nun kamen nach und nach seine Frau und die Kinder zum Vorschein, Mädchen und Jungen im Alter von vier bis fünfzehn Jahren. Sie alle waren ärmlich gekleidet. Die Bäuerin war sichtlich verstört. Ihre Wangen waren tief eingesunken, und die Lider befanden sich in ständiger Bewegung, so als sei sie geblendet und versuche, ihre Augen an das helle Licht zu gewöhnen. Doch Buddebahn spürte, dass dieser Eindruck nicht richtig war. Etwas anderes setzte ihr zu. Er stieg aus dem Sattel und führte sein Pferd zum Brunnen, um es zu tränken. Die beiden Hunde kamen heran und schnüffelten an seinen Beinen. Sie erkannten ihn und ließen sich befriedigt auf den Boden sinken.

»Du warst da drüben?«, fragte er, wobei er mit dem Kopf zu dem abgebrannten Bauernhof hinüberzeigte. Dichter Wald versperrte die Sicht auf den Ort des Schreckens.

Nachdem das Pferd gesoffen hatte, nahm er ihm die Trense ab und ließ es laufen, damit es grasen konnte.

»Wir beide.« Hermann gab seiner Frau einen Wink. Zögernd kam sie heran.

Buddebahn sah, dass hinter der Kate das Fuhrwerk des Bauern stand. Es war hoch mit prall gefüllten Kornsäcken beladen. Daneben hatte Hermann eine Reihe von weiteren Säcken aufgestapelt.

»Was habt ihr gesehen?«

»Ich – nichts. Kam zu spät«, antwortete der Bauer. Er deutete mit der Hand auf seine Frau. »Sie.«

»Und?« Buddebahn nahm ihre Hand und blickte ihr in die Augen. Sie wich ihm aus. Ihre Unterlippe bebte. »Was war da?«

»Dämonen«, stammelte sie.

»Dämonen?« Er musterte sie eindringlich. In ihrem von tiefen Falten gezeichneten Antlitz zeichnete sich Panik ab. »Wie kommst du darauf?«

Sie senkte den Kopf und drückte die Hände gegen das Gesicht. Ihre Schultern zuckten.

»Rede, Weib!«, befahl Hermann. »Conrad sollte wissen, was du gesehen hast.«

»Es waren Dämonen«, behauptete sie erneut. »Sie haben das Feuer gelegt. Dabei haben ihre Köpfe Blitze geschleudert.«

»Blitze?« Buddebahn wusste mit ihren Worten nichts anzufangen. »Und ihre Gesichter?«

»Keine Gesichter«, stotterte sie. »Sahen aus wie Wasser im Licht.«

Er schüttelte verständnislos den Kopf. Sie schien so verwirrt zu sein, dass sie keinen klaren Gedanken fassen konnte. Unwillkürlich blickte er zum Brunnen hinüber, vor dem sich eine kleine Pfütze gebildet hatte, nachdem der edle Hengst getrunken hatte. Das Sonnenlicht spiegelte sich darin und ließ es funkeln wie Silber. Plötzlich begriff er.

»Und – weiter?«

»Sie ritten durch das Feuer, aber sie brannten nicht, und ihre Gesichter wurden schwarz. Es waren Dämonen. Keine Menschen.«

Conrad Buddebahn versuchte, noch mehr von ihr zu erfahren. Er bat sie um eine genauere Schilderung. Behutsam bemühte er sich, die Angst zu lösen, von der sie ganz und gar beherrscht wurde. Es gelang ihm nicht, und sie war auch nicht in der Lage, ihm weitere Einzelheiten zu erzählen. Sie hatte Schreckliches gesehen und war nun gefangen in den Bildern, die ihr die Phantasie vorgaukelten.

»Hast du gesehen, was mit dem Bauern und seinem Weib geschehen ist?«, fragte er.

Sie nickte.

»Wo warst du, als es geschah?«

»Am Waldrand.« Sie begann zu weinen und war außerstande, ein weiteres Wort über ihre Lippen zu bringen. Mit tief gesenktem Kopf wandte sie sich ab und flüchtete in die Kate.

»Kannst du dir einen Reim darauf machen?«, fragte er den Bauern.

Hermann zuckte nur mit den Achseln. Er ging zum Brunnen, um etwas Wasser zu trinken, blieb jedoch auf halbem Wege stehen. Hufgetrappel war zu vernehmen, das sich ihnen rasch näherte. Jetzt trat der Bauer zur Seite und griff nach einem armdicken Knüppel, entschlossen, sich bei einem Angriff zu verteidigen.

Buddebahns Hand ging zum Gürtel. Sie glitt ins Leere. Da steckte kein Dolch. Obwohl er sich der Gefahren bewusst war, die außerhalb der Mauern Hamburgs lauerten, hatte er schlicht vergessen, sich zu bewaffnen.

»Hanna«, grüßte der Mann. »Wie schön, dich zu sehen. Es ist so lange her, und du hast dich kaum verändert.«

Er lüftete seinen Hut und verneigte sich in übertriebener Weise vor ihr, die hinter ihrer Fischauslage stand und sich überrascht die

Hand an die Wange legte. Sie konnte kaum fassen, dass er vor ihr erschien.

»Jonas Bracker«, rief sie. Mit einer hilflos anmutenden Geste hob sie die Hände und schüttelte zugleich den Kopf. »Verdori, dat givvt dat nich! Du in Hamburg? Conrad hat's gesagt, aber ich wollte es nicht glauben.«

Der Besucher war ein hochgewachsener, kräftiger Mann mit einem schwarzen Umhang. Er schob nun seinen Hut ein wenig nach hinten, sodass er sein bartloses Antlitz nicht mehr so stark beschattete, das von einer auffallend großen Nase und einem ausladenden Kinn geprägt war. Zwei Hunde liefen an ihm vorbei, ohne ihn zu beachten. Sie streunten über den Marktplatz und suchten nach Abfällen.

»Was führt dich nach so langen Jahren hierher zurück?«

»Heimweh ist es nicht!«, entgegnete er ausweichend. Er streckte die Hand aus und zählte die Fische, die auf einen Käufer harrten. »Zwei Dorsche, vier Aale, wenigstens zehn Schollen, ein Pott voller Stinte, dazu drei Zander und ein paar Weißfische. Was willst du dafür haben?«

»Du willst sie alle kaufen?« Verblüfft blickte sie ihn an. Dann schüttelte sie lachend den Kopf. »Du solltest mich nicht veralbern.«

»Das habe ich nicht vor«, beteuerte er. »Also, was kosten sie?«

Nachdem Hanna einen kurzen Blick auf die Fische geworfen hatte, nannte sie ihm einen Preis, der deutlich zu hoch war. Wider Erwarten akzeptierte er ihn. Wortlos zählte er ihr das Geld auf den Tisch.

»Bitte lege es dort nach rechts hin.« Sie wandte sich einer Kundin zu, die einen Zander kaufen wollte. Sie gab ihr den Fisch, nahm das Geld und wollte es Bracker geben. Zunächst verblüfft, dann belustigt blickte sie auf den Tisch. »Rechts, Jonas. Nicht links zu den Messern, mit denen ich die Fische ausnehme. Schon früher hast du links mit rechts und rechts mit links verwechselt. Das ist nicht anders geworden.«

»Nach rechts sollte das Geld? Da habe ich wohl nicht richtig hingehört.« Er lächelte verlegen. »Was soll's? Ist nicht so wichtig.«

»Du hast nichts dabei, um die Fische mitzunehmen«, stellte sie fest, während sie nun das Geld einsteckte. »Nicht einmal einen Korb. Ich kann dir keinen geben.«

»Nicht nötig.« Er ergriff einen Dorsch, wandte sich einem vorbeigehenden Jungen zu: »Hier, den schenke ich dir. Nun nimm schon.«

Der Junge zögerte kurz, doch dann packte er den Fisch und rannte davon wie ein Dieb. Jonas Bracker lachte nur. Mit dem Versprechen, ihnen Fische zu schenken, rief er ein paar Dienstbotinnen, zwei Nonnen in blauen Umhängen und den Gaukler herbei, der kräftig mit dem Kopf wackelte, sodass die Glöckchen an seiner Narrenkappe klangen.

»Du bist verrückt«, seufzte Hanna. »Du hast dich kein bisschen geändert. Schon als Kind hast du Sachen gemacht, wie sonst kein anderes Kind.«

»Ihr seht jemandem ähnlich, den ich kenne«, sagte der Gaukler. Er legte den Kopf schief und blinzelte in die Sonne. »Ich meine Klaas Bracker, den Banker.«

»Das ist mein Bruder.«

»Er würde niemals Fische verschenken. Oder sonst was.« Er sprach mit einem eigenartigen Akzent, der deutlich machte, dass er nicht aus Hamburg stammte. Das aber war keineswegs ungewöhnlich. Allzu häufig erschienen Männer wie er, die von Stadt zu Stadt zogen, um dort ihre Späße zu machen. So fiel nicht auf, dass sie eigentlich nur wenig zu bieten hatten. Bevor sie sich wiederholten, machten sie sich auf in die nächste Stadt, in der man ihre Scherze noch nicht kannte.

»Du hast mit ihm zu tun?«, fragte Jonas Bracker.

»Oh, nein!« Der Gaukler lachte. »Ich bin nur ein armer Bänkelsänger. Früher war ich Kiepenkerl in Münster, aber das ist lange her. Einen Narren wie mich beachtet ein Mann wie der Banker nicht.«

»Das kann schon sein.«

»Klaas Bracker ist ein sparsamer Mann«, rief der Gaukler, wobei er sich tänzelnd um Jonas herumbewegte und die Glöckchen wiederum klingen ließ. »Er würde niemals Fische verschenken. Das kann er sich nicht leisten, denn er hat einen leichtsinnigen Bruder. Der dagegen kann es sich leisten, denn er hat einen Bruder, der sparsam ist und viel Geld auf der hohen Kante hat, sodass er ihm etwas davon abgeben kann.«

Jonas überreichte ihm lachend einen Aal. Dankbar nahm ihn der Gaukler entgegen, verbeugte sich rückwärtsschreitend, bis er in der

Menge der Marktbesucher untertauchen konnte. Er tat so, als habe er Mühe, den glitschigen Fisch zu halten. Er ließ ihn zwischen den Händen hin und her hüpfen, ließ ihn fallen und fing ihn wieder auf, bevor er den Boden erreichte, und wirbelte ihn danach hoch, als könne er fliegen. Dabei war er überaus geschickt, und er bot ein Bild, das die Umstehenden zum Lachen reizte.

»Und jetzt?«, fragte Hanna, die das Geschehen belustigt verfolgt hatte. »Wie geht es weiter?«

»Liegt das nicht auf der Hand? Wir gehen in den *Hopfensaal* und trinken ein Bier zusammen. Und dabei plaudern wir über die alten Zeiten, und ich schaue dir in deine schönen Augen.«

»Oh, nein, mein Freund!« Hanna streckte abwehrend die Hände aus, während er nach und nach alle Fische verschenkte. »Schöne Augen habe ich dir nie gemacht und werde dir auch nie welche machen.«

»Das habe ich nicht behauptet. Ich habe dir nur ein Kompliment gemacht. Komm, sei nicht zickig.« Fordernd hielt er ihr die Hand entgegen. »Du hast deine Fische verkauft. Damit ist die Arbeit getan. Was ist gegen ein Bier einzuwenden, dass ich dir spendiere? Ich habe mir sagen lassen, dass man im *Hopfensaal* unter vielen Bieren wählen und sich das Beste aussuchen kann.«

»Ich weiß nicht.« Sie schwankte.

»Nun komm schon. Je länger du wartest, desto mehr spitzen die Marktleute die Ohren. Sie werden schon aufmerksam. Willst du, dass sie über uns tratschen? Ich weiche nicht von deiner Seite, bis du endlich mit mir kommst.«

Hanna blickte sich erschrocken um. Tatsächlich sahen einige der Marktbesucher neugierig zu ihr herüber. Um nicht noch mehr Aufmerksamkeit zu erregen, schloss sie sich Bracker an, der klug genug war, nicht nach ihrer Hand zu greifen oder gar den Arm um sie zu legen. Sie hätte es sich ohnehin verbeten.

Der Gastraum des *Hopfensaals* war bis auf den letzten Platz besetzt. Daher führte er sie auf den Hinterhof hinaus, wo einige Tische standen und es zudem weniger laut war. Er bestellte Bier und Kuchen.

»Es ist schön, wieder in Hamburg zu sein«, sagte er, während sie warteten. »Und es tut gut, dich zu sehen. Du bist eine Frau geworden, die mich beeindruckt. Eine wie du sollte nicht jeden Tag auf dem Markt stehen und Fische verkaufen.«

»Ach, nein? Was stört dich daran?«

Er griff nach ihren Händen.

»Ich kann dir ein besseres Leben bieten«, eröffnete er ihr. »Ich habe ein Geschäft in London mit einem großen Haus.«

»Das solltest du dir aus dem Kopf schlagen.«

Die Bedienung brachte zwei Krüge mit Bier und einen Teller mit Kuchen, der dick mit Zucker bestreut war. Sie stießen an, und die ersten Wespen tänzelten über dem Kuchen. Jonas Bracker setzte seinen Bierkrug ab, fuhr sich behaglich seufzend mit dem Handrücken über den Mund, um den Schaum abzuwischen, zog ein Messer mit langer, schmaler Klinge aus dem Gürtel und hob es langsam.

Hanna beobachtete ihn erstaunt. Eine der Wespen stieg bis in Kopfhöhe auf, und als sie für einen kurzen Moment auf der Stelle verharrte, kippte sein Handgelenk blitzschnell nach vorn, die Klinge fuhr durch die Luft, traf die Wespe und teilte sie in der Mitte durch.

»Was machst du denn da?«, stammelte sie verblüfft.

»Ich bin vor kurzem gestochen worden«, erwiderte er, während er ein zweites Insekt auf die gleiche Weise tötete. »Eine Wespe war unter dem Bierschaum. Ich hatte sie im Mund, und da ist es passiert. Meine Zunge schwoll stark an. Ich konnte nur noch durch die Nase atmen. Das reichte mir. Jetzt warte ich nicht mehr ab, bis es soweit ist, sondern erledige sie schon vorher. Sie sollen wissen, dass sie mich zu respektieren haben und dass es höchst gefährlich für sie ist, mich zu belästigen oder gar zu attackieren.«

»Es gibt viele Wespen dieses Jahr«, stellte Hanna fest. »Eigentlich ist es zu früh für sie. Sie kommen sonst immer erst im Spätsommer, wenn die Zwetschgen reif sind.«

Sie bediente sich beim Kuchen und fand, dass er außerordentlich gut schmeckte. Die Wespen störten sie nicht. Sie verhielt sich ruhig und versuchte nicht, sie zu vertreiben, achtete aber darauf, dass keine von ihnen ins Bier geriet, während zwei weitere Wespen seinem unglaublich geschickt geführten Messer zum Opfer fielen.

Ein kleiner Mann mit auffallend gerader Stirn betrat den Hinterhof und ging in den Gastraum. Unter seinem Hut lugten fettige Haare hervor. Ein kurzgeschorener Bart überzog in dünner Linie seine Oberlippe.

»War das nicht Rumohr?«, fragte Bracker, als sich die Tür hinter dem Besucher geschlossen hatte. »Adolf Rumohr?«

»Ja, das ist er«, bestätigte sie. »Kennst du ihn?«

»Ich hatte früher mal kurz mit ihm zu tun. Ein unangenehmer Mensch. Was macht der jetzt eigentlich? Hat er immer noch seine Brauerei?«

Buddebahn war darauf gefasst, sich verteidigen zu müssen. Vergeblich hoffte er, in greifbarer Nähe einen Stock oder irgendetwas anderes zu finden, das er als Waffe benutzen konnte. Doch dann atmete er erleichtert auf, denn hinter dem Haus kamen buntgekleidete Männer hervor, die von zwei Reitern begleitet wurden. Sie trugen Hellebarden, Spieße, die im Bodenkampf als Angriffs- und Abwehrwaffen eingesetzt wurden. Sie waren mit Reißhaken versehen, mit denen man im Kampf einen Reiter vom Pferd holen konnte. In ihren Gürteln steckten Dolche von teils beachtlicher Größe, und ihre Füße waren mit festen Stiefeln bewehrt. Die Reiter waren etwas weniger auffällig ausgestattet. Auf ihren Pferden waren sie schnell und beweglich. Bei einem Angriff durch Wegelagerer und anderes Gesindel sollten sie die Fußsoldaten unterstützen.

»Landsknechte«, sagte Buddebahn.

»Die Männer des Herzogs von Ratzeburg«, erläuterte Hermann, der sich nun ein wenig entspannte. »Sie sind gekommen, um den Zehnten zu holen.«

Während er der Gruppe entgegenging, um sie zu begrüßen, rief er seinen Kindern etwas zu. Zwei von ihnen rannten davon, wobei sie geschickt jede sich bietende Deckung nutzten. Erstaunt beobachtete Buddebahn sie. Er fragte sich, welche Aufgabe sie zu erfüllen hatten, bis er sah, wie sie sich den beiden Kühen näherten, um sie in den Wald zu treiben, wo sie vor den Augen der Landsknechte verborgen waren.

Hermann gab sich unterwürfig. Dabei redete er auf die Landsknechte ein, ohne sie beeindrucken zu können. Sie waren angerückt, um Hermann um einen beträchtlichen Teil seiner Ernte zu bringen. Dabei gaben sie sich nicht mit dem zufrieden, was er ihnen als Ausbeute seiner harten Arbeit präsentierte. Sie kontrollierten den ganzen Hof, um nach weiterer Beute zu suchen, die er möglicherweise versteckt hatte. Ohne Einspruch zu erheben, ließ er sie gewähren. Er und seine Familie hätten es teuer bezahlen müssen, hätte er seinem Lehnsherrn den ihm zustehenden Tribut verweigert. Die Söldner aber wollten mehr. Sie bedienten sich nach Kräften, um Vorteile für sich selber herauszuschlagen. Sie wollten nicht nur Gerste, sondern nahmen ihm auch ein Schwein sowie Anteile an Schinken, Würsten, Speck und Schmalz, alles, was nach dem Schlachten von Vieh hergestellt worden war. Hermann zeigte ihnen seine Vorratskammer, und sie griffen lachend und scherzend zu.

Hin und wieder blickte der Bauer zu Buddebahn hinüber, um sich zu vergewissern, dass dieser nicht eingriff. Die Landsknechte waren unverschämt, und sie nahmen keinerlei Rücksicht. Doch er verhielt sich ruhig. Er wollte sich durch sie nicht herausfordern lassen, weil er fürchtete, dass Hermann dann umso mehr bluten musste.

»Ich sehe keine Kühe«, sagte einer von ihnen und griff dem Bauern nach der Nase, um sie zu drehen, bis er vor Schmerzen in die Knie ging. »Wo hast du sie versteckt?«

»Ich habe keine Kühe mehr«, antwortete er. »Eine Kuh haben wir geschlachtet. Daher der Schinken und das andere. Die anderen Kühe sind mir gestohlen worden.«

Der Landsknecht versetzte ihm eine kräftige Ohrfeige, und ein anderer drückte ihm die Spitze seiner Hellebarde ins Hinterteil.

»Wehe, du belügst uns!« Er hatte ein breites Gesicht mit aufgeworfenen Lippen und tiefschwarzen Bartstreifen, die ihm auf beiden Seiten bis an die Kinnladen herabreichten. Bei einem Waffengang hatte er einen Treffer einstecken müssen, der ihm die rechte Augenbraue halbiert hatte. »Wir spießen dich auf, wenn wir Kühe bei dir finden.«

»Ich habe ein reines Gewissen, Herr«, beteuerte der gepeinigte Bauer.

Die Landsknechte stießen ihn zu Boden und ließen ihn in Ruhe. Hermann richtete sich langsam auf. Er war offensichtlich unbeeindruckt. Seine Miene blieb ausdruckslos, so als gehe es nicht um seine Würde und um die Früchte seiner Arbeit und der seiner Familie. Buddebahn schien, als verberge sich hinter der gleichgültigen Haltung des Freundes ein verschmitztes Augenzwinkern.

»Heute bringen wir die Gerste in die Stadt«, teilte einer der Uniformierten mit. »Du bist hoffentlich vorbereitet?«

»Der Wagen ist beladen«, antwortete er. »Die übrigen Säcke Gerste passen nicht mehr hinauf.«

»Dein Pech«, erwiderte der Kommandant der Gruppe. »Die Gerste bleibt hier. Wir nehmen sie mit nach Ratzeburg.«

»Das könnt Ihr nicht machen, Kommandant!«, erhob Hermann Widerspruch. »Ich habe Euch den Zehnten gegeben. Mehr sogar. Ihr habt ...«

»Nicht wir haben, Bäuerlein! Du hast es uns geschenkt!«

»Ja, Herr. Ich habe es Euch geschenkt.««

»Spann das Pferd ein, und dann los!«, befahl der Hauptmann der Landsknechte. Er war zufrieden mit der Antwort. »Beeile dich, oder du kannst alleine sehen, wie du das Getreide in die Stadt bringst.«

Hermann warf Buddebahn einen rätselhaften Blick zu. Ein verstohlenes Lächeln glitt über seine Lippen, verschwand aber sogleich wieder, sodass die Landsknechte es nicht sehen konnten. Er rannte in den Unterstand, holte das Pferd hervor und spannte es vor das Fuhrwerk. Ohne sich von seiner Familie zu verabschieden, kletterte er auf den Kutschbock und trieb das Kaltblut an. Es musste seine ganze Kraft aufwenden, um den Wagen in Gang zu bringen.

»Was ist mit Euch?«, fragte der Hauptmann, wobei er sich an Buddebahn wandte. Er griff nach dem Zaumzeug Holsteins.

»Ich rate dir, deine Finger wegzunehmen. Ich bin ein freier Bürger der Hansestadt Hamburg und dir keine Rechenschaft schuldig.« Damit schwang er sich auf den Rücken seines edlen Hengstes.

»Verzeiht, Herr.« Der Landsknecht war erschrocken, da ihm bewusst wurde, dass er übers Ziel hinausgeschossen war. Möglicherweise fragte er sich auch, ob ihm dieser Zeuge seines Raubzugs schaden konnte. »Ich wollte nicht anmaßend sein.« Er ließ das Zaumzeug los, trat mit einer knappen Verneigung zurück und gab den Weg frei. Buddebahn würdigte ihn keines Blickes. Wie er und seine Kumpane sich verhalten hatten, empörte ihn. Als Bürger Hamburgs stand er rang- und standesmäßig weit über ihnen. Außerhalb der Mauern der Stadt konnte er jedoch nichts gegen sie ausrichten. Ihn tröstete der Gedanke, dass Hermann sich offenbar gut auf den Besuch der Landsknechte seines Lehnsherrn vorbereitet hatte. Sie hatten ihm bei weitem nicht alles abgenommen, was er auf dem Hof erwirtschaftet hatte. Irgendwo gab es einen versteckten Keller mit Vorräten – ein wohlbehüteter Schatz. Hermanns Familie war nicht ganz so arm, wie sie sich den Anschein gab. Das äußere Bild – etwa die windschiefe Kate, die aussah, als müsse sie beim geringsten Anstoß in sich zusammenfallen – schützte sie vor der Habgier anderer.

Buddebahn ritt ein Stück voraus. Dann lenkte er das Pferd zur Seite und sah zu, wie sich das Fuhrwerk und die Landsknechte näherten. Er ließ sie an sich vorbeiziehen, um sich ihnen dann anzuschließen.

Jahr für Jahr begleiteten Fußsoldaten und berittene Söldner die schwerbeladenen Fuhrwerke der Bauern aus der ganzen Region nach Hamburg. Der Herzog von Ratzeburg war ein kluger Mann, dem sehr wohl bewusst war, dass es ihm nicht gutgehen konnte, wenn er den Bauern alles nahm, was sie besaßen, und wenn er nicht dafür sorgte, dass die Ernte dorthin gelangte, wo sie verkauft werden konnte. Also schützte er die Transporte vor Überfällen. Er war nicht der Einzige, der sich bei den Bauern bediente. Die Kirche – vertreten durch die Klöster auf dem Lande – hielt ebenfalls die Hand auf. Die Klostervorsteher und Mönche setzten den schlichten Gemütern der Bauern in erheblichem Maße zu, indem sie ihnen mit der Hölle und ewiger Verdammnis drohten, falls sie die Speisekammern der Kirche nicht fleißig füllten.

Der Zug führte durch einen gewundenen Waldweg auf einen der Handelspfade zur Hansestadt, in weitem Bogen vorbei an dem abgebrannten Bauernhof, der vom Rücken des Pferdes aus in der Ferne zu sehen war. Es blieb nicht das einzige Gehöft, das dem Feuer zum Opfer gefallen war. Nachdem sich hier und da andere Bauern dem Zug angeschlossen hatten, um ihre Ernte in die Stadt zu bringen, entdeckte Buddebahn einen weiteren Hof, von dem nur noch schwarz verbrannte Reste übriggeblieben waren. Er lag kaum hundert Schritte vom Handelspfad entfernt hinter einem Wall mit einem Knick. Das Feuer hatte einen Teil der Büsche verbrannt, sodass die Sicht auf den sonst wohl verborgenen Hof frei geworden war. Auch die Landsknechte konnten ihn sehen, doch sie beachteten ihn nicht.

Buddebahn schloss zu dem berittenen Kommandanten auf.

»Was ist passiert?«, fragte er. »Das ist nicht der erste Hof, der angezündet wurde.«

»Ich weiß«, erwiderte der Landsknecht. Er saß in recht unglücklicher Haltung auf dem Pferd, ein deutliches Zeichen dafür, dass er ein ungeübter Reiter war und vermutlich zum ersten Mal auf den Rücken eines solchen Kaltblüters gestiegen war, das seinen Weg auch ohne seine Hilfe zu finden wusste.

»Und? Was weiter?« Buddebahn gab sich mit der Antwort nicht zufrieden. »Wer steckt dahinter? Wer hat was davon, diesen armen Bauern das Letzte von dem zu nehmen, was sie haben, oder sie gar umzubringen? Was hat das für einen Sinn?«

Gleichmütig zuckte der Mann mit den Achseln. »Ist nicht meine Aufgabe, mich darum zu kümmern. Vielleicht haben die Bauern das Feuer selber gelegt.«

»Und wer hat sie aufgehängt?«

Überrascht blickte der Kommandant ihn an.

»Aufgehängt?«

»Ist dir das entgangen? Komm! Sieh es dir an!« Buddebahn wartete keine Antwort ab, sondern lenkte seinen Hengst vom Handelspfad weg zu dem Wall und dem dahinterliegenden Bauernhof hinüber. Geschickt nutzte er eine Lücke im Knick. Er drehte sich nicht um. Hufschlag verriet ihm, dass der Landsknecht ihm folgte. Das genügte ihm.

Kaum hatte er den Wall überwunden, als sich auch schon das gleiche entsetzliche Bild bot, wie zuvor bei dem anderen abgebrannten Hof. Mitten in den rauchenden Resten ihrer Kate hingen zwei mit Ruß verschmutzte Gestalten an den Ästen einer Eiche, die dem Hof einst Schatten gespendet hatte. Die Arme hatten ihnen ihre Mörder auf den Rücken gebunden. Darunter lagen zwei kleinere Körper. Kinder, die bis zur Unkenntlichkeit verbrannt waren. Tief hatten sich die Hufe der Reiter in den weichen Boden eingegraben.

»Ich habe kein Messer dabei«, sagte Buddebahn. »Schneide sie ab! Wir müssen sie beerdigen.«

Der Landsknecht gehorchte. Er nahm die Toten herab, weigerte sich aber, darüber hinaus noch mehr zu tun.

»Ist nicht meine Aufgabe«, versetzte er. »Wir sollen den Zug der Bauern beschützen. Das hier geht mich nichts an.«

Buddebahn erhob energisch Einspruch, doch er konnte den Kommandanten nicht umstimmen, nachdem dieser sich entschieden hatte, sich strikt an den Befehl zu halten, den ihm der Herzog erteilt hatte. Die Grenze seiner Autorität war erreicht. Er sah ein, dass er auch den Zug der Fuhrwerke nicht aufhalten konnte, selbst wenn es galt, seiner Christenpflicht nachzukommen und die Ermordeten zu bestatten.

Daher suchte er nach einem Werkzeug, mit dem er den Boden aufbrechen konnte. Vergeblich. Es war keines vorhanden. Ein paar Schritte vom Hof entfernt hatte der Bauer eine Reihe von kopfgroßen Steinen aufgeschichtet, die er im Laufe der Zeit von den Feldern geholt hatte. Diese nutzte er, um sie über den Toten aufzuschichten und sie auf diese Weise vor Aasfressern zu schützen. Danach sprach er ein kurzes Gebet und wollte sich auf den Rücken seines Pferdes schwingen, um dem Zug der Fuhrwerke zu folgen, der sich mittlerweile so weit entfernt hatte, dass er ihn nicht mehr sehen konnte.

Plötzlich hörte er den Landsknecht lauthals lachen. Der Mann war kurz zuvor zur Seite gegangen, um einer Notdurft nachzukommen. Dabei war er um die kümmerlichen Reste der Bauernkate herumgegangen. Buddebahn konnte sich nicht vorstellen, dass es angesichts der Tragödie, die sich auf dem Hof abgespielt hatte, irgendetwas gab, was belustigend war. Neugierig ging er um das rauchende und schwelende Holz herum, bis er den Söldner sehen konnte. Der Mann stand neben einem Baum und beobachtete zwei Kühe, die nur wenige Schritte von ihm entfernt zwischen einigen Büschen standen. Diese boten allerdings einen sehr ungewöhnlichen Anblick. Sie standen hintereinander, die eine Kuh leckte der anderen voller Inbrunst und mit geschlossenen Augen das Hinterteil, und diese stand stocksteif und rührte sich nicht.

»Givvt dat so wat?«, rief der Landsknecht. »Kiekt ju dat an. Lekt ehr dat Slecht. Na, wenn keen Bull in de Nöögte ist, kann man ehr dat nich verdenken.«

Es war allerdings weit und breit kein Bulle zu sehen. Doch das interessierte Buddebahn nicht. Er hatte Derartiges zuvor noch nicht beobachtet, und er hatte sich nie Gedanken über solche Erscheinungen gemacht. Was die Tiere trieben, berührte ihn nicht, und es reizte ihn schon gar nicht zum Lachen. Er ging zu seinem Pferd, schwang sich in den Sattel und verließ den Bauernhof. Erst kurz vor den Toren Hamburgs holte er den Zug der Fuhrwerke ein. Es war spät geworden, und die Wachen trafen bereits Vorbereitungen, die Tore zu schließen. Buchstäblich im letzten Moment erreichten die Fuhrwerke die Stadt.

Buddebahn schloss zu Hermann auf und begleitete ihn bis auf den Hof der Brauerei.

»Ich habe eine Bitte«, sagte der Bauer.

»Schon erfüllt.«

»Sei nicht voreilig. Ich brauche einen kleinen Kredit, um auf dem Markt einen Bullen kaufen zu können.«

»Gewährt. Kein Problem.«

Harm, der Pferdeknecht, kam zusammen mit einigen Tagelöhnern aus den Stallungen, um beim Abladen zu helfen. Zuvor aber nahm er den Hengst entgegen, um ihn zu versorgen und in den Stall zu bringen.

»Wie geht es Henning?«, fragte Buddebahn. Er stieg aus dem Sattel, stemmte sich beide Hände in den Rücken und reckte sich ächzend.

»Unverändert.« Harm zuckte mit den Achseln. Er hatte nichts für den Braumeister tun können.

Buddebahn hielt sich nicht länger auf. Er ging zu dem Freund und Nachfolger. Totenbleich bis an die Lippen lag Schröder in seinem Alkoven und regte sich nicht. Alles Leben schien aus ihm gewichen zu sein. Erschrocken griff er nach seiner Hand, um nach seinem Puls zu fühlen. Er musste lange suchen, bis er endlich ein leichtes Pochen unter seinen Fingerspitzen ertastete.

Eine Bedienstete kam herein, die schon seit einiger Zeit für Henning Schröder arbeitete und ihm den Haushalt machte.

»Es geht ihm ganz gut«, berichtete sie. »Ich glaube, er kommt bald zu sich.«

Sie setzte sich zu dem Braumeister ans Bett und befeuchtete ihm das Antlitz mit einem Tuch.

»Kümmere dich um ihn.« Buddebahn ging hinaus. Er war müde. Der Tag war lang und anstrengend gewesen. Daher war er froh, dass Hanna bereits schlief, als er in die Schlafkammer kam. Er entkleidete sich und kroch unter die Bettdecke. Während ihn die Müdigkeit übermannte und er einschlief, fiel ihm auf, dass Hanna nach Bier roch.

5

Adolf Rumohr war ein kleiner Mann mit hoher Stirn und einem eckig wirkenden Kopf. Die eingefetteten Haare hatte er sich nach oben gebürstet, sodass ihre in der Kopfmitte zusammenlaufenden Spitzen die kahlen Stellen auf seinem Schädel weitgehend bedeckten. In dünner Linie überzog ein kurzgeschorener Bart seine Oberlippe.

Steif saß er hinter seinem Arbeitstisch, die Unterarme auf die Lehnen seines Ledersessels gestützt und die Schulter leicht angezogen. Er bot das Bild eines Mannes, der unter hoher Anspannung stand und der zudem in einer eng begrenzten geistigen Welt zu Hause war. Tatsächlich beschränkten sich sein Wissen und sein Denken auf das Brauereigeschäft. Als Zunftmeister der Bierbrauer schien er keine Zweifel und keine Unsicherheit zu kennen. Er verfolgte seinen Weg mit bemerkenswerter Geradlinigkeit, die ihm von seinen Kritikern als Sturheit ausgelegt wurde. Bier wurde aus seiner Sicht schon immer so gebraut, wie es zurzeit der Fall war. Mehr als Wasser, Gerste, Hefe und Hopfen durfte darin nicht enthalten sein, und es musste nach alter Braukunst in Sorgfalt gefertigt werden. Für jene, die sich Bierbrauer nannten, sich aber nicht an diese Regel hielten, weil sie allerlei abstruse Zutaten verwendeten, um die mangelhafte Qualität ihres Bieres zu übertünchen, hatte er nur Verachtung übrig und schloss sie aus von der Zunft. Diese Brauer verwendeten Hirse, Bohnen, Erbsen oder andere stärkehaltige Körner, die sich ebenfalls vermälzen ließen. Hopfen stand nicht immer zur Verfügung, also gab man etwas anderes ins Bier, damit es nicht sauer wurde – Pech, Ochsengalle, Schlangenkraut, hartgekochte Eier, Ruß oder Kreide. Viele dieser sogenannten Bierbrauer hatten ihr eigenes Rezept, um ihr Gebräu trinkbar zu machen – und so schmeckte es denn auch. In einer Stadt wie Hamburg war die Zahl dieser Brauer verschwindend klein, doch es gab sie, denn die Armen konnten gutes Bier nicht bezahlen und nahmen ab, was für andere ungenießbar war.

»Ich habe mit diesem Mann gesprochen«, antwortete Rumohr auf die Frage seines Besuchers. »Na und? Er war ebenso Gast wie ich im *Hopfensaal*. Und da nirgendwo sonst ein Platz frei war, hat er sich zu mir gesetzt. Natürlich erst, nachdem er mich höflich um meine Zustimmung gebeten hatte.«

Buddebahn stand ihm gegenüber neben der Tür. Er lehnte sich mit dem Rücken an die Wand, wobei er darauf achtete, dass er sich kerzengerade hielt. Hin und wieder hatte er Probleme mit seinem Rücken. Dann verschob sich etwas an seiner Wirbelsäule, und ziehende Schmerzen bis in die Beine hinunter stellten sich ein. Richtete er sich an einer Wand aus, verschwanden die Symptome schon bald wieder. Doch das genügte ihm nicht. Er wollte den Beschwerden vorbeugen. Dafür erntete er dann nicht gerade selten spöttische oder gar geringschätzige Blicke jener, die sein Verhalten etwas seltsam fanden. Sie störten ihn nicht, und er ließ sich nicht durch sie ablenken, während er häufig genug beobachten konnte, dass im Gegenzug die Konzentration seiner Gesprächspartner auf jene Dinge, auf die es ihm ankam, nachließ.

So auch bei Adolf Rumohr. Die Antwort des Bierbrauers warf weitere Fragen auf.

An diesem Morgen war Buddebahn früh aufgestanden. Nicht früh genug, um Hanna zu begegnen. Sie war schon in der Morgendämmerung aus dem Haus gegangen, um Fisch am Hafen einzukaufen. Weil es häufiger vorkam, dass sie schon aufbrach, während er noch schlief, empfand er ihr Verhalten nicht als ungewöhnlich.

Doch an Hanna dachte er in diesem Augenblick nicht. Er konzentrierte sich ganz auf Adolf Rumohr, und dabei ließ er sich nicht anmerken, dass ihn die Auskunft hatte aufhorchen lassen. Er setzte gerade zu einer weiteren Frage an, als sich die Tür öffnete, und Lisbeth Rumohr eintrat. Auf einem kleinen Tablett trug sie Most aus vergorenen Äpfeln und Birnen sowie zwei Becher und einige Stücke Streuselkuchen herein, um sie auf dem Tisch vor ihrem Mann abzustellen. Das Gebäck lockte augenblicklich einige Wespen an. Damit schien sie zuvor schon in der Küche zu tun gehabt zu haben, denn sie hatte am rechten Mundwinkel eine starke Schwellung, die zudem gerötet war. Ein deutliches Zeichen dafür, dass sie von einer Wespe gestochen worden war. Die Insekten kamen durch die offenen Fenster herein. Glasscheiben gab es nicht in diesem Haus. Bei Regen, Kälte oder starkem Wind wurden die Fensterläden geschlossen und Decken oder Felle vor die Öffnungen gehängt, vielleicht auch mit Öl getränktes Pergament angebracht, so wie es in den meisten Häusern der Stadt war.

»Ihr habt Norton also nicht gekannt?«

»Nein. Im *Hopfensaal* bin ich ihm zum ersten Mal begegnet.«

»Adolf, ich meine …«, begann Lisbeth. »Hast du nicht …?«

»Du hast zu schweigen!« Streng und verweisend blickte Rumohr seine Frau an. »Kümmere dich um die Kinder und halte dich heraus aus meinen Sachen.«

»Ich wollte ja nur …«, versuchte sie eine Erwiderung, kam aber nicht weiter, weil er sie erneut unterbrach. Dabei wurde seine Stimme um eine Nuance schärfer.

»Du hast zu gehorchen, Weib!« Um seinen Worten Nachdruck zu verleihen, schlug er mit der flachen Hand auf den Tisch. »Und jetzt hinaus mit dir!«

»Ja, Adolf.« Gehorsam beugte sie sich seinem Willen.

»Ich bitte Euch!« Buddebahn wollte sie aufhalten, doch sie eilte mit gesenktem Haupt an ihm vorbei und zur Tür hinaus.

»Wenn wir uns unterhalten, hat das Weib hier nichts zu suchen,«, erklärte Rumohr. Er präsentierte sich als Herrscher in diesem seinem Reich, einer Bierbrauerei, die zu den bedeutendsten der Hansestadt Hamburg gehörte und die in direkter Konkurrenz zu der Brauerei Henning Schröders stand. Rumohr verkaufte sein Bier nicht nur in der Stadt, sondern exportierte Monat für Monat bis in den späten

Herbst hinein Dutzende von Fässern nach London. Im Oktober war dann Schluss, weil sich danach keine Kogge und keiner der moderneren Kraveelen mehr auf die See hinauswagten. Dem rauen Wetter der Wintermonate war kein Schiff gewachsen. Keine noch so gut verstaute Ladung konnte verhindern, dass es bei Wind und der hoch gehenden See kenterte. Erst im Februar, wenn sich das Wetter beruhigt hatte, wurde der Schiffstransport wieder aufgenommen.

Bier wurde auch in dieser Zeit gebraut. Es wurde in den Kellern der Brauereien gelagert und mit Eisblöcken gekühlt, die auf der Alster und der Elbe geschlagen wurden.

»Ein rätselhafter Mann, dieser Norton«, bemerkte Buddebahn versonnen. Seine Blicke richteten sich ins Leere. »Wisst Ihr, was er im *Hopfensaal* wollte? War er in Geschäften dort, oder wollte er nur seinen Durst löschen und etwas essen? Habt Ihr mit ihm verhandelt?«

»Ich wüsste nicht, was Euch das angeht«, entgegnete Rumohr ungnädig. Er legte beide Hände flach vor sich auf den Tisch, als wollte er aufstehen und sich dabei abstützen. Dann aber rückte er das Schreibzeug zurecht, das er offenbar vorher benutzt hatte, um etwas aufzuschreiben oder auszurechnen. Die Feder steckte im Tintenfass. Er zog sie heraus, tauchte sie in etwas Wasser und wischte sie danach sorgfältig ab, um sie zu reinigen. Behutsam legte er sie neben eine Bienenwachskerze. Sie stellte den bedeutendsten und kostbarsten Schmuck in diesem Raum dar. Ansonsten gab es nicht viel, was beachtenswert gewesen wäre. An den aus Eichenbohlen zusammengesetzten Wänden hingen zwei mit Öl gemalte Bilder, die Szenen aus dem Hafen zeigten. Daneben befand sich der skelettierte Schädel eines Wisents, den Rumohr offenbar erlegt hatte. Ein wenig davon entfernt schlang sich der Tragriemen einer Armbrust um einen Nagel.

»Immerhin sind wir im gleichen Geschäft. Ihr werdet nicht von mir erwarten, dass ich Euch Informationen gebe, die mir schaden könnten.« Er zog die Lippen nach innen, sodass sein Mund nur noch einen schmalen Strich bildete.

»Ich versuche, einen Mord aufzuklären«, betonte Buddebahn. »Das hat nichts mit Geschäften zu tun. Außerdem bin ich nicht mehr

Bierbrauer. Euch sollte nicht entgangen sein, dass ich die Brauerei an Henning Schröder übergeben habe.«

»Der auf der Nase liegt, weil er eins über den Schädel bekommen hat und sich nicht mehr rührt.«

»Das ist Euch also bereits bekannt.«

»Verdächtigt Ihr mich, die Tat begangen zu haben?«

»Gott bewahre! Wie kommt Ihr auf einen solchen Gedanken?« Abwehrend hob Buddebahn beide Hände. Dabei lächelte er, als sei allein schon der Gedanke abwegig, er zähle Rumohr zu dem Kreis der möglichen Täter. »Nichts liegt mir ferner. So eine Ermittlung ist äußerst schwierig. Man muss Schritt für Schritt vorgehen, sich hier und dort Informationen holen, die scheinbar gar nichts mit dem Fall zu tun haben, und versuchen, sie zu einem Bild zusammensetzen. Leider weiß man nicht schon vorher, welche Fragen man sich eigentlich hätte sparen können, da sie verständlicherweise Unmut hervorrufen. Verzeiht mir daher, wenn ich mehr von diesem Norton wissen möchte.«

»Schon gut, schon gut.« Rumohr gab sich großmütig. Er fühlte sich ihm überlegen und ließ es ihn spüren. »Fahrt fort!«

»Ich möchte mir ein Bild von Norton machen und von dem, was er in den Stunden vor seinem Tod getan hat. Leider konnte ich nicht klären, aus welchem Grund und in welcher Mission er in Hamburg war.«

»Vielleicht wurde er hier geboren und ist in der Stadt aufgewachsen? Woher soll ich das wissen? Ich hatte nichts weiter mit ihm zu tun, als ein Bier mit ihm zu trinken.«

»Nun, Hamburger war er nicht. Das ist sicher. Er ist mit einem Schiff angereist. Allerdings ist unbekannt, ob er schon vorher mal in unserer Stadt gewesen ist.«

Rumohr sagte nicht die Wahrheit. Da Norton aller Wahrscheinlichkeit nach englisch gesprochen hatte, konnte er ihn nicht für einen Hamburger gehalten haben. Buddebahn ging davon aus, dass er weitaus mehr von dem Ermordeten wusste, als er zugab.

»Ich habe Euch lange genug belästigt.« Er reichte ihm nicht die Hand, sondern hob nur kurz die Rechte zum Gruß, deutete eine höfliche Verbeugung an und ging zur Tür. Er zog sie auf, ging dann jedoch nicht hinaus, sondern blieb stehen, als sei ihm gerade in diesem Moment etwas eingefallen, was ihn beschäftigte. Langsam drehte er sich um.

»Ihr sprecht Englisch?«, fragte er.

»Das muss ich wohl«, erwiderte Rumohr. »Wie sonst hätte ich mich mit dem Engländer unterhalten können?«

»Dann seid Ihr sicherlich schon mal in London oder in einer anderen Stadt Englands gewesen?«

»Ich denke, das Gespräch ist beendet. Findet Ihr allein nach draußen, oder braucht Ihr einen Dienstboten, der Euch behilflich ist?«

Der Zunftmeister presste die Lippen zusammen, und seine rechte Hand ballte sich zur Faust. Er hatte einen Fehler gemacht, und er war sich dessen bewusst geworden, kaum dass er seinen Satz beendet hatte.

»Oh, nein, nein. Ich kenne den Weg.« Freundlich lächelnd schloss Buddebahn die Tür hinter sich. Langsam und nachdenklich stieg er die Treppe zur Ausgangstür hinunter. Er fragte sich, was der Hausherr zu verbergen hatte. Dass er nicht in allen Belangen die Wahrheit gesagt hatte, stand außer Frage.

Er trat auf die Steinstraße hinaus und blieb stehen, als sei er gegen ein unsichtbares Hindernis geraten. Im Haus war es angenehm kühl gewesen. Draußen aber war es warm und schwül, ein wenig zu warm für diese Jahreszeit. Tiefhängende Wolkenbänke zogen träge über die Stadt hinweg wie dräuende Ungeheuer, die ihr Opfer in Augenschein nehmen wollten.

Während er langsam weiterging, hoffte er, dass bald mehr Wind aufkommen und die drückende Luft vertreiben würde. Normalerweise drehte der Wind zu dieser Jahreszeit nach Osten und brachte frische, trockene Luft mit sich. Man konnte nichts daran ändern, sondern musste die Natur so hinnehmen, wie sie war. Ganz anders war es mit der Gefahr, die über das Meer und auf Schiffen nach Hamburg gekommen war und bereits einigen Menschen das Leben gekostet hatte. Ihr musste zu begegnen sein, auch wenn es ihm noch nicht gelungen war, sie an bestimmten Personen festzumachen.

Das prachtvolle Haus des Brauers war nicht weit vom Ende der Steinstraße entfernt. Da dieser Handelsweg im Stadtbereich seit über zweihundert Jahren gepflastert war, hatte sich dieser Name eingebürgert. Die ursprünglich für ihn vorgesehene Bezeichnung war längst in Vergessenheit geraten. Obwohl das Haus über keine Glasfenster verfügte, hob es sich deutlich von den anderen Bauten in dieser Straße ab, durch deren aus schweren Quadern erbautes Tor sich der tägliche Warenverkehr bewegte und auf der mehr Leben und Treiben herrschte als auf jeder anderen der Stadt.

Nur ein paar Schritte weiter, direkt an der Stadtmauer, befand sich der *Convent,* ein Nonnenkloster, das aus dem im Jahre 1233 von Graf Adolph IV. gegründeten Stift der Beguinen – oder der Blauen Schwestern – hervorgegangen war. Gegenüber auf der anderen Straßenseite zog sich eine Reihe von ärmlichen Hütten entlang. Sie waren mit bescheidenen Mitteln und von Männern und Frauen errichtet worden, die mit der Baukunst auf dem Kriegsfuß standen. Für Buddebahn war es ein Wunder, dass sie nicht in sich zusammenfielen.

Als erstaunlich empfand er, dass Adolf Rumohr den Mut aufgebracht hatte, ausgerechnet in dieser Straße sein Haus zu errichten. Er war der erste der wohlhabenden Hanseaten gewesen, der diesen Schritt getan hatte. Mittlerweile waren ihm zwei weitere gefolgt und ebenfalls in die Nachbarschaft der Armen, der Verarmten, der Leibeigenen und der Huren gezogen. Ganz ohne Zweifel rümpften die anderen der gehobenen Schichten die Nase über diese Tatsache, doch zeichnete sich ab, dass sich die Steinstraße wandelte und dass auch noch andere Wohlhabende ihre Häuser an ihr erbauen und die Niederen verdrängen würden.

Wie immer herrschte lebhaftes Treiben auf der Steinstraße. Ochsenkarren und von Pferden gezogene Fuhrwerke zogen in Richtung der Marktplätze, begleitet von Bauern und Leibeigenen, die Waren unterschiedlichster Art auf ihren Schultern in die Stadt trugen oder Rinder, Schweine, Schafe oder Ziegen zu den Märkten trieben.

Buddebahn blieb überrascht stehen, als er mitten in dem Durcheinander seinen Sohn entdeckte. David kam ihm entgegen. Er trug neutrale Sachen mit einer kleinen Lederweste und geschnürten Sandalen. Die traditionelle Kleidung der Bierbrauer aus dem Hopfensack – eine gelbe Kappe mit hinten hochgestülpter Krempe, das blaue, lose gehaltene Halstuch, das graue Wams und das helle Hemd – hatte er nicht angelegt. Damit machte er schon äußerlich deutlich, dass er nicht daran dachte, dem Wunsch seines Vaters zu entsprechen und in der Brauerei auszuhelfen, bis Henning Schröder wiederhergestellt war. Buddebahn nahm es enttäuscht zur Kenntnis.

»Bevor du dich aufregst, habe ich dir was zu sagen«, begann David. Erneut zeichnete sich ab, was er bereits mehrfach mit ihm erlebt hatte. Sein Sohn verspürte keine Lust, das zu tun, was er gern gesehen hätte. An kaum einem Ort hielt es ihn länger als ein paar Wochen. Als aufmüpfiger Geist, der sich zu nichts zwingen ließ und der sich zu behaupten wusste, hatte er mehrere der Zunftmeister gegen sich aufgebracht, zumal er bisher jedem Meister den Rücken zugekehrt hatte, der ihn nach seiner Meinung nicht gut genug behandelte, ihn zu schlecht bezahlte, ihm eine erniedrigende Arbeit zuwies oder der sich gegenüber seinen meist ungewöhnlichen Vorschlägen für eine Verbesserung der Arbeitsabläufe, der Änderung der Werkzeuge oder der Umgestaltung beispielsweise eines Schiffs, eines Fuhrwerks oder einer Schubkarre verschlossen und nicht gesprächsbereit zeigte. Dabei waren seine Ideen in einigen Fällen wahrhaft gut.

»Ich höre«, erwiderte Conrad Buddebahn.

David antwortete nicht gleich, sondern betrachtete das Haus des Brauers Rumohr. Wie fast alle großen Häuser der Hansestadt war die Brauerei als Fachwerkbau errichtet worden. Nur eine einzige Inschrift zierte die geschwärzten Holzbalken über dem Eingang: *Animus noster ad vera perspicienda caligat.*

»Was heißt das, was da steht?«, fragte der junge Mann und deutete auf die Schrift. »Du kannst Latein. Würdest du es mir übersetzen? Bitte.«

»Wenn du so höflich bist, kann ich wohl nicht anders. Also: *Beim Suchen nach der Wahrheit tappt unser Geist im Dunkeln.*«

»Ein seltsamer Spruch«, befand David.

»Er ist erstaunlich zutreffend. Er passt zu Adolf Rumohr wie kein anderer.«

»Oder zu dir!«

»Du solltest mal die Hand an deine eigene Nase legen und nachdenken. Du würdest zu erstaunlichen Erkenntnissen kommen. Doch lassen wir das.« Buddebahn war nicht bereit, über Rumohr und über seine Ermittlungen zu reden. »Was gibt es?«

»Ich werde nicht in der Brauerei arbeiten.«

»Das überrascht mich nicht. Du hast selten das getan, was mir Freude macht.«

»Vielleicht freut dich mein Vorschlag: Als ich den Hopfensack vorhin verließ, habe ich Per Wasmann getroffen. Er hat gesagt, dass er mit seinem Kind in der Stadt ist, weil er Hilfe braucht. Ob es dabei um seinen Sohn geht oder nicht, weiß ich nicht. Er war bei uns in der Brauerei, ist aber wieder gegangen, weil er dich dort nicht angetroffen hat. Ich soll dir ausrichten, dass er immer wieder mal in den *Hopfensaal* gehen wird.«

»Braumeister Wasmann?« Conrad Buddebahn blickte seinen Sohn nachdenklich an. »Ich werd's mir überlegen.«

Er kannte den Genannten schon seit seiner Jugendzeit, hatte jedoch keine besonders gute Erinnerung an ihn. Wasmann war Anführer einer Gruppe von Jugendlichen gewesen, die mehrere Straßenzüge beherrscht und die jeden Jungen aus anderen Stadtteilen gnadenlos verprügelt hatten, der sich in dem von ihm beanspruchten Revier blicken ließ. Das war vor allem für die Kinder von Dienstboten ein Problem gewesen, wenn sie im Auftrag ihres Herrn Besorgungen zu erledigen hatten, die sie zwangsläufig in diese Gegenden führten. Ihnen blieb nur die Möglichkeit, sich zusammenschlagen zu lassen oder sich mit ihrem kargen Lohn freizukaufen.

In einem Fall störten Wasmann und seine Freunde eine Hochzeit, indem sie in der Kirche Dutzende von verfaulten Hühnereiern auf die Braut warfen. Bei anderer Gelegenheit plünderten sie die Speisekammer eines alten, allein lebenden Mannes und brachten ihn damit bis an den Rand des Hungertodes, weil er es aus Scham ob seiner unerwarteten Armut nicht schaffte, seine Nachbarn um Hilfe zu bitten. Damit überschritten sie eine Grenze. Es war kein Jugendstreich mehr, sondern eine kriminelle Handlung, die eine strenge Strafe verdient hätte. Nachdem sie ihrem Opfer Gewalt androhten, wagte er es nicht, sie bei der Stadt anzuzeigen. So kamen sie ungeschoren davon. Als die Tat ruchbar wurde und Wasmann Konsequenzen zu fürchten hatte, verließ er Hamburg, um im Frankenland die Braukunst zu erlernen. Als Braumeister kehrte er Jahre später zurück, verlor jedoch schon beim ersten Bierbrauer die Kontrolle über sich, als er das im Süden Erlernte umsetzen wollte und von dem Zunftmeister in die Schranken verwiesen wurde. Er fühlte sich zurückgesetzt, zumal er sich mit seinem Meister nicht über eine von ihm angestrebte bessere Qualität des Bieres einigen konnte. Er traktierte ihn mit Faustschlägen, zertrümmerte ihm die Kinnlade und schüttete alles bis dahin hergestellte Bier in ein Fleet. Er stieß allerlei Drohungen aus gegen jene, die ihn gedemütigt hatten, kündigte an, er werde es ihnen heimzahlen, und verschwand erneut aus der Stadt, um in Bremen und Lübeck zu arbeiten. Aber auch von dort kamen keine guten Nachrichten über ihn. Nirgendwo konnte er sich lange halten. Irgendwann verlor Buddebahn ihn dann aus den Augen, bis er sich Jahre später wieder in Hamburg blicken ließ, um nahezu zwei Jahre für den Brauer Adolf Rumohr zu arbeiten, wobei es offenbar keine Probleme gab.

»Man kann einiges gegen Wasmann einwenden«, versetzte David. »Sicher ist, dass er als Braumeister sein Handwerk versteht. Ich dagegen kenne mich in diesem Gewerbe nicht aus, und deshalb werde ich dir oder Henning nicht helfen.«

»Ein klares Wort«, kommentierte Buddebahn.

»Du hast mich also verstanden.« Sein Sohn schnippte mit den Fingern, was wohl soviel wie ein Gruß sein sollte, drehte sich um und ging ohne ein weiteres Wort davon.

Buddebahn hielt sich nicht länger in der Steinstraße auf. Er machte sich auf den Weg zum Marktplatz an der Nicolaikirche, wo er hoffte, Hanna zu sehen.

Überraschenderweise war der Platz leer, an dem sie zu stehen pflegte, um Fische zu verkaufen. Als er die anderen Marktfrauen nach ihr fragte, erfuhr er, dass sie an diesem Morgen überhaupt nicht erschienen war. In höchstem Maße beunruhigt, eilte er nach Haus. Er fürchtete, dass sie erkrankt war, denn noch nie, seit er sie kannte, war sie dem Markt ferngeblieben.

Nachdem er sie im Haus nicht vorfand, stieg seine Unruhe. Er konnte sich nicht erklären, was vorgefallen war. Um sich bei den Dienstboten nach ihr zu erkundigen, trat er auf den Hof hinaus. Der

Küfer arbeitete ein paar Schritte von der Haustür entfernt an Fässern. Kunstvoll fügte er die gebogenen Bretter zusammen, um sie in einem Eisenring zu spannen. Nicht weit von ihm striegelte Harm eines der Pferde, und ein Drechsler war dabei, einen armlangen Eichenstab mit einem Gewinde für das Mahlwerk unter dem Sudhaus zu versehen. Zwei der Hunde spielten bei ihm, schreckten jedoch auf, als ein Reiter durch den Torbogen auf den Hof kam. Kläffend eilten sie ihm entgegen, bis Harm sie zurückpfiff.

Der Reiter lenkte sein Pferd quer über den Hof und zügelte es erst unmittelbar vor Buddebahn. Es war ein schlanker Mann mit einem Hut, dessen Krempe über der Stirn weit vorsprang und ein rotes, volles Antlitz mit einer Knollennase und einem schlaffen Mund beschattete. Die grauen Augen unter den Brauen waren ausdruckslos. Buddebahn fielen die kunstvoll geschnitzten Knöpfe aus Horn auf, die sein Wams schmückten.

Einen derartigen Zierrat gab es nicht zu kaufen. Er wurde aus dem Geweih von Rehböcken und Hirschen geschnitzt, mithin von Hochwild, das nur von Adligen gejagt werden durfte. Diese aber verschmähten gemeinhin solche Knöpfe als nicht edel genug, sondern bevorzugten Elfenbein, eine Kostbarkeit aus fernen Ländern, die nur noch von Gold übertroffen werden konnte. Seit Spitzen mehr und mehr an Ansehen verloren hatten, waren Knöpfe nicht nur bei den Grafen und Herzögen beliebt, sondern auch bei den Patriziern der Hansestädte. Auf diese Weise ließ sich eindrucksvoll demonstrieren, dass man ebenso erfolgreich wie wohlhabend war.

Nach kurzer Betrachtung kam Buddebahn zu dem Schluss, dass er es bei diesem Mann mit einem Vertreter des niederen Adels oder mit einem zu bescheidenem Wohlstand gelangten Kaufmann aus einer anderen Stadt zu tun hatte. Zur Kaufmannschaft der Hansestadt Hamburg gehörte er nicht. Mit ihr kannte er sich aus.

»Ich muss mit Euch reden, Conrad Buddebahn«, sagte der Mann ohne ein Wort der Begrüßung. Seine Stimme klang weich, und der Tonfall unterstrich, dass er kein Hamburger war. Seine Sprache deutete darauf hin, dass er aus dem Raum nördlich der Stadt stammte. Möglicherweise aus Itzehoe. Geschickt schwang er sich aus dem Sattel.

»Dagegen ist nichts einzuwenden. Wartet einen Moment auf mich. Im Augenblick habe ich zu tun«, erwiderte der Brauer. »Sobald ich meine Arbeit erledigt habe, stehe ich Euch zur Verfügung.«

»Was auch immer Eure Arbeit sein mag, sie ist unwichtig«, hielt ihn der Besucher zurück. »Jetzt bin ich hier, und Ihr habt mir Rede und Antwort zu stehen. Wagt nicht, Euch zu entfernen. Es würde Euch schlecht bekommen.«

Nach dieser Erklärung glaubte Buddebahn zu wissen, mit wem er es zu tun hatte. Er hielt es für besser, abzuwarten, vorsichtig zu sein und den Mann nicht unnötig herauszufordern, bis er ihn besser einschätzen konnte.

»Ich stehe Euch zur Verfügung«, lenkte er ein, sich leicht verbeugend. »Sicherlich sucht Ihr mich in einer wichtigen Mission auf. Erlaubt, dass ich nach Eurem Name frage.«

Er kam nicht umhin, sich dem Besucher zu widmen. Unter diesen Umständen musste er seine Suche nach Hanna aufschieben. Er tat es mit der gebotenen Gelassenheit, zumal er keinen Grund sah, sich ernsthaft Sorgen zu machen. Krank schien sie jedenfalls nicht zu sein, und da sie keinen Disput miteinander gehabt hatten, war sie auch nicht ausgezogen. Zuweilen reagierte sie in extremer Weise, und eine kleine Auseinandersetzung konnte sich leicht zu einem Streit ausweiten, bei dem sich die Fronten schier unlösbar verhärteten. Doch abgesehen von seinem milden Vorwurf, sie habe die Frau des Bürgermeisters nicht gerade freundlich behandelt, war nichts vorgefallen, was sie dazu veranlassen konnte, ihm den Rücken zuzukehren.

»Der Bürgermeister der Stadt Hamburg hat mich beauftragt, den Mord in Eurer Brauerei aufzuklären.« Der Reiter griff sich an die Hutkrempe, um den Sitz des Hutes zu korrigieren. »Kröger ist mein Name.«

Buddebahn ging zu einem Tisch hinüber, an dem er hin und wieder mit Hanna zu sitzen pflegte, um zu frühstücken oder am Abend ein Bier zu genießen. Er wollte ein wenig Zeit gewinnen, um nachdenken zu können. »Kröger« war in den nördlichen Regionen die Bezeichnung für einen Mann, der sowohl Bauer als auch Gastwirt war. Ein »Kröger« führte einen Krug, in dem er verkaufte, was er auf den eigenen Feldern geerntet hatte. Fast immer schenkte er auch sein eigenes Bier aus. Dem Adel gehörte er auf keinen Fall an. Also lag die Vermutung nahe, dass ihm sein Lehnsherr das Geweih geschenkt hatte, aus dem er sich die Knöpfe geschnitten hatte. »Ich will Euch gern Rede und Antwort stehen. Glaubt mir, Kröger, auch mir liegt daran, dass diese Tat rasch aufgeklärt und der Mörder gefunden wird.«

Der vom Bürgermeister ernannte Ermittler folgte nur zögernd der Einladung. Er setzte sich nicht an den Tisch, sondern blieb stehen, wobei er sich so positionierte, dass er die hochstehende Sonne im Rücken hatte, Buddebahn mithin zu ihm aufsehen musste und von dem hellen Licht geblendet wurde.

»Ihr habt Euch in der Stadt und besonders am Hafen nach dem Mann umgehört, der in Eurer Brauerei getötet wurde«, eröffnete Kröger das Gespräch. »Ein geschicktes Manöver, nur glaubt nicht, dass Ihr mich damit täuschen könnt.«

»Euch täuschen? Warum sollte ich das tun? Außerdem ist er nicht in der Brauerei getötet worden, sondern woanders.«

»Wo seid Ihr in der Nacht gewesen, als er Mann ermordet wurde, den Euer Pferdeknecht im Sudhaus gefunden hat?« Kröger ignorierte seinen Einwand. Unbeirrt verfolgte er, was er sich offenbar vorgenommen hatte.

»Im Bett«, antwortete Buddebahn. »Wo sonst?«

»Und dafür habt Ihr Zeugen?«

»Natürlich habe ich eine Zeugin. Hanna Butenschön ...«

»Mit der Ihr in Sünde zusammenlebt. Ihr glaubt nicht im Ernst, dass ich das Zeugnis dieser Frau gelten lasse. Sie hat sich in eine Gemeinschaft begeben, die nicht Gottes Segen genießt.«

Buddebahn fühlte, wie ihm das Blut in den Kopf stieg. Angesichts dieser Worte hatte er Mühe, Gelassenheit zu bewahren.

»Bei allem Respekt solltet Ihr Euch nicht in dieser Weise über Hanna Butenschön äußern«, erwiderte er mit leicht bebender Stimme. »Ihr habt kein Recht, ihr die Ehre abzusprechen.«

»Ihr wollt mir drohen? Ein Mann, der unter Mordverdacht steht?«

»Macht Euch nicht lächerlich. Ich habe nichts mit dem Mord zu tun, und das wisst Ihr.« Da er nicht länger in der für ihn ungünstigen Position verbleiben wollte, stand Buddebahn auf und ging um den

Tisch herum, damit ihm die Sonne nicht mehr ins Antlitz schien. »Ihr solltet Euch das Sudhaus ansehen, wo die Leiche abgelegt wurde.«

»Wozu sollte ich das tun, nachdem Ihr alle Spuren habt beseitigen lassen? Wie der Bürgermeister mir mitgeteilt hat, ist die Leiche nicht mehr dort, und der Kupferkessel wurde gereinigt. Besonders sorgfältig. Das alles macht Euch verdächtig.«

»Redet mit dem Medicus Kirchberg, mit Harm, dem Pferdeknecht, der nur ein paar Schritte von Euch entfernt ist, und den anderen Helfern. Mit dem Drechsler dort oder dem Küfer. Sie alle werden Euch bestätigen, dass ich die Spuren gesichert habe, soweit dies möglich war.«

Kröger blieb unbeeindruckt. Er verschränkte die Arme vor der Brust und blickte Buddebahn abschätzend an.

»Der Medicus ist für die innere Medizin zuständig, wie jeder weiß. Warum habt Ihr ihn hinzugezogen und nicht einen Bader, da es sich um äußerliche Verletzungen handelt? Ausgerechnet Tilmann Kirchberg, einen Mann, der so schlecht sehen kann, dass er nur erkennt, was sich unmittelbar vor seiner Nasenspitze befindet? Habt Ihr Euch für ihn entschieden, weil Ihr davon ausgehen könnt, dass er nichts entdeckt, was Euch belastet?«

»Ich habe Tilmann Kirchberg gewählt, weil er ein sehr guter Arzt ist und von äußerlichen Verletzungen mehr versteht als jeder Bader in der Stadt.«

»Ihr werdet Hamburg nicht verlassen, bevor ich es Euch erlaube«, bestimmte der Ermittler.

»Ach, Ihr wisst also, dass ich ausgeritten bin, um die Gerste zu begleiten, die in die Stadt gebracht wurde?«

»Ihr seid aufs Land geritten, um etwas aus der Stadt herauszubringen, was Euch gefährlich werden könnte«, erwiderte Kröger. »Ich werde schon noch ermitteln, was das war.«

Conrad Buddebahn schwindelte. Der vom Bürgermeister eingesetzte Ermittler war von seiner Schuld überzeugt und drehte ihm jedes Wort im Mund herum. Allmählich ging ihm auf, dass er ernsthaft gefährdet war. Tatsächlich hatte er mehrere Fehler gemacht.

Er war davon ausgegangen, dass er selber die Ermittlungen führen würde. Andernfalls hätte er keine Spuren beseitigt. Er gestand sich ein, dass er das Gespräch mit dem Bürgermeister hätte abwarten müssen. Wer voreingenommen war wie Kröger, konnte leicht zu dem Schluss kommen, dass er etwas zu verbergen hatte. Er hatte nicht nur den Kessel reinigen lassen, sondern auch die Blutspuren auf dem Boden entfernt und den Stiefel aus dem Brunnen einem Schuhmacher übergeben. Dass er anstelle eines Baders den Medicus Kirchberg gerufen hatte, war ein weiteres Moment, das ihn belastete. Wie hätte ein Mann wie Kröger auch verstehen sollen, weshalb er es getan hatte.

Im Zuge seiner Ermittlungen im Fall der Frauenmorde war es beim Glocken-Bader zu dramatischen Ereignissen gekommen. Da der Bader gegen bestehende Gesetze verstoßen hatte, war ihm die Lizenz entzogen und sein Haus geschlossen worden. Danach hatte die Stadt strenge Kontrollen bei den anderen Badern durchgeführt. Das wiederum hatte zur Folge, dass diese ihm in geschlossener Front scharf ablehnend, gar feindselig gegenüberstanden – ganz so, als sei es seine Schuld gewesen, dass sich der Glocken-Bader vor Gericht verantworten musste. Sich in dieser Situation an einen Bader zu wenden, da Überfall und Mord im Spiel waren, wäre zumindest riskant gewesen.

Daher hatte er nicht lange überlegt, sondern sich für Tilmann Kirchberg entschieden. Keinen Atemzug lang hatte er daran gedacht, dass der Medicus schlechte Augen hatte und dass diese Tatsache ihm zum Nachteil gereichen konnte.

»Ihr wisst, wer der Ermordete war?«

»Auch das werde ich bald erfahren«, antwortete Kröger.

»Ich habe mich umgehört. Ich kann es Euch sagen.«

»Ich habe nicht vor, mich von Euch auf eine falsche Spur locken zu lassen«, wies ihn der Besucher zurück. »Ich führe die Ermittlungen auf meine Art. Auf Eure Vorschläge kann ich verzichten.«

»Wie Ihr wollt.« Buddebahn beschloss, sich nicht weiter zu äußern. Er hielt Kröger für unfähig.

»Wir reden noch miteinander«, verabschiedete der Ermittler sich. Leise ächzend stieg er in den Sattel. »Denkt an meine Warnung! Solltet Ihr Hamburg verlassen, werde ich Euch verhaften und in den Kerker werfen lassen. Ich greife hart durch, und ich nehme auf niemanden Rücksicht. Ganz gleich, wer er ist. Wichtig ist allein, dass der

Mörder entlarvt wird. Und das möglichst bald. Und schreibt Euch hinter die Ohren: Ich bin nicht damit einverstanden, dass Ihr Euch in die Ermittlungen einmischt.«

»Wenn Euch meine Hilfe nicht willkommen ist, werde ich nichts dergleichen tun«, versprach Buddebahn, wobei er die Hände hob und zugleich den Kopf neigte, als beuge er sich bereitwillig der Forderung Krögers. »Der Fall scheint mir äußerst kompliziert zu sein. Macht Euch keine Gedanken. Dass der Bürgermeister Euch als Ermittler berufen hat, ist ein klares Zeichen dafür, wie hoch er Euch und Eure Fähigkeiten einschätzt. Es wäre vermessen von mir, Eure Arbeit in Frage zu stellen.«

»Das will ich meinen!« Während er sein Pferd vom Hof lenkte, blickte Kröger ihn ebenso drohend wie grimmig an. Buddebahn ließ sich auf die Bank sinken. Voller Unbehagen, weil sich der Fall ganz anders entwickelte, als er angenommen hatte. Vor dem Besuch Krögers hatte er sich nicht vorstellen können, dass er selber in Verdacht geraten könne. Jetzt war ihm klar, dass er hinsichtlich seiner eigenen Sicherheit allzu sorglos vorgegangen war. Noch einmal rief er sich ins Gedächtnis, was geschehen war.

Die Gewitternacht. Der Tote im Sudkessel. Henning Schröder blutend auf dem Boden. Das Zeichen eines schwarzen Falken an der Wand.

Er stutzte, als er an den Bürgermeister dachte. Will Rother hatte sich seltsam verhalten. Dass er nicht ihn, sondern einen Mann wie Kröger eingesetzt hatte, warf ein fragwürdiges Licht auf ihn. Es ließ die Vermutung aufkommen, dass er in irgendeiner Weise in den Fall verwickelt war, zumindest aber etwas zu verbergen hatte.

Buddebahn war alarmiert. Besondere Vorsicht dem Bürgermeister gegenüber war angezeigt.

Erst als Harm erschien, schreckte er aus seinen Gedanken auf. Der Pferdeknecht hatte das Pferd mittlerweile in den Stall geführt. Jetzt trug einen Kochtopf mit einer dampfenden Speise in den Händen.

»Mit einem Gruß von Grete«, sagte er und stellte das Gefäß auf dem Tisch ab. »Kohl mit Fleisch vom Rind, Schwein und Lamm, da-zu Sellerie, Lauch, Kartoffeln und Zwiebeln. Alles zusammen vermischt. Schmeckt köstlich.«

Irritiert blickte Buddebahn auf.

»Was soll ich damit?«

»Essen natürlich«, erwiderte Harm mit einem seltsamen Funkeln in den hellen Augen.

»Will ich nicht«, lehnte Buddebahn ab. »Du weißt genau, dass Hanna fuchsteufelswild wird, wenn sie das sieht. Sie kann es nicht leiden, wenn Grete mir was zu essen bringt. Iss es selber. Und gib den anderen was ab.«

»Ich habe mich schon bedient«, gestand der Pferdeknecht verschmitzt lächelnd. »Was meinst du, weshalb der Pott halb leer ist? Der Rest ist für dich. Es ist Kohl mit den erwähnten Zutaten. Kannst du ruhig essen. Wenn es Pilze wären, würde ich einen weiten Bogen um den Topf machen. Sind aber keine dabei. Ich hab' bannig Schiss vor giftigen Pilzen.«

»Gottsverdiddelumdei, ick will dat nich!«, polterte der Brauer. »Soll sich Grete den Kohl doch in ihren dicken Hintern schieben!«

Harm lachte, ließ den Topf stehen und stützte sich mit beiden Händen auf der Tischplatte ab. Das Lachen verflog, und er blickte Buddebahn ernst, beinahe beschwörend an.

»Sei vorsichtig, Conrad. Dieser Kröger ist ein dummer Mensch, und deshalb ist er gefährlich. Wenn so einer wie er dich erst einmal auf dem Kieker hat, wird er nicht mehr überlegen, ob ein anderer möglicherweise den Mord begangen hat. Vielmehr wird er versuchen, die Tatsachen so zu verbiegen, dass sie auf dich passen.«

»Ich weiß, Harm. Ich werde auf der Hut sein.« Buddebahn spürte, wie ihm kalt wurde. Harm hatte recht. Kröger stellte eine unerwartet große Bedrohung war. Es wäre ein schwerer Fehler gewesen, ihn zu unterschätzen oder die Dinge treiben zu lassen. Ihm blieb gar keine andere Wahl. Wenn er sich nicht seinem Schicksal ergeben wollte, musste er auf eigene Faust ermitteln, und dabei musste er behutsam vorgehen, um Kröger nicht unnötig zu provozieren. Allzu groß war die Gefahr, dass der vom Bürgermeister ernannte Ermittler ihn aus dem Verkehr zog und in den Kerker unter dem Rathaus warf. Diese Möglichkeit bestand, wenn Kröger dem Rat der Stadt gegenüber glaubhaft machen konnte, dass er die Ermittlungen behinderte und Beweise verschwinden ließ beziehungsweise verfälschte.

»Wirklich?«

»Du kannst dich darauf verlassen, Harm!«

Der Pferdeknecht nickte zufrieden und zog sich ins Sudhaus zurück. Silbern schimmerte sein Haar im Licht der Sonne.

Buddebahn stieg der Geruch des Kohls in die Nase, und er beugte sich vor, um in den Topf zu sehen. Ein Löffel steckte darin. Für einen Moment erwog er, die ihm wohlbekannte Speise wenigstens mal zu probieren, doch dann schob er sie von sich. Er wollte nicht, dass seine Nachbarin Grete für ihn kochte. Das hatte er ihr bereits mehrmals gesagt. Vergeblich. Sie tat es immer wieder in der unverkennbaren Absicht, seine Zuneigung zu gewinnen. Je mehr sie sich bemühte, desto eifersüchtiger und ärgerlicher wurde Hanna, die eine sehr gute Köchin war und die sehr wohl wusste, dass die Liebe durch den Magen ging. Sie verwöhnte ihn nach Kräften, achtete dabei aber darauf, dass seine Figur nicht aus den Fugen geriet.

Mit einem letzten, ablehnenden Blick auf den Kohl erhob er sich und ging in das Haus hinüber, das Henning Schröder nach der Übernahme der Brauerei bezogen hatte.

Als er eintrat, kam ihm ein Dienstmädchen entgegen. Sie war so aufgeregt, dass sie kaum sprechen konnte.

»Er kommt zu sich«, stammelte sie. »Ich glaube, gleich macht er die Augen auf.«

»Danke, Magda«, erwiderte er, und dann sah er, dass Henning Schröder sich tatsächlich regte. Seine Hände bewegten sich über der Brust, und die Lider zuckten, als hätten sie gegen einen unsichtbaren Widerstand zu kämpfen. Schweißperlen bedeckten die Stirn des Verletzten.

»Nun mach schon«, ermunterte Buddebahn ihn. »Die Augen auf, Henning. Hörst du mich?«

Schröder stöhnte. Mit der rechten Hand strich er sich über das Gesicht, und dann schlug er die Augen auf. Verwirrt und unsicher blickte er Buddebahn an.

»Wo bin ich?«, fragte er mit belegter Stimme. Ächzend schob er die Hand zu seinem Hinterkopf. Dabei tastete er den Verband ab, den ihm der Medicus angelegt hatte. »Was ist los mit meinem Kopf?«

»Du bist in deinem Haus.«

»Was ist passiert?« Schröder versuchte, sich aufzurichten. Es bekam ihm nicht, und er ließ sich gleich wieder in die Kissen sinken. Stöhnend legte er die Fingerspitzen an die Schläfen. Es war unverkennbar, dass er Schmerzen hatte.

»Das wissen wir nicht. Wir haben dich im Sudhaus gefunden.«

»Im Sudhaus?« Der Braumeister blickte ihn verständnislos an. »Wieso im Sudhaus? Ich war im *Hopfensaal* und habe Bier getrunken. Wie bin ich ins Sudhaus gekommen? Ich erinnere mich nicht daran.«

Die wenigen Worte hatten ihn so angestrengt, dass er erschöpft die Augen schloss. Buddebahn wartete geduldig. Er hoffte, dass Schröder seine Gedanken ordnen konnte und dass ihm wieder gegenwärtig wurde, was geschehen war. Ganz ohne Zweifel war er im Sudhaus überfallen und niedergeschlagen worden. Das aus seiner Kopfwunde fließende Blut hatte sich um ihn herum auf den Holzbohlen ausgebreitet. Das wäre nicht geschehen, wenn er seine Verletzung im *Hopfensaal* oder auf dem Weg von dort zur Brauerei davongetragen hätte.

Doch Henning Schröder glitt in einen tiefen Schlaf hinüber und schlug die Augen vorerst nicht mehr auf.

Buddebahn ging auf den Hof hinaus. Als er Magda begegnete, bat er sie, wiederum über den Verletzten zu wachen.

»Er schläft jetzt«, teilte er ihr mit. »Er wird Hunger haben, wenn er aufwacht. Eine kräftige Suppe wird ihm sicherlich helfen.«

6

Der Topf mit dem Kohl stand noch immer auf dem Tisch. Er rührte ihn nicht an, um möglichen Komplikationen mit Hanna aus dem Weg zu gehen. Er war nicht an Grete interessiert. Leider glaubte sie ihm nicht und nahm immer wieder neue Anläufe. Hanna aber war eifersüchtig, was sie nie zugeben würde. Sie argwöhnte, Grete könne auf diesem Weg früher oder später in ihre Gemeinsamkeit einbrechen und sie voneinander trennen.

Hanna!

Buddebahn spürte, dass sich etwas verändert hatte zwischen ihnen, und dass er nicht abwarten durfte, bis sie sich wieder blicken ließ. Dass sie nicht auf dem Markt gewesen war, beunruhigte ihn weitaus mehr, als er bisher hatte zugeben wollen. Er hoffte, sie jetzt dort anzutreffen, nachdem die Mittagsstunde bereits vorbei war. Doch er wurde enttäuscht. Sie war nicht an ihrem Stand, und die anderen Marktfrauen wussten nicht, weshalb sie nicht erschienen war.

»Wir dachten, sie ist krank«, sagte Alma Gerks, die Tag für Tag das Gemüse verkaufte, das ihr die Bauern brachten.

»Vielleicht ist sie ja mit dem Herrn durchgebrannt, der ihr die Fische abgekauft hat, um sie dann zu verschenken«, bemerkte Eva Müller mit einem hämischen Grinsen. Sie flocht Körbe aller Art aus Weidenzweigen. Obwohl sie kleine Kunstwerke zustande brachte, die wohlwollende Beachtung verdient gehabt hätten, fand sie nur selten genügend Käufer, um ein erträgliches Auskommen zu haben. Es gab zu viele Korbflechter, die ebenfalls gute Arbeit leisteten.

»Was war das?«, fragte Buddebahn. Er legte den Kopf schief, als könne er nur auf einem Ohr gut genug hören, um sie zu verstehen. »Was für ein Herr?«

»Keine Ahnung, wer das war«, erwiderte die Korbflechterin. »Muss wohl reich sein. Jedenfalls hat er alle Fische auf einmal gekauft und sie dann an jeden verteilt, der vorbeikam. Jung oder alt. Egal. Wer einen Fisch wollte, kriegte einen geschenkt. Ich habe auch einen ergattert.«

Sie streckte den Kopf vor und musterte ihn boshaft kichernd. Vorn hatte sie nur drei Zähne, die weit auf die Unterlippe herabreichten. Daneben waren ihr noch zwei weitere Zähne geblieben, die jedoch weiter seitlich standen und ihr beim Essen nur wenig halfen.

»Hast wohl keine Ahnung von diesem Herrn gehabt, wie?«

Buddebahn verspürte einen Stich in der Herzgegend. Es tat ihm weh, dass die Marktfrauen so von Hanna sprachen. Dabei war sie immer für sie da, wenn es Schwierigkeiten mit der Marktaufsicht und dem Rathaus gab, bedenkenlos hielt sie den Kopf hin, wenn es mal hart auf hart ging, sie scheute keinen Konflikt und ließ sich auch von der Autorität des Bürgermeisters nicht beeindrucken.

Nun mochte sie ein Geheimnis haben, aber früher oder später würde sie es ihm offenbaren. Sie hatte ein Recht darauf, etwas für sich zu behalten, um es in Ruhe verarbeiten zu können.

Da er sich nicht noch mehr Gehässigkeiten anhören wollte, dankte er den Frauen für ihre Hilfe, beendete somit das Gespräch, verabschiedete sich und eilte davon. Er hörte, wie sie hinter seinem Rücken flüsterten.

Weil Hanna nicht auf dem Markt war, hoffte er, sie in seinem Haus vorzufinden. Er kehrte in den Hopfensack zurück, wo sich die Brauerei befand. Gedankenverloren bog er in die Einfahrt zum Hof ein und prallte beinahe mit zwei Landsknechten zusammen. Mit grimmiger Miene stellten sie sich ihm in den Weg und kreuzten ihre Hellebarden vor ihm. Die nahezu vier Schritte langen Spieße mit dem Beil und dem Reißhaken an der Spitze stellten für ihn unüberwindliche Hindernisse dar.

»Was soll das?« Befremdet blickte er die beiden Männer an. »Dies ist mein Anwesen. Niemand kann mir das Recht nehmen, es zu betreten.«

Sie zogen die Hellebarden zurück und stellten sie mit dem stumpfen Ende auf den Boden.

»Das haben wir auch nicht vor, Conrad Buddebahn«, sagte einer von ihnen. Er war deutlich größer als der andere und offenbar kampferprobt. In seinem scharfkantigen Gesicht mit den aufgeworfenen Lippen zeichneten sich mehrere Narben ab. Eine scharfe Klinge hatte ihm irgendwann die Nasenspitze gespalten. »Wir haben eine Nachricht der Hansestadt Hamburg für Euch.«

Buddebahn fing sich schnell. Mit Gewalt war nichts gegen die beiden Söldner auszurichten, und mit einem wütenden Protest rief er unnötigen Widerstand hervor. Er hatte es mit einfachen Männern zu tun, die gewohnt waren, Befehle auszuführen, ohne über deren Sinn und Inhalt nachzudenken. Daher hob er beschwichtigend die Hände und trat zugleich er einen Schritt zurück. Erst jetzt fiel ihm auf, dass sich einige Neugierige eingefunden hatten, die von der anderen Seite der Gasse her beobachteten, was geschah.

»Ich war in Gedanken und habe mit eurer Anwesenheit nicht gerechnet«, versetzte er. Er legte die Hände aneinander und rieb sie sanft. »Wer erwartet schon, Kämpfer, wie ihr es seid, vor seiner Tür vorzufinden?«

»Wir sind Boten. Nicht mehr«, erklärte der mit der gespaltenen Nase. Er zog ein Schriftstück aus einer Ledertasche hervor, die er am Gürtel trug, und reichte es ihm. »Damit haben wir unsere Aufgabe erfüllt.«

Er nickte seinem Begleiter zu und schritt mit ihm davon, die Hellebarde über die Schulter gelegt.

Buddebahn war in höchstem Maße beunruhigt. Wenn eine Nachricht auf eine solche Weise überbracht wurde, war nichts Gutes zu erwarten. Er vermutete, dass der Bürgermeister ihn zum Schanzdienst rufen wollte und nicht damit einverstanden war, dass er einen Vertreter schickte oder sich mit einer Geldsumme von dem Dienst freikaufte. Vielleicht um Druck auf ihn auszuüben oder ihm zu demonstrieren, dass er die Macht hatte, ihn nach Belieben einzusetzen oder auch nicht, und auf diese Weise Wohlverhalten anzumahnen.

Er überquerte den Hof, ging ins Haus und suchte nach Hanna. Sie war nicht da und hatte auch keine Nachricht hinterlassen. Die Mittagszeit war verstrichen, und die Feuerstelle war kalt. Nichts deutete darauf hin, dass sie in der Zwischenzeit hiergewesen war und irgendetwas für das Abendessen vorbereitet hatte.

Einigermaßen ratlos über ihr ungewöhnliches Verhalten setzte er sich an seinen Arbeitstisch und brach das Siegel des Briefs. Der Stadtschreiber hatte die Worte in der gewohnt sorgfältigen Weise aufgesetzt, die der Bürgermeister ihm aufgetragen hatte. In dem Schreiben teilte dieser ihm mit, dass ihm und seiner Brauerei bis auf weiteres die Erlaubnis entzogen sei, Bier zu brauen und vorhandene Bestände zu verkaufen. Unterzeichnet war die Nachricht von Rother.

Buddebahn las den Brief mehrere Male, bis er endlich verinnerlichte, was die Nachricht für ihn und alle anderen bedeutete, die mit der Brauerei zu tun hatten.

Er stand auf, verließ das Haus und setzte sich auf die Bank, die neben der Tür stand. Mit leeren Augen blickte er auf den Hof hinaus.

Seit vielen Jahrzehnten verfügte die Familie Buddebahn über das Recht, Bier zu brauen. Das war keineswegs ungewöhnlich. Zahlreichen Familien Hamburgs war das Recht verliehen worden. Über Jahrzehnte oder gar Jahrhunderte hinweg hatten sie das Bier für ihren Eigengebrauch hergestellt. Erst nach und nach hatten sich einige Familien herausgeschält, die deutlich mehr Bier brauten, als sie für sich und ihre Familien benötigten. Aus ihnen hatten sich gut zwei Dutzend Brauereien entwickelt, die so viel Bier erzeugten, dass sie damit nicht nur die Bevölkerung der Stadt versorgen konnten, sondern darüber hinaus in der Lage waren, erhebliche Mengen in andere Hansestädte zu exportieren. Zu ihnen war auch die Uhl-Brauerei zu zählen, die Conrad Buddebahn mit viel Geschick und einem schier unermüdlichen Arbeitseinsatz aufgebaut hatte. Seine Brauerei – die nun von Henning Schröder geführt wurde – verschiffte allein Jahr für Jahr an die tausend Fässer Bier vor allem nach London. Wenn ihm jetzt verboten wurde, Bier zu brauen, erlitt die Brauerei einen Verlust, der durch nichts wettgemacht werden konnte. Dabei ging es nicht allein um Henning Schröder und ihn, sondern auch um die vielen Helfer, die ihr täglich Brot in der Brauerei verdienten. Und um ihre Familien. Alles in allem waren mehr als hundert Menschen betroffen, Männer, Frauen, Kinder. Mit seinem Verbot stürzte der Bürgermeister sie ins Elend, da kaum einer von ihnen bei einer anderen Brauerei Arbeit finden würde. Die Wirtschaft der Hansestadt blühte. Sie gedieh seit mehr als einem Jahrhundert und nahm immer noch an Bedeutung zu. Doch davon profitierten vor allem die Handelshäuser der Stadt, die mit ihren Koggen und Kraveelen den Warentransport zu den anderen Städten der Hanse besorgten.

Harm kam zu ihm, um ihn zu fragen, ob er mit dem Hengst ausreiten wollte.

»Wir reden später darüber«, erwiderte er. »Jetzt habe ich etwas anderes zu tun. Ich muss zum Bürgermeister.«

»Du siehst aus, als hättest du die Pest im Nacken«, sagte der alte Pferdeknecht. »Das gefällt mir nicht. Bist du dem Teufel begegnet? Oder liegt es an den beiden Landsknechten. Sie wollten mir nicht sagen, weshalb sie gekommen sind. Es schwirren allerlei Gerüchte herum.«

»Mach dir keine Sorgen«, bat Buddebahn. »Man will uns Schwierigkeiten machen, aber das wird nicht gelingen.«

Der alte Mann druckste herum. Oft sagte er ihm unbequeme Wahrheiten oder legte sich quer, wenn ihm etwas nicht behagte. Er war der Einzige in seinem Umfeld, der es sich erlauben konnte. Jetzt aber drückte ihn der Schuh an einer Stelle, über die er anscheinend nicht so gerne sprach. Er wich seinen Blicken aus, nestelte mit beiden Händen an seinem Gürtel herum und trat von einem Fuß auf den andern.

»Was ist los, Alter? Heraus damit!«

»Wir haben Angst«, eröffnete ihm der alte Mann zögernd und zurückhaltend. »Alle, die ihr Lohn und Brot in der Brauerei verdienen. Keiner weiß, wie es weitergeht. Und das jetzt ausgerechnet vor dem Herbst, wo ohnehin alles schwieriger für uns wird.«

»Ich werde mich für euch einsetzen, Harm. Das ist sicher. Ich lasse euch nicht im Stich. Keinen von euch. Und eure Familien auch nicht. Wir haben in schwierigen Zeiten immer zusammengestanden, und das werden wir auch jetzt tun.« Er raffte sich auf und verließ den Hof, um zum Rathaus zu gehen. Wiederum überquerte er den Marktplatz an der Nicolaikirche, weil er hoffte, Hanna dort anzutreffen. Doch sie war nicht da. Wo sie sonst ihren Fisch zu verkaufen pflegte, stand nur ihr leerer Karren.

Ungehindert stieg er die Treppe zum Rathaus hoch. Erst als er die letzte Stufe bewältigt hatte, trat ihm ein Landsknecht entgegen.

»Wohin, Bürger?«, fragte er.

»Zum Bürgermeister«, antwortete er. »Du brauchst mir den Weg nicht zu zeigen. Ich weiß, wo ich ihn finde.«

Der Landsknecht ließ ihn passieren. Durch eine breite, mit Eisen beschlagene Tür ging es ins Innere des Rathauses, wo kühles Dämmerlicht herrschte. Ein vollkommen schwarz gekleideter Sekretär kam ihm entgegen.

»Was ist dein Anliegen, Bürger?«, erkundigte er sich. Er kannte ihn, und er hätte ihn mit seinem Namen ansprechen müssen. Dass er es nicht tat, war ein schlechtes Zeichen.

»Ich muss den Bürgermeister sprechen. Es ist dringend.«

»Der Bürgermeister ist beschäftigt. Er wird nicht erfreut sein, wenn Ihr ihn stört. Was soll ich ihm ausrichten?«

»Ich werde es ihm selber sagen. Das erspart Zeit, weil der Bürgermeister sich nur einmal anhören muss, um was es geht. Nicht erst von dir und anschließend von mir.«

»Wenn ich Euch nicht anmelde, kann ich Euch nicht zu ihm vorlassen.« Der Sekretär wich keine Handbreit zur Seite. »Also?«

»Richtet ihm aus, dass dem Stadtsäckel ein schwerer Verlust droht, der jetzt noch abzuwenden ist, später jedoch nicht mehr.«

»Das genügt nicht. Er wird Fragen stellen, die ich beantworten muss.«

»Versucht es nur«, forderte Buddebahn ihn auf.

Der Schwarze zögerte kurz, dann wandte er sich ab und eilte zu einer Doppeltür hinüber, hinter der sich eine Kammer befand, die jeder passieren musste, der in die Räume des Bürgermeisters vordringen wollte. Er merkte nicht, dass Buddebahn ihm folgte, und er machte den Fehler, die Tür nicht hinter sich zu schließen. Als er Will Rother gegenüberstand, war es schon zu spät, denn freundlich lächelnd schob ihn Buddebahn zur Seite.

»Ihr habt mir sehr geholfen«, dankte der Brauer ihm, wobei er eine leichte Verbeugung machte. »Mehr ist wirklich nicht nötig. Den Rest schaffe ich allein.«

Der Sekretär war so verdutzt, dass er kein Wort herausbrachte, und als der Bürgermeister ihm nun mit einer Geste zu verstehen gab, dass er gehen sollte, zog er sich hastig in seine Kammer zurück. Buddebahn schloss die Tür hinter ihm.

»Ihr habt mir eine Nachricht zukommen lassen, die ich nicht erwartet habe, Bürgermeister. Ich kann nur vermuten, dass ein Irrtum vorliegt oder dass einer der Stadtschreiber eigenmächtig gehandelt hat. Es gibt keinen Grund, mir die Braugenehmigung zu entziehen. Nicht den geringsten.«

Dieses Mal kam ihm Will Rother nicht mit ausgestreckten Händen entgegen. Er stand nicht auf, sondern lehnte sich in seinem aus edlem Holz und Leder gefertigten Sessel zurück. Er war ein mittelgroßer, blonder Mann mit einem ebenmäßig geschnittenen Gesicht und einem weich geformten Mund, auf dem stets ein Lächeln zu schweben schien.

Mit der linken Hand führte er einen Zinnkrug an die Lippen und trank. Die Hand zitterte leicht. Sie verriet, unter welch innerer Anspannung er stand.

»Conrad Buddebahn, wie immer freue ich mich über Euren Besuch. Es tut mir leid, aber ich bin die falsche Adresse. Dass man Euch die Braugenehmigung vorübergehend vorenthält, konnte ich nicht verhindern. Diese Maßnahme geht auf einen Beschluss des Rates der Stadt zurück. Es sind die Ratsherren, die so entschieden haben. Ich habe die wahrhaft unangenehme Aufgabe, Euch davon in Kenntnis zu setzen und dafür zu sorgen, dass Ihr Euch an die Bestimmungen haltet. Glaubt mir, es fällt mir sehr, sehr schwer, einem guten Bekannten wie Ihr – nein, einem Freund wie Ihr es seid – so etwas anzutun.«

»Ihr wisst, dass mein Bier zu den besten der ganzen Hanse gehört. Ich halte mich an das Reinheitsgebot, obwohl dieses für Hamburg noch gar nicht beschlossen worden ist. Wieso entzieht der Rat der Stadt mir die Erlaubnis? Wisst Ihr eigentlich, wie viele Menschen von der Brauerei abhängig sind, wie vielen Familien nun Hunger und Elend drohen?«

»Regt Euch nicht auf, mein lieber Freund. Ich bitte Euch. Bewahrt die Ruhe. Gerade darin seid Ihr ja ein wahrer Meister! Es ist ja nur für ein paar Tage. Sobald der Mörder gefasst ist, hebt der Rat der Stadt den Beschluss wieder auf und gibt die Brauerei frei. Bis dahin muss sie geschlossen bleiben, damit nicht noch weitere Spuren der Tat vernichtet werden. Damit wir uns richtig verstehen – die Uhl-Brauerei darf kein Bier herstellen, und sie darf nichts von dem Bier verkaufen, das bei ihr lagert oder in den Kesseln heranreift.« Bedauernd hob er die Hände. »Solange der Mörder noch frei herumläuft, kann ich nichts machen. Mir sind die Hände gebunden. Ihr werdet Verständnis dafür haben, dass Landsknechte abgestellt wurden, um die Brauerei und vor allem den Ort des Verbrechens zu sichern. Und was die Leute betrifft, die in der Brauerei arbeiten – nun ja, es sind Arme, denen das Elend vertraut ist und denen es auch nicht viel schlechter geht, wenn sie mal für ein paar Tage nichts zu beißen haben. Darüber wollen wir uns nicht aufregen.« Zynischer hätte er sich nicht äußern können.

Die Tür öffnete sich, und seine Frau Emma kam herein. Sie trug ein langes, hochgeschlossenes Kleid mit einer üppigen Spitzenpracht über dem Busen und an den Handgelenken. An den gepflegten Fingern blitzten goldene Ringe. Dazu wollte der Krug mit Bier nicht so recht passen, den sie in der linken Hand hielt.

»Mein lieber Conrad!«, rief sie, blieb stehen, nahm einen kleinen Schluck aus dem Krug und fuhr sich mit dem Handrücken über den Mund, um Bierschaum zu entfernen. »Was für eine Überraschung. Wir haben uns lange nicht gesehen. Zuletzt bei einem Empfang bei Margarete Drewes, nicht wahr?«

Sie war eine ehrgeizige und zielstrebig handelnde Frau, die ihren wahren Charakter vorzüglich hinter einem fröhlichen Lachen und einem nach allen Seiten offenen Verhalten zu verbergen wusste. Damit nahm sie viele für sich ein, die arglos waren und sich nur zu leicht täuschen ließen. Tatsächlich war sie eine eitle und äußerste gefährliche Intrigantin, zu der man besser Abstand hielt, um nicht unversehens auf bedrohlich schwankenden Boden zu geraten, auf dem es früher oder später keinen Halt mehr gab. Buddebahn kannte sie – ebenso wie viele andere der maßgeblichen Persönlichkeiten Hamburgs – schon seit ihrer gemeinsamen Kindheit. Sehr früh hatte er lernen müssen, dass ihr nicht über den Weg zu trauen war und dass sie zu ihrem eigenen Vorteil Menschen gegeneinander auszuspielen vermochte.

Als Tochter eines mäßig erfolgeichen Salzhändlers hatte sie von Anfang an ihren Ehrgeiz darauf gerichtet, in eine der ebenso reichen wie einflussreichen Familien der Stadt Hamburg einzuheiraten. Buddebahn hatte erlebt, wie sie den Ruf einer jungen Frau, die ihr im Wege war, skrupellos ruinierte, indem sie das Gerücht verbreitete, sie sei keine Jungfer mehr, sondern habe sich im Hafen herumgetrieben und sich mit Seeleuten eingelassen. Dabei war Emma so geschickt vorgegangen, dass ihrer Kontrahentin keine Möglichkeit blieb, sich zu wehren. Schließlich war der jungen Frau nur ein Ausweg geblieben. Sie war buchstäblich aus Hamburg geflüchtet, um in irgendeiner Stadt im Süden des Kaiserreichs einen neuen Anfang zu wagen. Emma hatte ihr Etappenziel erreicht und somit freie Bahn – und kam dennoch nicht ganz an das gesetzte Ziel. Sie heiratete keinen reichen Kaufmann, sondern Will Rother, der wenig später zum

Bürgermeister gewählt wurde. Er gehörte zur gehobenen Gesellschaft der Stadt, und man sagte von ihm, er habe ein gutes Auskommen. Wohlhabend oder gar reich aber war er nicht. Als Frau des Bürgermeisters arbeitete sie daran, die wirtschaftliche Situation ihres Mannes deutlich zu verbessern. Buddebahn war sicher, dass sie dabei ebenso wenig Skrupel hatte wie bei ihren Intrigen.

Als er ihr nun in die Augen sah und einem triumphierenden Blitzen begegnete, erkannte er, dass Will Rother mit dem Entzug der Genehmigung nur wenig zu tun hatte. Er glaubte auch nicht daran, dass dieser von den Ratsherren beschlossen worden war. Vielmehr war er sicher, dass er Emma zu verdanken hatte, was geschehen war, und er konnte sich denken, was dazu geführt hatte.

Das Brauverbot musste mit Hanna Butenschön zu tun haben. Emma Rother und sie konnten einander nicht ausstehen. Beide nutzten jede sich bietende Gelegenheit für kleine Gehässigkeiten, sei es indem sie gegeneinander stichelten oder versuchten, einander Hindernisse in den Weg zu legen. Emma äußerte sich grundsätzlich herablassend über die »Fischfrau«, während Hanna darüber spottete, wie eitel sie war und dass sie sich für schön hielt. Auch konnte es schon mal vorkommen, dass eine der anderen Marktfrauen den Dienstboten der Rothers nicht mehr ganz frische Ware unterschoben, sei es einen Fisch, dessen Kiemen bereits braun geworden waren, oder Fleisch, an dem die Fliegen ihre Eier abgelegt hatten, was nur von marginaler Bedeutung war, da das Fleisch ohnehin noch gegart wurde, die Qualität aber dennoch minderte und den Marktfrauen ein geradezu diebisches Vergnügen bereitete. Es gab ihnen das Gefühl, es der hochnäsigen Dame heimgezahlt zu haben. Dabei war Hanna geschickt genug, es grundsätzlich nicht selber zu tun, sondern diese Gefälligkeiten von anderen Marktfrauen leisten zu lassen. Diese kleinen Dienste nahm sie nicht ohne Gegenleistung entgegen. Sie wusste, wie sie den Marktfrauen eine Freude machen konnte, und sie tat es.

Er vermutete, dass die geschwätzige Alma Gerks ihr zugetragen hatte, was Hanna über sie gesagt hatte. Wahrscheinlich hatte die Korbflechterin dabei übertrieben und einige Bosheiten hinzugefügt. Es war ausreichend gewesen, Emma Rother derart zu erzürnen, dass sie auf Rache sann – und auch sehr bald zur Tat geschritten war, indem sie ihren Mann gegen Hanna und ihn aufbrachte.

Unter diesen Umständen hatte er kaum Aussichten, Will Rother umzustimmen. Dieser war schwach. Für die Patrizier der Stadt stand zweifelsfrei fest, dass er für das hohe Amt des Bürgermeisters nicht geeignet war. Dennoch war er unter verschiedenen Kandidaten ausgewählt worden, weil die Ratsherren und die mächtigen Handelshäuser überzeugt davon waren, leichtes Spiel mit ihm zu haben. Hätte Emma nicht hinter ihm gestanden, wäre diese Überlegung wohl auch richtig gewesen. Je länger Will Rother im Amt war, desto deutlicher wurde, dass sie aus dem Hintergrund die Fäden zog. Sie war klug genug, dabei Diskretion walten zu lassen und ihren Mann niemals in der Öffentlichkeit bloßzustellen. Im Gegenteil. Sie tat alles, um den Eindruck zu erwecken, dass er der Herr im Hause war und dass sie sich ihm in jeder Hinsicht beugte, so wie es einer Ehefrau gebührte.

»Wie angenehm, Euch zu begegnen«, erwiderte Buddebahn höflich und zurückhaltend. »Es ist in der Tat eine Weile her, dass wir das Vergnügen hatten.«

Er verneigte sich leicht vor ihr.

»Ich möchte nicht länger stören. Sicherlich habt Ihr mit Eurem Mann Wichtiges zu besprechen.«

»Das haben wir, Conrad. Wie feinfühlig Ihr seid. Ich muss das immer wieder bewundern. Seid so freundlich und richtet meine Grüße an die Frau aus, der Eure ganze Zuneigung gilt. Wie heißt Sie noch?«

»Hanna«, erwiderte er. Sie versuchte, ihn herauszufordern, er aber tat, als berühre ihn ihre Frage nicht und als nehme er ihr ab, dass sie den Namen ihrer Widersacherin nicht kannte. »Hanna Butenschön, sie verkauft Fische auf dem Markt.«

»Ach, ja, ich erinnere mich. Fische. Nun ja. Irgendjemand muss sich auch dafür finden. Herzliche Grüße.«

»Danke.« Buddebahn deutete erneut eine Verbeugung an und verließ den Raum in der Gewissheit, dass ihm eine sehr schwere Zeit bevorstand. Die Genehmigung, Bier zu brauen, würde er so bald nicht wiedererhalten, und Emma würde dafür sorgen, dass Henning Schröder ebenfalls kein Bier mehr brauen durfte. Es ging nicht um den

Mord. Es ging darum, Hanna Butenschön zu treffen. Und das möglichst empfindlich.

Mitten im Trubel des Marktes am Domplatz fühlte Hanna sich wohl. Sie pries ihre Fische an und riss in ausgelassener Weise Witze, mit denen sie die Dienstboten immer wieder zum Lachen brachte. Sie war nicht anders als sonst. Nichts deutete darauf hin, dass sich irgendetwas verändert hatte.

Buddebahn atmete auf. Er trat langsam an den Stand heran, und ihre Blicke begegneten sich. Im gleichen Moment spürte er, dass er sich geirrt hatte. Da war doch etwas an ihr, das nicht passte. Ein belustigtes Lächeln glitt über ihre Lippen. Es gab ihm zu verstehen, dass sie ein Geheimnis hatte, von dem sie ihn ausschloss.

»Hanna, endlich finde ich dich«, sagte er, wobei er kurz die Hand ausstreckte. Seine Fingerspitzen stießen gegen ihre offene Handfläche. Auf diese Weise pflegten sie sich meist zu begrüßen, wenn sie in der Öffentlichkeit waren und kein Aufsehen erregen wollten. Es war eine kleine Geste, mit der sie ihre Verbundenheit bekundeten.

»Du hast mich gesucht?«

»Und ob ich das habe! Du warst nicht auf dem Markt. Dein Platz war leer.«

Sie zuckte mit den Achseln.

»Jetzt bin ich hier.« Sie wich seinen Blicken aus, wenngleich dieses eigenartige Lächeln blieb, in dem sich Stolz und die Lust, etwas vor ihm zu verbergen, mischten. »Verdori, kannst dich ja um Grete kümmern.«

»Was hat die damit zu tun?« Kaum waren die Worte heraus, als er sich am liebsten auf die Lippen gebissen hätte. Sie versuchte, den Spieß umzudrehen und das Gespräch auf ein anderes Thema zu lenken, das früher oder später im Streit enden würde. Und er war darauf hereingefallen.

»Du riechst jetzt noch nach Kohl!«

»Obwohl ich keinen Bissen davon genommen habe.«

»Ach, nein? Der Topf war beinahe leer, und selbst der Dümmste konnte sehen, dass sich jemand reichlich daraus bedient hat.«

»Ich war es jedenfalls nicht! Es war Harm, der mir …«

»Jetzt willst du alles auf diesen netten, alten Mann schieben. Schämst du dich denn gar nicht?«

Buddebahn atmete tief durch.

»Darum geht es nicht, Hanna. Ich war auf dem Markt und habe dich gesucht. Und da ...«

»Tut mir leid, ich muss mich um die Dienstboten kümmern«, unterbrach sie ihn. Kühl und abweisend wandte sie sich ab, um sich im nächsten Moment mit einem Scherz auf den Lippen zwei jungen Frauen zu widmen, die just in diesem Moment an ihren Fischstand getreten waren. Ungünstiger hätte es nicht kommen können für ihn. Hanna wollte nicht mit ihm reden, und sie nutzte diese Gelegenheit, um alles abzuwehren, was er hätte sagen können. Sie bemühte sich intensiv um die beiden Frauen, beriet sie bei der Auswahl der Fische, empfahl ihnen Kabeljau und führte aus, wie sie zubereitet werden mussten und welche Zutaten dazu passten. Dabei war sie raffiniert genug, gerade so undeutlich zu sein, dass die Dienstboten sie nicht sogleich verstanden, sodass sie einen Teil ihres Vortrags wiederholen musste. Buddebahn beobachtete sie mit wachsendem Missmut. Als er glaubte, sie werde nach langer Rede zu einem Ende kommen, griff sie ein vollkommen anderes Rezept auf und wechselte dabei vom Seefisch zum Zander, der in der Elbe gefangen worden war.

Er beobachtete sie, und schließlich verflog sein Ärger. Er konnte nicht anders. Er lachte und zog sich zurück. Vielleicht war es besser so. Hanna war eine äußerst temperamentvolle Frau, die kräftig austeilen konnte, die zugleich aber recht sensibel war. Ein Streit mit ihr konnte leicht eskalieren und so heftig werden, dass es am Ende keine Gemeinsamkeit und kein Versöhnen mehr gab. Er hatte bereits erlebt, dass sie nach einer leidenschaftlichen Auseinandersetzung aus seinem Haus ausgezogen war. Erst nachdem er lange um sie geworben, sie mit kleinen Geschenken verwöhnt und jedem weiteren Streit vermieden hatte, war sie zurückgekehrt, um sich voller Liebe und Leidenschaft mit ihm zu versöhnen. Diese Stunden im Alkoven waren nicht weniger temperamentvoll verlaufen wie zuvor der Streit.

Vergeblich hatte er bisher um ihre Hand angehalten. Sie waren einander innig verbunden, nur heiraten wollte Hanna nicht. Sie wollte ihre Unabhängigkeit bewahren und nahm dafür in Kauf, dass sie von den Damen der Gesellschaft verächtlich behandelt wurde als eine Frau, die in sündiger Verbindung mit ihm lebte. Auch dass sie von Pfarrer Jan Schriever mit scharfen Verweisen und Ausschluss von einigen Ereignissen des Kirchenjahres abgestraft wurde, änderte nichts an ihrer Haltung. Der Mann, der Nächstenliebe und Toleranz von der Kanzel predigte, behandelte sie mal ausgesprochen freundlich und liebenswürdig, um sie bei der nächsten Begegnung völlig zu missachten. Wenn er nicht mit ihr reden wollte, tat er so, als nehme er sie nicht wahr, und dann half es auch nichts, wenn sie ihn direkt ansprach. Er ging an ihr vorbei, gönnte ihr keinen einzigen Blick und hörte nicht, was sie sagte. Erstaunlicherweise nahm sie dieses Verhalten hin, ohne wütend zu werden oder laut zu protestieren. Im Gegenteil. Sie pflegte still zu lächeln.

Als Buddebahn sie darauf ansprach, erwiderte sie: »Wozu sollte ich mich aufregen? Damit zeigt mir der Pfarrer nur, wie schwach er ist und dass er mir als Persönlichkeit unterlegen ist. Wäre es anders, hätte er es nicht nötig, sich so zu geben.«

Damit hatte sie recht, und er bewunderte sie, weil sie sich den allgemeinen Konventionen nicht beugte und sich von niemandem irritieren und von ihrem einmal eingeschlagenen Weg abbringen ließ. Dass andere Frauen ihr Heil, ohne zu zögern, in der Ehe suchten, so sich ihnen eine Gelegenheit dazu bot und weil das von ihnen erwartet wurde, interessierte sie nicht, und dass manche sich die Köpfe über sie heißredeten, schon gar nicht.

Er überlegte nur kurz, wohin er sich nun wenden sollte. Bis zum *Hopfensaal* war es nicht weit. Dort gab es immer ein gutes Bier zu trinken, und das war genau das, was er jetzt brauchte. Er folgte der Großen Johannisstraße, erreichte wenig später die Nicolaikirche und brauchte einige Zeit, um sich durch das quirlige Durcheinander auf dem Marktplatz zu schieben. Es schien, als hätten sich alle Dienstboten der Stadt verschworen, um just zu dieser Tageszeit einzukaufen. Wiederum begegnete er einigen Bekannten und blieb einige Male stehen, um ein paar Worte mit ihnen zu wechseln. Man hatte gehört, dass ein Toter in der Brauerei gefunden und dass Henning Schröder niedergeschlagen worden war, und man wollte Einzelheiten wissen. Buddebahn befriedigte die Neugier nur teilweise. Er wollte nicht allzu viel von seinem Wissen preisgeben, denn er war sich dessen bewusst, dass er die Gerüchteküche umso mehr anheizte, je mehr er erzählte. Die Gefahr war groß, dass sich Wahrheit und Phantasie allzu sehr vermischten, bis eine Ermittlung kaum mehr möglich war, weil sich beide nicht mehr voneinander trennen ließen.

Er betrat den *Hopfensaal* in der Absicht, sich irgendwo eine ruhige Ecke zu suchen und in Ruhe ein Bier zu trinken. Er wollte über sich und seine Situation nachdenken und nach einem Ausweg suchen. Auf keinen Fall war er bereit, die Dinge einfach so hinzunehmen, wie sie waren. Weder bei Bürgermeister Rother, dem Ermittler Kröger noch bei Hanna.

Wie meistens zu dieser Tageszeit war der *Hopfensaal* gut besucht. Die verschiedenen Brauer der Stadt boten der Tradition entsprechend ihr Bier Händlern an, die aus allen Bereichen der Hanse nach Hamburg gekommen waren, um sich Biere zu sichern, die sie in ihrer Heimat gewinnbringend verkaufen konnten. Dazu Makler, die ihnen den benötigten Laderaum in den Koggen und Kraveelen vermitteln oder für den Landtransport sorgen konnten. Mehr als 20 000 Fässer Bier verließen Jahr für Jahr Hamburg. Sie stellten einen gewichtigen Wirtschaftsfaktor dar – für die Bierbrauer und für die Stadt. Dabei fanden nur die qualitativ besten Biere Abnehmer, während die minderwertigen Sorten in Hamburg blieben und in den Wirtshäusern ausgeschenkt oder von den Brauereien direkt verkauft wurden.

An den Tischen im *Hopfensaal* stand Bier ganz ohne Frage im Mittelpunkt der meisten Gespräche. Doch nicht nur Brauer, Händler und Makler suchten das Wirtshaus auf, sondern auch Marktbesucher und Markthändler oder Handwerker, um ein kühles Bier zu genießen, vielleicht auch um die Gesellschaft eines »Hurenweibchens« zu suchen, von denen eine ganze Reihe hier anzutreffen waren.

In der hintersten Ecke des Gastraumes, gleich neben dem Kamin, fand Conrad Buddebahn einen Tisch, der unbesetzt war. Es war der Einzige, der frei war. Nirgendwo sonst hätte er Platz gefunden, abgesehen von dem für mehr als sechzehn Gäste vorgesehenen Tisch auf der Empore. Eine Treppe führte zu ihm hinauf, war jedoch mit einer dicken Kordel gesperrt, damit niemand hochstieg.

Auf dem Weg zu dem von ihm gewählten Tisch begrüßte er einige der Gäste, die er kannte, tauschte Höflichkeiten mit ihnen aus, scherzte mit ihnen oder wechselte einige Worte über die Geschäfte, die sie miteinander gemacht hatten und möglicherweise noch machen würden. Hildebrand Franke, der Besitzer der Wolf-Brauerei, die sich ebenfalls im Hopfensack angesiedelt hatte, lag mehr auf seinem Stuhl, als dass er saß. Er streckte die Beine weit aus, sodass Buddebahn wohl oder übel hinübersteigen musste, verschränkte die Arme vor der Brust und grüßte, indem er ebenso gnädig wie herablassend mit dem Kopf nickte. Der »graue Wolf«, wie man ihn auch nannte, war ein unangenehmer und schwieriger Konkurrent, der seit Jahren mit nicht immer vertretbaren Mitteln hinter ihm her spionierte, um herauszufinden, wo er seine Gerste kaufte. Bis auf den heutigen Tag war es ihm nicht gelungen, den Hof Hermanns aufzuspüren. Franke war ein kleiner, schmächtiger Mann mit einem relativ großen Kopf. Nur auf der Mitte seines Schädels hatte sein Haar noch die ursprünglich schwarze Farbe, während es über den Ohren und an den Schläfen schlohweiß war.

Buddebahn ließ sich nicht anmerken, dass er das Verhalten seines Nachbarn als unhöflich empfand. Er erwiderte den Gruß, indem er den rechten Arm hob, ging zu dem von ihm gewählten Tisch und ließ sich ein Bier bringen, das in seiner Brauerei gereift war und das ihm besser schmeckte als die anderen, bei denen nach seinem Empfinden der Hopfengehalt zu hoch oder zu niedrig war, das nicht sorgfältig genug heruntergekühlt oder gelagert worden war. Es war unter den kundigen Händen Henning Schröders entstanden, der die Braukunst nicht weniger gut beherrschte als er und der seinem Qualitätsanspruch treu geblieben war.

Als er einen ersten Schluck nahm und den Kopf dabei leicht in den Nacken legte, glitten seine Blicke hoch zur Balustrade. Dort stand die tiefverschleierte Frau, wiederum vollkommen in Schwarz gekleidet. Sie zog sich nun zurück, ohne dass er erkennen konnte, ob sie auf den Balkon hinausging oder durch eine Nebentür verschwand, die zu den Gästezimmern führte.

Er fragte sich, wer sie sein mochte, weshalb sie sich im *Hopfensaal* aufhielt und sich dem Gerede der Leute aussetzte, die ihr allerlei Zweifelhaftes anhängen wollten und sich gegenseitig überboten, um ihren Ruf zu schädigen. Dabei wusste niemand, was für ein Antlitz sich hinter ihrem Schleier verbarg, ein junges oder altes, ein schönes, hässliches oder vielleicht gar ein durch eine Krankheit grässlich entstelltes. Die Vermutung lag nahe, dass sie entweder nicht erkannt werden wollte, was jedoch voraussetzte, dass sie eng mit Hamburg verbunden war und dass ihr Aussehen vielen vertraut war, oder dass ihr Antlitz verunstaltet war, sodass sie sich scheute, es in aller Öffentlichkeit zu zeigen. Er hielt diese zweite Version für wahrscheinlicher, wobei er an Krankheiten dachte, die mit den Handelsschiffen aus dem Orient nach Hamburg getragen wurden – mit teils schrecklichen Folgen für die Betroffenen.

Er hatte erst wenig getrunken, als zwei Landsknechte hereinkamen und sich zu einigen Händlern an den Tisch setzten.

»Hört mal zu, Leute«, rief einer von ihnen, ein kräftig wirkender Mann mit einem blonden Bart, der ihm in weichen Wellen bis auf die Brust herabfiel. »Wir waren auf dem Land da draußen. Ihr werdet nicht glauben, was wir dort gesehen haben. Mehrere Bauernhöfe sind abgebrannt, und die Bauern hat man an Bäumen aufgehängt. Die Bauern, ihre Frauen und ihre Kinder. Dazu einige Leibeigene. Und nicht nur das. Man hat auch die Felder angezündet, sodass das Korn in Flammen aufgegangen ist.«

Mit diesen Worten löste er einen wahren Aufruhr aus. Die Männer sprangen auf und drängten sich um den Tisch, um Einzelheiten zu erfahren. Obwohl Buddebahn bereits wusste, was geschehen war, stand auch er auf und gesellte sich zu ihnen.

»Wer sollte so etwas Irrsinniges tun?«, fragte einer der Handwerker. »Wie sollen wir über den Winter kommen, wenn wir kein Korn in unseren Kammern haben?«

»Ist auch die Gerste betroffen?«, wollte Hildebrand Franke wissen. Er erkannte als Erster, welche Folgen die Brandanschläge für ihn haben konnten. Erschrocken zog er die Beine an, setzte sich aufrecht und rieb sich aufgeregt die Sattelnase. »Wie soll ich Bier brauen, wenn ich keine Gerste habe?«

»Die Gerste. Vor allem die Gerste«, antwortete einer der beiden Söldner.

Sie genossen es, im Mittelpunkt zu stehen. Sie ließen sich Bier spendieren und zogen ihre Schilderungen bewusst in die Länge, um noch ein wenig mehr herauszuschlagen.

»Eine Katastrophe«, stöhnte Franke. »Verdammt, wir müssen Soldaten schicken, die alle abschlachten, die so was machen!«

7

Buddebahn hatte genug gehört. Er zog sich in den stillen Winkel zurück, wo er hoffte, für einige Zeit ungestört zu bleiben. Daher blickte er ungehalten auf, als ein grobschlächtiger Mann an seinen Tisch trat, sich linkisch die Mütze vom Kopf zog und kaum verständlich murmelte: »Du erlaubst?«

Es hörte sich an, als spreche er mit vollem Mund. Bevor Buddebahn ihm antworten und ihn abweisen konnte, ließ er sich auf einen Hocker sinken. Er war so groß und breit, dass er eigentlich zwei nebeneinandergestellte Hocker benötigt hätte. Seine wässrig-blauen Augen verschwanden nahezu unter dem Wust seiner Augenbrauen und seines hoch bis auf die Wangen heraufreichenden Bartes.

»Per Wasmann!«, stöhnte Buddebahn. Er zeigte in die Runde. »Irgendwo ist sicherlich Platz für dich. Musst du dich ausgerechnet an meinen Tisch setzen?«

»Hast du die alte Geschichte noch immer nicht vergessen, Conrad?«, entgegnete der Braumeister. Seine Hände waren so groß, dass der Bierkrug beinahe darin verschwand. »Das ist lange her. Wir waren kaum mehr als Kinder.«

»Ich habe dich nie gemocht, Per. Und das weißt du auch. Es hat sich bis heute nicht geändert.«

Wasmann lachte mit geschlossenen Lippen. Dabei bebte sein Oberkörper, als werde er von der hochgehenden See an Bord einer Kogge geschüttelt. Der Ausdruck seiner Augen aber änderte sich nicht. Sie verrieten, dass er tief in seinem Inneren keineswegs belustigt war.

»Und dabei hat das Mädchen keinen von uns beiden geheiratet, sondern einen Handelsherrn aus Bremen, einen verkrüppelten Wicht, der als Kinderschreck eine ganz gute Figur abgeben würde und so miserable Geschäfte macht, dass er, seine Frau und die sieben Kinder kaum davon leben können. Was sie nicht daran gehindert hat, so fett zu werden, dass ein Stuhl zu wenig ist für sie. Zwei müssen es schon sein. Sie stellt sie nebeneinander, damit ihr genügend Sitzfläche zur Verfügung steht.«

»Du kennst ihn? Und sie?«

»Ich habe in Bremen gearbeitet.« Er streckte den Arm in die Höhe, um ein weiteres Bier zu bestellen. Eines der Mädchen eilte heran und nahm ihm den entleerten Krug ab, um ihn am Schanktisch neu zu füllen.

Es ließ sich nicht leugnen, dass es tatsächlich lange her war, dass sie aneinandergeraten waren. Buddebahn war siebzehn Jahre alt gewesen und hatte sich Hals über Kopf in die schöne Christina Hameister verliebt, die Tochter eines der drei Müller, die es in der Stadt gab. Um sie zu beeindrucken und um sie zu werben, hatte er ein kleines Boot gebaut. Als es fertig war, lud er sie und ihre Tante als Anstandsdame zu einer Bootsfahrt auf der Alster ein. Das wagte er jedoch erst, nachdem er das Boot gründlich erprobt hatte, sodass er sicher sein konnte, dass es gut im Wasser lag und drei Personen mühelos zu tragen vermochte.

Per Wasmann und einige andere aus seinem Freundskreis beobachteten eifersüchtig, dass er erfolgreicher bei der schönen Christina war als sie selber. Wasmann wurde schroff von ihr abgewiesen, und das konnte er nicht verwinden. Um sich zu rächen, bohrten er und seine Freunde das Boot heimlich an und dichteten die Löcher mit geknetetem Brot wieder ab. Als Buddebahn nun voller Stolz und Eifer – herausgeputzt mit seinem besten Wams, eleganten Hosen und neuen Stiefeln – mit dem Mädchen und deren Tante auf die Alster hinausruderte, löste sich das Brot auf, und Wasser schoss aus mehreren Löchern ins Boot, das weit vom Ufer entfernt sank. Glücklicherweise ging es nicht vollkommen unter. Die wütend zeternde Anstandsdame und die hysterisch um Hilfe schreiende Christina konnten beide nicht schwimmen. Mit den Beinen strampelnd und mit den Armen um sich schlagend versuchten sie, sich vor dem nassen Tod zu retten, während er sich mühelos über Wasser hielt. Mit schier übermenschlicher Anstrengung und einer gehörigen Portion Wut im Bauch brachte er sie dazu, sich an das Boot zu klammern, während sich Per Wasmann und seine Freunde, die am Ufer standen und sie beobachteten, vor Lachen ausschütten wollten.

Erst dann – als die größte Gefahr für alle drei vorbei war – merkte er, dass sie sich im seichten Wasser befanden und dass seine Füße den Grund erreichten. Als er sich hinstellte, reichte ihm das Wasser lediglich bis an die Brust. Auch Christina und ihre Tante waren groß genug, sodass sie stehen konnten. Allerdings dauerte es einige Zeit, bis sie ihre Angst überwanden und es wagten, ihre Füße zum Grund hin sinken zu lassen.

Sie erfassten, dass sie sich nicht mehr in Gefahr befanden, und nun fielen alle beide über ihn her, um ihren Zorn und ihre Enttäuschung über den fehlgeschlagenen Ausflug auf die Alster an ihm auszulassen. Nachdem sie ihm einige Schläge versetzt hatten, die vor allem seelische Schmerzen bei ihm verursachten, kämpften sie sich zum Ufer durch, und nun war ihre größte Sorge, wie sie ohne einen weiteren Verlust an Ansehen in die Stadt und zu ihrem Heim zurückkehren konnten. Sie umschlangen einander klagend und weinend, als seien sie nur ganz knapp einem schrecklichen Tod entronnen. Ihn beachteten sie erst wieder, als er ihnen anbot, zur Mühle zu eilen, um trockene Kleider für sie zu holen.

Doch sein Angebot kam zu spät. Per Wasmann hatte sich gut vorbereitet, und er wusste, was in dieser Situation zu tun war. Ein Pferdefuhrwerk stand für die beiden Damen bereit. Darauf lagen wärmende Decken, in die sie sich hüllen konnten. Beide wandten sich nun ihm zu, der ihnen als Retter in der Not erschien, nahmen sein Angebot an und ließen sich von ihm zur Mühle fahren – nicht ohne ihn, Buddebahn, intensiv und mit wenig damenhaften Worten zu beschimpfen.

Er blieb nass und von ohnmächtiger Wut erfüllt am Ufer der Alster zurück und hatte in den folgenden Tagen zu erdulden, dass die halbe Stadt über ihn lachte.

Das Schankmädchen brachte zwei Krüge mit Bier. Als sie auf dem Tisch standen, schob Wasmann einen zu Buddebahn hinüber.

»Lass uns endlich anstoßen, Conrad, und Frieden schließen. Es war ein Spaß.«

»Der hätte böse ausgehen können, wenn ich nur ein wenig weiter auf die Alster hinausgefahren wäre. Hätte sich das Brot ein paar Atemzüge später aufgelöst, wären wir in einen tiefen Bereich geraten, in dem es zudem eine starke Strömung gibt. Beide Frauen hätte ich sicherlich nicht retten können. Eine wäre ertrunken.«

»Ich weiß, und ich habe mir oft genug Vorwürfe gemacht. Wir sollten es vergessen und die Feindschaft beenden.«

»Ich bin nicht nachtragend.« Buddebahn stieß mit ihm an und trank ein paar Schluck Bier. »Du hast recht. Wahrscheinlich wäre mein Leben ganz anders verlaufen, wenn ich Christina geheiratet hätte.«

»Möglicherweise wärst du Müller geworden, und Hamburg hätte auf sein bestes Bier verzichten müssen.«

»Das muss es jetzt ohnehin«, erwiderte er. Als er sah, wie überrascht Per Wasmann war, berichtete er mit knappen Worten, was geschehen war.

Der Braumeister schüttelte verständnislos den Kopf.

»Ich glaube nicht, dass der Rat der Stadt so etwas ausbrütet«, sagte er. »Da steckt was anderes dahinter. Viel mehr.«

Womit er der Wahrheit wohl recht nahe kam. Buddebahn war davon überzeugt, dass er den Entzug der Genehmigung allein Emma Rother, der Frau des Bürgermeisters, zu verdanken hatte. Da er nicht daran glauben mochte, dass der Braumeister sich zu einem aufrichtigen Charakter entwickelt hatte, behielt er es für sich. Sie hatten sich miteinander versöhnt, ohne einen gewissen Argwohn ausräumen zu können. Er ließ sich nicht durch freundliche Worte einlullen, sondern blieb wachsam. Für einen Zufall mochte er nicht halten, dass sie einander begegnet waren.

»Du brauchst jemanden, der dir hilft«, stellte Wasmann fest. »Leider kann ich es nicht sein. Ich habe mit Problemen zu kämpfen, die sich nicht so ohne weiteres aus dem Weg räumen lassen. Hamburg scheint mir eine schwierige Stadt zu sein.«

»Das mag zutreffen. Aber was ist mit dir? Mein Sohn hat angedeutet, dass du vor gewissen Hürden stehst, die du nicht allein überwinden kannst.«

»Kann schon sein. Kann auch sein, dass sich schon alles erledigt hat. Lassen wir das. Nicht jetzt und nicht hier.« Er stemmte die Hände auf die Tischplatte und stand ächzend auf. »Für heute habe ich schon zuviel getrunken. Es wird Zeit, dass ich mich aufs Ohr lege. Es war gut, dass wir uns mal wieder gesehen haben.«

»Warte noch! Du bist verheiratet und hast einen Sohn?«

»Meine Frau ist bei der Geburt des Kleinen gestorben. Seitdem bin ich allein mit ihm. Ist nicht einfach für ihn. Er vermisst seine Mutter sehr. Mir ihr konnte er ganz anders reden als mit mir. Bin nun mal ein grober Klotz.«

»Tut mir leid.«

»Schon gut.« Nach diesen Worten ging Wasmann zum Schanktisch, bezahlte seine Zeche und verließ den *Hopfensaal*. Erst jetzt fiel Buddebahn auf, dass er nicht mehr ganz sicher auf Beinen war. An der Tür blickte der Braumeister kurz zurück. Der wild wuchernde Bart wirkte wie eine Maske. Es war nicht zu erkennen, wie es unter ihm aussah.

Buddebahn fragte sich, weshalb Per Wasmann tatsächlich zu ihm gekommen war. Dass es nur zur Aussöhnung geschehen war, nahm er ihm nicht ab. Er war sicher, dass der bärtige Riese noch einen anderen Grund gehabt hatte. Da war etwas, das ihm weitaus wichtiger war, als auszuräumen, was an Zorn aus der Jugendzeit zurückgeblieben war. David hatte gesagt, dass er Hilfe benötigte, und er selber hatte von Problemen gesprochen. Umso erstaunlicher war, dass Wasmann diesem Thema ausgewichen war.

Dass er Braumeister war, spielte keine Rolle. Die Uhl-Brauerei hatte keine Verwendung für ihn, da die Stadt ihr die Lizenz entzogen hatte. Weder Henning Schröder, Wasmann, er selber noch sonst jemand durften Bier brauen. Es war eine Maßnahme vonseiten der Stadt, die willkürlich erschien und jeder vernünftigen Grundlage entbehrte. Doch sie war eingeleitet worden und würde vorläufig nicht rückgängig gemacht werden. Daran war nicht zu rütteln. Die Anordnung zu ignorieren, würde weitreichende Folgen haben und zu einem endgültigen Verlust des Braurechts führen.

Die Situation war neu für Buddebahn. Zum ersten Mal wehte ihm ein kräftiger Wind aus dem Rathaus entgegen. Bisher hatte es auch mal Spannungen gegeben, doch sie waren nie zu der Feindseligkeit ausgeartet, mit der er es jetzt zu tun hatte.

Je länger er darüber nachdachte, desto mehr musste er Wasmann recht geben. Es war unwahrscheinlich, dass der Rat der Stadt sich zu so einer Entscheidung durchgerungen hatte. Ausgeschlossen aber war, dass Bürgermeister Rother eine solche Entscheidung getroffen hatte, ohne Rückendeckung zu haben. Emma mochte einen großen Einfluss auf ihn haben, doch er ging nicht so weit, dass er sich durch sie zu so einer Konfrontation hinreißen ließ.

Buddebahn konnte sich ein leises Lächeln nicht verkneifen.

Eines war sicher. Wenn es hart auf hart ging – und das würde spätestens dann der Fall sein, wenn sich nach Ablauf einer Woche abzeichnete, dass vor allem die Handwerker und Arbeiter der Brauerei unter dem Verbot zu leiden hatten –, würde er genügend Ratsmitglieder hinter sich bringen, um den Bürgermeister zwingen zu können, die angeordnete Sperre aufzuheben.

Für einige Tage würde er abwarten. Wendete sich das Blatt dann jedoch nicht zu seinen Gunsten, würde er handeln. Bis dahin würde er nicht untätig bleiben. Er würde alles tun, um den Mordfall aufzuklären – unabhängig davon, was Kröger unternahm. Zuvor aber wollte er herausfinden, welche Rolle die Ratsherren bei dem Beschluss gespielt hatten. Er dachte über die dazu nötigen Schritte nach, trank sein Bier in aller Ruhe aus und ging zur Kleinen Reichenstraße, in der sich Johann Berger mit seiner Brauerei angesiedelt hatte. Mit ihm war er befreundet. Allerdings hatte er ihn schon seit einigen Wochen nicht mehr gesehen. Umso erschütterter war er, als er die Kammer betrat und den Freund sah, der bleich und ausgezehrt in seinem Alkoven lag und dem Tode näher zu sein schien als dem Leben.

Johann Berger war schlank, beinahe zierlich. Da ihm auf beiden Seiten seiner Kiefer mehrere Backenzähne fehlten, waren seine Wangen eingefallen. Unter seiner Nasenspitze breitete sich ein gelblicher Bart aus, dessen Spitzen bis unter das Kinn herabhingen. Dieser Bart war dafür verantwortlich, dass ihn die anderen Ratsherren hinter seinem Rücken nur »den verhungerten Seehund« nannten. Auch die dunklen, hervorquellenden Augen sorgten dafür, dass eine gewisse Ähnlichkeit mit der Nordseerobbe vorhanden war.

Von einer unbekannten Krankheit geschlagen, hatte er Gewicht eingebüßt. Die Augen hatten ihren Glanz verloren, und die meisten Haare waren ihm ausgefallen.

»Um Himmels willen, Johann, was ist passiert?«, rief Buddebahn, während er sich dem Bett näherte. »Ich habe nicht gewusst, dass du krank bist.«

Vorwurfsvoll blickte er Minna, seine Frau, an, die ihn ins Haus gelassen und bis in diese Kammer begleitet hatte. »Niemand hat mir etwas gesagt.«

»Wozu denn auch?«, entgegnete der Nachbar mit schwacher Stimme. »Medicus Kirchberg wird mich schon wieder auf die Beine bringen. Er meint, dass Freund Hein noch weit entfernt ist von diesem Haus.«

Johann Berger war nicht nur Brauer, sondern auch Ratsherr. Damit gehörte er zu den einflussreichsten Persönlichkeiten in der Stadt. Aus diesem Grunde suchte Buddebahn ihn auf.

»Du kannst dich auf den Medicus verlassen.« Er gab sich alle Mühe, zuversichtlich zu erscheinen. Minna schob ihm einen Hocker hin, und er setzte sich ans Bett. »Du solltest nur nicht zu geizig mit ihm sein!«

»Bin ich nicht. Allerdings zahle ich ihm nicht so viel, wie er verlangt. Bevor ich mich ruiniere, sterbe ich lieber.« Er kicherte leise.

Schluchzend wandte sich seine Frau ab. Sie mochte solche Worte nicht hören und verstand auch nicht, dass er über seine Krankheit scherzte. Sie hatte Angst um ihn. Solange Buddebahn sie kannte, hatte sie immer vor irgendetwas Angst gehabt, und wenn es wirklich keinen Grund gegeben hatte, sich Sorgen zu machen, erfand sie eine Bedrohung, um anschließend darüber zu lamentieren. Er versuchte nicht, sie aufzuhalten. Er wusste, dass sie sich bald beruhigen würde.

»Was führt dich zu mir?«, fragte Berger.

»Nicht so wichtig, Johann. Erst einmal musst du gesund werden.«

»Ich möchte es wissen. Vielleicht hilft es mir auf die Beine, wenn ich eine Aufgabe habe.«

Buddebahn nickte. So kannte er den Freund. Er wusste, dass ihn ein Anliegen zu ihm geführt hatte, und er verlor nicht viele Worte darum. Möglicherweise verlieh es ihm tatsächlich neue Kräfte, wenn er sich mit etwas befassen konnte, was ihn nicht direkt berührte.

Er teilte ihm mit, dass der Uhl-Brauerei die Genehmigung entzogen worden war, Bier zu brauen und zu verkaufen.

Johann Berger richtete sich stöhnend auf. Mit zitternder Hand strich er sich eine seiner letzten Haarsträhnen aus der Stirn.

»Ich bin vor zwei Tagen im Rathaus gewesen. Da war ich noch gesund«, antwortete er. »Ich habe an einer Sitzung des Rates teilgenommen, und durch meinen Sekretär weiß ich, was danach geschehen ist. Niemals, Conrad, niemals hat der Rat der Stadt beschlossen, dir die Braugenehmigung zu entziehen. Wie ich erfahren habe, bist du später kurz ins Gespräch gekommen, als es darum ging, einen Ermittler für den Mordfall in deiner Brauerei zu bestimmen. Der Rat war dafür, dich zu wählen. Dagegen hat sich der Bürgermeister ausgesprochen. Er hat förmlich darum gekämpft, einen anderen zu nehmen, und es ist ihm schließlich gelungen, die Mehrzahl der Ratsherren hinter sich zu bringen. Das ist alles.«

»Dann hat Rother gegen die Gesetze verstoßen«, stellte Buddebahn fest.

»Das hat er«, bestätigte Berger. Er griff nach einem Becher und trank etwas Most. Als er das Gefäß abgesetzt hatte, blickte er eine Weile vor sich hin und schüttelte einige Male den Kopf. »Da steckt etwas anderes dahinter. Rother ist schwach. Er ist ein Mann, der sich nicht entscheiden kann und der kein Rückgrat hat. Wenn er sich so weit vorwagt, muss etwas geschehen sein, was weit über das hinausgeht, was ihm seine Frau einflüstert.«

»Ich habe Emma nicht erwähnt.«

Berger lächelte verächtlich.

»Das brauchst du nicht. Alle Ratsherren wissen, dass sie die Zügel in der Hand hat. Sie bestimmt, was der Bürgermeister zu tun und zu lassen hat.«

»Es hat eine Auseinandersetzung zwischen Hanna und ihr gegeben.«

»Das reicht nicht aus. Du bist ein angesehener Bürger. Die Ratsherren begegnen dir mit Respekt und Hochachtung. Viele unterschätzen dich, weil sie dich nicht gut genug kennen. Aber das ändert nichts an der Tatsache, dass der Rat der Stadt dir keine Knüppel zwischen die Beine werfen würde. Nein, hier geht es nicht um einen

Streit zwischen deiner Hanna und der Frau des Bürgermeisters, sondern um mehr. Um sehr viel mehr. Ich spüre in meinen Knochen, dass etwas heraufzieht über unsere Stadt, was uns vor ernste Probleme stellen wird.« Erschöpft hielt er inne. Er schloss die Augen, lehnte sich zurück und ließ sich in die Kissen sinken. »Vielleicht hat der Engländer damit zu tun.«

Buddebahn horchte auf.

»Der Engländer?«

Berger nickte mit geschlossenen Augen. Bittend hob er eine Hand, um ihm zu signalisieren, dass er erschöpft sei und eine Erholungspause brauchte. Sein Atem ging laut und rasselnd. Hin und wieder hustete er krampfhaft. Als es schon so aussah, als wollte er überhaupt nicht mehr antworten, öffnete er die Augen.

»Ich weiß nicht, wer er ist und was er beim Bürgermeister wollte. Mir ist nur bekannt, dass ein Engländer bei ihm im Rathaus war.«

»Du bist sicher, dass es ein Engländer war?«

»Er hat mich nach dem Weg gefragt.«

»Du sprichst englisch?«

»Ein wenig. Viel zu wenig.«

Buddebahn beschloss, den Kranken allein zu lassen, damit er sich erholen konnte.

Was der Bierbrauer und Ratsherr gesagt hatte, erfüllte ihn mit Sorge. Wenn er die Befürchtung hegte, dass sie es mit einer Verschwörung zu tun hatten, dann durfte er diesen Hinweis nicht auf die leichte Schulter nehmen. Johann Berger war kein Mann, der leichtfertig irgendetwas behauptete, sondern der sich besonders in einer solchen Situation jedes Wort genau überlegte.

»Ich will dich bald gesund und munter sehen«, verabschiedete Buddebahn sich. »Ich brauche dich, damit wir dem Bürgermeister auf die Finger klopfen können. Also, sieh zu, dass du herauskommt aus dem Bett.«

»Das werde ich«, versprach Johann Berger mühsam hustend. »Verlot di op to!«

»Ich verlass mich drauf. Ganz sicher tue ich das.«

Er reichte dem Freund die Hand.

Es war das letzte Mal, dass er ihn lebend sah.

Der Fuß stockte Buddebahn, als er durch den Torbogen der Einfahrt den Hof der Brauerei betrat. Bürgermeister Rother hatte wahr gemacht, was er angekündigt hatte. Vor dem Brauhaus hatten zwei Landsknechte Posten bezogen. Die Brauerei wurde bewacht, um zu verhindern, dass jemand gegen das erlassene Verbot verstieß.

Ein Schmied war dabei, den eisernen Bogen über dem Brunnen, an dem das Rad mit dem Zugseil befestigt war, sowie der darüber thronenden, metallenen Eule abzubauen, um den durch einen Blitzeinschlag entstandenen Schaden zu beheben. Harm hatte die Pferde draußen und striegelte sie, und alle Türen und Fenster standen offen. Die Dienstboten hatten beschlossen, nicht nur ein Haus, sondern auch das Henning Schröders kräftig durchzulüften. Sichtlich eingeschüchtert standen einige von ihnen zusammen und redeten leise miteinander. Sie atmeten auf, als sie ihn sahen. Einige Kinder verließen den Hof mit leeren Bierkrügen in den Händen. Ihre Familien schickten sie täglich zur Brauerei, wo sie jeweils einen Krug Bier kauften. Das war seit Jahrzehnten bei allen Brauereien üblich. Heute waren sie enttäuscht worden. Sie mussten sich an eine andere Brauerei wenden.

Buddebahn glaubte, die Situation richtig beurteilen zu können, und er sah sich gleich darauf bestätigt, als sein Nachfolger im Braugeschäft am Arm Magdas herauskam, um sich auf eine Bank vor seinem Haus zu setzen. Er gab ihm ein aufmunterndes Handzeichen, ging aber nicht zu ihm, sondern wandte sich an die Dienstboten.

»Wie ihr euch denken könnt, gibt es Schwierigkeiten«, sagte er leise zu ihnen. »Vor allem in den nächsten Tagen. Aber alles wird gut werden. Ich verspreche euch, dass keiner von euch Not leiden muss. Weder er selber noch seine Familie. Und jetzt geht wieder an eure Arbeit.«

Erst danach setzte er sich zu Schröder.

»Henning, endlich bist du wieder auf den Beinen. Es geht dir besser.«

»Sieht man mal davon ab, dass mir der Kopf brummt, als hätten sich Hornissen darin ein Nest gebaut, und dass sich meine Hände anfühlen, als gehörten sie nicht zu mir, bleibt mir nicht mehr viel, über das ich klagen könnte.« Er verzog das Gesicht, fuhr sich behutsam mit den Händen über den Schädel, an dem er einen dicken Verband trug, und warf den beiden Landsknechten einen bösen Blick zu. »Verdori, jemand hat mir eins übergebraten, und ich weiß noch nicht einmal, wer das war und warum er es getan hat.«

Während die Magd davoneilte, um eine heiße Hühnerbrühe zu holen, versuchte Buddebahn ein wenig Licht in das Geschehen der letzten Tage zu bringen.

»Du erinnerst dich nicht?«

»Ich weiß, dass ich im *Hopfensaal* war und dort mit allerlei Leuten gesprochen habe. Ich habe Freunde und Bekannte getroffen, wir haben gelacht, gescherzt und über andere gelästert. Irgendwann saßen Männer mit uns am Tisch, die ich nicht kannte und die kaum ein Wort untereinander und schon gar nicht mit uns gewechselt haben. Wir haben Bier mit ihnen getrunken und uns ansonsten nicht um sie gekümmert. Als ich nach Haus ging, war ich allein. Ich habe einen Umweg zur Alster hinunter gemacht, um etwas auszulüften.«

»Du warst betrunken?«

»Auf keinen Fall. Ich war nicht nüchtern, aber ich war weit davon entfernt, betrunken zu sein. Im Sudhaus brannte eine Fackel. Ich dachte, es sei besser, sie für die Nacht zu löschen, und bin rein. Dabei fiel mir auf, dass etwas mit der Würze nicht stimmte. Irgendetwas schwamm darin. Ich wollte nachsehen, was es ist.«

Er zuckte mit den Achseln, blickte hoch zur Magd, die nun an den Tisch trat, nahm freundlich lächelnd die dampfende Hühnerbrühe entgegen, die sie ihm brachte, und löffelte sie vorsichtig aus. Immer wieder hielt er inne, damit sich die Brühe etwas abkühlte und er sich den Mund nicht verbrannte.

»Und da ist es passiert?«

Schröder nickte. »Ich hörte etwas hinter mir und wollte mich umdrehen. Jemand kam heran. Das habe ich gespürt. Bevor ich ihn sehen konnte, hat er mir etwas auf den Kopf geschlagen. Von da an weiß ich nichts mehr. Als ich im Alkoven lag, hatte ich Zeit und Gelegenheit genug, darüber nachzudenken, aber mehr kann ich dir nicht sagen.«

Conrad Buddebahn wartete schweigend ab, bis der Freund die Brühe verzehrt hatte und sich genüsslich seufzend zurücklehnte.

»Du weißt nicht, was sonst noch war?«

»Doch. Harm hat es mir gesagt. In der Würze schwamm eine Leiche.«

»Richtig. Mittlerweile habe ich erfahren, dass der Tote aus England gekommen ist. Was er in Hamburg wollte, entzieht sich meiner Kenntnis.«

»Das sollte uns nicht weiter interessieren«, schlug Schröder vor. »Wir brauen unser Bier. Alles Weitere geht uns nichts an.«

»So einfach ist es leider nicht«, widersprach Buddebahn. Er setzte dem Freund auseinander, welche Entscheidungen der Bürgermeister getroffen hatte. Schröder griff nach seinem Arm. Er wurde bleich bis an die Lippen. Er war ein kleiner, kräftiger Mann mit einem fast kahlen Schädel und einem gewaltigen Schnauzbart, dessen Enden er sorgfältig nach oben zwirbelte und den er auch während der letzten Tage nicht vernachlässigt hatte. Jetzt blickte er lange und mit wachsendem Zorn zu den Landsknechten hinüber, die es sich vor dem Brauhaus auf leeren Bierfässern bequem gemacht und ihre Hellebarden an die Wand gelehnt hatten.

»Das ist nicht wahr. Er kann uns das Braurecht nicht entziehen.«

»Ich fürchte, das kann er doch. Jedenfalls hat er es getan.« Er legte das Schriftstück auf den Tisch, das ihm einer der Boten des Bürgermeisters übergeben hatte. Schröder blickte zögerlich und zurückhaltend darauf. »Da steht alles drin.«

»Weißt du, was das bedeutet?«, stammelte der Braumeister.

»Die Brauerei wird für einige Tage stillgelegt.«

»Wenn es das nur wäre!« Schröder stöhnte wie unter großen Qualen. »Ich habe Lieferverpflichtungen. Schon in den nächsten Tagen muss ich eine ganze Schiffsladung Bier auf den Weg nach London bringen. Das Bier ist in Fässern abgefüllt. Ich muss es zum Hafen fahren und verladen. Wenn ich das nicht kann, muss ich eine Strafe bezahlen, die höher ist als mein gesamtes Bier wert ist. Ich bin ruiniert. Bankrott! Abgesehen davon, dass der Reeder mich belangen wird, weil er keine Ladung für sein Schiff bekommt.«

»Uns wird schon was einfallen«, versuchte Buddebahn ihn zu trösten. »Es ist nur für ein paar Tage. Die überbrücken wir. Bevor ich schweres Geschütz auffahre, muss ich klären, was hinter der ganzen Geschichte steckt.«

»Keine Brauerei der Stadt wird mir soviel Bier verkaufen, wie ich benötige. Es geht ja nicht um irgendein Bier, sondern um ein besonders gutes Bier, und niemand in der Stadt hat soviel übrig, dass er damit ein ganzes Schiff füllen könnte. Und wenn er es hätte, könnte ich es nicht bezahlen. Nein! Es ist aus! Mir bleibt nur noch das Hungertuch.«

Mit einem listigen Lächeln blickte er zu den Landsknechten hinüber.

»Es sei denn, dass wir den beiden was zu trinken geben, was sie für einige Zeit so tief und fest schlafen lässt, dass wir das Bier herausholen können. Es auf die Fuhrwerke zu verladen, wird zu lange dauern, aber wir können die Fässer zum Hafen rollen.«

»Das schlage dir aus dem Kopf! Dafür würde dich der Bürgermeister in den Kerker werfen. Außerdem haben wir es bei Kröger mit einem Ermittler zu tun, der nur darauf wartet, dass wir so einen Fehler machen, damit er uns verhaften und uns den Mord anheften kann.«

»Dann ist es wirklich aus.«

Vollkommen verzweifelt vergrub Schröder das Antlitz in seinen Händen.

»Du bist in einer schwierigen Lage, Henning, dennoch glaube ich, dass es einen Ausweg gibt. Es ist noch lange nicht vorbei. Von Vorteil wäre sicherlich, wenn ich den Mord aufkläre.«

Der Braumeister blickte ihn kopfschüttelnd an, und dabei drehte er beide Spitzen seines Schnauzbartes zwischen den Fingern, um sie steil nach oben zu richten.

»Ich muss das Bier schon in den nächsten beiden Tagen verschiffen. Willst du mir einreden, bis dahin könntest du den Fall aufklären? Du weißt, dass du das nicht kannst. Oder hast du schon einen Verdächtigen?«

Buddebahn musste zugeben, dass es noch nicht den geringsten Hinweis auf den Täter gab. Er tappte im Dunkeln, denn vorläufig zeichnete sich nirgendwo ein Gesicht ab, das er mit dem Mord in Verbindung bringen konnte. Er wusste nicht, weshalb Norton getötet worden war und weshalb man ihn in die Brauerei gebracht hatte, wobei der Täter in Kauf genommen hatte, dass er beobachtet wurde. Mit weitaus geringerer Gefahr wäre es für ihn verbunden gewesen, den Engländer dort liegenzulassen, wo er ihn ermordet hatte.

Er hatte nichts in den Händen, und er wusste noch nicht, wo er bei seinem Ermittlungen ansetzen sollte. Unter diesen Umständen davon zu reden, dass der Fall rasch aufgeklärt werden konnte, war in der Tat nicht gerechtfertigt.

Insofern war zu verstehen, dass Henning Schröder die schlimmsten Befürchtungen hegte.

»Machen wir uns nichts vor, Conrad. Ich bin erledigt.«

Beschwichtigend hob Buddebahn beide Hände. »Lass mich mal überlegen! Vielleicht finde ich einen Ausweg.«

Er ging kurz in sein Haus, um sich das Gesicht und die Hände zu waschen und sich ein frisches Hemd anzuziehen. Danach wählte er unter mehreren Hüten den teuersten aus, den er sich aus Danzig hatte kommen lassen, und verließ die Brauerei. Er hatte nicht weit zu gehen. Der Banker Klaas Bracker, mit dem er schon seit vielen Jahren befreundet war, bewohnte ein großes Haus am Speersort, direkt neben dem Domplatz. Hier lebte er nicht nur mit seiner vielköpfigen Familie, sondern betrieb auch sein Geschäft. Viele der in Hamburg residierenden Handelsherrn arbeiteten mit ihm zusammen und ließen sich ihre Unternehmungen von seinem Haus finanzieren.

Als er das Haus betrat, tauchte er ein in eine Welt des Wohlstands, der sich jedoch nicht in erdrückender oder übertriebener Weise präsentierte, sondern sich zurückhaltend und unaufdringlich darzustellen wusste. Es gab keine Goldprägungen an den Wänden, keine ausgestellten Schätze, keine prunkvollen Öllampen oder Fackelhalter, jedoch Gemälde mit behutsam geformten Rahmen, deren Wert sich nicht dem flüchtigen Betrachter, wohl aber dem wahren Kenner erschlossen, Bienenwachskerzen, die mit hohem Aufwand von den Imkern hergestellt worden waren, kunstvoll gestaltete Möbel und Treppen sowie geknüpfte Teppiche aus dem Morgenland. In einer Ecke des Treppenhauses stand eine vollständige Ritterrüstung, die vor Jahren ein Adliger dem Banker aus Dankbarkeit für seine finanziellen Hilfen in einem Geschäft geschenkt hatte.

Ein Sekretär empfing Buddebahn, um ihn ohne Verzögerung zu dem Banker zu führen, der im ersten Stockwerk in einem Büro saß und an einem Wust von Papieren arbeitete. Verträge, Tabellen, Warenaufstellungen und Zinsabrechnungen bedeckten den Tisch.

Klaas Bracker erhob sich und kam ihm entgegen, um ihn mit Handschlag zu begrüßen.

»Ich hoffe, ich störe dich nicht allzu sehr«, sagte Buddebahn. Erst jetzt entdeckte er Jonas Bracker, der neben einem mächtigen Schrank in einer dunklen Nische gesessen hatte, nun aufstand, sich leicht vor ihm verbeugte und dann wortlos durch eine zweite Tür hinausging. Ein eigenartiges Gefühl beschlich ihn. Schon in ihrer Jugendzeit war ihm der Bruder seines Freundes fremd geblieben, was nicht nur an dem Altersunterschied gelegen hatte. Klaas und er waren immer nur die »Kleinen« gewesen, mit denen man nichts zu tun haben wollte, und daran hatte sich auch später nicht viel geändert.

»Du stört mich niemals, Conrad«, erwiderte der Banker und bat seinen Gast in einen Nebenraum, in dem ein Feuer im Kamin brannte. Zwei bequeme Sessel und ein niedriger Tisch standen davor. Durch ein winziges Fenster fiel ein wenig Licht herein. Es reichte nicht aus, um den Raum zu erhellen. Wie aus dem Nichts tauchte eine Magd auf und entzündete mehrere Bienenwachskerzen auf dem Tisch und in den Nischen an den Wänden. Ein anderes Dienstmädchen kam herein und brachte Wasser, Most und Bier in Krügen. Buddebahn entschied sich für den Most.

»Was führt dich zu mir, Conrad?«, fragte Bracker. Er war ein kleiner Mann mit hoher Stirn, spärlichen Haaransatz und einem runden Gesicht.

»Es hat mit dem Toten zu tun, den wir in der Brauerei gefunden haben«, erwiderte er. Da der Freund nur am Rande davon gehört hatte, schilderte er ihm den Vorfall und das Geschehen, das sich daraus ergeben hatte. »Henning Schröder sitzt also auf einem Berg von Verpflichtungen, denen er nachkommen muss, und ist nicht in der Lage, das Bier zu verschiffen. Verstehst du? Er hat das Bier, darf es aber nicht aus der Brauerei herausholen und zum Hafen bringen.«

»Und jetzt hoffst du, dass Schröder mit meiner Hilfe genügend

Bier zusammenkaufen kann, um eine Kogge damit zu füllen und seinen Verpflichtungen gerecht zu werden.«

»Ich hätte es nicht klarer formulieren können.«

»Keine Brauerei wird Henning Schröder unter die Arme greifen«, befürchtete der Banker, wobei er nachdenklich das Tuch gegen die Lippen drückte. Er schwieg eine Weile, dachte offenbar angestrengt nach und schüttelte schließlich resignierend den Kopf. »Nein, keine! Nicht eine Einzige.«

»Was macht dich so sicher?«

»In den letzten Tagen ist jemand aus London hiergewesen und hat viel eingelagertes Bier gekauft. Wenn du zum Hafen gehst, wirst du sehen, dass es bereits heute verschifft wird.« Er blickte Buddebahn an. »Lupus visum dirigit ad ovem!«

»Wie bitte? Was willst du damit sagen? Der Wolf richtet seine Augen auf das Schaf?«

»Du beherrschst die Sprache, die du einst bei einem Mönch in Venedig gelernt hast.«

»Der fromme Mann hat mir einen bescheidenen Einblick ins Lateinische gegeben. Dennoch verstehe ich nicht ganz. Du meinst, es gibt irgendwo einen Wolf, der sein ganzes Augenmerk auf Henning Schröder oder auf mich gerichtet hat? Eine Verschwörung also?«

Klaas Bracker antwortete auf eigenartige Weise. Kein Wort kam über seine Lippen. Er blickte kurz zu den beiden Türen hinüber und gab seinem Besucher mit einem Nicken zu verstehen, dass er gleicher Ansicht war wie er.

In diesem Moment schien ein Eishauch durch den Raum zu streichen. Die Flammen der Kerzen flackerten, und eine erlosch. Buddebahn spürte, wie es ihm kalt über den Rücken lief. Von einem Atemzug zum anderen schien sich der Raum verändert zu haben. Selbst der Kamin verbreitete keine Wärme mehr.

Er fragte sich, was Bracker veranlassen konnte, sich so zu verhalten. Fürchtete er, dass jemand hinter der Tür stand und sie belauschte? Sein Bruder Jonas etwa? Oder jemand vom Gesinde? Als Finanzier der großen Handelshäuser war er eine mächtige Person. Wenn ein Mann wie er den Kopf einzog und nicht mehr wagte, offen und deutlich zu sagen, was ihm auf dem Herzen lag, war es ernst.

»Was wird gespielt, Klaas?« Buddebahn dämpfte seine Stimme, sodass ein heimlicher Lauscher ihn ganz sicher nicht verstehen konnte.

»Ich wollte, ich könnte dir eine klare Antwort geben, Conrad, aber ich kann es nicht«, erwiderte der Banker ebenso leise. »Sobald ich mehr weiß, gebe ich dir Bescheid.« Er stand auf, kam um den niedrigen Tisch herum, begleitete Buddebahn bis zur Tür und raunte ihm zu: »Es passt ins Bild, dass man dich nicht als Ermittler will.«

»Du sprichst vom Bürgermeister!«

»Ich spreche von einer sehr schwachen Persönlichkeit, die vollkommen fehl am Platze und diesem Amt auf keinen Fall gewachsen ist. Ich bin sicher, er hat mit dem Fall zu tun. Freiwillig oder gegen seinen Willen. Auf jeden Fall wird es so gut wie unmöglich sein, ihn seines Amtes zu entheben. Etwas Derartiges sieht das Gesetzeswerk der Stadt nicht vor. Er kann nur selber die Segel streichen.«

»Und was soll ich tun?«

Klaas Bracker lächelte zuversichtlich.

»Das was du immer getan hast. Dich nicht verbiegen lassen und deinen eigenen Weg gehen. Bitte, lass mich jetzt allein. Du hörst von mir, sobald ich etwas habe, was dir helfen kann.«

Buddebahn reichte ihm die Hand. Sie blickten sich eine Weile in die Augen und waren sicher, dass sie sich nicht nur verstanden, sondern dass sie einander auch vertrauen konnten.

8

Auf dem Weg zur Brauerei, wo er sich mit Henning Schröder beraten wollte, beschloss Buddebahn, zu Johann Berger, dem Brauer und Ratsherrn, in die Kleine Reichenstraße zu gehen. Er hoffte, dass Tilmann Kirchberg mit seiner Behandlung Erfolg hatte und dass es ihm inzwischen besser ging.

Als die Hausdame ihm die Tür öffnete und ihn mit verweinten Augen ansah, wusste er, dass es nicht so war.

»Was ist passiert?« Erschrocken blickte er die Frau an. Sie war bereits jenseits der vierzig und hatte graue Haare, die ihr ungeordnet nach allen Seiten hin vom Kopf fielen. Tiefe Falten hatten sich um ihre Nase und den Mund herum eingegraben.

»Der Herrgott hat ihn zu sich berufen«, schluchzte sie, versuchte noch etwas mehr zu sagen, verlor jedoch die Beherrschung über ihre Stimme und begann hemmungslos zu weinen. Ihr Rückzug ins Dunkel des Hauses glich einer Flucht. Da sie die Tür offen gelassen hatte, trat Buddebahn ein. Er kannte den Weg zur Kammer des Nachbarn zur Genüge.

Johann Berger lag regungslos in seinem Alkoven. Die Augen waren geschlossen, und das Gesicht hatte seine Kraft verloren. Auf den ersten Blick war zu erkennen, dass »der verhungerte Seehund« seinen letzten Atemzug getan hatte. Minna kniete mit gefalteten Händen am Bett und betete stumm.

Zutiefst betroffen über das unerwartete Ende des Nachbarn, wollte Buddebahn sich zurückziehen. Er war nicht leise genug. Die Frau des Toten hörte das Knarren der Bohlen unter seinen Füßen und wandte sich ihm zu.

»Es ist vorbei«, flüsterte sie. »Er hat die leuchtenden Ritter gesehen, wie sie zu ihm ans Bett stürmten. Sie abzuwehren fehlte ihm die Kraft.«

Verständnislos blickte er sie an. Sie schien den Verstand verloren zu haben.

»Ich konnte ihm nicht helfen«, fuhr sie mit stockender Stimme fort. »Vor mir hatten sie sich getarnt mit der Haube der Unsichtbarkeit. Für mich waren sie wie die Geister des Todes.«

»Mein Beileid, Minna«, sagte er, wobei er sich leicht verneigte. Dann hob er entschuldigend beide Hände und zog sich zurück, um sie mit ihrem verstorbenen Mann allein zu lassen. Immer wieder gingen ihm ihre Worte durch den Kopf, ohne dass es ihm gelang, sie zu ordnen und zu enträtseln. Sie ergaben keinen Sinn.

An der Haustür blieb er stehen, weil er das Schluchzen und Klagen der Dienstboten aus der Küche vernahm. Er wollte nicht gehen, ohne ein paar Worte mit ihnen gesprochen zu haben. Allzu oft war er in diesem Hause gewesen, und stets war er freundlich und zuvorkommend von ihnen bedient waren. Er kannte sie alle mit Namen, und er hatte das Bedürfnis, ihnen Trost zu spenden.

Sie saßen um einen großen Arbeitstisch herum, umarmten und trösteten sich gegenseitig.

»Es tut mir leid, dass ihr euren Herrn verloren habt«, bedauerte er. »Auch ich habe nicht damit gerechnet, dass so etwas passieren könnte.«

Er fand das eine oder andere Wort für die Bediensteten, während er von einem zum anderen ging und versuchte, ihnen Mut zu machen.

»Er hat die Boten des Todes gesehen, wie sie ihm immer näher gerückt sind«, erklärte einer der drei Männer. Er trug die schlichte, dunkle Kleidung eines Schreibers. »Seit Tagen schon hat er mich immer wieder darauf hingewiesen und um Hilfe gebeten, aber niemand konnte etwas gegen diese Mächte tun.«

»Ich verstehe«, erwiderte Buddebahn.

Der Mann blickte ihn erstaunt an. »Wirklich?«

»Ja, ich denke schon.« Damit verließ er das Haus, trat auf die Straße und schlenderte über den Domplatz, auf dem es mittlerweile ruhig geworden war und von dem sich die meisten Händler zurückgezogen hatten. Der aufkommende Wind wirbelte den Unrat umher, der deutlich markierte, welchen Platz die verschiedenen Stände eingenommen hatten. Gemüsereste wie vergilbte Salatblätter, verdorbene Teile von Pilzen oder Stängel von Kräutern zeigten an, wo die Bauern ihre Ernteerträge verkauft hatten, Knochen, Gedärm und Hautreste, um die sich streunende Hunde, Ratten und Möwen zankten, ließen noch jetzt erkennen, wo die Fleischer geschlachtet hatten; Fischköpfe, Gräten und abgetrennte Flossen, wo die Fischfrauen tätig gewesen waren. Im Lauf der kommenden Nacht würde das meiste davon verschwinden. Was sich die Katzen nicht holten, würde vermutlich der erwartete Regen hinwegschwemmen.

Obwohl er seit Jahren nichts anderes gewohnt war als eben dieses Bild, missfiel Buddebahn, in welchem Zustand die Händler den Markt zurückgelassen hatten. Mehr als ein Jahrhundert war es her, dass die Pest in der Hansestadt gewütet und zahllose ihrer Einwohner hinweggerafft hatte. Man sagte, dass die Zeit alle Wunden heilt. In diesem Fall war es nicht so. Viele Menschen litten unter der Angst vor der Krankheit, von der niemand wusste, wodurch sie in die Stadt hineingetragen worden war und wie sie sich dort verbreitet hatte. Die meisten Menschen glaubten, dass man der von ihr ausgehenden Gefahr am besten durch Waschungen und Reinheit begegnen konnte. Das war der Hauptgrund dafür, dass die Badehäuser Tag für Tag voll waren von Besuchern.

Er mied die Badehäuser und wusch sich lieber mit dem Wasser aus dem eigenen Brunnen der Brauerei. Es gab kein Wasser, das sauberer gewesen wäre. Aus diesem Brunnen bezog die Brauerei auch ihr Wasser zum Brauen, während andere Brauereien sich aus der Alster bedienten. Dorthin aber flossen die Abfälle der Stadt. Was auf den Straßen liegengeblieben war, schwemmte jeder Regenguss in den Fluss und in die Fleete, die von ihm zur Elbe führten. Dazu gehörte auch, was die Bewohner der Häuser auf die Straßen und Gassen kippten – der Inhalt der Nachttöpfe, in die sie ihre Notdurft verrichtet hatten. Jeder konnte sehen, dass die Abfälle nur den Uferbereich der Alster verschmutzten. Schon wenige Schritte vom Ufer entfernt war das Wasser klar und sah sauber aus. Nach seinem Geschmack bei weitem nicht sauber genug.

Er musste daran denken, dass er dem Rat der Stadt schon vor einiger Zeit vorgeschlagen hatte, einige der Ärmsten dafür einzusetzen, die Marktplätze zu säubern, sobald die Händler abgezogen waren, und den zusammengekehrten Unrat außerhalb der Stadt in eine Grube zu schütten. Dort mochten Möwen, Ratten, Hunde, Katzen und anderes Getier für seine Beseitigung sorgen. Die Ratsherren hatten das wegen der damit verbundenen Kosten abgelehnt. Seit Jahrhunderten reinigte der Regen die Stadt, und wenn er es nicht tat, übernahmen es die Tiere – und die Ärmsten der Armen, die sich von Abfällen ernährten. Warum sollte man ein System ändern, das sich über eine so lange Zeit hinweg bewährt hatte?

Buddebahn sah es anders. Hamburg war eine wachsende Stadt. Bei ihrer Gründung im Jahre 808 n. Chr. als Stützpunkt und als Ausgangsort zur Christianisierung des Nordens hatte die »Hammaburg« nur ein paar hundert Einwohner gehabt. Damals mochte die Selbstreinigung funktioniert haben. Mittlerweile aber war die Bevölkerung der Stadt enorm angeschwollen. Jetzt zählte man Tausende, die innerhalb der Mauern lebten. Was sie hinterließen, wurde – nach seiner Sicht – allmählich zu viel.

Er schlenderte zur Alster hinüber, um Abstand zu gewinnen, in Ruhe nachdenken zu können und Antworten auf die vielen Fragen zu finden, die sich in den letzten Tagen ergeben hatten.

Unzufrieden kehrte er nach einiger Zeit in die Stadt zurück. Er durchschritt das Tor, das von vier Landsknechten bewacht wurde, und nahm nur nebenbei wahr, dass sie bereits Anstalten trafen, die Pforten zu schließen. Danach würden sie niemanden mehr herauslassen aus der Stadt – und niemanden hinein. Wer auch immer es sein mochte.

An der Innenfront der Mauer entlang ging er zum Haus Tilmann Kirchbergs, den er in einer Kammer vorfand, wo er mit der Mixtur von Arzneien beschäftigt war.

»Der Apotheker arbeitet mir nicht sorgfältig genug«, bemängelte der Medicus. »Immerhin sind einige der Säfte, Pasten und Pflanzenteile giftig, wenn sie in zu hoher Dosis verabreicht werden. Nur in geringen Anteilen wirken sie heilend.«

»Das ist mir bekannt«, antwortete Buddebahn, der nahe der Tür einen Hocker entdeckte und es sich darauf bequem machte. »Ich war bei Johann Berger. Er ist …«

»Ich weiß, ich weiß«, wehrte Kirchberg weitere Worte ab. »Ich habe getan, was in meiner Macht stand. Sein Ende kam überraschend für mich.« Mit heftiger Bewegung legte er einen Mörser ab, mit dem er Kräuter zerkleinert hatte. Buddebahn konnte ihm ansehen, dass er aufgewühlt und erregt war. So hatte er ihn zuvor noch nicht erlebt. Der Grund lag auf der Hand. Da er den Erkrankten behandelt hatte, setzte der Tod Bergers ihm zu. »Ich habe nicht erkannt, wie ernst es war und wie schlecht es um ihn stand. Den Vorwurf muss ich mir machen.«

»Er hat phantasiert. Er sah sich von leuchtenden Rittern bedrängt.«

»Ritter, die nicht vorhanden waren. Was auf eine Vergiftung hindeuten kann und in seinem Fall, wenn mich nicht alles täuscht, die Ursache war.«

»Eine Vergiftung?«

»Es gibt besonders viele Pilze dieses Jahr.« Geradezu verbissen stürzte er sich in seine Arbeit, um aus Öl, Kräutern und Tinkturen eine Salbe herzustellen. Da er schlecht sehen konnte, beugte er sich tief über die verschiedenen Töpfe, bis er sie beinahe mit der Nase berührte. Nur so konnte er ihren Inhalt erkennen. Um sich zu vergewissern, dass er die Anteile der Mixturen richtig gewählt hatte, hielt er sich hin und wieder eine Glasscherbe vor die Augen. Dabei brummelte er unzufrieden vor sich hin. Er beklagte sich darüber, dass er trotz vieler Experimente kein Mittel gefunden hatte, mit dem er seine Augen behandeln konnte.

Buddebahn ließ ihn gewähren. Er wartete ab, weil er sicher war, dass Tilmann Kirchberg früher oder später aus freien Stücken reden würde. Er kannte den zuweilen verschroben wirkenden Medicus schon lange und hatte ihn oft zu Rate gezogen. Kirchberg fand ein geradezu diebisches Vergnügen daran, so zu tun, als sei er in erster Linie daran interessiert, möglichst viel Geld für seine Behandlungen herauszuschlagen. Doch meinte er es nicht so, und wer ihm auf den Leim ging, hatte selber Schuld, wenn er am Ende zu viel bezahlte. Wichtiger als das Geld waren ihm seine Patienten und die Erfolge, die er bei ihnen erzielte. Den Tod Bergers empfand er als schwere Niederlage. Das umso mehr, als er offenbar zu spät erkannt hatte, wo die Ursache für das Siechtum des Ratsherrn zu suchen war.

Endlich ließ er den Holzlöffel sinken, der ihm als Werkzeug gedient hatte. Er lehnte sich mit dem Rücken an ein Regal, verschränkte die Arme vor der Brust und blickte Buddebahn lange an. Durch eine Öffnung in der Decke fiel Licht herein. Es ließ seine Stirn besonders hell erscheinen, während seine Augen im Schatten der Brauen nur noch schwer zu erkennen waren. Das Holzgestell, das ihm als Stütze diente, sowie die Töpfe, Flaschen und Schälchen darauf waren sauber und wiesen kein einziges Staubkorn auf. Alle Behälter waren sorgfältig beschriftet.

»Ich habe mich geirrt«, gestand er. »Ich habe mich in schrecklicher und unverzeihlicher Weise geirrt. Dass Johann Berger von allerlei Gestalten redete, die ihn bedrängen, habe ich für Auswüchse seines hohen Fiebers gehalten, und ich habe alles getan, um diese Hitze zu senken. Das aber war falsch. Erst heute nach seinem Tod habe ich die entscheidenden Fragen gestellt: Was hat er in den letzten Tagen gegessen?«

»Pilze!«

»So ist es. Im *Hopfensaal*. Seine Frau sagte mir, dass er leidenschaftlich gern Pilze gegessen hat und sich wie kaum ein anderer damit auskannte. Er hat die Pilze stets sorgfältig inspiziert, bevor er dem Koch erlaubt hat, sie für ihn zuzubereiten. Er wollte sicher sein, dass sich kein Giftpilz daruntergemischt hat.«

»Und dennoch ist es passiert?«

»Das lässt sich nicht mehr beweisen, aber alle Symptome sprechen dafür.«

»Dann war er nicht aufmerksam genug?«

»Das ist der springende Punkt, mein lieber Conrad. Wenn er seine Gewohnheiten nicht wider Erwarten aufgegeben hat, war er vor dem Essen in der Küche des *Hopfensaals* und hat sich die Pilze angesehen. In dieser Hinsicht war er überaus vorsichtig und hat nichts dem Zufall überlassen. Und doch war ein giftiger Pilz unter jenen, die er am Ende gegessen hat.«

Buddebahn richtete sich unwillkürlich auf.

»Dann drängt sich eine Vermutung auf.«

»Ich wusste, dass Ihr das so sehen würdet. Welche?«

»Der giftige Pilz ist hineingeraten, nachdem er geprüft hat, was auf den Tisch kommen soll. Das wiederum könnte bedeuten, dass jemand bewusst seinen Tod herbeigeführt hat. Johann Berger wäre also einem Mord zum Opfer gefallen.«

Kirchberg presste die Lippen fest zusammen und schüttelte den Kopf, als könne er nicht fassen, was geschehen war.

»Die Frage ist, wer es getan hat«, fuhr Buddebahn fort.

»Wenn es so ist, kommt nur der Koch in Betracht«, antwortete der Medicus. »Daher wollte ich Euch bitten, zum *Hopfensaal* zu gehen. Wir sollten wissen, ob Johann Berger der Einzige war, der unter einer Pilzvergiftung gelitten hat, und was der Koch dazu sagt.«

»Ich werde das klären«, versprach Buddebahn, um sich sogleich auf den Weg zum *Hopfensaal* zu machen. Es war spät geworden. Die Sonne stand tief über der Elbe, und wo es ihr Licht schaffte, sich in den Straßen und Gassen der Stadt noch eine Weile gegen die wachsenden Schatten zu behaupten, ließ es die Fassaden der Fachwerkhäuser und die Mauern der Kirche rot leuchten. Dutzende von Möwen segelten schweigend über die Dächer hinweg, wie stets auf der Suche nach Verwertbarem, als sei es ihre Aufgabe, im Einklang mit den Hunden, Katzen und den Nagern die Stadt von allem zu reinigen, was verwesen konnte. Sie standen in Konkurrenz zu armseligen, menschlichen Gestalten, die von den Resten lebten und gierig in sich hineinschlangen, was andere als nicht verwertbar weggeworfen hatten. Es waren die Ärmsten der Armen, vielleicht auch Leibeigene, die in den Augen ihrer Eigentümer nicht mehr als menschliche Ratten waren, die selber dafür zu sorgen hatten, dass sie sich den Magen füllen konnten.

Buddebahn nahm sich Zeit, um sich auf das bevorstehende Gespräch mit dem Gastwirt vorzubereiten und sich zu überlegen, wie er vorgehen sollte. Abel war ein Mann, der sich nicht immer in der Gewalt hatte. Wenn er aus der Haut fuhr, war nicht gut Kirschen essen mit ihm. Schloss er den Mund und ließ die Fäuste sprechen, konnte es ziemlich übel ausgehen für denjenigen, gegen den sich sein Zorn richtete. Daher war Vorsicht geboten. Sicherlich wusste er bereits, dass Johann Berger das Zeitliche gesegnet hatte, nachdem er bei ihm zu Gast gewesen war. Sollten noch andere seiner Gäste unter vergifteten Pilzen leiden, die bei ihm auf den Tisch gekommen waren, stand er mit dem Rücken zur Wand und war besonders empfindlich. Buddebahn vermutete, dass er alles abstreiten und auf keinen Fall zugeben würde, dass von seiner Küche eine Gefahr für die Gäste ausgegangen war. Allzu groß war die Gefahr, dass sich die Nachricht über die ganze Stadt verbreitete und dazu führte, dass seine Gäste einen großen Bogen um den *Hopfensaal* machten. War der Ruf dieses Hauses erst einmal verspielt, war es mit ihm vorbei als Gastwirt.

Als er das Wirtshaus betrat, stand Abel wie meistens hinter dem Schanktisch, schwitzte mit hochrotem Gesicht und füllte die Bierkrüge, während zwei der jungen Frauen Teller mit Speisen zu den Tischen trugen – über dem offenen Feuer gegarte Schweinshaxen von beeindruckender Dimension und Schalen mit Kürbissuppe und Blutwurstscheiben darin. Nahezu alle Tische waren besetzt. Die meisten

Gäste hatten dem Bier bereits kräftig zugesprochen, waren nach einem offenbar erfolgreichen Markttag ausgelassener Stimmung und versuchten sich gegenseitig zu übertönen. Entsprechend laut ging es zu in dem Raum.

»Sucht Euch ein gemütliches Plätzchen aus«, rief ihm Abel zu. »Ich lasse Euch gleich ein Bier bringen.«

»Eigentlich bin ich hier, um mit Euch zu reden«, erwiderte Buddebahn, wobei er sich über den Schanktisch beugen musste, um sich verständlich machen zu können. »Aber wenn Ihr zu beschäftigt seid und keine Zeit für mich habt, gebe ich mich auch mit Eurem Koch zufrieden.«

»Der Koch ist verschwunden«, antwortete der Gastwirt, wobei er die Faust krachend auf den Schanktisch schlug. »Dieser verdammte Mistkerl hat mich im Stich gelassen. Bei Nacht und Nebel ist er abgehauen. Ohne ein Wort. Einfach so.«

»Eine Unverschämtheit. Nachdem er so lange bei Euch gearbeitet hat.«

»Hat er nicht«, widersprach Abel, der sich über das Verhalten des Kochs so ärgerte, dass er sich aus Korn gebranntes Hochprozentiges einschenkte und auf einen Zug herunterstürzte. Das Getränk bewirkte eine augenblickliche Beruhigung. »Gerade mal zwei Wochen war er hier. Still und ohne Aufheben hat er seine Arbeit gemacht, und dabei war er der beste Koch, den ich je hatte. Jetzt ist er weg.«

»Ohne Lohn?«

»Natürlich nicht. Ich habe ihm Tag für Tag seinen Lohn gezahlt.« Abel füllte mehrere Bierkrüge und schob sie den Schankmädchen hin, die sie zu den Tischen der Gäste trugen. Dann wandte er sich Buddebahn wieder zu. Argwöhnisch blickte er ihn an. »Was wollt Ihr überhaupt von ihm?«

»Oh, nichts von Bedeutung. Wie Ihr wisst, esse ich gern und bin stets auf der Suche nach neuen Rezepten. Ich habe mir sagen lassen, dass er ein sehr guter Koch ist und dass seine Pilzgerichte ungewöhnlich schmackhaft sind.«

»Das ist wohl richtig.« Abels Miene entspannte sich. Breit lächelnd schob er einen gefüllten Bierkrug über den Tisch. »Kein anderer Koch kannte sich so gut mit Pilzen aus wie er.«

Buddebahn nahm einen kräftigen Schluck Bier, stellte den Krug ab und hob eine Hand, als wollte er weitere Worte abwehren.

»Ich habe Euch schon lange genug aufgehalten. Es wird Zeit, dass ich mich auf den Heimweg mache. Ich werde erwartet.«

Der Wirt war zufrieden. Er nickte ihm zu und versuchte nicht, ihm Speisen und Getränke aufzudrängen, um etwas an ihm zu verdienen. Buddebahn hatte Hunger, aber er wollte zu Hause essen. Er war sicher, dass Hanna Butenschön bereits in der Küche tätig war. Wie richtig er lag, merkte er bereits, als er den Hof der Brauerei betrat, denn von seinem Haus wehte ein Geruch herüber, der ihm das Wasser im Mund zusammenlaufen ließ.

»Aalsuppe!«, sagte er voller Vorfreude. Erst nachdem er sich Gesicht und Hände am Brunnen gewaschen hatte, begab er sich in die Küche, die den zentralen Raum im Haus bildete. In ihr wurden nicht nur die Speisen zubereitet, sondern auch auf den Tisch gebracht. In ihr hielt man sich während der Abende auf, und hier arbeitete er oft genug an seinen Zeichnungen und Schriften.

Hanna stand am Kamin und rührte die Suppe um, die in einem über dem offenen Feuer hängenden Topf heranreifte. Auf dem Sims lagen zwei in Portionsstücke geschnittene Aale, die als Krönung am Ende hineingetan werden sollten. Bis dahin hatte sie alles zur Suppe gefügt, was sich an noch verwertbaren Resten im Haushalt fand, vor allem Gemüse und Fleisch sowie getrocknete Früchte, und das alles süßsäuerlich abgestimmt. Nach Hamburger Tradition war es mehr eine *Alles*-Suppe, denn eine *Aal*-Suppe.

»Was für eine wundervolle Idee«, schwärmte Buddebahn, während er Hanna an sich zog und sie mit einem zärtlichen Kuss begrüßte. Sie konnte die Umarmung nicht erwidern, da sie in der einen Hand einen Kochlöffel und in der anderen eine Suppenkelle hielt. »Die Belohnung für einen anstrengenden Tag.«

»Was war für dich denn schon anstrengend daran?«, wunderte sie sich. »Du hast nichts mehr mit der Brauerei zu tun und gehst den ganzen Tag über nur spazieren, während ich arbeite.«

»Niemand zwingt dich dazu!« Er lachte. »Oft genug habe ich dir gesagt, dass du nicht mehr auf den Markt gehen musst, weil ich genügend Geld für uns beide habe.«

»Willst du mir meine Arbeit vermiesen?« Sie löste sich aus seinen Armen, um sich der Suppe zu widmen. »Es ist schon schlimm genug, wie die Leute über uns reden. Es könnte bösartig werden, wenn ich nicht mehr auf dem Markt stehe und Fische verkaufe.«

»Übertreibe nicht«, bat er lächelnd. Er beugte sich kurz über die Suppe, um den davon ausgehenden Duft noch intensiver genießen zu können.

»Das tue ich nicht! Du hättest hörten sollen, was Emma Rother, diese dämliche Trudje, gesagt hat.«

Er verzichtete darauf, schon jetzt etwas von der Suppe zu probieren, weil er wusste, dass sie es nicht mochte, wenn er zu ungeduldig war, sah zu, wie sie die Aalstücke in den Topf tat, und dabei spürte er, wie er sich verspannte. Er war alarmiert.

Hanna hatte offenbar eine Auseinandersetzung mit der Frau des Bürgermeisters gehabt. Ein falsches Wort von seiner Seite konnte aufbrechen lassen, was sich den ganzen Tag über bei ihr aufgestaut hatte, denn das war ihm klar – auf eine offene und laute Auseinandersetzung auf dem Markt und somit vor allen Ohren hatte sie sich bestimmt nicht eingelassen.

»Lieber nicht. Ich habe schon Ärger genug.«

»Die dumme Gans hat sich bei ihrem Mann beschwert, und er hat es an dir ausgelassen.«

»So ist es.« Buddebahn setzte sich an den Tisch und sah ihr zu, wie sie weitere Aalstücke in die Suppe sinken ließ. »Er hat ein Brauverbot veranlasst. Wahrscheinlich über den Kopf der Ratsherren hinweg und ohne sich mit ihnen abzustimmen. Oberflächlich betrachtet, dürfte Emma dafür verantwortlich sein.«

»Das ist wohl so.«

»Tatsächlich? Wieso?«

Sie wandte sich um und blickte ihn kopfschüttelnd an. »Kannst du nicht klar denken?«

»Ach, natürlich! Auf dem Hof stehen Landsknechte und halten Wache. Sie sind nicht zu übersehen.«

»Eben. Danach hat mir Harm alles erzählt. Es tut mir leid.«

»Du hast nichts damit zu tun«, entgegnete er. »Ob du dich mit Emma Rother gestritten hast oder nicht, spielt keine Rolle. Hier geht es um etwas anderes, jedenfalls um mehr als um zwei Weiber, die sich am liebsten gegenseitig die Augen auskratzen würden.«

Hanna fuhr herum. Es gefiel ihr ganz und gar nicht, wenn er im Zusammenhang mit ihr von »Weibern« sprach. Bevor sie sich empören konnte, sagte er: »Johann Berger ist ermordet worden. Auf andere Art als dieser Norton aus England. Einiges deutet darauf hin, dass man ihn im *Hopfensaal* mit einem Pilzgericht vergiftet hat.«

Bestürzt ließ sie die bereits erhobene Kelle sinken.

»Johann Berger? Das ist doch nicht möglich. Wer sollte einem Mann wie ihm so feindlich gesinnt sein, dass er ihn tötet? Du musst dich irren.«

»Johann hat mich vor seinem Tod darauf hingewiesen, dass wir es mit einer Verschwörung zu tun haben könnten. In die gleiche Kerbe hat Tilmann Kirchberg gehauen. Es könnte sein, dass der Bürgermeister dahintersteckt.«

»Dieser Schlappschwanz? Ausgeschlossen.«

»Er muss ja nicht derjenige sein, der alles ausgeheckt hat. Er könnte das Werkzeug sein, das ein anderer benutzt, um ein bestimmtes Ziel zu erreichen. Was auch immer das sein mag. Sicher scheint zu sein, dass die Uhl-Brauerei mit Henning und mir im Wege ist und dass Johann Berger diesem Unbekannten in die Quere gekommen ist. Im Rathaus hat es wegen der notwendigen Ermittlungen in dem Mordfall Streit gegeben zwischen dem Bürgermeister und den Ratsherren. Schwer zu glauben, dass Rother sich dabei durchgesetzt hat. Aber es ist so.«

Sie setzte sich auf einen Hocker, still und ohne das geringste Anzeichen von Auflehnung.

»Was wirst du tun?«, fragte sie.

»Ich weiß es noch nicht«, gab er achselzuckend zurück, und dann wartete er darauf, dass sie ihm von dem Mann erzählte, mit dem sie sich von ihrem Marktstand entfernt hatte. Vergeblich. Sie schwieg sich aus. Sie stand auf, ging zum Feuer und füllte zwei Schalen mit Aalsuppe auf, um sie zum Tisch zu tragen. Sie nickte ihm zu, und sie begannen zu essen.

»Was für eine Verschwörung?«, fragte sie. »Ich kann mir nichts darunter vorstellen. Wer könnte sich gegen wen oder was verschworen haben und das alles so wichtig nehmen, dass er dafür sogar Menschen ermordet?«

»Wenn ich das aufdecken könnte, wäre ich sehr viel weiter als jetzt. Bisher taste ich mich durch diese Geschichte, ohne Fortschritte zu erzielen. Nach wie vor ist unklar, wer der Mann aus London war, dessen Leiche bei uns abgelegt wurde, und was er in Hamburg wollte. Auch ist mir rätselhaft, weshalb man ihn getötet, hierhergebracht und in den Sudkessel geworfen hat, wo er auf jeden Fall entdeckt werden musste. Hätten seine Mörder ihn in der Elbe verschwinden lassen, wäre er von der Tide davongetragen worden, und seine Leiche wäre möglicherweise nie wieder aufgetaucht. Sein Mörder hätte ihn auch dort liegenlassen können, wo er starb. Das hat er nicht getan. Er wollte Aufsehen erregen. Vielleicht wollte er uns dadurch etwas mitteilen, dass er den Toten in den Sudkessel gelegt hat. Diese ganze Geschichte könnte eine Drohung sein, mit der uns die Drahtzieher zu verstehen geben, dass es uns ebenso ergehen wird, wenn wir versuchen, ihre Pläne zu durchkreuzen. Dazu müssten wir allerdings wissen, was das für Pläne sind. Aber das alles werden wir möglicherweise nicht mehr erfahren, weil Kröger, der vom Bürgermeister eingesetzte Ermittler, alles verdirbt.«

»Kröger!«, erwiderte sie voller Verachtung. »Von dem habe ich gehört. Er fragt überall in der Stadt herum und wird von niemandem ernst genommen. Er ist ausgesprochen dumm.«

»Die Dummheit ist eine der gefährlichsten Eigenschaften des Menschen«, versetzte Buddebahn. »Kröger verfällt in seiner Beschränktheit gar nicht auf den Gedanken, jemand anderes als ich könnte der Mörder Nortons sein. Er konzentriert sich voll und ganz darauf, alles auszugraben, was gegen mich spricht. Ich habe Fehler gemacht, und deshalb könnte es eng für mich werden.«

»Du musst alles tun, was in deiner Macht steht, um diese ganze Geschichte aufzuklären. Und das so schnell wie möglich«, betonte sie, wobei sie ihn voller Sorge ansah. »Du musst den Mörder finden, bevor es zu spät ist.«

»Es ist widersinnig, aber genau das hat man mir untersagt. Man sollte meinen, die Stadt ist daran interessiert, den Fall zu klären. Aus diesem Grunde müsste ihr jeder Helfer willkommen sein. Aber so ist es nicht. Nun ja, ich habe meine Vorstellungen. Allerdings – ich muss darüber nachdenken.«

»Ich bin gespannt.«

Er setzte sich an seinen Arbeitstisch und sah sich die Zeichnungen an, die er angefertigt hatte. Mittlerweile gab es nicht nur eine Darstellung vom Sudhaus mit Henning Schröder, dem Mordopfer und der Skizze eines schwarzen Falken an der Wand, sondern auch noch einige andere, darunter ein Bild vom *Hopfensaal,* an dem er schon seit längerer Zeit arbeitete und das er immer wieder mal durch Details ergänzte. Doch dieses Bild war jetzt nicht wichtig. Er konzentrierte sich ganz auf jenes vom Sudhaus.

Zufrieden war er mit dem Ergebnis nicht, zumal er sich des Gefühls nicht erwehren konnte, etwas übersehen zu haben. Je länger er die Zeichnung betrachtete, desto mehr vertiefte es sich. So sehr er sich aber auch bemühte, er fand nicht heraus, welche Unstimmigkeit es gab. Daher schob er das Pergament von sich. Irgendwann – hoffte er – würde sich von selber einstellen, was sich in der Zeichnung verbarg.

Hanna lächelte, und sie zogen sich in den Alkoven zurück. Sie war zärtlich zu ihm, und als sie sich liebten, war sie leidenschaftlicher und stürmischer als beim letzten Mal. Sie gab sich nicht mit einem Liebesspiel zufrieden, sondern umschmeichelte ihn, bis er zu weiteren Taten fähig war. Schließlich schliefen sie aneinandergeschmiegt und wohlig erschöpft ein.

Als er den Arbeitsraum des Bürgermeisters betrat, verneigte Kröger sich, so wie es die Etikette der Hansestadt verlangte. Den Hut mit der gelben Feder hielt er in der Hand. Will Rother blieb in seinem Sessel sitzen. Er schob die Papiere zur Seite, die er mit einer sauberen, klaren Schrift verstehen hatte, und griff nach einem Krug mit Most, um einen kleinen Schluck zu trinken. Über den Rand des Trinkgefäßes hinweg beäugte er seinen Besucher, so als wisse er ihn und seine Absichten nicht so recht einzuschätzen.

»Ich danke Euch, Bürgermeister, dass Ihr mich zu so später Stunde noch empfangt.« Ohne dazu aufgefordert zu sein, setzte der Ermittler sich auf eine Bank, die zwischen Kamin und einem wuchtigen Eichenschrank angebracht war.

»Nun seid Ihr da, und es ist nicht zu ändern, Kröger. Ich habe Euch früher erwartet«, entgegnete Rother mit einem missbilligenden Blick ob dieser Respektlosigkeit. »Hoffentlich könnt Ihr mit einem Ergebnis aufwarten, was den Mord in der Uhl-Brauerei anbetrifft. Der Rat der Stadt ist unruhig und im höchsten Maße besorgt.«

»Es sind die schwierigsten Ermittlungen, die ich je geführt habe«, antwortete Kröger. Das Haar fiel ihm weich ins Gesicht. Er strich es mit einer geziert wirkenden Geste nach hinten über die abstehenden Ohren hinweg. Dann legte er den Kopf leicht in den Nacken und schüttelte ihn, um es in eine lockere Form zu bringen. »Wie Ihr wisst, war ich sowohl in Kiel als auch in Rostock und Bremen tätig und konnte schwierige Fälle von Raub, Diebstahl und Gotteslästerung aufklären. In diesen Städten konnte ich ungehindert und von allen maßgeblichen Seiten unterstützt ermitteln. In Hamburg dagegen setzt man mir Widerstand entgegen.«

»Was soll das heißen?«

»Man weicht dem Gespräch aus oder lässt sich verleugnen. Doch damit wird man nicht verhindern, dass ich den Täter überführe. Mein Verdacht richtet sich in erster Linie gegen Conrad Buddebahn. Er hat alles getan, um die Spuren seiner Tat zu verwischen. Dabei ist er davon ausgegangen, dass er die Ermittlungen führen und dass ihm niemand unangenehme Fragen stellen wird. Er hat sich gründlich geirrt. Seine Fehler werden ihm zum Verhängnis werden. Gott sei's gedankt, dass Ihr nicht ihn, sondern mich als Ermittler eingesetzt habt.«

»Buddebahn genießt hohes Ansehen in der Stadt«, stellte der Bürgermeister fest. Fahrig schob er ein Tintenfass auf dem Tisch hin und her, wobei er es nur aus den Augen ließ, um einige Male kurz zu Kröger hinüberzusehen. »Ohne handfeste Beweise könnt Ihr ihn nicht verhaften. Vermutlich habt Ihr keinen Augenzeugen für die Tat?«

»Natürlich nicht. Der Mord geschah in der Brauerei. Henning Schröder war bewusstlos, und die Dienstboten und anderen Helfer haben geschlafen. Buddebahn war allein mit seinem Opfer und Schröder, den er zuvor niedergeschlagen hatte.«

»Habt Ihr mit Schröder gesprochen?«

»Selbstverständlich. Ich war bei ihm, aber er hat nichts gesehen. Der Täter hat ihn von hinten angegriffen. Somit fällt Schröder als

Zeuge aus. Medicus Kirchberg wurde erst hinzugezogen, als schon alles vorbei war. Seine Augen sind zudem so schlecht, dass er als Zeuge nichts taugt. Eben deshalb hat Buddebahn sich für ihn entschieden und nicht für einen der Bader, die Schröders Verletzungen viel besser behandeln könnten.«

Rother nickte. Er nahm einen weiteren Schluck Most, um den Krug danach mit leicht bebender Hand abzustellen.

»Ich sehe ein, dass Ihr es in diesem Fall besonders schwer habt. Ist es erwiesen, dass der Mord innerhalb der Brauerei geschah?«

»Buddebahn behauptet, der Mann sei woanders getötet und dann in die Brauerei gebracht worden«, berichtete Kröger, der seine Worte mit einer abfälligen Geste begleitete. »Das ist Unsinn. Wozu sollte der Mörder das Risiko auf sich nehmen, beobachtet zu werden, wenn er die Leiche durch die Straßen und Gassen zur Brauerei trägt? Wer eine solche Schandtat begeht, lässt sein Opfer dort liegen, wo er es umgebracht hat, um möglichst schnell und unauffällig zu verschwinden. Er lädt ihn nicht auf seine Schulter, besudelt sich mit seinem Blut und schleppt ihn durch die Stadt, um ihn endlich in einen Sudkessel zu werfen. Das widerspricht nicht nur jeder Logik, sondern auch jeglicher Erfahrung.«

»Wohl wahr«, stimmte Rother zu. »Ihr seid ein kluger Mann.«

Kröger verneigte sich leicht. »Danke, Bürgermeister. Es tut gut, ein lobendes Wort zu hören.«

»Die Frage ist: Wie geht es weiter? Kein Richter der Stadt wird Buddebahn wegen Mordes anklagen, wenn Ihr nicht mehr gegen ihn vorzubringen habt. Er ist ein kluger und wendiger Mann, der leicht unterschätzt wird, der sich jedoch zu wehren weiß.«

»Folter!«

»Wie bitte?«

»Wenn die Gefahr droht, dass Buddebahn ungeschoren davonkommt, weil er sich mit dem Satan verbündet hat, bleibt uns keine andere Wahl, als Gott um Hilfe zu bitten.«

»Das hört sich überzeugend an.« Der Bürgermeister kam hinter seinem Arbeitstisch hervor und läutete mit einer kleinen silbernen Glocke, um einen Diener herbeizurufen und Bier für den Ermittler und für sich zu bestellen.

»Die Folter ist ein Werkzeug, das Gott uns in die Hand gegeben hat, um Satan zu bekämpfen, der uns stets die Wahrheit vorenthalten will«, führte Kröger voller Überzeugung und mit großem Nachdruck aus. »Die Folter ist dazu angetan, die Wahrheit aus verstockten Sündern herauszuholen. Ich bin sicher, dass Buddebahn vom Satan besessen ist und dass dieser ein Lügengebäude aufgebaut hat. Es wird zusammenbrechen, wenn er die glühenden Eisen in seinem Fleisch spürt oder die Streckbank seine Gelenke zu zerreißen droht.«

»Da habt Ihr zweifellos recht. Aber es wäre nicht gut, einen Mann wie Buddebahn ohne die nötigen Vorbereitungen zu verhaften, in den Kerker zu werfen und zu foltern. Er hat viele mächtige und einflussreiche Freunde in der Stadt. Einige der Ratsherren würden sich vehement für ihn einsetzen. Dennoch – wenn Satan im Spiel ist, habt Ihr freie Hand, Kröger. Tragt weitere Beweise zusammen! Befragt den Nachtwächter! Es könnte sein, dass er etwas beobachtet hat. Oder habt Ihr bereits mit ihm gesprochen?«

»Nein, dazu fehlte mir die Zeit.«

»Holt es schnell nach! Sofort! Und seht Euch das Sudhaus an, in dem der Mord geschah.«

»Dort sind alle Spuren verwischt worden.«

»Geht hinein. Es kann nicht schaden. Redet mit Schröder. Niemand soll Euch vorwerfen können, Ihr hättet nicht alles getan, was in diesem Fall notwendig war. Und versäumt nicht, die Kirche zu konsultieren. Wenn Satan sich eingeschlichen hat, muss sie involviert werden. Pfarrer Schriever von der St. Michaelis-Kirche wird Euch behilflich sein. Er hat ohnehin ein Auge auf Buddebahn geworfen, weil dieser in Sünde mit Hanna Butenschön lebt.« Rother bekreuzigte sich, um sich gegen die Macht zu schützen, auf die er anspielte. »Vielleicht können wir schon morgen entscheiden, wann wir Buddebahn der Folter zuführen.«

Die Tür, die nur halb geschlossen war, schwang nun auf, und eine ganz in Schwarz gekleidete Frau, die zudem tief verschleiert war, kam herein. Sie ging an Kröger vorbei und setzte sich auf einen freien Stuhl.

»Wieso Buddebahn foltern und damit den Widerstand der Ratsherren herausfordern?«, fragte sie mit dunkler, angenehm klingender Stimme. Ihr Deutsch war fehlerlos, doch wies sie ihr Akzent, der bei nahezu jedem Wort mitschwang, als Engländerin aus. »Das passt nicht in unseren Plan.«

»Aber mit Gottes Hilfe holen wir die Wahrheit aus ihm heraus«, erwiderte der Bürgermeister. Seine Hände legten sich wie Halt suchend um den Krug mit Bier, den der Bedienstete vor ihm abstellte, um dann auch Kröger zu versorgen. Seine Blicke richteten sich auf die Frau in Schwarz, als wollten sie den Schleier durchdringen und bis zu ihrem Antlitz vordringen. Er erhob keinen Einspruch dagegen, dass sie seinen Arbeitsraum betreten hatte, ohne angemeldet worden zu sein, und dass sie sich darin so selbstverständlich bewegte, als amtiere sie in diesem Haus und nicht er.

Kröger blickte ebenso scheu wie respektvoll auf ihren Rücken, hielt seinen Hut in den Händen und schwieg sich aus. Dieser Frau war er nie zuvor begegnet, hatte allerdings davon gehört, dass sie im *Hopfensaal* aufgetaucht war. Er wusste sie nicht einzuordnen, kannte ihre Bedeutung nicht, war sich aber darüber klar, dass sie wichtiger und einflussreicher war als der Bürgermeister, der den Eindruck machte, als würde er vor ihr auf die Knie fallen. Kröger erfasste, dass Rother nicht mehr als ein Befehlsempfänger war.

»Wie ungeschickt, Buddebahn direkt anzugehen, Bürgermeister! Das entspricht nicht Eurem Stil und Eurer Intelligenz.« Abwehrend hob sie ihre mit schwarzen Handschuhen versehenen Hände. Ihre Stimme blieb leise und sanft, und die beiden Männer hörten ihr zu. »Wie man mir berichtete, ist er ein Mann, der sich zu verstellen weiß und der meist unterschätzt wird. Er gibt vor, nichts zu verstehen, und durchschaut manche Angelegenheit sehr viel besser, als wir glauben. Er klagt über Rückenschmerzen und andere Wehwehchen, und dabei geht es ihm besser als uns. Er wird der Folter lange widerstehen. Vielleicht so lange, bis Gott ihm den Mund für immer verschließt.«

»Ihr habt einen besseren Vorschlag«, erkannte Rother.

»Den habe ich!«, erwiderte sie. »Wir müssen und wir werden Buddebahn aus dem Spiel nehmen, weil er unseren Plan durchkreuzen könnte.«

»Ich bin gespannt.«

»Es ist außerordentlich liebenswürdig von Euch, dass ich Euch meinen Vorschlag unterbreiten darf, Bürgermeister.« Die Worte trafen Will Rother und ließen ihn noch ein wenig blasser werden, als er ohnehin schon war. Auch für ihn war der verächtliche Unterton, mit dem sie vorgebracht wurden, nicht zu überhören. Er machte ihm bewusst, dass er in diesem Fall lediglich ein Befehlsempfänger war. Nicht mehr.

Buddebahn schlief sehr lange an diesem Morgen, und er brauchte einige Zeit, um zu baden und sich zu rasieren, bis er schließlich zum Frühstück in die Küche ging. Ein unangenehmer Nieselregen zog über Hamburg hinweg, sodass er sich nicht draußen vor die Tür setzen konnte. Er dachte kurz an Hanna, die das Haus schon sehr früh verlassen hatte, um am Hafen Fisch zu kaufen und ihren Stand auf dem Domplatz einzurichten. Sie hoffte auf ein gutes Geschäft, denn Pferdehändler aus dem Umland hatten sich für diesen Tag angesagt. Wenn sie in die Stadt kamen, kauften sie gewöhnlich Fische, die es so gut und so frisch bei ihnen in den kleinen Städten und Dörfern oder auf den einsamen Höfen nicht gab.

Die Dienstboten hatten das Frühstück angerichtet. Alles, was er am Morgen gerne auf dem Tisch sah, war vorhanden. Frisches Brot, Butter, Honig, Marmelade und gebratene Eier mit Speck. Dazu kühles Wasser und köstlich duftenden Tee von Waldfrüchten. Auch einige Wespen hatten sich eingefunden. Sie taten sich an dem Honig und der Marmelade gütlich. Er ließ sie gewähren.

Kaum hatte Buddebahn den ersten Bissen zu sich genommen, als David hereinkam. Sein Sohn trug ein dünnes Lederhemd, das am Hals offen stand. Die beiden geflochtenen Zöpfe hingen ihm an den Schläfen herab.

»Du hast nichts dagegen?«, fragte er, wobei er sich ohne Morgengruß zu ihm an den Tisch setzte und sich eine Scheibe Brot nahm, um sie mit Butter zu bestreichen und mit Speck und Eiern zu belegen.

Buddebahn blickte ihn prüfend an.

»Du siehst nicht gerade aus, als hättest du gearbeitet«, stellte er fest. Dabei deutete er auf eine blutige Schramme, die sich über die Wange des jungen Mannes zog. »Du scheinst dich gut unterhalten zu haben.«

»Nichts Besonderes.« David winkte ab. »Eine kleine Meinungsverschiedenheit. Weiter nichts.« Er lachte. »Du solltest den sehen, der mit dem Disput begonnen hat!«

»Ich habe andere Sorgen.«

»Das ist nichts Neues.« David stopfte sich Brot und Speck in den Mund. »Vielleicht kann ich dir helfen, sie zu überwinden. Oder wenigstens einige von ihnen.«

»Wie soll ich das verstehen?« Buddebahn war skeptisch. Bisher hatte er kaum gute Erfahrungen mit seinem Sohn gemacht. Immer wieder war es zu Zwischenfällen gekommen, nach denen David seine Unterstützung brauchte. Er war ein unsteter, junger Mann, der trotz seiner siebzehn Jahre noch nicht die Richtung gefunden hatte, in die er zu gehen hatte. Ohne Rücksicht auf die Folgen legte er sich immer wieder mit den Handwerkern an, die ihm Arbeit gaben, nahm keine Rücksicht auf die Zunftordnung, hatte in einigen Fällen gar den Zunftmeister verprügelt und war danach gezwungen, sich an anderer Stelle Arbeit zu suchen. Dabei sorgten die Zünfte dafür, dass er in Hamburg vergeblich an die Türen der Handwerksmeister klopfte. Er musste auf andere Hansestädte ausweichen, was immerhin den Vorteil hatte, dass er lernte, über den Horizont hinauszublicken.

»Per Wasmann hat ein Problem«, antwortete David. Sein Vater wollte ihn mit einer Frage unterbrechen, doch das ließ er nicht zu. »Er hat einen Bier-Treck von Einbeck nach Hamburg begleitet. Das heißt, bis nach Hamburg sind die Fuhrwerke nicht vorgedrungen. Sie stehen am südlichen Ufer der Elbe, drüben an der Fährstelle, und dürfen nicht in die Stadt.«

»Und?«

»Das Bier war ursprünglich für Bremen bestimmt. Der Auftrag hat sich erledigt, nachdem Wasmann erfahren hat, dass es das Handelshaus nicht mehr gibt, an das er liefern sollte. Es ist Konkurs gegangen. Nun sitzt er auf vier Fuhrwerken mit Bierfässern und überlegt, wohin damit.«

»Und?«

»Bei allen Heiligen! Du weißt genau, was ich damit sagen will. Henning Schröder braucht dringend Bier, das er nach London verschiffen muss. Und Per Wasmann hat es. Er kann ihm helfen. Es ist ein wirklich gutes Bier, das sich auf jeden Fall mit dem Uhl-Bier messen kann. Nebenbei – Biertrecks sind von Einbeck nicht nur nach Hamburg, sondern auch nach Lübeck, Landshut, München, Danzig, Königsberg, Riga, Dänemark und Amsterdam unterwegs. Den von Einbeck ausgehenden Bierhandel gibt es schon seit ...«

»... seit mehr als hundert Jahren, mein Sohn. Das ist mir durchaus bekannt.« Buddebahn lachte verhalten. »In jungen Jahren bin ich in Einbeck gewesen und habe dort gelernt, wie man Bockbier macht.«

David fluchte leise. »Und dann lässt du mich zappeln!«

Er nahm sich den Rest Speck und verzehrte ihn ohne Brot. Sanft mit der Hand wedelnd, vertrieb er einige Wespen. Sie kehrten schon bald zurück.

»Was sagst du?«

»Das Bier könnte die Rettung sein. Allerdings gibt es ein Problem. Ich darf die Stadt nicht verlassen. Und Henning auch nicht. Er hat sich noch nicht ausreichend erholt, und ich werde sofort verhaftet, wenn ich zu den Stadttoren hinausreite.« Mit kurzen Worten erklärte er seinem Sohn, was der Ermittler Kröger angeordnet hatte. »Und dann muss der Bierhandel nach London finanziert werden. Henning wird nicht genügend Mittel haben, um das Bier zu kaufen.«

»Und du? Ich meine – wir?«

»Die Geschichte ist nicht ganz so einfach, wie du sie dir vorstellst. Das Risiko ist hoch. Deshalb gibt es einiges zu bedenken. Das beginnt schon mal mit Per Wasmann, dem ich nicht gerade blind vertraue. Mit ihm müssen wir uns über den Preis einig werden. Der Sommer neigt sich seinem Ende zu, und das Wetter wird unsicher. Es kann also schon recht stürmisch werden auf der Westsee. Unter diesen Umständen können Schiffe verlorengehen. Den Handelsherrn in London kenne ich nicht. Ich weiß daher nicht, ob er die Rechnung begleicht, sich bis zum nächsten Frühjahr damit Zeit lässt oder überhaupt nicht bezahlt. Dann muss das Bier über die Elbe gebracht werden. An den Toren der Stadt warten die Beamten. Sie werden Zoll erheben, wobei abzuwarten ist, wie hoch dieser ausfällt.« Er schob sein Frühstücksbrett zur Seite und erhob sich. »Dennoch bietet sich uns mit diesem Bier ein Ausweg. Wir müssen es versuchen. Ich rede mit Henning, und dann sehen wir weiter.«

David folgte ihm mit seinen Blicken, bis er im Haus Schröders verschwand. Dann machte er sich über die Köstlichkeiten her, die auf dem Frühstückstisch standen. Als Buddebahn endlich zurückkehrte, hatte er das meiste davon zu sich genommen.

»Henning ist einverstanden. Wir werden es versuchen.«

»Ich werde Harm sagen, dass er die Pferde satteln soll.«

»Nicht so schnell, mein Sohn. Wenn wir aufbrechen, muss ich den Rücken freihaben. Dafür muss ich einiges mit dem Bürgermeister klären. Du wartest hier, bis ich zurück bin.«

Buddebahn stülpte sich einen Hut über den Kopf, um sich vor dem Nieselregen zu schützen, und eilte über den Speersort und am Domplatz vorbei zur Alster hinunter. Auf dem Markt stellte er fest, dass Hanna nicht an ihrem Platz war. Er vermutete, dass sie sich in letzter Minute entgegen ihrer ursprünglichen Absicht für den Markt an der Nicolaikirche entschieden hatte. Über die Gründe, die dazu geführt hatten, machte er sich keine Gedanken. Sie wusste am besten, wo und wann sie ihre Fische verkaufen konnte. Allerdings verließ er den Markt noch nicht, sondern schlenderte von Stand zu Stand, als sei er an dem interessiert, was angeboten wurde. Dabei begegnete er hier und da einem Bekannten, wechselte einige Worte mit ihm und hielt die Augen auf. Er wusste, dass Emma Rother nahezu jeden Tag auf den Markt ging. Einen Einkauf tätigte sie allerdings nur selten. Das überließ sie ihren Dienstboten. Ihr kam es darauf an, sich zu zeigen und Huldigungen von verschiedenen Seiten als Frau des Bürgermeisters entgegenzunehmen. Es schmeichelte ihrer Eitelkeit, wenn Bittsteller zu ihr kamen, um ihr die Probleme vorzutragen, mit denen sie zu kämpfen hatten, und sie anzuflehen, mit dem Bürgermeister darüber zu sprechen. Das tat sie in vielen Fällen, und es gelang ihr zuweilen auch, zu helfen. Dabei war ihr Einsatz gegenüber ihrem Mann nur Mittel zum Zweck. Sie war sich dessen sehr wohl bewusst, dass man ihr nur dann respektvoll und unterwürfig genug gegenübertrat, wenn sie Erfolge aufzuweisen hatte. Nichts hätte ihr mehr zugesetzt und sie ärger gedemütigt, als über den Markt zu gehen und von niemandem beachtet zu werden. Tief in ihrem Inneren fürchtete sie sich davor, dass eben dieses eines Tages geschehen könnte, und sie wehrte sich dagegen, indem sie sich präsent zeigte und sich den Armen und Geplagten als gnädige Mittlerin anbot.

Als Buddebahn sie entdeckte, zog er sich diskret zurück, damit sie ihn nicht sah, schlug einen Bogen und eilte zum Rathaus. Er wollte auf keinen Fall, dass sie bei dem bevorstehenden Gespräch mit dem Bürgermeister dabei war und ihrem Mann den Rücken stärkte.

An den Landsknechten vorbei stieg er die Stufen zum dem prachtvoll gestalteten Sitz des Bürgermeisters hoch. Dabei musste er daran denken, dass der höchste Repräsentant der Stadt grundsätzlich am oberen Ende der Treppe auf seine Gäste wartete. Diese stolze Haltung der Hanseaten war Tradition seit Jahrhunderten und würde sich wohl auch in Zukunft nicht ändern. Damit der Bürgermeister nicht in die Verlegenheit kam, einem Besucher vom Pferd helfen zu müssen, was grundsätzlich Aufgabe eines niederen Bediensteten war, stieg er niemals die Stufen herab zu einem Gast, sondern empfing ihn oben – gleich, welch hohen Ranges er war. Sogar den Kaiser, wäre er denn nach Hamburg gekommen, hätte er an dieser Stelle begrüßt. Keine einzige Stufe tiefer.

Wiederum hatte Buddebahn Schwierigkeiten, zu Will Rother vorzudringen. Er war darauf vorbereitet, hielt sich nicht lange mit widerspenstigen Sekretären auf, sondern suchte entschlossen seinen Weg in den Amtsraum. Die lautstarken Proteste der Sekretäre störten ihn nicht. Er war freundlich zu ihnen, gab sich hilflos und tat, als sei er schwerhörig und könne sie nicht verstehen und schaffte es auf diese Weise bis zum Bürgermeister.

»Ihr schon wieder!«, rief Will Rother. »Was um alles in der Welt veranlasst Euch, mich zu stören? Ich habe wichtige Geschäfte zu erledigen.«

»Ich auch«, erwiderte Buddebahn, wobei er sich die Hände dicht unter dem Kinn rieb, als sei er verlegen und unterwerfe sich ganz der Autorität des hohen Amtes. »Es ist mir unangenehm, dass ich Euch belästigen muss, aber ich habe leider keine andere Wahl. Es sind die Umstände, die mich dazu zwingen.«

»Welche Umstände?« Rother blickte ihn verblüfft an.

»Immerhin habt Ihr in dem Mordfall den Ermittler Kröger eingesetzt, einen ausgemachten Dummkopf«, antwortete er. »Ich will

Euch meine Meinung dazu nicht verhehlen. In meinen Augen ist ein Bürgermeister, der sich für einen solchen Mann entscheidet, auch nicht viel besser als er.«

»Was fällt Euch ein!« Rother errötete vor Zorn. Mit bebender Hand griff er nach der Glocke, die auf seinem Tisch stand, um seine Sekretäre herbeizurufen. Bevor er jedoch läuten konnte, legte Buddebahn ihm die Hand auf den Arm und hinderte ihn auf diese Weise daran, Alarm zu schlagen.

»Allem Anschein nach haben wir es mit einer Verschwörung zu tun, die von weitaus größerer Bedeutung ist als dieser Mord. Dabei irritiert mich, um ehrlich zu sein, wie Ihr Euch verhaltet.« Buddebahn kehrte ein angriffslustiges Verhalten heraus, das ihm sonst nicht eigen war oder das er geschickt zu verbergen wusste. Er drängte den Bürgermeister konsequent in die Enge.

»Ach, und wie verhalte ich mich?«

»Ihr erweckt den Eindruck, als sei Euch manches wichtig, nur nicht, diese Geschichte aufzuklären.«

»Das ist empörend. Ich höre es mir nicht länger an.« Rother machte Anstalten, zur Tür zu gehen, um einen der Bediensteten zu rufen. Buddebahn trat einen Schritt zur Seite und stellte sich ihm dabei wie zufällig in den Weg. Er legte die linke Hand an die Stirn und hob abwehrend die andere, als sei ihm gerade ein Gedanke gekommen, den er zu verfolgen gedachte und der bedeutend auch für den Bürgermeister war.

»Es ist nicht leicht für mich. Immerhin geht es um Mord. Um den Mord an jenem Norton aus London und an den Ratsherrn Johann Berger, der mit Hilfe von Pilzen vergiftet wurde.«

»Was redet Ihr da? Johann Berger – ermordet?« Rother lehnte sich an seinen Schreibtisch. Fassungslos blickte er auf seine Lederstiefel, als könnte er dort eine Antwort auf seine Fragen finden. »Wieso kennt Ihr den Namen dieses anderen, der bei Euch in der Brauerei gefunden wurde? War er womöglich ein Geschäftsfreund von Euch?«

»Redet keinen Unsinn! Ich kannte den Mann nicht, habe mir aber die Mühe gemacht, herauszufinden, wer er war. Ich denke, dass Euer Kröger in dieser Hinsicht ahnungslos ist. Doch das ist nicht alles. Hamburg ist von einer ganz besonderen Gefahr bedroht.«

»Gefahr? Was für eine Gefahr? Was meint Ihr?«

Buddebahn richtete sich stöhnend auf, als werde er von Schmerzen geplagt.

»Verzeiht – mein Rücken«, ächzte er. »Zuweilen macht er mir zu schaffen, und das meistens dann, wenn es am wenigsten passt.«

Will Rother war verstört und verunsichert. Der Hinweis beschäftigte ihn, seine Stadt sei in Gefahr. Seit vielen Jahren fühlte man sich hinter den hohen Mauern sicher, die man um Hamburg errichtet hatte. Tatsächlich waren Jahrzehnte vergangen, seit die Stadt von beutehungrigen Horden aus dem hohen Norden überfallen und geplündert worden war. Wehrlos war man gegen Bedrohungen, die an keiner Mauer haltmachten. Dazu gehörte die Pest, die Hamburg vor deutlich mehr als hundert Jahren heimgesucht und einen überaus grausamen Aderlass von ihrer Bevölkerung gefordert hatte. Als der Schwarze Tod sich endlich aus der Stadt zurückzog, hatte er mehr als ein Drittel der Bewohner mit sich genommen. Seine Spur war in den Köpfen und in den Seelen der Menschen noch vorhanden. Die Furcht vor der Pest war nicht gewichen, und oft genug reichten kleine Vorfälle aus, um hysterische Reaktionen hervorzurufen.

Buddebahn ließ den Bürgermeister schmoren. Rother war schwach, und er wollte diese Schwäche nutzen, um auf diese Weise zu seinem angestrebten Ziel zu kommen. Mit seinem bisherigen Verhalten hatte der Erste Bürger der Stadt den Verdacht genährt, dass er nicht mehr frei entscheiden konnte, sondern unter dem Einfluss eines anderen stand, der ihn für seine eigenen Zwecke ausnutzte. Somit ging zumindest ein Teil der Gefahr von ihm selber aus. Mit seiner Unsicherheit verriet er Buddebahn, dass es tatsächlich so war. Blieb die Frage, in welchem Umfang eine fremde Macht auf Hamburg einwirkte.

»Was für eine Gefahr?«, wiederholte der Bürgermeister.

»Reiterhorden überfallen die Höfe der Bauern. Sie binden den Männern, Frauen und Kindern die Hände auf den Rücken und hängen sie an den Bäumen auf. Danach zünden sie die Bauernkaten an und verbrennen die Felder. Die Folgen liegen auf der Hand. Hamburg wird in den Wintermonaten Getreide fehlen. Die Bewohner der Stadt unter diesen Umständen ausreichend zu versorgen, das könnte unmöglich werden. Ich meine, eine solche Nachricht darf ich Euch nicht vorenthalten. Deshalb bin ich bei Euch. Es tut mir leid, wenn mein Besuch für Euch ein wenig unbequem ist.«

Er ließ den Bürgermeister nicht aus den Augen. Er vermerkte für sich, dass seine Mitteilungen ins Ziel gingen. Will Rother zog den Kopf ein und kehrte zu seinem Sessel hinter dem Arbeitstisch zurück, um sich auffallend rasch zu setzen. Seine Hände klammerten sich so fest um die Lehnen, dass die Handgelenke hell wurden. Sein Verhalten ließ nur den Schluss zu, dass er von alledem nichts gewusst hatte, dass er die Ereignisse aber mit dem in Zusammenhang brachte, mit dem er zurzeit zu kämpfen hatte. Was auch immer das war.

»Es ist nicht gut für Euren untadeligen Ruf, dass Euer Name und der Eurer Gemahlin im gleichen Atemzug genannt werden, da Ihr die Verantwortung für die Stadt und ihre Bevölkerung habt«, fuhr Buddebahn fort. »Es wäre verhängnisvoll, hättet Ihr im Winter hauptsächlich damit zu tun, den Hunger zu verwalten. Um dem entgegenzuwirken, solltet Ihr nicht untätig bleiben.«

»Was, um Himmels willen, kann ich tun? Ich bin Bürgermeister von Hamburg. Das Umland fällt nicht in meine Zuständigkeit.«

»Natürlich nicht. Doch Hamburg ist nur lebensfähig, wenn es von außen mit den benötigten Gütern versorgt wird. Verständigt Euch mit dem Herzog von Ratzeburg, schickt Landsknechte aufs Land hinaus. Lasst Euch von jenen beraten, die mehr von solchen Dingen verstehen als ich.« Buddebahn löste sich von der Wand. »Ich erwarte für meine Dienste, dass Ihr ein paar Steine aus dem Weg räumt, die man mir in den Weg gelegt hat. Das Brauverbot interessiert nur am Rande. Sobald sich meine Unschuld erwiesen hat, wird es ohnehin aufgehoben.«

»Was, in Gottes Namen, wollt Ihr von mir?« Will Rother war vollkommen verunsichert. Wieder einmal zeigte sich, dass ihm die für sein Amt nötige Souveränität fehlte.

»Behindert mich nicht mehr als unbedingt nötig«, forderte der Ermittler. »Mein Nachfolger Schröder muss Bier nach London liefern. Wenn er seiner Verpflichtung nicht nachkommt, ist er ruiniert. Das trifft nicht nur ihn, sondern alle Familien, die von ihm abhängig sind. Nun ist es nicht notwendig, deshalb die Brauerei zu öffnen. Es wäre die einfachste Lösung, könnte aber falsch ausgelegt werden. Ich will nicht, dass irgendetwas an der Brauerei und in der Brauerei geändert wird, bis Ihr endlich akzeptiert, dass ich mit dem Mord und dem Überfall auf Henning Schröder nichts zu tun habe. Vor den Toren der Stadt wartet ein Bier-Treck aus Einbeck darauf, eingelassen zu werden. Er will zum Hafen, wo die Fässer verladen werden sollen. Das Bier wird also nicht in Hamburg bleiben. Aus diesem Grund sollte es nicht mit Zoll belegt werden. Außerdem brauche ich die Erlaubnis, die Stadt zu verlassen, damit ich die geschäftlichen Besprechungen führen, den Treck übernehmen, über die Elbe holen und zum Hafen bringen kann.«

»Warum unser Hafen?« Rother schüttelte verständnislos den Kopf. »Das könnte Komplikationen geben. Warum bringt er das Bier nicht nach Altona, also nach Dänemark? Das ist von uns nur ein paar hundert Schritte entfernt. Von dort kann er das Bier auf ein Schiff verladen, wenn er unbedingt will.«

»Da es keinen für Fuhrwerke geeigneten Weg um Hamburg herum gibt, müsste der Transport die Stadt durchqueren, wobei Zoll fällig wird. Bei der Einreise nach Altona ist weiterer Zoll zu zahlen. Das würde das Bier ungemein verteuern, sodass unter dem Strich kein Gewinn übrigbleibt. Außerdem ist der Hafen von Altona nicht mit dem von Hamburg vergleichbar. Möglicherweise läuft in den nächsten Wochen kein einziges Schiff von dort nach London aus. Danach wird der Schiffsverkehr über Winter vollends eingestellt, sodass der Transport bis zum Frühjahr festsitzt. Nein, es gibt nur einen Weg, und der führt über den Hamburger Hafen.«

Will Rother war nicht in der Lage, die Erlaubnis sofort zu erteilen. Er brauchte Zeit, sich zu entscheiden. Wie Buddebahn ihn kannte, würde er sich nach allen Seiten hin absichern und sich mit den Stadträten besprechen, bevor er den Weg freigab. Vor allem aber würde er die Entscheidung so lange hinauszögern, bis seine Frau erschien und ihn von der größten Last befreite. Danach bestand die Gefahr, dass sich das Blatt wendete. Dieses Risiko wollte er nicht eingehen.

»Ich gebe Euch Bescheid«, versprach der Bürgermeister.

»Wann?«

»Nun, in einigen Tagen vielleicht. Möglicherweise in der nächsten Woche.«

»Ich brauche Eure Zustimmung noch heute. Jetzt! Auf der Stelle! Ich werde nicht gehen, bevor Ihr mir ein Schreiben übergeben habt, in dem alles enthalten ist, was ich benötige, damit niemand auf den Gedanken kommt, mich zu verhaften und in den Kerker zu werfen.«

»Das ist unmöglich«, weigerte sich Rother.

»Es ist nicht mehr als ein Federstrich. Ihr seid des Schreibens mächtig. Also verfasst eine Art Freibrief für mich. Das ist schnell erledigt.«

Der Bürgermeister beugte sich vor und blickte Buddebahn listig lächelnd an.

»Und wenn ich es nicht tue?«

»Wollt Ihr mich wirklich zwingen, Euch zu sagen, welche Probleme ich Euch bereiten kann, wenn ich mit Hilfe meiner Freunde ein paar Wahrheiten über Euch verbreite – angefangen von dem Ermittler Kröger, von dem Einfluss, den Eure Frau auf Euch und auf Euer Amt nimmt, den Nachlässigkeiten, die sich die Wachen an den Toren der Stadt leisten, und mit denen sie die Stadt in Gefahr bringen, sowie den …«

Rother sprang auf und kam um den Arbeitstisch herum. Mit aller Energie lehnte er sich auf, obwohl er längst hätte erkennen müssen, dass er das Spiel verloren hatte.

»Ich werde Euch verhaften, in den Kerker werfen und foltern lassen, bis Ihr den Mord gestanden habt. Nein, es gibt eine bessere Möglichkeit. Ich werde Hanna Butenschön foltern lassen, um Euch die Zunge zu lockern.«

Buddebahn hob abwehrend beide Arme.

»Schön, schön, macht das«, erwiderte er, wobei er so gelassen blieb, als sei er soeben zum Frühstück eingeladen worden. »Bisher habt Ihr ein ruhiges Leben geführt, und Emma durfte es genießen, überall als die Frau des Bürgermeisters begrüßt zu werden, die man bewundert und der man Respekt und Anerkennung entgegenbringt.«

»Abgesehen von Hanna Butenschön!«

»Lassen wir die mal außen vor. Reden wir von Euch. Wenn Ihr möchtet, dass der Rat der Stadt einige Eurer etwas seltsam erscheinenden Entscheidungen untersucht, wenn Ihr zusehen möchtet, wie alles zusammenbricht und wie Euer Amt und Eure Reputation sich dabei in Nichts auflösen, dann macht nur, was Ihr mir angedroht habt. Aber fragt Euch zuvor, ob es Euch nützt, wenn Ihr die wahrhaft Mächtigen dieser Stadt gegen Euch aufbringt. Ihr wisst, wer meine Freunde sind und in welchem Maße wir alle zusammenhalten, wenn es darauf ankommt. Schließlich gehört auch Ihr zu denjenigen, die hin und wieder von Margarete Drewes eingeladen werden.«

Damit spielte er auf den »Roten Milan« an, jenen Bund von Freunden, den die meisten seiner Freunde in ihrer Jugend geschlossen hatten.

»Ihr seid ein verfluchter Hund!« Es war ein letzter, hilfloser Versuch der Auflehnung.

»Welch ein Kompliment für mich.«

Rother warf ihm einen bitterbösen Blick zu, setzte sich an seinen Schreibtisch und begann zu schreiben. Eine halbe Stunde später verließ Buddebahn das Rathaus mit einem Brief in der Tasche, der genau das enthielt, was er von dem Bürgermeister gefordert hatte.

9

Auf dem Rückweg zu seinem Haus suchte Buddebahn Klaas Bracker auf. Der Banker war überrascht, ihn zu sehen, und er wunderte sich noch mehr, als er ihn bat, den Freibrief bei ihm hinterlegen zu dürfen.

»Ich bin kein Advokat«, wandte Bracker ein.

»Aber du bist ein Mann, dem ich mehr vertraue als jedem anderen in dieser Stadt«, erwiderte er. Danach erst kehrte er zur Uhl-Brauerei zurück, wo David auf ihn wartete.

»Wir können aufbrechen«, rief er ihm zu, während er zu Henning Schröder ins Haus ging, um ihn vom Verlauf des Gesprächs mit dem Bürgermeister zu unterrichten. »Sattle die Pferde!«

»Das Warmblut für mich«, forderte der junge Mann.

»Auf keinen Fall«, widersprach Buddebahn. Da es aufgehört hatte zu regnen, legte er seinen Hut ab. »Ich reite den Hengst und niemand sonst.«

»Anderen gegenüber ziehst du den Schwanz ein«, beschwerte David sich. »Nur mir gegenüber kehrst du den starken Mann heraus.«

Buddebahn hörte es nicht. Er war bereits im Haus Schröders verschwunden. Als er bald darauf zurückkehrte, stand David mit zwei gesattelten Pferden auf dem Hof. Harm, der Pferdeknecht, war bei ihm und kontrollierte die Sättel. Erst nachdem er alles in Ordnung befunden hatte, trat er zur Seite und gab die Pferde frei.

Buddebahn schwang sich in den Sattel des edlen Warmbluts, während David sich mit einem Kaltblutwallach begnügen musste. Er war einige Wochen lang mit Holstein unterwegs gewesen, um Besorgungen für seinen Vater zu erledigen, sodass er mit ihm vertraut war. Es war eines jener seltenen Unternehmen gewesen, bei dem er etwas für diesen getan hatte. Längst waren seine Einwände gegen das Pferd vergessen, das einer Art angehörte, die man bisher im Norden noch nicht kannte. Es erregte Aufsehen, als sie durch die Straßen der Stadt nach Osten ritten, und es veranlasste manchen der Passanten zu hämischen Bemerkungen. Pferde dieser Art entsprachen nicht den Vorstellungen der Händler, Handwerker und Bauern. Diese brauchten massiv gebaute Pferde, die schwere Lasten schleppen und hoch beladene Fuhrwerke ziehen konnten.

Sie folgten dem Gewirr der Gassen und Straßen bis zu einem südöstlichen Tor und bogen dann auf einen wenig genutzten Handelsweg ein, der am Ufer der Elbe entlangführte, bis sie eine Stelle erreichten, an welcher sich mehrere ärmliche Katen aneinanderlehnten. Hier war der Strom nicht sonderlich breit, doch die Strömung war stark. Man konnte ihn mit einer Fähre überqueren, die von langen, über das Wasser hinweg gespannten Seilen gesichert wurde.

Da die Navigation in diesen Bereich der Elbe äußerst schwierig und mit hohen Risiken verbunden war, drangen höchst selten einmal Koggen oder Kraveelen bis hierher vor. Den Hafen Hamburgs anzulaufen war sicherer und weniger mühsam. Die Fleete boten Schutz vor den Unbilden der Natur, und die Stadtwache sorgte dafür, dass man auch dann von zwielichtigen Gestalten unbehelligt blieb, wenn das Schiff trockengefallen war und wehrlos auf dem Schlick lag.

Unter den besonderen Bedingungen des Stromes konnte die Fähre jeweils nur für kurze Zeit genutzt werden – immer dann, wenn die Tide kippte, die Ebbe allmählich zum Stillstand kam, um sich mit dem auflaufenden Wasser in ihr Gegenteil zu wandeln. Nur in diesen Phasen war die Strömung in der Mitte der Elbe so schwach, dass die Fähre sich halten konnte.

Vor einer der Katen stiegen sie aus dem Sattel und banden die Pferde an. Buddebahn ließ sich von der Fähre übersetzen, während David am diesseitigen Ufer blieb. Schon lange bevor sie anlegten, trat Per Wasmann unter einigen Bäumen hervor und winkte. Er erwartete Buddebahn. Kaum hatte die Fähre angelegt, als dieser zu ihm ging, um ihn zu begrüßen.

»Wo sind die Fuhrwerke?«, fragte er, wobei er sich suchend umsah. Das Ufer war dicht mit Bäumen und Büschen bewachsen. Nur eine schmale Schneise führte hindurch. Tief hatten sich die Räder der Fuhrwerke in den Boden eingegraben, die in den vergangenen Tagen und Wochen hier durchgezogen waren.

»Nur ein paar Schritte weiter befindet sich eine Lichtung. Dort sind sie. Man muss sie ja nicht unbedingt so abstellen, dass man sie von überall her sehen kann. Die Gegend ist unsicher genug. Wie mir der Fährmann sagte, hat es schon einige Überfälle gegeben. Ich hoffe, wir bleiben davon verschont.«

Gleich darauf stießen sie auf die mit Fässern beladenen Wagen und die Pferdegespanne. Der Braumeister zapfte von einem kleinen Fass Bier ab und reichte es Buddebahn zur Probe.

»Ich kenne das Einbecker Bier, und ich schätze es«, sagte Buddebahn. Unwillkürlich dachte er an seine Zeit in Einbeck zurück. Die Jahre dort, die Begegnung mit den Menschen und die besondere Atmosphäre der alten Stadt mit ihren Fachwerkhäusern hatten ihn in mancher Hinsicht geprägt. »Es ist besonders stark und hat einen sehr hohen Alkoholgehalt. Allerdings sollte man es kalt trinken.« Er probierte. Es war nicht kalt genug, doch das überraschte ihn nicht. Unter den gegebenen Umständen war nichts anderes zu erwarten. Wichtig war ihm jedoch, dass es seinen Qualitätsvorstellungen entsprach.

»Ich bin befugt, die vertraglichen Dinge mit dir zu regeln, Per. Wir könnten das gleich hier erledigen.«

Wasmann winkte großmütig ab. »Das hat Zeit. Wir machen es, sobald das Bier im Hamburger Hafen ist.«

»Wie du willst.«

Gemeinsam mit Wasmann machte er sich daran, die Pferde vor die Wagen zu spannen und zur Fähre zu bringen. Sie war groß genug, jeweils ein Fuhrwerk aufzunehmen, bot darüber hinaus aber keinen Platz mehr für die Pferde. Daher setzten sie zunächst mit vier Pferden über die Elbe, damit sie die darauffolgenden Fuhrwerke von der Fähre ziehen konnten.

Conrad Buddebahn gab seinem Sohn die Zügel des Hengstes Holstein.

»Du könntest schon vorausreiten«, versetzte er. »Ich kann mir vorstellen, dass Henning dabei sein möchte, wenn das Bier verladen wird. Sprich mit ihm. Vielleicht hat er sich soweit erholt, dass er zum Hafen kommen kann.«

David strahlte vor Freude, konnte sich aber nicht dazu durchringen, seinem Vater zu danken. Er schwang sich auf den Rücken des Warmbluts.

»Es ist mir ein Vergnügen!«, rief er und gab die Zügel frei. Holstein stürmte los, und es dauerte nicht lange, bis er zwischen den vielen Weiden des nördlichen Elbufers verschwunden war.

Buddebahn half Per Wasmann, die Fuhrwerke über den Strom zu bringen. Als alle vier Gespanne übergesetzt hatten, brachen sie auf, um nicht zu spät in Hamburg einzutreffen. Der Weg war beschwerlich. Er führte nah an Sumpfgebieten vorbei, bei denen eine erhöhte Aufmerksamkeit geboten war. Der Morast war teilweise so tief, dass die Wagen bis nahezu an die Achsen darin versanken. Vier schwere Kaltblüter waren nicht stark genug, um die Fuhrwerke mit den Bierfässern durch solche Hindernisse zu ziehen, sodass Wasmann gezwungen war, Pferde von den anderen Wagen hinzuzuziehen. Dadurch verloren sie viel Zeit. Dennoch erreichte der Zug die Stadt, lange bevor die Tore geschlossen wurden.

Im Hafen herrschte trotz der späten Stunde lebhaftes Treiben. Die Ladung von drei Kraveelen wurde gelöscht, zwei Koggen wurden beladen. Allerlei Händler drängten sich am Kai zusammen, um den Seeleuten Lebensmittel und einige nützliche Dinge zu verkaufen. Seiler erneuerten Taue der Schiffstakelage oder besserten sie aus. Schwärme von Möwen und Seeschwalben strichen um die Schiffe und den Hafen hinweg, um hier und da etwas zu erbeuten, und eine beachtliche Zahl von Frauen eines eindeutigen Gewerbes versuchten, eintreffende Seeleute zum Besuch in den verschiedenen Gasthäusern zu verführen, wobei sie Bier, Speisen und sich selbst anboten.

Der Hafenmeister empfing Wasmann. Er bestand darauf, die Ladung zu inspizieren, und war keineswegs bereit, sie schon vorher zum Verstauen auf einer Kogge freizugeben. Allerdings änderte er seine Meinung, als der Braumeister ihm einige Münzen in die Hand drückte. Während er sich in seine Kate zurückzog, erschien Henning Schröder auf dem Rücken eines Kaltblutpferdes, begleitet von Harms und David. Noch immer trug er einen dicken Verband um den Kopf. Am Rande des Hafens stieg er ab und ging zu Buddebahn, um ihm für seine Hilfe zu danken. David verhandelte mit dem Kranmeister und einigte sich nach zähem Feilschen mit ihm. Die Bierfässer waren zu schwer, als dass man sie per Hand hätte verstauen können. Man hätte sie an Bord rollen können, doch war es unmöglich, sie danach ohne Hilfe des Krans im Schiffsleib zu versenken.

»Es kann losgehen.« Sichtlich zufrieden kehrte der junge Mann zu seinem Vater zurück. »Hast du gesehen, welchen Namen die Kogge hat?«

Buddebahn hatte bisher noch nicht darauf geachtet. Jetzt richteten sich seine Blicke auf das Heck des Schiffes.

»*Bürgermeister von Hamburg*! Das ist ein neues Schiff. Der Name scheint mir ein gutes Omen zu sein.«

»Das glaube ich auch«, stimmte sein Sohn zu.

Als die Verladung begann, verabschiedete Harm sich, um zur Uhl-Brauerei zu gehen. Die Pferde für Schröder und Buddebahn ließ er zurück. Wo die käuflichen Frauen mit den Seeleuten in die Gassen hinaufzogen, um sie zu den Wirtshäusern zu bringen, wurde es unruhig. Laut und ausgelassen lachten und alberten sie miteinander, bis sie plötzlich alle stehenblieben und verstummten. Unmittelbar darauf wurden Schreie laut, und dann stürmten von verschiedenen Seiten Männer mit Äxten in den Händen heran. Ihnen folgten vier Reiter, die in ähnlicher Weise ausgerüstet waren. Alle trugen Kapuzen aus schwarzem Stoff, die ihren ganzen Kopf bedeckten und nur schmale Schlitzen für die Augen und den Mund offen ließen. Rücksichtslos stießen sie Frauen und Kinder zur Seite, die ihnen im Weg waren, und bevor sie jemand daran hindern konnte, hieben sie mit ihren Äxten auf die Bierfässer ein. Die Reiter schwangen sich aus den Sätteln und beteiligten sich an dem Zerstörungswerk. Krachend zersplitterte das Holz, und das schäumende Bier spritzte heraus.

»Nein! Um Himmels willen – nein!«, schrie Henning Schröder. Vergeblich warf er sich den Maskierten entgegen, um das Bier zu retten, an dem seine Existenz hing. Einer der Männer rammte ihm den Stiel seiner Axt in den Bauch. Aufschreiend sackte der Braumeister in sich zusammen.

Auch Per Wasman wehrte sich vergeblich. Als er die Fässer vor der Zerstörung bewahren wollte, griffen ihn zwei Männer von hinten an. Einer packte ihn und wirbelte ihn herum, der andere schlug ihm die Axt mit der flachen Seite vor die Stirn. Bewusstlos brach er zusammen. David sah es. Er schrie wütend auf, konnte jedoch nicht eingreifen, weil er alle Hände damit zu tun hatte, den edlen Hengst zu halten. Holstein stieg schrill wiehernd und schlug mit den Vorderbeinen um sich, wobei er die Ohren scharf nach hinten bog und die Nüstern zu schmalen Streifen verengte.

Als Harm sich einmischen wollte, hielt Buddebahn ihn zurück. Mitten in dem Chaos bewahrte er die Besonnenheit.

»Wir können nichts tun«, sagte er. »Und du schon gar nicht. Du riskierst nur, dass sie dir den Schädel spalten.«

Die Äxte zertrümmerten das Holz der Bierfässer, wozu meist ein oder zwei Schläge genügten, und das Bier schwappte unaufhaltsam heraus. Jeder der Männer wusste, was er zu tun hatte. Keiner war dem anderen im Weg, und jeder traf die hölzernen Bierfässer, wo das Holz schnell brach, und das Bier im schäumenden Schwall herausschoss. Buddebahn blieb kühl und beherrscht. Er beobachtete die Aktion, und je länger diese dauerte, desto sicherer war Buddebahn, dass sie sorgfältig vorbereitet worden war. Die Maskierten hatten sich nicht spontan zu dem Überfall entschlossen, sondern miteinander abgesprochen, wer sich in welchem Bereich bewegen sollte, damit keiner dem anderen hindernd in die Quere kam.

So dauerte es nur wenige Augenblicke, bis alle Fässer zerstört waren, und das Bier sich von den Fuhrwerken auf den Boden ergoss, um von dort in die Alster zu rinnen. Einer der Männer stieß einen schrillen Pfiff aus. Damit beendete er den Angriff auf die Fuhrwerke und gab zugleich das Kommando für den Rückzug, der nun ebenfalls zügig und rücksichtslos erfolgte. Die düsteren Gestalten rannten in verschiedene Richtungen davon und verließen den Hafen, bevor irgendjemand auf den Gedanken kommen konnte, sie aufzuhalten. Ebenso die Reiter, von denen drei zügig in den Sattel stiegen, während der vierte ein wenig länger benötigte, um auf sein Pferd zu kommen. Er fiel Buddebahn auf, weil er es nicht von der linken Seite her anging, wie es normal gewesen wäre, sondern von der rechten.

Nach mehreren vergeblichen Versuchen schwang David sich auf den Rücken des tobenden Hengstes. Er konnte Holstein nicht beherrschen und musste seine ganze Aufmerksamkeit darauf richten, sich im Sattel zu halten. Kaum hatte er Halt gefunden, als das Warmblut auch schon in Panik davonstürmte. Mit trommelnden Hufen raste es in eine der Gassen hinein, vorbei an einer Gruppe von Seeleuten, die gerade noch rechtzeitig genug auswichen.

Wo sich eine Bierpfütze gebildet hatte, warf sich einer der Tagelöhner auf den Boden und schlürfte den edlen Saft, bevor er versickern oder in der Alster verschwinden konnte. Mit gemischten Gefühlen beobachteten ihn die anderen. Nur einer schloss sich ihm an, indem er sich aus einer anderen Pfütze bediente. Schon nach den ersten Schlucken blickte er auf und verkündete grinsend, dies sei das beste Bier, das er je genossen habe. Buddebahn glaubte es ihm. Für die Ärmsten der Armen gab es nur jenes Bier, das von den wohlhabenden Schichten der Stadt als ungenießbar abgelehnt wurde und das mit allerlei Zusätzen versehen war, damit es nicht gar so sauer schmeckte.

Ungehalten fluchend, kam Per Wasmann auf die Beine. Er sah sich um, erkannte, dass alle Fässer zerstört worden waren und dass es kein Bier mehr gab, das noch verladen werden konnte. Außer sich vor Wut trat er gegen das zersplitterte Holz.

»Hätte ich doch nur den Vertrag gemacht, als du es wolltest«, schrie er Buddebahn zu, dem erst jetzt bewusst wurde, dass der in den Diensten Einbecks stehende Wasmann den Verlust tragen musste, nicht aber er oder Henning Schröder. Sein Nachfolger hatte allerdings keinen Grund zur Freude. Er musste das verlorene Bier nicht bezahlen, konnte unter den gegebenen Umständen seinen Lieferverpflichtungen aber nicht nachkommen.

Für Schröder bedeutete der Überfall den Ruin. Bleich bis an die Lippen stand er inmitten der Trümmer und schien sich nicht regen zu können.

Wasmann schäumte. Überraschend stürzte er sich auf Henning Schröder und stieß ihn zu Boden. Als Buddebahn sich ihm entgegenstellte, um den Braumeister zu schützen, rammte er ihm die Faust in den Magen, stieg schreiend und fluchend auf den Bock eines der Fuhrwerke, griff zur Peitsche und schlug wild auf die Pferde ein. Die Kaltblüter reagierten heftig auf die ungewohnt schlechte Behandlung. Sie stiegen zunächst, und dann galoppierten sie los, wobei sie den nun von Fässern entlasteten Wagen hinter sich herzogen.

»Hör auf damit!«, rief Buddebahn ihm zu. »Bist du wahnsinnig geworden?«

Wasmann blickte ihn an und schien ihn doch nicht zu sehen. In seinen Augen war etwas Abstoßendes, und sein Mund verzerrte sich, als wollte er sämtliche Zähne ausspucken. Derart außer Kontrolle, wusste der Braumeister nicht mehr, was er tat. Mit der einen Hand hielt er sich am Kutschbock fest, mit der anderen schwang er die Peitsche und trieb die Pferde damit an. Das Fuhrwerk brach sich die Bahn. Es rollte über Kisten und Säcke, zertrümmerte ein Holzgestell, mit dem ein Stapel geflochtener Weidenkörbe gesichert werden sollte, hüpfte buchstäblich über einige Bierfässer hinweg, polterte einige Schritte weit über das Steinpflaster und prallte dann krachend mit einem Rad gegen eine Hauskante. Die Deichsel brach, und die Pferde galoppierten mit den Resten ihres Geschirrs in eine Gasse hinein, während Per Wasmann in hohem Bogen vom Fuhrwerk flog und ein beträchtliches Stück weiter in einer ausgedehnten Pfütze landete. Er überschlug sich mehrmals, bis er endlich liegenblieb.

Hanna lächelte zweifelnd.

»Was hast du gesagt? Der Bürgermeister möchte mich sprechen?«

Der Sekretär neigte steif und mit vornehmer Zurückhaltung den

Kopf, um mit dieser Geste zu bestätigen, was er ihr ausgerichtet hatte, und zugleich seine Bedeutung als hoher Mitarbeiter Rothers zu unterstreichen.

»Er bittet dich ins Rathaus. Er würde sich freuen, wenn du mich jetzt sofort begleiten würdest und nicht erst, nachdem du alle Fische verkauft hast.« Er deutete auf den Tisch, auf dem noch eine Reihe von Kabeljau, Steinbutt, Stint, Brassen, Zander und Aalen lagen. Er trug einen schwarzen Umhang und eine Mütze, die aussah, als sei sie für seinen Kopf erheblich zu groß geraten. Das schmale Antlitz war mit Narben übersät, die eine schlecht abheilende Hautkrankheit hinterlassen hatte.

»Nun gut, wenn er einen Sekretär schickt, der so gute Manieren hat wie du, kann ich wohl nicht ablehnen«, erwiderte sie, wobei sie ihm ein freundliches Lächeln schenkte, als sei sie geschmeichelt ob der Einladung und als komme ihr diese gerade recht. Sie öffnete ihre Schürze, faltete sie sorgfältig zusammen und legte sie auf den Tisch zu den Fischen. »Nur einen Moment. Ich möchte eine Freundin bitten, die Fische für mich zu verkaufen. Auf den Märkten treibt sich allerlei Gesindel herum. Wenn man seine Ware liegenlässt, ist sie schnell verschwunden.«

Da der Sekretär keinen Einspruch erhob, ging sie zum Stand von Alma Gerks, der nur wenige Schritte entfernt war. Sie beugte sich zu ihr hin und flüsterte: »Der Bürgermeister möchte mich im Rathaus sehen. Es wird nicht lange dauern. Ich bin bald zurück.«

Die Gemüsefrau krauste die Stirn.

»Da stimmt was nicht, Hanna«, erwiderte sie. »Ich habe alles gesehen. Der Sekretär ist viel zu höflich zu dir. Sonst lästern diese Leute, weil du nur eine von uns und noch dazu eine Fischfrau bist.«

»Ja, und jetzt bitten sie mich.«

»Pass auf dich auf«, ermahnte die Freundin sie. »Da ist was faul. Sobald ich Conrad sehe, erzähle ich ihm davon.«

»Du kannst es auch dem Mann sagen, der alle meine Fische gekauft hat und mit dem ich in den *Hopfensaal* gegangen bin.«

»Du kannst dich auf mich verlassen!«, versprach die Alma Gerks. Hanna zweifelte nicht daran, dass sie es in der Tat konnte. Die Gemüsefrau war geschwätzig, tratschte gern, setzte auch mal ein

Gerücht in die Welt, wohl wissend, dass sie einem Körnchen Wahrheit allerlei hinzugedichtet hatte, sie schaffte es nicht, ein Geheimnis für sich zu behalten, und erweckte damit den Eindruck, oberflächlich zu sein. Doch das war sie nicht. Wenn es ernst wurde und darauf ankam, hielt sie Wort und sorgte für eine sichere Rückendeckung.

Als Hanna nun zu dem Sekretär zurückkehrte, gab sie sich gelangweilt und desinteressiert, als sei sie vollkommen arglos. Tatsächlich war sie hellwach. Mit knapper Geste gab sie dem Boten des Bürgermeisters zu verstehen, dass sie bereit war, ihn zu begleiten. Er deutete wiederum eine Verbeugung an, und dann führte er sie quer über den Marktplatz zum Rathaus hin.

Je weiter sie sich von ihrem Verkaufsstand entfernten, desto mehr spürte sie die innere Anspannung. Vergeblich dachte sie darüber nach, was Will Rother von ihr wollte. Sie rief sich die Auseinandersetzungen ins Gedächtnis, die sie mit seiner Frau gehabt hatte, und die Folgen, die sich daraus für Buddebahn ergeben hatten, und sie meinte, körperlich spüren zu können, dass sie sich umso mehr in Gefahr begab, je mehr sie sich dem Rathaus näherte. Es wuchs groß und düster vor ihr auf, ein Bau, der in seiner Art eher erdrückend als prunkvoll war. Sie erinnerte sich daran, dass Conrad Buddebahn von einem Innenhof gesprochen hatte, in dem sich der Zugang zum Kerker befand.

Angst kroch in ihr hoch. Je weiter Hanna kam, desto mehr fürchtete sie, Opfer eines hinterhältigen Tricks zu werden. Sie beschloss zu fliehen. Verstohlen sah sie sich um, und dabei entdeckte sie einen zivil gekleideten Mann, der sich in ihrer Nähe aufhielt. Auffallend an ihm war die gespaltene Nasenspitze. Sie hatte den Mann nie zuvor gesehen, doch Conrad Buddebahn hatte von ihm erzählt. Es war einer der Landsknechte, die ihm die Botschaft des Bürgermeisters vom Entzug der Braugenehmigung gebracht hatten. Ihr Rücken wurde unangenehm kalt, denn sie begriff. Der Sekretär verließ sich nicht darauf, dass sie ihm gehorsam wie ein Lamm folgte. Söldner schirmten sie ab, damit sie nicht weglaufen konnte. Wenn sie es versuchte, würden sie ihr den Weg versperren und sie vermutlich gewaltsam ins Rathaus bringen.

Alma Gerks hatte recht. Der Sekretär war viel zu höflich gewesen. Sein Verhalten passte nicht zur Einladung des Bürgermeisters, denn diese war alles andere als schmeichelhaft. Will Rother hatte sie in eine Falle gelockt, aus der sie schon jetzt nicht mehr entweichen konnte.

Fieberhaft überlegte sie, welche Möglichkeit ihr nun noch blieb. Auf keinen Fall wollte sie die Treppe hochsteigen, denn es gab kein Entkommen mehr, wenn sie die Stufen erreicht hatte, an denen zwei Landsknechte wachten. Sie würde umgeben sein von Männern, die jeden Befehl des Bürgermeisters bedingungslos ausführten.

Sie fand keinen Ausweg, zumal der Sekretär ihr nun die Hand an den Oberarm legte. Die Angst übermannte sie, und sie riss sich los. Mit einem Satz versuchte sie, an einem Fleischer vorbei zu fliehen, der sich gerade anschickte, eine Kuh zu schlachten. Schon nach drei Schritten war alles vorbei. Ein Mann stellte sich ihr in den Weg, der deutlich größer und kräftiger war als sie. Er packte sie am Arm, wirbelte sie brutal herum und bog ihr den Arm auf den Rücken. Sie schrie erstickt auf, fühlte die Hand eines weiteren Mann an ihrem anderen Arm und konnte sich ihr nicht entziehen.

Gegen ihren Willen stolperte sie die Treppe hinauf. Dabei vernahm sie die überraschten Rufe einiger Marktbesucher, die auf das Geschehen aufmerksam wurden. Bevor ihr aber jemand zu Hilfe eilen konnte, öffnete sich die schwere, mit Eisen beschlagene Tür des Rathauses vor ihr. Mit aller Macht stemmte sie sich dem Schicksal entgegen, das ihr drohte. Vergeblich. Die Männer stießen sie durch die Tür, die sich augenblicklich hinter ihr schloss.

»Was soll das?«, schrie sie. Wütend schüttelte sie die Männer ab, doch es gelang ihr nicht, die Tür zu öffnen und nach draußen zu flüchten. Einer der Männer schlug ihr die Faust in die Seite. Der Schmerz ließ sie beinahe ohnmächtig werden. Die Beine gaben unter ihr nach, und sie war kaum noch in der Lage zu atmen. Jetzt war niemand mehr höflich oder rücksichtsvoll. Hart zupackende Hände rissen sie hoch.

»Werft sie in den Kerker!«, befahl der Sekretär. »Der Folterknecht soll sich bereitmachen. Im Auftrag Gottes wird er ihr die Lippen öffnen!«

»Nein«, stammelte Hanna. »Das könnt ihr nicht tun! Ich will den Bürgermeister sprechen. Sofort! Ihr habt kein Recht, mich eines Gottesurteils zu unterwerfen. Ich habe nicht gegen die Gesetze dieser Stadt verstoßen. Niemals!«

Mit aller Kraft wehrte sie sich, konnte aber nichts gegen die beiden Söldner ausrichten. Die Männer schlugen sie, warfen sie auf den Boden und schleiften sie hinter sich her, bis es ihr endlich gelang, wieder auf die Beine zu kommen.

Sie führten sie eine Treppe hinunter auf den Innenhof des Rathauses und von dort durch eine schwere, gepanzerte Tür in den Kerker. Stinkende, verbrauchte Luft schlug ihr entgegen. Ratten huschten über den Boden, und von verfaulten Speiseresten stiegen Schwärme von Fliegen auf.

Zwischen den beiden Landsknechten taumelte Hanna eine Treppe hinunter, und dann schloss sich eine eiserne Gittertür hinter ihr. Kreischend drehte sich ein Schlüssel im Schloss.

Sie krallte ihre Hände um die Gitterstäbe.

»Ihr Lumpen!«, rief sie. »Dafür werdet ihr bezahlen. Ihr werdet noch bereuen, mich so behandelt zu haben.«

Gewichtig deutete einer der Landsknechte auf ein Gewölbe, das sich nur wenige Schritte von ihr entfernt befand. Darin war es so dunkel, dass sie nur die Kohlen sehen konnten, die in einem Becken glommen. Sie erschauerte, weil sie erfasste, um was es sich handelte.

»Das ist die Folterkammer«, höhnte er. »Der Vorhof der Hölle. Der Folterknecht wird bald hier sein. Er wird das Feuer schüren. Sobald du die glühenden Eisen auf der Haut fühlst, wirst du die Wahrheit sagen. Wenn du schweigst, wird er dir die Eisen in die Brüste bohren und in die Achselhöhlen. Bete zu Gott, falls du unschuldig bist, denn nur er kann dich davor bewahren, verbrannt zu werden. Uns solltest du nicht beschimpfen. Wir führen nur aus, was man uns befohlen hat, damit du die Wahrheit sagst.«

»Was für eine Wahrheit? Ich verstehe nicht, was ihr von mir wollt.«

»Das wird er dir schon sagen.« Der Mann drehte sich lachend um und folgte dem anderen, der bereits vorausgegangen war.

»Was für eine Wahrheit?«, schrie Hanna.

Doch sie brauchte keine Antwort aus seinem Munde. Sie hatte längst begriffen. Es ging nicht um sie. Von ihr erwartete man eine Zeugenaussage, die einen anderen vor den Henker bringen würde. Sie war nur Mittel zum Zweck.

Buddebahn beugte sich über Wasmann.

»Was ist los mit dir?«, fragte er. »Hast du den Verstand verloren?«

Der Braumeister starrte ihn an, als habe er ihn nie zuvor gesehen. Wie von Sinnen stieß er ihm die Hände gegen den Kopf, warf ihn damit zur Seite, richtete sich mit einem Schrei auf den Lippen auf und rannte wie von tausend Teufeln getrieben davon.

»Er ist verrückt geworden«, vermutete Henning Schröder. »Der Verlust des Bieres war zu viel für ihn. Es hat ihm den Rest gegeben.«

»Ein bisschen verrückt war er schon immer«, erwiderte Buddebahn. »Aber ich glaube nicht, dass er völlig durchdreht. Er wird sich erholen. Früher oder später. Am besten lassen wir ihn in Ruhe.«

Er legte Schröder den Arm um die Schultern.

»Lass uns gehen«, schlug er vor. »Hier im Hafen können wir nichts mehr tun. Die Kutscher werden sich um die zerschlagenen Fässer kümmern.«

Sie nahmen die Zügel der Pferde, die Harm für sie zurückgelassen hatte, stiegen jedoch nicht auf, sondern führten sie hinter sich her. Der Braumeister schwieg, bis sie das Stadttor durchschritten hatten. Dann begann er leise vor sich hin zu fluchen. Händler zogen mit ihren Waren an ihnen vorbei. Tagelöhner schlurften auf der Suche nach Arbeit durch die Straßen und Gassen.

»Vorsicht!«, rief Buddebahn, als sie an einem der Wirtshäuser vorbeikamen. Buchstäblich im letzten Moment sah er, dass eine junge Frau ihr Nachtgeschirr aus einem Fenster im ersten Stock des Gebäudes entleeren wollte. Sie sprangen zur Seite, und was die Notdurft während der Nacht im Topf hinterlassen hatte, schlug klatschend und spritzend auf die Straße.

»Danke«, sagte Schröder, wobei er die Faust zornig in die Höhe streckte. »Deutlicher hätte man mir nicht zeigen können, was passiert ist. Scheiße!«

»Ich finde, es wird Zeit, dass du den Mund aufmachst«, bedrängte

Buddebahn ihn, während sie ihren Weg fortsetzten. »Was ist im *Hopfensaal* passiert?«

»Keine Ahnung«, erwiderte Schröder.

»Das nehme ich dir nicht so ohne Weiteres ab, Henning. Du musst dich erinnern, und du solltest offener zu mir sein. Wir kennen uns lange genug, um zu wissen, was wir voneinander zu halten haben. Dies alles geschieht nicht ohne Grund. Klaas Bracker hat von einer Verschwörung gesprochen, und genau danach sieht es aus. Wir haben einen geplanten und sorgfältig vorbereiteten Überfall erlebt, der das Ziel hatte, den Export von Bier zu verhindern. Also rede!«

Verlegen blieb Schröder an einem Brunnen stehen. Er lehnte sich gegen die Mauer, die ihn schützend umgab, sodass keine Kinder hineinfallen konnten.

»Verstehst du denn nicht, Conrad? Ich hatte zuviel getrunken. Viel zu viel.«

»Du warst besoffen.«

»So nennt man so was wohl.« Schröder spuckte ärgerlich aus. »Es hätte mir nicht passieren dürfen. Mir nicht! Verdori, ich weiß, dass ich irgendwann wütend wurde, aber frag mich nicht, warum. Jedenfalls erinnere ich mich, dass nicht viel gefehlt hat, und ich wäre diesem Norton an die Gurgel gegangen.«

»Du? Du wolltest aus der Haut fahren?« Buddebahn schüttelte verwundert den Kopf. Er kannte den Freund als ausgesprochen friedlichen Charakter. Noch nie hatte er erlebt, dass Schröder die Fäuste gegen einen anderen erhoben hatte.

»So war das. Es muss etwas damit zu tun gehabt haben, dass dieser Norton die Brauerei haben wollte. Oder ein anderer.« Er fluchte leise. »In meinem Kopf geht alles durcheinander.«

»Jemand wollte die Brauerei haben? Wie soll ich das verstehen?«

»Ich habe mir geschworen, nie wieder so viel zu saufen, Conrad. So was passiert mir nur einmal.«

»Du solltest mir antworten. Was hat das zu bedeuten, dass jemand die Brauerei haben wollte?«

Hilflos zuckte Schröder mit den Achseln.

»Bist du schon mal so voll gewesen, dass du dich an nichts erinnerst oder an nur sehr wenig?«

»Nein, eigentlich nicht.«

»Sei froh. Verdori!«

»Wenn jemand die Brauerei haben wollte, wieso hat er dich darauf angesprochen und nicht mich? Ich bin der Eigentümer.«

Schröder ließ einen Eimer in den Brunnen hinab, holte kühles Wasser herauf und gab den Pferden zu trinken. Buddebahn wartete geduldig, bis beide Kaltblüter ihren Durst gestillt hatten, der Freund den Eimer absetzte und sich ihm wieder zuwandte.

»Das habe ich mich auch schon gefragt. Ich kann nur vermuten, dass er den Pachtvertrag übernehmen wollte und dass ich für ihn arbeiten sollte. Vielleicht war es auch seine Absicht, sich alles Bier zu sichern, das die Uhl-Brauerei verlässt, und damit die gesamte Konkurrenz auszuschalten. Immerhin liefern wir unser Bier an ein gutes Dutzend Händler in London. Wenn einer alles abnimmt, kann er in England den Preis bestimmen und macht gute Geschäfte.«

»Wir werden das klären«, versprach Buddebahn. »Das kann nicht alles gewesen sein.«

»Genügt das nicht? Mehr kann ich dir nicht sagen.«

»Das alles ist noch lange kein Grund für einen Mord. Tag für Tag kommen Händler aus dem gesamten Gebiet der Hanse nach Hamburg, um hier Geschäfte zu tätigen. Wäre jedes Geschäft ein Motiv für einen Mord, würde bald gar nichts mehr gehen in unserer schönen Stadt. Nein, da war mehr im *Hopfensaal*.«

»Wäre ich doch nur nicht so verflucht besoffen gewesen! Verdori! Es ist mir peinlich.«

Sie überquerten den Markt vor der Nicolaikirche, und Buddebahn stutzte. Der Stand Hanna Butenschöns war leer. Zwei Möwen kämpften kreischend um einige Fische, die offen auf dem Tisch lagen. Niemand kümmerte sich darum, und keiner verhinderte, dass sie schließlich mit den Fischen im Schnabel aufstiegen und verschwanden.

Er wandte sich an den Gemüsestand, der nur wenige Schritte entfernt war.

»Was ist hier los, Alma?«, fragte er.

»Och, nix weiter«, antwortete die Gemüsefrau nebenbei, während sie einige Dienstbotinnen bediente und den Kohl putzte, den sie bei ihr gekauft hatten. »Ein feiner Pinkel aus dem Rathaus war hier und hat Hanna gebeten, mit ihm zum Bürgermeister zu gehen. Sie ist mit ihm los. Ich soll's dir sagen. Hab' ich nu ja getan. Erst dachte ich, da ist was faul. Ist aber wohl alles in Ordnung.«

Weitere Frauen traten an ihren Stand heran, um etwas zu kaufen. Alma musste sich mit ihnen beschäftigen, und das tat sie. Für ihn und für weitere Auskünfte hatte sie keine Zeit mehr.

»Da stimmt was nicht«, sagte Buddebahn zu Henning Schröder, wobei er sich einige Schritte zurückzog. Er war in höchstem Maße alarmiert. »Jemand aus dem Rathaus kommt und bittet Hanna, ihn dorthin zu begleiten? Das ist nicht die Art dieser hochnäsigen Sekretäre, die sich eine ganze Menge darauf einbilden, dass sie dort arbeiten dürfen, und die sich für was Besseres halten. Keiner von denen bittet eine Marktfrau um etwas. Er befiehlt.«

»Was wirst du tun?«, fragte der Braumeister.

»Ich rede mit dem Bürgermeister«, antwortete Buddebahn. »Ich muss wissen, was hier gespielt wird. Mit dem habe ich ohnehin noch etwas zu klären.«

Er wollte sich entfernen, doch Schröder griff nach seinem Arm und hielt ihn fest. »Ich habe eine Bitte, Conrad. Kannst du ein gutes Wort für mich bei Klaas Bracker einlegen? Ich brauche seine Hilfe. Wenn er mir nicht unter die Arme greift, bin ich ruiniert. Dann muss ich die Brauerei dichtmachen, und das kann nicht in deinem Sinne sein.«

»Ganz und gar nicht. Ich kümmere mich darum – wenngleich ich wenig Hoffnung habe.« Buddebahn zog ihn sanft zur Seite, um einem Bauern Platz zu machen, der drei Schafe über den Markt trieb, um sie an einen Fleischer zu übergeben. Eine Kinderschar hüpfte singend und spottend hinter ihm her. Einige Kinder äfften das Meckern der Schafe bemerkenswert gut nach.

Als sie vorbei waren, hörte Buddebahn, dass jemand eine Melodie pfiff. Er stutzte. Es war die gleiche Melodie, die er am Morgen nach dem Mord im Hopfensack vernommen und die er als unheimlich empfunden hatte. Auch jetzt mischten sich die Töne, als ob sie einerseits auf gespitzten Lippen entstanden und andererseits mit einem unbekannten Instrument erzeugt wurden. Er fuhr herum, drückte

Schröder die Zügel seines Pferdes in die Hand und trat rasch hinter einen der Gemüsestände, weil er meinte, das Pfeifen sei von dieser Stelle gekommen. Doch niemand hielt sich dort auf.

Die Melodie verklang, und nur noch das Schwatzen der einkaufenden Frauen und die Rufe der Markthändler waren zu hören, die ihre Waren anpriesen, dabei gehörig übertrieben oder derbe Witze rissen. Der Markttag neigte sich seinem Ende zu, und die meisten der Händler senkten ihre Preise, um nicht auf leicht verderblicher Ware sitzenzubleiben.

Aus der Menge der Marktbesucher tauchte der Gaukler auf. Feixend tanzte er hinter den Schafen und dem Bauern her, und dabei sang er laut und mit kräftiger Stimme:

»Es war einmal ein Schaf,
das auf dem Markt eintraf.
Der Fleischer wetzt das Messer,
setzt es an die Gurgel scharf,
nicht schneidet, sondern sticht,
die Klinge quer durch den Hals.
Das war viel besser.
So macht es dieser Wicht.
Nun schaut die Meute,
sieht das Schaf springen,
nur so kann es gelingen.
Sie wartet auf die Beute.
Reichlich fließt das Blut.
So soll es sein. Das ist gut.
Hier ist mein Hut.
Ich bitt' um eine Gabe.
Nun gebt, Ihr Leute. Gebt gut!
Sonst geht's mir schlecht.
Und das wär' schade!«

Auffordernd hielt er einen Hut in die Runde. Buddebahn zögerte, da ihm der Vers gar zu holprig formuliert war. Schließlich ließ er zwei Münzen in den Hut fallen, und der Gaukler verneigte sich in übertriebener Weise vor ihm, wobei er sich rückwärtsschreitend entfernte, um dann anderen den Hut hinzuhalten.

Beim Fleischer blieb er stehen, der eines der Schafe packte, in eine hölzerne Rinne warf und ihm blitzschnell das Messer quer durch den Hals stieß. Das Tier reagierte mit krampfartigen Bewegungen. Dabei schnellte es sich auf der Seite liegend vier oder fünf Ellen in die Höhe. Sein Peiniger war darauf vorbereitet. Er hielt es an einem Bein fest und sorgte dafür, dass es wieder in die Holzrinne fiel. Während ihm das Blut aus dem Hals schoss, sprang das Schaf mehrere Male in die Höhe, konnte auf diese Weise aber weder dem Fleischer noch dem Messer entkommen und blieb schließlich erschlaffend liegen, während das sterbende Herz das letzte Blut aus seinem Körper pumpte. Tiefrot färbte sich der Boden unter dem Holz.

Einige Kinder sahen mäßig interessiert zu. Für sie war eine derartige Schlachtung nichts Besonderes. Auf diese Art und Weise starben Tag für Tag zahlreiche Schafe auf dem Markt.

Buddebahn drehte sich um und blickte zu dem Fischstand Hannas hinüber, weil er hoffte, dass sie mittlerweile dorthin zurückgekehrt war. Doch ihr Karren war noch immer verwaist. An der Kante der Ladefläche klebte Blut. Da er genau wusste, dass es vorher nicht da gewesen war, ging er hin zu dem Karren. Schon als er noch einige Schritte von ihm entfernt war, entdeckte er die Skizze, die jemand mit Blut auf das Holz geschmiert hatte. Sie zeigte die Umrisse eines Falken.

Er blieb stehen und drehte sich langsam um sich selbst. Seine Blicke glitten über die Gesichter der Menschen in seiner Nähe. Er hoffte, irgendetwas in ihnen zu entdecken, das ihm half, denjenigen zu finden, der die Skizze in dem Moment auf die Karre gezeichnet hatte, als sich aller Aufmerksamkeit auf den Schlachter und das Schaf gerichtet hatten. Doch schon bald gab er enttäuscht auf. Er sah lachende Gesichter, gelangweilte, ausdruckslose, enttäuschte oder erzürnte, aber keines, in dem sich ein gewisses Schuldbewusstsein spiegelte, keine Augen, die scheu auswichen, um nicht zu verraten, was sich hinter ihnen verbarg.

Er fühlte sich hilflos. Der Falke war eine Herausforderung. Daran gab es nicht den geringsten Zweifel für ihn. Irgendjemand war sich seiner Sache sehr sicher und wollte ihm gerade dies zeigen.

»Was ist los?«, fragte Schröder.

»Nichts weiter«, erwiderte er, während er ein wenig Wasser aus einem Eimer nahm und die Skizze vom Karren entfernte. Er wäre nun am liebsten sofort zum Rathaus gegangen, wollte aber seinen Nachfolger nicht allein lassen. Er begleitete ihn zum Hopfensack und zur Brauerei, wo sie die Pferde an Harm übergaben.

»Die Zeit läuft mir davon«, sagte er. »Pass auf dich auf, Henning. Ich habe zu tun und kann mich nicht um dich kümmern. Eigentlich brauche ich jemanden, der sich am Hafen umhört. Vielleicht hat einer der Seeleute, der Arbeiter oder der Aufseher einen der Männer erkannt, die den Zug aus Einbeck überfallen haben. Trotz der Masken.«

»Ich könnte das übernehmen«, entgegnete der Braumeister.

Buddebahn lachte. Er legte ihm die Hand auf die Schulter.

»Du musst dich schonen. Mit so einer Wunde am Kopf ist nicht zu spaßen. Überlass diese Geschichte nur mir.« Er nickte ihm zu, riet ihm, ins Bett zu gehen und machte sich auf den Weg zum Rathaus. Dort erfuhr er, dass der Bürgermeister nicht anwesend war, sondern sich im *Hopfensaal* aufhielt.

Es dunkelte bereits, als er das Wirtshaus erreichte. Der Hopfenmarkt leerte sich. Nur beim Fleischer drängten sich noch einige Dienstboten, die frisches Fleisch einkaufen wollten, um es über Nacht für den nächsten Tag einlegen zu können.

Im Saal des Wirtshauses herrschte eine geradezu beängstigende Enge. Kein einziger Platz war frei. Vor dem Schanktisch standen die Männer Schulter und Schulter und genossen Bier aus großen Krügen. Sie redeten so laut miteinander, dass einer den anderen kaum verstehen konnte, doch das schien niemanden zu stören. Zwei der Schankmädchen trugen die Reste eines Tisches hinaus. Offenbar war einer der Gäste gewalttätig geworden und hatte das Möbelstück zertrümmert. Zwei andere Mädchen brachten einen neuen Tisch herein, der augenblicklich besetzt wurde, kaum dass sie ihn abgestellt hatten.

Lediglich auf der Empore für besondere Gäste war noch Platz. Dort gruppierten sich Bürgermeister Rother und zehn Ratsherren um einen Tisch mit einem knusprig braun gebratenen Spanferkel. Sichtlich vergnügt schnitten sie sich Portionen davon ab, stopften sie sich hinter die Zähne und spülten kräftig mit Bier nach. Den meisten lief das Fett in den Bart herab. Die abgenagten Knochen ließen sie unter den Tisch fallen.

Auf der Balustrade war niemand zu sehen. Die schwarzgekleidete Frau zeigte sich nicht.

Rother entdeckte Buddebahn und winkte ihm zu. Dabei zuckte ein höhnisches Lächeln über seine Lippen. Für einen kurzen Moment blickten sich die beiden Männer an, dann widmete sich der Bürgermeister dem Ferkel, schnitt sich ein großes Stück davon aus dem Rücken und wandte sich seinem Nachbarn mit einer Bemerkung zu, die diesen laut auflachen ließ.

Schankmädchen schleppten Bierkrüge zu ihnen hinauf. Scherzhafte Worte flogen zwischen ihnen und den vier Landsknechten hin und her, die an der Treppe zur Empore standen und dafür sorgten, dass sonst niemand sich den hohen Herren näherte.

In der Überzeugung, bis zum Tisch auf der Empore vordringen zu können, ging Buddebahn zur Treppe und versuchte, an den Wachen vorbeizukommen. Doch unversehens kreuzten sich zwei Hellebarden vor ihm.

»Nichts da«, fuhr ihn einer der Landsknechte an, die ganze Autorität ausspielend, die ihm seine Kleidung und seine Waffen verliehen. »Die Herren wollen auf keinen Fall gestört werden. Wenn Ihr mit ihnen sprechen wollt, müsst Ihr bis morgen warten. Dann sind sie im Rathaus.«

»Es eilt. Ich muss jetzt mit dem Bürgermeister reden. Sofort.«

»Nichts zu machen«, lehnte der Söldner ab. »Wir haben den strikten Befehl, niemanden zu den Herren durchzulassen.«

»Nur die Schankmädchen«, fügte ein anderer grinsend hinzu.

Verärgert und enttäuscht zog Buddebahn sich zurück. Hin und wieder fanden sich Bürgermeister und Ratsherren im *Hopfensaal* zu einem Gelage zusammen. Aus langer Erfahrung wusste er, dass sie sich dabei abschotteten und sich jede Störung verbaten. In der Vergangenheit hatte er einige Male beobachtet, dass dennoch der eine oder andere Bittsteller versucht hatte, seine Sorgen vorzutragen. Es war niemandem gelungen, sich Gehör zu verschaffen.

Nicht einmal Klaas Bracker war es gestattet worden, die Empore zu betreten. Dabei stieß der Banker sonst nirgendwo auf Ablehnung, da viele Bürger der Stadt in der einen oder anderen Weise von ihm abhängig waren. Sie vermieden alles, was ihn verstimmen konnte, um die Finanzierung eines laufenden oder eines kommenden Geschäfts nicht zu gefährden.

Da er Durst hatte, schob sich Buddebahn mit einiger Mühe zum Schanktisch durch. Abel bemerkte ihn und reichte ihm einen Krug Bier.

»Der geht auf Kosten des Hauses«, sagte der Wirt. »Ich habe eine Menge Geld mit Uhl-Bier verdient. Ist nur gerecht, wenn ich einen ausgebe.«

Buddebahn nahm den Krug dankbar entgegen, zog sich aus dem Gewühl der Männer zurück und trank. Über den Rand des Bierkrugs hinweg sah er Jonas Bracker, der kurz mit den Landsknechten am Fuß der Treppe redete. Erstaunt beobachtete er, wie sich die erhobenen Hellebarden senkten und den Weg freigaben. Der Bruder des Bankers stieg die Treppe hinauf, ohne von ihnen zurückgehalten zu werden.

10

Ratten kauerten nahe der Kerkertür und fraßen, was sich aus einem Napf über den Boden ergossen hatte. Hanna ekelte sich vor dem verdorbenen Fisch, den man ihr durch die Gitterstäbe geschoben hatte. Der Geruch verriet ihr, dass sich Würmer darin breitgemacht hatten. Die Ratten störte es nicht. Ihr aber schnürte sich der Hals zu. Auf keinen Fall würde sie etwas von dem anrühren, was ihr der Wächter anbot. Lieber hungerte sie.

Verzweifelt dachte sie darüber nach, aus welchem Grund man sie in den Kerker geworfen hatte und was man von ihr erwartete. Als sie in der Mordnacht aufgewacht war, befand Conrad Buddebahn sich längst im Sudhaus, sodass sie nicht wusste, was im Einzelnen geschehen war, seit er aufgestanden war. Dennoch war sie sicher, dass er nichts mit dem Tod jenes Norton zu tun hatte.

Die Wahrheit!

Sie fürchtete sich vor der Folter, denn sie machte sich keine Illusionen. Man würde ihr schier unerträgliche Schmerzen bereiten, und am Ende würde sie alles zugeben, was auch immer man ihr oder Conrad vorwarf, nur damit die Folterknechte endlich aufhörten, sie zu quälen. Sie würden sie mit glühenden Eisen so weit treiben, bis sie selber nicht mehr wusste, was sie sagte.

Sie vernahm Schritte. Eisen klirrte. Feuer knisterte.

Von bösen Ahnungen getrieben, stand sie auf und ging zur Gittertür. Durch sie hindurch konnte sie in die Folterkammer sehen. Zwei Männer waren dort. Einer schürte das Feuer mit einer Eisenstange, während der andere einen Blasebalg betätigte, um die Glut anzufachen. Als Flammen aufstiegen, fügte er Kohlen hinzu, damit das Feuer größer wurde. Es waren düstere, bedrohlich wirkende Gestalten mit grob geschnittenen Gesichtern, die von Gleichgültigkeit gezeichnet waren. Was auch immer diese Männer taten oder vorhatten zu tun, es berührte sie innerlich überhaupt nicht. Mitleid war ein Gefühl, das ihnen vollkommen fremd war. Dicke Schürzen aus Leder schützten sie vor der Hitze. Darunter trugen beide nur lange, enge Hosen. Ihre mit Muskeln bepackten Oberkörper waren nackt.

Innerlich bebend sank Hanna auf die Knie. Sie faltete die Hände und schickte ein stummes Gebet zum Himmel.

Oh, mein Gott! flehte sie. *Lass nicht zu, dass sie mich foltern. Gib, dass Conrad mich herausholt aus diesem Kerker!*

Wie gebannt blickte sie auf das Feuer, das immer größer wurde. Bald stiegen die Flammen mehr als zwei Ellen hoch. Sie konnte die Eisenstangen sehen, deren Enden in den Kohlen lagen und mittlerweile zu glühen begannen. Je höher die Flammen stiegen, desto heller wurde es in der Folterkammer, sodass sie weitere Einzelheiten erkennen konnte – den schrecklichen, mit Blutflecken bedeckten Tisch mit den Eisenklammern, mit denen die Opfer an Händen und Füßen gefesselt wurden. Dahinter an den Wänden Zangen, Messer, Spieße, Ketten und bedrohlich wirkende Gerätschaften, deren Funktion sich ihr verschloss.

Während sie ihre Vorbereitungen trafen, unterhielten die beiden Männer sich leise. Hin und wieder lachten sie laut auf. Der eine drehte und wendete die Zangen, während der andere einen Blasebalg betätigte, um das Feuer immer weiter anzufachen.

Als ein weiterer Folterknecht hinzutrat, glaubte Hanna, ihr letztes Stündlein habe geschlagen. Deutlich hörte sie, wie dieser Mann den beiden anderen befahl: »Holt die Gefangene! Wir wollen es zu Ende bringen. Es ist schon spät. Ich habe nicht vor, mir die ganze Nacht um die Ohren zu schlagen.«

Conrad, hilf mir!

»Holt sie! Worauf wartet ihr?«

Hanna senkte den Kopf. Ihre Hände verkrampften sich ineinander. Sie erstarrte vor Furcht.

Schritte näherten sich ihr.

Oh, mein Gott, Conrad!

Sie wollte ihre Angst hinausschreien. Doch sie konnte nicht. Die bebenden Lippen waren wie versiegelt.

Plötzlich meinte sie das Antlitz der höhnisch lächelnden Emma Rother zu sehen, und ihre Abneigung gegen die Frau des Bürgermeisters wandelte sich in Hass. Sie war sich sicher, was geschehen war, hatte sie ihr zu verdanken. Sie hatte ihre ganze Macht ausgespielt und ihren Mann dazu veranlasst, sie in den Kerker zu werfen. Er allein hätte es nicht getan. Er war nicht der Mann, der solche Entscheidungen traf und sich Conrad Buddebahn und durch ihn viele andere einflussreiche Männer in der Stadt zum Gegner machte.

Falls Conrad es je erfährt, dass ich hier unten bin und gefoltert werde!

Hannas Furcht steigerte sich noch, als ihr bewusst wurde, dass die Folterknechte durchaus in der Lage waren, sie am Ende aller Qualen zu töten, um anschließend ihre Leiche verschwinden zu lassen. Möglicherweise blieb oben in der Stadt für alle Zeit unbekannt, wo sie geblieben war. Die Marktfrauen würden Gerüchte verbreiten, aber niemand würde die Wahrheit erfahren.

Alma, hast du es ihm gesagt? Oder Jonas? Wissen sie, dass sie mich ins Rathaus – eingeladen haben?

Ihr Herzschlag stockte. Die Schritte verstummten, und Eisen begann zu klirren. Ein Riegel verschob sich, und eine Tür knarrte und quietschte in ihren Angeln.

Es war nicht ihre Tür! Es war nicht die Tür, die kaum eine Handbreit von ihr entfernt war, und die erstickten Angstschreie kamen nicht aus ihrem Mund, sondern aus dem einer Frau, die von den beiden Folterknechten an ihr vorbeigeschleift wurde und die sich in dem Raum neben ihr befunden hatte.

»Nein, nein! Lasst mich«, bettelte die Frau, die nicht mehr die Kraft zu haben schien, auf eigenen Füßen zu stehen. Die beiden Männer hielten sie an den Armen und zerrten sie so heftig mit sich, dass ihre Knie immer wieder auf den Steinboden schlugen. Als sie die Kammer erreichten, warfen sie ihr Opfer auf den Tisch und fesselten sie mit den Eisenklammern. Einer von ihnen riss ihr mit einem einzigen Ruck die Kleider vom Leib und warf sie in eine Ecke.

»Hübsch ist sie ja«, sagte ein anderer. »Eigentlich schade, ihr den Leib zu verbrennen.«

»Bitte nicht«, rief die Frau. »Ich gestehe. Ich gebe alles zu. Die Wahrheit. Ich sage die Wahrheit.«

Die Männer streiften sich Lederhandschuhe über. Dann griffen sie nach den Eisenstäben mit den glühenden Spitzen. Doch sie setzten sie noch nicht ein. Sie drehten und wendeten sie im Feuer, bis sie nahezu weißglühend waren. Jetzt kamen zwei weitere Männer hinzu. Hanna konnte sie nur von hinten sehen. Einer trug einen schwarzen, weiten Umhang und eine Kapuze, die seinen Kopf vollkommen bedeckte. Der andere war klein, schmal, ebenfalls dunkel gekleidet. Er stellte sich an einen hochbeinigen Tisch und holte Pergament und Schreibwerkzeug aus einer Lade. Ankläger der eine, Schreiber der andere.

»Weib, das Gericht wirft dir vor, Gott gelästert zu haben«, verkündete der Mann.

»Nein, das habe ich nicht getan. Niemals!«, antwortete sie mit schriller, von Angst erfüllter Stimme. »Ich bin eine fromme Frau, die Gott gefällig ist. Der Pfarrer kann es bestätigen. Ich gehe immer in die Kirche.«

»Die Zeugen sagen etwas anderes. Nun gut, wenn Satan dich dazu zwingt, mich anzulügen, müssen wir ihn aus deinem Leib vertreiben. Männer, ihr wisst, was ihr zu tun habt.«

Die Eisen klirrten. Dann zischte es. Die Frau schrie so laut, dass Hanna sich die Ohren zuhielt. Sie konnte nicht anders. Sie kroch in eine Ecke ihres Verlieses, setzte sich auf den Boden und senkte den Kopf. Sie wollte nichts hören und nichts sehen. Auf diese Weise hoffte sie, ein wenig Abstand zum Grauen zu gewinnen.

Es half nichts.

Wie ein kalter, drohender Nebel kroch die Gewissheit auf sie zu, dass es nicht lange dauern würde, bis die Angeklagte unter der Folter alles zugeben würde.

Danach würden die Folterknechte kommen und sie holen.

Die glühenden Eisen würden auch sie zum Sprechen bringen.

Die Schreie erreichten sie, auch wenn sie ihre Hände noch so fest gegen die Ohren presste. Und dann plötzlich wurde es still. Sie ließ die Hände sinken, hob den Kopf und horchte.

»Ihr Dummköpfe!«, rief jemand mit unangenehm heller Stimme. »Wie konnte das passieren?«

»Verzeiht, Herr«, antwortete ein anderer. »Bisher ist keine einzige Frau gestorben, nur weil wir sie geblendet haben.«

»Schafft sie weg«, befahl der Ankläger.

»Verzeiht, Herr.«

»Schon gut. Es ist nicht eure Schuld. Gott hat ein Zeichen gegeben. Da sie sich nicht vom Satan trennen wollte, hat er sie abgewiesen und ihr das genommen, was er ihr einst geschenkt hat. Das Leben.«

Hanna hörte die Männer keuchen. Eisen klirrte. Schritte führten an ihrem Kerker vorbei.

»Holt die andere. Wir wollen es hinter uns bringen. Es ist schon spät, und ich habe Gäste heute Abend. Ich will sie nicht zu lange warten lassen.«

»Ja, Herr.« Die Gittertür knirschte in ihren Angeln, und dieses Mal war es die Tür zu ihrem Verlies. Hanna sah die beiden Männer auf sich zukommen. Sie war unfähig, sich zu bewegen oder auch nur einen Laut von sich zu geben. Sie spürte die Hände an ihren Armen.

Gott im Himmel, vergib mir meine Sünden!

Sie rissen sie hoch, zerrten sie aus ihrem Verlies. Das Feuer mit den glühenden Eisen schien größer und immer größer zu werden. Sie wehrte sich nicht. Auch nicht, als die Männer sie auf die Folterbank warfen und mit eisernen Klammern fesselten. Nicht als sie ihr das Kleid zerfetzten. Dazu fehlte ihr die Kraft.

»Hanna Butenschön, du bist angeklagt ...«

Der Folterknecht zog das Eisen aus dem Feuer.

Lachend und lärmend setzte sich Jonas Bracker neben den Bürgermeister, wobei er den Ratsherrn Thomas Seel kurzerhand zur Seite schob. Nun bediente er sich beim Braten, von dem er gewaltige Stücke abschnitt, um sie danach mit dem Messer aufzuspießen und von den Brocken abzubeißen. Nebenbei redete er auf Rother ein, der keinerlei Anstalten machte, den Gast von der Empore zu vertreiben.

Buddebahn hielt den Bierkrug mit beiden Händen, trank jedoch nicht. Er versuchte, von den Lippen Brackers abzulesen, was dieser sagte. Es gelang ihm nicht, zumal der Bruder des Geldverleihers den Kopf immer wieder mal abwandte.

Vergeblich versuchte er zu ergründen, was geschah und weshalb es Jonas Bracker möglich war, bis dort oben an den Tisch vorzudringen und an dem Mahl teilzunehmen, während er ebenso wie alle anderen bereits am Fuß der Treppe abgewiesen wurde.

Jonas Bracker verstieß gegen alle Gebote dieses Mahls, das seine besondere Tradition hatte, und der Bürgermeister nahm es nicht nur hin, sondern plauderte lachend und scherzend mit ihm, als sei er ein hoher Gast und ihm willkommen. Er stieß mit ihm an, und er trank mit ihm.

Nach einer Weile schien Bracker ein ernstes Thema anzusprechen, denn Will Rother lachte nicht mehr, sondern erregte sich so sehr, dass er gar mit der Faust auf den Tisch schlug. Bracker schüttelte den Kopf, legte den Arm um den Bürgermeister und klopfte ihm wie tröstend auf die Schulter. Beide Männer erhoben sich, wechselten in offensichtlicher Verstimmung einige Worte miteinander und kamen dann die Treppe herunter. Rother erteilte einem der Landsknechte einen Befehl, und der Söldner verließ zusammen mit dem leicht hinkenden Jonas Bracker den *Hopfensaal*. Will Rother ging durch die Hintertür hinaus, wobei er sich vorzeitig die Hose öffnete, als könne er es nicht erwarten, sich zu erleichtern.

Buddebahn stellte den Bierkrug ab und folgte ihm nach draußen.

Breitbeinig stand Rother auf dem Hof des Wirtshauses und entleerte seine Blase.

»Verzeiht, wenn ich aufdringlich bin, Bürgermeister«, bat Buddebahn. »Es gibt etwas, über das wir reden müssen.«

Rother rülpste. »Nicht jetzt!«

»Leider muss es sein. Hanna Butenschön ist verschwunden, und ich will wissen, wo sie ist.«

»Ihr habt kein Recht, mich zu stören. Kommt morgen ins Rathaus. Dann können wir alles miteinander besprechen.«

»Nein. Ich erwarte, dass Ihr mir auf der Stelle antwortet!«

»Sonst …?«

»Es ist besser für Euch.«

»Wollt Ihr mir drohen?« Rother hatte sein Geschäft beendet. Leicht in den Knien wippend, schloss er seine Hose. Er wollte an Buddebahn vorbeigehen, als dieser ihm wie zufällig in den Weg geriet, wobei er erschrocken die Hände hob.

»Um Himmels willen, nein!«, beteuerte er, sichtlich bemüht, den Bürgermeister zu besänftigen. »Wie käme ich dazu? Dafür habe ich viel zu viel Achtung vor Eurem hohen Amt. Immerhin seid Ihr der Erste Bürger dieser Stadt. Ihr seid ein mächtiger Mann, dem Respekt gebührt. Wenn ich daran denke, was Ihr alles für Hamburg getan habt und dass die Stadt dank Eurer klugen Führung von Monat zu Monat mehr erblüht, werde ich mir dessen bewusst, wie unbedeutend ist, was mich plagt. Glaubt mir, Bürgermeister, es ist mir peinlich, dass ich Euch belästigen muss. Aber wie heißt es doch: Multos timere debet, quem multi timent.«

Unsicher blickte der Bürgermeister ihn an.

»Was ist das für eine Sprache? Ich verstehe Euch nicht.«

»Es ist Latein. Schon die Römer haben gesagt: *Wen viele fürchten, der muss viele fürchten.*«

»Also wollt Ihr mir drohen?«

»Oh, nein! Entschuldigt, dass ich mich so ungeschickt ausdrücke.« Buddebahn lächelte in einer Weise, die ihn ebenso harmlos wie wehrlos erscheinen ließ. »Wir waren allein im Rathaus, als ich Euch von dem Biertransport aus Einbeck erzählte. Außer uns beiden hat niemand in der Stadt etwas davon gewusst. Daher berührt mich schon seltsam, wie gut organisiert der Überfall am Hafen war. Doch damit habt Ihr sicherlich nichts zu tun. Ihr seid ein Ehrenmann, nicht wahr? Ihr fühlt Euch für die Stadt verantwortlich. Daher ist es meine Pflicht als Bürger, mich an Euch direkt zu wenden und vor einer Gefahr für die Stadt zu warnen.«

»Was wollt Ihr?«

»Sagt mir, wo Hanna Butenschön ist. Sie wurde von einem Eurer Sekretäre abgeholt und ins Rathaus gebracht.«

Will Rother öffnete den Mund und holte tief Luft. Dann lachte er unsicher und verlegen. »Ach, das ist es, lieber Freund Buddebahn! Ein Missverständnis. Das habe ich auch Jonas Bracker schon wissen lassen. Einer meiner Sekretäre hat mich falsch verstanden und sich erlaubt, Hanna Butenschön vom Markt zu holen. Vermutlich ist sie im Rathaus. Wartet bis morgen. Dann hat sich alles geregelt.«

»Das werde ich nicht, wenn Ihr erlaubt. Sie ist empfindsam und braucht meine Nähe. Außerdem fällt sie Euch im Rathaus nur zur Last, und das möchte ich nicht. Ich möchte Eure Geduld und Eure Liebenswürdigkeit nicht über Gebühr strapazieren. Ich möchte nicht so undankbar erscheinen wie manch andere Bürger Hamburgs, die Euch kritisieren und die unzufrieden mit Euch sind.«

»Ein edler Zug von Euch. Wie bei Euch nicht anders zu erwarten.«

Buddebahn ließ Rother nicht aus den Augen. Deutlicher als zuvor spürte er, dass Hanna in Gefahr war und dass der Bürgermeister geradezu verzweifelt versuchte, sich unbeschadet aus einer Lage herauszulavieren, die er selber heraufbeschworen hatte. Er war nicht bereit, es ihm in irgendeiner Weise leichter zu machen. Er wollte nur eines: Hanna musste sofort freigelassen werden.

»Was werdet Ihr tun, Bürgermeister?«

»Ich gehe an den Tisch zurück.«

»Zuvor aber …«

»Verdori noch mal to! Gebt Ihr denn niemals Ruhe?«

»Auf keinen Fall.«

»Dann macht Euch auf zum Rathaus. Jonas Bracker ist schon vorausgegangen. Er wird sich um Hanna kümmern. Sie wurde irrtümlicherweise in den Kerker geworfen. Und nun lasst mich in Ruhe. Der Teufel soll Euch holen! Sogar beim Pissen wird man belästigt!« Er eilte davon, und Buddebahn ließ ihn gehen. Seine Gedanken richteten sich allein auf Hanna Butenschön, auf das Rathaus und auf Jonas Bracker, der unbegreiflicherweise viel früher und offenbar auch leichter zum Ziel gekommen war als er.

David brauchte nicht viel mehr zu tun, als sich auf dem Rücken des Hengstes zu halten, der in blinder Panik durch die Gassen am Hafen stürmte. Das Trommeln der Hufe hallte von den Wänden der Häuser wider und alarmierte alle Fußgänger, bevor sie das Pferd sehen konnten. Durchgehende Pferde waren nicht ungewöhnlich für sie, und so wichen sie rechtzeitig zur Seite aus, um Platz zu machen. Mit einem weiten Satz sprang der Hengst über eine Karre hinweg. David vernahm die Schreie der Dienstboten, die mit ihren Einkäufen vom Markt zurückkehrten, und er hoffte, dass es nicht zu einem Zusammenprall mit ihnen kam.

Er verstand nicht sehr viel von Pferden. Sonst hätte er nicht an den Zügeln gezerrt und versucht, den Sturmlauf Holsteins vorzeitig zu beenden. Seine Bemühungen scheiterten, bis die Fluchtdistanz von etwas mehr als tausend Ellen erreicht war und der Hengst auch ohne seine Hilfen langsamer wurde, aus dem Galopp in den Trab zurückfiel und schließlich in den Schritt überging. Am Ende der Gasse öffnete sich eine Wiese, die sanft zur Alster hin abfiel. Holstein schnaubte kräftig, widersetzte sich auch jetzt den Bemühungen des jungen Mannes, um zum Wasser zu gehen und zu trinken. David glitt aus dem Sattel und ließ das Pferd saufen. Erst als es den edlen Kopf hob, führte er es vom Wasser weg bis hin zu einem Findling. Dort ließ er es grasen, während er sich auf den Stein setzte und einige Male tief durchatmete.

Wieder einmal war er gescheitert. In dieser Hinsicht machte er sich nichts vor. Er hatte versucht, Per Wasmann zu helfen, doch das ganze Unternehmen war gründlich danebengegangen. Er konnte sich vorstellen, wie das nächste Treffen mit seinem Vater aussehen würde. Auf ein Lob konnte er nicht hoffen. Obwohl er nicht die Schuld am Überfall im Hafen trug, wäre es – angesichts des Resultats des Unternehmens – unverdient gewesen.

Er fluchte.

Warum konnte nicht mal etwas von dem gelingen, was er anpackte? Der Verdacht drängte sich ihm auf, dass es irgendwo eine Hexe gab, die mit ihren magischen Kräften Einfluss auf ihn und auf sein Leben nahm. Er war sicher, dass dunkle Mächte wie diese existierten und dass sie die Möglichkeit hatten, anderen gezielt zu schaden. Sprach nicht sogar die Kirche davon?

Die Sonne stand nur knapp über dem Horizont. Es würde nicht mehr lange dauern, bis es dunkel wurde. Die Stadttore waren längst geschlossen. Es war besser, zur Brauerei zurückzukehren und den Hengst an Harm zu übergeben, bevor sich weitere Unbill einstellte. Er schwang sich auf den Rücken des edlen Pferdes und trieb es zu einem lockeren Trab an. Dabei schlug er einen Bogen, um nicht durch den Hafen reiten zu müssen. Er wollte die Trümmer der Bierfässer nicht sehen, die sicherlich dort noch lagen.

Als Buddebahn die Brauerei erreichte, war es dunkel geworden. Fackeln erleuchteten den Hof. Er übergab das Pferd an Harm, der es wortlos wegführte. Da er keine Lust verspürte, den Abend im Haus zu verbringen, machte er sich auf den Weg in die Stadt. Um seinen Durst zu löschen, ging er in den *Hopfensaal,* in dem sich zu dieser Stunde so viele Gäste zusammendrängten, dass der Schankraum sie kaum noch fassen konnte. Er ahnte nicht, dass sein Vater kurz zuvor ebenfalls hiergewesen war. Nur kurz blickte er zum Bürgermeister und den Ratsherren hoch, die auf der Empore tafelten und über mehr Platz verfügten, als sie benötigten. Weit größere Aufmerksamkeit schenkte er Per Wasmann, der an einem der Tische saß und so betrunken war, dass er sich kaum mehr aufrecht halten konnte.

»Was willst du?«, fragte der Braumeister, als er zu ihm ging und ihm die Hand auf die Schulter legte. Seine Augen waren blutunterlaufen.

»Komm! Lass uns verschwinden!«, schlug David vor.

Wasmann schüttelte den Kopf. Mit beiden Händen griff er nach einem Bierkrug, klappte den metallenen Deckel auf und starrte auf den Bierschaum, als müsse er überlegen, was nun als Nächstes zu tun war. Er hob den Kopf, glotzte blöde vor sich hin, um dann plötzlich den Krug zu kippen und bis auf den Grund zu leeren. Dass dabei ein nicht unbeträchtlicher Teil des Bieres an seinem Mund vorbeifloss und in seinen Bart sowie auf sein Hemd rann, bemerkte er nicht. Er hatte sich ein wenig zu weit nach hinten gelehnt und lief nun Gefahr, vom Hocker zu kippen. Sicherlich hätte er das Gleichgewicht verloren, wenn David ihn nicht gestützt hätte.

»Ich bin erledigt«, stöhnte er, während er den Krug aus den kraftlosen Fingern gleiten ließ und dabei den restlichen Inhalt verschüttete. »In Einbeck wird mir niemand glauben, was passiert ist. Sie werden mich einen Dieb nennen, und ich kann es ihnen nicht verdenken.«

»Wir haben Zeugen«, versuchte David ihn zu beruhigen, doch Wasmann war zu betrunken, um noch irgendetwas zu begreifen.

»Ich bringe sie alle um!« Er sprach sehr langsam und brachte jedes einzelne Wort mühsam heraus, als müsse er zuvor überlegen, welches er wählen sollte. Der Alkohol benebelte seine Sinne, sodass er sich kaum konzentrieren konnte. Dabei saß die Wut über die erlittene Niederlage und das verlorene Bier tief. Sie ließ ihn nicht zur Ruhe kommen. »Sie haben Masken getragen. Das wird sie nicht schützen. Ich finde sie. Jeden Einzelnen. Und dann schneide ich ihnen das Herz aus der Brust. Ich schwöre!«

Danach brabbelte er nur noch Unverständliches vor sich hin. Er winkte einem der Schankmädchen zu, weil er ein weiteres Bier bestellen wollte. Dass David ihr mit einer Geste zu verstehen gab, er habe genug getrunken, und sie solle ihm nichts mehr bringen, merkte er nicht. Sie nahm ein paar Münzen aus der Hand des jungen Mannes für die Zeche entgegen und schenkte ihm dafür ein huldvolles Lächeln.

David packte Wasmann unter den Armen und zog ihn hoch. Der Braumeister aber wollte nicht aufbrechen. Wütend schleuderte er den Bierkrug von sich. Er traf einen der Ritterhelme auf dem Bord über dem Schanktisch. Scheppernd rutschte dieser zur Seite. Für einen Moment sah es so aus, als werde er herunterfallen, dann stabilisierte er sich und blieb liegen. Der Lärm hatte Abel erschrocken zusammenfahren lassen. Der Wirt fuhr herum und blickte zu den Helmen hoch, um Wasmann danach laut fluchend und mit erhobener Faust zu drohen. Die Ritterhelme waren von beträchtlichem Wert für ihn. In Hamburg und im Umland der Stadt waren sie geradezu zu einem Symbol für den *Hopfensaal* geworden. Sprach man von ihm, hieß es unter anderem, es sei das Wirtshaus mit den Ritterhelmen. In dieser Hinsicht war es einzigartig in der Stadt, und Abel wollte, dass es auch so blieb. Wer sich daher an seinen Helmen vergriff, machte ihn sich zum Feind. Zornesrot im Gesicht hob er den Helm herunter und prüfte sorgfältig, ob er beschädigt worden war.

»Raus mit dir, Wasmann«, brüllte der Wirt über die Köpfe der anderen Gäste hinweg. »Verschwinde, oder ich prügle dir das letzte bisschen Verstand aus deinem Schädel.«

David verfolgte, wie der Bierbrauer vergeblich versuchte, aus eigener Kraft auf die Beine zu kommen. Als er dabei umkippen und zu Boden stürzen wollte, griff er ihm unter die Arme und zog ihn hoch. Mit erheblicher Mühe gelang es ihm, den Betrunkenen mit sich zu ziehen und aus dem Wirtshaus heraus auf den Hopfenmarkt zu führen.

»Hast du gesehen, was für schöne Augen das Schankmädchen hat?«, fragte er den Braumeister, um ihn abzulenken und seine Wut zu mindern.

»Hat sie?«, murmelte Wasmann. Er war kaum zu verstehen, weil er seiner Stimme nicht mehr mächtig war.

»Wunderschöne Augen. So blau wie die See um Helgoland.«

Er schleppte ihn quer über den Platz zu einem billigen Wirtshaus, das zugleich Quartier anbot. In einer Kammer, die kaum groß genug war, den Braumeister aufzunehmen, setzte er ihn ab. Wasmann kippte wortlos auf das Lager und begann augenblicklich zu schnarchen. Als er aufstieß, quoll ihm das Bier über die Lippen, weil sein Magen nicht mehr halten konnte, was er überreichlich genossen hatte.

Von Angst und Unruhe getrieben, rannte Buddebahn zum Rathaus. Obwohl es in den Gassen weitgehend dunkel war, fand er mühelos seinen Weg. Nur an wenigen Stellen brannten Laternen und spendeten ein wenig Licht. Tiefhängende Wolken verschleierten den Mond. Vor dem Portal von St. Nicolai brannten Fackeln, doch die von ihnen ausgehende Helligkeit reichte nur ein paar Ellen weit. Immerhin konnte er erkennen, dass Gläubige dem Ruf der Glocken folgten und zum Gottesdienst strebten. Am Nachtwächter vorbei, der bereits mit einer Laterne durch die Gassen und Straßen zog, erreichte er das Rathaus, vor dem ebenfalls Fackeln aufgestellt worden waren. An der

Treppe wachten wie immer zwei Landsknechte. Als sie ihn sahen, senkten sie ihre Hellebarden, um ihm den Weg zu den Stufen hinauf zu versperren. Düster erhob sich das Gebäude vor ihm. Alle Fensterläden waren verschlossen.

»Es ist niemand mehr da, mit dem Ihr reden könnt, Bürger«, sagte einer der beiden. Buddebahn kannte ihn. Es war jener Landsknecht, dem eine scharfe Klinge die Nasenspitze gespalten hatte.

»Oh, da irrt Ihr Euch«, erwiderte er. »Es ist jemand anwesend. Ich habe gerade eben mit dem Bürgermeister gesprochen. Von ihm habe ich erfahren, dass Hanna Butenschön im Kerker ist und Hilfe braucht.«

»Die bekommt sie bereits«, vermeldete der Fußsoldat. Die Fackeln, die in Halterungen links und rechts der Treppe steckten, warfen bizarre Lichtreflexe auf sein Gesicht. »Es ist noch nicht lange her, dass der Hauptmann einen Herrn ins Rathaus geführt hat, um sie zu holen. Wartet hier!«

»Habt ein Einsehen«, bat er. »Hanna Butenschön ist …«

»Ich weiß. Ihr lebt in Sünde mit ihr. Da Euch der kirchliche Segen fehlt, habt Ihr kein Recht, Forderungen zu stellen. Wartet!«

Buddebahn spürte, dass es sinnlos gewesen wäre, den Mann weiter zu bedrängen. Er würde nichts mehr erreichen, und ihm blieb nichts anderes übrig, als geduldig zu warten. Gerade das aber fiel ihm schwer. Er wollte etwas für Hanna tun. Er wollte nicht untätig bleiben. Doch die Landsknechte ließen ihm keine andere Wahl. Er musste sich ihrem Willen beugen.

Es wurde still. Nur das Gurren einer Taube war zu hören. Die beiden Wachen lehnten sich an einen Balken, an dem die Pferde der Rathausbesucher angebunden werden konnten. Wenig später wehte von fern die Stimme des Nachtwächters herüber, der durch die Straßen und Gassen zog, sich um die Fackeln kümmerte und mit eintönigem Singsang verkündete, dass die Mitternachtsstunde nahte.

Fluchend versetzte einer der Landsknechte einer Ratte einen Fußtritt, da sie ihm zu nahe gekommen war. Fauchend flog sie durch die Luft, kam irgendwo auf und verschwand im Dunkel. Buddebahn schloss die Augen. Er war im Kerker unter dem Rathaus gewesen, um dort einen Gefangenen zu befragen. Daher war ihm bekannt, wie es dort aussah und wie es in den Gewölben stank. Er wusste, was von den Wärtern zu halten war, und wie diese mit den Eingekerkerten verfuhren. Ihm wurde schlecht bei dem Gedanken, einer von ihnen könnte Hanna berührt haben.

Quälend langsam verstrich die Zeit, ohne dass sich etwas änderte. Allmählich begann er daran zu zweifeln, dass Jonas Bracker in den Kerker hinabgestiegen war, und wenn er es getan hatte, dass er Hanna half. Dabei fragte er sich, welches Motiv den Bürgermeister dazu veranlasst hatte, sie vom Markt zu holen und ins Verlies zu werfen. Er war sicher, dass die kleinlichen Streitigkeiten zwischen ihr und seiner Frau nicht ausreichten, eine so schwerwiegende Entscheidung herbeizuführen, wie er sie in diesem Fall getroffen hatte. Will Rother war viel zu feige, um sich ohne ganz erheblichen Druck zu einer solchen Maßnahme drängen zu lassen. Also ging es um mehr, um erheblich mehr. Hanna aber war nur eine Fischfrau, deren Machtbereich – so man überhaupt davon sprechen konnte – sich auf den Markt bezog.

Folglich zielte die Maßnahme nicht in erster Linie auf sie, sondern auf ihn. Indem man Hanna bis ins Unerträgliche hinein folterte und quälte, wollte man ihr Aussagen abpressen, die ihn schwer belasteten und zu seiner Verurteilung führen konnten. Die Frage war allein, warum er zum Ziel dieser unbekannten Macht geworden war.

Plötzlich öffnete sich oben am Rathaus eine Tür. In der Dunkelheit machte er zwei Gestalten aus, von denen die eine die andere stützte. Knarrend schloss sich die Tür, und sie kamen die Treppe herab. Buddebahn hielt es nicht mehr an seinem Platz. Er eilte zu den Stufen hin.

»Hanna!«

Sie schrie erstickt auf. Er sah, dass sie mit beiden Händen die Fetzen ihres Kleides gegen die Brust drückte, und im Licht der Fackeln erkannte er Jonas Bracker. Hanna war bleich bis an die Lippen, und ihre Augen waren unnatürlich geweitet. Er glaubte, das Entsetzen in ihnen ausmachen zu können, das sie bis auf den Grund ihrer Seele berührt und sie aus dem Gleichgewicht gebracht hatte. Sie stieß Bracker zur Seite, hastete ihm entgegen und schlang schluchzend ihre Arme um ihn. Er spürte, dass sie am ganzen Körper zitterte.

»Bring mich nach Haus, Conrad«, stammelte sie mit einer Stimme, die sich ihrer Kontrolle zu entziehen drohte. »Um Gottes willen, ich muss nach Haus.«

»Was haben sie dir angetan?«, fragte er. »Bist du verletzt?«

»Später«, antwortete sie. »Später.«

Und dann drehte sie ihren Kopf für einen kurzen Moment zu Bracker hin. Sie schluckte, und dann kämpfte sie mit sich, bis sie ihre Stimme unter Kontrolle zu haben glaubte. »Ich danke dir, Jonas. Ich wäre wahnsinnig geworden ohne dich.«

Mehr konnte sie nicht sagen. Ein Weinkrampf erschütterte ihren Körper.

Der Bruder des Bankers hob nur kurz die rechte Hand, wandte sich ab und ging wortlos davon. Er tauchte so schnell in die Dunkelheit, dass Buddebahn ihn schon zwei Atemzüge darauf nicht mehr ausmachen konnte. Er zog Hanna an sich, dann streifte er ihr sein Wams über. Mit zitternden Händen zog sie ihn über der Brust zusammen und machte sich mit ihm auf den Weg zum Hopfensack. Sie drängte voran, als könne sie die Nähe des Rathauses nicht ertragen.

»Das wird sie mir büßen«, sagte sie, während sie sich allmählich von ihrem Weinkrampf erholte. »Ich schwöre: Diese Hexe wird es bereuen.«

»Du meinst, es war Emma Rother, die dafür gesorgt hat, dass sie dich eingesperrt haben?«

»Wer denn sonst? Doch nicht ihr Mann, dieser Waschlappen. Er ist nicht mehr als ein Befehlsempfänger.«

Sie schwiegen, bis sie den Hopfensack und die Brauerei erreicht hatten. Kurz bevor sie durch die Einfahrt auf den Hof traten, vernahmen sie, wie jemand eine Melodie auf den Lippen pfiff. Es waren eigenartige, fremdartige Tonfolgen, die nicht zu Hamburg passen wollten. Mit leichtem Widerhall schienen sie an den Fassaden der Fachwerkhäuser entlangzukriechen, um sich irgendwo in der Nähe der Fleete zu verlieren.

»Wer ist das?«, fragte Hanna beklommen. »Das hört sich … unheimlich an.«

»Es hat nichts zu bedeuten«, versuchte er sie zu beruhigen. »Vielleicht ein Seemann aus einem fremden Land. Ein Betrunkener. Was weiß ich?«

Sie nahm es so hin, viel zu sehr mit sich selber und dem hinter ihr liegenden Schrecken beschäftigt, um noch länger an die seltsamen Töne zu denken.

Die beiden von der Stadt abgestellten Wachen saßen vor dem Sudhaus auf dem Boden und schliefen. Lautlos kamen die Hunde über den Hof gelaufen, um Buddebahn und Hanna zu begrüßen. Er streichelte sie kurz, wie sie es gewohnt waren.

»Ich muss baden«, versetzte sie. »Der Dreck des Kerkers muss herunter. Erst danach werde ich mich besser fühlen.«

»Ich wecke die Dienstboten«, versprach er, führte sie in die Küche. Über dem schwach glimmenden Feuer hing ein Kessel mit Fleischbrühe. Er füllte einen Becher ab und reichte ihn Hanna. Dankbar nahm sie ihn entgegen, hielt ihn mit beiden Händen, um sich zu wärmen, und trank vorsichtig. Er eilte hinaus und rief die Dienstboten zusammen, damit sie das Feuer schürten, Wasser wärmten und ein Bad für Hanna bereiteten. Er blieb bei ihr, bis es so weit war. Als sie ihn bat, sie allein zu lassen, zog er sich in die Nebenkammer zurück, wo ein kleiner Tisch mit seinem Schreibwerkzeug stand. Er schrieb auf, was er bisher ermittelt hatte und welche Fragen sich daraus ergeben hatten.

»Sie wollten mich foltern«, berichtete Hanna, während sie gemeinsam das Frühstück einnahmen. Ein trotziger Zug lag auf ihren Lippen. »Sie wollten mich zwingen, die Wahrheit zu sagen, dabei weiß ich gar nicht, was die Wahrheit in welcher Geschichte ist. Die glühenden Eisen hatten sie schon in der Hand, und der Ankläger wollte mir gerade vorlesen, wessen ich angeklagt war, als Jonas mit dem Hauptmann der Landsknechte hereinkam und den Befehl des Bürgermeisters überbrachte, mich freizulassen.«

»Wieso Jonas Bracker?«, fragte Buddebahn. »Wer ist dieser Mann?«

»Der Bruder von Klaas Bracker. Du kennst ihn.«

»Ich bin ihm nur einmal begegnet. In jener Nacht, in der wir den Toten im Sudhaus gefunden haben. Und dann früher natürlich, als wir noch Kinder waren. Aber weil er älter war als wir, hatte er einen anderen Freundeskreis. Dir scheint er nicht fremd zu sein.«

»Wieso betonst du das so eigenartig?« Hanna erhob sich, um sich eine Schürze anzulegen.

»Ich wundere mich nur.«

»Dazu hast du keinen Grund. Jonas ist ... ach, das ist eine lange Geschichte.«

»Überrascht es dich nicht, dass ein Jonas Bracker, der nach vielen Jahren der Abwesenheit aus Hamburg zurückgekehrt ist, so viel Macht und Einfluss hat, dass er dich aus dem Kerker holen kann? Ich finde es zumindest eigenartig. Ich habe es ebenfalls versucht. Vergeblich! Man wollte mich nicht einmal zum Bürgermeister vorlassen. Aber er es geschafft. Wieso?«

»Ich werde ihn danach fragen«, versprach sie. Routiniert band sie sich ein Kopftuch um.

Er blickte sie erstaunt an. »Willst du auf den Markt gehen?«

»Natürlich«, erwiderte sie. »Ich habe keinen Grund, es nicht zu tun. Das könnte dieser Emma Rother so passen. Sie glaubt, sie kriegt mich klein. Aber da irrt die feine Dame sich.«

»Du bist noch nicht soweit, Hanna.« Buddebahn legte ihr die Hände an die Schultern und zog sie behutsam zu sich heran. Beschwörend blickte er ihr in die Augen. »Du bist nicht drüber weg, was heute Nacht geschehen ist. Ich kann es dir ansehen.«

»Ich schaffe das schon.« Sie schob ihn von sich.

»Sei vernünftig, Mädchen. Man wird dir Fragen stellen. Die anderen Marktfrauen werden wissen wollen, was das alles zu bedeuten hat; weshalb man dich abgeholt hat. Es wird Gerüchte geben.«

»Niemand außer uns weiß davon«, gab sie zurück.

»Das stimmt nicht«, korrigierte er sie. »Die beiden Landsknechte am Rathaus haben es gesehen. Sie werden den Mund nicht halten, denn es kommt nicht alle Tage vor, dass jemand nachts ins Rathaus und in den Kerker geht, um jemand herauszuholen. Diese Männer werden reden. Vielleicht sind sie gleich nach ihrer Ablösung in ein Wirtshaus gegangen und haben mit ihrem Wissen angegeben.«

»Du hast recht.« Sie senkte den Kopf und verschlang die Hände ineinander. Das Haar fiel ihr ins Gesicht, und sie strich es nicht zurück. »Dennoch werde ich gehen. Ich muss ja nicht antworten, wenn man mir Fragen stellt.«

»Und wenn Emma Rother auf dem Markt erscheint?«

»Dann werde ich gar nichts tun.«

»Auch nicht, wenn sie höhnisch und voller Hochmut lächelt, um dir zu verstehen zu geben, dass sie dir einen empfindlichen Denkzettel verpasst hat?«

Hanna ließ sich auf einen Hocker sinken. Sie griff nach einem Becher und trank Most.

»Bitte, lass mich in Ruhe, Conrad.«

»Ich möchte nicht, dass du Emma Rother an den Kragen gehst. Nichts wäre schlimmer, als eine Prügelei mit der Frau des Bürgermeisters. Man würde dich sofort in den Kerker werfen, und dann kommst du nicht mehr so schnell heraus. Außerdem bin ich sicher, dass Emma nicht als Einzige auf Rother eingewirkt hat. Auch ein Bürgermeister kann nicht tun und lassen, was er will. Er muss damit rechnen, dass diese Geschichte ein Nachspiel hat. Also liegt der Schluss nahe, dass ihn jemand gewaltig unter Druck gesetzt, vielleicht sogar erpresst hat.«

Sie dachte eine Weile nach, ohne dass er sie dabei störte. Dann hob sie den Kopf. Entschlossen schob sie die Unterlippe vor.

»Du kennst mich gut, Conrad«, gab sie zu. »Wie es in mir aussieht, sollten andere lieber nicht wissen. Dennoch verkaufe ich heute wie an jedem Tag Fisch. Emma Rother soll sich nicht einbilden, dass sie mich brechen kann. Ich gehe nicht vor ihr die Knie. Niemals!«

Hanna stand auf, nahm einen Korb und das nötige Geld und verabschiedete sich, indem sie ihm einen Kuss auf die Wange gab.

»Und wie sieht dein Tage für heute aus?«

»Johann Berger wird zu Grabe getragen. Ich muss zur Kirche und Abschied von ihm nehmen. Deshalb werde ich erst sehr spät zum Markt kommen können. Rother und seine Frau werden auch dort sein und dem Ratsherrn das letzte Geleit geben. Also bist du für einige Zeit sicher vor Emma. Früher oder später aber wird sie zum Markt gehen, um ihren Triumph auszukosten.«

Sie verließ das Haus, und er stellte überrascht fest, dass es ihr gelungen war, ihn von Jonas Bracker abzulenken. Dabei hatte er viele Fragen zu diesem geheimnisvollen Mann. Keine einzige hatte Hanna ihm bisher beantwortet.

Er zog sich dunkle Kleider an, die dem bevorstehenden Ereignis der Beerdigung Johann Bergers angemessen waren. Dann machte er sich auf den Weg zur Kleinen Reichenstraße, die sich dem Hopfensack unmittelbar anschloss, sodass nur wenige Schritte zu gehen waren. Schon bald begegnete er Freunden und Bekannten, die den verstorbenen Ratsherrn ebenfalls aufsuchen wollten, um Abschied von ihm zu nehmen. Als sie ihr Ziel erreichten, stießen sie auf weitere Trauergäste, die in so großer Zahl erschienen waren, dass das Haus sie nicht alle aufnehmen konnte. So blieb einigen nichts anderes übrig, als auf der Straße zu warten. Für Buddebahn ergab sich dadurch eine unverhofft günstige Gelegenheit, mit dem einen oder anderen zu sprechen und ihm dabei einige Fragen zu stellen. Er war geschickt genug, die Gespräche so zu führen, dass sich die Fragen mehr oder minder zwangsläufig ergaben und dass niemand das Gefühl hatte, verhört zu werden. Man redete miteinander, stieß hier und da auf Ungereimtheiten und versuchte, sie zu klären.

Buddebahn hätte zufrieden sein können, zumal er von allen Seiten Zuspruch erhielt. Man versicherte ihm, dass niemand glaubte, er sei an dem Mord an dem Engländer beteiligt gewesen. Doch das genügte ihm nicht. Er hatte gehofft, Hinweise zu finden und Antworten zu erhalten, die ihm bei seiner Suche nach dem Mörder weiterhelfen oder mit deren Hilfe er wenigstens eines der Rätsel lösen konnte. Er wurde enttäuscht. Niemand wusste mehr von Norton, als ihm bereits bekannt war, und keiner hatte mehr als einen oberflächlichen Kontakt mit Jonas Bracker gehabt.

Es dauerte mehr als eine Stunde, bis es ihm endlich gelang, an den offenen Sarg zu treten, in dem Johann Berger aufgebahrt war. Wie es der Brauch verlangte, sprach er mit ihm, so als ob er noch lebe und ihn hören konnte, drückte ihm sein Bedauern über sein Ende aus und versprach ihm, nicht Ruhe zu geben, bis er jenen ruchlosen Mörder entlarvt hatte, der ihn mit Hilfe eines Kochs und Pilzen vergiftet hatte.

Bald darauf trafen die Leichenträger ein. Pfarrer Jan Schriever schloss den Sarg, nachdem er ein Gebet gesprochen hatte, bekreuzigte und verneigte sich vor dem Toten und gab damit das Zeichen zum Aufbruch. Sechs Männer trugen den Sarg die Treppe hinunter und zur Straße hinaus, wo alle Trauergäste auf den Ratsherrn warteten, und dann zogen alle quer durch die Stadt bis zum Gottesacker am Elbhang hinaus, wo die St. Michaelkirche auf sie wartete. Das Gebäude war einst aus einer bescheidenen Kapelle entstanden. Im Laufe der Jahre war es immer wieder vergrößert und erweitert worden, bot aber noch immer nicht genügend Platz für alle Trauergäste. Von einem Turm aus konnte man weit über den Elbstrom hinausblicken, sodass man ankommende Schiffe schon Stunden vor ihrem Eintreffen im Hafen sehen und auslaufende Schiffe lange nach ihrem Auslaufen im Auge behalten konnte, bis sie endlich in der Ferne verschwanden.

Während Buddebahn mit einigen anderen Männern vor der offenen Tür wartete, bis der Gottesdienst vorbei war, beschlich ihn das unangenehme Gefühl, beobachtet zu werden. Als er sich umdrehte, bemerkte er den Ermittler Kröger, der am Eingang des Gottesackers stand und sich nun abwandte, da er entdeckt worden war. Einem ersten Impuls folgend, wollte er zu ihm gehen, entschied sich dann aber dagegen, weil er sich nicht vorstellen konnte, dass ein Gespräch irgendetwas an der Einstellung des Ermittlers zu ihm ändern würde.

Die Glocken begannen zu läuten, und Pfarrer Schriever begleitete den Sarg aus der Kirche heraus zum bereits geöffneten Grab.

»Ich hoffe, lieber Freund, wir sehen Euch bei uns im Haus«, sagte die Witwe, als Buddebahn ihr sein Beileid aussprach.

»Es ist mir eine Ehre, Minna«, erwiderte er. »Ihr könnt mit mir rechnen.«

Buddebahn mochte keine Beerdigungen, und er war froh, dass er keinen Platz in der Kirche gefunden hatte. Veranstaltungen dieser Art stellten in seinen Augen den Gipfel der Heuchelei dar, weil die Dahingeschiedenen fast immer in einem Licht geschildert wurden, das ihnen nicht gerecht wurde. Ebenso wenig gefiel ihm der nachfolgende Leichenschmaus, bei dem kaum noch von Verlust gesprochen wurde und bei dem es oft genug hoch herging.

In diesem Fall mochte er sich dem nicht entziehen. Johann Berger war ihm wichtig gewesen, und er wollte jede sich bietende Gelegenheit nutzen, seinen Mörder aufzuspüren oder doch zumindest den Hintergrund der Tat aufzuhellen. Bis jetzt hatte er keine Erklärung für den heimtückischen Anschlag auf den Brauer und Ratsherrn. Der Mord an Norton konnte ein Hinweis darauf sein, dass er dem Hersteller von Bier gegolten hatte. Auszuschließen aber war nicht, dass Berger aus politischen Gründen vergiftet worden war.

Es musste ein Motiv geben. Die Tat war geplant, und sie war mit sorgfältiger Überlegung ausgeführt worden.

Als auch der letzte Trauergast Minna Berger das Beileid ausgesprochen und ihrem verstorbenen Mann einen letzten Gruß mit auf seinen Weg in ein anderes Leben geschickt hatte, machte sich der Zug auf den Weg zurück zur Kleinen Reichenstraße, wo der Leichenschmaus auf sie wartete. Nun endlich gelang es Buddebahn, zu Klaas Bracker und seiner Frau Ev vorzudringen. Er wartete ab, bis der Banker sein Gespräch mit einem Reeder beendet hatte, dann schloss er zu ihm auf. Er wechselte einige unverbindliche Worte mit ihm und seiner Frau, bis er zu dem Thema kam, das er vordringlich behandelt wissen wollte.

»Du hast angedeutet, dass du an eine Verschwörung glaubst.« Er dämpfte seine Stimme, sodass nur der Freund ihn hören und verstehen konnte. »Und du wolltest mich informieren, falls du mehr weißt.«

»Das ist richtig«, antwortete Bracker. Ev war feinfühlig genug, um zu erkennen und zu respektieren, dass die beiden Männer allein miteinander reden wollten. Ebenso unauffällig wie geschickt wandte sie sich der Frau des Fernhandelskaufmanns Holzbrenner zu und begann mit ihr zu plaudern. »Leider gibt es nichts Neues.«

»Bleibt die Frage nach deinem Bruder.«

»Was ist mit ihm?« Bracker schien sich zu wundern, dass er ihn auf Jonas ansprach. »Glaubst du etwa, dass er irgendetwas mit dem zu tun hat, was geschehen ist?«

»Jonas ist mir ein Rätsel«, gab Buddebahn zu. Mit knappen Worten berichtete er, wie Hanna aus dem Kerker befreit worden war. »Wieso hat dein Bruder einen solchen Einfluss auf den Bürgermeister?«

»Das kann ich dir leider nicht beantworten«, bedauerte der Banker. In seinem Gesicht zeichnete sich Ratlosigkeit ab. »Um ehrlich zu sein – davon wusste ich nichts. Allerdings ist mir bekannt, dass er

Rother einige Male im Rathaus aufgesucht hat. Ich habe ihn nach dem Grund gefragt, aber er ist mir ausgewichen und hat nur eine nichtssagende Antwort gegeben.« Er seufzte verhalten. »Mir wäre es lieber gewesen, wenn er nicht nach Hamburg zurückgekehrt wäre. Seit er hier ist, scheint einiges aus dem Ruder zu laufen.«

»Wovon sprichst du?«

Klaas Bracker begrüßte einen Fernhandelskaufmann, der aus einer Seitengasse kam und stehenblieb, um höflich grüßend den Kopf zu neigen. Die beiden Männer wechselten einige Worte miteinander. Buddebahn wartete. Er hatte den Eindruck, dass seinem Freund die kleine Unterbrechung durchaus recht war, denn es war unverkennbar, dass Bracker Probleme mit seinem Bruder hatte. Offen war bislang, ob diese privater oder geschäftlicher Natur waren.

Übertrieben in den Knien wippend, tänzelte der Gaukler heran, eine flache Schale in der Hand, die er ihnen bittend entgegenstreckte, wobei er in der ihm eigenen Weise zitierte:

»Vorbei ist es mit dem Leben.
Da sieht ein jeder eben,
man sollte reichlich geben,
bevor Freund Hein sogleich
holt dich in sein Totenreich.
Ihr Herren, öffnet Eure Herzen,
bevor ich unter Schmerzen,
die quälen mein Gedärm,
fahr hinab ganz ohne Lärm.
Das wär' kein schönes Ende.
Doch hilfreich wäre 'ne Spende.
Einmal nur richtig fressen,
könnt' ich den Tod vergessen.«

Klaas Bracker hob abwehrend eine Hand, während Buddebahn ihm einen Hohlpfennig in die Schale legte.

»Worüber hatten wir uns doch unterhalten?« Der Banker ließ den Bänkelsänger stehen, legte Buddebahn den Arm um die Schulter und setzte gemächlichen Schrittes den Weg mit ihm gemeinsam fort. Er lächelte flüchtig, nickte und versetzte: »Ach, ja. Über meinen Bruder. Das ist ein Thema, das ich lieber ausklammern möchte.«

»Ich komme nicht weiter mit meinen Ermittlungen«, gestand Buddebahn ein. »Sie sind mir offiziell untersagt, aber ich lasse die Dinge nicht einfach laufen.«

»Etwas anderes würde auch nicht zu dir passen, Conrad.«

»Es wäre gefährlich. Für Hanna und für mich.« Er griff nach dem Arm seines Freundes, und sie blieben stehen. Beschwörend blickte er Bracker an. »Die Zeit läuft mir davon, Klaas. Ich muss wissen, was gespielt wird, damit ich mich wehren kann. Deshalb solltest du mir verraten, was du von Jonas weißt. Es könnte wichtig sein.«

»Das würde ich, Conrad. Da kannst du sicher sein. Dummerweise verschweigt mir mein Bruder, wo er all die Jahre gewesen ist. Wenn ich ihn darauf anspreche, weicht er mir aus und behauptet, er dürfe mich vorläufig noch nicht einweihen, weil er sich zum Schweigen verpflichtet habe und weil er es teuer bezahlen müsste, wenn er vorzeitig den Mund aufmacht. Er hat lediglich durchblicken lassen, dass er einige Jahre lang in London gewesen ist und recht erfolgreiche Geschäfte betrieben hat.« Bracker zeigte kurz auf seine Frau, die mittlerweile einen Vorsprung von mehr als zwanzig Schritten gewonnen hatte. »Ev ist im höchsten Maße beunruhigt. Jonas hat sie wissen lassen, dass er nicht so frei ist, wie es den Eindruck macht. Er hat sie geradezu angefleht, keine Fragen zu stellen, weil es eine Macht gibt, der er zu gehorchten hat.«

Klaas Bracker legte eine Pause ein, um auf der einen Seite seine Worte wirken zu lassen, und auf der anderen Bekannte zu grüßen, die vorbeigingen.

»Verstehst du? Die Drohung verschließt uns unsere Lippen, weil niemand voraussehen kann, ob und wo diese fremde Macht zuschlägt. Es geschieht etwas in Hamburg, das uns alle zu überrollen droht, weil wir längst die Kontrolle verloren haben, ohne es zu wissen.« Der Banker blickte ihn beschwörend an. »Und nun, bitte, lass uns von etwas anderem reden.«

Eine Frau aus dem Trauerzug schrie laut und durchdringend. Sofort verstummten die Gespräche.

»Was ist passiert?«, fragte jemand.

Buddebahn sah, dass Ev Bracker mit bebender Hand auf den Burghof zeigte, durch den eine in eine blaue Kutte gehüllte Nonne herankam. Sie hatte ihre Kapuze zurückgeschlagen, sodass alle ihr Antlitz sehen konnten.

Aus tiefen Einschnitten auf ihren Wangen, der Stirn und den Augenlidern floss Blut auf ihre Kleidung herab. Kein Laut kam aus ihrem weit geöffneten Mund. Die Augen hielt sie geschlossen. Mit ausgestreckten Armen versuchte sie, sich zu orientieren. Als ihre Finger den Arm Buddebahns berührten, krallten sie sich in den Stoff seines Wamses.

»Sie hat keine Augen mehr«, stammelte Klaas Bracker. »Oh, mein Gott, sie hat sich verstümmelt, um Gott gefällig zu sein.«

11

Quälend langsam verging der Tag. Hanna Butenschön kaufte ihre Fische von den Booten der Fischer herab, brachte sie zum Hopfenmarkt und verkaufte sie dort. Sie bemühte sich, so lustig, kess und herausfordernd wie immer zu sein. Doch es wollte ihr nicht so recht gelingen. Hin und wieder hatte sie das Gefühl, ersticken zu müssen. Sie vernahm die Schreie der Schweine, die geschlachtet wurden und die im letzten Moment zu entkommen suchten. Sie hörte die dumpfen Schläge, mit denen der Fleischer ihnen auf den Schädel schlug, um sie zu betäuben, und mit nie gekannter Intensität stieg ihr der Geruch des warmen Blutes in die Nase. Übelkeit verursachte der Geruch verbrannten Horns, der vom Hufschmied zu ihr herüberwehte, sobald er die Pferde beschlug.

Hanna wollte nicht, und sie wehrte sich dagegen, aber sie konnte nicht anders. Sie musste an die Stunden denken, die sie im Kerker verbracht hatte und in denen ihr die Folter immer näher gerückt war.

Kein einziges Mal hatte sie zuvor an die Opfer der Folter gedacht und am Sinn der Folter gezweifelt. Vorbehaltlos hatte sie der Kirche geglaubt, die in der Folter einen sinnvollen Weg sah, die Wahrheit aus einem Delinquenten herauszuholen, überzeugt davon, dass es Satan, Hexen und Dämonen waren, die buchstäblich einkapselten, was nicht aus dem Mund eines Angeklagten oder einer Angeklagten heraussollte, und denen nur beizukommen war, wenn man sich ihnen mit den Mitteln der Folter näherte. Bis zur letzten Nacht war auch für sie selbstverständlich gewesen, dass Gottes Mächte alle schützte, die unschuldig waren, und dass jene sogar unbeschadet weißglühende Eisen in die Hand nehmen konnten, deren Seele rein und unbefleckt von dem Geifer Satans war. Diese Darstellung war immer wieder von der Kanzel der Kirche herunter zu hören, und Hanna hatte geglaubt, dass dies die reine Wahrheit war. Was anderes war denn aus dem Munde eines Pfarrers zu erwarten, wenn nicht die Wahrheit?

Nun wusste sie, dass es nicht so war. Zweifel an dem Wort Gottes kamen in ihr auf und setzten ihr nicht weniger zu, als es die drohende Gefahr durch die glühenden Eisen getan hatte.

Die Folter war ihr unfassbar nahe gewesen. Sie hatte bereits die Hitze an ihrer unverhüllten Brust gespürt, die von den Folterwerkzeugen ausging. Wäre Jonas Bracker ein paar Atemzüge später erschienen, hätte es sich durch ihre Haut gebohrt und ihr schreckliche Schmerzen zugefügt. Sie war sicher, dass es ihr überhaupt nichts genützt hätte, dass sie unschuldig war. Gott hätte sie nicht vor schwersten Verbrennungen bewahrt.

Weil sie in Sünde mit Conrad lebte und den kirchlichen Segen für ihre Gemeinschaft ausgeschlagen hatte?

Und was war mit der jungen Frau gewesen, die unter der Folter gestorben war? Sie hatte wahrlich nicht den Eindruck gemacht, von Dämonen besessen zu sein.

Hanna wollte vergessen. Sie wollte nicht über solche Fragen nachdenken, tat es aber immer wieder, und es half ihr nur wenig, dass sie sich abzulenken versuchte, indem sie mit den Dienstboten sprach, ihnen die Rezepte erläuterte und ihnen einprägte, welche Besonderheiten bei den verschiedenen Fischen zu berücksichtigen waren.

»Kommt nur nicht auf den Gedanken, die Schollen zu kochen oder zu dünsten«, ermahnte sie ihre Kundinnen. »Das schmeckt scheußlich. Diese Plattfische müssen gebraten werden. Ebenso Steinbutt. Wenn ihr Kochfische haben wollt, dann nehmt Dorsch, Lachs oder Meerforellen.«

Es half nichts. Ihr war, als stünden die Folterknechte hinter ihr und schürten das Eisen im Feuer.

Als sie Emma Rother mit zwei Mägden in der Menge der Marktbesucher entdeckte, schloss sie die Augen und befahl sich, ruhig zu bleiben und sich durch sie nicht provozieren zu lassen. Sie atmete auf, als die Frau des Bürgermeisters zur Nicolaikirche ging, wo die Sattler arbeiteten und verkauften, weil sie hoffte, dass sie nicht zurückkehren würde. Doch sie wurde enttäuscht. Nach nicht allzu langer Zeit tauchte Emma Rother plötzlich vor ihr auf. Sie blieb wenige Schritte von ihrem Stand entfernt stehen, als entdecke sie diesen erst jetzt, und ein herablassendes Lächeln glitt über ihre Lippen.

»Ach, ja, die Fischfrau«, sagte sie zu den beiden Mägden, die ihr im Abstand von etwa zwei Schritten folgten. »Ist sie nicht das Hurenweibchen, das Conrad Buddebahn das Bett wärmt? Ihr müsstet es wissen. Kauft ihr nicht stets den Fisch bei ihr?«

»Sie hat die besten Fische«, antwortete eine der beiden Dienstbotinnen ausweichend, eine rothaarige Frau von etwa zwanzig Jahren. Die andere senkte verlegen den Kopf und schwieg sich aus.

Hanna fühlte, wie ihr das Blut zu Kopf stieg. Als »Hurenweibchen« bezeichnet zu werden war herabsetzend und ungemein beleidigend. Ihre Finger krallten sich um einen Dorsch. Es fehlte nicht viel, und sie hätte den Fisch nach Emma Rother geworfen. Glücklicherweise war Alma Gerks aufmerksam geworden. Sie mochte mit allerlei Nachteilen behaftet sein, von denen ihre Schwatzhaftigkeit sicherlich den größten Raum einnahm, doch in diesem Fall erwies sie sich als zuverlässige Freundin. Bevor der Streit sich ausweiten konnte, schob sie sich an der Frau des Bürgermeisters vorbei und trat an Hannas Karre.

»Na, Frau Butenschön!«, rief sie, wobei sie sich zwischen sie und Emma Rother stellte. »Ich brauche Aale. Ich hoffe, du hast welche? Ich liebe diese schleimigen Tiere. Du weißt, ich habe eine Vorliebe für alles Schleimige!«

Emma Rother hörte es, und sie erfasste, dass sie gemeint war. Sie bemerkte, dass sich einige weitere Marktfrauen näherten, erkannte, dass sich eine breite Front gegen sie aufbaute, gegen die sie nichts auszurichten hatte, und war klug genug, sich rechtzeitig zurückzuziehen. Mit schrill klingender Stimme befahl sie ihren Dienstbotinnen, weiterzugehen und sich zu beeilen.

Alma Gerks lachte.

»Da bin ich wohl gerade rechtzeitig gekommen, was?«

Hanna atmete tief durch.

»Danke, Alma. Ich hasse diese Frau.«

»Seit ihr Mann eine Kogge gekauft hat, trägt sie die Nase noch höher als sonst. Sie muss aufpassen, dass es ihr nicht zu den Nasenlöchern reinregnet.«

»Was war das?«, fragte Hanna überrascht. »Ihr Mann hat eine Kogge gekauft? Dann ist er nicht nur Bürgermeister, sondern nun auch Reeder?«

»So ist das wohl. Und das verträgt Emma Rother nicht. Es ist ihr zu Kopf gestiegen. Sie war vorhin im Hafen, wo sie die *Bürgermeister von Hamburg* bewundert hat.«

Hanna Butenschön blickte sie zweifelnd an.

»Du machst Witze, Alma.«

»Ganz und gar nicht«, erwiderte die Gemüsefrau. »Es ist die Wahrheit. Rother hat ein Schiff.«

»Zum Teufel, das kann nicht sein. Woher sollte er wohl das Geld dafür haben? Soweit ich weiß, ist er nicht so wohlhabend, als dass er sich ein Schiff leisten könnte, wenngleich er nicht gerade ein armer Schlucker ist.«

»Wie konntet Ihr so etwas tun?«, fragte Klaas Bracker, dem vor Entsetzen die Stimme versagte. »Es kann Gott nicht gefällig sein, sich selbst zu geißeln.«

Die Nonne wandte ihm ihr von Schmerzen und Blut gezeichnetes Antlitz zu. Ihre Lider zuckten, öffneten sich aber nicht.

»Wir sind schon wieder überfallen worden«, antwortete sie so leise, dass sie kaum zu verstehen war.

Buddebahn fasste einen Entschluss. Die Nonne kam vom nahen Convent, dem Nonnenkloster, das aus dem im Jahre 1233 von Graf Adolph IV. gegründeten Stift der Beguinen hervorgegangen war. Dorthin wollte er sie bringen und ihren Schwestern übergeben, obwohl diese ihr vermutlich nicht helfen konnten. Sie brauchte den Medicus. Er wollte ihn aufsuchen und zum Kloster schicken.

»Vertraut Euch mir an«, bat er. »Ich begleite Euch, wenn es Euch recht ist, zum Convent. Oder wollt Ihr nicht dorthin zurück?«

»Doch, doch, danke«, erwiderte sie, senkte den Kopf und wartete darauf, dass er ihr zu verstehen gab, in welche Richtung sie sich wenden sollte. »Der Herr wird es Euch vergelten.«

»Ich informiere die Witwe, dass du nicht kommen kannst oder dich verspätest«, sagte Klaas Bracker. »Geh nur.«

Behutsam führte Buddebahn die Nonne durch die Gasse. Als er den Gaukler bemerkte, der sich neugierig näherte, schob er ihr die Kapuze über den Kopf, damit er und andere nicht sehen konnten, was ihr widerfahren war. Vergeblich suchte er nach Worten, mit denen er sie trösten konnte. Ihm wollten keine einfallen, die auch nur in die Nähe dessen kamen, was angesichts ihrer Verletzungen angebracht war.

Sie war deutlich kleiner als er, sodass er auf sie herabblickte.

»Ihr habt gesagt, das Kloster sei schon wieder überfallen worden«, versetzte er, nachdem sie eine geraume Weile geschwiegen hatten. »Demnach ist es schon öfter passiert?«

»Ja, das ist es«, antwortete sie. Mit einem Fuß blieb sie an einem Stück Holz hängen, das auf der Straße lag. Sie stolperte. Gedankenschnell griff er zu und fing sie auf, bemüht, sie nur an den Armen zu berühren. Mit einem unterdrückten Klagelaut auf den Lippen blieb sie stehen. »Ich bin so ungeschickt.«

»Nein, Schwester, nein, das seid Ihr nicht«, widersprach er. »Ich hätte aufmerksamer sein müssen. Es wird nicht wieder vorkommen.«

Wie immer war die Steinstraße stark belebt. Zahlreiche Männer und Frauen drängten sich auf dem Weg zu den Märkten durch das Stadttor herein. Fast alle zogen vorbei, ohne sie zu beachten. Nur wenige musterten sie neugierig, und einige entdeckten das Blut. Erstaunt blickten sie Buddebahn an, äußerten sich jedoch nicht.

»Schon fünf Mal ist bei uns eingebrochen worden«, fuhr sie fort. Nur ihre leicht vibrierende Stimme verriet, dass sie große Schmerzen hatte. »Immer wieder sind unsere kostbaren Bienenwachskerzen gestohlen worden.«

»Auch bei Euch?« Buddebahn dachte an ein Gespräch, das er vor einigen Tagen mit einem Mönch aus dem Kloster zu Wilster gehabt hatte. Bei diesem Mann hatte er seinen Warmbluthengst gekauft. Als sie sich auf dem Markt begegneten, gab es daher genügend miteinander zu reden. Er hatte ihm von Holstein erzählt und ihm bestätigt, dass er zufrieden mit dem Kauf und zudem überzeugt davon war, dass die Warmblutpferde eine große Zukunft vor sich hatten. Im Verlauf ihrer weiteren Unterhaltung hatte der Mönch darüber geklagt, dass Diebe ins Kloster eingedrungen waren und Bienenwachskerzen gestohlen hatten. Man war jedoch nicht der einzig Leidtragende, auch andere Klöster seien in dieser Weise heimgesucht worden.

»Ja, leider«, seufzte sie. »Aber nie zuvor hat jemand den Dieb gesehen. Nur heute. Ich kam in die Kapelle, und da war er.«

»Sein Antlitz?«

»Konnte ich nicht sehen. Er trug eine Kapuze, die er vorn tief herabgezogen hatte. Er stürzte sich auf mich und schlug mir auf den Kopf. Ich bin gestürzt. Dabei habe ich mich verletzt. Der Dieb hat sich über mich gebeugt. Er hatte ein Messer in der Hand. Ich dachte, er wollte mir die Augen ausstechen. Dank Gottes Gnade hat er es nicht geschafft.«

Sie hob den Kopf, und jetzt schlug sie die Augen auf. Sie waren grün und ungewöhnlich hell. Um die Augen herum gab es zahlreiche Einschnitte, die von dem Unfall zeugten.

»Ich habe wohl geschrien. Dadurch wurden andere Schwestern aufmerksam. Sie kamen, und der Mann ist geflüchtet. Ich hatte Angst.« Sie bekreuzigte sich. »Gott möge mir verzeihen, dass ich ihm nicht vertraut habe. Ich bin weggelaufen. Als ich die Augen öffnete, habe ich nur Rot gesehen. Mein eigenes Blut, wie ich jetzt weiß. Und dabei habe ich gedacht, er hat mich geblendet.«

»Danken wir Gott, dass er es nicht getan hat.« Er fragte sich, wie ein Mann beschaffen sein musste, der es fertigbrachte, eine wehrlose Nonne zu überfallen und sie dann in dieser Art attackierte, sodass sie um ein Haar ihr Augenlicht verloren hätte. »Alles wird gut werden, Schwester. Die Wunden werden heilen.«

»Ist mein Antlitz zerstört?«

»Nein. Keineswegs.« Er sagte nicht die Wahrheit. Er fürchtete, dass hässliche Narben als Spuren bleiben würden, zumal wenn die Schnitte sich entzündeten und wenn sie vereiterten.

Bevor er weitere Fragen stellen konnte, erreichten sie das Tor des Convents, wo er sie an die Nonnen des Klosters übergeben konnte. Er zog an einer Kette, und im Inneren des Torgebäudes schlug eine Glocke an. Unmittelbar darauf öffnete eine junge Frau, die eine schlichte Kutte trug.

»Schwester Maria«, rief sie, kam ihnen entgegen und umarmte die Verletzte. »Wie konntest du nur weglaufen!«

Sie führte sie durch das Tor herein und hob zugleich einen Arm, um Buddebahn energisch zu bedeuten, dass er ihr nicht folgen durfte.

»Männer haben hier keinen Zutritt«, teilte sie ihm mit.

»Schwester Maria braucht einen Arzt«, erwiderte er. »Ich schicke Euch den Medicus Kirchberg.«

»Auf keinen Fall«, wehrte sie sein Angebot ab. »Männer dürfen das Kloster nicht betreten. Das gilt auch für den Medicus.«

»Ihr allein könnt Schwester Maria nicht helfen. Versteht Ihr denn nicht? Sie hat den Convent verlassen, weil sie die Hilfe eines Arztes braucht. Es ist Eure Christenpflicht, ihr diesen Wunsch ...«

Er verstummte, weil sich das Tor vor ihm schloss, sodass die Nonne ihn nicht mehr hören konnte. Deutlicher hätte die Abweisung nicht sein können. Kaum aber hatte er sich abgewandt, als sich das Tor wieder öffnete, und die Nonne ihren Kopf herausstreckte.

»Ihr könnt den Medicus von dem unterrichten, was geschehen ist«, gab sie sich großzügig. »Schaden kann es nicht. Jedenfalls vielen Dank für das, was Ihr für Maria getan habt.«

Damit schloss sich das Tor erneut.

Buddebahn überlegte nur kurz, was er tun sollte. Dann entschied er sich dazu, den Medicus aufzusuchen und ihn zum Kloster zu schicken. Vielleicht konnte er etwas ausrichten. Wenn er nur erreichte, dass sich die Wunden nicht entzündeten, war schon viel gewonnen.

Als Buddebahn vor seinem Haus eintraf, kehrte Tilmann Kirchberg gerade von einem Patienten zurück, den er wegen Nierenbeschwerden behandelt hatte.

»Es ist nicht zu fassen, was Menschen anderen Menschen antun«, sagte er, nachdem er gehört hatte, was vorgefallen war. »Und das alles wegen Bienenwachskerzen.«

»Eine Kostbarkeit«, stellte Buddebahn fest.

Kirchberg trat so nahe an ihn heran, dass kaum noch eine Hand zwischen ihre Gesichter gepasst hätte. Kurzsichtig blinzelte er ihn an. »Tatsächlich?«

»Wisst Ihr nicht, wie viel Bienenwachs gewonnen werden muss, damit auch nur eine Kerze hergestellt werden kann? Fragt einmal einen Imker. Ihr werdet Euch wundern, wie groß der Aufwand für diese Kerzen ist.«

»Sie sind ausgesprochen teuer.«

»Der Preis ist gerechtfertigt. Schon die alten Römer haben solche Kerzen gefertigt, und wenn Ihr in alten Schriften stöbert, werdet Ihr feststellen, dass auch sie darauf hingewiesen haben, dass sie einen wahren Luxus darstellen.«

»Den man sich im Nonnenkloster leistet.«

»Die Nonnen haben zahlreiche Bienenstämme, mit denen sie Jahr für Jahr viel Honig gewinnen.«

»Oh, das habe ich übersehen. Ihr habt recht. Ich selber verwende diesen Honig zuweilen für die Behandlung von Wunden, die sich entzündet haben und die nicht heilen wollen.« Er trat einen Schritt zurück. Verständnislos schüttelte er den Kopf. »Was für ein Frevel, in ein Nonnenkloster einzubrechen und Kerzen zu stehlen.«

»Und dazu eine Nonne zu verletzen.«

»Der Dieb muss ein Wahnsinniger sein, weil ein normaler Mensch zu einer solchen Tat gar nicht fähig ist. Im Convent ist die Nonne, sagtet Ihr? Dann werde ich mich mal auf den Weg machen. Vielleicht lässt sich was machen. Wenn die Augäpfel nicht verletzt sind, ist das Augenlicht nicht in Gefahr. Falls doch, kann ich nicht viel tun. Der Medizin sind Grenzen gesetzt, die niemals überschritten werden können. Das habe ich auch dem Mann gesagt, der vor zwei Tagen mit seinem Sohn bei mir war. Der Junge ist erblindet. Er hat das Augenlicht durch eine Krankheit verloren, die der Wissenschaft unbekannt ist. Er ist elf Jahre alt, und niemand kann ihm helfen. Leider gibt es Kurpfuscher und Scharlatane, die das Gegenteil behaupten, den Menschen Hoffnungen machen, obwohl es keine gibt, und ihnen das letzte Geld aus den Taschen ziehen.« Der Medicus zeigte mit gestrecktem Finger auf seine Augen. »Ich habe meine Augen, kann aber nur schlecht damit sehen. Und nicht einmal in dieser Hinsicht kann man etwas ändern. Das hat Gott gewollt, und man muss es akzeptieren.«

»Das ist wohl so, Magister«, entgegnete Buddebahn.

Er verabschiedete sich und kehrte in die Steinstraße zurück, um mit Minna Berger zu reden und ein Stück von dem Kuchen zu essen, den sie anbot. Niemand hätte Verständnis dafür gehabt, wenn er sich dem Leichenschmaus vollends entzogen hätte. In dem Haus des Verstorbenen herrschte eine geradezu qualvolle Enge, nachdem sich alle Trauergäste eingefunden hatten, die Johann Berger zum Gottesacker begleitet hatten. So fiel nicht auf, dass Buddebahn schon bald wieder ging. Er suchte den Markt auf, sah Hanna Butenschön an ihrem Stand, wo sie Fische verkaufte, und war beruhigt.

Als er den Markt verließ, tauchte unversehens Kröger vor ihm auf. Der Ermittler griff sich kurz an die Krempe seines Hutes.

»Ich muss mit Euch reden, Conrad Buddebahn«, sagte er. Das Gesicht mit der Knollennase und dem schlaffen Mund war bleich, und sein Atem roch streng nach Bier. Die geröteten Augen wiesen darauf hin, dass er sich erkältet hatte.

»Was gibt es?« Er blieb nicht stehen, sondern setzte seinen Weg fort. Kröger blieb an seiner Seite.

»Ich habe gehört, dass Hanna Butenschön im Kerker war und beinahe gefoltert worden wäre«, eröffnete der Ermittler das Gespräch. »Wir waren der Wahrheit sehr nahe. Leider hat der Bürgermeister beschlossen, sie freizulassen, bevor sie befragt werden konnte.«

Buddebahn blieb stehen.

»Ihr seid auf der Suche nach dem Mörder, wie es Euer Auftrag ist, nur Fortschritte habt Ihr anscheinend nicht erzielt.«

»Das ist nicht ganz richtig.« Er schniefte, da ihm die Nase lief. »Immerhin habe ich herausgefunden, wo der Engländer ermordet worden ist, der bei Euch im Sudhaus gefunden wurde.«

Buddebahn horchte auf. Kröger schien nicht so unfähig zu sein, wie er angenommen hatte. Zumindest war ihm nun bekannt, dass der Tote aus England stammte. »Verratet Ihr mir, wo das war?«

»Das wisst Ihr ebenso gut wie ich!«

»Nein, da irrt Ihr Euch.«

»Leidet Ihr an Gedächtnisschwund?«

»Durchaus nicht. Und wie steht es mit Euch? Sollte Euch entfallen sein, dass mir verboten wurde zu ermitteln? Ich halte mich heraus, um Eure Kreise nicht zu stören. Also, wo wurde der Engländer ermordet?«

»Nicht weit von Euch entfernt am Kattrepel. Dort ist er niedergestochen worden und hat viel Blut verloren. In der Blutlache gibt es den Abdruck eines Stiefels. Der Mörder oder sein Gehilfe hat ihn hinterlassen.«

»Dann habt Ihr einen Beweis dafür, dass ich nichts mit der Tat zu tun habe«, stellte Buddebahn fest.

»Ich war bei Vadder Pit und habe mir die Maße Eurer Füße geben lassen«, fuhr Kröger mit sichtlichem Stolz fort. »Ich habe sie mit dem Abdruck verglichen und festgestellt, dass Eure Füße zu klein dafür sind.«

»Was Euch sicherlich enttäuscht hat, da es mich entlastet.« Buddebahn war überrascht. Er hatte nicht damit gerechnet, dass Kröger so intensiv nachforschen würde, wie er es getan hatte. Nun regten sich Zweifel in ihm, und er fragte sich, ob er ihn möglicherweise unterschätzt hatte.

»Überzeugt wäre ich nur, wenn die Spur kleiner wäre als ein Abdruck von Euch. So kann ich nicht ausschließen, dass der Täter diese Spur absichtlich hinterlassen hat, um von sich abzulenken.«

»Wie meint Ihr das?«

»Ihr solltet nicht so tun, als verstündet Ihr nicht, Buddebahn. Wenn Ihr die Stiefel eines größeren Mannes angezogen habt, dann entsteht eben so ein Abdruck. Ihr seht, noch seid Ihr nicht aus dem Schneider. Es mag Euch freuen, dass ich meine Fühler auch in andere Richtungen ausstrecke und mich nicht nur auf Euch konzentriere.« Er schniefte und griff sich erneut an seinen Hut. »Genießt den Tag! Es könnte sein, dass Ihr schon bald für eine längere Zeit auf das Sonnenlicht verzichten müsst.«

Nachdem er diese Drohung ausgesprochen hatte, grinste er breit, als habe er einen Witz gemacht, tippte sich mit dem Zeigefinger an die Hutkrempe und ging davon. Doch Buddebahn hielt ihn mit einem Zuruf auf.

»Noch etwas, Kröger. Ihr seid borniert genug, mich zu beschuldigen. Nun gut. Macht das! Der Mörder wird sich freuen, wenn Ihr ihn unbehelligt lasst. Aber Hanna Butenschön bleibt aus dem Spiel.«

»Das entscheidet nicht Ihr!«

»Es bekommt Euch nicht, wenn Ihr sie belästigt.«

»Ihr wollt mir drohen?« Kröger kam zurück und blieb unmittelbar vor ihm stehen.

»Ihr begreift ja doch mal etwas! Wer hätte das gedacht!« Mit einem spöttischen Lächeln auf den Lippen wandte Buddebahn sich ab und kehrte in den Hopfensack zurück. In seinem Haus setzte er sich an den Arbeitstisch und breitete die Zeichnungen vor sich aus, die er seit dem Mord an Norton gefertigt hatte. Am meisten beschäftigte ihn das Bild vom Sudhaus, und dabei wurde ihm bewusst, wo es eine Unstimmigkeit gab.

Henning Schröder hatte gesagt, dass er deutlich über den Durst hinaus getrunken hatte, sodass sich in der Folge sogar Gedächtnislücken ergeben hatten. Im Sudhaus roch es nach der Würze, doch der Geruch war nicht so stark, dass er alles andere überlagerte. Außerdem war er eigentlich nur direkt am Sudkessel intensiv wahrzunehmen. Da er viele Jahre lang im Sudhaus gearbeitet hatte, war ihm diese Tatsache so selbstverständlich geworden, dass er nicht mehr darüber nachdachte.

Daneben hätte es einen weiteren Geruch geben müssen. Henning Schröder hätte stark nach Alkohol riechen müssen, falls er diesem tatsächlich so kräftig zugesprochen hatte, wie er behauptete. Hanna hatte nach Bier gerochen, obwohl sie ganz sicher nicht viel getrunken hatte, und Krögers Atem hatte ebenfalls verraten, dass er Bier genossen hatte.

Bei Henning Schröder war das nicht der Fall gewesen!

Henning hatte nicht das gehabt, was man eine *Bierfahne* nennt.

Auch die anderen Zeichen der Trunkenheit hatten gefehlt.

Henning hatte gelogen. Er hatte keine Gedächtnislücken gehabt.

David fühlte sich Per Wasmann und seinem weiteren Wohlergehen verpflichtet. Er hatte ihm geholfen, den Biertransport in die Stadt zu bringen, doch war am Ende kein Erfolg für den Braumeister herausgekommen. Vielmehr hatte das Unternehmen zum totalen Verlust der Biersendung geführt. Danach hatte er den betrunkenen Braumeister in einem sehr einfachen Quartier untergebracht und sich selber überlassen. Nun machte er sich Vorwürfe, zumal er noch nicht einmal wusste, ob Wasmann Geld genug für die Übernachtung bei sich gehabt hatte. Um sich und sein Gewissen zu beruhigen, suchte er das Wirtshaus am nächsten Morgen auf und erkundigte sich nach ihm.

»Seht selber nach«, forderte ihn der Wirt auf, ein dünner Mann mit übergroßen grauen Augen, die von einer Krankheit trübe geworden waren. Er hielt den Kopf schief, weil er offenbar nur so einigermaßen sehen konnte. Fordernd hielt er die Hand auf, doch David ignorierte sie. Bevor er zahlte, wollte er wissen, wie es Wasmann ging und ob dieser nicht schon ein paar Münzen auf den Tisch gelegt hatte.

Er stieg eine Treppe hinauf, die unter seinem Gewicht bedenklich ächzte, jedoch trotz aller Befürchtungen nicht zusammenbrach. Gleich neben dem oberen Ende der Treppe befand sich die Kammer, in der Wasmann lag. Er war noch immer so betrunken, dass er kaum die Augen öffnen konnte, und als er versuchte, etwas zu sagen, kam nur ein unverständliches Gebrabbel aus seinem Mund. Wanzen und Flöhe hatten sein Gesicht und seine Arme zerstochen, soweit sie unverhüllt waren, sodass David ihre Einstiche sehen konnte. Er vermutete, dass sich unter der Kleidung noch viel mehr Biss- und Stichwunden verbargen.

»Hier kannst du nicht bleiben, Per«, sagte er, nachdem er eine Ratte verscheucht hatte. Der Braumeister drehte sich auf die Seite und schlief weiter. Als es David nicht gelang, ihn von seinem Lager zu holen, verließ er das Wirtshaus und ging zum Hafen hinunter, wo die drei Fuhrwerke aus Einbeck noch immer standen, betreut von den Kutschern. Diese hatten auf den Wagen geschlafen und machten einen relativ frischen Eindruck.

»Per Wasmann hat seinen Kummer ertränkt«, berichtete er. »Allein schaffe ich es nicht, ihn aus dem Wirtshaus zu holen. Ihr müsst mir helfen.«

Sie stellten keine Fragen, sondern fuhren mit ihm zu dem Haus, in dem der Braumeister sich aufhielt. Mit vier Mann und gegen seinen Protest holten sie ihn heraus, betteten ihn auf die Ladefläche eines Fuhrwerks und fuhren mit ihm zur Stadt hinaus zur Fähre an der Elbe.

Nachdem sie dort eingetroffen waren, mussten sie warten, bis die Fähre vom südlichen Ufer herüberkam. Um Wasmann nicht der sengenden Sonne auszusetzen, hoben sie ihn vom Fuhrwerk herunter und legten ihn in eine der Katen, in der sich sonst niemand aufhielt. David blieb bei ihm, benetzte ihm das Gesicht und versuchte, ihn aufzuwecken. Mit mäßigem Erfolg. Der Braumeister kam kurzfristig zu sich, richtete sich auf, blickte sich mit trüben Augen um, sank wieder auf sein Lager und beschimpfte ihn in unflätiger Weise. Dann schlief er mitten im Satz ein. David beschloss, ihn in Ruhe zu lassen, auf die Fähre zu bringen und mit den Pferdewagen wegzufahren. Die Kutscher würden sich um ihn kümmern. Solange er seinen Rausch nicht ausgeschlafen hatte, war nicht viel mit ihm anzufangen.

Während er noch bei Wasmann saß, kam die Fähre herüber, beladen mit zwei Reisenden und ihren Pferden. Da sie ihn nicht interessierten, zog David sich in die Kate zurück und flößte dem Betrunkenen ein wenig Wasser ein. Stimmen näherten sich ihm, und plötzlich horchte er auf, denn die nicht eben häufige Bezeichnung »Bierheini« war gefallen.

»... hat sich eine andere Lösung überlegt«, hörte er einen Mann sagen. Der Hufschlag der beiden Pferde verriet ihm, dass sie an der Kate vorbeiritten.

»Ja, das ist auf jeden Fall besser. Wenn es nach mir ginge, würden wir den Kerl umbringen. Ein kurzer Schnitt mit dem Messer quer über den Hals, und die Sache ist erledigt.«

»Wir wissen immer noch nicht, ob er mit dem Fall zu tun hat oder nicht«, gab ein anderer zu bedenken. Er hatte eine seltsam helle Stimme. »Wir müssen es aus ihm herausprügeln. Dann werden wir erfahren, was wir wissen müssen.«

»Auch nicht schlecht. Wenn ich ihn erst einmal in der Mangel habe, wird er reden wie ein Wasserfall. Er stört. Und deshalb muss er weg. Wenn wir ihn ausgequetscht haben, schnappen wir uns den Kerl, bringen ihn auf ein Schiff und schicken ihn auf die See hinaus.«

»Oder auf den Meeresgrund hinunter.« Der andere lachte siegessicher.

»Die Leute sollen sehen, wie er an Bord geht und mit dem Schiff wegfährt. Dann wird …« Die Männer waren nun so weit von ihm entfernt, dass er nichts mehr verstehen konnte. Er verließ die Hütte, um nach ihnen Ausschau zu halten, sah aber nur noch, wie sie mit ihren Pferden hinter hohen Weiden verschwanden, sodass er keine Einzelheiten erkennen konnte.

Er wollte hinter ihnen herlaufen, um vielleicht einen Blick auf ihre Gesichter werfen zu können, hörte aber am Hufschlag, dass die Pferde zu traben begannen. Damit wurden sie zu schnell für ihn, sodass er sie nicht mehr einholen konnte. In der Hoffnung, doch noch etwas über die beiden Reiter erfahren zu können, ging er zum Fährmann und fragte ihn, wurde jedoch enttäuscht. Der Alte war viel zu sehr mit sich und seiner Fähre beschäftigt, um auf die Männer zu achten. Er wusste nur noch, dass sie zwei Pferde dabeigehabt hatten. Das allerdings war David ohnehin bekannt.

Er wollte zur Kate zurückkehren, als er Per Wasmann am Elbufer entdeckte. Der Braumeister war ein paar Schritte in den Fluss hineingegangen und schaufelte sich nun mit beiden Händen Wasser über den Kopf, um die Geister zu vertreiben, denen er sich allzu sehr ausgesetzt hatte. Offenbar war er mittlerweile nüchtern genug, um seine Situation zu erkennen.

Eine Gruppe von Händlern traf mit Pferden und zwei leichten Karren ein. Sie bestanden darauf, sofort übergesetzt zu werden, und da sie gut bezahlten, tat ihnen der Fährmann den Gefallen. David konnte sich vorstellen, wie Wasmann sich fühlte. Schließlich hatte auch er schon einige Male tiefer in den Bierkrug geschaut, als für das Wohlbefinden am nächsten Tag zuträglich war. Er schlenderte am Elbufer entlang und setzte sich schließlich auf den Stamm einer umgekippten Weide.

»Willkommen zurück im Leben«, rief er Wasmann zu, der nun langsam und mit einiger Mühe aus dem Wasser kam.

»Verfluchter Hund«, fuhr der Braumeister ihn an. »Was fällt dir ein, mich auf ein Fuhrwerk zu packen? Und hierherzubringen? Hätte nur noch gefehlt, dass du mich auf die andere Seite der Elbe verschleppt hättest.«

»Ich habe es gut mir dir gemeint, Per«, antwortete David. »Oder wolltest du in Hamburg und in diesem stinkenden Loch bleiben, in dem dich die Wanzen fressen?«

»Mein Sohn ist noch in der Stadt«, erwiderte der Braumeister verärgert. »Glaubst du wirklich, ich lasse ihn allein? Er braucht mich, verdammt, und du Mistkerl wirst mich nicht von ihm trennen. Wrantlüüs oder nich!«

»Tut mir leid«, bedauerte David. »An deinen Sohn hätte ich denken müssen. Aber das habe ich nicht. Entschuldige. Verdori, ich bringe dich nach Hamburg.«

Den guten Vorsatz in die Tat umzusetzen erwies sich als schwierig. David gab sich jede nur erdenkliche Mühe, Wasmann auf den Rücken seines Pferdes zu heben. Vergeblich, denn der Braumeister stand nach wie vor unter dem Einfluss von allzu reichlich genossenem Alkohol. Daran änderten der lange Schlaf und auch die Kopfduschen nichts, mit denen er sich in der Elbe erfrischt hatte. Mit ihrer Hilfe hatte er die Kontrolle über seinen Körper noch nicht zurückgewonnen. Daher fiel er sofort wieder herunter, kaum dass David ihn in den Sattel gewuchtet hatte. Nach dem vierten Anlauf resignierte der junge Mann. Er sah ein, dass er den Braumeister unter diesen Umständen nicht nach Hamburg bringen konnte. Er musste warten, bis er seinen Rausch ausgeschlafen hatte.

Er packte ihn von hinten unter den Armen und schleifte ihn zurück in die Kate, wo er ihn auf den Boden bettete und ihm seine zusammengerollte Jacke unter den Kopf legte. Wasmann schlief augenblicklich sein. Sein Schnarchen war bis ans Ufer der Elbe zu hören, wohin David sich begab, um sich in die Sonne zu setzen, den Rücken an den Stamm einer Weide zu lehnen und die Fähre zu beobachten, wie sie träge den Strom überquerte. Auf beiden Seiten der Elbe trafen immer wieder Reisende ein, die übergesetzt werden wollten, sodass der Fährmann ständig zu tun hatte. Um sich die Zeit zu vertreiben, und weil er das Bedürfnis hatte, sich körperlich zu betätigen, half er ihm. Jedes Mal wenn sie am nördlichen Ufer anlegten, suchte er die Kate auf, um nach Wasmann zu sehen.

So verstrichen mehrere Stunden, bis der Braumeister endlich aufwachte und ein wenig sicherer auf eigenen Beinen stand. Bleich und mürrisch ob der Nachwirkungen seines exzessiven Alkoholmissbrauchs wankte er zum Elbufer, kniete sich dort hin und wusch sich mit dem kalten Wasser. David holte seine Jacke, beobachtete ihn und wartete ab. Erst als Wasmann sich erhob und zur Kate zurückkehrte, trat er ihm entgegen.

»Es wird Zeit, dass wir uns nach Hamburg auf den Weg machen«, sagte er. »Wenn wir noch länger warten, werden die Tore geschlossen, und wir können draußen schlafen.«

Wasmann spuckte aus. Unwirsch strich er sich die Haare aus der Stirn.

»Du verfluchter Hundesohn wolltest mich nach Einbeck schicken, damit sie mir dort das Fell vom Leib ziehen«, klagte er ihn an. »Und was wird aus meinem Sohn?«

»Ich bringe dich jetzt zu ihm. Hast du kapiert? Los! Rauf auf das Pferd! Es kann uns beide tragen.«

Wasmann antwortete nicht. Er stieg auf den Stamm einer umgestürzten Weide, und als David nun das Pferd heranführte, kletterte er in den Sattel. Dahinter war noch Platz für einen zweiten Reiter.

»Also dann. Falls du kotzen musst, gib mir rechtzeitig Bescheid.«

»Ich muss nicht kotzen«, gab der Braumeister ärgerlich zurück. »Ist ja nicht das erste Mal, dass ich besoffen bin. Ich habe nur zu wenig Schlaf gehabt.«

Einem ersten Impuls folgend, wollte Buddebahn zu Henning Schröder gehen und ihn zur Rede stellen. Nach einiger Überlegung nahm er Abstand davon. Er sagte sich, dass der Braumeister einen triftigen Grund gehabt haben musste, einen deutlichen Bogen um die Wahrheit zu machen. Abzuwarten und sich die nächsten Schritte genau zu überlegen, erschien ihm sinnvoller.

Er zog sich in seine Kammer zurück, aß ein wenig kaltes Fleisch, das von der letzten Mahlzeit übriggeblieben war, und fertigte eine Zeichnung von dem Überfall am Hafen an. Mit einiger Mühe rief er sich ins Gedächtnis, wie viele Männer überhaupt daran teilgenommen und wie sie ausgesehen hatten. Alles war sehr schnell gegangen. Dennoch hatten sich ihm diverse Einzelheiten eingeprägt. Bei dem einen die besonders große, zweischneidige Axt, bei einem anderen die Lederstiefel, ein Dolch, der bei einem Dritten im Gürtel gesteckt hatte, und bei wiederum einem anderen die lange, schwarze Mähne, die unter der Kapuzenmaske hervorgesehen hatte und ihm bis weit über den Rücken herabgefallen war.

Er brauchte lange für diese Skizze, die er mehr und mehr ausfüllte und mit immer weiteren Details versah. Schließlich aber kam er nicht weiter, weil ihm keine weiteren Details einfallen wollten. Daher rollte er das Pergament zusammen und legte es zur Seite. Nachdem er sich einige Notizen gemacht hatte, ging er zu Henning Schröder, sprach ihn jedoch nicht auf seine Aussage hinsichtlich der Mordnacht an, sondern wegen eines ganz anderen Themas, für das er seine Zustimmung benötigte. Er brauchte keine lange Überzeugungsarbeit zu leisten, denn Schröder war sehr schnell einverstanden.

Als er zu seinem Haus zurückkehrte, blickte er zur Toreinfahrt hinüber, wo sich die Hunde versammelt hatten und aufgeregt bellten. Einige Schritte von ihnen entfernt stieg ein Mann auf den Rücken eines Pferdes, trieb es an und ritt davon. Die Hunde beruhigten sich schnell, trotteten zu ihren Hütten und legten sich auf den Boden.

Buddebahn stutzte. Ihm wurde bewusst, dass er etwas falsch dargestellt hatte. Er eilte ins Haus, rollte die Zeichnung vom Überfall am Hafen auseinander. Vier Pferde hatte er darauf skizziert. Dazu ihre Reiter, von denen drei bereits im Sattel saßen und der vierte aufstieg. Alle hatte er mit nur wenigen Strichen auf das Pergament geworfen. Diese Tatsache machte es ihm nun leicht, das Bild zu korrigieren. Er zeichnete den vierten Reiter bei seinem Aufstieg – von rechts.

Gemeinhin setzte der Reiter seinen linken Fuß in die Schlaufe oder den Steigbügel auf der linken Seite des Pferdes, zog sich hoch und schwang sich nach rechts in den Sattel. Diese Vorgehensweise hatte sich eingebürgert, weil sie Vorteile bot. Ritter trugen ihr Schwert links. Viele Reiter hatten Dolche oder gar Kurzschwerter dabei, die alle auf der linken Seite im Halfter oder der Scheide steckten. Mit ihnen konnte man sich ungehindert bewegen und ohne sich zu verletzen, solange man von links her aufstieg. Versuchte man es von rechts, musste man schon aufpassen, dass die Klinge sich nicht ins Bein oder beim Aufsitzen in den Pferderücken bohrte.

Buddebahn machte sich weiter keine Gedanken, sondern legte die Zeichnung zur Seite und rief das Dienstpersonal seines Hauses und das der Brauerei zusammen, um sie über die nächsten Schritte zu instruieren. Nachdem das erledigt war, begann ein Teil mit den nötigen Vorbereitungen, während der andere ausschwärmte und alle Häuser in der näheren Umgebung aufsuchte. Buddebahn selbst übernahm es, seine Freunde und Bekannten zu unterrichten, sowie Hanna mit seinem Plan zu überraschen. Als sie hörte, was er in die Wege geleitet hatte, verschleuderte sie die letzten Fische auf ihrem Tisch zu einem Preis, der weit unter dem lag, was sie selber bezahlt hatte, um ihn zur Brauerei im Hopfensack zu begleiten und ihm zu helfen.

»Wenn es um so ein Ereignis geht, will ich dabei sein«, sagte sie. »Und das nicht erst, wenn es losgeht, sondern schon früher.«

Als sie durch das Tor auf den Hof gingen, hatten die Dienstboten schon mehrere Reihen von Tischen und Bänken aufgestellt. Aus der Küche stiegen Wolken angenehmster Düfte auf. Zwei der Mägde trugen frischgebackenes Brot und geräucherte Wurst auf. Henning baute einen Schanktisch auf und stellte drei Bierfässer hinzu, die – wie er meinte – für den Anfang ausreichend sein sollten.

Die Landsknechte sahen dem Treiben verständnislos zu, griffen jedoch nicht ein, um es zu beenden oder zu behindern. Sie taten, was ihnen befohlen worden war. Sie bewachten das Sudhaus.

Henning Schröder grinste zufrieden.

»Natürlich wollten sie nicht, dass ich das Bier herausbringe, schließlich aber haben sie nachgegeben und einen Boten zum Rathaus geschickt. Ich nehme an, wir werden bald Nachricht von dort erhalten.«

Nun dauerte es nicht mehr lange, bis die Gäste eintrafen. Sie dankten Buddebahn für die Einladung. Klaas Bracker und seine Frau Ev gehörten zu den Ersten, die kamen. Sie führten einen ganzen Pulk von Freunden und Bekannten an.

»Ein Bierfest zu veranstalten ist eine großartige Idee«, freute die Frau des Bankers sich.

»Noch dazu, wenn das Bier kostenlos ausgeschenkt wird«, fügte Bracker hinzu.

»Das wird es«, versprach Buddebahn. »Jeder kann trinken und essen so viel er will.«

Nachdem sich die ersten Gäste eingefunden hatten, verließen auch die Anwohner des Hopfensacks ihre Häuser, um zur Brauerei zu gehen. Es waren hauptsächlich Handwerker mit ihren Frauen und Kindern. Sie alle waren mehr oder minder mit der Uhl-Brauerei oder mit einer der anderen Brauereien der Stadt verbunden. Es waren Küfer, Tischler, Zimmerleute, Schmiede, Sattler oder Hopfenhändler. Hinzu kamen Handelsherr Gregor Baren und Frau Selma, Handelsherr Stephan Kiefer und Frau Amalie, der Schiffbauer Ohm Deichmann, die Witwe des Richters Perleberg, die sich von ihrer Tante und einem Schwager begleiten ließ, der Medicus Tilmann Kirchberg und Frau Sigrun, Pfarrer Jan Schriever und Frau Genoveva, die Hanna ausnahmsweise mal nicht wie Luft behandelten, sondern ausgesprochen freundlich zu ihr waren – wohl weil sie für ihren Verzehr nicht zu bezahlen brauchten, sowie der Baumeister Peter Hassmann und Frau Wilhelmina, die – wie in jedem Jahr – schwanger war und die fünf ihrer sieben Kinder mitgebracht hatte. Ihr Mann hatte viele Brücken in Hamburg gebaut. Den Abschluss bildeten der Handelsmakler Castor Hamm und seine Frau Juliane mit dem Ehepaar Drewes. Sie alle gehörten zu den einflussreichsten Persönlichkeiten der Hansestadt, und abgesehen von Pfarrer Schriever verfügten alle über ein beträchtliches Vermögen. Obwohl es immer wieder mal Spannungen zwischen ihm und einigen von ihnen gab, durfte er sie zu seinen Freunden zählen. Dass sie zum Bierfest erschienen, war ein deutliches Zeichen. Damit stellten sie sich auf seine Seite.

Während Hanna Butenschön sich diskret zurückhielt, begrüßte Conrad Buddebahn jeden Einzelnen von ihnen, sorgte dafür, dass sie ausreichend zu essen und zu trinken hatten. Bier gab es zur Genüge in der Brauerei, sodass in dieser Hinsicht keine Besorgungen nötig waren. Anders sah es mit den Speisen aus. Um auch in dieser Hinsicht alle Gäste zufriedenzustellen, hatte er Dienstboten auf den

Markt geschickt und beim Schlachter Spanferkel gekauft. Diese drehten sich mittlerweile am Spieß neben dem Feuer. Das Fett tropfte in eine Wanne darunter. Zum Reflektieren der Hitze stellte Buddebahn auf der dem Feuer abgewandten Seite Blechtafeln auf. Bier und Fett, über die Spanferkel verstrichen, ließen die Haut appetitlich knusprig werden.

Nachdem er alle nötigen Arbeiten eingeteilt hatte, setzte Buddebahn sich zu seinen Nachbarn aus dem Hopfensack. Er brauchte keine Fragen zu stellen. Sie kamen von selber auf die Mordnacht zu sprechen, obwohl sie zunächst vorsichtig und zurückhaltend waren. Nach einigem Zögern ließen sie ihn wissen, dass sie alle aufgrund des heftigen Gewitters wach gewesen waren und sich auf Feuer eingerichtet hatten, das nach einem Blitzschlag ausbrechen konnte.

»Ich habe zwei Männer gesehen«, berichtete der Sattler Thor Feen, ein grobschlächtiger Mann mit steiler, nach vorn geneigter Stirn und kurzen, schwarzen Haaren, die wie die Stacheln eines Igels von seinem Kopf abstanden.

»Sie sind auf diesen Hof gegangen?«, fragte Buddebahn, dem von Anfang an klar gewesen war, dass in dieser Nacht kaum jemand geschlafen hatte.

»Ja. Einer von ihnen hat etwas Großes und Schweres getragen. Es könnte die Leiche gewesen sein«, fuhr der Sattler fort.

»Es war die Leiche«, warf Arp Niedernfeld ein. Er arbeitete als Tischler für eine andere Brauerei im Hopfensack. Er war klein und hatte eine scharfe, durchdringende Stimme, mit der er sich mühelos Gehör verschaffen konnte. »Mir sind die beiden Männer auch aufgefallen. Ich stand am Fenster, als sie vorbeikamen. Es blitzte, und da konnte ich deutlich die Beine des Toten erkennen. Der Mann mit dem schwarzen Umhang und der Kapuze hatte ihn auf der Schulter. Arme und Beine baumelten herunter. Ich dachte allerdings, der Mann ist besoffen und konnte nicht mehr selber laufen. Erst später habe ich erfahren, dass es sich um einen Toten handelte.«

»Es dauerte eine Weile, bis die beiden Männer zurückkamen. Sie gingen am Brunnen vorbei, blieben dort kurz stehen und verschwanden dann in Richtung Reichenstraße«, ergänzte Thor Feen.

Auch die anderen Nachbarn hatten etwas beobachtet. Dem einen war aufgefallen, dass der Mann mit dem schwarzen Umhang schwerfällig ging, als habe er seine Last schon ziemlich weit getragen und sei nun am Ende seiner Kräfte, der andere beschrieb den Begleiter dieses Mannes als beweglich, während ein Dritter meinte, er sei geschwätzig gewesen, da er pausenlos gestikuliert habe, wobei er den Oberkörper eigenartig gedreht und geneigt habe. Buddebahn verstand nicht, was er damit ausdrücken wollte. Er stellte einige entsprechende Fragen, die dieses Bild aufhellen sollten, erhielt aber keine bessere Erklärung.

»Du bekommst Besuch«, meldete Harm, der in diesem Moment an den Tisch trat. »Kröger und ein anderer. Sieht nicht gut aus. War ja klar, dass einigen Leuten unser Fest nicht gefällt.«

Buddebahn erhob sich. Er sah die beiden Männer und erkannte in dem Begleiter des Ermittlers einen der Sekretäre aus dem Rathaus.

»Das werdet Ihr teuer bezahlen«, rief Kröger, wobei er den Arm anklagend ausstreckte und auf ihn zeigte. Unwirsch stieß er eine Magd zur Seite, die ihm einen vollen Krug Bier reichen wollte.

»Warum sollte ich das?«, fragte Buddebahn. Gelassen ging er den beiden Männern entgegen und begrüßte sie, indem er eine Verbeugung andeutete und dabei den rechten Arm ein wenig hob, um auf diese Weise der Höflichkeit Genüge zu tun. »Es hat alles seine Ordnung. Dies ist ein Bierfest, und wie Ihr seht, sind so viele Gäste erschienen, dass der Hof bis auf den letzten Platz gefüllt ist. Leider ist nirgendwo Platz, den ich Euch anbieten könnte.«

Kröger errötete vor Wut.

»Der Bürgermeister hat Euch die Braugenehmigung entzogen und Euch verboten, das Bier zu vertreiben. Wie ich sehe, schenkt Ihr dennoch Bier aus. Damit habt Ihr Euch strafbar gemacht.«

»Keineswegs«, widersprach Buddebahn. »Natürlich steht es mir nicht zu, Euch zu verbessern oder gar zu belehren. Wie käme ich dazu. Ihr würdet ja wie ein Tropf dastehen. Gestattet mir jedoch, Euch darauf hinzuweisen, dass der Bürgermeister verboten hat, das Bier zu verkaufen. So steht es in dem Schreiben, das er unterzeichnet hat. Aber wir verkaufen das Bier nicht, sondern wir schenken es kostenlos aus. Fragt die Gäste nur! Keiner von ihnen hat auch nur einen Hohlpfennig dafür bezahlt.«

Kröger schluckte, er wurde abwechselnd blass und rot, blickte hilflos um sich und suchte geradezu verzweifelt nach einer Möglichkeit, sich ohne allzu großen Autoritätsverlust aus der Situation zu befreien, während der Sekretär unschlüssig auf seinen Lippen kaute und verlangend nach dem Spanferkel schielte. Fraglos hätte er sich am liebsten zu den Gästen gesetzt, um sich zu bedienen. Es dauerte eine Weile, bis sie sich gefangen hatten.

»Wer sind diese Leute?«, fragte der Ermittler.

»Nachbarn, Freunde«, antwortete Buddebahn. »Viele wohnen gegenüber und neben uns im Hopfensack.«

»Ich verstehe. Ihr befragt sie nach den Ereignissen in der Mordnacht. Habt Ihr vergessen, dass es Euch verboten wurde zu ermitteln?«

»Ich bin ein wenig vergesslich. Das lässt sich nicht leugnen«, behauptete Buddebahn mit todernstem Gesicht. »Dieses Verbot ist mir allerdings gegenwärtig.«

»Haben diese Leute etwas beobachtet? Was habt Ihr sie gefragt?«

»Gar nichts. Allerdings ist es mir nicht anzulasten, wenn sie mir etwas mitteilen, ohne dass ich sie danach gefragt habe.«

»Und? Haben sie Euch etwas mitgeteilt?«

»Das könnte sein.«

»Haben sie oder haben sie nicht?«

»Ich denke, sie haben.«

»Und? Was haben sie gesagt?«

»Ihr bringt mich in eine peinliche Situation«, bedauerte er. »Da ich nicht ermitteln darf, habe ich dem kein Gewicht beigemessen.« Mit einer Geste der Hilflosigkeit hob er beide Arme. »Ich hab's vergessen.«

Klaas Bracker und einige andere lachten. Sie hatten jedes Wort gehört.

Krögers Gesicht verzerrte sich vor Wut. Er war hilflos, und er war sich dessen bewusst. Er konnte nichts gegen Buddebahn ausrichten. Mit einem Fluch wandte er sich ab. Dabei gab er dem Sekretär mit einer befehlenden Geste zu verstehen, dass er mit ihm gehen sollte.

»Möchtet Ihr nicht vielleicht doch einen Schluck Bier? Es kostet nichts«, rief Hanna Butenschön ihnen hinterher. Die beiden Männer reagierten nicht. Begleitet von hier und da aufkommendem Gelächter, flohen sie vom Hof der Brauerei.

Buddebahn ging ins Haus, um einige seiner Zeichnungen zu holen und sie seinen Gästen zu zeigen. Dabei ging er von Tisch zu Tisch und breitete sie vor ihnen aus. Er ließ sich die beiden Männer beschreiben, die den Toten in die Brauerei gebracht hatten, und fertigte eine Zeichnung von ihnen an, die er mit seinen Zeugen abstimmte. Dabei behielt er stets die Landsknechte im Auge. Sie interessierten sich nicht für ihn und für das, was er tat. Sie schäkerten mit jungen Frauen, die in ihrer Nähe an einem der Tische saßen, und waren dadurch zur Genüge abgelenkt.

Auch die Zeichnung, die er vom Überfall am Hafen gemacht hatte, legte er den Gästen vor. Unter ihnen waren zwei Männer, die sich in der Nähe aufgehalten hatten, als es geschah, und die sich erstaunliche Details gemerkt hatten. Ein Seiler, der an der Kogge *Bürgermeister von Hamburg* gearbeitet hatte, konnte ihm eine Gürtelschnalle beschreiben, die einer der Täter getragen hatte. Sie war ungewöhnlich groß, bestand aus einem hellen Metall und stellte zwei oder drei ineinander verschlungene Schlangen dar.

»Das könnte zu dem Täter führen«, lobte Buddebahn den Zeugen und bedankte sich bei ihm.

Ein Schiffszimmermann, der einen Auftrag auf einem Kraveel ausgeführt hatte, wies ihn darauf hin, dass ein anderer der Maskierten nur noch zwei Finger an seiner linken Hand gehabt hatte, den Daumen und den Zeigefinger. Auch das war ein wertvoller Hinweis.

»Der Mann stand während des Überfalls abseits.« Vorsichtig zeigte der Handwerker auf der Zeichnung, wo sich der Erwähnte aufgehalten hatte. »Ich glaube, er hat den Überfall überwacht. Vielleicht war er so etwas wie der Hauptmann.«

Buddebahn war überrascht, dass er bisher an diesen Mann nicht gedacht hatte. Er war ihm vollkommen entfallen, sodass er ihn auf dem Pergament nicht festgehalten hatte. Das holte er jetzt mit Hilfe der Hinweise nach, die er erhielt. Während er noch zeichnete, erinnerte er sich an eine andere Szene, die nichts mit dem Hafen zu tun hatte. Er war im *Hopfensaal* gewesen und hatte in der Nähe des Schanktischs gestanden. Dabei waren seine Blicke auf einen Mann gefallen, der einen großen Bierkrug in der Hand hielt – und an dieser Hand waren nur zwei Finger gewesen. Der Daumen und der Zeigefinger. Da dieser Mann ansonsten bedeutungslos für ihn war, hatte er nicht weiter auf ihn geachtet.

Er bedankte sich, stand auf und setzte sich zu Klaas Bracker und seiner Frau Ev an den Tisch. Hier hatten auch Tilmann Kirchberg, seine Frau Sigrun, Pfarrer Jan Schriever und seine Frau Genoveva Platz genommen. Sie alle waren neugierig, ließen sich die Zeichnungen vorlegen, lobten ihn ob der Präzision, mit der er gezeichnet hatte, sowie der Einzelheiten, die enthalten waren.

»Unser Erinnerungsvermögen ist wahrhaft erstaunlich«, kommentierte der Pfarrer leutselig. »Es ruft uns vieles ins Gedächtnis, das wir glauben vergessen zu haben. Wie aus dem Nichts kommt es nach oben. Gott gibt uns manche Rätsel auf, um uns auf geheimnisvolle Weise zu zeigen, dass er stets präsent ist und über uns wacht.«

Er war ein kleiner Mann mit einem pausbäckigen Antlitz und schütteren blonden Haaren. Auf seinen Lippen schien ständig ein gütiges Lächeln zu schweben, das sich nun allerdings verflüchtigte. Er blickte Buddebahn an, und seine Augen verengten sich.

»Er sieht auch, dass Ihr in Sünde lebt.«

»Ich bin mir dessen bewusst, und ich bitte ihn täglich darum, uns zu vergeben«, erwiderte Buddebahn. In einer freundlich abwehrenden Geste hob er beide Hände. »Glaubt mir, es ist durchaus belastend für uns, aber noch sind wir nicht in der Lage, das Problem in zufriedenstellender Weise zu lösen.«

Er mochte den Prediger wegen seines freundlichen Wesens, und er respektierte ihn wegen seines umfassenden Wissens, das er nicht stur und uneinsichtig für sich behielt, sondern frei mit anderen zu diskutieren bereit war, wodurch er bei anderen Vertretern der Kirche auf teils scharfe Kritik und Ablehnung stieß. Damit unterschied er sich in angenehmer Weise von ihnen, die in ihrer geistigen Unbeweglichkeit darauf bedacht waren, ihr Wissen auf jene zu beschränken, die im Dienste der Kirche standen, um sich dadurch ihre Überlegenheit zu bewahren. Allerdings zog er eine klare Linie zwischen den Patriziern der Stadt und dem übrigen Volk. Den Gebildeten, Reichen und Mächtigen öffnete er den Zugang zu seinem Wissen, dachte aber nicht daran, dies auch für die anderen zu tun, für jene, die weder des Lesens noch des Schreiben oder des Rechnens kundig waren – und die aufgrund ihrer Unwissenheit allzu leicht manipuliert werden konnten.

»Es wäre schön, wenn Ihr zu einem guten Ende kommt und bald den Segen der Kirche erbittet, lieber Conrad«, sagte Schriever, und seine neben ihm sitzende Frau Genoveva lächelte huldvoll.

»Ich werde mir Mühe geben und um Gottes Beistand bitten«, versprach Buddebahn. Er dachte daran, dass er schon häufig ernsthafte, teils sehr sorgsam geführte, teil aber auch sehr hitzig ausgetragene Gespräche mit Hanna geführt hatte, die nicht bereit war, sich bedingungslos der Kirche zu unterwerfen, sondern die eine kritische Distanz zu ihr einnahm. Manchmal war sie geneigt, ihn zu heiraten und sich den Segen der Kirche geben zu lassen, dann aber gab es wiederum Phasen, in denen sie sich über eben diese Kirche oder ihre Vertreter ärgerte und schon aus Trotz nicht bereit war, sich ihr zu beugen.

Buddebahn beendete das Gespräch mit dem Pfarrer und seiner Frau, indem er ihnen freundlich zunickte, um sich dann dem Medicus zuzuwenden und ihn nach seinem Erfolg oder Misserfolg bei den Nonnen des Klosters zu befragen.

»Sie haben mich nicht hineingelassen«, berichtete Kirchberg. »Das habe ich auch nicht erwartet. So konnte ich den Nonnen nur durch ein offenes Fenster Anweisungen geben, wie die Schnittwunden zu behandeln sind. Vermutlich haben sie alles getan, was nötig ist. Im Anschluss haben sie gebetet und mich weggeschickt, ohne mir einen Lohn anzubieten.«

»Sie haben es für die Dienerinnen Gottes getan«, stellte Buddebahn belustigt fest. »Ihr Dank sollte Euch Lohn genug sein.«

»Genug ist es, wenn die Münzen klingen«, widersprach der Medicus ihm, wobei er sich eine Glasscherbe vor das rechte Auge hielt und sich weit vorbeugte, um ihn zu mustern. »Von einem Dank dieser Art werde ich nicht satt. Sie hätten mir zur Not auch eine Bienenwachskerze spenden können.«

»Noch ist nicht aller Tage Abend«, tröstete Buddebahn ihn. »Vielleicht erinnern sich die Nonnen an Euch und rücken ein paar Münzen heraus. Mit ein bisschen Glück entzünden sich die Wunden, und sie brauchen erneut Eure Hilfe.«

»Wer weiß? In der Medizin kann viel geschehen! Dann bin ich allerdings ein wenig teurer geworden.« Kirchberg rieb sich lächelnd die Hände.

»Das kann ich mir vorstellen.« Buddebahn erhob sich lachend und wandte sich einem Gast zu, mit dessen Erscheinen er nicht gerechnet hatte. Er kam in Begleitung von zwei Helfern, die ein Bierfass auf einem Karren auf den Hof schoben.

Es war Hildebrand Franke, der Inhaber der Wolf-Brauerei, die sich schräg gegenüber im Hopfensack angesiedelt hatte. Mit ihm hatte es nie freundschaftliche Verbindungen gegeben. Umso überraschter war Buddebahn, ihn jetzt kommen zu sehen, dazu mit einem Fass Bier. Der »graue Wolf«, wie er sich selber bezeichnete, war ein kleiner, schmächtiger Mann mit einem relativ großen Kopf, hoher Stirn und grauen und weißen Haaren an den Kopfseiten, während das Haar in der Mitte trotz seines fortgeschrittenen Alters tiefschwarz war. Die schnabelartig vorspringende Nase weitete sich an ihrem unteren Ende gewaltig aus. Der dichte, schwarze Bart bedeckte nur seinen Hals und die Unterseite seines Kinns, während das Gesicht frei blieb.

Wie bei einem Mann seiner Art nicht anders zu erwarten, inszenierte Franke seinen Auftritt. Dazu hatte er sich den Gaukler als Helfer geholt, der nun wie aus dem Nichts heraus hinter der Karre auftauchte, eine Glocke läutete und um Franke herumtanzte, wobei er die Beine übertrieben hoch anhob.

»Liebe Leute,
ich will euch nicht verhehlen,
bei einem solchen Fest
mit vielen fröhlichen Gäst'
darf ein Mann nicht fehlen,
braut Hamburgs bestes Bier,
wie ihr alle seht es hier.
Er will es euch schenken,
aber ich tät's bedenken,
ich würd' es selber saufen

oder für viel Geld verkaufen.
Franke aber ist eine edle Seele,
er gibt, auf das nichts fehle,
des Hanseaten besten Trank.
Ihm sei Tausend Dank!
Nachbar Buddebahn,
stich du das Fass jetzt an!«

Nach diesen Worten verneigte er sich nach allen Seiten, um den Beifall der Menge entgegenzunehmen, und reichte dem Gastgeber Zapfhahn und einen Holzhammer. Buddebahn nahm beides entgegen, begrüßte seinen Nachbarn, bedankte sich für die Spende und veranlasste die anderen Gäste, ihn mit einem Beifall zu belohnen, was sie laut und fröhlich taten.

»Ich hoffe, dein Bier ist besser als die Verse dieses Gauklers«, sagte er, während er Franke die Hand reichte.

»Das ist es mit Sicherheit!« Mit einem Wink gab er dem Mann mit der Narrenkappe zu verstehen, dass er seinen Auftrag erfüllt hatte und nun gehen sollte. Der Gaukler zog sich unter vielen Verneigungen zurück, ließ sich von Buddebahns Helfern einen Krug Bier und ein Stück vom Spanferkel geben, unterhielt die Männer und Frauen an den Tischen mit ein paar derben Späßen, wobei er sich recht viel Zeit ließ, und eilte schließlich davon, nachdem er Hunger und Durst gestillt hatte.

»Auf ein Wort, Buddebahn«, bat Hildebrand Franke. Er sprach so leise, dass er kaum zu verstehen war. »Habt Ihr ein wenig Zeit für mich?«

»Selbstverständlich. Was gibt es denn?«

»Wir sollten miteinander reden, wo man uns nicht zuhören kann. Wir können zu meiner Brauerei gehen. Ist ja nur über die Straße.«

Als Buddebahn zögerte, weil er seine Gäste nicht allzu lange allein lassen wollte, legte er ihm beschwörend die Hände an die Schultern.

»Ich bitte Euch. Ich muss Euch etwas zeigen. Es dauert nicht lange.«

Widerwillig gab Buddebahn nach und folgte seinem Nachbarn in die Wolf-Brauerei, die in der Tat nur wenige Schritte entfernt war.

Begleitet von seinen vier Hunden, die frei auf dem Hof herumliefen, führte Franke ihn ins Sudhaus. Er sperrte die Hunde aus, indem er die Tür vor ihnen schloss. Durch die offenen Fenster fiel das Sonnenlicht herein. Es erhellte auch jenen Teil der Wand, an der sich neben einigen in Öl gemalten Bildern ein Mosaik befand, das die verschiedenen Phasen der Bierherstellung zeigte.

»Ich habe Angst«, gestand der »graue Wolf«, den Buddebahn so nie kennengelernt hatte. Für ihn war Franke immer ein eitler Mann gewesen, der sich selber in geradezu extremer Weise in den Mittelpunkt zu stellen pflegte und der fast niemals die Meinung anderer gelten ließ. Eine seiner Wortwendungen, die er bei Diskussionen allzu häufig verwandte und die Buddebahn als rechthaberisch und verletzend empfand, war: »In dieser Hinsicht gibt es keine zwei Meinungen.«

Damit wollte er jedes Wortgefecht von vornherein abwürgen und deutlich machen, dass man sich gefälligst seinen Ansichten anzuschließen habe, weil alles andere ohnehin Unsinn sei.

Heute aber war es anders. Franke war nervös, konnte seine Hände keinen Atemzug lang stillhalten, zupfte und rieb sich die Nasenspitze und blickte gehetzt in die Runde, als fürchte er, aus irgendeinem Winkel heraus angegriffen zu werden.

»Der Tote im Sudhaus ist ein eindeutiges Signal«, klagte er. »Ich fühle mich bedroht, wenngleich sich bei mir keine Skizzen eines schwarzen Falken finden so wie bei Euch im Sudhaus, wie bei Johann Berger neben dem Hinterausgang seines Hauses und bei Adolf Rumohr.«

Buddebahn blickte ihn überrascht an. Er wusste nicht, dass jemand dieses seltsame Zeichen im Hause des Ermordeten angebracht hatte. Davon hatte ihm die Witwe Bergers nichts gesagt. Er beschloss, so schnell wie möglich mit ihr zu reden und sie danach zu fragen. Dass sich das Zeichen ebenfalls bei Rumohr befand, war ihm nicht bekannt. Auch ihn musste er aufsuchen und sich mit ihm um eine Klärung bemühen.

»Was erwartet Ihr von mir?«

»Findet die Mörder! So schnell wie möglich. Wer das getan hat, gehört hinter Schloss und Riegel. Vierteilen muss man diese Monster. Es genügt nicht, ihnen nur den Kopf abzuschlagen. Dabei sind sie viel zu schnell tot. Besser ist es, ihnen mit Pferden die Gliedmaßen herauszureißen.«

»Der Bürgermeister hat mir verboten zu ermitteln«, entgegnete Buddebahn kühl, dem nicht entging, dass sein Nachbar ganz selbstverständlich von mehreren Tätern sprach. »Mir sind die Hände gebunden.«

Hildebrand Franke trat nahe an ihn heran, schloss ein Auge und flüsterte verschwörerisch: »Daran haltet Ihr Euch doch wohl nicht? Alle Welt weiß, dass dieser Kröger unfähig ist. Wir sind verloren, wenn wir einfach nur abwarten, was geschieht. Das haben wir ja bei Johann gesehen.«

»Was verbindet Euch mit Johann Berger, Adolf Rumohr und Henning Schröder?«

»Wir alle haben mit Bier zu tun. Darum geht es. Dies ist ein Bierkrieg!«

David hatte einige Mühe, Per Wasmann in die Stadt zu bringen. Der Braumeister versuchte nach Kräften, ihm zu helfen, doch schien es immer wieder, als müsse er aus dem Sattel fallen. Als sie in die Stadt ritten, schwankte er hin und her, kippte jedoch nicht und hielt sich grunzend und stöhnend auf dem Pferderücken. Hin und wieder fluchte er verhalten, wobei nicht zu verstehen war, ob er sich selbst beschimpfte oder ob sich sein Zorn gegen andere richtete.

»Das letzte Stück muss ich gehen«, sagte er. »Mir dreht sich der Magen um. Ich muss mich bewegen. Und dann werde ich ein Bier trinken. Das ist das Einzige, was mich wieder auf die Beine bringt.«

David zügelte das Pferd, und Wasmann rutschte ächzend herab auf den Boden. Er stützte sich kurz am Pferderist ab.

»Ich habe wirklich zu viel getrunken«, gestand er ein. »Es ist immer das Gleiche mit dem Saufen. Im Wirtshaus fühle ich mich noch gut und habe alles unter Kontrolle, aber wenn ich zur Vordertür hinausgehe auf die Straße, steht da jemand und gibt mir eins ins Genick. Ein unsichtbarer Lumpenhund, der will, dass es mir schlechtgeht.«

»Dann nimm die Hintertür«, riet David ihm. »Vielleicht steht da keiner.«

»Du Himmelhund!«, fluchte der Braumeister. »Machst dich auch noch lustig über mich.«

»Dabei ist deine Sauferei zum Heulen«, entgegnete der junge Mann. »Man sollte nicht mehr trinken, als man verträgt. Schon gar nicht, wenn man einen Sohn hat, der seinen Vater braucht. Wo ist er überhaupt?«

»Im Haus einer Kapitänswitwe am Hafen. Dort ist er gut aufgehoben, und die Frau kann ein paar Hohlpfennige gebrauchen.« Er blieb an einem der öffentlichen Brunnen stehen, die es an mehreren Stellen der Stadt gab, holte den Eimer aus dem Schacht heraus und stillte seinen Durst. »Aber ich kann ihn nicht dort lassen, wenn es nach Einbeck zurückgeht.«

»Natürlich nicht.« David ließ sich aus dem Sattel gleiten und führte das Pferd am Zügel. »Wieso hast du ihn eigentlich mit nach Hamburg gebracht?«

»Das ist eine lange Geschichte.«

»Die du sicherlich auch verkürzt erzählen kannst. Du machst ja auch sonst nicht so viele Worte.«

Wasmann ließ sich viel Zeit mit seiner Antwort. Sie hatten die Alster schon fast erreicht, als er stehenblieb. Nicht weit von ihnen entfernt hatten drei Koggen und ein Kraveel festgemacht. Der modernere Schiffstyp sah elegant und weniger plump aus als die Koggen mit den sich überlappenden Schiffsplanken.

»Vor einigen Monaten wurde Jakob krank«, berichtete Wasmann, während sie langsam weitergingen. »Der Bader in Einbeck konnte ihm nicht helfen. Niemand konnte ihm helfen. Auch in Münster nicht, wo ich mit ihm bei mehreren Badern war. Wir haben alles versucht, doch vergeblich. Als es vorbei war, konnte er nicht mehr sehen. Seitdem ist er blind. Und das mit elf Jahren. Ich habe ihn mit nach Hamburg genommen, weil ich hoffte, hier einen Bader zu finden, der ihn heilen kann. Doch keiner von ihnen konnte etwas für ihn tun. Was auch immer sie versucht haben, nichts hat geholfen. Aber das Geld haben sie genommen.«

»Jetzt begreife ich.« Betroffen blickte David den Braumeister an. Er verstand ihn ein wenig besser, und nun konnte er sich auch erklären, warum er so viel getrunken hatte. Es war eine Flucht vor dem

Leid gewesen, von dem sein Sohn betroffen war und dem er hilflos gegenüberstand. Er begann, Per Wasmann mit anderen Augen zu sehen.

»Kann ich irgendetwas für dich und deinen Sohn tun?«

»Nein, gar nichts. Mach dir keine Gedanken. Damit muss ich allein fertigwerden. Ich versuche es, aber manchmal bringt es mich schier um. Welche Sünde kann ein Kind denn schon begangen haben, dass es so bestraft wird? Ich habe gebetet. Ich war in der Kirche. Immer wieder. Aber kein Pfarrer konnte mir eine Antwort geben, mit der ich etwas anfangen kann. Nichts als dumme Sprüche haben sie für mich und meinen Sohn. Die Krankheit ist eine Strafe Gottes, haben sie gesagt, eine Strafe, die ich voller Demut hinzunehmen habe und gegen die ich mich nicht auflehnen darf, indem ich die Krankheit bekämpfe. Ich habe gearbeitet wie ein Tier, um Geld zu verdienen. Verdori, ich habe sogar geklaut. Aber jetzt ist alles Geld weg. Ich habe nichts mehr als ein paar Hohlpfennige.«

Sie schritten am Hafen entlang zu einer Reihe von kleinen Holzhäusern hinüber, die unweit des Ufers in einer Bucht errichtet worden waren. Sie sahen ärmlich aus, so als müssten sie beim nächsten Sturm umkippen oder in sich zusammenfallen. Hier waren mehrere Frauen untergebracht worden, deren Männer auf See geblieben waren. Für die Reeder und Handelsherren waren sie unnützer Ballast, für den niemand auch nur einen Hohlpfennig ausgab. Ihre Männer waren für den Dienst an Bord bezahlt worden, und wenn ihr Schiff unterging und die Männer ertranken, dann war auch das Dienstverhältnis beendet. Was aus den Witwen und den Waisen wurde, interessierte nicht.

David empfand es als ungerecht, dass die Hinterbliebenen ihrem Schicksal überlassen wurden, doch er hatte nichts anderes kennengelernt. Diese Regelung war in allen Häfen gleich.

Vor einer der Hütten blieb Wasmann stehen.

»Jakob«, rief er. »Ich bin's. Lass dich mal sehen.«

Knarrend öffnete sich die Tür, und eine Frau mittleren Alters streckte ihren Kopf heraus, wobei sie geblendet blinzelte. Sie war buchstäblich in Lumpen gekleidet und starrte vor Schmutz, der ihr Gesicht, ihre Arme und die nackten Füße wie eine zweite Haut bedeckte. Wirr hing ihr das blonde Haar ins Gesicht, in das Armut und Elend tiefe Falten gegraben hatten.

»Er ist nicht hier«, teilte sie mit schriller, unangenehm klingender Stimme mit. »Er ist weggelaufen. Wie schon so oft.«

»Himmel und Hölle!«, fluchte der Braumeister, wobei er sich suchend umsah. Sie waren nur wenige Schritte von der Alster entfernt. »Hast du den Verstand verloren? Ein blindes Kind kann nur zu leicht ins Wasser fallen und ertrinken. Warum hast du nicht besser aufgepasst?«

»Wozu denn? Das Kind ist blind. Also ist es zu nichts nutze. Ob so ein Junge ertrinkt oder nicht, was spielt das für eine Rolle?«

»Ich bringe dich um!«, schrie Wasmann, der außer sich war vor Zorn. Wenn David sich nicht blitzschnell zwischen ihn und die Witwe gestellt hätte, wäre er ihr sicherlich an die Gurgel gegangen.

»Lass sie in Ruhe«, forderte der junge Mann. »Sie hat kein Herz.« Verächtlich warf er ihr ein paar Münzen hin, die sie mit gierig leuchtenden Augen aus dem Staub hob, legte den Arm um Wasmann und führte ihn weg von den Hütten.

»Wir finden ihn«, versprach er. »Weit kann er ja nicht gekommen sein.«

Tatsächlich brauchten sie nicht lange zu suchen. Sie entdeckten Jacob zwischen allerlei Kisten und Fässern, die am Hafen auf ihre Verladung warteten. Hilflos kauerte der Junge auf einem Bündel zusammengelegter Seile. Er war schmächtig und hatte lange, brünette Haare, die ihm lose bis auf die Schultern herabfielen. Seine geschwollenen und geröteten Lider waren fast geschlossen. Die schmalen Spalten, die noch blieben, waren dick mit Eiter verklebt.

»Du bist zurück, Vater«, versetzte er, bevor Wasmann noch etwas gesagt hatte. »Ich habe schon gewartet. Bei der alten Hexe habe ich es nicht mehr ausgehalten.«

»Ist ja gut.« Wasmann ging zu ihm und zog ihn liebevoll an sich.

»Werdet ihr Hamburg verlassen?«, fragte David.

»Noch nicht«, antwortete der Braumeister. »Vielleicht in ein oder zwei Tagen. Ich habe noch etwas zu regeln.«

»Du meinst die Männer, die alle Fässer zerschlagen haben.«

»Könnte schon sein. Wir werden sehen.«

»Du weißt, wo du mich finden kannst«, verabschiedete David sich. »Wenn ich dir irgendwie helfen kann, werde ich es tun. Auch, wenn du diesen Männern deine Rechnung vorlegen willst.«

»Ich melde mich«, versprach Wasmann.

»Wo willst du jetzt hin mit dem Jungen? Zu der Kapitänswitwe kannst du ihn nicht bringen.«

»Nein.« Beschämt senkte der Braumeister die Blicke. Er wusste nicht mehr weiter, und es fiel ihm schwer, es zuzugeben. Dieser massige Mann mit Schultern wie ein Stier und Händen wie Schaufeln stand hilflos vor ihm und schien die Tränen nur noch mit Mühe zurückhalten zu können. Er war nicht weniger hilflos als sein Kind.

David fasste einen Entschluss.

»Ich bringe euch zur Uhl-Brauerei. Im Gesindehaus ist noch Platz. Dort könnt ihr in den nächsten Tagen bleiben. Mein Vater wird keine Einwände haben.« Lächelnd zeigte er auf den Jungen. »Und Jacob kann ein Bad vertragen. Findest du nicht auch?«

Per Wasmann sträubte sich, gab aber schließlich nach. Er und sein Sohn folgten dem jungen Mann in den Hopfensack zur Brauerei. Durch einen rückwärtigen Eingang führte dieser die beiden ins Gesindehaus, wo sie eine kleine Kammer beziehen konnten. Von den Gästen auf dem Hof bemerkte niemand etwas.

David wollte seinen Vater informieren, fand ihn jedoch nicht auf dem Bierfest und verschob das anstehende Gespräch mit ihm auf später.

Buddebahn schüttelte zweifelnd den Kopf. Er war sicher, dass die Angst Franke die Sinne verwirrt hatte, sodass er nicht mehr klar denken konnte. Bier konnte nicht alles sein, was sie miteinander gemein hatten.

»Ein Bierkrieg? Na, ich weiß nicht. Ich höre mich ein wenig um«, kündigte er an. »Wenn mir die Leute etwas erzählen – so wie auf meinem Bierfest –, ist das nicht meine Schuld. So was kann man nicht ermitteln nennen. Falls Euch etwas auffällt und Ihr glaubt, irgendetwas zur Aufklärung beitragen zu können, lasst es mich wissen. Zögert nicht. Und wenn es mitten in der Nacht ist – sagt es mir.«

»Das werde ich tun.«

»Gut. Und jetzt zurück zum Fest. Mischt Euch unter die Gäste! Zeigt nicht, dass Ihr beunruhigt seid!«

Hildebrand Franke rieb sich den Hals, der ihm offenbar recht eng geworden war. Er atmete schwer, als sie den Hopfensack überquerten, fing sich jedoch allmählich, ließ sich Bier einschenken und trennte sich von ihm, um sich unter die Gäste zu mischen.

An diesem Tag machte sich Buddebahn viele Freunde. Dazu erhielt er weitere Informationen, die er als durchaus wichtig einstufte. Sie gaben ihm keine so bedeutenden Hinweise wie jene auf die Gürtelschnalle oder die Hand mit nur zwei Fingern, verdichteten jedoch den Eindruck, dass der *Hopfensaal* eine zentrale Rolle spielte. Dort schienen sich alle Personen mehr oder minder häufig eingefunden zu haben, die in irgendeiner Weise mit dem Mord zu tun haben konnten.

Es wurde Zeit, sich ein wenig intensiver mit dem *Hopfensaal* zu befassen.

12

Nachdem alle Gäste gegangen waren, zogen sich Hanna Butenschön und Buddebahn zurück. Sie setzten sich zusammen in der Küche an den Tisch und tranken Tee, der auf langen Wegen aus dem Orient nach Hamburg gebracht worden war. Es war eine Köstlichkeit, die sie sich nicht häufig leisteten und die sie nun umso mehr genossen.

Sie unterhielten sich über die Gäste, tauschten die eine oder andere Anekdote aus und sprachen schließlich über die Informationen, die er hinsichtlich des Mordfalles und des Überfalls am Hafen erhalten hatte. Hanna war der festen Überzeugung, dass es einen Zusammenhang zwischen diesen beiden Vorfällen gab.

Klaas Bracker hatte Andeutungen von einer Verschwörung gemacht, ohne sich näher darüber auszulassen. Die Vernichtung des Biertransportes im Hafen passte ins Bild.

»Ich muss herausfinden, wer an dem Überfall beteiligt war«, sagte Buddebahn. »Gelingt es mir, kann ich vermutlich auch klären, wer ihn befohlen hat. Es könnte dieselbe Person sein, die auch für den Mord an Norton verantwortlich ist. Sie gilt es zu ermitteln. Nur wenn ich weiß, wer sie ist, kann ich aufdecken, ob wir es mit einer Verschwörung oder was auch immer zu tun haben.«

Er nahm einen Bogen Pergament und zeichnete eine Skizze vom Schankraum des *Hopfensaals* mit seinen Gästen. Dabei hob er einige Merkmale in übertriebener Weise heraus, sodass die Darstellungen schon fast den Charakter einer Karikatur annahmen. Bei dem einen war es die weit vorspringende Hakennase, bei einem anderen die Hand mit lediglich zwei Fingern oder die Gürtelschnalle bei einem weiteren Gast. Bei den meisten Gesichtern tat er sich sehr schwer, da er sich nicht genau genug an sie erinnerte. Er beließ es bei einer freien Fläche oder deutete Augen, Nase und Mund lediglich an.

Schließlich schob er das Pergament zur Seite, erhob sich und eröffnete Hanna, dass er zum *Hopfensaal* gehen wolle, um sich dort umzusehen.

»Sei vorsichtig«, ermahnte sie ihn. »Mit dem Bierfest hast du nicht nur Kröger verärgert, sondern wahrscheinlich auch den Bürgermeister. Sie könnten etwas gegen dich aushecken.«

»Um dem vorzubeugen, habe ich alle aus dem Freundeskreis Drewes eingeladen«, erwiderte er. »Klaas Bracker, Gregor Baren, Stephan Kiefer, Ohm Deichmann, die Witwe des Richters Perleberg, Medicus Tilmann Kirchberg, Pfarrer Jan Schriever, Peter Hassmann sowie Castor Hamm und das Ehepaar Drewes. Die Frauen nicht zu vergessen. Will Rother soll wissen, dass er sie alle gegen sich hat, wenn er mir auf die Füße tritt. Mittlerweile sollte er es kapiert haben.«

»Und ärgert sich, weil er als Einziger aus dem Freundeskreis Drewes nicht hinzugebeten wurde«, ergänzte sie.

»Wohl richtig.« Er lächelte. »Auch das habe ich mir überlegt. Eine kleine Provokation. Er wird daran zu beißen haben und vielleicht einen Fehler machen, der uns hilft, die seltsamen Vorfälle der letzten Tage aufzuklären.«

Sie nickte anerkennend, ermahnte ihn noch einmal, kein Risiko einzugehen, und begleitete ihn bis auf den Hof hinaus. Er verabschiedete sich von ihr, indem er sie auf die Wange küsste. Dann eilte er in die Dunkelheit hinaus.

Auf dem Weg zum Hopfenmarkt an der Nicolaikirche hielt er die Augen offen, suchte jeweils das Licht und mied die dunklen Winkel, bei denen er nicht erkennen konnte, ob sich darin jemand aufhielt. Doch niemand belästigte ihn, niemand versuchte, sich ihm zu nähern, sodass er ungehindert den *Hopfensaal* erreichte.

Wie nicht anders zu erwarten, war der Schankraum zu dieser Abendstunde bis auf den letzten Platz gefüllt. Gäste aller Stände fanden sich zusammen, um zu essen und zu trinken. Er entdeckte den Kommandanten der Landsknechte, der neben dem Schanktisch stand und – mit einem Bierkrug in der Hand – offenbar derbe Witze erzählte. Die Männer um ihn herum lachten laut und haltlos. Nur ein paar Schritte von ihm entfernt saß Jonas Bracker an einem Tisch, der Bruder des Bankers. Er unterhielt sich mit einigen Männern, die Buddebahn nie zuvor gesehen hatte. Ihre Kleidung wies darauf hin, dass sie mit dem Schiff gekommen waren. Der von der Stadt ernannte Ermittler Kröger zechte mit einigen Landsknechten auf der Empore. Sein Antlitz wirkte im Licht der Fackeln und Kerzen noch voller als sonst. Nervös rieb er sich die Knollennase, die ob dieser Behandlung stark gerötet war.

Da Buddebahn kein Verlangen spürte, mit ihm zu reden, schlug er einen weiten Bogen ein und stieß schließlich weit hinten in einer relativ ruhigen Ecke auf einen der wenigen Hocker, die nicht schon besetzt waren. Er rückte ihn an einen Tisch mit Bekannten heran. Mit jedem Einzelnen von ihnen hatte er im Verlauf der Jahre zu tun gehabt. Der eine hatte als Zimmermann bei ihm den Dachstuhl ausgebaut, ein Sattler hatte ihm Treibriemen geliefert. Ebenso waren ein Schneider und ein Küfer für ihn tätig gewesen. Der Müller Gernot Fehland hatte Mehl für ihn gemahlen – und ihn in den vergangenen Jahren mehrfach bedrängt, ihm doch zu verraten, woher er seine Gerste bezog, da diese von überragender Qualität war. Er hatte ihm diesen Gefallen nie getan und sich somit an die Vereinbarung gehalten, die er mit Hermann getroffen hatte.

Er spendierte ihnen Bier und unterhielt sich über die wirtschaftliche Lage der Stadt mit ihnen, die seit Jahren für gute Beschäftigung sorgte und sich immer weiter verbesserte. Der Handel mit den anderen Hansestädten schwemmte Geld nach Hamburg, das den meisten zugute kam, wenngleich die großen Handelsherren den Rahm abschöpften.

Zurzeit sorgte der Vorschlag eben dieser Fernhandelskaufleute für reichlich Gesprächsstoff, die bestehenden, spärlichen Hafenanlagen an der Elbe zu einem modernen Hafen mit allen technischen Möglichkeiten auszubauen, sodass die Schiffe nicht mehr durch die Fleete bis in die Alster fahren mussten, sondern schon dort beladen und geleichtert werden konnten.

»Sie haben wohl recht«, versetzte der Schiffszimmermann Gunther Fleischer. »Die Stadt wächst, und früher oder später wird sie sich bis hin zur Elbe ausdehnen.«

»Ein neuer Hafen an der Elbe bedeutet Arbeit für uns. Sehr viel Arbeit. Und das über Jahre hinweg«, stellte Gernot Breiter, der Steinmetz, fest. »Es müssen nicht nur die notwendigen Hafenanlagen gebaut werden, sondern auch die Straßen, auf denen die Güter von der Alster zur Elbe und von dort zur Alster transportiert werden. Neue Lagerhäuser müssen errichtet werden. Daran können wir ebenfalls alle kräftig verdienen.«

Buddebahn beteiligte sich nur am Rande an diesem Gespräch, das ihn nur mäßig interessierte. Hamburg war in der Tat eine wachsende Stadt, doch er hatte sich aus dem Geschäft verabschiedet, daher hatte er keinen wirtschaftlichen Vorteil daraus ziehen können. Ihn interessierten die anderen Gäste. Er hielt Ausschau nach dem Mann mit den zwei Fingern und jenem mit der auffälligen Gürtelschnalle. Vergeblich. Der Schankraum war überfüllt. Es drängten sich so viele Männer zusammen, dass er von den meisten kaum mehr als den Kopf sehen konnte. Daher konzentrierte er sich mehr auf das allgemeine Bild des Schankraumes. Er spürte, dass er versäumt hatte, ein wichtiges Detail auf seiner Zeichnung aufzuführen. Seine Blicke richteten sich auf den Schanktisch, an dem Abel arbeitete und nahezu pausenlos die Bierkrüge füllte. Langsam wanderten sie in die Höhe und blieben an dem Regal mit den Ritterhelmen haften. Sie waren es, die auf seiner Zeichnung fehlten, weil er ihnen so gut wie keine Bedeutung beigemessen hatte. Er zählte sie. Es waren fünfzehn, und jeder war anders gestaltet. Alle hatten gemeinsam, dass sie blank geputzt waren.

Plötzlich fiel es ihm wie Schuppen von den Augen.

Er erinnerte sich an das Gespräch, das er mit dem Bauer Hermann und seiner Frau gehabt und bei dem er sie nach dem Überfall auf dem Nachbarhof gefragt hatte. Die Antwort der Frau war seltsam gewesen, und damals hatte er sie nicht verstanden.

Das war jetzt anders.

Es waren Dämonen. Ihre Köpfe haben Blitze geschleudert. Keine Gesichter. Sahen aus wie Wasser im Licht. Sie ritten durch das Feuer, aber sie brannten nicht, und ihre Gesichter wurden schwarz. Es waren Dämonen. Keine Menschen.

Das waren ihre Worte gewesen. Die Angst vor den unheimlichen Angreifern hatte ihre Sinne verwirrt. Vermutlich hatte sie nie zuvor Ritterhelme gesehen.

Ritterhelme!

Damit hatten jene Reiter sich maskiert, die aufs Land hinausgeritten waren, die Felder angezündet und die Bauern mit ihren Frauen, den Kindern und den Leibeigenen aufgehängt hatten. In der Sonne hatte das Metall geblitzt und gefunkelt und ihnen dabei einen unwirklichen Anschein gegeben. Als die Felder brannten und Rauch aufstieg, hatte sich Ruß auf den Helmen niedergeschlagen und sie schwarz verfärbt. Gesichter hatte die Frau nicht erkennen können, da die Reiter die Visiere ihrer Helme geschlossen hatten.

Nun waren Ritter in Hamburg und in der Umgebung der Stadt ausgesprochen selten. Er selber hatte seit Jahren keinen mehr gesehen. Daher lag der Schluss nahe, dass die Täter sich lediglich Ritterhelme aufgesetzt hatten, um sich zu maskieren, nicht aber um sich zu schützen. Seines Wissens gab es nur im *Hopfensaal* eine so große Zahl von Helmen und sonst nirgendwo in Hamburg.

Wenn sich die Täter die Helme hier ausgeliehen hatten, dann war der Wirt auf jeden Fall informiert. Er wusste, wer sie genommen hatte. Vermutlich waren sie ihm verschmutzt zurückgegeben worden.

Buddebahn lehnte sich zufrieden zurück, führte seinen Bierkrug an die Lippen und trank langsam und bedächtig. Dabei hatte er das Gefühl, einen großen Schritt vorangekommen zu sein.

Er musste beim *Hopfensaal* und seinem Wirt ansetzen.

Gerade das war fraglos mit besonderen Schwierigkeiten verbunden, denn Abel war ein aufbrausender Mann, der auch vor Gewalt nicht zurückschreckte, und für die Männer, die sich die Helme ausgeliehen hatten, zählte ein Menschenleben überhaupt nichts.

»Ihr scheint mit Euren Gedanken ganz woanders zu sein«, bemerkte Müller Fehland. »Haben Euch die Hurenweibchen inspiriert?«

»Keineswegs«, erwiderte er lächelnd. »Ich habe mir die Ritterhelme angesehen und mich gefragt, ob sie schon immer so schön poliert waren, dass sie glänzen und blitzen.«

»Ganz und gar nicht«, entgegnete Schiffszimmermann Fleischer. »Wenn es irgendwie geht, bin ich jeden Abend hier. Daher weiß ich, dass mehrere Helme vor einigen Tagen pechschwarz waren, als hätten sie in der Glut gelegen und sich mit Ruß überzogen.«

»Ja, das stimmt«, bestätigte der Küfer. »Vielleicht ist es beim Gewitter passiert. Wenn es gebrannt hat, könnte der Rauch die Helme geschwärzt haben.«

»Durchaus möglich.« Buddebahn hob den Bierkrug und prostete den anderen zu. Er wollte nicht allzu lange bei diesem Thema bleiben, um nicht den Eindruck entstehen zu lassen, er sei mehr an den Ritterhelmen interessiert als an dem Gespräch mit seinen Bekannten. Sie sprachen von den Perspektiven der Stadt, und sie waren sich einig darin, dass Hamburg eine glänzende Zukunft vor sich hatte, vorausgesetzt, die Pest kehrte nicht noch einmal zurück und brachte die Hälfte der Bevölkerung um, wovor alle eingestandenermaßen Angst hatten, oder es tauchten nicht nach langen Jahren der Ruhe abermals Piraten vom Schlag eines Störtebekers auf und überfielen die Schiffe. Der Müller sprach die politischen Bedingungen an, doch davon verstanden sie nicht allzu viel. Gernot Breiter, der Steinmetz, vertrat die Ansicht, die Eifersüchteleien unter den Herrscherhäusern Dänemarks, Schwedens und Mecklenburgs, die alle miteinander verwandt waren, seien vorbei, sodass aus dieser Richtung keineswegs mit Störungen zu rechnen sei.

»Jeder will den wirtschaftlichen Erfolg«, betonte er. »Und der Handel blüht wie nie zuvor. Er bringt Wohlstand für uns alle. Seht Euch doch um. Buchstäblich an jeder Ecke wird gebaut – Bürgerhäuser, Kirchen, Rathäuser. Wir haben mehr als genug zu tun.«

»Eben darin sehe ich eine Gefahr«, warf Müller Fehland ein. »Auf der einen Seite machen sich die Städte immer mehr Konkurrenz. Jeder will ein möglichst großes Stück von dem Kuchen, einer möchte dem anderen am liebsten etwas wegnehmen. Und in den Häusern der Adligen regt sich Eifersucht. Vergessen wir nicht, dass wir eine Stadt haben, die sich selbst verwaltet und die durch ihre wirtschaftliche Kraft immer mächtiger wird, die dabei aber dem deutschen Kaiser untersteht. Reichtum erweckt Begehrlichkeiten. Das wissen wir alle. Besonders bei den politischen Mächten. Geht die Entwicklung der Hanse an ihnen vorbei, werden sie früher oder später auf den Plan treten, um zu verhindern, dass ihnen die Zügel entgleiten.«

»Bürgermeister Rother fühlt sich schon herausgefordert«, versetzte der Schiffszimmermann. »Im Hafen erzählt man sich, dass die Kogge *Bürgermeister von Hamburg* ihm gehört und dass sie ausgelaufen ist, um mit dem Bauch voller Gerste zurückzukehren.«

»Getreide wird knapp werden, wenn die Bauern nicht liefern können«, betonte der Müller. »Ich habe nicht so viel zu tun wie sonst. Die Überfälle auf dem Land könnten einen politischen Hintergrund haben, oder sie haben damit zu tun, dass man die Brauereien der Stadt unter Druck setzen will.«

Buddebahn hörte zu, ohne sich zu äußern. Er war erstaunt, welche Gedanken sich der Müller gemacht hatte, den er als Mann mit deutlich weniger Weitsicht eingestuft hatte. Er ließ die anderen reden und beobachtete derweil die Gäste im Saal. Dabei fiel ihm auf, dass sich ein kräftiger und ungemein muskulöser Mann an einem Tisch neben der Tür zum Hof erhob, mit einer allzu eindeutigen Geste bedeutete, dass er seine Blase entleeren wollte, und hinausging. Er trug einen breiten Ledergürtel, der vorn am Bauch durch eine ungewöhnlich geformte Schnalle gehalten wurde. Sie schimmerte silbern und setzte sich aus mehreren Schlangen zusammen, die sich umeinander ringelten. Eine solche Schnalle hatte ihm der Seiler auf dem Bierfest beschrieben.

Als der Mann von draußen zurückkehrte, begegneten sich ihre Blicke. Buddebahn wich sofort aus, spürte aber, dass er den anderen gerade dadurch aufmerksam machte und unnötig Argwohn in ihm erregte. Als er sich ihm erneut zuwandte, ruhten die Blicke des anderen auf ihm, als wollten sie ihn festnageln.

Er hoffte, dass ihm nicht anzumerken war, wie unbehaglich er sich fühlte. Die Schnalle allein war kein Beweis. Der Seiler konnte sich geirrt haben, oder es gab darüber hinaus andere Männer in der Stadt, die eine solche Schnalle trugen. Er brauchte mehr, um die Hintergründe des Überfalls auf den Biertransport klären oder gar Anklage erheben zu können.

Auch hinsichtlich der Überfälle auf die Bauernhöfe reichte nicht aus, dass die Ritterhelme durch Rauch verrußt gewesen waren. Dafür konnte es andere Erklärungen geben. Er nahm sich vor, zum Hof Hermanns hinauszureiten und mit dem Bauern – vor allem aber seiner Frau – zu reden.

»Was hast du vor?«, fragte Klaas Bracker, als Buddebahn ihn am nächsten Morgen aufsuchte und ihn bat, ihm den Helm seiner Ritterrüstung auszuleihen.

»Meine Haut retten«, antwortete Buddebahn, während der Banker den Helm von der Rüstung hob. Er nahm ihn entgegen, stülpte sich über den Kopf und klappte das Visier hoch. »Glücklicherweise ist er groß genug für mich. Ob er seinen Träger wirklich vor Schwerthieben geschützt hat?«

»Sieht nicht danach aus«, erwiderte Bracker. »Jedenfalls hat der Helm keine einzige Schramme und auch keine Beule. Wahrscheinlich hat sein ursprünglicher Eigentümer nie darin gekämpft. Was mir durchaus recht ist, weil er dadurch ganz einfach besser aussieht.«

»Wie bist du eigentlich dazu gekommen?«

»Durch ein Geschäft, wie du dir denken kannst. Ritter Albrecht von Düren hatte die Nase voll von seinem bisherigen Leben, das ihn keineswegs mit Reichtümern gesegnet hat, sondern recht entwürdigend für ihn verlaufen war. Er hat alles zusammengekratzt, was er hatte, die Rüstung obendrauf gepackt und schließlich einen Kredit bei mir aufgenommen, um ein Handelshaus zu gründen. Das ist ihm gelungen. Allerdings ist er nicht in Hamburg geblieben, sondern agiert jetzt von Münster aus. Mit viel Erfolg. Den Kredit hat er längst zurückgezahlt.«

Buddebahn klemmte sich den Helm unter den Arm und versprach, ihn unbeschädigt zurückzubringen.

»Eigentlich darf ich die Stadt nicht verlassen«, sagte er, nachdem er sich bereits verabschiedet hatte. »Kröger könnte es mir übel auslegen, wenn ich es dennoch tue. Es muss jedoch sein.«

»Du brauchst dir keine Sorgen zu machen.« Bracker begleitete ihn bis vor die Haustür. »Wenn Kröger etwas gegen dich unternimmt, handelt er sich Ärger ein. Der Bürgermeister wird ihn zurückpfeifen.«

»Bist du dir sicher?«

»Absolut!« Der Banker fuhr sich lächelnd mit einem Seidentuch über das Gesicht, und Buddebahn glaubte Bescheid zu wissen. Wenn Klaas sich auf diese Weise äußerte, tat er es wohlüberlegt. Die Vermutung lag nahe, dass Will Rother zumindest einen Teil der *Bürgermeister von Hamburg* mit seiner Hilfe finanziert hatte. Damit war er angreifbar und in seiner Handlungsfähigkeit eingeschränkt. Somit konnte Bracker Druck auf ihn ausüben. Buddebahn kannte den Banker als einen Mann, der dies nicht wirklich tun würde. Es genügte jedoch, dass er die Möglichkeit dazu hatte. Mit dem Kredit hielt er einen Hebel in der Hand, mit dem er seine Kräfte notfalls vervielfachen konnte.

Buddebahn war mit Holstein gekommen. Das Pferd hatte er draußen vor der Tür angebunden. Daher brauchte er nun nicht mehr zur Brauerei zurückzukehren, sondern konnte zu seinem Erkundungsritt aufs Land aufbrechen. Wie immer wandte er sich dem nordöstlichen Tor zu, durch das sich über den ganzen Morgen hinweg Ströme von Bauern, Händlern, Handwerkern und Reisenden in die Stadt ergossen, während nur wenige die Stadt verließen. Er ritt an den beiden Landsknechten vorbei, die das Tor sicherten. Sie bemerkten ihn, hielten ihn jedoch nicht auf.

Kaum hatte er das freie Land erreicht, als er den Hengst zu einem raumgewinnenden Trab antrieb. Holstein stürmte voran und nutzte seine Bewegungsfreiheit. Buddebahn rutschte ein wenig hin und her, bis er bequem saß, und ließ ihn laufen. Der Hengst würde von selber langsamer werden, sobald er seine überschießenden Kräfte abgebaut hatte.

Als es soweit war, schlug Buddebahn jene Umwege ein, die er meistens nutzte, um eventuelle Verfolger in die Irre zu führen. Ab und zu hielt er an und spähte in die Runde, weil er sicher sein wollte, dass er niemanden unfreiwillig zu Hermanns Hof führte. Das Land lag offen vor ihm, teils kultiviert und in Felder eingeteilt, teils noch in seinem ursprünglichen Zustand mit hohen Bäumen und einem so dichten Unterholz, dass es praktisch undurchdringlich war. Auf einem Handelsweg fern am Horizont machte er einige Fuhrwerke und Reiter aus. Ansonsten gab es keine Menschen in seiner Nähe. Beruhigt setzte er seinen Weg fort.

Er lenkte den Hengst in einen Wald, wechselte auf verschlungenen Wegen mehrfach die Richtung und erreichte zur Mittagsstunde den versteckt liegenden Hof, auf dem sich in den letzten Tagen einiges geändert hatte. Die Hütte sah so ärmlich aus wie eh und je. In dieser Hinsicht wollte Hermann alles beim Alten lassen. Er wusste nur zu gut, dass er die Habgier anderer schüren würde, wenn er sich ein Haus baute, das von Wohlstand zeugte. Anders als sonst aber war, dass er einen Teil seiner Felder eingezäunt hatte, um seine kleine Rinderherde daran zu hindern, in die Wälder einzudringen und sich von seinem Hof zu entfernen. Die Kühe hatten Gesellschaft bekommen. Ein Bulle von beeindruckendem Äußeren weidete nun neben ihnen. Mitten auf der Koppel arbeitete Hermann neben einem Hügel an einer kleinen, überdachten Futterstelle, die er mit Heu füllte.

Buddebahn stieg aus dem Sattel, ließ den Hengst frei laufen, damit er grasen konnte, und kletterte über den Zaun, um zu Hermann zu gehen. Der Bauer bemerkte ihn und rief ihm warnend zu: »Bleib hinter dem Zaun, Conrad! Der Bulle ist gefährlich.«

Er selber bewegte sich frei auf der Weide. Er wusste offenbar genau, wie er sich verhalten musste, damit er das mächtige Rind nicht reizte. Es verhielt sich ruhig und blieb in der Nähe der Kühe. Hermann überquerte die Koppel und kam zu Buddebahn, der ihn mit Handschlag begrüßte.

»Der Bulle ist unberechenbar«, sagte der Bauer. »Die Koppel ist sein Revier, und die Kühe sind seine Herde. Er lässt niemanden in seine Nähe. Mich ausgenommen. Ich bin froh, dass ich ihn habe. Mit ihm kann ich eine Zucht beginnen, die mich unabhängig vom Getreide macht, wenngleich das mein Hauptgeschäft bleiben soll. Außerdem hat so ein Bulle noch andere Vorteile.«

Er ließ sich nicht dazu aus, was er damit meinte, sondern forderte Buddebahn auf, ihn zum Haus zu begleiten. »Ich habe einen hervorragenden Schinken. Er wird dir schmecken.« Erst jetzt bemerkte er den Ritterhelm. »Was soll das?«

»Das erkläre ich dir, wenn wir im Haus sind.« Hermann gab sich damit zufrieden und ging voraus. Buddebahn begrüßte seine Frau und die Kinder, dann stülpte er sich den Ritterhelm über und verließ die Bauernkate, um sich ins Sonnenlicht zu stellen.

»Wie sehe ich aus?«, rief er. »Erinnert euch mein Anblick an etwas?«

Hermann kam mit seiner Frau heraus. Erschrocken und verängstigt weitete sie ihre Augen, wich zurück und suchte hinter ihrem Mann Schutz.

»Ein Dämon«, stammelte sie. »Ich habe es gewusst, die Dämonen sind zurückgekommen, um uns zu verbrennen.«

»Papperlapapp«, sagte der Bauer. »Erkennst du Conrad nicht?«

Sie hörte nicht zu, sondern floh ins Innere der Kate. Buddebahn nahm den Ritterhelm ab. Zusammen mit Hermann folgte er ihr. Voller Angst zog sie sich bis in den hintersten Winkel des Raumes zurück.

»Bitte, übertreibe nicht. Du hast keinen Grund, dich zu fürchten«, versuchte er sie zu beruhigen. »Du kennst mich doch. Sieh mich an. Ich bin es. Conrad. Ich habe mir nur diesen Helm aufgesetzt, bin dadurch aber kein anderer geworden. Du kannst ihn anfassen, den Helm. Es ist nichts weiter als Eisen, das blank poliert wurde.«

Scheu kam sie aus dem Winkel hervor, streckte ihr Hand nach dem Metall aus, berührte es jedoch nicht. Hermann verlor die Geduld. Er packte die Hand und drückte sie gegen den Helm. Seine Frau stöhnte auf, und für einen Moment schien es, als werde sie zusammenbrechen. Doch sie fing sich wieder, und er legte ihr den Helm in die Arme.

»Lass ihn nicht fallen«, warnte er sie. »Er ist verflucht teuer, und einen Schaden daran könnten wir nicht bezahlen.«

Als sie merkte, dass sich für sie nichts änderte, dass sie nicht in Flammen aufging und sich ihr Innerstes auch nicht nach außen kehrte, kam sie zur Besinnung und gewann den nötigen Abstand.

Ihre bis dahin von blankem Entsetzen erfüllten Augen nahmen allmählich einen anderen Ausdruck an und richteten sich mit wachsender Neugier auf den Helm.

Buddebahn ließ sie gewähren, bis er sicher war, dass sie ihm die Fragen beantworten konnte, um derentwillen er die Stadt verlassen hatte und hierher geritten war.

»Ritter tragen so etwas, um ihren Kopf gegen Schwertschläge, Lanzenstöße und Pfeile zu schützen«, erläuterte er. »Die Helme eignen sich aber auch dazu, sich zu maskieren, also sein Antlitz zu verstecken, damit man nicht erkannt wird. Das hat nichts mit Dämo-nen zu tun. Hast du nie zuvor einen Ritter oder so einen Helm gesehen?«

»Ich bin eine einfache Frau«, erwiderte sie mit heiserer Stimme. Sie hatte ein klares, ovales Antlitz mit ausdrucksvollen braunen Augen. Es war gezeichnet durch die harte Arbeit auf dem Lande. In der Stadt und in der gehobenen Gesellschaft hätte sie fraglos als recht hübsch gegolten.

»Haben jene so ausgesehen, die den Nachbarhof überfallen und die Kornfelder angezündet haben?«, fragte ihr Mann.

»Ja, ja, genauso«, beteuerte sie. »Die Sonne schien und das Metall blitzte und funkelte. Und dann war überall Feuer. Rauch stieg auf.«

»Er hat das Metall schwarz verfärbt«, versetzte Buddebahn. »Dadurch sahen die Helme anders aus.«

Er sah sich in seiner Vermutung bestätigt. Somit hatte es sich gelohnt, Hamburg zu verlassen und zum Hof Hermanns hinauszureiten. Für ihn stand jetzt zweifelsfrei fest, dass die Helme aus dem *Hopfensaal* stammten.

Plötzlich stürzte eines der Kinder zu ihnen, atemlos vom schnellen Lauf. Ein Mädchen.

»Zwei Landsknechte kommen«, rief sie.

Erschrocken flüchtete die Frau mit dem Kind in die Kate. Jetzt war sie wieder so verstört und ängstlich wie zuvor. Die Ereignisse auf den benachbarten Höfen hatten tiefe Spuren in ihrer Seele hinterlassen. Der erlittene Schrecken war noch längst nicht überstanden, weil die Wunden, die sie davongetragen hatte, immer wieder aufbrachen.

»Es wird schon nichts passieren«, versuchte Buddebahn den Bauern zu trösten. »Was können sie dir schon noch nehmen?«

»Eine ganze Menge.« Hermann grinste. Er blickte kurz zu dem Hügel hinüber, der sich mitten auf der Koppel erhob. Zugleich bewies er bedingungsloses Vertrauen zu ihm, da er ihm einen Einblick in ein wohlgehütetes Geheimnis gab. »Da geht's zur Vorratskammer runter. Die sollten sie nicht finden. Warte auf mich.«

Damit eilte er davon, stieg über den Zaun und ging ruhig weiter bis hin zu dem Hügel. Der Bulle hob kurz den Kopf, sah jedoch keinen Grund, ihn anzugreifen. Während Buddebahn die Landsknechte nahen hörte, nahm der Bauer seine Arbeit an der Futterkrippe wieder auf.

Die Fußsoldaten verfügten über die übliche Ausrüstung. Zu der außerordentlich bunten Kleidung und der mit Federn geschmückten Mütze trugen sie feste Stiefel, die bis zu den Waden heraufreichten, breite Gürtel mit Messern daran und die Hellebarde mit der blitzenden Axt und der dolchartigen Spitze. Mit solchen Waffen in den Händen waren sie dem Bauern haushoch überlegen. Es waren rauflustige Burschen, die sich nicht nur für den Beruf des Landsknechts entschieden hatten, weil es dabei mit relativ wenig Mühe Geld zu verdienen gab, sondern auch weil sie den Kampf suchten und sich anderen gegenüber behaupten wollten. In der Regel waren es schlichte Gemüter mit muskulösen Körpern, die nur darauf warteten, sich endlich einmal im Kampf beweisen zu können.

Dicht vor Buddebahn blieben sie stehen.

»Du bist nicht der Bauer«, stellte der eine von ihnen fest. Er kannte ihn. Es war jener Söldner, dem bei einem Waffengang die halbe Augenbraue verlorengegangen war.

»Nein, das bin ich nicht. Ich bin ein freier Bürger der Stadt Hamburg. Was führt euch hierher?«

»Der Herzog ist davon überzeugt, dass der Bauer ihn betrogen hat«, erwiderte der Mann, wobei er seinen prüfenden Blicken verlegen auswich. Für Buddebahn war offensichtlich, dass er log. Nicht der Herzog schickte ihn, sondern er kam aus eigenem Antrieb mit seinem Kumpan, um Hermann zu berauben. »Der Kerl hat ihm nicht den Zehnten gegeben, wozu er verpflichtet ist.«

Buddebahn zuckte mit den Achseln. Er hatte nicht den Eindruck, dass sein Freund Hilfe benötigte. Daher trat er zur Seite und deutete auf die Koppel hinaus.

»Redet mit ihm. Da drüben ist er.«

»Danke, Herr.« Sie schulterten ihre Hellebarden, marschierten zum Zaun und stiegen hinüber, ohne zu zögern. Erschrocken streckte Hermann ihnen die Hände entgegen.

»Um Himmels willen«, rief er. »Nicht weiter! Bleibt, wo ihr seid!«

Sie ließen sich nicht aufhalten, sondern schritten entschlossen auf ihn zu.

»Das könnte dir so passen, Bäuerlein«, antwortete der Wortführer der beiden. »Du hast versucht, den Herzog zu bescheißen. Jetzt bist du dran!«

»Nicht weiter, wenn euch euer Leben lieb ist«, warnte der Bauer sie. »Begreift endlich. Der Bulle ...«

»Du wagst es, uns zu drohen? Das wirst du bereuen, Mistkerl!« Kaum waren diese Worte über die Lippen des einen gekommen, als der andere ihn am Arm packte und ihn auf diese Weise zwang, stehenzubleiben. Ihre Blicke richteten sich auf den Bullen, der schnaubend seinen mächtigen Kopf senkte und zugleich mit dem Huf zu scharren begann.

»Lauft, in Gottes Namen, bringt euch in Sicherheit!«, schrie Hermann, wobei er mit beiden Armen in der Luft herumfuchtelte, um seinen Worten Nachdruck zu verleihen.

Sie standen wie erstarrt – bis das Rind auf sie zustürmte. Endlich begriffen sie die Gefahr. Sie fuhren herum und rannten auf den Zaun zu, von dem sie sich schon recht weit entfernt hatten. Dabei blickten sie ängstlich über die Schulter zurück. Schon nach wenigen Schritten wurde ihnen klar, dass sie zu langsam waren.

Um schneller laufen zu können, warfen sie ihre Hellebarden weg. Sie begannen zu schreien, trieben sich gegenseitig an, verloren ihre Mützen mit den prachtvollen Federn daran und spürten bereits den heißen Atem des riesigen Bullen, der an seinem Rist wenigstens so hoch war, wie sie groß waren. Als Buddebahn schon glaubte, der eine werde von den Hörnern aufgespießt, sprangen die beiden mit einem verzweifelten Satz über den Zaun hinweg. Der Stoff ihrer Hosen verhakte sich an hervorstehenden Ästen und zerrissen, sodass bei dem einem der blanke Hintern zum Vorschein kam, während bei dem anderen ein Hosenbein vollends verlorenging. Sie landeten im Gras, überschlugen sich und rollten schreiend über den Boden. Sie sahen sich als Opfer des Bullen, und auch Buddebahn glaubte das Holz des Zauns splittern zu hören. Doch das Rind stemmte die Vorderbeine schnaubend auf den Boden, warf sich zur Seite und trottete am Zaun entlang, obwohl es diesen sicherlich mühelos hätte durchbrechen können. Er hatte die Eindringlinge aus der Nähe seiner Herde verjagt und somit jene vertrieben, die er als Bedrohung ansah. Damit hatte er sein Revier bereinigt, und er war zufrieden. Er beruhigte sich.

Buddebahn konnte nicht anders – er lachte schallend und beobachtete vergnügt, wie die beiden Söldner sich aufrappelten und ihre Flucht fortsetzten. Bei dem Landsknecht, der die halbe Augenbraue verloren hatte, war der Hosenbund zerrissen, sodass ihm die Hose bis auf die Füße herab rutschte. Mit einer Hand versuchte er, sie hochzuziehen, mit dem anderen Arm ruderte er durch die Luft, um die Balance zu halten. Aus Angst vor dem Bullen wagte er nicht, die Flucht zu unterbrechen, sondern hüpfte schreiend und fluchend weiter, um sich in Sicherheit zu bringen. Schließlich aber erfassten beide, dass ihr Verfolger seine Attacke abgebrochen hatte und ihnen nicht mehr auf den Fersen war. Heftig atmend blieben sie stehen und hatten nun alle Hände voll zu tun, um ihre Kleider in Ordnung zu bringen.

Hermann ging gelassen über die Koppel, ohne von dem Bullen angegriffen zu werden, hob die beiden Hellebarden und die Mützen auf und stieg über den Zaun hinweg.

»Ich habe euch gewarnt«, sagte er, wobei es im sichtlich schwerfiel, ernst zu bleiben. »Warum habt ihr nicht auf mich gehört? Seid ihr lebensmüde? Jedes Kind auf dem Lande weiß, dass man sich einem Bullen nicht in dieser Art nähern darf. Laut genug gerufen habe ich ja wohl. Ich kenne den Bullen. Er greift jeden Fremden an. Er kann fast überhaupt nichts sehen und hat euch mit anderen Bullen verwechselt, die sich seinen Kühen nähern wollten. So was mag er gar nicht.«

»Das wirst du uns büßen«, keuchte der Landsknecht, dem die halbe Augenbraue fehlte.

»Nichts da«, mischte sich Buddebahn ein, der Hermann außerhalb der Koppel gefolgt war. »Ich bin sein Zeuge. Er hat euch deutlich und sehr laut gewarnt. Aber ihr wolltet nicht hören. Wer sich gegenüber Rindern so dumm verhält wie ihr, ist selber schuld, wenn was passiert. Seid froh, dass euch der Bulle nicht umgebracht hat. Viel hat jedenfalls nicht gefehlt.«

Die beiden Landsknechte blickten sich betroffen an, nahmen die Hellebarden und die Mützen entgegen und machten sich aus dem Staub.

»Du bist ein verdammtes Schlitzohr.« Buddebahn grinste. »Du hast genau gewusst, was passiert.«

»Na klar«, antwortete Hermann belustigt. »Jetzt kann ich sicher sein, dass sie mich und meine Familie so bald nicht mehr belästigen. Und meine Vorräte sind nicht in Gefahr. Oder glaubst du, dass sich noch mal einer von diesen Kerlen auf die Koppel wagt?«

»Bestimmt nicht!«

»Siehst du! Und jetzt lassen wir uns den Schinken schmecken. Frischgebackenes Brot habe ich auch.« Hermann räucherte das Fleisch selber in einer kleinen Hütte am Waldrand. Er gab dem glimmenden Holz Wacholderbeeren, Kümmel oder Kiefernzapfen bei, um den Geschmack entsprechend zu beeinflussen. Dabei bevorzugte er das Räuchern mit geringen Temperaturen, das »Kalträuchern«, das mehr Zeit beanspruchte als das »Heißräuchern«, aber den Vorteil hatte, dass das Räuchergut länger haltbar war und auch besser schmeckte. Buddebahn dachte nicht daran, sich den Schinken entgehen zu lassen.

»Also dann. Feiern wir deinen Sieg!«

Kaum war er durch das Stadttor geritten, als die Wachen es auch schon schlossen. Es waren Männer, die ihren Schanzdienst leisteten. Sie kannten ihn. Einige von ihnen waren auf seinem Bierfest gewesen, und sie dachten nicht daran, ihn zu behindern oder gar abzuweisen. Er dankte ihnen, hielt sich aber nicht länger als unbedingt nötig bei ihnen auf und kehrte zur Uhl-Brauerei zurück, wo ihn sein Sohn David bereits ungeduldig erwartete.

Hanna stand in der Küche an der Feuerstelle, über der drei Töpfe hingen. Der Geruch von Zwiebeln und Dill wehte durchs Haus.

»Das wird aber auch Zeit«, begrüßte sie ihn. »Ich habe Kabeljau mitgebracht. Wenn du soweit bist, lege ich ihn ins Wasser und lasse ihn ziehen. Die Soße dazu ist schon fertig.«

Er gab ihr einen Kuss, beugte sich kurz über einen der Töpfe und schnupperte an der Dillsoße. Dann nickte er seinem Sohn zu, der einen Bierkrug vor sich hatte.

»Ich muss unbedingt mit dir reden«, sagte David.

»Sofort«, erwiderte er. »Wenn du erlaubst, mache ich mich frisch. Dann stehe ich dir zur Verfügung.«

Er holte sich ein sauberes Hemd, nahm ein Handtuch und ging zum Brunnen hinaus, um sich das Gesicht, den Oberkörper und die Arme zu waschen. Er vergaß nicht, ein paar freundliche und unverbindliche Worte mit den Landsknechten zu wechseln, die vor dem Sudhaus wachten. Als er danach in die Küche zurückkehrte, brachte Hanna gerade den Kabeljau auf den Tisch, löste die Haut ab und teilte den Fisch in einzelne Portionen. Dazu reichte sie frischgebackenes Brot und Schmalz.

»Was ist los?«, fragte er, während er das Brot ins Schmalz drückte, um es anschließend mit ein wenig Salz zu bestreuen.

David berichtete von Per Wasmann und von den Reitern, die an der Kate vorbeigekommen waren und die er belauscht hatte.

»Das hört sich nicht gut an«, befand Hanna.

»Es gibt viele Bierheinis in der Stadt«, erwiderte Buddebahn. »Damit muss nicht unbedingt ich gemeint sein.«

»Wen sollte man sonst wohl aus Hamburg verschwinden lassen?«, gab sie zu bedenken. »Du bist der einzige Bierheini, der für gewisse Leute unbequem geworden ist.«

»Du solltest vorsichtig sein.« David war in tiefer Sorge um ihn. »Wenn sie dich erst einmal auf ein Schiff gebracht haben, sieht es wirklich schlecht für dich aus.«

»Dazu wird es nicht kommen.« Buddebahn aß mit gutem Appetit. Er ließ sich nicht anmerken, wie es in ihm aussah. Er nahm den Hinweis seines Sohnes durchaus ernst, wollte Hanna jedoch nicht beunruhigen. Wer Norton und Berger ermordet hatte, würde nicht tatenlos abwarten, bis er entlarvt worden war, sondern reagieren, falls er sich gefährdet sah.

»Und dann ist da noch etwas«, eröffnete David ihm. »Per Wasmann ist bei uns im Gesindehaus. Ich habe ihm eine freie Kammer gegeben, weil er kein Geld mehr hat, in einem Wirtshaus unterzukommen.«

»Von mir aus«, gab Buddebahn zurück. »Ich habe keine Einwände. Wird ja nicht lange dauern. Wasmann wird bald aus Hamburg verschwinden. Es hat ihn noch nie lange an einem Ort gehalten.«

David wollte noch hinzufügen, dass auch Jacob dabei war, doch sein Vater wandte sich an Hanna und hörte ihm nicht mehr zu.

»Wer ist Jonas Bracker?«, fragte er.

»Ein Freund, den ich schon seit meiner Kindheit kenne«, antwortete sie, ohne zu zögern. »Auf ihn ist Verlass.«

»Wieso konnte er dich aus dem Kerker holen?«

»Keine Ahnung. Ist das so wichtig?«

»Er hat Einfluss in der Stadt, obwohl er seit vielen Jahren nicht mehr hiergewesen ist. Ich möchte wissen, wieso.«

»Du bist eifersüchtig!«

»Bin ich nicht.« Er spürte, dass sie ihm ausweichen wollte. Wieder einmal war ein Punkt erreicht, bei dem es besser war, den Rückzug anzutreten. Hanna war nicht bereit, ihm erschöpfend Auskunft zu geben. Er vertraute ihr, obwohl sie darauf beharrte, ihr kleines Geheimnis für sich zu behalten. Jonas Bracker allerdings stufte er anders ein als sie. Er hielt diesen Mann für gefährlich, und er fürchtete, dass er seinen Einfluss nicht geltend machte, um Hanna zu helfen, sondern um eigene Ziele durchzusetzen, welche diese auch sein mochten. Beunruhigend war, dass Klaas sich offenbar nicht mehr frei entscheiden konnte und dass er nicht bereit war, offen zu reden, solange sein Bruder in der Nähe war und ihn hören konnte.

Er würde nicht nur klären müssen, welche Rolle der *Hopfensaal* und sein Wirt spielten, sondern auch, mit welchen Absichten Jonas Bracker nach Hamburg gekommen war und in welcher Beziehung er zum Bürgermeister stand.

Geschickt lenkte er das Gespräch auf das Bierfest und die Gäste, die daran teilgenommen hatten. Es war ein unverbindliches Thema, das weder Hanna noch David Reizpunkte bot und das vor allem sie aus einem ganz anderen Blickwinkel erlebt hatte als er.

»Ich habe viele interessante Hinweise bekommen«, führte er aus. »Und doch bin ich nicht zufrieden. Irgendetwas habe ich übersehen. Ich habe das Gefühl, ich stelle ein Mosaik zusammen, bei dem die Steinchen zumindest in einem Teilbereich nicht passen wollen. Ich habe mir Notizen gemacht. Vielleicht könnten wir sie mal durchgehen. Schritt für Schritt. Könnte ja sein, dass wir auf das stoßen, was ich nicht richtig eingeordnet oder zu wenig beachtet habe.«

»Eine gute Idee«, lobte Hanna ihn.

»Lass hören«, forderte sein Sohn ihn auf. »Falls sie dich auf ein Schiff entführen und aus Hamburg verschwinden lassen, kann ich ja weitermachen.«

»Klookschieter!«, schnaubte Hanna. »Dir würde es wohl in den Kram passen, wenn sie ihn auf diese Weise kassieren, wie?«

»Na klar.« David grinste. »Dann könnte ich Holstein reiten so oft ich will.«

»Kommt, wir fangen an«, unterbrach Buddebahn sie, bevor das Geplänkel zum Streit ausarten konnte.

Sie saßen noch lange zusammen in dieser Nacht, kamen jedoch nicht weiter. Das Gefühl blieb, etwas Entscheidendes übersehen zu haben. Es war auch am nächsten Morgen noch da, als Hanna das Haus verließ, um zum Hafen zu gehen und Fische zu kaufen, während Buddebahn sich Zeit ließ, um sich noch einmal die Zeichnungen anzusehen, die er gefertigt hatte, so wie er es schon unzählige Male zuvor getan hatte.

Es half nichts. Er entdeckte keinen Fehler.

Er wollte mit seinem Sohn reden, doch David schlief, und er verzichtete darauf, ihn zu wecken, nahm sich aber vor, ihn im Laufe des Tages zu ermahnen, sich endlich eine Arbeit zu suchen. Er war in dem Alter, in dem es wichtig war, auf die eigenen Beine zu kommen. Mit jedem Tag, den er verstreichen ließ, ohne sich zu entscheiden und etwas für seine Zukunft zu tun, wurden seine Aussichten schlechter. In seinem Alter neigte man dazu, zu glauben, dass alles so blieb, wie es zurzeit war. Doch das war ein Irrtum. Nichts blieb, alles veränderte sich, und während er meinte, zu jung zu sein, um sich festlegen und einen bestimmten Berufsweg einschlagen zu müssen, während er in den Tag hinein lebte, nutzten die meisten von denen, die nach ihm heranwuchsen, ihre Möglichkeiten. Wachte der Träumer dann eines Tages auf, waren die besten Positionen besetzt, und ihm blieb nur noch der kümmerliche Rest, den andere verschmäht hatten. Das Butterbrot war weg, für sie gab es nur noch ein paar Brotkrumen, die niemand sonst wollte.

Oft genug hatte er mit seinem Sohn über dieses Problem geredet, ihn jedoch nie erreicht. David wollte keinen Rat, und er wollte sich nicht anpassen.

Buddebahn wechselte einige unverbindliche Worte mit den Landsknechten vor dem Sudhaus, bummelte durch den Hopfensack und die angrenzenden Gassen, um hier oder dort stehenzubleiben und mit Bekannten zu plaudern, und machte sich schließlich auf den Weg zur Kleinen Reichenstraße, wo der verstorbene Johann Berger seine Brauerei hatte. Eine Magd führte ihn zu der Witwe, die in einem abgedunkelten Zimmer saß und einen teilnahmslosen Eindruck machte. Mit ihrem Mann hatte sie ihren wichtigsten Lebensinhalt verloren. In der Brauerei hatte sie nie gearbeitet. Solange sie mit Johann verheiratet gewesen war, hatte sie sich immer nur um den Haushalt gekümmert. Sie hatte zwei Söhne, doch beide hatten Hamburg schon vor Monaten mit dem Schiff verlassen und hielten sich zurzeit irgendwo im Osten auf. Es würde Wochen beanspruchen, sie vom Tod ihres Vaters zu unterrichten.

»Darf ich eintreten?«, fragte Buddebahn behutsam.

»Conrad«, seufzte sie. »Bitte, nehmt Platz.«

Er ergriff ihre Hände und sprach ein paar tröstende Worte. Er meinte, was er sagte, und er merkte, dass sie ihr guttaten. Danach saßen sie eine Weile schweigend beieinander und dachten an den Verstorbenen, nach einer Weile erinnerte sie an einige Episoden mit ihm, und auch er gab zum Besten, was er mit ihm erlebt hatte. Endlich aber erkundigte sie sich, weshalb er gekommen war.

»Sicherlich ist es nicht nur, um mir über den Verlust hinwegzuhelfen. Er hat mich tiefer getroffen, als ich zunächst geglaubt habe. Mein Leben ist so leer geworden ohne Johann, so sinnlos.« Sie begann zu weinen. Dabei drückte sie sich ein Seidentuch auf die Augen, um die Tränen zu löschen.

»Minna, ich gestehe, dass da in der Tat noch ein wenig mehr ist«, erwiderte er. »Ich empfinde es als besonders abscheulich, dass der Täter Pilze gewählt hat, um Johann zu töten. Ausgerechnet Pilze, mit denen er sich auskannte wie kein anderer. Leider wurden einige Giftpilze so geschickt unter seine Speisen gemischt, dass er sie nicht entdecken konnte. Vielleicht war er auch sorglos, nachdem er die Pilze in der Küche überprüft hatte.«

»Das ist etwas, über das ich noch gar nicht nachgedacht habe. Ich bin so allein. Im Haus ist es so ruhig, als sei es mit ihm gestorben.«

»Dieser Pilzanschlag ist, als habe es der Täter nicht nur darauf angelegt, ihn umzubringen, sondern als ob er seiner Tat auch noch einen besonderen Akzent geben wollte.«

»Das mag sein. Damit hat er mir wehgetan. Niemand kann sich vorstellen, wie es in mir aussieht, wie ich leide.« Das Selbstmitleid nahm ihr für einige Zeit die Stimme. Sie weinte still vor sich hin, und er wartete, bis sie sich ein wenig beruhigt hatte.

»Es sieht nach Rache aus«, konstatierte er. »Was aber könnte die Ursache eines solchen Bestrebens sein? Wen hat sich Johann zum Feind gemacht? Könnt Ihr mir in dieser Hinsicht weiterhelfen?«

»Ich habe keine Feinde«, antwortete sie. Mit tränenverschleierten Augen blickte sie ihn an. »Ich habe nie mit jemandem Streit gehabt. Niemand hat einen Grund, mir das anzutun.«

Sie sah nur sich selbst und den Verlust, den sie erlitten hatte. Ihren Mann schien sie aus den Augen verloren zu haben. Buddebahn versuchte sie abzulenken und sprach von einem anderen Thema. Er machte ihr Komplimente wegen der gelungenen Beerdigung und dem Leichenschmaus danach, ohne sie darauf aufmerksam zu machen, dass er nur sehr kurz dabei gewesen war, und er bemühte sich, ihr Mut für die Zukunft zu machen. Er gab sich überzeugt, dass sie ihr Leben auch allein meistern werde, machte ihr ein paar Vorschläge, obwohl er sich dessen bewusst war, dass sie keinen einzigen seiner Ratschläge beherzigen, sondern sich immer wieder ihrem Selbstmitleid ergeben würde. Schließlich aber führte er sie ebenso behutsam wie zielstrebig zu dem Thema zurück, um das es ihm ging und das ihn vor allem anderen interessierte.

Zu dem Tod von Johann Berger.

»Niemand tötet einen Menschen ohne ein Motiv für die Tat zu haben«, stellte er fest. »Das ist auch bei Johann nicht anders gewesen. Jemand muss ihn gehasst haben, so sehr, dass er seinen Tod beschlossen hat. Ihr werdet mir recht geben, wenn ich davon ausgehe, dass er irgendwann etwas getan hat, was ihm die Feindschaft eines anderen Menschen eingetragen hat.«

»Nein«, widersprach sie ihm. »Das wüsste ich. Johan war ein friedfertiger und umgänglicher Mensch. Als solchen habt auch Ihr ihn kennengelernt. Er hat die Dienstboten immer gut behandelt, und er ist nie wirklich mit einem anderen Bierbrauer aneinandergeraten.«

»Er war ein guter Geschäftsmann, der meines Wissens nie jemanden betrogen oder übervorteilt hat. Ganz im Gegensatz zu anderen Herren, die teilweise äußerst rücksichtslos vorgehen und immer nur ihren eigenen Vorteil sehen.«

»So ist es, Conrad. Und jetzt seht Ihr eine schwache Witwe vor Euch, der sie alles nehmen wollen, was ihr geblieben ist. Ich habe nicht die Kraft, mich gegen sie zu wehren. Deshalb werde ich alles verlieren. Alles.« Sie begann wiederum zu weinen.

Buddebahn erhob sich, verabschiedete sich höflich und rücksichtsvoll.

Er stieg eine Treppe hinunter und blieb stehen, weil eine Magd durch die Haustür hereinkam. Sie trug eine schwere Kanne mit Milch und einen Korb mit Fleisch.

»Gut, dass ich dich treffe, Marein.« Er kannte sie von vielen Begegnungen auf dem Markt und auf dem Hof der Uhl-Brauerei her, wo sie seit Jahren Besorgungen für das Haus Berger machte. »Ich habe gehört, dass es in diesem Hause eine Skizze von einem Falken an einer Wand gibt. Ein Fremder scheint dieses Zeichen hinterlassen zu haben. Bitte, zeige mir, wo das ist.«

»Das haben wir schon weggewischt, Herr«, versetzte sie artig, wobei sie demütig den Kopf neigte. Um sich besser bewegen zu können, stellte sie Kanne und Korb ab und führte ihn dann zur Hintertür. Sie zeigte auf eine blank geputzte Stelle neben der Tür. »Da war es. Hat es wirklich was zu bedeuten?«

»Nichts, um das du dir Sorgen machen müsstest. Es ist ein Zeichen von Leuten, die … nun, ja.« Er tippte sich mit dem Zeigefinger an die Stirn, und sie begriff.

»Das habe ich mir schon gedacht.« Sie war ein einfaches, ein wenig naives Mädchen, das leicht zu lenken war.

»Wirkliche Feinde hatte den Herr ja nicht«, fuhr Buddebahn fort. »Oder doch?«

»Nein!« Lächelnd schüttelte sie den Kopf. »Der Herr doch nicht. Wir haben ihn alle geliebt.«

Er versuchte es, indem er sie nach den Stimmungen Johann Bergers befragte, nach der Art, wie er sich geäußert hatte, wenn er seinen Arbeitstag beendete, oder wie er war, wenn er von einer Reise zu anderen Hansestädten zurückkehrte.

»Einmal war er etwas seltsam, als er von einer Reise nach London kam«, sagte sie nachdenklich. »Ich dachte, er sei krank, weil er sich so schnell in seine Gemächer zurückzog.«

»Aber er war nicht krank?«

»Nein. Überhaupt nicht. Am nächsten Tag war er wieder so wie immer.«

»Vielleicht war die Reise nicht erfolgreich?«

»Warum fragt Ihr so viel, Herr?« Sie schüttelte erneut den Kopf. »Über solche Dinge hat der Herr nie mit uns gesprochen.«

»Wie lange ist es her? Ich meine, die Reise nach London?«

Sie überlegte, und dabei kaute sie ratlos auf ihrer Unterlippe.

»Lange«, antwortete sie schließlich. »Ziemlich lange.«

Sie nahm Kanne und Korb, wippte leicht in den Knien und entschuldigte sich, weil sie dringende Arbeiten in der Küche zu erledigen hatte. Damit eilte sie davon, und Buddebahn stieg die Treppe wieder hoch.

Er klopfte an die Tür zu der Kammer, in der sich die Witwe aufhielt. Mit leiser Stimme bat Minna Berger ihn herein. Als er eintrat, wandte sie sich ihm zu und blickte ihn ebenso fragend wie überrascht an. Sie schien sich nicht erklären zu können, dass er sie ein zweites Mal aufsuchte.

»Oh, entschuldigt«, eröffnete er das Gespräch, wobei er besänftigend eine Hand hob. »Mir ist eingefallen, was mir vorhin nicht in den Sinn gekommen ist. Verzeiht mir, dass ich Euch damit belästige, aber es lässt mir keine Ruhe. Vielleicht kennt Ihr so was. Es geht einem im Kopf herum, immer wieder und …«

»Übertreibt Ihr nicht ein wenig?«, unterbrach sie ihn. Unfreundlich und eher ablehnend bot sie ihm Platz an. »Ich habe Euch alles gesagt, was wichtig sein könnte.«

»Oh, ja, das habt Ihr, Minna«, entgegnete er, wobei er sich gedankenverloren auf den angebotenen Hocker sinken ließ. »Und ich danke Euch dafür, wenngleich ich noch weit davon entfernt bin, Licht in das Dunkel um den Tod Eures Mannes zu bringen. Da ist etwas, was mich besonders beschäftigt.«

»Und das ist? Nun redet endlich. Mir geht es nicht gut, wie Ihr Euch denken könnt.« Sie tupfte sich die Tränen von den Augen. Dabei war für ihn nicht zu erkennen, ob sie von der Trauer um ihren Mann herrührten oder ob sie durch die blakenden Kerzen verursacht wurden, die nicht weit von ihr entfernt standen und ein wenig Licht verbreiteten.

»Ich erinnere mich daran, dass Euer Mann eine Reise nach London unternommen hat. Das ist schon vor einigen Jahren gewesen.«

»Vor vielen Jahren. Lasst mich überlegen. Vor mehr als zwölf Jahren. Was sollte das heute noch für eine Bedeutung haben?« Sie erhob sich und stieß die Läden eines Fensters auf, um frische Luft hereinzulassen. Dabei drehte sie ihm den Rücken zu.

»Das weiß ich nicht. Ich bin auf der Suche nach einem Feind Eures Mannes.«

»Den werdet Ihr nicht finden. Und jetzt nehmt bitte Rücksicht auf mich. Es tut mir leid, aber ich ertrage die Nähe eines anderen Menschen nur schwer.«

»Ihr habt recht. Ich war schon viel zu lange bei Euch.« Er verneigte sich leicht und verließ den Raum, stieg die Treppe hinunter und trat mit dem Gefühl auf die Straße hinaus, der Lösung des Rätsels um den Tod Bergers ein wenig nähergekommen zu sein, jedoch nicht nahe genug. Die Auskünfte, die er erhalten hatte, befriedigten ihn nicht. Sie zeichneten ein allzu freundliches Bild von Johann Berger, der im Geschäft und im Rathaus seinen Mann gestanden und sich dabei sicherlich nicht nur Freunde gemacht hatte.

Mehr Aufschluss würden ihm Gespräche mit den Ratsherren geben, doch in dieser Hinsicht musste er besonders vorsichtig sein. Der Bürgermeister hatte ihm die Ermittlungen verboten, und er konnte nicht wissen, welcher Ratherr hinter diesem Beschluss stand und welcher nicht. Zudem er hatte nicht nur Freunde, es gab auch Neider, die ihm seine Erfolge mit der Brauerei missgönnten, oder andere, die nachtragend waren und ihm wegen früherer Recherchen ablehnend gegenüberstanden. Keiner von ihnen war damit einverstanden, dass er mit Hanna zusammenlebte, obwohl sie nicht verheiratet waren. Nach ihrer christlichen Überzeugung entsprach so etwas ganz und gar nicht den Moralvorstellungen in einer wohlanständigen Gesellschaft. Ihr Verhalten wich allzu sehr von der Norm ab, und das veranlasste den einen oder anderen Ratsherrn, sie beide zur Ordnung zu rufen. Sie würden ihm auf die Finger klopfen, um Wohlverhalten anzumahnen, und sie konnten ihm große Schwierigkeiten machen, da er sich dem Bürgermeister widersetzte und entgegen seiner Anordnung Ermittlungen führte.

Das Risiko konnte und wollte er nicht eingehen.

Auf der Straße blieb er zunächst stehen und sah sich um. Nur wenige Personen hielten sich auf der Kleinen Reichenstraße auf. Zwei Tagelöhner, die ein Bierfass auf einer Karre und Richtung Domplatz fuhren, einige Mägde, die vom Einkauf auf dem Markt zurückkehrten und die Gelegenheit zu einem Schwätzchen nutzten, Handwerker, die an den Fassaden der Häuser arbeiteten, um Schäden zu beheben, und ein Reiter, der ein Bündel Felle auf den Rücken eines Pferdes gebunden hatte, die er offenbar zu einem Gerber bringen wollte.

Eine Bedrohung für ihn ging von keinem aus. Dennoch war er keineswegs beruhigt. Es galt, die Augen offen zu halten und Vorsicht walten zu lassen. Solange er aufmerksam war, konnte man ihn nicht so leicht überrumpeln.

Der Hopfensack schloss sich der Reichenstraße an, sodass er es nicht weit hatte bis zu Hildebrand Franke. Da sich der Aufenthalt bei der Witwe Berger länger hingezogen hatte als erwartet, war der Tag bereits weit fortgeschritten,

Als er die Wolf-Brauerei erreichte, hatte Hildebrand Franke die wichtigsten Arbeiten dieses Tages erledigt. Er zog die Lederschürze aus, die er getragen hatte, und wollte ins Wohnhaus gehen, bemerkte Buddebahn und kam ihm entgegen.

»Ich hoffe, Ihr habt einiges herausgefunden, was mich beruhigen kann«, sagte er. Im Gegensatz zu ihrem letzten Treffen sprach er sehr laut. Ein wenig zu laut, wie Buddebahn fand. »Eigentlich sieht alles gut aus. Es gibt nur ein Problem, und das ist besonders unangenehm. Mein Braumeister hat versucht, Gerste zu kaufen. Es ist ihm nicht gelungen. Habt Ihr womöglich einen Überschuss, sodass Ihr mir etwas abtreten könnt?«

»Ich bin die falsche Adresse«, erwiderte Buddebahn. »Henning Schröder leitet die Uhl-Brauerei. Er hat die Gerste eingekauft, die er benötigt. Daher weiß ich nicht, ob er zuviel hat oder zuwenig, ob er etwas abgeben kann oder nicht. Ich habe jedoch gehört, dass Bürgermeister Rother sich ein Schiff gekauft hat, mit dem er Gerste für den Winter heranschaffen will. Er rechnet schon bald mit der ersten Lieferung.«

»Ich kann mir nicht vorstellen, dass sich seine Gerste für das Braugeschäft eignet.«

»Vermutlich kauft er sie in Friesland. Wie ich hörte, haben Händler dort Gerste aus verschiedenen Ländern eingelagert. Wenn es stimmt, kann die *Bürgermeister von Hamburg* in wenigen Tagen zurück sein.«

»Kann schon sein.« Franke rieb sich nachdenklich das Kinn. »Ich habe einen Vorschlag für Euch. Ich lade Euch zum Essen ein. Es ist bald Mittag, und ich habe Hunger. Gehen wir doch in den *Hopfensaal*.«

»Einverstanden.« Buddebahn kam die Einladung gelegen, weil er nun hoffen konnte, ein ausführliches Gespräch mit Franke führen zu können. Wenn sie beim Essen saßen, würde sich der »graue Wolf« ihm nicht so rasch entziehen, und der Bürgermeister würde kaum auf den Gedanken kommen, ein gemeinsames Essen »Ermittlung« zu nennen.

Es war nicht sehr weit zu gehen bis zu dem Wirtshaus am Hopfenmarkt. Daher lohnte es nicht, die Pferde zu satteln.

»Sich die Füße zu vertreten kann nicht schaden«, sagte Franke, während sie die Gasse der Bierbrauer verließen und durch die Kleine und Große Reichenstraße zur Nicolaikirche gingen. Er führte eine kleine Flasche mit sich, die er hin und wieder öffnete, um sich ein paar

Tropfen einer Flüssigkeit daraus auf die Fingerkuppen rinnen zu lassen und sich Halsansatz und unter den Achseln damit einzureiben.

»Leidet Ihr unter Insektenstichen?«, fragte Buddebahn, obwohl ihm längst klar war, was den Nachbarn plagte.

»Wrantlüüs«, ächzte Franke. »Wanzen! Lange bin ich von ihnen verschont geblieben, aber heute Nacht waren sie wieder da. Am besten hilft Zwiebelsaft gegen ihre Bisse.«

Er ließ sich nun ausführlich darüber aus, was er alles unternommen hatte, um die »Wrantlüüs« aus seiner Schlafkammer zu vertreiben, und sprach damit eine Plage an, unter der die meisten Bewohner der Stadt zu leiden hatten. Buddebahn vertrat die Ansicht, dass peinliche Sauberkeit und vor allem das Verschließen der Fugen im Holzfußboden und an den Wänden der Häuser mit Wachs oder Öl der Verbreitung der Plagegeister Einhalt gebieten konnten. Franke legte nicht so viel Gewicht auf Reinlichkeit und versprach sich mehr von den Mitteln, die er bei einer alten Frau erworben hatte.

»Sie hat mir den Rat gegeben, die Beine des Bettgestells in Töpfe zu stellen, die sie mit einem Gemisch aus Öl und Alkohol gefüllt hat. Da kommen die Wanzen nicht durch. Entweder sie sind besoffen, bevor sie am Bett hochkriechen können, oder sie ertrinken.« Selbstherrlich lachte er über seinen eigenen Scherz. »Heute war es irgendwie anders. Wahrscheinlich waren ein paar Schwimmer dabei.«

Sie machten einen kleinen Umweg, weil auf dem Markt vor der Kirche ein allzu großes Gedränge herrschte, sodass sie dort nur mühsam vorangekommen wären.

»Sie sammelt ihre Kräuter im Wald und setzt ihre Tinkturen selber zusammen«, berichtete er. »Bisher hat es immer geholfen. Vielleicht war sie nicht genau genug, oder sie hat Extrakte von Leichenteilen verwendet.«

»Leichenteile?«, fragte Buddebahn, während sie an der Nicolaikirche vorbeigingen. »Es heißt, dass die Auszüge von Gehenkten sowie von totgeborenen Kindern gegen Knochenbrüche und Stichwunden helfen. Zum einen halte ich davon überhaupt nichts, und zum anderen glaube ich nicht, dass sie Wanzen vertreiben.«

Franke zog die Schultern hoch an den Kopf.

»Wer weiß«, erwiderte er. »Es gibt viele Geheimnisse auf unserer

Welt, die noch ihrer Erklärung harren. Mag sein, dass das eine oder andere nicht ganz richtig ist, aber ein Körnchen Wahrheit steckt in jedem Ding.«

»Das ist wohl wahr«, stimmte Buddebahn zu, der mit einiger Genugtuung registrierte, dass sein Nachbar immer zugänglicher wurde. »Leider verstehe ich von der Heilkunst so gut wie gar nichts.«

»Oh, das ist ein weites Feld.« Franke blickte ihn triumphierend an. Er war nur zu gern bereit, sich über sein Wissen auszulassen. Er fühlte sich ihm überlegen und war somit genau dort angekommen, wo Buddebahn ihn haben wollte.

Sie betraten das Wirtshaus, das wieder einmal gut besucht war, wählten einen ruhigen Tisch in einer Ecke und bestellten Bier, Brot, Butter und Schinken sowie eine Holsteiner Biersuppe mit Schwarz- und Feinbrot, dazu Rosinen, Äpfeln und einem Ei. Zunächst sprachen sie über allgemeine Dinge, die Buddebahn als Klatsch und Tratsch einstufte und die ihm daher nicht besonders wichtig waren.

Schon bald aber lenkte er das Gespräch in die Richtung, die ihn interessierte.

»Bisher habe ich noch keine Gemeinsamkeit gefunden, die Adolf Rumohr mit Johann Berger und Henning Schröder verbindet. Der Tote in der Brauerei und der Angriff im Hafen zielten auf meinen Nachfolger. Da bin ich mir sicher. Was aber hat er mit beiden zu tun, abgesehen davon, dass er ebenfalls Bier braut?«

»Das entzieht sich meiner Kenntnis«, erwiderte Franke. »Ich habe so gut wie keinen Kontakt mit Schröder. Und Adolf und Johann? Sie haben höchstens mal ein Bier mit ihm getrunken. Mehr nicht.«

»Bitte denkt nach«, forderte Buddebahn ihn auf. »Sofern die Tat nicht von einem Wahnsinnigen begangen wurde, muss eine gemeinsame Basis vorhanden sein.«

»Nein. Ihr setzt auf das falsche Ross. Da ist nichts.«

Buddebahn forderte ihn auf, mit ihm zusammen ein wenig in der Vergangenheit zu kramen. Er kam diesem Wunsch nach, doch ihre Bemühungen führten zu nichts – bis Buddebahn fragte: »Seid Ihr eigentlich mal in England gewesen?«

Ihm fiel auf, dass die Unterlippe Frankes schlaff wurde, und die

Augen sich ein wenig verengten. Ein kurzes Beben ging durch die Hände, die sich um den Bierkrug gelegt hatten.

»Ich? Nein, noch nie«, entgegnete sein Nachbar, sichtlich bemüht, sich nichts von dem emotionalen Sturm anmerken zu lassen, der durch Geist und Körper gegangen war.

Er sagte nicht die Wahrheit. Das stand zweifelsfrei fest für Buddebahn. Doch er achtete kaum noch auf ihn, denn auf der Balustrade war die geheimnisvolle Frau erschienen, von oben bis unten schwarz gekleidet und mit einem schwarzen Schleier versehen, hinter dem sie ihr Antlitz verbarg. Sie bewegte sich langsam, als habe sie unter der Last des Alters schwer zu tragen.

Kaum hatte sie an einem Tisch Platz genommen, als Adolf Rumohr sich ihr von der anderen Seite her näherte. Er blieb einige Schritte von ihr entfernt stehen. Es war laut im *Hopfensaal,* sodass Buddebahn nicht hören konnte, was er sagte. Lediglich seine Lippenbewegungen verrieten ihm, dass er einige Worte an die schwarze Frau richtete. Sie beachtete ihn nicht. Sie wandte ihm den Kopf nicht zu, und sie schien ihm auch nicht zu antworten. Er verneigte sich kurz, bevor er sich zurückzog. Linkisch und ungeschickt, wie es Buddebahn schien, so als ob er peinlich berührt zur Kenntnis nehmen müsse, dass seine Worte wirkungslos an ihr abprallten.

»Was gibt es zu sehen?«, fragte Franke. Er wandte der Balustrade den Rücken zu, sodass ihm das Geschehen um Rumohr und die Schwarze Frau entgangen war. Ächzend drehte er sich um.

»Kennt Ihr die Frau dort oben?«, fragte Buddebahn.

Hildebrand Franke schüttelte langsam und bedächtig den Kopf, so als krame er in seiner Erinnerung nach einem Anhaltspunkt, ohne zu einem Ergebnis zu kommen.

»Ich glaube nicht, dass sie mir jemals begegnet ist. Aber wenn Ihr darauf besteht, gehe ich hinauf und nehme ihr den Schleier ab, sodass ich ihr Antlitz sehen kann«, erwiderte er, während er sich ihm wieder zuwandte und sich seinem Essen widmete.

Buddebahn hob abwehrend eine Hand. Er wusste, dass dieser Vorschlag nicht ernst gemeint war.

»Lassen wir das«, schlug er vor. Er erwähnte nicht, dass Adolf Rumohr kurz zuvor bei ihr gewesen war.

In der Folge unterhielten sie sich über verschiedene Themen, wie etwa die wirtschaftliche Entwicklung in der Hanse, den Einfluss der Ordensritter, der teilweise bedrohlich war, und die Missgunst der Herrscherhäuser, an denen der erwirtschaftete Reichtum größtenteils vorbeiging, und die den Aufstieg des Bürgertums mit gemischten Gefühlen beobachteten. Buddebahn fürchtete, dass sie an der Auflösung der Hanse arbeiteten, um zu verhindern, dass ihre eigene Macht untergraben wurde.

Dabei ließ er immer wieder mal Bemerkungen über England einfließen, erwähnte, dass er in London gewesen war, und versuchte, Hildebrand Franke in diese Richtung zu bewegen.

»In jungen Jahren bin ich zur See gefahren und habe viele Länder kennengelernt«, berichtete er. »Ich war in Venedig, Griechenland, Ägypten und vor allem in den maghrebinischen Ländern, in denen sich mit Gewürzen gute Geschäfte machen ließen. Später dann auch in England.«

Er köderte seinen Nachbarn mit Schilderungen von London, wobei er bewusst einige Beschreibungen einfließen ließ, die nicht den Tatsachen entsprachen, etwa wenn er sich zu Form und Konstruktion der Brücken über die Themse äußerte. Er wusste, dass Menschen sich gern mitteilten und dass er merkte bald, dass Franke in dieser Hinsicht nicht anders war. Den meisten Menschen fiel es schwer, einfach nur zuzuhören, dies vor allem dann, wenn jemand etwas berichtete, was sie kannten oder was sie ebenso oder so ähnlich auch erlebt hatten. Dann konnte sich kaum noch jemand zurückhalten, sondern fiel dem anderen nur zu leicht ins Wort, um von seinem eigenen Erleben in diesem Zusammenhang zu erzählen.

Genau diesen Effekt hoffte er bei Franke provozieren zu können, indem er versuchte, ihn zu locken. Mehrere Male hatte er den Eindruck, dass sein Nachbar kurz davor war, ihm in die Falle zu gehen. Er öffnete den Mund zu einer Entgegnung, fing sich aber stets im letzten Moment und tat weiterhin so, als sei er nie in London gewesen. Je länger das Gespräch aber dauerte, desto mehr war Buddebahn davon überzeugt, dass Franke sich dort aufgehalten hatte. Dass er sich darüber ausschwieg, legte die Vermutung nahe, dass er – aus guten Gründen – für sich behalten wollte, was er dort erlebt hatte.

Während Buddebahn sich bemühte, die bisherigen Aussagen Frankes und der anderen Befragten zu ordnen, kam ihm plötzlich eine Idee, die so überraschend war, dass er vorübergehend den Faden verlor und sich nicht mehr auf das Gespräch mit seinem Nachbarn konzentrieren konnte.

Er widmete sich seinem Essen, wechselte noch einige unverbindliche Worte mit seinem Gegenüber und beendete das Treffen. Das fiel ihm umso leichter, als ein Getreidehändler in den *Hopfensaal* kam. Franke bemerkte ihn und beschloss spontan, mit ihm zu reden, da er hoffte, sich mit seiner Hilfe die nötige Gerste für die Brauerei sichern zu können.

Buddebahn bedankte sich für die Einladung und verließ das Wirtshaus, um sich auf den Weg zur Kleinen Reichenstraße zu machen. Es gab noch einige Fragen, die er mit der Witwe von Johann Berger besprechen wollte. Kaum war er einige Schritte weit gegangen, als von links und rechts zwei Männer an ihn herantraten, die ihn um wenigstens eine Elle überragten. Der eine war jener, dem an einer Hand drei Finger fehlten. Er hatte nur noch den Daumen und den Zeigefinger. Den anderen auf der rechten Seite hatte er nie zuvor gesehen.

»Du begleitest uns zum Hafen und auf ein Schiff«, sagte der mit den fehlenden Fingern. Dabei beugte er sich zu ihm herab, legte ihm die Hand an den Arm und grinste ihm ins Gesicht. »Mein Freund hält ein Messer in der Hand. Es ist genau auf dein Herz gerichtet. Falls du versuchen solltest wegzulaufen oder andere um Hilfe zu rufen, stößt er es dir in den Leib, und es ist aus mit dir. Haben wir uns verstanden?«

Der andere führte seinen linken Arm kurz nach vorn und zeigte ihm das Messer, das er mit der Klinge nach hinten in der Hand hielt, damit es nicht so ohne weiteres auffiel.

»Was soll das?«, fragte Buddebahn. »Glaubt ihr, es ändert sich etwas, wenn ich das Feld in Hamburg räume? Ich bin ein unbedeutender Mann, und mit den Ermittlungen in den Mordfällen habe ich nichts zu tun. Auch geht mich nichts an, was draußen auf dem Lande passiert ist, wo ihr die Felder angezündet habt und die Bauern …«

»Halt den Mund!«, befahl der mit dem Messer. Er stieß ihm die Faust so heftig in die Seite, dass er von Nierenschmerzen geplagt aufstöhnte.

»Ihr solltet nachdenken«, empfahl Buddebahn ihnen. »Sich allein auf Gewalt zu verlassen hat noch nie etwas gebracht.«

»Hest du Sabbelwoter drunken?«

»Das hat mit Alkohol nichts zu tun. Überlegt doch mal. Ich kann …«

»Halt's Maul!«

»Können wir nicht vernünftig miteinander reden?« Buddebahn wollte stehenbleiben, erhielt jedoch sogleich einen Stoß in den Rücken, der ihm unmissverständlich klarmachte, dass seine beiden Begleiter nicht mit sich spaßen ließen.

»Das war's, Buddebahn. Sei froh, dass wir nicht den Auftrag haben, dir den Garaus zu machen. Natürlich kann auf See noch viel passieren. Wie es ausgeht, hängt allein von dir ab«, sagte der Mann, dem drei Finger fehlten. Da er nur noch den Daumen und den Zeigefinger hatte, nannte Buddebahn ihn für sich *Zweifinger*. Sie bogen in Richtung Hafen ab. »Wir gehen an Bord einer Kogge, bleiben jedoch an Deck, bis das Schiff abgelegt hat. Man soll dich sehen. Vielleicht kannst du noch einem Freund zuwinken. Machst du nicht, was wir dir befehlen, spürst du die Klinge.«

»Und macht ihr beiden nicht, was wir sagen, hängt ihr morgen schon am Galgen«, versetzte David, der plötzlich neben seinem Vater erschien und dem Mann an seiner Seite ein Bein stellte, sodass dieser stolperte und zu Boden stürzte.

»Gib mir schon mal das Messer«, forderte Per Wasmann den anderen auf, wobei er ihm den Arm so kräftig nach hinten verbog, dass er stöhnend in die Knie ging. Dazu nahm er nur die rechte Hand. Die linke Faust schlug er ihm in den Nacken. »Ich mag es nicht, wenn man meine Freunde bedroht.«

Der Mann mit den fehlenden Fingern und sein Kumpan fluchten. Dabei wählten sie Worte, wie sie Buddebahn selbst im finstersten Winkel des Hafens noch nicht gehört hatte. Sie hatten keine andere Wahl. Sie mussten nachgeben. Eben noch fühlten sie sich als Sieger, nun mussten sie erkennen, dass sie auf der ganzen Linie verloren hatten.

Wasmann lockerte seinen Griff, ließ die beiden Männer jedoch nicht laufen.

»Wer hat euch den Auftrag gegeben?«, fragte er.

Mit ausdrucksloser Miene knieten beide vor ihnen und taten so, als seien nicht sie gemeint. Das aber ließ Wasmann sich nicht bieten. Bevor Buddebahn ihn daran hindern konnte, packte er den einen am Hals und zog ihn hart zu sich heran.

»Mach den Mund auf«, befahl er, »oder ich schlage dir sämtliche Zähne heraus.«

Zweifinger warf sich nach vorn und stieß ihm die Faust zwischen die Beine. Für einen kurzen Moment ließ der Braumeister den anderen los, und schon waren die beiden frei. Ungemein geschickt sprangen sie auf. Er reagierte zu spät. Sie flohen. Bevor David oder Wasmann sie aufhalten konnten, verschwanden sie im Gewühl der Menschen auf dem Marktplatz. Beide wollten sie verfolgen, gaben jedoch schon nach wenigen Schritten auf, weil sie Buddebahn nicht allein lassen wollten. Sie blieben stehen und blickten sich kurz um. In ihrer Nähe hielten sich nur noch ein paar Dienstboten auf, die sich nun furchtsam und erschrocken zurückzogen. Von ihnen ging keinerlei Gefahr aus.

»Sie haben ohne Rückendeckung durch andere gearbeitet«, stellte Buddebahn fest. Er war ruhig, als sei nichts Besonderes vorgefallen. Anerkennend blickte er von einem zum anderen. »Ich danke euch. Ohne euch hätte ich schlechte Karten gehabt.«

»Das kann schon sein«, erwiderte David. Kopfschüttelnd blickte er seinen Vater an. »Du warst gewarnt. Wie konntest du so unvorsichtig sein? Man hätte dich an Bord gebracht. Die Leute im Hafen hätten den Eindruck gehabt, dass alles in Ordnung ist. Aber du wärst nie irgendwo angekommen. Den Meeresgrund kann man ja wohl nicht als Reiseziel bezeichnen.«

Zwei Männer lösten sich aus dem Schatten eines Marktstandes und traten an sie heran. Der eine war groß und grobschlächtig. Er hatte eine steile, nach vorn geneigte Stirn und schwarze Haare, die wie die Stacheln eines Igels von seinem Kopf abstanden. Der andere überragte Buddebahn nur wenig. Seine Stimme war scharf und durchdringend, obwohl er nicht besonders laut sprach.

»Ist alles in Ordnung?«

»Das ist es«, bestätigte Buddebahn mit einem kleinen Lächeln auf den Lippen und einem verdächtigen Zucken in seinen Augenwinkeln. »Ihr kennt euch sicherlich. Das sind der Sattler Thor Feen und der Tischler Arp Niedernfeld. Zwei Männer, die zupacken können.«

David legte den Kopf schief. Er brauchte einige Zeit, bis er begriff. Währenddessen entfernten sich die beiden Handwerker.

»Das hätten wir wissen müssen«, presste Per Wasmann hervor. »Dein Vater ist ein gottverdammtes Schlitzohr. Er ist nicht ganz so leichtsinnig, wie du denkst. Er hat vorgesorgt.«

»Natürlich habe ich das«, erwiderte Buddebahn. Besänftigend hob er die Hände. »Oh, ich bin euch wirklich dankbar, und es wäre gut, wenn ihr auch weiterhin die Augen offen haltet. Aber ein wenig Vorsorge konnte nicht schaden.«

Wasmann schlug David grinsend in die Seite.

»Du wolltest es nicht glauben, Kleiner. Er ist ein raffinierter Hund!«

»Und du solltest den Namen Gottes nicht im Zusammenhang mit einem Fluch erwähnen. In dieser Hinsicht bin ich empfindlich«, fuhr der junge Mann ihn an. Er war aufmüpfig und orientierungslos, was seine berufliche Entwicklung betraf, hatte zuweilen verrückte Ideen, die allem widersprachen, was Erwachsene für gut und richtig hielten, war dabei jedoch gottesfürchtig und nahm nicht so einfach hin, was seinem Glauben widersprach.

Buddebahn wollte sich in den sich abzeichnenden Disput zwischen David und Wasmann nicht einmischen. Er hob grüßend eine Hand, um sich zu verabschieden, und bog in die Kleine Reichenstraße ab, wo der verstorbene Johann Berger seine Brauerei hatte. Schon nach wenigen Schritten blieb er überrascht stehen, denn vor dem Haus der Witwe Berger standen allerlei Kisten und Kästen. Dienstboten waren dabei, Hausrat auf die Straße zu schaffen. Das Bild, das sich ihm bot, war eindeutig. Minna zog aus.

Langsam schritt er auf das Haus zu, ohne sich erklären zu können, was sie dazu veranlasst haben konnte, das Haus so kurz nach dem Tode ihres Mannes zu verlassen, das eng mit der Brauerei verbunden war. Aus seiner Sicht gab es keinen Grund.

An den ehrerbietig grüßenden Dienstboten vorbei betrat er das Haus.

»Wo ist die Herrin?«, fragte er eine Magd, die einen mit Butter gefüllten Krug nach draußen bringen wollte.

»Im Garten«, antwortete das Mädchen. Sie kämpfte mit den Tränen, die sich auf ihre bleichen Wangen ergießen wollten.

Buddebahn hielt sich nicht mit ihr auf. Er durchquerte das Haus, bis er Minna durch eine offene Tür sehen konnte. Sie stand neben einem oben offenen Fass, in das sie kleingeschnittene Brennnesseln sowie Giersch und Quecke warf. Das Fass enthielt so viel Wasser, dass die Nesseln gerade eben bedeckt waren. Was sie neu hinzugab, drückte sie mit einem Holzlöffel ins Nass.

»Was macht Ihr da, Minna?« Er näherte sich ihr, wobei er kurz in die Runde blickte. Der Gemüsegarten hinter dem Haus war gepflegt und in jeder Hinsicht vorbildlich.

»Das seht Ihr doch«, antwortete sie. »Dünger für die Pflanzen.«

»Ah, ja, natürlich. Ihr gebt auch die Unkräuter hinein.«

»Ja, Giersch und Quecke leben im Kompost weiter, aber mit den Nesseln vergären sie und sind als Flüssigdünger sogar noch nützlich.«

»Eine gute Idee«, lobte er sie, wobei er tat, als sei ihm diese Art der Verwertung völlig neu. Tatsächlich machte er es in seinem Garten nicht anders. Er rümpfte die Nase. »Wenn Ihr ein wenig Baldrian hinzugebt, riecht es nicht so streng. Man sagt, vorteilhaft ist es auch, wenn man kleingeschnittenen Löwenzahn oder Schachtelhalm mit ins Fass legt. Daraus entwickelt sich ein guter Dünger.«

»In der Tat«, stimmte sie zu. »Man muss ihn nur richtig verdünnen, und man darf ihn nicht zu häufig auf die Pflanzen gießen. Mit kleinen Gaben erreicht man mehr. Ach, wie oft habe ich das den Mägden schon gesagt. Sie scheinen es nicht zu begreifen.«

»Sie meinen es gut«, versetzte Buddebahn. »Viel hilft viel. Leider ist das nur in wenigen Fällen richtig. Weniger ist oft besser.«

»Wie recht Ihr doch habt.« Sie wischte die Hände an ihrer Schürze ab.

»Ihr füllt das Fass, damit sich Dünger entwickelt«, stellte er fest, »zugleich aber scheint Ihr daran zu denken, aus Eurem Haus auszuziehen.«

»Ja, das werde ich.«

»Darf ich fragen, warum Ihr diesen Entschluss gefasst habt?«

Plötzlich füllten sich ihre Augen mit Tränen. Sie griff nach seinen Händen.

»Ach, Conrad.«

Ihre Hände zitterten, und ihre Unterlippe bebte. Von ihren Gefühlen überwältigt, war sie nicht in der Lage, weitere Worte hervorzubringen. Geduldig wartete er ab. Schließlich fuhr sie sich mit dem Handrücken über das Gesicht, um die Tränen von ihren Wangen zu wischen.

»Es bricht mir das Herz, aber ich kann nicht anders. Ich muss Haus und Hof verlassen, weil Johann alles verschenkt hat.«

Wie vom Donner gerührt stand er vor ihr und wollte nicht glauben, was er gehört hatte.

»Wie bitte?«, zweifelte er. »Johann hat alles verschenkt? Das Haus? Die Brauerei? Alles, was dazugehört?«

»Ja, alles ist weg. An mich hat er dabei nicht gedacht. Heute Morgen war ein Advokat bei mir und hat mir die Urkunde gezeigt. Mir bleiben nur ein kleiner, monatlicher Zins sowie ein bescheidener Zuschuss von der Stadt, weil er dem Stadtrat angehört hat. Der Advokat besteht darauf, dass ich sofort ausziehe.«

»Aber Johann hat nie etwas davon gesagt?«

»Nein, niemals. Selbst in seiner Todesstunde nicht. Das war rücksichtslos. Findet Ihr nicht auch? Stirbt und behält so was für sich!«

Sie war nicht mehr Herr ihrer Sinne. Die Forderung des Rechtsvertreters hatte sie wie ein Blitz aus heiterem Himmel getroffen, sodass sie kaum noch wusste, was sie tat. Allein ihre Bemühungen um den Dünger für den Garten, der ihr nun nicht mehr gehörte, war ein Hinweis darauf, wie es um sie stand.

»An wen hat Johann Haus und Hof verschenkt?«

»Nicht einmal das weiß ich. Gar nichts. Keine Ahnung.« Ihre Stimme versagte.

Buddebahn legte seine Hand an ihren Arm und führte sie mit sanftem Druck ins Haus. Jetzt noch Dünger herzustellen für einen Garten, den sie nie mehr benutzen würde, war sinnlos. Es gab nur eine Erklärung für ihr Verhalten. Sie schaffte es nicht, beim Umzug tatenlos zuzusehen. Daher hatte sie sich eine Beschäftigung gesucht, die sie ablenkte und sie nicht pausenlos an das Unfassbare denken ließ – den Verlust all dessen, was ihr bisheriger Lebensinhalt gewesen war.

»Wohin werdet Ihr ziehen?«, fragte er. »Habt Ihr überhaupt eine Bleibe?«

»Ich gehe zu meiner Mutter. Sie hat ein kleines Haus am Hafen.« Sie löste sich von ihm und eilte zu den Bediensteten, die eine große Truhe zur Tür hinausschleppen wollten. Sie befahl ihnen, die Arbeiten zu beenden. »Hört auf damit! Das Haus meiner Mutter ist viel zu klein, um all diese Dinge aufnehmen zu können. Die Truhe geht nicht durch die Haustür. Also lasst sie hier. Und die anderen Möbel auch. Kommt. Ich gebe euch euren Lohn. Viel habe ich nicht mehr, weil mein Mann alles verschenkt hat. Ihr aber sollt nicht darunter leiden, dass er so unglaublich töricht war.«

Sie rief die Dienstboten zusammen, nahm einen Geldbeutel aus einer Lade und reichte jedem von ihnen einige Geldstücke. Dabei teilte sie ihnen immer wieder mit, dass sie nun nicht mehr in der Lage sei, sie zu beschäftigen, dass sie überhaupt keine Hilfen mehr haben werde und alle anfallenden Arbeiten im Haus selber erledigen müsse. Die Männer und Frauen bedankten sich und verließen einer nach dem anderen das Haus, dem sie so viele Jahre lang gedient hatten.

Conrad Buddebahn sah ihnen zu. Vergeblich versuchte er zu ergründen, was Johann Berger zu dem Entschluss gebracht hatte, sein gesamtes Vermögen, das nicht unbeträchtlich war, zu verschenken. Es passte nicht zu ihm. Er war immer ein vorsorglicher Mensch gewesen, der sich um andere oft mehr Gedanken gemacht hatte als um sich selbst.

Er erinnerte sich noch gut an ein Erlebnis, das sie in einem Alter von neun oder zehn Jahren gehabt hatten. So genau wusste er nicht mehr, wie alt sie damals gewesen waren. Zusammen mit Johann Berger und Klaas Bracker hatten sie sich das herrenlose Boot eines verstorbenen Fischers genommen – *ausgeliehen*, hatten sie damals gesagt –, um damit für ein großes Abenteuer in See zu stechen. Sie ruderten von einem Fleet auf den Elbstrom hinaus, nachdem sie sich vorher genau überlegt hatten, wie sie sich dort verhalten mussten und welche Ziele sie erreichen wollten. In ihrer Phantasie redeten sie sich ein, dass sie auf die Jagd nach Piraten gingen und dass der Geist des vor mehr als hundert Jahren in Hamburg enthaupteten Störtebeker sich noch immer an den Ufern der Elbe herumtrieb. Ihn wollten sie aufspüren. Dabei hatten sie errechnet, wie sie sich im Wechselspiel von Ebbe und Flut verhalten mussten, um nicht in die ferne Westsee hinausgeschwemmt zu werden.

Dummerweise unterschätzten sie die Kraft der Strömung, die weitaus stärker als angenommen war, und als sie sich in die Riemen legten, um ihr zu trotzen, brach eines der Ruder, sodass sie nur noch mit größter Mühe steuern konnten. Von der Strömung des ablaufenden Wassers auf die Elbe hinausgetragen, versuchten sie, zurück ans Ufer zu kommen. Egal wo. Es gelang ihnen nicht. Auch als die Tide kippte und die Flut einsetzte, schafften sie es nicht ans Ufer. Selbst einem Erwachsenen wäre es schwergefallen, die Nussschale mit nur einem Ruder gezielt voranzubringen. So kamen sie immer weiter ab vom Kurs und waren froh, nach Stunden der Irrfahrt eine der Elbinseln zu erreichen. An den Zweigen der Weiden zogen sie sich in einen der natürlichen Kanäle hinein, banden das Boot an einen Baumstamm, sodass es nicht abgetrieben werden konnte, und sanken vollkommen erschöpft ins Gras.

Seit sie im Fleet abgelegt hatten, waren Stunden vergangen, und der Tag neigte sich seinem Ende zu. In der Ferne sahen sie mehrere Koggen vorbeiziehen, und sie versuchten, sich der Besatzung bemerkbar zu machen. Vergeblich. Vielleicht wurde man nicht auf sie aufmerksam, oder man fürchtete, von ihnen in eine Falle gelockt zu werden. Niemand reagierte auf ihre Zeichen und ihre Rufe.

»Wir sitzen fest, Leute«, stellte Johann Berger fest. »Es kann verdammt lange dauern, bis wir hier wieder wegkommen.«

»Oder wir schaffen es nie«, befürchtete Klaas Bracker, der von vornherein nicht so ganz mit dem Risiko einverstanden gewesen war, das sie eingegangen waren. Er hatte dafür plädiert, eine kleine Sicherung für alle Fälle einzubauen – etwa ein weiteres Ruder als Reserve mitzunehmen oder ein Stück Tuch, das sie notfalls als Segel verwenden konnten.

»Wenn du groß bist, wirst du mal Banker werden«, spottete Johann

Berger. »Immer musst du dir ein Hintertürchen aufhalten. Aber das macht ein Abenteuer langweilig.«

»Mir ist es spannend genug«, erwiderte Klaas. Zaghaft wies er auf den Elbstrom hinaus. »Kannst du mir mal verraten, wie wir es schaffen sollen, wieder nach Hamburg zu kommen?«

Johann zog es vor zu schweigen. Er wusste keine Lösung, aber er war der Einzige, der etwas Brot und Gebäck dabei hatte. Selbstlos rückte er damit heraus, um großzügig mit ihnen zu teilen. Auch an den beiden folgenden Tagen zögerte er nicht, seine letzten Reserven an die Freunde zu geben und sich selber nur ein paar Krümel in den Mund zu stopfen. Er war überzeugt, dass es ihnen gelingen werde, ein Kaninchen oder einen Vogel zu fangen, ein Feuer zu entzünden und das Fleisch über der Flamme zu garen. Leider irrte er sich. Weder gelang es ihnen, ein Feuer zu machen, noch hatten sie Jagdglück. Sie gruben lediglich ein paar Wurzeln aus, die sie verzehren konnten. Großer Jubel brach aus, als Johann einen verwilderten Apfelbaum entdeckte, der nur kleine, aber immerhin genießbare Früchte hatte.

Johann kletterte auf den Baum, pflückte einige Äpfel und stürzte dann herab. Er fiel unglücklich auf den rechten Arm und riss ihn sich an einem dornigen Ast auf. Die Wunde blutete heftig. Buddebahn erinnerte sich daran, wie er ihn verbunden hatte und wie es ihm endlich geglückt war, die Blutung zu stillen.

Die Verletzung aber hinderte Johann Berger nicht daran, sich um Klaas Bracker zu kümmern, der unter ihrer Situation besonders litt.

So gelang es ihnen, vier Tage zu überstehen. In dieser Zeit reparierten sie notdürftig das gebrochene Ruder und wagten sich schließlich auf den Strom hinaus. Bei auflaufendem Wasser gelang es ihnen, eine andere Elbinsel zu erreichen, die näher bei Hamburg war. Dort blieben sie während der Nacht, um am nächsten Morgen den Versuch zu unternehmen, den Strom zu überqueren. Jetzt brachen beide Ruder, und sie waren vollkommen hilflos. Klaas Bracker verzweifelte, aber Johann Berger richtete ihn immer wieder auf, bis unversehens eine Kogge in ihrer Nähe auftauchte. Die Besatzung entdeckte sie und holte sie an Bord, um sie in den Hafen zu bringen.

Buddebahn wusste, dass Johann Berger und Minna eine gute Ehe geführt hatten und dass sie sich bis zuletzt in tiefer Liebe zugetan gewesen waren. Stets hatte er sie gegen alle Unbill des Lebens abgeschirmt und sich niemals über ihre Selbstsucht beklagt. Er hatte sie so geliebt, wie sie war.

Und ausgerechnet dieser Mann sollte sein ganzes Vermögen verschenkt haben, ohne dafür zu sorgen, dass seine Minna gut versorgt war? Ein Mann wie er sollte sie dem Elend überlassen?

Buddebahn konnte und wollte es nicht glauben.

Er begegnete ihr noch einmal, als er auf die Straße hinaustrat, wo alles, was Minna mitnehmen wollte, auf zwei Fuhrwerke verladen worden war. Sie wollte gerade auf den Kutschbock des ersten Wagens steigen, bemerkte ihn und zögerte.

»Eine Frage, Minna«, hielt er sie auf. »Nur der Vollständigkeit halber. Damit ich mir ein Bild machen kann.«

»Ich bin müde. Dies alles hat mich furchtbar aufgeregt. Mir ist, als würde mir das Herz herausgerissen. Ein Mann kann sich so was nicht vorstellen.«

»Wahrscheinlich nicht«, antwortete er. »Frauen haben eine engere Beziehung zu einem Haus als Männer. Dennoch glaube ich, nachempfinden zu können, wie es in Euch aussieht. Ich wollte Euch noch wissen lassen, dass Ihr in meinem Hause stets willkommen seid. Hanna ist eine vorzügliche Köchin. Es wird ihr eine Ehre sein, Euch zu beköstigen.«

»Hanna ist sicherlich gut bei Euch aufgehoben.«

»Das hoffe ich.«

Sie stieg auf den Kutschbock, gab jedoch noch nicht das Zeichen zum Aufbruch. »Was kann ich für Euch tun?«

»Ach, das hätte ich beinahe vergessen. Seht Ihr, ich komme allmählich in ein Alter, in dem es schwerfällt, sich zu konzentrieren. Was war es doch?« Er legte die Hand an die Stirn, streckte dann den Arm aus und rief: »So was Dummes! Dabei liegt es auf der Hand. Ich wollte wissen, wer eigentlich in dem Fall Eures verstorbenen Gemahls ermittelt!«

»Niemand«, gab sie zurück.

»Niemand?« Buddebahn lächelte verständnislos. »Das kann nicht sein.«

»Es ist so, lieber Conrad. Alles hat sich gegen mich verschworen. Nicht lange vor Euch war Kirchberg bei mir. Der Medicus hat mir mitgeteilt, dass mein Mann im Gegensatz zu seinen ersten Eindrücken nicht ermordet worden ist, sondern dass er eines natürlichen Todes gestorben ist, ausgelöst durch ein hohes Fieber.«

Er fing sich schnell.

»Der Medicus muss es wissen«, versetzte er. »Niemand könnte besser beurteilen als er, was geschehen ist. Seid froh, dass es kein Mord war – falls ich so etwas unter diesen Umständen überhaupt sagen darf. Ein gewaltsam herbeigeführter Tod drängt sich in unsere Gedanken und will nicht mehr weichen. Er beschäftigt uns auch dann noch, wenn man es kaum noch erträgt, sich damit zu befassen. Es ist, als wollte uns das Opfer aus jener Welt heraus ermahnen, in der es weiterexistiert, den Täter nicht ungeschoren zu lassen. Johann aber hat seinen Frieden gefunden. Er wird sich zurückziehen und mehr und mehr aus Euren Gedanken und aus Eurem Herzen weichen. Ihr werdet ihn wiedersehen, wenn Ihr dereinst diese Welt verlassen und den Weg gehen müsst, der nun schon hinter ihm liegt.«

»Danke, Conrad. Eure Worte trösten mich.« Sie nickte dem Kutscher zu. Er löste die Bremsen und legte die Hand an die Gerte, die neben ihm ruhte. Das genügte. Die Pferde setzten sich in Bewegung und zogen den Wagen ihrem neuen Ziel entgegen.

13

»Ihr seid ein Feigling«, sagte Buddebahn. »Wie konntet Ihr bescheinigen, dass Johann Berger eines natürlichen Todes gestorben ist?«

»Bei sich selber nennt man des anderen Feigheit Vorsicht«, erwiderte der Medicus unbeeindruckt. Er saß vor seinem Haus auf einer Bank und sortierte getrocknete Kräuter, um sie in verschiedenen Anteilen in einen Mörser zu geben und zu zerstampfen. Dabei musste er sich immer wieder tief herabbeugen, um sie sehen zu können. Hin und wieder zerrieb er einige Blättchen zwischen den Fingern und roch anschließend daran. Zufrieden war er offensichtlich nur, wenn sich genügend Duft entwickelte.

»Ihr wisst, dass es Mord war!«

»Das kann und will ich nicht leugnen.« Er wies auf den freien Platz neben sich auf der Bank. »Setzt Euch doch. Es spricht sich besser.«

Nur zögernd folgte Buddebahn der Einladung. Das Haus stand am Rande einer Anhöhe. Von hier aus hatte man einen weiten Blick auf den Hafen an der Alster sowie auf den Elbstrom in der Ferne. Deutlich waren mehrere Kraveelen zu erkennen, die mit der Flut heraufkamen und die Fleete ansteuerten.

»Ihr gebt auch jetzt noch zu, dass es Mord war«, konstatierte er. »Was um alles in der Welt hat Euch dazu veranlasst, dem Rathaus gegenüber etwas anderes zu sagen?«

»Der Koch aus dem *Hopfensaal* ist verschwunden«, versetzte Kirchberg gelassen. »Wir liegen sicherlich nicht falsch, wenn wir annehmen, dass er Hamburg längst verlassen hat. Abel, den Wirt, kann niemand belangen. Also werden die Ermittlungen im Sande verlaufen. Das ist sicher. Wozu also überhaupt solche Anstrengungen machen, wenn man weiß, dass am Ende nichts herauskommt? Soll ich meinen guten Ruf ruinieren und zugeben, dass ich eine falsche Diagnose gestellt habe? Das könnt Ihr nicht von mir verlangen.«

»Das war, als Johann Berger noch lebte. Inzwischen wissen wir, dass irgendjemand den Mord in Auftrag gegeben hat.«

»Auch das ist richtig, aber niemand wird es ihm beweisen können. Wie Ihr wisst, verlangen die Richter in solchen Fällen wenigstens zwei Augenzeugen. Die aber werden sich nicht finden.«

Buddebahn stand auf und entfernte sich ein paar Schritte von dem Medicus. Nachdenklich blickte er auf den Hafen hinaus.

»Hoffentlich bescheinigt Ihr Kröger nicht auch noch, dass der Engländer weder im Sudkessel ertrunken noch mit einem Dolch erstochen worden ist, sondern eines natürlichen Todes starb«, spottete er.

»In dieser Hinsicht wird sich nichts ändern«, entgegnete Kirchberg. »Ich möchte Euch jedoch warnen. Ihr habt es mit jemandem zu tun, der keinerlei Rücksicht nimmt und für den ein Menschenleben so gut wie gar nichts zählt.«

Buddebahn fuhr herum.

»Dann habt Ihr Besuch gehabt? War jemand bei Euch, der Euch – um es milde auszudrücken – geraten hat, die Todesursache bei Johann Berger zu ändern? Oder deutlicher: jemand, der Euch unter Druck setzt und Euch oder Eure Frau bedroht? Vor dem Ihr Euch fürchten müsst, weil es Euch vielleicht gar ans Leben geht, falls Ihr Euch nicht so verhaltet, wie er es will?«

Tilmann Kirchberg beugte sich so tief über seine Kräuter, dass er sie beinahe mit der Nase berührte. Mit einem spitzen Holz drückte er die Halme auseinander.

»Kann schon sein.«

»Wer war es?«

Er hob den Kopf und verengte die Augen so sehr, dass sie fast geschlossen waren. Zugleich hielt er sich einen Glassplitter vor das linke Auge.

»Ihr erwartet nicht wirklich, dass ich darauf antworte – oder? Lasst es gut sein, Buddebahn, und findet Euch damit ab, dass ich mein Leben nicht für einen Fall aufs Spiel setze, der nicht gelöst werden wird und bei dem der Täter längst dort ist, wo der Pfeffer wächst. Oder noch weiter weg von Hamburg. Was weiß ich?«

»Wer war es? Ihr solltet mir antworten. Es bleibt unter uns. Die Wände haben keine Ohren, und die Möwen dort oben können auch nichts ausplaudern. Also – wer war es?«

Tilmann Kirchberg ließ sich viel Zeit mit seiner Antwort. Schließlich aber raffte er sich auf, die Wahrheit zu sagen und das Geheimnis zu lüften.

»Adolf Rumohr.«

Vom Medicus ging Buddebahn über den Markt bei der Nicolaikirche. Er wollte kurz mit Hanna Butenschön reden, die hier ihren Fischstand aufgebaut hatte. Da ihre Karre von mehreren jungen Frauen umlagert wurde, die nicht nur Fisch kauften, sondern die Gelegenheit nebenbei zu einem Schwätzchen nutzten, Neuigkeiten austauschten oder Gerüchte aufgriffen, hielt er sich nicht bei ihr auf, sondern schlug den Weg zum Hopfensack ein. Kaum war er an der Kirche vorbei, als der den Mann entdeckte, dem drei Finger an der linken Hand fehlten.

Zweifinger hörte dem Gaukler zu, lachte laut auf, als dieser offenbar eine witzige Bemerkung machte, gab ihm eine Münze und schlenderte gemächlich an der Kirchenmauer und den Bereichen eines Gerbers und eines Fellhändlers vorbei. Kurz entschlossen folgte Buddebahn ihm, wobei er vorsichtigen Abstand hielt und stets auf gute Deckung achtete. Im Schatten der Kirche wich er zur Seite aus, sodass sich der Stand eines Kesselflickers und danach der Verschlag eines Bauern mit Schafen und Schweinen zwischen ihm und dem Mann befanden, der einem anderen als Söldner diente und offenbar jeden Auftrag für ihn ausführte – Mord an wehrlosen Bauern sowie Brandstiftung an ihren Hütten und den Feldern eingeschlossen. Der Mann war fraglos äußerst gefährlich. Daher schien es geboten, ihm aus dem Wege zu gehen. Aber nur wenn er sich an seine Fersen heftete, konnte er herausfinden, wer sein Auftraggeber war.

Zweifinger blieb in der Nähe Hanna Butenschöns stehen und beobachtete sie eine Weile, setzte dann seinen Weg fort und betrat den *Hopfensaal*. Dabei wählte er jedoch nicht den vorderen Eingang, wie es eigentlich zu erwarten war, sondern die seitlich am Großen Burstah gelegene Tür. Dabei musste er einen Hof überqueren, auf dem allerlei Gerümpel und mehrere Bierfässer lagerten und dem sich ein auf drei Seiten geschlossener Unterstand anschloss. Nahezu zwei Dutzend Pferde drängten sich unter dem Dach zusammen.

Dass der Wirt des *Hopfensaals* Pferde hatte, war keineswegs überraschend. Doch war es die Anzahl. Zum Wirtshaus gehörten nicht mehr als zwei, höchstens vier Pferde. Vier oder fünf weitere mochten den Gästen zugerechnet werden, die in den Zimmern untergebracht waren. Blieb mehr als ein Dutzend Pferde, die als überzählig anzusehen waren.

Wem gehörten sie? Jenen Männern, die sich die Ritterhelme übergestülpt hatten, um derart maskiert Bauern zu überfallen, zu ermorden und Feuer an ihre Katen und ihre Felder zu legen?

Der Verdacht lag nahe.

Die Frage war, wo sich diese Männer aufhielten. Im *Hopfensaal* hatten sie jedenfalls kein Quartier bezogen. Dafür standen in diesem Haus nicht genügend Zimmer zur Verfügung. Außerdem hatte er eine Bemerkung des Wirts aufgefangen, aus der hervorging, dass einige Räume unbesetzt waren. Wo also waren sie? Er hielt es für möglich, dass sie eine Art Brückenkopf bildeten und irgendwo in Hamburg ein Basislager eingerichtet hatten, von dem aus sie operierten.

Buddebahn verzögerte seine Schritte nur kurz, dann eilte er über den Hof und folgte *Zweifinger* ins Innere des Gebäudes. Gleich neben der Tür führte eine Treppe steil in die Höhe. Daneben befand sich die Küche, in der mehrere Köche arbeiteten, wie aus dem Fauchen des Feuers, dem Klappern der Töpfe und dem Schleifgeräusch der Messer, die am Wetzstein geschärft wurden, zu hören war. In einem kleinen Wandschrank steckten mehrere Messer in Holzblöcken. Buddebahn zog eines davon heraus. Es war fast so lang wie sein Unterarm. Als er seine Daumenkuppe über die Klinge gleiten ließ, spürte er, wie scharf es war.

Derart ausgerüstet, stieg er die Treppe empor. Als er ihr oberes Ende erreichte, sah er gerade noch, wie sich wenige Schritte von ihm entfernt eine Tür schloss. Während er dorthin eilte, konnte er nicht verhindern, dass die Holzbohlen unter seinen Füßen knarrten. Die verräterischen Geräusche schreckten ihn nicht ab, sie waren nicht zu vermeiden, und *Zweifinger* musste nicht unbedingt daraus schließen, dass ihm eine Gefahr drohte. Das änderte sich, als er die Tür öffnete und ihm in eine kleine Werkstatt folgte.

Erschrocken fuhr der Mann herum. Er stand an einem Tisch, auf dem neben einer Armbrust allerlei Handwerkzeug herumlag. Er schien an der Waffe arbeiten zu wollen. Daneben steckte ein Bündel von kurzen Pfeilen in einem ledernen Köcher. Mit einem Blick sah Buddebahn, dass sie an ihrem Ende mit kleinen Vogelfedern versehen waren. An den Wänden lehnten Balken, Bretter und Leisten von verschiedenen Hölzern.

»Verdammt, was wollt Ihr von mir?«, stammelte *Zweifinger,* trat einen Schritt auf ihn zu, bemerkte das Messer in seiner Hand – das einem Kurzschwert nicht unähnlich war – und wich wieder zurück.

»Oh, es tut mir leid, wenn ich dich störe«, erwiderte Buddebahn. »Ich halte dich nicht lange auf. Es liegt ganz bei dir, wann du mit der Arbeit weitermachen kannst. Ich möchte nur eine Auskunft, und dann bin ich wieder weg.«

»Von mir erfahrt Ihr gar nichts.«

»Erstaunlich.« Er strich sich mit der Klinge über den Handballen. »Ich bin immer wieder überrascht, wie scharf diese Küchenmesser sind. Wenn man nicht aufpasst, kann man sich böse daran verletzen. Man kann nicht umhin, die Köche zu bewundern, die Tag für Tag damit arbeiten, ohne sich die Finger abzuschneiden.«

Zweifinger hob die Hände bis zu den Schultern, um anzuzeigen, dass er aufgab und nicht kämpfen wollte. »Was wollt Ihr wissen?«

»Wer hat dich beauftragt, mich auf ein Schiff zu bringen? Wer hat dir befohlen, Bauern an Bäumen aufzuhängen und ihre Felder anzuzünden?«

Der Mann fluchte auf eine abscheuliche und gotteslästerliche Weise, wobei er einige englische Ausdrücke einfließen ließ.

»Hör auf damit«, befahl Buddebahn ihm. »Antworte endlich.«

»Das hat mit England zu tun«, eröffnete er ihm. »Alles. Von Anfang an ging alles von England aus.«

Buddebahn hörte die Bohlen vor der Tür knarren. Vorsichtshalber trat er zur Seite. Keinen Moment zu spät, denn plötzlich polterte der andere herein, mit dem zusammen *Zweifinger* versucht hatte, ihn zu entführen. Er bemerkte, dass sein Kumpan nicht allein war, und fuhr herum, sah das Messer und verzichtete auf einen Angriff.

Buddebahn ging zur Tür. Er hob das Messer, wobei er so tat, als falle ihm erst jetzt auf, dass er es in der Hand hielt.

»Es ist scharf«, sagte er. »Unglaublich scharf. Schon eine kleine Berührung kann zu bösen Verletzungen führen. Ich muss die Köche mal fragen, wie sie es anstellen, mit solchen Werkzeugen zu arbeiten, ohne Unheil anzurichten.«

Die beiden Männer machten keinerlei Anstalten, ihn anzugreifen.

Er blickte sie an, hob das Messer und zugleich die andere Hand und lächelte verlegen.

»Oh, jetzt verstehe ich. Tut mir leid. Ich hatte nicht die Absicht, euch mit dem Messer anzugreifen. Ich kann gar nicht mit so was umgehen. Zu dumm. Ich sollte es nicht in der Hand haben.«

Als *Zweifinger* auf ihn zutrat, richtete er die Messerspitze auf ihn.

»Nein, nein, nicht nötig. Du brauchst mir nicht zu helfen. Ich lege es zurück, sobald ich unten bin.«

Sie wussten nicht, ob er es ernst meinte oder ob er sie verspotten wollte. Sie regten sich nicht. So konnte er die Werkstatt ungehindert verlassen und die Tür hinter sich schließen. Er eilte die Treppe hinunter, legte das Messer in den Wandschrank und mischte sich gleich darauf unter die Marktbesucher an der Nicolaikirche, wo er nicht fürchten musste, überfallen zu werden.

Am Stand Hanna Butenschöns war es ruhig geworden. Nur ein Mann stand vor ihr und sprach mit ihr. Er hielt einen Lachs in der Hand und betrachtete seine Kiemen, um zu prüfen, ob der Fisch auch wirklich frisch war. Mit dem Ergebnis war er offenbar zufrieden. Lächelnd legte er ihn auf den Tisch zurück, sagte etwas zu Hanna, und sie lachten beide.

Es war Jonas Bracker.

Einem ersten Impuls folgend, wollte er zu ihnen gehen, entschloss sich dann jedoch anders. Er drehte sich um und verließ den Markt. Hanna hätte es ihm falsch ausgelegt, wenn er bei ihr erschienen und womöglich einen Streit mit Bracker angefangen oder auch nur Fragen gestellt hätte.

Früher oder später würde sie ihm sagen, was zwischen ihr und dem Bruder des Bankers war. Davon war er fest überzeugt, und er war sicher, dass er keinen Grund hatte, eifersüchtig zu sein. Vielleicht spielte sie mit dem Feuer, aber verbrennen würde sie sich nicht. Dennoch blieb ein Gefühl des Unbehagens.

Seit seinem Besuch bei Klaas Bracker, bei dem dieser sich recht eigenartig geäußert hatte, traute er Jonas nicht mehr über den Weg. Er spürte, dass mit diesem Mann etwas nicht stimmte und dass er mit Vorsicht zu genießen war. Er hatte etwas zu verbergen, und er war nicht ohne bestimmte Ziele nach Hamburg gekommen. Sehr viel leichter wäre es gewesen, seinen Hintergrund aufzuhellen, wenn Hanna offener zu ihm und bereit gewesen wäre, über ihn zu reden. Doch sie schirmte ihn und sich gegen ihn ab und machte es ihm dadurch unnötig schwer.

Nicht ins Bild passte, dass er Hanna aus dem Kerker geholt hatte.

Oder musste er es anders sehen? Hatte er gar nicht anders handeln können, weil sie – ohne es zu wissen – eine wichtige Figur in seinem Spiel war, eine Figur, auf die er nicht verzichten konnte und die er nicht im Kerker wissen wollte, wo sie ihm nichts nützte?

Er verdrängte die Gedanken an Jonas Bracker, bog in den Hopfensack ein und betrat gleich darauf die Kammer, in der Henning Schröder saß und sich die Zeit damit vertrieb, eine Tinktur für die Wundbehandlung an seinem Kopf herzustellen. Dazu hatte er Blüten, Blätter, Früchte und Wurzeln verschiedener Pflanzen abgewogen, die härteren Pflanzenteile mit dem Mörser zerkleinert und war nun dabei, alles zusammen in ein Glas zu geben, das er mit Alkohol füllte.

»Das Zeug muss ein paar Tage ziehen, bis sich die Wirkstoffe aus den Pflanzen gelöst haben. Dann gieße ich alles durch einen Filter und gewinne eine Tinktur, die sich hervorragend für die Behandlung meiner Kopfwunde eignet«, erläuterte er seine Vorgehensweise, bevor Buddebahn überhaupt ein Wort gesagt hatte. »Ich habe siebzigprozentigen Alkohol gewählt und noch ein wenig Wasser hinzugegeben. Nach meiner Erfahrung führt das zu dem Ergebnis, das ich erreichen will. Das ist allemal besser als die Mischung abzukochen, denn durch Hitze werden viele Bestandteile zerstört.«

Er blickte Buddebahn an, als erwarte er ein Lob. Doch das kam nicht.

»Kann nur sein, dass deine Wunde verheilt, bevor deine Tinktur fertig ist. Aber lassen wir das. Reden wir von etwas anderem. Henning, ich habe dir Fragen gestellt, aber nicht die Antworten erhalten, die der Wahrheit entsprechen.«

»Ich weiß nicht, was du meinst.« Verlegen wich der Braumeister aus, kramte seine Sachen zusammen und verstaute sie auf einem Regal.

»Ich hatte gehofft, du würdest von dir aus zu mir kommen, um es richtigzustellen.« Buddebahn setzte sich. Er ließ den Freund nicht aus den Augen. »Ich kenne dich lange genug. Daher ist mir klar, dass du einen triftigen Grund gehabt hast.«

»Hilf mir auf die Sprünge, Conrad. Worum geht es?«

»Wenn du nicht anders willst, packen wir es anders an. In der

Gewitternacht bist du niedergeschlagen worden. Danach hast du behauptet, du hättest zuviel getrunken und könntest dich an nichts erinnern.«

»Ja – und? So war es.«

»Nein, so war es nicht. Du hättest eine Bierfahne haben müssen. Die aber hast du nicht gehabt. Du warst nicht besoffen, sondern nüchtern, und du hast auch keine Gedächtnislücke gehabt. Es ist an der Zeit, etwas richtigzustellen.«

»Verdori!« Schröder ließ sich so schwer auf einen Hocker fallen, dass dieser bedenklich knarrte, als müsse er unter der Last zusammenbrechen. Schweiß rann ihm unter dem Verband hervor auf die Stirn. Nervös zwirbelte er an seinem Bart. »Kannst du mich nicht in Ruhe lassen?«

»Ich denke nicht daran.«

»Verdori!«

»Du weißt, dass die Wahrheit gut bei mir aufgehoben ist. Was wir miteinander bereden, bleibt unter uns. Nicht einmal Hanna werde ich davon erzählen.«

»Wirklich nicht?«

Schröder stand auf, ging zu den Fenstern und blickte hinaus, um sich davon zu überzeugen, dass sich nicht irgendwo ein Lauscher befand, der mithörte und ihn verraten konnte. Die Fenster waren offen. Nachts und an kalten, windigen Tagen konnte er die Läden schließen, und wenn es zog, die Ritzen mit Fellstreifen und Schafswolle abdichten. Butzenscheiben wie in Buddebahns Haus oder gefettetes Pergament gab es nicht. Solche Dinge waren noch unerschwinglich für den Mann, der die Brauerei erst vor wenigen Monaten übernommen hatte.

Nach der Entscheidung des Bürgermeisters, ihm die Lizenz zu entziehen, rückten sie in weite Ferne, denn der Sommer neigte sich seinem Ende zu. Bis zum Herbstbeginn war die Zeit, die verlorenging, nicht mehr aufzuholen. Bald würden die Schiffe im Hafen vor Anker gehen, um in seinem Schutz zu bleiben und erst wieder im Februar auszulaufen.

Daran mochte Schröder denken, während er am Fenster verharrte und mit sich rang. Viel zu lange schon schleppte er etwas mit sich herum, was ihn belastete. Doch es war nicht leicht für ihn, sich zu öffnen. Daher dauerte es einige Zeit, bis er an den Tisch zurückkehrte und sich zu Buddebahn setzte.

»Ich möchte nicht im Sudkessel enden.«

»Das wirst du nicht! Begreifst du denn nicht, dass diese Leute, wer immer sie sind, ihre Macht nur ausüben können, weil die Betroffenen schweigen? Die Angst ist ihr Geschäft. Solange ihre Opfer sie nicht überwinden, können sie weitermachen, bis sie ihr Ziel erreicht haben. Wenn du willst, dass man ihnen das Handwerk legt, dann rede endlich.«

»Also gut, Conrad. Sie haben mich in die Zange genommen«, sagte er so leise, dass er kaum zu verstehen war.

»Wer?«

»Als ich aus dem *Hopfensaal* kam und nach Haus gehen wollte, waren da zwei Männer. Ich kenne sie nicht und habe sie hinterher nicht wieder gesehen. Sie sind mitgegangen bis in die Brauerei. Sie wollen die Brauerei haben.«

»Die dir nicht gehört.«

»Das habe ich ihnen gesagt. Immer wieder. Bis sie es kapiert haben.«

»Und?«

»Das hat sie überrascht. Ich glaube, damit haben sie nicht gerechnet. Sie haben leise miteinander geredet. Dann hat einer von ihnen mir gedroht, dass sie Feuer legen und die Brauerei niederbrennen werden. Sie haben gesagt, dass der schwarze Falke mich holen wird, um mich in die Hölle zu tragen, sobald ich es irgendjemandem verrate, ganz gleich, wem. Ich musste mich umdrehen. Als ich es tat, haben sie mir eins über die Rübe gegeben. Danach war's vorbei. Als ich irgendwann zu mir kam, habe ich als Erstes diese Zeichnung an der Wand gesehen. Die vom schwarzen Falken! Da habe ich beschlossen, die Klappe zu halten.«

»Und der Tote im Sudkessel?«

»Irgendwann habe ich begriffen, dass da ein Toter war. Muss viel später gewesen sein. Als du schon im Sudhaus warst. Ich war kurz wach, bin dann aber wieder bewusstlos geworden.«

Buddebahn nickte ihm zu und legte ihm die Hand auf den Arm.

»Es ist gut, dass du endlich den Mund aufgemacht hast«, lobte er ihn. »Allmählich beginnt sich der Nebel zu lichten.«

Die versuchte Entführung auf ein Schiff bekam nun einen ganz anderen Hintergrund. Was beabsichtigt war, lag auf der Hand. Er sollte so unter Druck gesetzt werden, dass er handelte wie Johann Berger – und seine Brauerei »verschenkte«. Auch die Entscheidung Bergers erschien in einem anderen Licht. Er war sicher, dass der mit Pilzen Vergiftete seine Brauerei nicht freiwillig hergegeben hatte, sondern dazu gezwungen worden war.

»Niemand außer uns wird davon erfahren«, versprach er.

»Wie geht es weiter, Conrad? Ich erfahre nur wenig von dem, was in der Stadt passiert.«

»Du brauchst dir keine Sorgen zu machen. Je weniger zu weißt, desto besser für dich. Sie werden dich in Ruhe lassen. Dagegen kommt auf mich noch einiges zu. Sie werden mich nicht in Ruhe lassen, sondern es so lange versuchen, bis sie ihr Ziel erreicht haben.«

»Sie? Wen meinst du damit?«

»Diese Frage kann ich dir nicht beantworten. Noch nicht.« Buddebahn hob die Hände, um weitere Fragen abzuwehren. »Kümmere du dich um deine Verletzung. Für dich ist erst mal nur wichtig, dass du gesund wirst.«

Er nickte ihm aufmunternd zu und ging auf den Hof hinaus. Die Hunde kamen zu ihm. Er streichelte sie, und er sprach mit ihnen, als ob sie ihn verstehen könnten. Dann aber ließ er die Hände sinken, ließ seine Blicke zu den Landsknechten hinübergleiten und sagte: »Seltsam!«

Er klopfte den Hunden die Seite, wechselte ein paar ebenso freundliche wie unverbindliche Worte mit den Söldnern und stieg die Treppe hinunter zu den Stallungen, um nach seinem Warmbluthengst zu sehen. Harm und David waren im Stall. Sie versorgten die Pferde.

»Ich habe einen Auftrag für dich«, sagte er zu seinem Sohn. »Holstein muss bewegt werden. Er steht schon viel zu lange in seiner Box. Du könntest mit ihm ausreiten.«

»Nichts lieber als das«, erwiderte David, der sich sichtlich freute. »Der Hengst ist schon unruhig.«

»Vergiss die anderen Pferde nicht«, ermahnte der Pferdeknecht ihn. »Sie brauchen ebenfalls Bewegung. Sie sind es nicht gewohnt, nur im Stall zu stehen. Sonst sind sie jeden Tag mit dem Fuhrwerk unterwegs.«

»Sie kommen später dran«, erwiderte David, der bereits dabei war, Holstein einen Sattel aufzulegen. »Alle zugleich kann ich nicht reiten. Du kannst sie ja vor den Wagen spannen und ein wenig mit ihnen herumkutschieren.«

»Irgendetwas lasse ich mir einfallen«, versetzte Harm, »aber ein bisschen was wirst du auch tun.«

»Ich melde mich bei dir«, versprach der junge Mann, während er den Hengst ins Freie führte. »Viel Zeit bleibt ja nicht mehr, bis die Tore geschlossen werden.«

Buddebahn wartete, bis sich sein Sohn in den Sattel geschwungen hatte und davongeritten war. Dann bat er Harm zu sich heran.

»Und für dich habe ich auch einen Auftrag«, sagte er leise. Er berichtete von seinem Besuch im *Hopfensaal* und von den vielen Pferden, die dort standen. »Es sind weitaus mehr Pferde, als unter normalen Umständen bei Abel stehen. Ich möchte, dass du sie dir mal ansiehst. Es sind nicht nur Holsteiner, sondern auch Belgier. Zwei oder drei könnten Friesen sein, aber das kannst du besser beurteilen. Ich kenne mich da nicht so gut aus.«

»Weshalb interessiert dich das?« Harm kratzte sich den Hinterkopf. »Ich dachte, du hast nur noch das Warmblut im Kopf.«

»Im *Hopfensaal* oder irgendwo in der Nähe scheinen sich diejenigen eingenistet zu haben, denen wir unsere Schwierigkeiten zu verdanken haben. Ihnen gehören vermutlich die Pferde. Vielleicht finden wir über die Pferde heraus, wer sie sind. Und wo sie sind.«

»Hört sich gut an«, anerkannte der alte Pferdeknecht. »Sobald ich unsere Pferde versorgt habe, gehe ich hin.«

»Danke.« Buddebahn verließ den Hof der Brauerei, blieb jedoch am Tor zum Hopfensack stehen und sah sich um. In der Gasse war es still. Zwei Schiffszimmerer kehrten vom Hafen zurück. Sie grüßten höflich, während sie an ihm vorbeigingen. Vor einem der Häuser hatten sich fünf Frauen zusammengefunden und redeten angeregt miteinander. Sonst hielt sich niemand im Hopfensack auf.

Da er keine Gefahr für sich sah, begab Buddebahn sich über den Kattrepel zur Steinstraße, die deutlich belebter war. Händler, Bauern und Handwerker aus den kleinen Dörfern im Osten Hamburgs hatten ihre Geschäfte auf den Märkten getätigt und zogen nun zum Stadttor hinaus, um zu ihren Heimatorten zurückzukehren.

Zielstrebig näherte er sich dem Haus des Bierbrauers Adolf Rumohr, mit dem er schon vor Tagen über den ermordeten Engländer Norton gesprochen hatte. Ohne den Zug der Glocke zu betätigen oder anzuklopfen, trat er ein. Als sich die Tür hinter ihm geschlossen hatte, umfing ihn die Ruhe des Hauses. Eine gewundene Treppe führte in das erste Stockwerk hinauf, wo der Hausherr sein Büro hatte. Die Wände waren mit Holz getäfelt, das mit dunkler Beize behandelt worden war. Durch zwei rückwärtige Fenster fiel jedoch genügend Licht herein, um die Stufen der Treppe zu erkennen. An den Wänden hingen die Felle von Rentieren – ganz sicher keine Jagdtrophäen, wie man sie in den Häusern der Adligen fand, sondern aus nordischen Ländern importiert. Ein in Öl gemaltes Bild sollte Adolf Rumohr zeigen, hatte jedoch nur wenig Ähnlichkeit mit ihm.

Buddebahn stieg die knarrenden Stufen hinauf und wartete darauf, dass Dienstboten erschienen, die ihn anmelden konnten, oder dass ihm die Hausfrau entgegentrat. Doch niemand kam. Er klopfte an die Tür zu dem Arbeitsraum des Zunftmeisters, wartete nicht auf eine Antwort, sondern trat ein.

Adolf Rumohr saß hinter seinem Tisch. Unwirsch blickte er auf, schob eilig einige Papiere zur Seite und deckte andere mit einem unbeschrifteten Blatt Pergament ab. Dann löschte er die brennende Bienenwachskerze, die neben dem Tisch auf einem kleinen Regal brannte. Der besondere Duft, der von dieser Kostbarkeit ausging, füllte den Raum.

»Ihr schon wieder!«, rief er unwillig. »Ich habe keine Zeit für Euch. Ich muss hart arbeiten, denn im Gegensatz zu Euch habe ich mich nicht zur Ruhe gesetzt.«

»Oh, ich habe nicht vor, Euch lange aufzuhalten«, beteuerte Buddebahn, während er die Tür hinter sich zuzog. »Glaubt nur nicht, ich hätte vergessen, wie viel Arbeit zu erledigen ist, wenn man eine Brauerei führt.«

»Dann solltet Ihr mich nicht länger belästigen.«

»Nur ein paar Fragen.«

»Zu Norton. Zu dem Mordfall? Damit habe ich nichts zu tun. Ich kann Euch keine Auskunft geben. Außerdem ist bekannt, dass Ihr nicht ermitteln dürft, sondern Euch aus dem Fall herauszuhalten habt. Warum also sollte ich meine Zeit opfern und mit Euch reden?«

»Weil Ihr möglicherweise in Gefahr seid.«

»Dat ist Tütterkram«, gab der Zunftmeister aufbrausend zurück.

»Kein Unsinn«, widersprach er. »Durchaus nicht.«

»Das reicht.« Rumohr kam um seinen Arbeitstisch herum, wobei er sich mit beiden Händen die Haare nach oben strich, um eine kahle Stelle auf seinem Schädel zu bedecken. In unmissverständlicher Geste öffnete er die Tür.

»Wie Ihr wollt.« Buddebahn ging durch die Tür hinaus ins Treppenhaus. »Solltet Ihr es Euch anders überlegen, lasst es mich bitte wissen.«

»Das werde ich ganz sicher nicht«, rief Rumohr und schloss die Tür.

Nachdenklich stieg Buddebahn die Treppe hinunter. Jemand hatte die Fenster geschlossen, sodass er die Stufen kaum noch erkennen konnte. Zugleich merkte er, dass jemand am unteren Ende der Treppe stand. Zögernd blieb er stehen.

»Ich bin es«, wisperte eine weibliche Stimme. »Ich möchte mit Euch reden, Conrad.«

Er war Lisbeth, die Frau des Zunftmeisters. Buddebahn stieg zu ihr hinab.

»Es ist so dunkel, dass ich Euch nicht erkennen konnte.«

»Ich habe die Fenster geschlossen, damit Adolf uns nicht sehen kann, falls er aus seinem Büro herauskommt.« Hinter einer der Türen lärmte es. Kinderstimmen wurden laut. Soweit Buddebahn wusste, hatte Lisbeth sieben Kinder. Den Geräuschen nach zu urteilen, hielten sie sich in der Nähe auf.

»Was kann ich für Euch tun?«, fragte er.

»Ich war dort oben an der Tür und habe gehört, dass Ihr gesagt habt, mein Mann sei in Gefahr. Ist er das wirklich?«

»Vermutlich – ja! Ich kann es Euch nicht verschweigen. Leider weiß ich nicht, was geschehen ist, aber alles deutet darauf hin, dass ihm jemand im Nacken sitzt und ihn für seine Zwecke einsetzt. Ich kann mir nicht denken, dass er freiwillig ausführt, was man von ihm verlangt.«

»Ihr sprecht in Rätseln. Ich verstehe Euch nicht«, flüsterte sie. Ängstlich griff sie nach seinem Arm. »Könnt Ihr nicht deutlicher werden?«

»Johann Berger hat kurz vor seinem Tod seine Brauerei und alles, was er besaß, an einen Unbekannten verschenkt. Seiner Witwe ist nur ein kleiner Zins geblieben. Genau das könnte auch bei Euch geschehen.«

»Verschenkt? Alles, was er hatte? Das ist nicht möglich. Welchen Grund sollte er haben, so etwas zu tun? Das müsst Ihr mir schon erklären.«

»Das will ich gerne tun. Ich vermute, dass er dazu gezwungen wurde. Zuvor habe ich eine Frage. Ist Adolf schon mal in England gewesen? In London?«

»Ja, das war er. Es ist allerdings schon einige Jahre her.« Sie legte die Hände an die Wangen. »Lasst mich nachdenken. Ja, es müssen zehn oder zwölf Jahre her sein, dass er in London war. Zusammen mit Johann Berger und Hildebrand Franke. Seitdem verkaufen wir viel Bier dorthin.«

»Dann ist der Besuch in London harmonisch verlaufen?«

»Da bin ich mir nicht so sicher. Er hat nie darüber gesprochen. Ich fand, dass er damals verändert war, als er zurückkehrte. Aber Ihr kennt ihn ja. Wenn er nicht reden will, dann redet er nicht. Er kann sehr herrisch sein.«

»Und Norton?«

»Der war hier bei uns im Haus, einen Tag bevor er ermordet wurde«, antwortete Lisbeth bereitwillig. »Später hat Adolf ihn noch einmal im *Hopfensaal* getroffen. Ich glaube, dieser Engländer war ein Advokat. Jedenfalls hat Adolf gesagt, es gehe um Rechtsgeschäfte.«

Über ihnen knarrten Fußbodenbohlen. Adolf Rumohr schien sein Büro verlassen zu wollen. Hastig schob Lisbeth Buddebahn zur Haustür.

»Ihr müsst gehen. Es wird ihm nicht gefallen, wenn er Euch mit mir sieht. Bitte verratet niemandem, dass ich mit Euch geredet habe.«

»Macht Euch keine Sorgen. Ich kann Geheimnisse für mich behalten.« Er trat auf die Straße hinaus und entfernte sich rasch von dem Haus des Zunftmeisters.

Mittlerweile war es dunkel geworden. Ein paar Fackeln erhellten die Straße, auf der sich nur noch wenige Menschen aufhielten. Während er seine Schritte beschleunigte und dem Hopfensack zustrebte, schalt er sich einen leichtsinnigen Narren, weil er nicht für Rückendeckung gesorgt hatte und sich durch die späte Stunde einer unnötigen Gefahr aussetzte.

Als Buddebahn sich dem Ende der Steinstraße näherte, rumpelte ein Fuhrwerk, das mit einer brennenden Fackel versehen war vom Domplatz. Flüchtig erfasste das von ihnen ausgehende Licht zwei Gestalten am Kattrepel nahe jener Stelle, an der Norton ermordet worden war. Er blieb stehen, trat einen Schritt zur Seite und drückte sich mit dem Rücken gegen eine Hauswand. Aufmerksam spähte er in die andere Richtung, die zum Stadttor und dem Schutzwall führte. *Zweifinger* stand unter einer Laterne. In der Hand balancierte er einen Dolch, den er nun in die Höhe warf, wo er sich mehrfach überschlug, um ihn dann geschickt wieder aufzufangen.

Die Drohung war eindeutig. Man hatte ihm aufgelauert, und nun konnte er die Steinstraße weder auf der einen noch auf der anderen Seite verlassen.

Vom Stadttor her klang eine Melodie herüber, die jemand mit Hilfe eines unbekannten Instrumentes pfiff. Sie war auf der einen Seite heiter, enthielt jedoch auch melancholische Töne. Befremdlich und drohend zugleich schien sie an den Fassaden der Häuser entlangzukriechen, um sich ihm wie ein unsichtbares und körperloses Wesen mehr und mehr zu nähern, um ihn herumzuschweben und einzufangen.

Buddebahn überlegte nicht lange, sondern eilte er einige Schritte in Richtung Hopfensack und betrat eines der Häuser. Er verriegelte die Haustür hinter sich und stieg dann ohne Hast eine schmale Treppe hinauf, bis er einem alten, hageren Mann gegenüberstand, der an einem mit verschiedenen Instrumenten versehenen Tisch arbeitete. In einer Art Schraubstock schimmerten goldene Kettenglieder, und in kleinen Schalen daneben leuchteten Silberdraht und Goldplättchen.

»Guten Abend, Meister Jung«, grüßte er. »Darf ich mich zu Euch setzen?«

»Nur zu«, erwiderte der Goldschmied und zeigte auf einen Hocker neben dem Tisch. »Wollt Ihr mir bei der Arbeit zusehen?«

»Das würde ich ganz gern tun, so wie ich es als Junge oft gemacht habe. Damals lebte Eure Frau noch, und mit Eurem Sohn habe ich manchen Streich ausgeheckt.«

Der Alte nickte freundlich lächelnd. »Das kann man so sagen. Felix hatte immer krause Ideen im Kopf. Er war ein ungewöhnlicher Junge, der sicherlich eine große Zukunft gehabt hätte. Er wollte Goldschmied werden wie ich, aber dann bekam er eine Lungenentzündung, und niemand und nichts konnte ihn noch retten. Sarah hat es das Herz gebrochen. Sie ist ihm bald gefolgt. Seitdem bin ich allein, und ich bin es nicht gern.«

»Das kann ich mir vorstellen. Sarah hatte stets einen Apfel für mich, wenn ich zu Euch kam. Und manchmal ein paar Nüsse.«

»Von unserem Walnussbaum.« Meister Jung seufzte. »Abend für Abend habe ich mit Sarah unter dem Baum gesessen, sofern das Wetter es zuließ, und dann haben wir über alles gesprochen, was der Tag gebracht hat. Aber auch den Baum gibt es nicht mehr. Es ist schon bald nach Sarahs Tod eingegangen, so als ob auch er sie vermisst hätte.«

»Seitdem bin ich nicht mehr bei Euch gewesen. Es tut mir leid.«

»Ach, das macht nichts. Jetzt seid Ihr da und wärmt mein Herz.«

»Ich kam vorbei, und da fiel mir ein, dass ich Euch mal wieder besuchen und zugleich etwas kaufen könnte.« Die Lüge ging ihm leicht über die Lippen. Er brachte es nicht übers Herz, dem alten Mann zu sagen, dass er lediglich zu ihm ins Haus gegangen war, um vor seinen Verfolgern zu fliehen.

Sie sprachen über die vergangenen Zeiten, über Felix und Sarah, und wie doch alles sehr viel besser und preiswerter gewesen war als in diesen Tagen, da im Rahmen der Hanse viel Geld verdient wurde, das jedoch hauptsächlich in die Taschen jener floss, die ohnehin schon genug davon hatten.

»Sogar das Bier der meisten Brauereien ist schlechter geworden«, stellte Meister Jung fest. »Nicht das der Uhl-Brauerei. Wirklich nicht. Es ist so gut wie eh und je. Aber die anderen? Man sollte etwas tun, damit niemand verdorbenes Bier oder mit allerlei scheußlichen Zusätzen versehenes Bier verkaufen kann.«

»Wie ich gehört habe, ist man dabei«, erwiderte Buddebahn. »In Regensburg hat man schon Regeln festgelegt, und man bereitet ein Gesetz vor, in dem aller Voraussicht nach stehen wird, dass Bier nur aus Wasser, Gerste, Hopfen und Hefe bestehen darf. Alles andere soll verboten werden. Man spricht von einem Reinheitsgesetz.«

»Ein lobenswerter Vorsatz. Hoffentlich kommt es dazu.«

»Meine Uhl-Brauerei und einige andere Hamburger Brauereien nehmen nichts anderes als diese vier Teile. Daraus entstehen die besten Biere. Ich werde dafür sorgen, dass die Dienstboten einen großen Krug Bier zu Euch bringen.«

»Danke, darauf freue ich mich. Aber nun zu Euch. Ihr wollt etwas kaufen?«

»Ja, das möchte ich. Vielleicht eine goldene Kette, falls Ihr so was habt.«

»Was für eine Frage!« Jung stand auf. Er war so klein, dass er dem nur mittelgroßen Buddebahn lediglich bis an die Brust reichte. Von Jahren harter Arbeit gebeugt, schlurfte er zu einer Truhe, öffnete sie und hob mehrere Kästchen heraus, um sie auf den Tisch zu stellen. »Für Hanna?«

»Für Hanna. Es ist schon einige Zeit her, dass ich ihr etwas geschenkt habe.«

»Dann solltet Ihr Euch großzügig zeigen, bevor sie Euch wegläuft.« Er lächelte listig, öffnete die Kästchen und legte ihm kunstvoll gearbeitete Ketten und Armbänder vor. »Frauen mögen solche Geschenke. Überrascht sie damit.«

»Das habe ich vor.« Buddebahn suchte sich eine schöne Halskette aus, die von besonderer Qualität war. Dabei ging er an das rückwärtige Fenster und beugte sich zu ihm hinaus. Er blickte auf einen kleinen Hof. Ein schmaler Gang führte zwischen zwei Häusern hindurch zu einem Wald hinüber, der sich bis zur nächsten Straße und von dort bis beinahe zum Hopfensack hin erstreckte.

Als er zu dem Meister zurückkehrte, hatte der Goldschmied die Kette bereits in ein aus einem edlen Holz geschnitztes Kästchen gelegt.

»Was bekommt Ihr dafür?«

»Weil Ihr mir immer ein guter Freund gewesen seid, berechne ich Euch einen günstigen Preis«, erwiderte Meister Jung und nannte eine Summe, die Buddebahn in der Tat als bescheiden empfand. In einem Lederbeutel führte er genug Geld mit, um gleich bezahlen zu können.

»Wenn es Euch recht ist, gehe ich zur hinteren Tür hinaus«, versetzte er. »Vorn hält sich jemand auf, von dem ich nicht gesehen werden möchte.«

»Ich verstehe.« Meister Jung nickte, obwohl er ganz sicher nicht wusste, was sein Besucher meinte. Er begleitete ihn bis zum hinteren Ausgang des Hauses und öffnete die Tür. Sie bewegte sich nahezu lautlos in ihren Angeln. Buddebahn verabschiedete sich mit gedämpfter Stimme und trat auf den Hof hinaus. Nachdem sich die Tür hinter ihm geschlossen hatte, verharrte er lange auf der Stelle, bis sich seine Augen an die Dunkelheit gewöhnt hatten.

Als er sicher war, dass sich niemand in seiner Nähe aufhielt, überquerte er den Hof und eilte durch den Gang zwischen den Häusern bis an den Waldrand. Hier blieb er erneut stehen, horchte und setzte seinen Weg schließlich fort. Nur der Ruf eines Käuzchens war zu hören. Hin und wieder raschelte es im Laub, wenn sich ein kleines Tier darin bewegte.

Er war lange nicht mehr in diesem Wald gewesen, in dem er als Junge mit seinen Freunden gespielt hatte. Doch er wusste noch recht gut, wie die Wege verliefen. Schleierwolken verhüllten den Mond und ließen nur wenig Licht durch. Es genügte ihm. Ohne über Baumwurzeln zu stolpern oder irgendwo anzustoßen, erreichte er den jenseitigen Waldrand. Zwischen einigen Büschen ließ er sich in die Hocke sinken und spähte zum Kattrepel hinüber. Die beiden Männer standen noch immer dort, richteten ihre ganze Aufmerksamkeit jedoch auf die Steinstraße, aus der sie ihn erwarteten. Es waren Ortsfremde, die sich nicht genügend auskannten in der Stadt.

Der Weg zum Hopfensack war frei. Bemüht, so wenig Geräusche wie nur eben möglich zu machen, hastete er hinüber und bog gleich darauf in die Toreinfahrt ein. Hechelnd kamen ihm die Hunde entgegen, um ihn zu begrüßen und sich von ihm streicheln zu lassen. Sie begleiteten ihn bis an die Haustür. Während er den Hof überquerte, winkte er kurz den Landsknechten zu, die ein kleines Feuer vor dem Sudhaus entzündet hatten und gelangweilt auf Bierfässern saßen. Sie grüßten zurück, und Buddebahn rief ihnen zu, dass er ihnen Bier schicken wolle.

Als er im Haus war, gab er einer Magd eine entsprechende Anweisung.

»Ja, Herr, ich bringe es ihnen«, sagte sie.

Er ging in die Küche, wo Hanna am offenen Feuer stand und das Abendessen zubereitete. In einer köchelnden Fleischbrühe reifte Eisbein heran.

»Du kommst spät«, stellte sie fest, nachdem sie einander umarmt hatten.

»Ich wurde aufgehalten«, erwiderte Buddebahn, wobei er das Kästchen aus der Tasche zog. »Vom Goldschmied Meister Jung.«

Sie hatte sich bereits den Töpfen zugewandt, drehte sich nun aber wieder um. Aufmerksam blickte sie ihn an.

»Habe ich richtig gehört?«

»Du hast!« Er reichte ihr den kleinen Behälter. Sie nahm ihn behutsam entgegen, als fürchte sie, er könne zerbrechen, hob ihn bis fast zum Kinn und öffnete ihn langsam und vorsichtig. Dann weiteten sich ihre Augen, und ein strahlendes Lächeln erhellte ihr Antlitz. Sie fiel ihm um den Hals und küsste ihn voller Freude und Begeisterung. Aufgeregt wie ein kleines Kind bat sie ihn danach, ihr die Kette um den Hals zu legen, wobei sie ihm den Rücken zudrehte, damit er den Verschluss in ihrem Nacken betätigen konnte. Er erfüllte ihr den Wunsch, und sie eilte voller Begeisterung zum Metallspiegel, um sich zu betrachten.

»Sie ist wunderschön«, schwärmte sie mit blitzenden Augen. »Schade, dass ich sie nicht auf dem Markt tragen kann. Die anderen Weiber würden abwechselnd rot und weiß werden vor Neid!«

»Weiber?«

Sie verstand seine Anspielung und lachte.

»Die Marktweiber«, bekräftigte sie mit besonderer Betonung. »Sie stehen nun mal auf dem Markt, und wenn du hören würdest, wie sie tratschen und klatschen, würdest du sie auch so bezeichnen.«

»Dich natürlich nicht«, spöttelte er.

»Mich natürlich nicht.« Sie grinste, als habe sie etwas ausgefressen. Sie umarmte ihn noch einmal. »Du glaubst gar nicht, was du mir für eine Freude gemacht hast.«

»Eben das war meine Absicht.« Er widerstand der Versuchung, nun auf Jonas Bracker zu sprechen zu kommen, weil er fürchtete, das Gespräch könnte zu seinem Nachteil kippen. So wie er Hanna kannte, würde sie ihm Eifersucht vorwerfen, danach von mangelndem Vertrauen sprechen, schließlich mutmaßen, er habe ihr die Kette nur geschenkt, um ihre Liebe zu kaufen, und ihm am Ende mit dem ihr eigenen Temperament die Kette um die Ohren hauen. Mit keinem Argument würde er eine solche Entwicklung verhindern können. Dabei wusste er, dass ihr am folgenden Tag alles leidtun und dass sie sich für ihr Verhalten entschuldigen würde.

Er musste sich gedulden und das Gespräch deutlich später auf Jonas Bracker lenken, so als habe sich dieses zufällig ergeben. Dabei galt es dann, seine Fragen sorgfältig vorzubereiten und beiläufig einfließen zu lassen. Im Grunde genommen mochte er es nicht, Hanna in dieser Weise zu manipulieren, doch er sah keinen anderen Weg, sich dem delikaten Thema zu nähern. Er vertraute ihr und wollte sie auf keinen Fall verletzen, verzichten aber wollte er nicht darauf, mehr über Jonas Bracker zu erfahren, von dem er sich bisher noch kein klares Bild machen konnte. Dachte er an ihn, wurde ihm gegenwärtig, wie sich sein Bruder Klaas verhalten hatte.

Und da war noch eine andere Frage.

War es wirklich nur ein Zufall gewesen, der Jonas Bracker gerade in jener Nacht zur Uhl-Brauerei geführt hatte, in der Norton ermordet worden war? Entsprach es der Wahrheit, dass er sich verlaufen hatte, oder hatte er ein bestimmtes Motiv gehabt, in den Hopfensack zu kommen?

Sehr viel leichter wäre es für ihn gewesen, wenn er mit Hanna offen und unkompliziert über diesen Mann hätte reden können. Doch das konnte er nicht. Was Jonas anbetraf, war sie besonders empfindlich.

Buddebahn konnte sich nicht erklären, weshalb es so war.

Als Hanna das Eisbein auf den Tisch brachte und dazu dunkles Brot reichte, begannen die Fensterläden zu klappern, und der Wind heulte ums Haus. Er stand auf, um die Läden zu kontrollieren. Im Inneren des Hauses war es ruhig. Es zog ein wenig durch die offenen Spalten an den Türen, doch das war auch schon alles, abgesehen davon, dass das Feuer im Kamin kräftiger brannte.

Während sie belanglos über den Tag plaudernd das Eisbein genossen, wurde der Wind stärker, und sie hörten, wie der Regen gegen die Fenster prasselte.

Schließlich schob Buddebahn das Holzbrett zur Seite, von dem er gegessen hatte, und stand auf.

»Was ist los?«, fragte sie, ohne sich bei der Mahlzeit stören zu lassen.

»Die Landsknechte sind draußen. Es ist verdammt ungemütlich für sie. Ich werde sie ins Haus holen.«

»Wozu denn?« Sie winkte ab. »Diese Burschen machen dir das Leben schwer. Der Wind weht ihnen um die Ohren, und der Regen weicht sie durch bis auf die Knochen. Na und? Sie haben nichts anderes verdient.«

»Diese armen Teufel führen nur einen Befehl aus«, entgegnete er.

»Na schön, lass sie ins Haus. Aber vom Eisbein gebe ich nichts ab.«

»Das sollst du auch gar nicht.« Er verließ die Küche und kehrte nach einiger Zeit mit den beiden Fußsoldaten zurück, die vom Regen vollkommen durchnässt waren. Ächzend und stöhnend legten sie einen Teil ihrer Kleidung ab und hängten sie zum Trocknen vor das Feuer. Buddebahn und Hanna setzten derweil ihre Mahlzeit fort. Lange aber ertrug sie es nicht, dass die beiden Söldner neben dem Feuer saßen und ihnen zusahen. Sie stand auf, reichte ihnen einen Topf mit Griebenschmalz und gab Brot, Salz und Messer dazu.

»Bedient euch«, sagte sie.

Dieser Aufforderung kamen sie nur zu gern nach. Sie verzehrten das ganze Brot und leerten den Topf bis auf den Grund. Auch das Bier, das Buddebahn ihnen anschließend gab, lehnten sie nicht ab. Während der Wind zum Sturm wurde und der Regen immer heftiger gegen das Haus peitschte, begann Hanna mit den beiden Söldnern zu reden. Sie sprachen über die Brauerei und das Verbot, Bier herzustellen und zu verkaufen, unterhielten sich über die Stadt und die Unwägbarkeiten, die durch die vielen Fremden in sie hereingetragen wurde, den Handel, die anderen Hansestädte und die Stadträte, die manchmal Entscheidungen trafen, die kaum jemand verstand. Die Landsknechte rissen derbe Witze und freuten sich, wenn auch Hanna darüber lachte.

Buddebahn beteiligte sich nur wenig an dem Gespräch. An diesem Tag war außerordentlich viel geschehen, und er war müde, sodass er sich am liebsten in den Alkoven zurückgezogen hätte. Er wollte Hanna und die Söldner jedoch nicht allein lassen.

Als der Sturm endlich abflaute, war es schon fast Mitternacht geworden. Sie hörten eilige Schritte vom Hof her, und dann schlug jemand mit Fäusten gegen die Haustür.

Buddebahn stand auf, um zu öffnen.

»Was, zum Teufel, ist los?«, fragte er. Vor ihm stand ein Mann, von dem er wusste, dass er in Frankes Brauerei arbeitete.

»Feuer!«, rief der andere. »Wir brauchen Hilfe! Schnell! Bei uns brennt es!«

Er drehte sich um und rannte davon, um gegen die Tür des Gesindehauses zu klopfen. Es wäre nicht nötig gewesen, denn Harm und einige andere kamen bereits heraus.

Buddebahn blickte zur Franke-Brauerei hinüber, die gegenüber im Hopfensack lag. Von dort war der bedrohliche Schein von Flammen zu sehen. Er eilte in die Küche zurück, wo die beiden Landsknechte bereits dabei waren, ihre Kleidung wieder anzulegen. Er streifte sich ein Wams über, und dann rannte er mit ihnen hinaus, um zuhelfen.

14

Bis zum Dachgeschoss des Haupthauses war das Feuer aufgestiegen, umgeben von dichtem Qualm und Wolken von verdunstetem Regenwasser. Wie stets in solchen Fällen war die ganze Nachbarschaft alarmiert. Alle wohnten in Holzhäusern, und alle hatten Angst davor, dass die Flammen, vom heftigen Wind getrieben, von einem Gebäude auf das andere übersprangen und somit das eigene Heim vernichteten. Für solche Fälle standen in jedem Haus Holzkübel bereit, und wie von selbst bildete sich eine Kette von Helfern von der Franke-Brauerei bis hinunter zum Fleet, um Wasser zu schöpfen und Hand über Hand zu den Flammen zu bringen.

Als Buddebahn, Hanna, die Landsknechte und das Gesinde über die Straße eilten und sich einreihten, kippten einige Männer bereits Wasser ins Feuer. Sie standen auf Leitern, die sie an die Außenwand des Haupthauses gelehnt hatten, und gingen damit ein hohes Risiko ein, denn niemand konnte sehen, wie es im Inneren des Gebäudes aussah und wie weit sich der Brand ausgebreitet hatte. In ihrem Zwinger tobten die vier Hunde Frankes. Irgendjemand rief, dass er sie eingesperrt habe, damit sie die Löscharbeiten nicht behinderten.

Immer mehr Nachbarn stürzten aus ihren Häusern heran und halfen, die Gefahr zu bekämpfen, sodass sich eine doppelte Kette bildete. So ergoss sich ununterbrochen Wasser ins Feuer, bis die Flammen endlich kleiner wurden und die Glut erstickte. Wieder und wieder aber schossen hier und da Flammen hoch, brachen Balken und spien Glut aus ihrem Inneren auf das Holz der Wände und der Möbel, um sie von neuem zu entzünden, bis sich die Bemühungen auszahlten und das Wasser sich als stärker erwies, womit dann auch der letzte Brandherd erlosch.

Erschöpft ließ Buddebahn den schweren Kübel sinken, den ihm Hanna gereicht hatte.

»Ich glaube, wir haben es geschafft«, sagte er.

Harm kam zu ihm. Der alte Pferdeknecht hatte ein von Ruß geschwärztes Gesicht. Die Anstrengungen bei den Löscharbeiten hatten ihn gezeichnet. Er konnte sich kaum noch auf den Beinen halten.

Um sich auszuruhen, kippte er kurzerhand einen der Kübel aus, drehte ihn herum und setzte sich darauf.

»Freut euch nicht zu früh«, ermahnte er sie. »Dies ist nicht das erste Feuer, das ich erlebe. Da drinnen ist es immer noch verdammt heiß. Oft genügt ein kleiner Luftzug, und schon fängt es wieder an zu brennen. Wir müssen die ganze Nacht Feuerwache halten.«

»Wo ist eigentlich Hildebrand Franke?«, fragte Buddebahn. »Hat ihn jemand gesehen?«

Er blickte in die Runde, erhielt jedoch keine Antwort. Einige Männer zuckten mit den Achseln, um ihm zu bedeuten, dass sie überfragt waren.

»Wir müssen nach ihm suchen. Vielleicht ist er irgendwo da drinnen«, sagte er, wobei er einen kurzen Blick mit Hanna wechselte. Sie hob nur eine Augenbraue, und er verstand. Sie waren sich einig darin, dass Franke im Haus war, dass aber jegliche Hilfe zu spät für ihn kommen würde. Ein derartiges Feuer konnte niemand überleben, der nicht aus dem Gebäude geflüchtet war. Starb er nicht an der Hitze, so musste ihn der Rauch umbringen.

Als Buddebahn über die schwarz verkohlten Balken stieg, wollte Hanna sich ihm anschließen, doch er bat sie, draußen zu bleiben.

»Es ist zu gefährlich. Sieh dir den Bau an! Er qualmt und kokelt. Die Wände könnten in sich zusammenbrechen. Und wer soll dann die Kette tragen, die ich dir geschenkt habe?«

»Pass auf dich auf«, erwiderte sie. »Ich brauche dich noch, damit du die Kette bewundern kannst.«

Er wandte sich an die beiden Landsknechte.

»Kommt ihr mit? Wir müssen Franke suchen. Er könnte noch da drinnen sein.« Er winkte den Hausdiener des Nachbarn zu sich heran und fragte ihn nach dem Hausherrn.

»Ich weiß es nicht«, antwortete der Diener, ein hoch aufgeschossener Mann mit stark abfallenden Schultern und einem verlegen wirkenden Lächeln. »Seine Frau und die Kinder sind aus dem Haus geflüchtet. Ebenso das andere Gesinde. Sie sind alle dort drüben im Schuppen, aber den Meister selber habe ich nicht gesehen.«

»Er könnte im *Hopfensaal* sitzen und saufen«, vermutete einer der Söldner.

»Nicht am Freitag«, widersprach der Hausdiener. »Da geht er mit der Familie immer in die Kirche, um Buße zu tun, aber niemals ins Wirtshaus.«

»Kommt, wir dürfen nicht länger warten«, entschied Buddebahn, ließ sich einen nassen Lappen geben und hielt ihn sich vor den Mund, um sich gegen den Qualm zu schützen, der sich von dem schwarz verbrannten Gebälk emporkräuselte.

Die Haustür ließ sich nur mit Gewalt öffnen. Sie hatte sich vollkommen verzogen. Nachdem sie krachend ins Innere gefallen war, kletterte er darüber hinweg, und schon nach den ersten Schritten bot sich ihm und seinen Begleitern das erwartete Bild. Die Decke zum ersten Stockwerk war eingebrochen. Das Mondlicht schien hindurch und spendete ein wenig Helligkeit. Gleich neben der Tür befand sich eine dünne Metallplatte an der Wand. Sie hatte als Spiegel gedient. Obwohl mit feinem Ruß überzogen, war die Skizze eines schwarzen Falken mit ausgebreiteten Flügeln zu erkennen. Buddebahn blieb stehen und machte die Landsknechte darauf aufmerksam.

»Das Zeichen war in der Brauerei und im Haus von Berger«, versetzte er. »Die Mordbrenner haben es hinterlassen.«

Von böser Ahnung geleitet, drang er weiter ins Haus vor, durchsuchte alle Räume im Erdgeschoss und stieg dann zusammen mit den Landsknechten eine Treppe hinauf zu einem breiten Gang, der ins eigentliche Brauhaus führte. Auch hier hatte das Feuer gewütet und erhebliche Zerstörungen angerichtet. Möbel und Wandschmuck waren verbrannt, und was den Flammen nicht zum Opfer gefallen war, hatte unter dem Löschwasser gelitten.

Die Männer an seiner Seite traten Glutnester aus, die sich hier und da gehalten hatten, und folgten ihm bis ins Brauhaus, in dem vier große Sudkessel standen. In diesem Bereich waren die Spuren des Feuers relativ gering.

Zwischen den Kesseln lag Hildebrand Franke auf dem Boden. Ein Teil seiner Kleidung wies ausgedehnte Brandflecken auf, doch hatte ihn nicht das Feuer getötet, sondern ein Pfeil, den ein Mordschütze von hinten auf ihn abgegeben hatte und der sich vom Nacken her durch seinen Hals gebohrt hatte, sodass die blutige Spitze vorn am Kehlkopf herausragte. Es war ein kurzer Pfeil, gerade so lang, dass hinten das mit Wildschweinborsten versehene Ende und vorn das Metall zu sehen waren. Solche Pfeile wurden von einer Armbrust abgeschossen. Sie hatten eine bemerkenswerte Durchschlagskraft.

Zusammengekauert wie ein Säugling lag der »graue Wolf« auf der Seite und steckte einen Daumen in den Mund.

»Er ist mausetot«, stellte einer der beiden Landsknechte nüchtern fest, nachdem er ihm prüfend die Hand an den Hals gehalten hatte. »Den rettet gar nichts mehr.«

»Bringen wir ihn nach draußen?«, fragte der andere.

»Besser nicht«, erwiderte Buddebahn. »Vermutlich wird Kröger auch in diesem Fall ermitteln. Er könnte uns vorwerfen, dass wir Spuren vernichten. Deshalb lassen wir alles so, wie es ist. Gebt mir nur einen Augenblick Zeit. Ich möchte mir einprägen, wie es hier aussieht.«

»Kröger!«, schnaubte einer der beiden Söldner verächtlich. Er machte kein Hehl daraus, dass er überhaupt nichts von dem Mann hielt, der als Ermittler eingesetzt worden war.

Buddebahn verschränkte die Arme vor der Brust und stützte das Kinn auf die rechte Hand. Er ließ seine Blicke über die Leiche gleiten und prägte sich jedes Detail ein. Den Pfeil, der aus einem dunklen Holz gefertigt war, die kleine Spitze aus gehärtetem Metall, die mit Widerhaken versehen war, und das Ende, das statt der üblichen Federn mit Wildschweinborsten bestückt war, die für Stabilität beim Flug sorgen sollten. Eine derartige Ausstattung eines Pfeils war Buddebahn bisher noch nicht begegnet. Ihr schenkte er daher seine besondere Aufmerksamkeit.

Wichtig war ihm aber auch der Winkel, in dem der Pfeil Franke getroffen hatte, sowie die Haltung des Toten, der den Daumen in den Mund geschoben hatte wie ein kleines Kind, das daran nuckelte, um Trost und innere Ruhe zu finden. Die Kleidung, die aus einem weiten, seidigen Hemd, einer Hose aus grobem Stoff, Strümpfen und einfachen Schuhen bestand, das Blut, wie es sich aus der Wunde auf den Boden ergossen und darauf verteilt hatte, den rechten Arm, der sich weit nach vorn streckte, und die zur Faust geballte Hand, aus der nur ein Finger emporragte, die Wände, die von Ruß geschwärzt waren, und die Bilder, die dort hingen und vom Feuer versengt waren. Er beschäftigte sich eingehend mit ihnen, denn es überraschte ihn, dass Franke sie hier im Sudhaus angebracht hatte, in dem es gewöhnlich einen derartigen Schmuck nicht gab.

Angesichts der Durchschlagskraft des Pfeils konnte dieser nicht aus unmittelbarer Nähe abgeschossen worden sein, weil er sonst nicht im Hals steckengeblieben wäre. Der Schütze musste wenigstens zehn Schritte oder noch mehr von Franke entfernt gewesen sein. Zu sehen war von seinen Spuren jedoch nichts, da Ruß den Boden bedeckte. Zudem waren die Fußbodenbohlen in weiten Teilen durch die Hitze verkohlt.

»Hier ist die Armbrust«, rief einer der Söldner. Er stand zwanzig Schritte von ihm entfernt neben den Resten einer Truhe. Aus den verbrannten Resten hob er die Waffe hervor, die unter dem Feuer sichtbar gelitten hatte. Er hielt sie hoch, um sie ihm zu zeigen. »Wenn er von hier aus geschossen hat, muss er ein guter Schütze sein.«

»Lass sie für Kröger liegen.« Buddebahn wollte sich bereits abwenden, als ihm auffiel, wie die Blutlache links vom Arm des Toten aussah. Sie war verwischt, während sie auf der anderen Seite klare Konturen hatte. Es schien, als habe sich der linke Arm über den Boden geschoben, bis der Daumen den Mund erreicht hatte.

Oder der Mörder hat den Arm herumgebogen und ihm den Daumen in den Mund gesteckt!, dachte er. Dabei ließ er sich in die Hocke sinken und sah sich das Blut genauer an. Obwohl er keine weiteren Auffälligkeiten ausmachte, kam er zu der Überzeugung, dass Franke den Daumen nicht selber in den Mund genommen hatte, sondern dass ein anderer ihn auf diese Weise demütigen wollte.

Es ist ein Zeichen!

Er richtete sich auf und verließ zusammen mit den beiden Söldnern das Haus. Vorsichtig stiegen sie die Treppe hinunter, und dann waren sie froh, als sie frische Luft atmen konnten und nicht mehr dem beißenden Rauchgeruch ausgesetzt waren.

»Was habt ihr gefunden?«, fragte Hanna, die zu ihm eilte.

»Franke ist tot. Ermordet«, berichtete er. »Ich muss es seiner Frau sagen.«

»Ich komme mit dir, wenn es dir recht ist.«

»Und ob es das ist! Verdori, es wird nicht einfach sein. Franke hat Angst gehabt. Er hat mir gesagt, dass er sich bedroht fühlt.«

»Du hättest nichts tun können, um es zu verhindern«, stellte sie ruhig fest. »Mach dir keine Vorwürfe. Er war ein wohlhabender Mann. Er hätte sich mit einer Leibwache von hundert Söldnern oder mehr umgeben können, um sich zu schützen. Er hätte es sicherlich getan, wenn er sich wirklich ernsthaft bedroht gefühlt hätte. Entweder war er zu geizig, sie zu beschäftigen, oder er hat sich zumindest in seiner Brauerei sicher gefühlt.«

Sie überquerten den Hof und wurden immer wieder von Nachbarn angesprochen, die wissen wollten, was sie im Haus vorgefunden hatten. Er teilte ihnen mit, dass Hildebrand Franke tot war, gab jedoch keine Einzelheiten preis.

Marga Franke blickte ihn mit großen, ängstlichen Augen an, als er sich ihr näherte. Sie ahnte, was geschehen war. Verzweifelt faltete sie die Hände unter dem Kinn, als könne sie ihren Mann mit einem Stoßgebet retten.

»Er ist tot«, stammelte sie. »Im Haus verbrannt.«

»Er ist tot«, bestätigte Buddebahn mitfühlend, »aber er ist nicht verbrannt. Jemand hat ihn getötet.«

»Wer? Wer hat das getan?«

»Das weiß ich leider nicht«, entgegnete er. »Das wird eine Untersuchung ergeben.«

»Also hat ihn die Strafe doch noch ereilt, vor der er sich immer gefürchtet hat«, flüsterte sie. »Dabei war er in letzter Zeit so oft in der Kirche und hat Buße getan. Er hat so viel bezahlt, um sich von seinen Sünden zu befreien, und der Pfarrer hat ihm Absolution erteilt. Es hat alles nichts geholfen.«

Sie ließ sich auf die Knie sinken und begann zu beten. Buddebahn horchte auf, doch da sich ihre weinenden Kinder um sie drängten, verzichtete er darauf, ihr Fragen zu stellen. Zusammen mit Hanna zog er sich zurück.

»Hast du das gehört?«, fragte sie leise. »Er hat sich vor einer Strafe gefürchtet. Also hat er was ausgefressen. Es muss etwas Schlimmes gewesen sein, wenn sein schlechtes Gewissen ihn derart geplagt hat. Und wenn er wirklich so viel an die Kirche bezahlt hat, wie sie sagt.«

»Das denke ich auch, und ich werde herausfinden, was es war. Wenn es stimmt, haben wir es mit einem Racheakt zu tun und nicht allein mit einer Verschwörung.«

Die meisten Helfer und Neugierigen zogen sich nun zurück. Das Feuer war gelöscht, nun lag es bei den Bediensteten der Wolf-Brauerei, Brandwache zu halten. Auch Buddebahn und Hanna Butenschön verließen den Hof, überquerten den Hopfensack und gingen ins Haus, um sich in der Küche an den Tisch zu setzen, eine Brühe zu trinken und über das Feuer und den Tod Frankes zu sprechen. Sie fanden noch lange nicht die Ruhe, um in den Alkoven zu gehen und zu schlafen. Er begann damit, Zeichnungen vom Sudhaus der Franke-Brauerei und vom ermordeten Hausherrn anzufertigen.

David kam hinzu. Er war im *Hopfensaal* gewesen und hatte erst spät von dem Feuer erfahren. Während Buddebahn seine Skizzen vervollständigte, erzählte er seinem Sohn, wie sie das Feuer gelöscht hatten, in das Haus gegangen waren und den gemeuchelten Hildebrand Franke vorgefunden hatten.

»Was ist eigentlich mit Per Wasmann?«, fragte Hanna. »Du hast ihn im Gesindehaus untergebracht?«

»Nicht nur ihn«, antwortete der junge Mann, wobei er seinen Vater voller Unbehagen mit seinen Blicken streifte. »Auch seinen Sohn.«

Der Kopf Buddebahns fuhr hoch.

»Davon hast du mir nichts gesagt.«

»Ich wollte, aber irgendwie hat es sich nicht ergeben. Der Junge ist elf Jahre alt. Ungefähr. Und er ist blind. Er ist keine Last für uns. Er war im Hafen bei einer Kapitänswitwe untergebracht. Ein unerträgliches Weib, der Jacob vollkommen gleichgültig war. Ich konnte ihn dort nicht lassen. Es wäre unmenschlich gewesen.«

»Schon gut«, entgegnete sein Vater. »Kein Problem. Wir haben Platz genug, und da die Brauerei stillgelegt wurde, stört er niemanden.«

Damit wandte er sich wieder seinen Skizzen zu. Mit ihrer Hilfe beschrieb er, wie die Landsknechte und er den Ermordeten vorgefunden hatten. David beugte sich über den Tisch.

»Was soll der ausgestreckte Arm?«, fragte er. »Und der Zeigefinger? Was ist mit dem? Wollte Franke auf etwas hinweisen, während er starb? Vielleicht auf seinen Mörder?«

Buddebahn blickte ihn überrascht an, überprüfte die Zeichnung und pfiff leise durch die Zähne.

»Du bist ein kluger Junge!«, lobte er seinen Sohn. »Das ist mir gar nicht aufgefallen. Ich meine nicht deine Intelligenz, sondern das mit dem Zeigefinger.«

»Das habe ich mir schon gedacht«, erwiderte David. »Lob gibt es von dir ja so gut wie gar nicht.«

»Hör auf damit«, warnte ihn Hanna Butenschön. »Solche Äußerungen solltest du dir verkneifen, weil es nicht stimmt. Allerdings muss man sich ein Lob verdienen, und da gibt es bei dir gewisse Lücken – falls ich es mal so nennen darf.«

»Modder Fisch, verdori, dat is …«

»Schluss jetzt«, befahl Buddebahn. »Nicht noch einmal, mein Sohn!«

Er konnte es nicht leiden, wenn David Hanna mit einem so abfälligen Namen bedachte. Plötzlich herrschte eine gereizte Stimmung. Nur noch das Knistern des Pergamentes war zu vernehmen.

»Schon gut. Ich entschuldige mich«, versetzte sein Sohn besänftigend. Ihm mochte bewusst werden, dass er eine Reihe von Vorteilen zu verlieren hatte, wenn er seinen Vater gegen sich aufbrachte. »Es war falsch von mir. Kommt nicht wieder vor. Verzeih mir, Hanna. Bitte.«

»Een mol noch, min Jung! Aber wenn ick dat noch mol hör, givvt dat wat achter de Löffel!«

»Du wirst es nicht noch mal hören, Hanna!«

Er nahm ihr ohne Weiteres ab, dass sie ihn mit ein paar Ohrfeigen auf den Kurs bringen würde, auf den sie ihn haben wollte. Sie war nicht nur eine selbstbewusste und temperamentvolle, sondern auch eine kräftige Frau, mit der er nicht unbedingt im Streit leben wollte. Eine gewisse Abneigung ihr gegenüber war jedoch nicht zu leugnen. Er war nicht damit einverstanden, dass sein Vater mit ihr unter einem Dach lebte, obwohl sie nicht miteinander verheiratet waren. Anders wäre seine Haltung gewesen, wäre sie nicht Fischfrau, sondern beispielsweise Tochter eines wohlhabenden Kaufmanns gewesen.

Er stand auf und verabschiedete sich für die Nacht.

»Was hältst du davon?«, fragte Hanna, als sich die Tür hinter ihm geschlossen hatte. Sie tippte kurz auf die Skizzen.

»Es hat was für sich«, versetzte er. »Der ausgestreckte Finger ist schon recht merkwürdig, und da es der Zeigefinger ist, könnte es durchaus sein, dass der sterbende Franke auf etwas hinweisen wollte.«

»Etwas an der Wand.«

»Vermutlich. Lass mich nachdenken. Da hingen Bilder, Und da stand eine Truhe, aber von der war nicht mehr viel übrig.«

»Was für Bilder?«

»Keine Ahnung. Sie waren alle schwarz vor Ruß.« Er zuckte mit den Achseln. »Ich konnte nichts erkennen. Aber morgen früh gehe ich hin und sehe sie mir an.«

Er gähnte hinter der vorgehaltenen Hand.

»Lass uns schlafen gehen«, schlug er vor. »Wir müssen beide früh hoch. Ich möchte drüben sein, bevor die Aufräumarbeiten beginnen.«

Er schaffte es nicht, rechtzeitig aufzuwachen und zur Wolf-Brauerei zu gehen, und auch Hanna schlief an diesem Morgen länger als gewohnt. Danach brach sie in aller Hast auf, um noch rechtzeitig zum Hafen zu kommen und Fische für den Tag zu kaufen, bevor die beste Ware vergeben war.

Als Buddebahn das Gelände der gegenüberliegenden Brauerei betrat, stellte sich ihm ein Landsknecht in den Weg.

»Ihr dürft nicht weitergehen«, hielt der Fußsoldat ihn auf.

»Wer will es mir verbieten?«, fragte er.

»Kröger, seines Amtes Ermittler der Hansestadt Hamburg. Er befindet sich drüben im Haus und wird den Mordfall aufklären.«

»Das wage ich zu bezweifeln«, erwiderte er. Zahlreiche Bedienstete der Wolf-Brauerei waren dabei, das Haupthaus auszuräumen. Sie schleppten schwarz verbrannte Möbel und allerlei Kleinkram auf den Hof heraus und warfen alles auf bereitstehende Fuhrwerke. Was das Feuer nicht zerstört hatte, landete nun im Abfall. Dazu waren auch Bilder zu rechnen, Felle, Kisten, Kästen, Vorräte aus der Speisekammer und was es sonst noch an kleineren Dingen im Haus gab. Was mit dem Haus geschehen sollte, war noch offen. Buddebahn ging davon aus, dass es abgerissen werden musste, da der Brandgeruch im Inneren nicht zu beheben war.

»Verbietet er mir auch, mit der Witwe Franke zu reden?«

Der Fußsoldat war verunsichert. Er war auf eine solche Frage nicht vorbereitet.

»Hier kommt niemand rein«, antwortete er.

Es hatte keinen Sinn, mit ihm zu streiten. Der Mann war ein Befehlsempfänger, der keine andere Entscheidung treffen würde, als alle abzuweisen. Damit fühlte er sich auf der sicheren Seite. Buddebahn hatte nicht vor, ihn umzustimmen. Da Kröger sich auf dem Gelände befand, war es ohnehin zu spät, nach Spuren zu suchen und überhaupt Ermittlungen aufzunehmen. Er musste warten, um möglichen Komplikationen aus dem Wege zu gehen.

Als er sich dem Toreingang der Uhl-Brauerei näherte, um die Gasse zu überqueren, kam ein alter Mann den Hopfensack herauf. Er blieb stehen und wartete, bis er bei ihm war.

»Moin, Vadder Pit«, grüßte er. »Sind die Stiefel fertig?«

»Das sind sie«, antwortete der Schuster, wobei er ehrerbietig die Mütze vom Kopf zog. Voller Stolz zeigte er ihm sein Werk.

Buddebahn führte ihn auf den Hof der Brauerei, wo eine Magd dabei war, Wäsche zu waschen. Er gab ihr den Auftrag, ein Bier für den Besucher zu bringen, und setzte sich mit ihm an den Tisch vor seinem Haus. Die Hunde kamen leise knurrend heran, verzogen sich aber, als er es ihnen befahl.

Scheu blickte der Schuster hinter ihnen her.

»Ich habe gehört, hoher Herr, dass die Hunde scharf sind«, sagte er.

»Sie sind gut erzogen«, erwiderte Buddebahn. »Du brauchst keine Angst zu haben. Sie gehorchen aufs Wort.«

Er stellte die Stiefel auf den Tisch, und während die Magd das Bier für den alten Mann brachte, zog er sich sein Schuhwerk aus, um das neue anzuprobieren. Die Stiefel passten, wie es nicht besser hätte sein können. Das Leder war weich und schmiegsam, aber dennoch fest genug.

»Das sind kleine Meisterwerke, Vadder Pit«, lobte er. »Dein Haar ist weiß und dünn geworden im Verlauf der vielen Jahre, aber du hast dein Handwerk nicht verlernt.«

Er entlohnte den alten Mann großzügig, ließ ihm zum Bier mit Schinken belegte Brote reichen und plauderte mit ihm über vergangene Zeiten, in denen er sowohl als Kind wie auch als Jugendlicher oft bei ihm gewesen war.

»Damals hatten wir ein schlimmes Feuer in unserer Gegend«, erinnerte sich Vadder Pit, wobei er zur Wolf-Brauerei hinüberzeigte. Eines der Fuhrwerke verließ den Hof, um die verbrannten Reste heraus aus der Stadt zu bringen und sie vermutlich in die Elbe zu kippen. »Einige Jungen wollten uns einen Streich spielen und haben die Hütten in der Nachbarschaft angezündet. Doch das Feuer geriet außer Kontrolle und sprang auf andere Gebäude über. Es hätte nicht viel gefehlt, und alles in unserer Gegend wäre in Flammen aufgegangen. Zum Glück konnten wir das Feuer löschen. Der alte Bracker war dann so anständig, allen ein paar Münzen zu geben, deren Hütten Schaden genommen hatten.«

»Der alte Bracker?«, fragte Buddebahn erstaunt. »Du meinst den Vater von Klaas Bracker, dem Banker?«

»Ja, hoher Herr. Eben der war es.« Vadder Pit ließ sich Brot und Bier schmecken. Er aß und trank langsam und mit Bedacht, jeden Bissen und jeden Schluck genießend. Es kam nicht eben oft vor, dass ihm derart Gutes widerfuhr.

»Welchen Grund sollte der alte Bracker gehabt haben, für den Schaden zu bezahlen?« Buddebahn wusste nichts von dem Feuer, das die Handwerker in einem der ärmeren Viertel Hamburgs heimgesucht hatte.

»Weil sein Sohn gezündelt hat!«, antwortete der Schuster.

»Klaas? Das kann ich mir nicht vorstellen.«

»Nicht Klaas, hoher Herr. Der nicht. Der ist viel zu anständig, um so etwas zu machen. Es war Jonas, der ältere Sohn.« Er senkte den Kopf und blickte in den Bierkrug. »Erst vor ein paar Tagen habe ich ihn wiedergesehen. Er ist ganz anders als sein Bruder.«

»Wirklich? Heute wohl nicht mehr. Menschen können sich ändern.«

»Jonas nicht!«

»Wie kommst du darauf?«

Vadder Pit zögerte. Er kämpfte mit sich, weil er es nicht so ohne weiteres fertigbrachte, über jemanden zu reden, der einem anderen Stand angehörte und weit über ihm angesiedelt war.

»Du brauchst keine Angst zu haben«, versicherte Buddebahn ihm. »Was immer wir miteinander bereden, bleibt unter uns. Ganz gleich, was es ist. Außerdem ist Jonas Bracker nicht mein Freund. Ich kenne ihn kaum. Ich weiß nur, dass er der Bruder von Klaas ist. Aber was er so treibt in Hamburg, ist mir nicht bekannt.«

»Es ist seltsam«, sagte der Schuster, nachdem er eine Weile nachgedacht hatte. »Jonas hat sein Pferd beschlagen lassen, war mit dem Ergebnis jedoch nicht zufrieden und hat den Hufschmied mit einer Ohrfeige entlohnt. Das hat sich dieser aber nicht gefallen lassen. Er hat zurückgeschlagen. Ich war in der Nähe und habe es beobachtet. Jonas wurde rasend vor Wut. Er verlor die Kontrolle über sich und griff den Schmied mit der Peitsche an.«

»Bei dir in der Nachbarschaft?«

»Genau dort. Deshalb wurde ich Zeuge.«

»Was geschah dann? Hat der Schmied sich gewehrt?«

»Und ob er das hat. Dabei zerriss das Hemd Brackers, und ich konnte seine Brust sehen. Ein blutiger Streifen zog sich quer darüber hinweg.«

»Ein blutiger Streifen? Wie soll ich das verstehen?«

»Ist doch ganz einfach«, erwiderte der alte Mann. »Jemand hat ihm mit einer Peitsche eins übergezogen. Aber es war nicht der Schmied. Der hat die Fäuste genommen, bis ein anderer Mann Jonas zu Hilfe kam und die beiden Streithähne voneinander trennte.«

»Wie sah er aus? Kannst du ihn mir beschreiben?«

»Ich habe kein gutes Gedächtnis, was das anbetrifft, hoher Herr.«

»Versuche es, Vadder Pit. War er groß oder klein?«

»Oh, er war klein. Und einen dicken Bauch hatte er. Dabei war er flink, und er hatte einen großen Dolch.«

»Wie war er gekleidet? Ist dir was Besonderes aufgefallen?«

»Seine Stiefel waren aus weichem Leder. Könnte Hirschleder gewesen sein.«

»Und sonst?«

Ratlos blickte der alte Mann ihn an. »Es ging so schnell. Der Schmied rannte weg, und Jonas hat sein Hemd zusammengerafft, um die Wunde zu verdecken, hat sich auf sein Pferd geschwungen und ist weggeritten. Und der andere nebenher. Der ist gelaufen. Wir hatten Angst, dass sie die Schmiede anzünden, doch – Gott sei's gedankt – das haben sie nicht getan.«

»Ein Peitschenstriemen? Wer sollte ihm den beigebracht haben?«

»Das kann ich leider nicht beantworten, hoher Herr«, bedauerte der Schuster. »Ich kenne seine Freunde nicht und seine Feinde auch nicht.«

»Danke für deine Offenheit, Vadder Pit. Du hast mir möglicherweise sehr geholfen. Kannst du einen weiteren Auftrag gebrauchen?«

»Oh, ja. Die Zeiten sind schlecht. Der Handel blüht, und die großen Handelsherren verdienen viel Geld, aber wir Alten müssen uns gegen die Schuhmacher aus anderen Hansestädten wehren, vor allem gegen jene aus Danzig, Riga, Reval und dem fernen Nowgorod. Dort ist das Leder sehr viel billiger als bei uns. Die Stiefel, die von dort kommen, sind nicht gut verarbeitet, aber sie kosten weniger als bei uns, und das gibt den Ausschlag. Wir Alten zahlen die Zeche, weil die Zunft sich nicht ändert. Sie sorgt dafür, dass wir immer noch nach den alten Handwerkstraditionen arbeiten. Doch die Zeiten sind anders geworden. Was lange Jahre gut war, ist nicht mehr so.«

Buddebahn winkte eine Magd heran.

»Vadder Pit wird für euch neue Schuhe machen«, eröffnete er ihr. »Du schickst sie alle nacheinander zu ihm, damit er Maß nehmen kann.«

Angesichts dieses großzügigen Angebots versagte dem Alten die Stimme. Er versuchte, Buddebahn zu danken, doch es gelang ihm nicht.

»Schon gut, Vadder Pit. An die Arbeit. Es gibt viel zu tun. Und jetzt entschuldige mich. Ich sehe gerade, dass sich da drüben bei der Wolf-Brauerei was regt. Ich muss dorthin.« Er wandte sich ab, kehrte jedoch noch einmal zurück. »Ich habe eine Bitte. Halte die Augen offen. Besonders falls Jonas Bracker bei dir in der Gegend auftaucht.

Der Mann interessiert mich. Aber Vorsicht! Ich traue ihm nicht über den Weg.«

Während das erste Fuhrwerk den Hof der vom Brand geschädigten Brauerei verließ und der Schuhmacher sich mit vielen Verbeugungen bedankte, verabschiedete er sich und ging zur Toreinfahrt hinüber. In betont aufrechter Haltung kam ihm Kröger entgegen.

»Buddebahn«, rief der Ermittler über die Straße hinweg. »Ich muss mit Euch reden. Wie ich gehört habe, seid Ihr im Haus gewesen und habt die Leiche gefunden.«

»Das ist richtig. Zwei Landsknechte waren bei mir. Ihr könnt sie befragen.«

»Wo seid Ihr gewesen, als das Feuer ausbrach?« Die grauen Augen unter den Brauen waren ausdruckslos. Der Hut mit der weit vorspringenden Krempe beschattete das rote Gesicht und die Knollennase. Kröger bot das Bild eines Mannes, der seine innere Sicherheit verloren hatte. Ihm war anzusehen, dass er bei seinen Ermittlungen keinen Erfolg gehabt hatte, Druck vom Rat der Stadt ausgesetzt war, und dass er nun nicht so recht wusste, in welche Richtung er sich bewegen sollte. Vielleicht überlegte er gar, dass es vorteilhaft für ihn sein konnte, die Hilfe Buddebahns in Anspruch zu nehmen. Bisher schaffte er es allerdings nicht, den Abgrund zu überwinden, der sich seines Verhaltens wegen zwischen ihnen aufgetan hatte.

»Ich war den ganzen Abend über im Haus. Das können die beiden Söldner bezeugen.«

»Das glaube ich Euch gern.« Es war zu spüren, dass Kröger den Ausgleich suchte. »Ist Euch etwas aufgefallen im Haus des Ermordeten? Oder an der Leiche? Irgendetwas, was uns zum Mörder führen könnte?«

»Ich habe den Eindruck, dass der sterbende Franke auf etwas gezeigt hat. Ich weiß nicht, was es ist. Möglicherweise ein Bild an der Wand. Leider ist alles ausgeräumt worden, und der ganze Abfall liegt auf den Fuhrwerken. Man sollte die Witwe fragen, was da war.«

»Das habe ich bereits getan«, triumphierte der Ermittler, wobei er sich selbstzufrieden lächelnd an den Hut griff und ihn ein wenig tiefer ins Gesicht zog. »Glaubt nur nicht, ich wüsste nicht, worauf es ankommt. Leider konnte sie mir nicht weiterhelfen. Sie hat mir die Bilder beschrieben. Damit kann niemand was anfangen. Der ausgestreckte Zeigefinger hat also nichts zu bedeuten. Schön wär's ja gewesen, aber Franke konnte uns keinen Hinweis auf seinen Mörder geben. Die Dinge sind nun mal nicht so einfach, wie Ihr es Euch vorstellt.«

»Da mögt Ihr recht haben. Ihr werdet den Mörder auch ohne einen solchen Hinweis entlarven. Da bin ich ganz sicher.«

»Falls Euch etwas einfällt, lasst es mich wissen. Auf keinen Fall dürft Ihr auf eigene Faust ermitteln. Hoffentlich habt Ihr nicht vergessen, dass der Bürgermeister damit nicht einverstanden wäre.«

»Natürlich nicht.« Buddebahn deutete eine Verbeugung an. Er machte es Kröger nicht leichter. Nach wie vor hielt er Kröger wegen seines beschränkten Horizonts für gefährlich. Er traute ihm ohne weiteres zu, dass er ihn oder einen anderen Unschuldigen ans Messer lieferte, nur um behaupten zu können, er habe die Mordfälle gelöst.

»Es wäre mir eine Ehre, Euch helfen zu können!«

»Und noch etwas, Buddebahn. Ihr steht nach wie vor unter Verdacht. Der Mörder aus Eurem Sudhaus ist nicht identifiziert, und Ihr seid keineswegs entlastet.« Kröger nickte großmütig, griff sich grüßend an die Hutkrempe und stolzierte davon.

Buddebahn blieb stehen, bis der Ermittler in die Steinstraße abgebogen und nicht mehr zu sehen war. Nun ging er zur Wolf-Brauerei hinüber, nahm einen Stock und stocherte damit in den verbrannten Resten herum, die auf der Ladefläche des zweiten Fuhrwerks lagen.

»Was sucht Ihr?«, fragte Marga Franke, während sie sich ihm näherte. Sie war vollständig in Schwarz gekleidet, wie es von einer Witwe erwartet wurde. Auch ihren Kopf hatte sie mit einer schwarzen Kappe bedeckt. Scheu und zurückhaltend senkte sie den Kopf. »Gern will ich Euch behilflich sein, so ich es denn kann.«

Sie machte einen gefassten Eindruck, so als läge das schreckliche Ereignis, von dem sie heimgesucht worden war, schon länger zurück. Doch der erste Eindruck täuschte. Buddebahn entging nicht, wie gerötet ihre Lider waren.

»Die Bilder, die oben im Sudhaus an der Wand hingen«, erwiderte er. »Falls nicht alles täuscht, hat Euer Mann auf eines von ihnen gezeigt und damit möglicherweise einen Hinweis auf seinen Mörder gegeben.«

»Das sind die Bilder.« Sie deutete auf den Abfallhaufen auf dem Fuhrwerk. »Seht sie Euch an! Vielleicht könnt Ihr etwas damit anfangen. Kröger konnte es nicht.«

Buddebahn nickte, und dann fischte er nach und nach sieben eingerahmte Gemälde aus dem Haufen heraus, die alle mit Ruß beschmutzt waren und von denen keines breiter oder höher als eine Elle war. Er trug sie zum Brunnen und wusch sie vorsichtig ab. Damit konnte er nur einen Teil Ruß entfernen, erreichte aber, dass zu erkennen war, was auf den Bildern dargestellt war. Am Ende nahm er sie alle und trug sie ins Haus, stieg die Treppe hinauf und stellte sie nebeneinander an die Wand.

Der ermordete Franke war mittlerweile in ein anderes Gebäude gebracht und dort aufgebahrt worden. Er würde drei Tage im offenen Sarg liegen, damit alle von ihm Abschied nehmen konnten, die ihn gekannt hatten und denen es ein Bedürfnis war, ihm ein paar letzte Worte mit auf den Weg zu geben.

Buddebahn hatte sich sorgfältig eingeprägt, wie es am Ort der grauenhaften Tat ausgesehen hatte. Daher konnte er die Stelle lokalisieren, auf die Franke gezeigt hatte. Wo das entsprechende Bild gehangen hatte, zeichnete sich ein heller Fleck an der Wand ab. Er nahm nun eines der Bilder nach dem anderen und hielt es an die Wand, bis es jenes gefunden hatte, das den Fleck exakt abdeckte. Er hatte gehofft, einen wichtigen Hinweis auf dem Bild zu finden, wurde jedoch enttäuscht.

Das Bild war in Öl gemalt und zeigte ein paar Äpfel und Birnen, die auf einem Teller und zerstreut auf einem dunklen Tischtuch lagen. Ein Stillleben mit Obst.

Buddebahn klemmte es sich unter den Arm und nahm es mit. Die anderen Bilder warf er auf das Fuhrwerk. Bevor er den Hof verließ, zeigte er der Witwe, was er gefunden hatte.

»Wir haben uns wohl geirrt«, vermutete sie. »Hildebrand konnte uns keinen Hinweis mehr geben.«

»Er hatte nur wenig Zeit. Das Leben floh aus seinem Körper.

Daher konnte er nicht lange nach etwas suchen, was deutlicher und uns somit eine größere Hilfe gewesen wäre.«

»Gott hat es so gewollt«, sagte sie voller Demut. »Er hat das Gold nicht genommen, das Hildebrand der Kirche gezahlt hat. Er hat ihn für seine Sünden bestraft, welche auch immer das gewesen sein mögen.«

»Das ist wohl so.« Buddebahn verabschiedete sich, überquerte den Hopfensack und kehrte auf den Hof seiner Brauerei zurück. Vor seinem Haus setzte er sich an den Tisch, legte das Bild vor sich und befahl einer Magd, ihm Most zu bringen. Während er auf das Getränk wartete, blickte er das Stillleben nachdenklich an.

Buddebahn war sicher, dass Hildebrand Franke mit voller Absicht auf dieses Bild gezeigt hatte, wohl wissend, dass er sich in die Ermittlungen einschalten würde. Er hatte einen Hinweis gegeben. Die Frage war, ob der Sterbende noch klar genug hatte denken können oder ob das erlöschende Gehirn Phantasien entwickelt hatte, die keinen Sinn ergaben.

Mitten auf dem Hof stand ein kleiner Junge, umgeben von den Hunden der Brauerei. Sie bedrohten ihn nicht, sondern standen um ihn herum, als wollten sie ihn beschützen. Einem der Tiere legte der Junge die Hand auf den Rücken.

Buddebahn stutzte. Er blieb kurz stehen, und dann begriff er.

»Du bist Jacob«, sagte er.

Das Kind hob ihm sein Antlitz entgegen. Die Augen waren fast geschlossen, die entzündeten Lider dick geschwollen und von Eiter verklebt. Umso stärker fielen die eingefallenen Wangen und der dünne Hals auf.

»Wer bist du?«, fragte der Junge.

»Conrad Buddebahn«, antwortete er, nahm ihn bei der Hand und führte ihn zu dem Tisch vor seinem Haus, wo er sich mit ihm setzte. »Wieso bist du hier draußen?«

»Ich hatte Angst allein in der Kammer.«

»Und dein Vater? Wo ist er? Sollte er sich nicht um dich kümmern?«

»Er versucht, Geld zu verdienen für den Bader.« Jacob sprach langsam und mechanisch, ohne jeden Ausdruck. Ruhig lagen seine Hände auf dem Tisch. Sie waren klein und wirkten kraftlos. »Da drüben hat es gebrannt. Es riecht nach Rauch.«

»Ja, aber das Feuer ist gelöscht. Du brauchst keine Angst zu haben. Dir passiert nichts.« Er winkte eine Magd heran, die mit einem Korb voller Wäsche zum Brunnen gehen wollte. »Hast du Hunger? Möchtest du etwas essen?«

Der Junge nickte. Er hörte die junge Frau herankommen, und er wandte sich ihr zu. Buddebahn trug ihr auf, dem Jungen Brot, Butter und Wurst zu bringen.

»Ja, Herr«, erwiderte sie. »Ich werde gut für ihn sorgen.«

Während sie davoneilte, betraten zwei Nonnen den Hof. Erstaunt blickte Buddebahn auf. Einen derartigen Besuch hatte er bisher auf der Uhl-Brauerei noch nicht zu verzeichnen gehabt. In ihre Kutten gehüllt, die Kapuzen züchtig ins Gesicht gezogen, näherten sie sich ihm und stellten einen Korb auf den Tisch.

»Wir möchten uns bedanken, weil Ihr Schwester Maria geholfen habt, als sie vorübergehend ihr Gottvertrauen verloren hatte«, sagte eine der beiden, während die andere sich demütig zurückhielt. »Wir haben Brot, Salz und Schmalz für Euch.«

»Herzlichen Dank. Wie geht es Schwester Maria? Ich hoffe, sie hat sich inzwischen von dem erlittenen Schrecken erholt.«

»Das ist richtig. Wir haben ihre Wunden versorgt. Sie wird bald wieder gesund sein, und nur noch kleine Narben werden von ihrem Unglück zeugen. Gott wird ihr das schöne Antlitz zurückgeben.«

»Darf ich nach Eurem Namen fragen, Schwester?«

»Ich bin Anna.« Ihre Blicke richteten sich auf den Jungen. »Was ist mit ihm?«

»Wie Ihr seht, sind seine Augen entzündet. Er leidet schon lange darunter und ist mittlerweile blind geworden.«

»Er war bei einem Medicus?« Sie trat nah an Jacob heran, um sich die Augen prüfend anzusehen.

»Soweit ich weiß, ist sein Vater mit ihm zu mehreren Badern gegangen, aber sie alle waren machtlos gegen dieses Leiden.«

Schwester Anna lächelte, und ihre Augen begannen zu leuchten.

Sie hatte ein schmales, ausdrucksvolles Antlitz mit kräftigen, schwarzen Brauen.

»Wenn Ihr erlaubt, nehmen wir den Jungen mit in den Convent. Wir werden seine Augen spülen. Vielleicht können wir ihm helfen. Es ist noch nicht lange her, dass wir einen ähnlichen Fall bei einer unserer Schwestern hatten.«

Buddebahn überlegte nicht lange. Jacob musste jede sich bietende Chance nutzen, um sein Augenlicht möglicherweise doch noch zu retten.

»Ich dachte, Männer dürfen das Kloster nicht betreten?«

»Männer!«, erwiderte Schwester Anna mit einem seltsamen Ausdruck der Verachtung. »Aber das ist ein Junge. Bei ihm können wir eine Ausnahme machen. Es ist ja nur für ein paar Tage.«

»Dann solltest du mit ihr gehen, Jacob«, empfahl er dem Jungen. Er sah, dass die Magd sich mit einem Korb voller Speisen näherte, und gab ihr ein Zeichen. Sie blieb stehen und wartete schweigend ab. »Du kannst den Schwestern vertrauen. Wahrscheinlich kann niemand mehr für dich tun als sie.«

Der Junge war unsicher, doch als Schwester Anna seine Hand nahm, stand er auf und ließ sich von ihr führen.

»Mein Vater hat schon alles versucht«, gab er zu bedenken. »Und der Pfarrer hat gesagt, es ist eine Strafe Gottes, dass meine Augen krank geworden sind.«

»Das hat der Pfarrer so wohl nicht gemeint. Jede Krankheit ist eine Prüfung für uns und unsere Barmherzigkeit. Es ist Christenpflicht, dass wir uns deiner annehmen«, entgegnete die Nonne. »Gott hat uns zusammengeführt. Nimm das als einen ersten Hinweis.«

Jacobs Lippen bebten. Er konnte nicht sprechen. Die Nonne nickte Buddebahn freundlich zu und führte den Jungen vom Hof. Sie ging langsam und vorsichtig, wobei sie Hindernissen in genügendem Abstand auswich.

»Danke«, sagte Buddebahn zu der Magd. »Die Nonnen haben es übernommen, für den Jungen zu sorgen. Bei ihnen ist er gut aufgehoben.«

Er lehnte sich zurück, entschloss sich dann, etwas von dem Brot und dem Schmalz zu probieren, und ließ sich noch einmal durch den

Kopf gehen, was in den letzten Stunden geschehen war. Bisher hatte er keine wirklich Verdächtigen. Es gab einige Hinweise auf die Täter, die Norton, Johann Berger und jetzt Hildebrand Franke umgebracht hatten, die möglicherweise auch mit dem Abbrennen der Gerstenfelder und den Verbrechen an den Bauern zu tun hatten, aber er hatte keine stichhaltigen Beweise.

Nach wie vor wusste er nicht, welche Rolle Bürgermeister Rother spielte und was der Wirt des *Hopfensaals* mit den Vorfällen zu tun hatte – beziehungsweise, ob er überhaupt an dem Geschehen beteiligt war. Dass er die Ritterhelme zur Verfügung gestellt hatte, war kein Vergehen und widersprach nicht den Gesetzen der Stadt Hamburg. Er konnte sie herausgegeben haben, ohne zu wissen, wozu sie dienen sollten. Buddebahn nahm sich vor, mit dem Wirt zu reden, wollte sich damit jedoch Zeit lassen, bis er etwas hatte, womit er Abel unter Druck setzen konnte.

Wer aber zog die Fäden aus dem Hintergrund?

Die geheimnisvolle Frau in Schwarz aus dem *Hopfensaal*? Es wäre voreilig, diesen Schluss zu ziehen, nur weil sie gegen die Konvention guten Benehmens verstieß, indem sie Quartier in einem solchen Wirtshaus genommen hatte. Auch dass Adolf Rumohr zur ihr auf die Balustrade gegangen war und mit ihr gesprochen hatte, war kein Beweis. Es konnte ein rein geschäftliches Gespräch gewesen sein, an dem nichts Verbotenes war.

Unbestreitbar war allein, dass die Anschläge auf die Getreidefelder der Bauern Auswirkungen auf die Preise für Gerste und andere Getreidesorten und somit auf die Brauereien hatten. Wenn es nicht gelang, aus anderen Bereichen der Hanse Gerste, Hafer und Roggen heranzubringen, würde es in vielen Bereichen Schwierigkeiten geben, angefangen von der Versorgung mit Brot für die Bevölkerung, der Herstellung von Bier und dem Futter für die vielen Pferde, die es in der Stadt gab. Wie immer in solchen Fällen würde es einige geben, die Vorteile aus einer solchen Krise schlugen. Will Rother würde zu ihnen gehören, sofern es ihm gelang, eine Schiffsladung mit Getreide in die Hansestadt zu bringen.

Per Wasmann unterbrach die Gedanken Buddebahns, als er nun auf den Hof kam und direkt auf ihn zusteuerte. Er war bleich bis an die Lippen. Die tief eingekerbten Mundwinkel und der eigenartige Glanz in seinen Augen verrieten, dass es in ihm brodelte und dass er seine Gefühle kaum noch unter Kontrolle hatte.

»Was ist los, Per?«, fragte Buddebahn.

»Nichts, nichts, es ist nichts«, erwiderte der Braumeister. Er nahm sich eine Scheibe Brot, bestrich sie mit Schmalz, streute Salz darüber und verschlang sie so gierig, als habe er schon seit Tagen nichts mehr zu sich genommen.

»Komm schon. Du hast dich über etwas geärgert. Was ist passiert?«

»Ich war bei Rumohr«, platzte es aus ihm heraus. »Ich habe viel für den Mann getan, verdammt viel. Und jetzt brauche ich Geld. Für Jacob. Der Junge muss endlich zu einem Medicus. Wo ist er überhaupt?«

Buddebahn schloss aus diesen Worten, dass Adolf Rumohr ihm das Geld verweigert hatte, um das er ihn gebeten hatte. Ruhig und behutsam teilte er Wasmann mit, dass Jacob mit der Nonne gegangen war und im Kloster behandelt werden sollte. Wasmann nahm es aufbrausend zur Kenntnis, beruhigte sich jedoch schnell, als er ihm sagte, dass er aller Voraussicht nach nichts dafür bezahlen musste.

»Welches Kloster?«, fragte der Braumeister.

»Der Convent. Das Stift der Beguinen – oder der Blauen Schwestern in der Steinstraße. Gleich neben Rumohrs Brauerei.«

»Nein!« Es klang wie ein Stöhnen, das tief aus der Brust kam.

»Doch. Du brauchst dir keine Sorgen zu machen. Schwester Anna wacht über deinen Sohn. Wahrscheinlich besser, als es jeder Medicus könnte.«

»Nein!« Per Wasmann sprang ungestüm auf, ging zum Brunnen und tauchte seine Hände in einen Eimer, um sein Gesicht zu benetzen. Geradezu verzweifelt brach es aus ihm hervor: »Oh, mein Gott, nein! Warum hast du es nicht verhindert?«

»Warum hätte ich es tun sollen, Per? Was ist los? Der Convent hat einen tadellosen Ruf. Die Schwestern werden verehrt in der Stadt. Dein Sohn ist wirklich gut aufgehoben bei ihnen.«

Der Braumeister schüttelte den Kopf, wobei er eine Reihe unbestimmbarer Laute von sich gab. Sein mächtiger Körper zitterte und bebte. Schweißperlen bedeckten sein Gesicht. Mehrere Male setzte er zu erklärenden Worten an, seine Lippen zuckten, und es schien, als werde er in Tränen ausbrechen, schwieg dann aber doch, wandte sich ab und eilte mit eigenartig schwankenden Bewegungen vom Hof, die Arme angewinkelt und die Fäuste erhoben, als wollte er sich mit jemandem schlagen. Neugierig geworden, folgte Buddebahn ihm.

Wie von Sinnen rannte Per Wasmann zum Hopfensack hinaus und zum Hafen an der Alster hinunter. Dabei war er so schnell, dass er Mühe hatte, ihm auf den Fersen zu bleiben. Er musste ihn nicht unbedingt sehen, um zu wissen, wohin er sich bewegte. Verlor er ihn mal für einen kurzen Moment aus den Augen, konnte er sicher sein, empörte Rufe von Passanten zu hören, die dem Braumeister nicht rasch genug ausgewichen waren und die er kurzerhand angerempelt hatte, um sich freie Bahn zu verschaffen.

Im Hafen herrschte wie immer zu dieser Tageszeit geschäftiges Treiben. Vier Koggen hatten angelegt. Eine von ihnen wurde beladen, bei den anderen wurde die Fracht gelöscht und auf bereitstehenden Fuhrwerken verstaut. Der Hafenmeister überwachte den Betrieb von seinem Turm aus, während Dutzende von Tagelöhnern die anfallenden Arbeiten verrichteten. In den Laufrädern des Drehkrans schwitzten zwei Männer. Es waren Strafgefangene, die für ihre Untaten mit größten Anstrengungen büßen mussten. Fischerboote landeten auch jetzt noch ihren Fang an, Stunden nach der Eröffnung der Märkte.

Per Wasmann stürmte zielstrebig auf ein Pferdefuhrwerk zu, das am Kai vor jener Kogge wartete, die beladen wurde. Verständnislos beobachtete Buddebahn ihn. Auf dem Wagen stapelten sich Bierfässer aus der Brauerei Adolf Rumohrs. Sie sollten in eine der anderen Hansestädte verschifft werden. Erklären konnte er sich nicht, weshalb der Braumeister ausgerechnet dieses Ziel ansteuerte und weshalb er es in großer Aufregung tat, nachdem er erfahren hatte, dass die Blauen Schwestern sich seines Sohnes angenommen hatten.

Mit einem Schrei auf den Lippen sprang Wasmann auf das Fuhrwerk. Der Kutscher, ein kräftiger, rothaariger Mann, stellte sich ihm entgegen, richtete jedoch nichts gegen ihn aus, denn nach kurzem Gerangel stieß ihn der Braumeister vom Wagen, riss eine Axt aus ihrer Halterung am Kutschbock und hieb mit zwei Schlägen die Seile durch, mit denen die Bierfässer auf dem Wagen gehalten wurden. Wie nicht anders zu erwarten, löste sich der Stapel auf, und eines der Fässer fiel auf den Boden herab, ohne dabei zu zerbrechen.

Mittlerweile waren der Hafenmeister, die Fernhandelskaufleute, die das Verladen und Löschen überwachten, die Tagelöhner, einige Landsknechte und Handwerker sowie Kröger, der Ermittler, aufmerksam geworden. Etliche von ihnen eilten zu dem Fuhrwerk, um Wasmann aufzuhalten. Sie kamen zu spät. Mit großer Kraftanstrengung wuchtete er die Fässer von der Ladefläche. Krachend stürzten sie auf das Pflaster, und einige zerbrachen dabei. Doch nicht Bier schoss heraus, sondern Stroh rieselte auf den Boden.

Damit war der Braumeister noch nicht zufrieden. Er sprang vom Wagen, hob die Axt über den Kopf und schlug wild auf die Fässer ein, so als wäre er nicht mehr bei klarem Verstand. Nun aber hielt ihn niemand mehr auf, denn jeder konnte sehen, dass die Fässer kein Bier enthielten, wie es eigentlich hätte sein sollen, sondern dass sich in dem Stroh große Bienenwachskerzen verbargen.

Wasmann zertrümmerte Fass auf Fass, und in allen waren Bienenwachskerzen versteckt, eine Kostbarkeit, die für die meisten Zeugen seiner Tat einen unerschwinglichen Luxus darstellten.

Endlich war der Braumeister mit seinem Zerstörungswerk zufrieden. Heftig atmend trat er zur Seite, warf die Axt auf die Ladefläche des Fuhrwerks und lehnte sich gegen eines der Räder, wobei er die Arme vor der Brust verschränkte und mit grimmiger Miene in die Runde schaute.

Kröger bahnte sich einen Weg durch die Menge der Neugierigen zu ihm hin.

»Du bist verhaftet, Wasmann«, sagte er energisch. »Ich kann dir nur raten, keinen Widerstand zu leisten.«

Der Braumeister schüttelte den Kopf, und dann tippte er sich mit dem Zeigefinger an die Schläfe, um in aller Deutlichkeit anzuzeigen, was er von Kröger und seinen Worten hielt.

»Wenn hier jemand verhaftet werden soll, dann ja wohl derjenige, dem die Fässer gehören«, rief er so laut, dass man ihn bis in den letzten Winkel des Hafens hinein hören konnte. »Diese Bienenwachskerzen sind allesamt aus dem Kloster der Blauen Frauen und aus anderen Klöstern in der Umgebung von Hamburg gestohlen worden. Im Auftrag von Adolf Rumohr! Ihm gehören die Fässer. Aus seinem Stall stammt das Fuhrwerk. Der Kutscher steht in seinen Diensten. Rumohr hat die Kerzen in den Fässern versteckt, um sie nach London zu verkaufen, wo sie einen besonders hohen Preis erzielen. Also wendet Euch an ihn! Nicht an mich! Ich habe nur dafür gesorgt, dass ihr alle erfahrt, dass Adolf Rumohr ein Dieb ist, der sich nicht scheut, sich in den Häusern Gottes zu bedienen. Ich gebe zu, dass ich derjenige bin, der in seinem Auftrag gehandelt hat. Ich bin bereit, dafür Buße zu tun.«

Endlich begriff Buddebahn. Per Wasmann war bei Rumohr gewesen, hatte ihn um Geld gebeten, um seinen Sohn von einem Medicus behandeln zu lassen, und war abgewiesen worden. Das war enttäuschend genug für ihn gewesen. Dann aber hatte er erfahren, dass ausgerechnet jene, die er bestohlen hatte, sich seines Sohnes angenommen hatten. Selbstlos, demütig und gottesfürchtig, ohne einen Lohn dafür zu fordern. Diese Nachricht hatte ihn zutiefst beschämt und zu dem gegen Rumohr gerichteten Wutausbruch veranlasst.

»Der Richter wird entscheiden, was mit dir zu geschehen hat«, verkündete Kröger. »Bis dahin darfst du die Stadt nicht verlassen.«

Er winkte zwei Landsknechte zu sich heran, sprach kurz mit ihnen und eilte mit ihnen davon, fraglos, um Adolf Rumohr zu verhaften. Die anderen Landsknechte schirmten das Fuhrwerk und die zertrümmerten Fässer mit den Kerzen ab, um zu verhindern, dass der eine oder andere sich dieser Kostbarkeit bediente. Zwei der Tagelöhner begannen damit, die Kerzen aus dem Stroh und den Resten der Fässer zu bergen und auf das Fuhrwerk zu legen.

Buddebahn ging zu Wasmann.

»Komm mit, Per«, sagte er. »Wenn du willst, kannst du so lange bei mir bleiben, bis diese Sache geklärt ist.«

»Danke.« Mit stolz erhobenem Kopf stolperte der Braumeister neben ihm her. Er war erschöpft, aber er hatte sich von einer Last befreit, die ihn schon seit längerer Zeit zu erdrücken drohte. Er war von

Rumohr gedemütigt worden, hatte jedoch seine Haltung zurückgewonnen und damit seine persönliche Freiheit. Jetzt fühlte er sich wie erlöst und hatte allen Grund, mit sich zufrieden zu sein. Dass ihm eine schwere Zeit bevorstand, war ihm sicherlich bewusst.

15

»Ich hoffe, ich störe nicht allzu sehr«, sagte Conrad Buddebahn, als er den Arbeitsraum des Bürgermeisters betrat.

»Aber nicht doch«, rief Will Rother breit lächelnd. Er erhob sich und kam ihm entgegen, um ihm die Hand zum Gruß zu bieten. »Was führt Euch zu mir? Habt Ihr ein Anliegen, oder seid Ihr nur hier, um unsere Freundschaft zu beleben?«

Buddebahn ließ sich nicht blenden. Er hatte einige Mühe gehabt, zum Ersten Bürger der Stadt durchzudringen. Dabei war er sich dessen bewusst, dass die Wachen ganz sicher nicht aus eigenem Antrieb versucht hatten, ihn abzuwehren, sondern dass sie auf Anweisung Rothers handelten. Er ließ sich jedoch auf das Spiel ein und tat, als habe es keinerlei Schwierigkeiten gegeben und als sei die Atmosphäre zwischen ihnen nicht gestört.

Mit einem süffisanten Lächeln fragte der Bürgermeister ihn nach seinem Hengst Holstein. Dabei war ihm nur zu deutlich anzumerken, dass er das Pferd für einen Fehlkauf hielt.

»Wer einmal auf einem solchen Warmblut gesessen hat, weiß seine Vorteile zu schätzen«, erwiderte Buddebahn. »Vielleicht solltet Ihr es einmal versuchen. Ihr werdet überrascht sein, wie schnell der Hengst ist. Kein anderes Pferd kann mit ihm mithalten.«

Rothers Lächeln vertiefte sich. Er glaubte ihm kein Wort.

»Diese Einladung nehme ich gerne an«, antwortete er, machte jedoch keineswegs den Eindruck, als sei er tatsächlich interessiert. »Doch nun zu Euch. Wollt Ihr mir nicht endlich verraten, weshalb Ihr gekommen seid?«

»Es hat am Rande mit dem Hengst zu tun, denn durch ihn habe ich

Mönche aus dem Kloster zu Wilster kennengelernt und von dem Diebstahl erfahren, unter dem sie ebenso zu leiden haben wie die Blauen Schwestern vom hiesigen Convent. Bienenwachskerzen sind entwendet worden, die unter großen Mühen hergestellt worden sind. Wie Ihr sicherlich wisst, ist aus einem Bienenstock nur verschwindend wenig Wachs zu gewinnen. Man muss schon einen erheblichen Aufwand treiben, um so viel Wachs herauszuziehen, dass man Kerzen daraus fertigen kann.«

»Ja – und?« Rother wurde ungeduldig. Das Gespräch dauerte ihm schon zu lange.

»Ein Mönch aus Wilster hat mich gebeten, bei der Aufklärung dieser ganzen Geschichte zu helfen«, schwindelte Buddebahn, wobei er im Stillen ein Stoßgebet gen Himmel schickte und um Vergebung für die kleine Notlüge bat. »Das habe ich ihm zugesagt.«

»Und das Problem ist ...?«

»Adolf Rumohr ist derjenige, der die Diebe auf die Raubzüge geschickt hat. Um es kurz zu machen: Ich würde gern mit ihm reden und ihm einige Fragen stellen. Vermutlich wird er sie mir jetzt – da er im Kerker sitzt – beantworten, was er vorher ganz sicher nicht getan hätte. Es ist mir eine Herzensangelegenheit, dass die heiligen Mönche ihre Ruhe wiederfinden. Daher appelliere ich an Eure Güte und bitte um Eure Hilfe.«

Sein Gespräch war geschickt aufgebaut, und es gelang ihm, Will Rother so zu führen, dass dieser schließlich nicht mehr ablehnen konnte.

»An der Seelenruhe der Mönche liegt mir natürlich auch«, erwiderte der Bürgermeister erwartungsgemäß. »Geht zu Rumohr! Er befindet sich nicht im Kerker unter dem Rathaus, sondern im Turm am Steintorwall. Nebenbei – habt Ihr gewusst, dass er sich mit einer Leibwache umgeben hat? Vier baumlange Kerle sollten ihn beschützen. Wogegen auch immer.«

Rother schüttelte den Kopf, als könne er die Maßnahme Rumohrs nicht verstehen. Doch Buddebahn war ein aufmerksamer und guter Beobachter. Ihm entging nicht, dass der Erste Bürger sich nicht ausreichend unter Kontrolle hatte und dass sein Lächeln für einen kurzen Moment verkrampft und unnatürlich wirkte. Er wusste, dass es eine Macht in der Stadt gab, die zu einer ernsten Bedrohung geworden war, und dass Rumohr zu jenen zu rechnen war, für die es ratsam war, sich zu schützen.

Er ging zur Tür, rief einen der Sekretäre herbei und befahl ihm, einen der Landsknechte als Begleiter abzustellen, damit Buddebahn zu dem Inhaftierten vordringen konnte.

»Ich danke Euch, Bürgermeister. Die Mönche werden für Euch beten.« Buddebahn blieb an der Tür stehen, überlegte kurz und fragte: »Ich habe Euch noch gar nicht dazu gratuliert, dass Ihr nun auch Reeder seid. Bitte, nehmt meine Komplimente entgegen. Es gehört eine Menge kaufmännisches Geschick dazu, den Kauf eines so schönen Schiffes wie die *Bürgermeister von Hamburg* zu finanzieren.«

Will Rothers Lächeln gefror, und für einen kurzen Moment wurden seine Blicke unstet. Er konnte Buddebahn nicht mehr ansehen und nestelte nervös an einer Schreibfeder auf seinem Tisch herum.

»Eine Schiffsladung Getreide wird dabei helfen, die Situation in Hamburg zu entspannen. Wann erwartet Ihr Euer Schiff zurück?«, fragte Buddebahn.

»In einigen Tagen. Vielleicht schon früher. Das hängt vom Wind und von der Tide ab.« Rother ließ seine Hand über die goldene Kette gleiten, die um seinen Hals hing und die Würde seines Amtes betonte. »Aber nun geht, bitte. Ich habe viel zu tun. Als Bürgermeister von Hamburg hat man nicht so viel Zeit, wie viele Bürger zu meinen scheinen.«

»Selbstverständlich. Verzeiht meine Aufdringlichkeit. Ich bin schon verschwunden.« Buddebahn verneigte sich kurz und verließ den Raum in dem Bewusstsein, einen verunsicherten Ersten Bürger der Stadt zurückgelassen zu haben. Er war überzeugt davon, dass es beim Kauf der Kogge eine Reihe von Hindernissen gegeben hatte, die überwunden werden mussten. Will Rother war kein reicher Mann, der ein Schiff dieser Art kaufen konnte, ohne einen Kredit in Anspruch zu nehmen. Dieser aber war nur zu haben, wenn entsprechende Sicherheiten geboten werden konnten, und diese wiederum hatte der Bürgermeister nicht. Die Kogge als Sicherheit genügte nicht, denn die Gefahr war groß, dass sie schon auf ihrer ersten Fahrt in ein Unwetter geriet, kenterte und versank.

Blieb die Frage, warum ihm unter diesen Bedingungen einer der Banker einen großzügigen Kredit eingeräumt hatte.

Damit aber hielt Buddebahn sich nicht lange auf. Er überquerte den Markt, wechselte ein paar Worte mit Hanna Butenschön, die sich darüber beklagte, dass zu wenig Fisch gekauft wurde.

»Alle Welt kauft Schweinefleisch«, sagte sie, wobei sie zu dem Bereich des Marktes hinüberzeigte, wo die Schlachter tätig waren. »Ich fürchte, ich bleibe auf meinen Lachsen sitzen. Dabei ist es gar nicht so warm, dass der Fisch schnell verdirbt.«

»Zur Not musst du sie verschenken«, erwiderte er. »Ich kann mir denken, dass die Blauen Schwestern sich darüber freuen.«

Hanna verzog das Gesicht.

»Die verdammten Nonnen nehmen meinen Fisch entgegen, sofern er nichts kostet, und dann halten sie mir einen Vortrag über mein sündiges Leben, weil ich als unverheiratete Frau mit einem ebenfalls unverheirateten Kerl zusammenlebe.«

»Wäre es dir lieber, ich wäre verheiratet?«, fragte er. »Und du nicht?«

»Scher dich zum Teufel«, erwiderte sie versteckt lächelnd.

Er setzte seinen Weg fort bis zum Stadttor am Ende der Steinstraße, begleitet von dem Landsknecht, der keine Fragen stellte, kein Gespräch suchte, sondern mit unbewegter Miene neben ihm her stolzierte, sich seiner Bedeutung wie seiner Würde bewusst. Er trug ein farbenprächtiges Wams, den er mit einem breiten Ledergürtel zusammenhielt. Die Hellebarde, ein Kurzschwert und ein Dolch vervollständigten seine Ausrüstung, zu der auch Stiefel mit weitem Aufschlag gehörten, die ihm bis fast an die Knie reichten.

Am Steintor teilte er den Wachen mit, dass der Bürgermeister ihm aufgetragen hatte, Buddebahn zwecks Befragung und Vernehmung zu dem Gefangenen Adolf Rumohr zu führen.

Händler und Bauern zogen an ihnen vorbei. Sie verließen die Marktplätze, nachdem sie ihre Waren verkauft hatten. Neben dem Stadttor waren Zimmerleute dabei, den Dachstuhl eines Hauses zu reparieren. Vor der Brauerei Rumohrs standen zahlreiche Männer und Frauen und redeten aufgeregt miteinander. Der Gaukler war bei ihnen. Er wackelte mit dem Kopf, um die Glocken seiner

Narrenkappe klingen zu lassen. Von einem Bein auf das andere hüpfend, drehte er sich im Kreis und gab etwas zum Besten. Er war zu weit entfernt, sodass Buddebahn nicht verstehen konnte, was er sagte.

Sie alle hatten gesehen, dass der verhaftete Brauereibesitzer in einen der beiden Türme geführt worden war, und nun schwirrten allerlei Gerüchte durch die Stadt. Sicherlich hatte sich rasend schnell herumgesprochen, dass Per Wasmann im Hafen die Fässer zerschlagen, dabei das Diebesgut zutage gefördert und Adolf Rumohr beschuldigt hatte, einen Mann aus den höchsten Gesellschaftskreisen der Hansestadt mit bisher tadellosem Ruf.

Hinter dem Landsknecht betrat Buddebahn den Turm und stieg eine spiralförmige Steintreppe hinauf, an deren Ende sie von einer Wache empfangen wurden. Der Landsknecht wiederholte seinen Spruch, bei dem er mehrfach betonte, dass er persönlich vom Bürgermeister beauftragt worden war, ihn zu dem Gefangenen zu führen.

Wenig später öffnete sich eine mit Eisen beschlagene Eichentür zu einer winzigen Zelle, in der Adolf Rumohr auf einem Brett kauerte, das sich von Wand zu Wand zog. Ihm war die schwere Niederlage anzusehen, die er hatte hinnehmen müssen, nachdem seine ungesetzlichen Machenschaften aufgeflogen waren. Das eckig wirkende Gesicht mit der hohen, geraden Stirn war eingefallen und grau. Die eingefetteten Haare klebten unordentlich an seinem Kopf, sodass nicht mehr verborgen blieb, wie viele kahle Stellen es darauf bereits gab. Gebrochen stützte er sich auf seine Knie, die Schultern bis an den Kopf hochgezogen. Als Zunftmeister der Bierbrauer hatte er den Ruf gehabt, keine Zweifel und keine Unsicherheit zu kennen und seinen Weg mit unbeirrbarer Geradlinigkeit zu verfolgen.

Damit war es nun vorbei, und er wusste es.

Er war nicht mehr länger Zunftmeister, und er hatte das Recht verspielt, anderen vorschreiben zu können, was sie zu tun oder zu lassen hatten. Er war ein Mann, der von den höchsten Höhen in einen tiefen Abgrund gestürzt war und der nie mehr das Ansehen würde genießen können, dass ihm bis vor wenigen Stunden zuteilgeworden war. In seiner Engstirnigkeit hatte er sich nicht vorstellen können, dass ihm irgendetwas in die Quere kommen könnte, um ihm das Geschäft zu verderben. Er hatte sich für unangreifbar gehalten – was den Diebstahl der Bienenwachskerzen anbetraf.

Anders sah es mit der Bedrohung aus, die auf seine Brauerei zielte und die er sehr ernst nahm, wie sich dadurch zeigte, dass er sich eine Leibwache zugelegt hatte. Diese hatte allerdings nicht verhindern können, dass er verhaftet worden war.

»Was wollt Ihr von mir?«, fragte Rumohr mit heiserer Stimme.

»Reden. Ganz einfach nur reden«, erwiderte Buddebahn. Ächzend drückte er sich die Hände in den Rücken. »Entschuldigt. Mein Rücken plagt mich mal wieder. Aber das ist natürlich nicht der Grund dafür, dass ich gekommen bin. Die Stufen der Treppe waren Gift für mich.«

Der Zunftmeister musterte ihn argwöhnisch.

»Ihr seid nicht hier, um Eure Leiden zu beklagen«, stellte er fest. »Euch geht es ganz gut. Macht mir nichts vor.«

»Nun gut. Reden wir nicht von mir. Der Engländer Norton war einen Tag vor seinem Tod bei Euch in der Brauerei und hat mit Euch gesprochen. Was wisst Ihr von ihm? Wer war er? Was wollte er in Hamburg? Was hatte er mit Euch zu besprechen?«

»Das sind viele Fragen auf einmal.«

»Fangt mit einer Antwort an«, forderte Buddebahn ihn auf. »Das andere wird sich ergeben. Vielleicht beginnen wir besser mit Eurem Besuch in England vor zehn oder zwölf Jahren.«

Adolf Rumohr zuckte erschrocken zusammen. Zugleich wurde er um eine Nuance blasser.

»Was wisst Ihr davon?«

»Ein Mann, der im Turm sitzt und auf den Richter wartet, sollte nicht versuchen, Zeit zu gewinnen. Weicht mir nicht aus! Was ist in London geschehen?«

Rumohr wollte aufstehen, doch Buddebahn legte ihm die Hand auf die Schulter, sodass er auf der Bank sitzen bleiben musste.

»Nach Eurer Rückkehr aus England seid Ihr verstört gewesen – verändert. Redet endlich! Was ist passiert? Was habt Ihr zusammen mit Hildebrand Franke und Johann Berger getan?«

»Nichts«, stammelte der Inhaftierte. »Gar nichts. Wir haben Geschäfte gemacht. Das ist alles. Holt mich lieber heraus aus diesem Turm, anstatt mir dumme Fragen zu stellen.«

»Seid froh, dass Ihr hier seid«, erwiderte Buddebahn. »Hildebrand Franke und Johann Berger sind tot. Das ist Euch bekannt. Sie sind ermordet worden. Ihr seid der Nächste auf der Liste des Mörders. Das wisst Ihr. Solange Ihr in diesem Verlies seid, wird es Euch nicht an den Kragen gehen. Kehrt Ihr in Euer Haus zurück, wird es gefährlich für Euch.«

»Oder für Euch!«

»Das glaube ich nicht. Ich habe nichts mit Euch und Eurem Besuch in England zu tun. Der Mörder hat sich schlicht und einfach geirrt. Davon bin ich überzeugt. Der gemeuchelte Norton sollte nicht bei mir im Sudfass landen, sondern gegenüber bei der Wolf-Brauerei Hildebrand Frankes. Es klingt lächerlich, aber vom Dom aus gesehen, liegen Eure Brauereien alle auf der linken Straßenseite, während meine Brauerei sich auf der rechten Seite befindet. Es könnte sein, dass der Täter links und rechts nicht auseinanderhalten kann.«

Buddebahn ging zur Tür.

»Ihr müsst Euch entscheiden. Wenn Ihr nicht mit mir reden wollt, nehmt Euer Geheimnis mit ins Grab. Lange wird es wohl nicht mehr auf Euch warten müssen.«

Rumohr sprang auf.

»Was wollt Ihr damit sagen?«

»Im Turm seid Ihr sicher, aber wie lange werdet Ihr hier bleiben? Was geschieht, wenn man Euch in den Kerker unter dem Rathaus bringt? Dort unten in den dunklen Gewölben geschieht so manches, was nie ans Tageslicht kommt. Wer ein paar Münzen in die Hände der Wächter fallen lässt, kann zu jedem Gefangenen vordringen. Wer dieser auch sei. Und dann ...« Buddebahn strich sie wie zufällig über den Hals.

Erschrocken trat Rumohr an ihn heran und griff geradezu flehentlich nach den Aufschlägen seiner Jacke.

»Was wollt Ihr wissen?«

»Muss ich es wirklich wiederholen? Redet endlich über England.«

»Das ist nicht so einfach.«

»Versucht es.«

Adolf Rumohr kämpfte mit sich. Nervös ging er in der engen Zelle auf und ab, den Kopf tief gesenkt und die Lippen in ständiger Bewegung. Schließlich blieb er stehen, mit hängenden Schultern und ohne den Kopf zu heben. Er bot das Bild eines Mannes, der sich seiner Schuld in ganzer Konsequenz bewusst ist.

»Wir haben gute Geschäfte gemacht, und die haben wir ausgiebig gefeiert. Einige Male waren wir so betrunken, dass ich am nächsten Tag lange nachdenken musste, bis ich mich daran erinnerte, dass ich in London war. An einem Abend haben wir im Hause eines Handelsherrn getrunken, und da ist es passiert. Unser Gastgeber brach zusammen und schlief. Hildebrand, Johann und ich haben ...«

Er wandte sich ab und schlug die Hände vor das Gesicht. Buddebahn musste lange warten, bis er fortfuhr: »Unser Gastgeber hatte eine sehr schöne Tochter. Die Jungfer war siebzehn Jahre alt. Wir drei sind über sie hergefallen und haben ihr Gewalt angetan. Als es vorbei war, bemerkte Johann Berger, dass unser Gastgeber nicht schlief, sondern tot war. Er hatte sich buchstäblich totgesoffen. Wir sind aus dem Haus geflohen, zu unserer Kogge gegangen und sind sofort ausgelaufen.«

Er ließ sich auf die Sitzbank sinken. Die Blicke aus den leeren Augen waren ins Nichts gerichtet.

»Ihr habt nie wieder was aus London gehört und habt dennoch gute Geschäfte mit den Engländern gemacht?«

»Anscheinend hat uns niemand mit dem Tod des alten Mannes und der Vergewaltigung seiner Tochter in Verbindung gebracht. Bis vor einigen Tagen.«

»Was geschah?«

»Dieser Engländer Norton kam zu mir. Er war Advokat. Er teilte mir mit, dass er in besonderer Mission in Hamburg sei. Zum einen habe er den Auftrag, Franke, Berger und mir mitzuteilen, dass jemand aus London unsere Brauereien erwerben wolle. Der Preis jeweils ein Schilling.«

»Ein Schilling? Also mehr ein symbolischer Preis.«

»Wenn wir damit nicht einverstanden seien, komme nur noch eine Schenkung in Frage.« Adolf Rumohr legte beide Hände an den Kopf, als könne er immer noch nicht fassen, dass ihm jemand ein solches Angebot gemacht hatte. Jede der Brauereien war unverhältnismäßig mehr wert als ein paar Schilling. »Ich habe ihn ausgelacht. Da hat er mich gewarnt. Er hat sich entschuldigt und mich darauf aufmerksam gemacht, dass er nur der Bote sei, der eine Nachricht zu überbringen habe, dass für seine Auftraggeber ein Menschenleben jedoch überhaupt nichts zähle. Er sagte, er habe von einem Plan erfahren, Johann Berger, Hildebrand Franke und mich zu ermorden. Er sei gekommen, um das Schlimmste zu verhindern. Den dreifachen Mord aus Rache. Der Verlust der Brauereien aber sei nicht mehr zu vermeiden.«

Rumohr lehnte sich zurück, bis er sich mit dem Rücken an der Wand abstützen konnte.

»Norton hat uns geraten, uns auf den Handel mit den Brauereien einzulassen, weil wir nur dadurch unser Leben retten könnten. Das wurde ihm offenbar als Verrat ausgelegt.«

»Deshalb hat man ihn getötet?«

»Aus diesem Grund. Davon bin ich überzeugt. Ob er den zweiten Auftrag ausgeführt hat oder nicht, entzieht sich meiner Kenntnis. Ich vermute, dass dieser mit dem Bürgermeister zu tun hatte. Er hat nach ihm gefragt.«

»Ich danke Euch«, erwiderte Buddebahn. »Ihr habt schwere Schuld auf Euch geladen.«

»Ich weiß, und ich bereue zutiefst, was ich getan habe. Wir haben das Leben dieser Jungfrau zerstört.« Adolf Rumohr war den Tränen nahe. »Ich war oft in der Kirche, habe gebetet und um Vergebung gebeten. Ich habe Bußgeld bezahlt, aber ich habe nie gebeichtet, dass ich einer jungen Frau Gewalt angetan habe.«

»Ich verstehe jetzt, warum Hildebrand Franke den Daumen im Mund hatte wie ein Säugling. Es war das Zeichen der Unschuld neben dem Zeichen der Zerstörung – der Pfeil in seinem Hals. Damit haben uns die Täter eindeutig signalisiert, um was es geht.« Buddebahn ging zur Tür, kehrte jedoch noch einmal um, wobei er sich mit den Fingern an die Stirn tippte, als wollte er seine Gedanken auf Trab bringen. »Und dann habt Ihr Euch entschlossen, Bienenwachskerzen aus Klöstern zu stehlen? Wie passt das zusammen?«

»Ich habe Briefe und Geld nach England geschickt. Immer an die Adresse unseres damaligen Geschäftspartners und immer mit der Bitte, mir zu verzeihen. Bis meine finanziellen Mittel erschöpft waren. Da kam ich auf den Gedanken, diese Kerzen in London zu verkaufen, wo mehr Geld als sonst irgendwo in der Hanse dafür bezahlt wird. Sehr viel mehr Geld.«

»Und habt Euch mehr denn je gegen die Kirche und gegen Gott versündigt.«

»Ich bin mir dessen bewusst. Es ist nur gerecht, wenn man mich dafür bestraft.« Rumohr bekreuzigte sich.

»Vielleicht komme ich noch einmal wieder«, versetzte Buddebahn. Er stand bereits in der offenen Tür, als er stehenblieb und sich noch einmal umwandte. »Das heißt, eine Frage habe ich noch. Nur der Vollständigkeit halber.«

»Ihr seid ein wahrhaft hartnäckiger Mann«, seufzte Rumohr.

»Warum erst jetzt? Es ist zwölf Jahre her?«

»Das entzieht sich meiner Kenntnis. Vielleicht hat man in England erst nach so langer Zeit herausgefunden, wer das Mädchen vergewaltigt hat. Ich weiß es nicht.«

»Und noch eine Frage: Ihr habt Tilmann Kirchberg unter Druck gesetzt. Er musste die Todesursache bei Johann Berger ändern. Er hat bescheinigt, dass Berger eines natürlichen Todes gestorben ist. Was hat Euch dazu veranlasst?«

»Jemand hat mich dazu gezwungen«, antwortete der Inhaftierte zögernd und mit stockender Stimme. Ängstlich blickte er auf die Tür, als fürchte er, der Rachegott werde beim nächsten Wort hereinkommen und ihn für seinen Verrat bestrafen.

»Wer? Nun redet schon! Wer war es?«

»Seinen Namen kenne ich nicht, und ich kann nur vermuten, dass er zu jenen gehört, die wenigstens drei Brauereien Hamburgs an sich bringen wollen. Er hat gesagt, wenn ich nicht tue, was er von mir verlangt, wird er meine Kinder umbringen. Alle sieben. Die Leichen werde er auf dem Grasbrook aufspießen, wo die Schädel der Gehenkten auf Pfählen stecken und damit allen ankommenden Seeleuten verkünden, dass Hamburgs Justiz hart durchgreift gegen alle, die unsere Gesetze missachten.«

»Wie sah der Mann aus?«

»Mir ist nur eines aufgefallen. An der linken Hand hat er nur noch zwei Finger. Den Daumen und den Zeigefinger.«

Als Buddebahn vom Steintor zurückkehrte, sah er Hanna Butenschön an dem Tisch vor seinem Wohnhaus stehen. Sein erster Eindruck war, dass sie die körperlich gewordene Empörung war. Die Hunde liefen ihm entgegen, um ihn zu begrüßen, doch er ließ die Frau, die sein Leben begleitete, nicht aus den Augen und widmete sich ihnen nur kurz.

»Hallo, Hanna«, rief er. »Wieso bist du schon hier? Mittag ist gerade mal vorbei.«

»Ich sollte öfter zu einer Zeit antanzen, zu der du nicht mit mir rechnest«, erwiderte sie. Zornig stieß sie den Teller über die Tischplatte, der neben ihr stand und vollgepackt war mit Rosinenbroten, die mit einem kräftigen Käse belegt waren. Mehre Wespen taten sich an den süßen Früchten gütlich. »Was hat das zu bedeuten?«

»Nichts.« Buddebahn streckte die Hand nach ihr aus, um sie an sich zu ziehen, doch mit eisiger Miene wich sie zurück. »Ich habe keine Ahnung, wer das Brot hingestellt hat. Es wird eine der Mägde gewesen sein.«

Er wollte eine Scheibe Brot nehmen, doch sie schob den Teller rasch zur Seite.

»Tu doch nicht so! Du weißt genau, dass es Grete war!« Mit funkelnden Augen blickte sie ihn an. »Bist auch noch feige obendrein, weil du es nicht zugeben willst.«

»Mein Schatz, nun hör mir zu! Ich bin seit beinahe zwei Stunden unterwegs und kann überhaupt nichts dafür, wenn jemand Brot auf den Tisch stellt.« Er pfiff auf den Fingern, und eine seiner Mägde eilte heran. Ein junges Mädchen mit lockigen, blonden Haaren und einem heftig geröteten Antlitz.

»Ja, Herr?«, fragte sie atemlos vom schnellen Lauf.

»Katarina, von wem ist das Brot? Und für wen ist es?«

»Für Euch, Herr«, antwortete sie. »Grete hat es vorhin gebracht.«

»Grete!«, schnaubte Hanna. »Da hast du es. Sei froh, dass ich euch nicht im Alkoven erwischt habe.«

»Da passt sie gar nicht rein mit ihrem dicken Hintern«, versetzte Buddebahn.

Hanna war so verblüfft, dass sie nicht zu antworten wusste. Mit offenem Mund blickte sie ihn an. Und plötzlich lachte sie.

»Das ist richtig«, stimmte sie zu. »Die braucht wenigstens zwei Hocker nebeneinander, wenn sie sich setzen will. Am besten eine Bank! Mit einem solchen Hinterteil kommt sie nicht rein in den Alkoven.«

Buddebahn glaubte, der Sturm sei überstanden. Er wandte sich an die Magd und gab ihr den Teller mit den Broten.

»Das bringst du zu Grete zurück«, befahl er. »Und du sagst ihr, sie soll endlich damit aufhören, mir Speisen hinzustellen. Ganz gleich, was es ist, ich will es nicht.«

»Eine gute Idee«, urteilte Hanna. »Du kannst ihr die Brote auch ins Gesicht werfen.«

»Ja, Herrin.« Katarina nahm den Teller und eilte davon, froh, dem Spannungsfeld zwischen ihm und Hanna entkommen zu sein.

Er ließ sich auf die Bank am Tisch sinken.

»Du könntest mir etwas über Jonas Bracker erzählen«, schlug er vor. »Ich hätte gern gewusst, was für eine Rolle er spielt.«

»Gar keine. Er ist ein Freund. Weiter nichts. Ich kenne ihn schon seit einer Ewigkeit. Komm mir also nicht mit deiner Eifersucht!«

»Ich und eifersüchtig? Hanna, ich bitte dich. Mich interessiert nicht, was zwischen euch ist. Ich möchte nur wissen, ob er etwas mit den Mordfällen zu tun hat oder nicht. Es gibt einige offene Fragen, die ich beantworten muss.«

»So, ich bin dir also egal. Ich treffe mich mit einem anderen Mann, aber das interessiert dich nicht.«

Buddebahn lachte hilflos. Abwehrend hob er die Hände.

»Liebes, bitte, dreh mir nicht jedes Wort im Mund herum. Ich vertraue dir. In jeder Hinsicht.«

»Aber es ist dir egal! Jetzt reicht es mir.« Sie wandte sich ab und ging ins Haus.

»Hanna!«, rief er hinterher, doch sie ließ sich nicht aufhalten. Seufzend gab er auf. Sollte sie sich erst einmal beruhigen! Später war dann noch Zeit genug, miteinander zu reden. Er kannte sie gut genug, um zu wissen, dass sie hin und wieder in sich ging, ihr eigenes Unrecht erkannte und dann sehr lieb zu ihm sein konnte. Er hoffte, dass es auch dieses Mal so sein würde, und beschloss, ihr zunächst aus dem Weg zu gehen.

Vom Sudhaus aus stieg er die Treppe zu den Stallungen hinunter, bat Harm, den Hengst zu satteln, und verließ wenig später den Hof der Brauerei, um zum Hafen hinunterzureiten und von dort am Ufer der Alster und an einem Fleet entlang bis an die Steilufer an der Elbe. Er lenkte den edlen Hengst zur St.-Michaelis-Kapelle hin, die auf einer Anhöhe errichtet worden war, sodass man von dort weit auf den Strom hinaussehen konnte. Unterhalb des Steilhangs waren Hafenanlagen entstanden, weil einige Ratsherren sich mit den Handelsherren darin einig waren, dass der Hamburger Hafen sich früher oder später von der Alster hin zur Elbe verlagern würde. Er selber war ebenfalls dieser Ansicht. Schon jetzt waren die ersten Anzeichen dafür zu erkennen, dass es die Fernhandelskaufleute mit ihren Lagerhäusern zum Elbstrom hinzog.

Die Navigation in den Fleeten war oft mit erheblichen Schwierigkeiten verbunden, da diese Wasserstraßen bei Ebbe nahezu trockenfielen und bei Flut eine oft unangenehme Strömung aufwiesen. Im Gespräch waren daher Schleusentore, mit deren Hilfe der Wasserstand in den Fleeten annähernd gleich hoch gehalten werden konnte. Die Schiffe konnten diese Wasserstraßen daher jederzeit passieren.

Weniger aufwändig waren dagegen Hafenanlagen direkt an den Ufern der Elbe, wo der Wasserstand zu allen Zeiten hoch genug war, sodass der Strom in jedem Bereich unterhalb der St.-Michaelis-Kapelle schiffbar war.

Als Buddebahn sich der Anhöhe näherte, bemerkte er eine Gestalt, die dort zwischen den Büschen stand und auf den Strom hinausspähte. Er zügelte den Hengst, schwang sich aus dem Sattel und band das Pferd an einen Baum, um zu Fuß weiterzugehen. Schon bald erkannte er, dass der Beobachter ein Mann war, der ein Fernrohr in den Händen hielt und mit dessen Hilfe den Elbstrom absuchte.

Mittlerweile war ein scharfer Wind von Südwest aufgekommen, der mehrere Koggen mit der Flut stromaufwärts trieb und dazu das Wasser die Elbe hochdrückte, sodass der Wasserstand ungewöhnlich hoch war. Ohne Fernrohr konnte Buddbahn lediglich erkennen, dass die Schiffe den Strom heraufkamen, um Hamburg anzulaufen. Die Ersten würden sich schon bald vor dem Wind und den hoch gehenden Wellen in die Fleete retten können. Für die Nachzügler würde es eng werden. Die Tide würde schon bald kippen, und wenn das Wasser Richtung Elbmündung abzulaufen begann, türmte sich bei diesem Wind gewöhnlich eine kabbelige See auf, die allen Schiffen schwer zu schaffen machte. Unter solchen Umständen zog es mancher Schiffshauptmann vor, den Schutz der Elbinseln aufzusuchen und in ihrem Windschatten zu ankern, bis das Unwetter vorbei war. Wer weitersegelte und trotz der widrigen Umstände versuchte, den Hamburger Hafen und die Fleete zu erreichen, lief Gefahr zu kentern – was den sicheren Tod bedeutete. Bei solchen Wetterbedingungen zeigte sich, mit welchen Nachteilen der Hafen von Altona behaftet war, jene Stadt, die nur einen Steinwurf von Hamburg entfernt war, jedoch jenseits der Grenze zu Dänemark lag. Bei Altona wies der Strom keine Buchten und Einschnitte auf, in denen die Schiffe Schutz fanden.

Im Schatten eines Baumes blieb Buddebahn stehen. Er erkannte Will Rother, und er verstand.

Angesichts des kritischen Wetters war der Bürgermeister in Sorge um sein Schiff. Er erwartete die *Bürgermeister von Hamburg,* schien sie aber noch nicht ausgemacht zu haben, denn immer wieder hob er das Rohr, das etwa eine Elle lang war, und blickte angestrengt hindurch. Das hätte er sicherlich nicht getan, wenn er eine der Koggen als sein Schiff identifiziert hätte.

Weil er keine Lust verspürte, mit ihm zu reden, und sich zudem nicht vorwerfen lassen wollte, dass er sich außerhalb der Mauern Hamburgs befand, zog Buddebahn sich zurück, stieg in den Sattel und ritt an dem Bergrücken entlang bis an das nächste Fleet. An dieser Seite war Hamburg weitgehend offen, und man musste nicht unbedingt durch ein bewachtes Tor reiten, um die Stadt verlassen oder betreten zu können. Auskennen mit dem Gelände musste man sich allerdings, denn die Wege waren begrenzt durch verschiedene Gewässer und Sumpfgebiete, die der Stadt einen ausreichenden Schutz gegen Angriffe von der Elbe her gewährten. Wer hier auf fest und stabil aussehenden Boden geriet, unter dem sich grundloser Morast befand, musste schon viel Glück haben, um zu überleben.

Für Buddebahn war es kein Problem, den sicheren Weg zu finden. Er folgte einem Fleet und kehrte in den Hopfensack zurück, ohne aufgehalten zu werden. Er übergab das Pferd an Harm, der es absattelte und in den Stall führte, um es zu versorgen. Danach verließ er den Hof erneut und ging zum Hafen hinunter, wo er hoffte Klaas Bracker zu treffen. Der Banker hielt sich in der Tat dort auf, wo er Geschäfte mit den Fernhandelskaufleuten machen konnte.

»Hast du ein wenig Zeit für mich?«, fragte er ihn.

»Für dich immer«, erwiderte der Banker. »Für heute ist alles erledigt. Es kommen noch zwei oder drei Schiffe rein, aber deren Ladung wird heute nicht mehr gelöscht. Ich schlage vor, wir gehen in den *Hopfensaal* und gönnen uns ein Bier.«

Dieser Einladung kam Buddebahn gerne nach. Über den Hafenbetrieb und kaufmännische Möglichkeiten im Rahmen des Handels mit der Hanse plaudernd, legten sie die kurze Strecke bis zu dem Wirtshaus am Hopfenmarkt zurück. Sie waren sich einig darin, dass einige Spekulanten versuchten, mit Getreide – vor allem mit Gerste – ein großes Geschäft zu machen, dabei aber ein besonders hohes Risiko eingingen.

Als sie vor ihrem Bier im Hopfensaal saßen, lenkte Buddebahn das Gespräch auf Klaas Brackers Bruder. Sie hatten an einem etwas abseits stehenden Tisch Platz gefunden, sodass sie nicht befürchten mussten, belauscht zu werden.

»Mit deinem Bruder stimmt was nicht«, stellte er fest, »und ich wüsste gern, was das ist. Zuvor aber noch eine andere Frage. Ich war an der Elbe und habe unseren Bürgermeister gesehen, wie er auf den Strom hinausgeblickt hat. Er wartet offenbar sehnsüchtig auf die *Bürgermeister von Hamburg*, die er erst vor wenigen Tagen gekauft hat. Hast du ihm die Kogge finanziert? Es ist ein offenes Geheimnis, dass er keine Sicherheiten hat.«

»Einen kleinen Teil habe ich ihm finanziert«, erwiderte der Banker. »Noch nicht einmal ein Zehntel der Kosten. Dafür habe ich mir alles überschreiben lassen, was Will und Emma Rother besitzen. Viel ist es ja nicht. Wie er das Geld für den Rest zusammengekratzt hat, ist mir nicht bekannt. Sobald die *Bürgermeister von Hamburg* im Hafen ist, wird er alles zurückzahlen.«

Buddebahn lächelte zweifelnd.

»Wie soll das gehen? Selbst wenn die Kogge den ganzen Bauch voller Gerste hat, wird er damit nicht so viel Gewinn machen, dass er seine Schulden bezahlen kann.«

»Das ist richtig, und dennoch wird er dazu in der Lage sein. Der Advokat Norton war hier, um Will Rother ausfindig zu machen. Ein kinderlos gebliebener Verwandter von ihm, der in England ein Vermögen gemacht hat, hinterlässt ihm eine Truhe voller Goldmünzen. Damit kann er die Kogge bezahlen, sich noch eine weitere hinzukaufen und hat dann immer noch genügend übrig, um ein sorgenfreies Leben führen zu können. Soweit ich weiß, hat ein englisches Schiff die Truhe bereits nach Ostfriesland gebracht. Die *Bürgermeister von Hamburg* soll sie dort an Bord nehmen und zusammen mit dem Getreide an die Alster bringen.«

»Deshalb war Norton hier? Das ist allerdings ...« Conrad Buddebahn musste an den Bürgermeister denken, der am Elbufer stand und mit einem Fernrohr Ausschau nach einem Schiff hielt, das ihn zu einem reichen Mann machen würde. »Warum hast du es mir nicht schon früher erzählt? Es lässt den Bürgermeister in einem anderen Licht erscheinen.«

Buddebahn blickte den Freund an, und dann hob er besänftigend die Hände.

»Oh, ich merke schon, dass dir meine Frage unangenehm ist. Ich möchte dich nicht in Verlegenheit bringen. Ein Fehler von mir, den mir Hanna oft zum Vorwurf macht. Sie sagt, ich sei instinktlos, und damit hat sie recht. Vergiss es und verzeih mir. Es scheint mir, dass ich langsam senil werde. Man sagt ja, dass im Alter die Freude nicht mehr so groß ist, dafür die Trauer aber auch nicht so tief. Das scheint aber nicht nur diese Gefühle zu betreffen.«

»Hör endlich auf damit«, fiel ihm Bracker ins Wort. »Ich kenne dich schon lange genug. Du bist alles andere als senil, und wenn du mir eine solche Frage stellst, dann hast du dir vorher ganz genau überlegt, wie du zu einer Antwort kommst.«

»Tatsächlich? Das macht alles noch viel schlimmer. Dabei geht es ja nur um ein Detail mit marginaler Bedeutung.«

»Ich habe mich unter Druck setzen lassen.«

Buddebahn blickte ihn an, als sei er überrascht. Bedächtig hob er eine Hand zur Stirn, um sie sanft mit den Fingerspitzen zu massieren. Zugleich nickte er als Zeichen dafür, dass er mit der Antwort zufrieden war und sie so erwartet hatte, wie sie ausgefallen war.

»Von deinem Bruder.«

»Von Jonas«, bestätigte Bracker.

»Und das ist dir peinlich.«

»Kann man so sagen. Es ist nicht angenehm, von dem eigenen Bruder angegangen zu werden.«

»Wie kann das sein? Wie kann ein Mann wie Jonas so auf dich einwirken?«

Klaas Bracker hob den Bierkrug an die Lippen und trank langsam und bedächtig.

Buddebahn bedrängte ihn nicht. Er wusste, dass der Freund Zeit gewinnen wollte und dabei überlegte, was er ihm sagen konnte, ohne sich selber zu schaden.

»Es geht um geschäftliche Verbindungen zum Handelskontor in London«, eröffnete ihm der Banker schließlich. »Ich war überrascht, wie gut sich Jonas in dieser Hinsicht auskennt. Er ist darüber informiert, mit wem dort ich zu tun habe, und er deutete an, ich könne schwere finanzielle Verluste erleiden, falls die Verbindungen gekappt würden. Es sei daher besser, mit niemandem über den Advokat Norton und über die Situation des Bürgermeisters zu sprechen. Tatsächlich wird es überaus kritisch für mich, wenn die Engländer sich aus dem Geschäft zurückziehen und meine Konten sperren.«

»Schon gut«, erwiderte Buddebahn. »Ich muss nicht mehr wissen. Immer wieder erfahre ich, dass Persönlichkeiten, die von dem Geschehen der letzten Tage tangiert werden, in irgendeiner Weise erpresst werden. Dem einen wird der Tod seiner Kinder angedroht, dem anderen der finanzielle Ruin. Bürgermeister Rother wird dazu veranlasst, einen unfähigen Ermittler einzusetzen und sich ein Schiff zu kaufen, obwohl er das Geld dafür noch gar nicht hat. Er steht am Abgrund, vor dem er sich nur retten kann, wenn die Truhe mit dem

Gold in Hamburg eintrifft und an ihn übergeben wird. Doch die Chancen dafür stehen schlecht.«

»Wirklich? Wieso glaubst du das?«

»Weil das Wetter umgeschlagen ist. Sieh dir den Himmel an! Der Wind nimmt immer mehr zu. Vielleicht bricht ein Sturm über uns herein. Wenn das der Fall ist, kann kein Schiff die Elbe hochkommen und Hamburg erreichen. Und wer jetzt auf dem Strom ist, muss ganz schnell irgendwo Schutz suchen. Kein Wunder, dass Rother am Elbhang steht und der *Bürgermeister von Hamburg* entgegenfiebert. Wenn sie nicht bald eintrifft, kann es Monate dauern, bis sie in unserem Hafen anlegt. Möglicherweise muss das Schiff irgendwo auf einer Elbinsel überwintern. Versucht der Kapitän, Hamburg während eines Sturms anzulaufen, wird es kentern, und für Rother ist alles verloren.«

Klaas Bracker fluchte verhalten. Er machte den Eindruck eines Mannes, der in eine Sackgasse geraten war und nicht mehr wusste, wie er wieder herauskommen sollte.

»Jonas missfällt mir noch aus einem anderen Grund«, fuhr Buddebahn fort. »Er kommt mir bei Hanna in die Quere.«

»Also, dass glaube ich eher nicht«, entgegnete der Banker. »Jonas ist …«

Er verstummte, denn in diesem Moment bemerkte er seinen Bruder, der den Gastraum betreten hatte und sich ihnen leicht hinkend näherte. Auf dem Weg zu ihrem Tisch blickte er zum Schanktisch hinüber, hinter dem wie immer Abel stand und die Bierkrüge füllte. Ihm aber galt der Blick nicht. Buddebahn entdeckte *Zweifinger,* der von mehreren Männern umgeben war und sich angeregt mit ihnen unterhielt. Der Mann schloss kurz ein Auge und zwinkerte Jonas zu.

Während Jonas sich grußlos auf einen Stuhl ihm gegenüber sinken ließ, registrierte Buddebahn, dass die beiden sich kannten und miteinander vertraut waren.

»Wie angenehm, Euch zu begegnen«, sagte Jonas. Er wollte provozieren, doch seine Worte prallten an Buddebahn ab, sodass er auch dann nicht die erhoffte Wirkung erzielte, als er breit grinsend fortfuhr: »Hanna hat mir viel von Euch erzählt. Nicht alles schien mir lobenswert zu sein.«

»Ja, so ist Hanna«, gab der Eigentümer der Uhl-Brauerei ungerührt zurück. »Umgekehrt ist sie leider verstockt. Sie hat mir so gut wie nichts von dem verraten, was sie von Euch erfahren hat.«

Buddebahn bemerkte ein eigenartiges Licht in den Augen von Jonas Bracker. Es mahnte ihn zur Vorsicht und Zurückhaltung. Solange er nicht wusste, welche Rolle der Bruder seines Freundes in dem Geschehen der letzten Tage spielte, musste er sich behutsam vorantasten. Auf keinen Fall durfte er den Eindruck erwecken, dass er in den Mordfällen ermittelte und Jonas zum Kreis der Verdächtigen zählte.

Klaas lenkte das Gespräch in eine andere Richtung, indem er auf Geschäfte zu sprechen kam, und Buddebahn folgte ihm, streute jedoch hin und wieder mal eine Frage ein, die er an Jonas richtete und von deren Antwort er sich einige Aufschlüsse erhoffte. Doch der Bruder des Bankers war zu geschickt, um ihm auf den Leim zu gehen, und so verzichtete er auf weitere Versuche. Er hielt es für besser, Jonas Bracker das Gefühl zu geben, dass ihm von seiner Seite aus keine Gefahr drohte, als ihn zu bedrängen, bevor er konkrete Beweise gegen ihn hatte, die ihm als Hebel bei weiteren Fragen dienten. Zudem konnte er sich vorstellen, dass Klaas seinen Bruder instinktiv in Schutz nehmen würde, wenn er ihn des Mordes verdächtigte oder auch nur anklingen ließ, dass er es tat. In einem solchen Fall würde sich zeigen, dass das Blut der eigenen Familie enger miteinander verband, als es Freundschaft zu tun vermochte.

Er trank sein Bier aus, ließ die Bemerkung einfließen, er habe nicht mehr viel Zeit, blieb jedoch noch eine Weile am Tisch sitzen, bis sich eine günstige Gelegenheit ergab, sich zu verabschieden. Er ließ die beiden Brüder allein.

Als Buddebahn sich vom Tisch entfernte, pfiff er die rätselhafte Melodie, die er zum ersten Mal in der Nacht gehört hatte, als Norton im Sudkessel schwamm, und die er später noch einige weitere Male vernommen hatte. Jedes Mal hatte sie ein Gefühl der Beklommenheit bei ihm ausgelöst.

Er blickte kurz zurück, weil er wissen wollte, ob Jonas Bracker darauf reagierte. Doch es schien, als habe dieser sie gar nicht gehört, denn er beugte sich weit über den Tisch zu seinem Bruder hin und redete mit ihm.

16

»Bis jetzt hat sich noch nichts getan«, sagte Per Wasmann, als Buddebahn ihm am nächsten Morgen auf dem Hof der Brauerei begegnete. Er wartete darauf, dass Harm ihm den Warmbluthengst brachte. »Ich dachte, die Landsknechte verhaften mich, aber sie haben mich in Ruhe gelassen.«

»Ich werde mit dem Bürgermeister reden«, versprach er. »Du hast die Fässer zerschlagen, aber nur dadurch konnte das Diebesgut ans Tageslicht kommen. Dafür solltest du nicht bestraft, sondern belohnt werden.«

»Danke.« Der Braumeister hatte sich in den letzten Tagen gewandelt. Sein Selbstwertgefühl hatte gelitten. Er hielt sich nicht mehr so aufrecht wie zuvor, sondern zeigte sich demütig wie jemand, der sich seiner Unterlegenheit bewusst ist. Nicht viel von dem »groben Klotz« war geblieben, den er zuvor abgegeben hatte. Das Schicksal seines Sohnes, der Verlust seiner finanziellen Mittel und die Weigerung Adolf Rumohrs, ihm unter die Arme zu greifen, hatten ihm arg zusetzt. Die Ungewissheit über sein weiteres Schicksal trug darüber hinaus dazu bei, dass er sich ganz und gar nicht mehr sicher fühlte.

Der Pferdeknecht kam mit dem Hengst, Buddebahn schwang sich in den Sattel und nickte Wasmann aufmunternd zu. Sanft mit der Hand wedelnd, verscheuchte er eine Wespe, die seiner Nase gar zu nah gekommen war.

»Holstein muss bewegt werden«, versetzte er. »Ich reite beim Rathaus vorbei. Wenn Rother dort ist, lege ich ein gutes Wort für dich ein.«

Er lenkte das Pferd vom Hof und ritt vom Hopfensack zur Nicolaikirche hinüber, um Hanna kurz auf dem Markt zu besuchen. Sie befand sich an ihrem Stand, doch sie hatte keine Ware, die sie hätte verkaufen können. Angeregt schwatzte sie mit den anderen Fischfrauen. Als sie ihn bemerkte, kam sie ihm ein paar Schritte entgegen und blieb in einer Lücke zwischen den Ständen stehen, wo Platz genug für sie und das Pferd war.

»Was ist los, Hanna?«, fragte Buddebahn, wobei er sich den Hut hielt, damit ihn der Wind nicht vom Kopf riss. »Hast du keine Fische gekauft?«

»Warum hältst du deinen Hut fest?«, entgegnete sie spöttisch lächelnd. »Ich habe dich immer für scharfsinnig gehalten.«

»Oh, verdori!« Er blickte zu einigen Bäumen am Kattrepel hinüber. Der Wind zerrte heftig an den Zweigen.

»Genau!«, bestätigte sie, bevor er ausgesprochen hatte, was er dachte. »Die Fischer sind nicht rausgefahren, weil es zu stürmisch ist auf der Elbe und erst recht auf der Westsee. Also gibt es so gut wie keinen Fisch. Nur ein paar Aale, die mit der Reuse in der Alster gefangen worden sind. Die sind längst verkauft. Mehr ist nicht. Daher streiche ich die Segel und gehe nach Haus.«

»Ich bin bald zurück«, versprach er. Während sie ihre wenigen Sachen zusammenpackte, lenkte er das Pferd zum Rathaus, wo er erfuhr, dass der Bürgermeister nicht in seinem Arbeitzimmer war, sondern ebenfalls ausgeritten war, wobei er die Richtung zur Elbe eingeschlagen hatte.

Buddebahn konnte sich denken, wo Will Rother war. Er trieb den Hengst zu schnellerer Gangart an, wo die Gassen und Straßen leer waren, sodass ihm niemand im Weg war, und erreichte schon bald die Höhe, auf der die St.-Michaelis-Kapelle errichtet worden war. Hier gab es so gut wie keinen Schutz vor dem Wind, der seine Kraft in scharfen Böen immer wieder steigerte.

Bürgermeister Will Rother hatte sein Kaltblutpferd hinter der Kapelle an einen Baum gebunden und war zu Fuß weitergegangen bis an den Rand des Elbabhangs, von wo aus ein vielfach gewundener Weg zu den Hafenanlagen hinunterführte. Kein einziges Schiff lag am Ufer, das hier viel zu ungeschützt war, um den Koggen und Kraveelen ausreichend Schutz bieten zu können.

Buddebahn stieg ab, sicherte das Pferd, indem er die Zügel ebenfalls um einen Baumstamm schlang, und ging zu Rother, der ihn erst bemerkte, als er unmittelbar neben ihm war. Sie mussten sich gegen den Wind stemmen, um sich halten zu können. Tief unter ihnen türmten sich die Wellen auf der Elbe auf. Sie waren so hoch, dass sie immer wieder kippten und Schaumkronen aufwarfen.

Eine einzelne Kogge kämpfte weit draußen gegen die Naturgewalten. Der Schiffshauptmann hatte das Segel gerefft, sodass nur eine kleine Fläche geblieben war. Das Schiff hatte achterlichen Wind, der dazu angetan war, es in zügiger Fahrt nach Hamburg zu bringen, doch fielen immer wieder Böen seitlich ein und brachten es in bedenklicher Weise aus dem Kurs.

Auf den Elbinseln – in der Ferne kaum zu erkennen – ragten die Masten anderer Schiffe aus dem Gebüsch in den Buchten und an den Kanälen. Ihre Kapitäne waren dem Risiko aus dem Weg gegangen und wollten aus sicherer Position heraus das Ende des Unwetters abwarten.

»Ist die Kogge das, was ich denke?«, fragte Buddebahn.

»Es ist die *Bürgermeister von Hamburg*«, bestätigte Rother mit beschlagener Stimme. Er war ungewöhnlich blass. Ihm war anzumerken, dass er bis ans Herz hinan zitterte und bebte und dass ihm die Angst vor dem Verlust förmlich den Hals zuschnürte. »Ich habe einen Fehler gemacht. Ich habe dem Schiffshauptmann befohlen, den Hafen bei seiner Rückkehr unter allen Umständen anzulaufen und keine Zeit zu verschenken. Ich wünschte, ich hätte es nicht getan und vor allem die Sicherheit von Schiff und Mannschaft vorangestellt.«

Buddebahn blickte den Bürgermeister kurz an. Es war bezeichnend für ihn, dass Rother erst an das Schiff und dann erst an die Mannschaft gedacht hatte. Er verzichtete darauf, ihn nach der Truhe mit dem Gold zu fragen. Ihm war klar, dass sich diese an Bord befand und dass sie der Grund dafür war, dass Rother auf Eile bestanden hatte. Der Bürgermeister mochte etwas von der Verwaltung einer Stadt verstehen, die Gesetze der Seefahrt aber waren ihm fremd.

Nun hing sein Schicksal buchstäblich an einem seidenen Faden. Wenn das Schiff unterging, war es vorbei mit ihm. Er hatte sich von dem überzogenen Ehrgeiz seiner Frau zu einem unbedachten Befehl verleiten lassen, der ihm nun allzu leicht zum Verhängnis werden konnte. Emma wollte das Gold. Und sie wollte es möglichst bald. Sie wollte Ruhm und Ansehen. Es genügte ihr nicht, die Frau des Bürgermeisters zu sein. Sie wollte mit Schmuck, Kleidern und vielen anderen Äußerlichkeiten mit den reichen Damen der Stadt gleichziehen, und dabei war sie so ungeduldig, dass sie jede ungenutzte Stunde als verlorene Stunde einstufte. Vermutlich malte sie sich bereits aus, wie die Damen der Gesellschaft reagieren würden, wenn sie im Prunk ihres goldenen Schmucks und blitzender Edelsteine auf dem nächsten Empfang erschien. Sie genoss die neidischen Blicke der anderen, bevor diese noch wahr geworden waren. Ganz sicher verschwendete sie keinen einzigen Gedanken daran, was geschehen würde, wenn die *Bürgermeister von Hamburg* den Hafen nicht erreichte. Und an die Mannschaft der Kogge dachte sie schon gar nicht.

Ein Sturm über Hamburg und der Elbe war ihr alles andere als willkommen.

Während ihr Mann bebend vor Angst am Elbhang stand, fieberte sie dem Moment entgegen, in dem sie die Truhe öffnen und ihre Hände in das Gold tauchen konnte.

Will Rother trat einige weitere Schritte vor, bis er eine Stelle am Hang erreicht hatte, an der sich eine breite Lücke auftat. So war er von der Kogge her sicherlich gut zu sehen. Er schwenkte beide Arme auf und ab, und dabei schrie er aus vollem Hals: »Geht zur Insel! Legt an! Nicht weiter, um Himmels willen, nicht weiter.«

Er wiederholte diese Worte immer wieder, obwohl er sich sagen musste, dass er gegen den Wind noch nicht einmal unten am Hafen zu hören war. Die Seeleute auf der Kogge beachteten ihn nicht. Der Steuermann hielt Kurs auf den Hafen und die Fleete, die ins sichere Hinterland führten. Abermals fielen Böen ein, die das Schiff bedenklich auf die Seite drückten.

Endlich verstummte der Bürgermeister. Stöhnend vor Angst und Verzweiflung verfolgte er den Kampf auf der Elbe. Näher und immer näher kam die Kogge. Sie tanzte auf den Wellen, geriet einige Male außer Kurs, drohte zu kentern und kämpfte sich doch wieder heran, getrieben von dem stürmischen Wind und dem auflaufenden Wasser. Erst vor wenigen Tagen hatte sie Hamburg verlassen. Sie hatte sich als schnelles Schiff erwiesen und stand offensichtlich unter dem Kommando eines Kapitäns, der die Strömung in der Elbe zu seinem Vorteil zu nutzen vermochte, der aber auch auf der Westsee vom Wind begünstigt gewesen war, daher konnte er bereits jetzt aus Ostfriesland zurückkehren.

Voller Anspannung beobachtete Buddebahn das Geschehen. Die *Bürgermeister von Hamburg* schob sich in einen Bereich, in dem sich die Elbe weitete und vor allem das jenseitige Ufer zurücktrat, sodass sich dem Sturm eine offene Fläche von erheblicher Dimension bot. Hier türmten sich die Wellen besonders hoch auf. Sie erschwerten das Navigieren, zumal die Kogge nun nicht mehr gerade vor dem Wind laufen konnte, sondern die Diagonale über den Strom suchen musste, denn nur über sie war eines der Fleete erreichbar.

»Warum versucht der Kapitän das?«, stammelte Will Rother. »Mein Gott, das kann nicht gutgehen. Es kann nicht. Sie kriegen den Wind zu sehr in die Flanke. Das wird sie umwerfen.«

»Sie schaffen es«, sagte Buddebahn gegen seine Überzeugung. In diesen Augenblicken tat ihm Will Rother leid. Er konnte nachempfinden, wie es in ihm aussah.

»Nein! Nein!«, schrie der Bürgermeister.

An den Wellen, die sich brachen, und an der aufstiebenden Gischt war zu erkennen, dass sich eine gewaltige Bö auf die Kogge zubewegte. Damit war das Verhängnis nicht mehr aufzuhalten. Nur noch etwa fünfhundert Schritte vom rettenden Ufer entfernt kenterte das Schiff. Sie hörten es klatschen, als das gereffte Segeltuch auf das Wasser schlug, und sie meinten die Schreie der Mannschaft zu vernehmen, die einem unvermeidbaren Ende entgegensah. Die sich auftürmenden Wellen rollten über die *Bürgermeister von Hamburg* hinweg, und das Wasser stürzte ins Schiffsinnere, sodass die Kogge vollschlug und in die Tiefe gedrückt wurde. Sie tauchte noch einmal wieder auf und zeigte ihre Flanke. Die Köpfe von mehreren Männern schossen durch die Wellen in die Höhe, und während das Schiff absackte und endgültig versank, hielten sie sich noch eine Weile im Wasser. Verzweifelt versuchten die Männer sich zu retten, doch keiner von ihnen konnte schwimmen, und nirgendwo fanden sich Trümmer, an die sie sich hätten klammern können.

»Nein, oh, Gott, nein!«, schluchzte Will Rother. Er ließ sich auf die Knie fallen, faltete die Hände und stammelte ein Gebet.

Er hatte viel gewagt und alles verloren.

Buddebahn empfand keine Schadenfreude, aber allzu sehr bedauerte er Rother auch nicht. Viel mehr nahm ihn mit, was mit den Seeleuten geschehen war. Keiner von ihnen hatte sich gegen die Naturgewalten behaupten, und vom Ufer aus hätte ihnen niemand zu Hilfe eilen können. Ohne ein Abschiedswort zog Buddebahn sich zurück und ließ den Bürgermeister allein. Er schwang sich auf den Rücken seines Pferdes und schlang die Hände zu einem kurzen Gebet ineinander. Dann trieb er den Hengst an und ritt mit ihm an die Elbe hinunter. Seine Hoffnung, noch einen der Seeleute zu finden und aus dem Wasser ziehen zu können, erfüllte sich nicht. Er entdeckte lediglich einige Kisten von der Ladung der Kogge, die auf den Wellen schwankend langsam nach Südwesten trieben. Die Tide kippte, und die Ebbe setzte ein. Sie trug den Strom hinunter, was von der *Bürgermeister von Hamburg* übriggeblieben war.

Der Hengst ahnte nichts von der Tragödie, die sich vor seinen Augen abgespielt hatte. Er drängte ungestüm voran, und endlich ließ Buddebahn ihn laufen. Er galoppierte mit ihm am Elbufer entlang, bis das edle Pferd von selber langsamer wurde. Danach ließ er es traben und schließlich im Schritt gehen. Das gab ihm Gelegenheit, noch einmal über alles nachzudenken, was sich in den letzten Tagen ereignet hatte, angefangen von dem ermordeten Norton im Sudkessel bis hin zu den abgebrannten Kornfeldern und den gemeuchelten Bauern, dem rätselhaften Mord an Johann Berger, dem Feuer in der Wolf-Brauerei und dem Tod Hildebrand Frankes sowie der Verhaftung Adolf Rumohrs. Er versuchte sich zu vergegenwärtigen, wie Zweifinger in das Geschehen passte und welche Verdachtsmomente sich ergeben hatten. Dabei beschlich Buddebahn das Gefühl, dass er einiges übersehen oder zu wenig beachtet hatte.

Jonas Bracker vermochte er nicht einzuordnen. Er war sicher, dass der Bruder des Bankers mit den Ereignissen zu tun hatte. Er war nach Hamburg gekommen und war in noch unbekannter Weise in die Verschwörung eingebunden, die sich gegen die Brauereien der Stadt richtete, die aber auch ein Rachefeldzug gegen die Bierbrauer Hildebrand Franke, Adolf Rumohr und Johann Berger war; Rache für die Vergewaltigung einer siebzehnjährigen Frau, die den Tod ihres Vaters zur Folge gehabt hatte.

Umso mehr störte ihn, dass Jonas Bracker sich um Hanna Butenschön bemühte und dass diese ihn nicht wissen ließ, welche Ziele er verfolgte. Falls er eine Jugendliebe war, die nun wieder aufgetaucht war und die längst erloschen geglaubte Gefühle wiederbelebt hatte, konnte er so gut wie nichts ausrichten. Ihm blieb nur, in aller Ruhe abzuwarten, bis Jonas Bracker einen Fehler machte und sie damit an die Gründe ihrer Trennung voneinander erinnerte.

Die Mittagszeit war längst vorbei, als er zur Brauerei im Hopfensack zurückkehrte. Harm plauderte mit den Landsknechten, wandte sich aber sogleich von ihnen ab, als er ihn bemerkte, um ihm das Pferd abzunehmen. Buddebahn begrüßte die Hunde in der üblichen Weise, machte sich am Brunnen ein wenig frisch, indem er sich Gesicht und Hände mit kühlem Wasser wusch, und wechselte ein paar Worte mit den Fußsoldaten. Der Landsknecht mit dem kantigen Antlitz und der gespaltenen Nasenspitze war dabei. Seine Anwesenheit überraschte ihn ein wenig, da er diesen Mann bisher immer nur vor dem Rathaus gesehen hatte.

»Wie heißt du eigentlich?«, fragte er ihn.

»Heinrich.« Der Wächter richtete sich stolz auf. Dabei zeigte er auf den anderen. »Und das ist Erich.«

»Habt ihr schon gegessen?«

»Die Fischfrau hat uns was gegeben«, antwortete der mit der gespaltenen Nase. »Es hat sehr gut geschmeckt.«

»Freut mich. Wenn ihr sonst etwas braucht, lasst es mich wissen.« Er wollte ins Haus gehen, doch Heinrich hielt ihn mit einem Ruf zurück.

»Buddebahn!«

Er blieb stehen. Fragend blickte er die beiden Männer an.

»Könntet Ihr mal mit Henning Schröder reden?«, bat Heinrich. »Ihr seid freundlich zu uns. Er aber giftet uns an. Dabei folgen wir nur einem Befehl. Es steht nicht in unserer Macht, die Brauerei wieder zu öffnen. Erklärt es ihm! Es ist nicht angenehm, hier zu wachen und immer nur angefeindet zu werden.«

»Wird gemacht«, versprach er, setzte seinen Weg fort und ging ins Haus, wo Hanna auf ihn wartete. Sie saß am Tisch in der Küche. Das lockige Haar trug sie offen, und es sah aus, als sei es von einem Windstoß aufgeworfen worden. Ungebändigt blähte es sich zu einer mächtigen Frisur auf und ließ ihren Kopf größer erscheinen, als er tatsächlich war. Vor ihr lagen einige seiner Skizzen und das Bild aus dem abgebrannten Haus von Hildebrand Franke. Über dem weitgehend herabgebrannten Feuer hing der schwere Eisentopf, und ein verführerischer Duft nach einem Eintopf verbreitete sich im Raum.

Er ging zu ihr, und sie stand auf, um ihn zu begrüßen. Er zog sie in die Arme und küsste sie.

»Ich musste lange auf dich warten«, tadelte sie ihn, wobei sie sich kurz, jedoch intensiv an ihn schmiegte.

»Ist das Essen verkocht?«, fragte er.

»Nein, dem Eintopf tut es gut, wenn er lange ziehen kann. Umso mehr kommt der Geschmack der einzelnen Zutaten heraus. Es wäre ein Fehler, ihn zu erhitzen und dann gleich auf den Tisch zu bringen. Aber jetzt ist er soweit. Wir können essen.« Sie nahm ein Tuch, um ihre Haare damit im Nacken zu bündeln. Nur so konnte sie der gelockten Flut Herr werden.

»Eine gute Idee«, entgegnete er. »Ich habe einen Bärenhunger.«

Buddebahn setzte sich an den Tisch, betrachtete die Skizzen und das vom Ruß und der Hitze geschwärzte Bild. Dabei berichtete er von seinem Ritt zum Elbhang und dem tragischen Ende der *Bürgermeister von Hamburg*.

Hanna stellte die gefüllten Teller auf den Tisch und setzte sich ihm gegenüber. Voller Unbehagen blickte sie ihn an, so als treffe sie zumindest ein Teil der Schuld an dem, was dem Bürgermeister und seiner Frau widerfahren war.

»Ich hasse Emma Rother, diese dämliche Kuh«, sagte sie. »In Gedanken habe ich sie schon tausendmal zum Teufel gewünscht, aber das gönne ich ihr nicht. Meinst du wirklich, dass ihr Mann und sie alles verloren haben, was sie hatten?«

»Ohne jeden Zweifel«, bestätigte er ihre Vermutung, während er die ersten Bissen genoss. »Sie haben ihr ganzes Vermögen in dieses Schiff investiert und zusätzlich noch einen Kredit aufgenommen, den sie nun zurückzahlen müssen, aber nicht können. Klaas Bracker sagt, er weiß nicht, wer ihnen das Geld gegeben hat, aber das nehme ich ihm nicht so ohne Weiteres ab. Ich fürchte, das Geld stammt aus der Kasse jener, die nach Hamburg gekommen sind, um Rache zu üben und zugleich einige der größten Brauereien an sich zu bringen. Diese Leute haben Morde begangen und schrecken vor nichts zurück.«

»Also gibt es zwei Möglichkeiten«, stellte Hanna fest.

»Richtig«, bestätigte er. »Entweder sie schicken Will Rother und seine Frau zur Hölle, oder sie übernehmen mit Hilfe des Bürgermeisters die ganze Stadt Hamburg, indem sie ihn zwingen, einzig und allein das zu tun, was zu ihrem Vorteil ist.«

»Und die Interessen der Stadt gehen über Bord.«

»Garantiert. Sie spielen keine Rolle mehr.« Buddebahn lobte ihren Eintopf, in dem sich neben Gemüse viel Fleisch fand.

Sie griff nach dem Bild, das er aus der Wolf-Brauerei geborgen hatte.

»Wieso hast du das mitgenommen?«, fragte sie. Geringschätzig mit dem Kopf schüttelnd, legte sie es auf den Tisch zurück. »Große Kunst ist das ja wohl nicht. Es zeigt eine Schale mit teilweise vergammelten Äpfeln darin. Nichts Aufregendes.«

Er nahm das Bild auf und betrachtete es. Die dargestellten Äpfel wiesen braune Flecken auf.

»Ist mir noch gar nicht aufgefallen«, erwiderte er. »Aber du hast recht. Ein ziemlich ungewöhnliches Stillleben.«

»Ja, sonst kennt man doch nur Bilder, auf denen so richtig knackiges Obst zu sehen ist. Es soll Appetit machen. Das ist bei dem Bild aber nicht der Fall. Ich esse kein vergammeltes Obst. Wahrscheinlich ist es schon vergoren.« Hanna lächelte. »Aber es ist ja nur ein Bild.«

Nachdenklich legte Buddebahn das Bild zur Seite. Sie nahm seinen Teller, den er mittlerweile geleert hatte. »Möchtest du einen Nachschlag?«

»Gern. Du bist eine ausgezeichnete Köchin.«

Das Kompliment ließ ihre Augen aufleuchten. Um ihm zu danken, füllte sie deutlich mehr auf, als er eigentlich essen wollte. Er achtete nicht darauf und aß mechanisch, ohne das Essen wie zuvor zu genießen. Er fragte sich, warum der sterbende Hildebrand Franke gerade auf dieses Bild gezeigt hatte.

Eine Antwort wollte ihm nicht einfallen.

»Vielleicht ist es ein Fehler, sich zu sehr mit diesem Bild zu befassen«, versetzte er. »Es hat möglicherweise nichts zu bedeuten, weil Hildebrand Franke gar nicht darauf gezeigt hat. Er muss arg gelitten haben, während er starb. Vermutlich war er gar nicht mehr in der Lage, ein Zeichen zu geben. Dann hätte er den Finger nur zufällig ausgestreckt.«

»So wird es gewesen sein«, stimmte Hanna zu. Die Teller waren leer, und sie räumte ab. »Es muss nicht alles etwas zu bedeuten haben.«

»Du hast recht. Was machst du jetzt?«

»Ich denke nach.«

»Worüber?«

»Jonas hat mir ein Angebot gemacht.«

»Ein Angebot?« Buddebahn war alarmiert. Er verspürte plötzlich eine Anspannung, gegen die er sich nicht wehren konnte. Ihre Worte klangen bedrohlich.

»Er sagt, in London funktioniert der Fischhandel anders als hier. Die wirklich erfolgreichen Händler haben eigene Fischerboote. Sie holen sich die Fische aus dem Meer und aus den Flüssen und verkaufen sie an ihren eigenen Ständen. Dadurch verdienen sie erheblich mehr als wir Händler hier in Hamburg.«

»Ich habe gerade erlebt, wie riskant es sein kann, ein eigenes Schiff zu haben«, erwiderte Buddebahn. »Will Rother hat große Pläne gehabt, und vermutlich wären sie auch aufgegangen, wenn der Sturm nicht gekommen wäre. Jetzt wird er Mühe haben, die nächsten Tage und Wochen zu überstehen. Wahrscheinlich landet er im Schuldturm.«

»Jonas würde mir das Boot finanzieren«, fuhr sie ungerührt fort.

»Welchen Grund sollte er dafür haben?«

»Vielleicht mag er mich?«, entgegnete sie mit blitzenden Augen und einem herausfordernden Lächeln.

»Das würde ich verstehen«, erwiderte er und schlug ihr mit dieser Antwort die Waffen aus den Händen. Sie hatte offensichtlich mit einem Widerspruch, zumindest aber mit einer Attacke gegen Jonas Bracker gerechnet. Dass sie nicht kam, nahm ihr die Lust am Streit, bevor dieser noch begonnen hatte.

»Du hältst also nichts davon?«, stellte sie fest, nahm ein paar Holzscheite und legte sie ins Feuer, damit es nicht ausging.

»Ich erinnere mich daran, wie es dich geärgert hat, als die Fischer den Fisch direkt vom Boot verkauft haben«, versetzte er. »Was meinst du, was sie empfinden, wenn ihr Markthändler jetzt den Spieß umdreht und sie um Lohn und Arbeit bringt?«

»Sie werden uns verfluchen«, gab Hanna unumwunden zu.

»Eben. Wir sind nicht in London. Hier läuft alles ein wenig anders als dort.« Er rollte eine Skizze auf dem Tisch aus und betrachtete sie aufmerksam. »Außerdem haben dir die Fischer geholfen, als sich der Reeder Heinrich Kehraus aus dem Staub machen wollte. Sie haben ihre Boote aufs Spiel gesetzt, um ihn an der Flucht zu hindern. Schon vergessen?«

»Wieso hast du immer recht?«, fragte sie, wobei sie die Augen argwöhnisch zusammenkniff.

»Nicht grundsätzlich«, gab er sanft zurück, »aber doch recht häufig.«

Sie blickte ihn lange mit unbewegter Miene an, und er wich ihr nicht aus. Plötzlich entspannte sich ihr Antlitz zu einem herzlichen Lachen.

»Verdammt, Conrad, ich liebe dich!«

Nachdem Hanna sich entschlossen hatte, eine Freundin aufzusuchen, um einen schon lange überfälligen Besuch nachzuholen, schlenderte Buddebahn zum Hafen an der Alster hinunter. Mittlerweile hatte sich das Wetter beruhigt. Der Sturm war abgezogen, und die Wolken lösten sich allmählich auf. Hoch fliegende Schwalben ließen auf weitere Besserung schließen.

Die Straßen waren belebt wie meistens in diesen Stunden am späten Nachmittag. Zahlreiche Kinder spielten in den Gassen und auf den Höfen und ließen sich allerlei Unsinn dabei einfallen. Buddebahn blieb hin und wieder stehen, um ihnen zuzusehen. Viele junge Frauen zogen mit vollen Wäschekörben zur Alster hinunter, um ihre Wäsche dort zu waschen. Da es nun schon mehrere Tage hintereinander nicht oder nur wenig geregnet hatte, war die Gelegenheit günstig für sie, denn es wurden kaum Unrat und Abfälle in den Fluss gespült, sodass sie sauberes Wasser für ihre Arbeit hatten.

Im Hafen lag nur ein Kraveel. Weitere Schiffe würden möglicherweise noch an diesem Tag, ganz sicher aber an dem Folgenden einlaufen. Die *Bürgermeister von Hamburg* gehörte nicht dazu. Sie existierte nicht mehr.

Buddebahn ging zu Klaas Bracker, der zusammen mit dem Hafenmeister am Drehkran stand und das Löschen einer Ladung aus Danzig überwachte. Nicht weit von ihm entfernt sprach Jonas Bracker mit einem Mann, der Schafe in seinem Kahn nach Hamburg gebracht hatte und nun darauf wartete, sie entladen zu können.

»Ich nehme mal an, du weißt schon, was passiert ist«, sagte er zu dem Freund. »Ich meine mit der *Bürgermeister von Hamburg*.«

»Nein.« Der Banker war höchst erstaunt. »Gibt es schlechte Nachrichten? Der Wind hat sich gelegt. Sobald die Flut einsetzt, kommen die Schiffe herein.«

»Nicht die Kogge Rothers«, entgegnete er. »Der Bürgermeister hätte es melden müssen. Es ist schon Stunden her. Ich habe gesehen, wie die Kogge gekentert und untergegangen ist. Von der Besatzung hat keiner überlebt.«

Klaas Bracker war erschüttert. Er kannte ihn lange genug, um zu wissen, dass er in diesem Moment nicht an das verlorene Geld, sondern an die Seeleute und ihre Familien dachte.

»Was genau ist passiert?«, fragte der Banker.

Buddebahn schilderte ihm in allen Einzelheiten, wie die *Bürgermeister von Hamburg* versucht hatte, den Hafen zu erreichen und dabei gescheitert war.

»Eine Katastrophe für Will Rother«, konstatierte Bracker. »Es ist so gekommen, wie ich es ihm vorausgesagt habe. Es konnte nicht gutgehen. Er wollte die erste Fahrt so schnell wie nur irgend möglich abwickeln. Das war der entscheidende Fehler.«

»Was wird aus ihm?« Buddebahn hätte die Frage nicht zu stellen brauchen. Er kannte die Antwort bereits im Voraus. Tatsächlich zögerte der Banker keinen Moment lang. Ihm war vollkommen klar, wie das weitere Schicksal Rothers und seiner Frau aussah. Er hatte Einblick in die Finanzierung der Kogge und wusste daher, dass der Erste Bürger bei seinem riskanten Geschäft nicht nur seine eigene Existenz aufs Spiel gesetzt hatte, sondern die ganze Stadt gefährdete. Das war für die Bürger Hamburgs auf keinen Fall hinnehmbar.

»Er ist die längste Zeit Bürgermeister gewesen. Wir können uns keinen Bürgermeister leisten, der erpressbar ist.«

Jonas Bracker kam heran. Er bemühte sich, freundlich und höflich zu sein. Es gelang ihm nicht. Er verneigte sich, und er lächelte zuvorkommend, seine Augen jedoch blieben kalt und unbeteiligt. Buddebahn wusste, dass er darauf wartete, von dem Angebot zu hören, dass er Hanna Butenschön gemacht hatte. Doch er tat ihm nicht den Gefallen.

»Habe ich Euch nicht mit einem Fremden gesehen, der nur noch zwei Finger an der linken Hand hat?«, fragte er.

Jonas Bracker krauste die Stirn, und dann schüttelte er langsam und bedächtig den Kopf, als denke er angestrengt nach, ohne sich erinnern zu können.

»Ihr müsst Euch irren«, erwiderte er. »Den Mann kenne ich nicht. Ich meine, ich habe jemanden im *Hopfensaal* am Domplatz gesehen, dem drei Finger an einer Hand fehlen, aber ich bin mir nicht sicher.«

»Ach, nicht so wichtig. Tut mir leid, dass ich Euch damit belästigt habe«, erwiderte Buddebahn geradezu beiläufig, als sei das Thema damit für ihn erledigt.

»Was ist mit dem Mann?«, fragte Jonas Bracker.

»Oh, nichts weiter. Es lohnt nicht, sich mit ihm zu befassen. Er ist unwichtig.« Er stemmte beide Hände in den Rücken, wobei er sich ächzend aufrichtete, als leide er unter Verspannungen, die er auf diese Weise zu lösen versuchte. »Er hat mir ein paar Informationen gegeben, und ich dachte, ich könnte mit Euch darüber reden. Da er Euch aber nicht bekannt ist, lohnt es nicht, sich damit zu befassen.«

Er wandte sich dem Banker zu und entschuldigte sich, weil er ihn so lange aufgehalten hatte. Jonas schien er nicht mehr zu beachten. Doch ihm entging nicht, dass dessen Lippen schmal wurden und dass sein Gesicht harte Konturen annahm. Das ausladende Kinn schon sich merklich nach vorn. Mit einem unbestimmbaren Lächeln auf den Lippen verabschiedete er sich und setzte seinen Weg am Alsterufer fort, überzeugt, dem Bruder des Bankers einiges zu denken gegeben zu haben.

Als Buddebahn das Stadttor am Teufels Ort passiert hatte und zum Neuen Wall hinübergehen wollte, fiel ihm eine Horde Kinder auf, die sich kreischend, lachend und schreiend um ein Gatter auf einem der Höfe drängten. Der Lärm machte ihn neugierig und er näherte sich ihnen, bis er sehen konnte, was sie beschäftigte und belustigte. Es waren Schweine, die sich hinter dem Gatter befanden und sich grunzend in dem umzäunten Areal bewegten. Dabei hatten die Tiere erhebliche Schwierigkeiten. Sie torkelten, als hätten sie jegliches Gleichgewichtsgefühl verloren, fielen zu Boden, weil ihnen die Beine unter dem Leib wegrutschten, und kamen mühsam wieder auf alle viere. Die Ursache lag bei den verdorbenen Äpfeln, die von den Kindern in großer Menge über das Gatter geschüttet worden waren.

Buddebahn begriff.

In den gärenden Früchten hatte sich Alkohol gebildet. Die Schweine hatten die Äpfel gefressen und waren folglich betrunken.

Plötzlich fiel es ihm wie Schuppen von den Augen.

Er musste an das Bild aus dem Hause Franke denken, und er wusste, was der Sterbende ihm hatte bedeuten wollen.

Er hatte ihm seinen Mörder benannt!

Buddebahn musste an ein viele Jahre zurückliegendes Reiterfest denken, das auf dem Domplatz abgehalten worden war. Damals hatte eine Horde von Jungen gärende Äpfel an die Pferde verfüttert, während sich ihre Reiter auf die Veranstaltung vorbereiteten. Der Alkohol, der sich in dem Obst gebildet hatte, erzielte die beabsichtigte Wirkung. Zur Belustigung der Zuschauer, die nicht ahnten, dass man den Reitern einen Streich gespielt hatte, und die glaubten, es sollte so sein, taumelten und stolperten die Pferde über den Domplatz. Keines von ihnen war in der Lage, den Aufgaben gerecht zu werden, die sie erfüllen sollten.

Buddebahn meinte den feixenden Jungen vor sich zu sehen, der das alles ausgeheckt hatte und der sich nun diebisch über seinen Erfolg freute, indem er ausgelassen im Kreise seiner Freunde tanzte, jedoch vorsichtig genug war, nicht laut herauszuschreien, was er getan hatte.

Auch Hildebrand Franke war damals dabei gewesen, hatte allerdings nicht zu den Freunden des Übeltäters gezählt. Als er nun sterbend auf das Bild gezeigt hatte, wollte er auf gärendes Obst hinweisen und an das Ereignis mit den Pferden erinnern, weil er hoffte, damit einen entscheidenden Hinweis auf den Täter geben zu können.

Seine Hoffnung erfüllte sich.

Buddebahn wusste, wen er gemeint hatte! Er kannte den Mörder.

Nachdenklich blieb er vor der Nicolaikirche stehen, ohne auf die Menschen um ihn herum zu achten, die zu den Märkten strebten, von dort kamen, an den Häusern arbeiteten, von Haus zu Haus zogen, um Waren anzubieten, oder die ihr Handwerk unter offenem Himmel verrichteten.

Erst als eine massig erscheinende Gestalt vor ihm aufwuchs, schreckte Buddebahn aus seinen Gedanken auf.

»Per Wasmann, was machst du hier?«, fragte er.

»Was wohl? Ich war in der Kirche und habe für meinen Sohn gebetet.« Sein Antlitz sah gestrafft aus, und die wässrig-blauen Augen waren klar, deutliche Anzeichen dafür, dass er dem Alkohol für einige Zeit aus dem Weg gegangen war. Daneben fiel auf, dass er sich den Bart gestutzt hatte. Auch die Augenbrauen hatte er gekürzt. So sah er nicht mehr ganz so wild und bedrohlich aus wie sonst. »Er darf nicht für meine Sünden büßen. Mein Gott, ich werde mir nie verzeihen, dass ich in das Kloster eingebrochen bin und die Kerzen gestohlen habe.«

»Vergiss bei deiner Reue nicht, dass du eine Nonne mit einem Messer angegriffen hast«, ermahnte Buddebahn ihn. »Wenn man schon dabei ist, seine Untaten zu beichten, sollte man nichts vergessen. Hast du genügend gezahlt, um dich von deinen Sünden freizukaufen, sodass die Kirche dir vergeben konnte?«

»Du solltest mich nicht auch noch verspotten, Conrad. Ich habe keine Nonne mit einem Messer angegriffen. Warum sollte ich? Um mich gegen eine schwache Frau zu behaupten, brauche ich keine Waffe.«

»Sie hat gesagt, dass der Einbrecher sie verletzt hat.«

»Dann hat sie nicht die Wahrheit gesagt.«

»Eine Nonne?«

»Weiß der Teufel, weshalb sie gelogen hat. Doch darum geht es mir nicht. Ich will Vergebung für meine Sünden. Und das meine ich ernst. Allerdings habe ich kein Geld in den Büßerkasten geworfen.«

»Ach, dann glaubst du nicht, dass Gott bestechlich ist? Das wird die Kirche aber gar nicht gerne hören.«

»Lass uns nicht davon reden«, bat der Braumeister. »Sobald ich meinen Sohn zurückhabe, werde ich ein anderes Leben führen als bisher. Ich werde mich um ihn kümmern und dafür sorgen, dass er auf dem rechten Weg bleibt. Ich gehe jetzt zum Convent, um nach ihm zu sehen.«

»Die Blauen Schwestern werden dich nicht hereinlassen. Männer dürfen das Kloster nicht betreten.«

Wasmann blickte ihn an, als ob er an seinem Verstand zweifelte.

»Was ist das für ein Unsinn? Wie kommst du auf so was?«

»Die Nonnen haben es gesagt, und sie haben sich geweigert, Tilmann Kirchberg Einlass zu gewähren. Nur durch ein offenes Fenster durfte er ihnen Ratschläge erteilen. Betreten durfte er das Kloster nicht.«

Ungläubig schüttelte der Braumeister den Kopf.

»Das verstehe, wer will, Conrad. Als ich drin war im Kloster, um die Kerzen zu stehlen, habe ich Männer gesehen. Nicht nur einen, sondern mehrere. Sie saßen im Innenhof, und einige von ihnen gingen herum, so wie man es macht, wenn man zu Hause ist. Oder wenn mann zu bestimmen hat, was in diesem Hause geschieht.«

Buddebahn hatte schon die Frage auf den Lippen, ob er sich wirklich sicher sei, sprach sie jedoch nicht aus.

»Du warst betrunken«, vermutete er. »Und das nicht so knapp, sodass du Dinge gesehen hast, die gar nicht da waren, und dass du sogar eine Nonne mit einem Messer angegriffen hast.«

»Ich war nicht besoffen«, antwortete der Braumeister. Verärgert zog er die Brauen zusammen. »Geiht dat rin in din Kopp? Ick wer nich besopen!«

»Schon gut, Per. Ich hab's begriffen. Du warst also nüchtern. Aber wie ist es möglich, dass Männer im Kloster waren?« Abwehrend hob er die eine Hand, um die Angriffslust Wasmanns zu lindern, und legte die andere an die Stirn, um diese sanft zu massieren. Unzufrieden schüttelte er den Kopf. »Das passt nicht zusammen. Der Convent ist ein Nonnenkloster. Es ist aus dem Stift der Beguinen – oder der Blauen Schwestern – hervorgegangen. Dort hat es immer nur Frauen gegeben, und ihr Gelübde der Enthaltsamkeit ist wirklich ernst gemeint. Daher kann nicht sein, dass sie heimlich Männer hinter ihren Mauern dulden.«

»Es ist aber so«, betonte Per Wasmann. »Nach außen hin vermitteln die Nonnen das Bild der züchtigen Schwestern. Drinnen aber scheint es etwas anders auszusehen.«

»Hast du Nonnen und Männer zusammen gesehen?«

»Nein, das nicht. Aber das hat nichts zu sagen. Du bist ja auch nicht ständig mit deiner Frau zusammen.« Er fuhr sich mit beiden Händen durch das Haar. »Mir ist egal, ob die Nonnen es heimlich mit Männern treiben oder nicht. Von mir aus sollen sie es tun. Auch eine Nonne hat schließlich Gefühle und Wünsche. Mich interessiert nur, dass sie meinem Jacob helfen. Das ist wichtiger als alles andere. Wenn sie sein Augenlicht retten, werde ich ihnen ewig dankbar sein.«

Buddebahn begleitete ihn zum Kloster, blieb jedoch einige Schritte von ihm entfernt stehen, während er zum Eingangstor ging und klopfte. Es dauerte einige Zeit, bis sich eine kleine Luke öffnete und das Antlitz einer Nonne erschien. Er hörte, wie Wasmann mit ihr redete, und er sah, wie sie ablehnend den Kopf schüttelte. Noch aber gab der Braumeister nicht auf. Er versuchte es wieder und wieder, gestikulierte heftig und wurde immer lauter, bis sich die Luke im Tor schloss, sodass er seine Worte nur noch an die massive Holzwand vor ihm richten konnte. Er pochte erneut, doch vergeblich. Die Luke schwang nicht noch einmal auf.

Schließlich sah er ein, dass er nichts mehr erreichen würde. Enttäuscht wandte er sich ab und kehrte zu Buddebahn zurück.

»Sie lassen mich nicht herein«, berichtete er. »Männer dürfen das Kloster angeblich nicht betreten.«

»Und was ist mit Jacob?«

»Sie sagt, dass er sich erholt und die Augen schon wieder öffnen kann. Ich soll Geduld haben, ein paar Tage warten und weiterhin in der Kirche beten. Auch soll ich nicht vergessen, Geld in den Kasten zu werfen, um mich von meinen Sünden freizukaufen.«

»Komm! Wir gehen ein Stück.« Buddebahn wartete die Antwort

des Braumeisters nicht ab, sondern ging zum Steintor, um dann an der Innenseite der Stadtmauer entlangzuschlendern. Nur kurz blickte er zur Mauerkrone hinauf, die sich gut dreißig Fuß über ihm befand. Dort oben hatte er schon einige Male – wenngleich nicht häufig – seinen obligatorischen Schanzendienst versehen. Von der Mauer reichte der Blick weit über das teils hügelige, teils flache Land mit seinen Äckern und Feldern. Feinde, die sich der Stadt näherten, waren schon früh auszumachen, daher blieb genug Zeit, die Tore zu schließen und sich auf den Abwehrkampf vorzubereiten.

Allerdings hatte es seit gut hundert Jahren keine nennenswerten Vorfälle mit Feinden von außen gegeben, denn längst war überall bekannt, dass die Stadt Hamburg – wenn überhaupt – nur unter großen Verlusten zu erobern war.

»Was ist los?«, fragte Wasmann argwöhnisch.

»Was soll los sein?«, entgegnete Buddebahn.

»Verdori, wenn du so freundlich zu mir bist, stimmt was nicht. Also rede endlich. Was geht dir im Kopf herum? Ich habe nicht so viel in der Rübe wie du, aber ich bin nicht so dumm, dass ich nicht merke, wenn etwas im Busch ist.«

Ein paar Tauben stoben vor Buddebahn auf. Er blieb stehen.

»Wir werden einbrechen.«

»Was?« Der Braumeister beugte sich zu ihm hin und starrte ihm in die Augen. »Habe ich richtig gehört? Fängst du jetzt an zu spinnen?«

»Ganz und gar nicht.« Buddebahn blieb ruhig und kühl. »Wir warten die Dunkelheit ab, und dann gehen wir ins Nonnenkloster in der Steinstraße. Du wirst mich begleiten, weil ich allein es nicht schaffe. Außerdem kennst du den Weg hinein in den Convent. Ich nicht.«

»Kommt überhaupt nicht in Frage. Ich habe Gott in der Kirche versprochen, dass ich niemals mehr einbrechen werde. Und schon gar nicht in ein heiliges Kloster!«

»Es ist ja kein Einbruch in dem Sinne. Wir wollen nichts stehlen. Ich will mich nur ein wenig umsehen. Das ist alles.«

Per Wasmann schüttelte verwundert den Kopf. Er verstand so gut wie gar nichts. Während er nachdachte, arbeitete es in seinem Antlitz. Hin und wieder öffnete er den Mund übertrieben weit, um kräftig durchzuatmen, in raschem Wechsel öffnete er die Hände und ballte sie zu Fäusten, um sich schließlich einige Schritte zu entfernen und seine Blase an der Mauer zu entleeren.

»Verflucht! Verflucht! Verflucht!«, stöhnte er. »Wenn ich nur wüsste, was das alles für einen Sinn hat. Wozu brauchst du mich?«

»Weil ich mich bei so was nicht auskenne.«

»Ich auch nicht«, rief der Braumeister. »Wenn du einen Fachmann im Sudhaus oder in der Mälzerei brauchst, bin ich der richtige Mann. Aber nicht bei einem Einbruch.«

»Du solltest nicht so bescheiden sein, Per, schließlich hast du das schon einige Male gemacht.«

»So selten, dass es kaum ins Gewicht fällt.«

»Du solltest zu deinen vielen Freveltaten nicht auch noch Lügen hinzufügen«, ermahnte Buddebahn ihn, wobei er ihm aufmunternd mit der flachen Hand gegen den Arm tippte. »Du hast eine Menge Bienenwachskerzen zusammengebracht. So etwas schafft man nicht mit einem Einbruch. Außerdem hat die Nonne sich beklagt, weil des Öfteren ein Dieb im Kloster war und Kerzen gestohlen hat. Also erzähle mir nicht, dass du davon keine Ahnung hast. Du bist genau der Spezialist, den ich brauche. Einen besseren Führer als dich werde ich nicht finden.«

»Du bist ein verfluchter Hund!«

»Das kann schon sein«, erwiderte Buddebahn freundlich lächelnd.

»Habe ich eine Wahl?«

»Lass uns zur Brauerei gehen! Dort warten wir in aller Ruhe ab, bis es dunkel wird. Es ist ja nicht unbedingt nötig, dass man uns hier herumlungern sieht, wo doch das Kloster ganz in der Nähe ist. Also, komm!«

Vor sich hin brummelnd, schloss Per Wasmann sich ihm an. Hin und wieder machte er sich Luft mit einem deftigen Fluch.

17

An diesem Abend war der Himmel sternenklar. Nur ein schwacher Wind wehte und trieb die hereinkommenden Schiffe sanft in den Hafen. Es gab keine schäumenden und sich hoch auftürmenden Wellen, die sie hätten gefährden können. Nachdem die Sonne blutigrot im Dunst des Horizonts versunken war, senkte sich Dunkelheit über Hamburg herab. Auf den Stadtmauern versahen die Bürger den Schanzendienst, unterstützt von Landsknechten und im Licht der Fackeln, deren Einsatz ebenso widersinnig wie nutzlos war, spendeten sie Helligkeit doch nur in einem eng begrenzten Bereich für die Wachen hoch oben auf den Mauern, während sich das Vorfeld tief unter ihnen den Blicken umso mehr entzog, je heller die Fackeln brannten. Von Nutzen waren sie lediglich eventuell heranrückenden Feinden, weil die Flammen ihnen anzeigten, wo ihr Ziel war und wo die Wachen sich postiert hatten.

Die gleichen Vorteile ergaben sich für Buddebahn und Per Wasmann, die sich auf menschenleeren Straßen und Gassen der Stadtmauer näherten. Mehrere Male versuchte der Braumeister, das Unternehmen abzuwenden, indem er allerlei Bedenken zur Sprache brachte. Vergeblich. Er hätte auch gegen eine Wand reden können.

»Wie kann man nur so stur sein!«, ächzte Wasmann, während er hinter Buddebahn hertrottete.

»Sei endlich still und vergiss nicht, dass wir es mit gefährlichen Leuten zu tun haben. Es könnte durchaus sein, dass sie irgendwo lauern, um mich doch noch zu entführen. Es ist also besser, wenn wir nicht unnötig reden und uns ruhig verhalten. Nur dann haben wir Aussicht, sie zu entdecken, bevor sie uns ausmachen«, erwiderte Buddebahn.

»Ich habe noch nicht einmal ein Messer dabei«, beschwerte der Braumeister sich. »Wenigstens das hättest du mir lassen sollen.«

»Ich will keine Komplikationen. Wenn wir keine Waffen dabeihaben, können wir niemanden verletzen.«

»Das hat was für sich.« Wasmann beschleunigte seine Schritte, schob sich an Buddebahn vorbei, blieb dann stehen und hob warnend eine Hand. Wenig später erhellte sich die Steinstraße, und sie vernahmen die Stimme des Nachtwächters, der ein paar Worte mit den Wachen oben auf der Mauer wechselte. Die Laterne, die er mit sich führte, schaukelte bei jedem seiner Schritte, und sein grotesk verzerrter Schatten tanzte an den Fassaden der Fachwerkhäuser entlang. Sie brauchten nicht lange zu warten, bis er in eine der Gassen abbog. Danach wurde es wieder dunkel, und nur noch zwei der Wachen waren zu sehen, die neben einer der brennenden Fackeln standen.

»Los jetzt!«, wisperte Buddebahn.

Bis zum Convent war es nicht mehr weit, und noch immer wusste er nicht, wie sie seine aus Natursteinen errichteten Mauern überwinden sollten. Sie waren nicht so dick und wuchtig wie die Stadtmauern, erreichten jedoch fast ihre Höhe. Leise näherten sich die beiden Männer dem Kloster. Über sich hörten sie die Bürger der Schanzenwehr miteinander reden.

Als irgendwo auf den Höfen ein Hund zu bellen begann, blieb Buddebahn stehen, doch das ließ sein Begleiter nicht zu. Bisher hatte er sich vergeblich gegen ihr Vorhaben gewehrt, nun aber sträubte er sich nicht mehr dagegen, sondern hatte sich damit abgefunden. Daher zögerte er nicht länger, sondern drängte voran und ließ auch nicht zu, dass Buddebahn unnötige Pausen einlegte.

»Weiter!«, forderte er. »Der Köter ist eingesperrt. Der kommt uns nicht in die Quere.«

Im nächsten Moment blieb er stehen, krallte seine Hand in den Arm Buddebahns und zischte: »Leise! Da ist jemand.«

Sie horchten in die Nacht hinaus. Ganz nah bei ihnen kicherte ein Mädchen in einer Nische zwischen den Häusern.

»Wie dunkel es ist«, flüsterte eine männliche Stimme. »Man kann die Hand vor Augen nicht sehen.«

»Da hast du sie ja auch gar nicht«, gluckste sie, und dann begann sie schneller und lauter zu atmen.

Erleichtert stieß Buddebahn seinen Begleiter an, um ihn zum Weitergehen zu veranlassen. Von den beiden Liebenden in der Nische drohte ihnen keine Gefahr. Lautlos eilten sie weiter, bis sie die Stadtmauer erreichten. Hier packte Wasmann seine Hand, zog ihn zu sich heran und hauchte ihm ins Ohr: »Gleich sind wir an einer Tür. Kein Wort mehr!«

Sie schoben sich ins Dunkel, in dem Buddebahn überhaupt nichts mehr erkennen konnte. Mit den Händen tastete er sich an der Mauer entlang, und nur an einem leisen Rascheln konnte er erkennen, dass Wasmann vor ihm war. Schritt für Schritt ging es voran, und dabei kam es ihm vor, als wären sie in einen Raum geraten, der mit Schafwolle gefüllt war und in dem alle Geräusche mehr und mehr erstickt wurden, bis erdrückende Lautlosigkeit herrschte. Er spürte den Schlag seines Herzens, und ein leichter Schwindel erfasste ihn, sodass sich das Gefühl einstellte, er habe den Boden unter den Füßen verloren und könne nicht mehr unterscheiden, wo oben und unten war.

Plötzlich krallte sich die Hand seines Begleiters in sein Wams.

»Wir sind an der Tür«, wisperte Wasmann.

In Augenhöhe machte Buddebahn einen bogenförmigen Spalt aus, durch den ein wenig Licht schimmerte. Er erfasste, dass die erwähnte Tür in ihrem oberen Teil nicht vollkommen mit der Mauer abschloss. Er dachte an das seltsame Ding, das der Braumeister vorbereitet hatte, bevor sie aufgebrochen waren. Es bestand aus einem langen Faden, der in einer Schlinge endete. Diese war an ihrem Ende mit einem Bleistück versehen, der den Faden nach unten zog, und einem dünnen Stab, der die Aufgabe hatte, die Schlinge offen zu halten. Nur aus dem leisen Scharren und Kratzen an der Tür konnte er schließen, dass Wasmann den Faden durch den Spalt geschoben hatte, die Schlinge mit dem Blei nun auf der Innenseite der Tür heruntergleiten ließ, den Riegel suchte, mit dem die Tür versperrt war, und ihn kurz darauf fand. Es quietschte leise, als er den Riegel mit Hilfe der Schlinge hob, und dann verbreiterte sich der Spalt. Buddebahn konnte ein kantiges Gebäude sehen, das düster und geheimnisvoll vor ihm aufstieg. An seinem Ende befand sich eine ovale Öffnung, durch die das Licht eines Feuers schimmerte.

»Und jetzt?«, flüsterte Wasmann, während sie den Hof des Klosters betraten.

»Weiter!«

Buddebahn schritt langsam voran. Obwohl sich seine Augen mehr und mehr an das Dunkel gewöhnten, konnte er nur wenig erkennen.

Er folgte einem Sandweg, und dabei hörte er das Knirschen der Kiesel unter seinen Sohlen, wagte es aber nicht, den Weg zu verlassen, weil er fürchtete, über ein Hindernis zu stolpern, das in der Dunkelheit nicht zu erkennen war. Dabei hätte er unweigerlich verräterischen Lärm verursacht. Gedämpft fluchend folgte ihm der Braumeister.

Je näher sie dem Lichtschein kamen, desto deutlicher wurde, dass er von einem Innenhof kam, in dem ein offenes Feuer brannte. Ein schmaler Gang spie die Stimmen von Männern aus, die sich darin aufhielten. Teils verstärkte er sie, teils schwächte er sie ab und verzerrte sie zugleich, sodass kaum mehr als ein paar Wortfetzen zu verstehen waren. Daher dauerte es einige Zeit, bis Buddebahn erfasste, dass es englische Laute waren.

Handbreit für Handbreit schob sich Buddebahn heran, bemüht, jegliches Geräusch zu vermeiden. Als er die Öffnung erreichte, sah er, dass der Gang nicht in gerader Linie zum Innenhof führte, sondern in einem Bogen. Er konnte nicht bis zu seinem Ende sehen.

Wasmann beugte sich vor, griff nach seinem Arm und zog ihn zurück.

»Da können wir nicht hineingehen«, warnte er. »Man würde uns sehen. Wir müssen es anderswo versuchen.«

Er ging nun voran bis zum Ende des Hauptgebäudes, dem sich eine Kapelle, Vorratsschuppen und ein langgestreckter Flügel mit Unterkünften für die Nonnen anschlossen. Geschickter und schneller als Buddebahn, suchte er seinen Weg durch einen Garten, vorbei an einigen Gräbern und Stapeln mit aufgeschichtetem Kaminholz, bis sich ihnen ein breiter Gang öffnete, durch den sie das Feuer und die daran sitzenden Männer sehen konnten, während sie selber im Dunkel verborgen blieben. Hinter einem Busch ließen sie sich in die Hocke sinken, um sich in seinem Schatten zu verbergen.

»Männer dürfen das Kloster nicht betreten, wie?«, spottete Wasmann. »Und was sind das da im Innenhof? Lauter Kerle. Einer von denen hat der Nonne die Schnitte im Gesicht beigebracht. Garantiert!«

Buddebahn entdeckte *Zweifinger* unter den Männern am Feuer und fand wenig später auch den Mann mit der aus metallenen Schlangen geformten Gürtelschnalle. Er war sicher, die Streitmacht gefunden zu haben, deren Pferde im Hinterhof des *Hopfensaals* standen. Sie hielt sich im Kloster versteckt, wo sie niemand vermutete. Einen besseren Unterschlupf hätten die Männer kaum wählen können. Es lag nahe, dass sie ihn nur heimlich und im Schutz der Dunkelheit aufsuchten und wieder verließen, sodass nicht einmal die unmittelbaren Nachbarn aufmerksam wurden.

An einem Spieß drehte sich ein Spanferkel über dem Feuer. Zwei Nonnen brachten Holzteller und Besteck heran. Sie trugen dunkle Kutten mit tief herabgezogenen Kapuzen, daher waren ihre Gesichter nicht zu erkennen. Scheu eilten sie davon, nachdem sie ihre Last abgelegt hatten.

»Sie werden gezwungen, das zu tun«, sagte Wasmann leise. »Was für ein Frevel!«

Plötzlich blieben die Nonnen stehen, denn aus dem Inneren des Klosters hallten die verzweifelten Schreie einer Frau und das Lachen von Männern. Als sich die Nonnen kurz dem Feuer zuwandten, bekreuzigten sie sich, um sich vor dem Bösen zu schützen, das über den Convent gekommen war.

»Diese Teufel«, wisperte der Braumeister. »Sie tun den Nonnen Gewalt an. Das werden sie mir büßen.«

»Du wirst dich nicht einmischen«, antwortete Buddebahn. »Es sind zu viele. Wir können nichts tun.«

Er wollte sich zurückziehen, doch Wasmann griff nach seinem Arm und hielt ihn mit harter Hand fest.

»Mein Sohn!«, wisperte der Braumeister. »Ich muss wissen, wo Jacob ist und wie es ihm geht.«

»Er ist hier im Kloster«, antwortete er ebenso leise. »Aber es wäre Wahnsinn, nach ihm zu suchen. Viel zu gefährlich für uns und für ihn. Wir verschwinden, aber wir werden dafür sorgen, dass sie für ihre Verbrechen bezahlen müssen.«

»Nein! Wir bleiben.«

»Morgen klopfen wir an die Pforte und fragen die Nonnen nach ihm. Sie werden uns antworten. Vielleicht lassen sie uns mit Jacob sprechen.«

Wasmann kämpfte eine Weile mit sich und der in ihm tobenden

Wut, sah aber ein, dass es für alle Teile besser war, diesem Vorschlag zu folgen.

»Also gut«, erwiderte er schweren Herzens. »Gehen wir!«

Sie wollten gerade abtauchen ins Dunkel des Gartens an der Klostermauer, als sich drüben am Hauptgebäude eine Tür öffnete und eine in ein schwarzes Gewand gehüllte Gestalt heraustrat. Sie war zunächst nur in Umrissen zu erkennen, näherte sich aber dem Feuer, bis sie in seinem hellen Schein stand.

Es war die Schwarze Frau aus dem Hopfensaal.

Sie hielt ein aus mehreren dünnen Röhren bestehendes Instrument in der Hand, schob das eine Ende unter den Schleier und machte die Männer am Feuer mit einer eigenartigen Melodie auf sich aufmerksam, die auf der einen Seite leicht, beinahe fröhlich klang, auf der anderen Seite melancholische Elemente aufwies.

Die Gespräche verstummten. Alle wandten sich ihr zu. Wer bis dahin auf dem Boden gesessen hatte, erhob sich respektvoll.

Sie schlug den Schleier zurück und entblößte ihr Antlitz.

»Oh, verflucht«, stöhnte Per Wasmann.

Die Sonne schien von einem wolkenlos blauen Himmel, als Bürgermeister Rother die Treppe zum Rathaus hochstieg und zu seinem Arbeitszimmer eilte, wo ihn Gregor Baren erwartete. Der Ratsherr war erst vor wenigen Wochen zum Sprecher des Rates der Stadt ernannt worden. Daneben betrieb er einen Fernhandel, den er jedoch mit lockerer Hand führte und bei dem er die Arbeit gern jenen überließ, die bei ihm in Lohn und Brot standen und die das Geschäft – nach seiner Meinung – besser verstanden als er selber.

»Ein Handelsgeschäft ist wie ein Schiff«, pflegte er zu sagen. »Du bist an Bord. Dir gehört das Schiff. Aber das Kommando liegt in der Hand eines Kapitäns, der genau weiß, wie man es durch gefährliche Gewässer lenkt, der günstige Winde ebenso nutzt wie die Strömungen der Meere und der sich mit lauter Fachleuten umgibt, von denen jeder Einzelne auf seinem Gebiet fähiger ist als er, der Schiffszimmermann, der Segelmacher, der Steuermann und die anderen, ohne die er hilflos wäre. Wer das vergisst und selber Kapitän, Steuermann und alles andere sein möchte, erleidet sehr bald Schiffbruch.«

Er war ein kräftig aussehender Mann mit einem ausnehmend gut geformten Gesicht und lebhaften blauen Augen unter der blonden Mähne. Auf seinen bartlosen Lippen schien stets ein leichtes Lächeln zu schweben.

Bis zu dem Moment, in dem er seinen Arbeitsraum erreichte, hatte Will Rother gehofft, das Schicksal könnte noch einmal Gnade vor Recht ergehen lassen und das Ärgste von ihm abwenden. Als er Gregor Baren sah, zerstoben seine Träume, und nichts von dem, was er sich je ausgemalt hatte, blieb übrig. Es war vorbei. Es gab kein Nachsehen für ihn. Ihm ging auf, dass er sich einer Wirklichkeit stellen musste, die ebenso konsequent wie grausam war.

Während er bedächtig die Tür hinter sich schloss, überlegte er fieberhaft, was er unternehmen konnte, um seinen Hals zu retten. Ihm wollte nichts einfallen. Mit einem schier unerträglichen Gefühl der Schwäche in den Knien drehte er sich um, blickte den Sprecher des Rates an und zog die Brauen die Stirn hinauf, als sei er höchst erstaunt.

»Ihr sitzt auf meinem Platz? Wie darf ich das verstehen?«

»Ganz einfach. Ich habe die unerfreuliche Aufgabe, Euch mitzuteilen, dass der Rat der Stadt Euch aus dem Amt entlassen hat.«

Verkrampft lächelnd schüttelte Rother den Kopf.

»Aber das kann er nicht. Meine Amtszeit läuft frühestens in zwei Jahren ab. So steht es im Vertrag.«

»Wir sind uns dessen bewusst. Deshalb werdet Ihr freiwillig gehen. Wir wissen, dass Ihr die drohende Notlage der Bevölkerung unserer Stadt ausnutzen wolltet. Ihr habt Euer gesamtes Vermögen eingesetzt und Euch zudem in Schulden gestürzt, um Euch mit dem Handel von Getreide zu bereichern – und Ihr habt verloren!«

»Aber, nein!«, sträubte Rother sich. »Das ist ein Missverständnis. Ich habe die Notlage erkannt und habe alles getan, was in meiner Macht stand, um sie abzumildern. Das importierte Getreide sollte als Spende an die Bevölkerung gehen.«

»Macht es uns nicht so schwer«, bat Gregor Baren. »Wir wissen beide, dass es nicht so ist. Ein Bürgermeister, der so hoch verschuldet ist, dass er in seinem ganzen Leben nicht genügend Geld verdienen kann, um seine Schulden zu begleichen, ist für Hamburg untragbar. Packt Eure Sachen und verschwindet aus der Stadt! Die Ratsherren geben Euch zwei Stunden. Wenn Ihr Euch danach noch innerhalb unserer Mauern aufhaltet, wandert Ihr mit Eurer Frau in den Schuldturm.«

»Ist das Euer letztes Wort?«

»Das letzte Wort!« Baren wedelte mit der Hand, um ihm zu bedeuten, dass er den Raum verlassen sollte. Zutiefst gedemütigt, gehorchte Rother. Er ging langsam hinaus, kaum aber hatte sich die Tür hinter ihm geschlossen, als er weiterhastete, wortlos an seinen Sekretären vorbei stürmte, die Treppe vor dem Rathaus hinunterlief, wobei er die Landsknechte nicht beachtete, die hier Wache hielten, und sich auf den Rücken seines Pferdes schwang. Einen Moment zögerte er, weil sich Dutzende von Neugierigen auf dem Marktplatz vor dem Rathaus eingefunden hatten. Offenbar hatte sich wie ein Lauffeuer herumgesprochen, was der *Bürgermeister von Hamburg* widerfahren war und damit ihrem Eigner.

Einige lachten schadenfroh, andere riefen lautstark nach seiner Frau Emma, die sich durch ihren Hochmut viele Sympathien verscherzt hatte, oder forderten ihn auf, sich zu erklären und vor allem die Angehörigen der ertrunkenen Seeleute zu entschädigen.

Will Rother blickte hilflos in die Runde, bis ein junger Mann mit verfaulten Birnen nach ihm warf und ihn an der Stirn traf. Die Frucht zerplatzte, und unter dem Gelächter der Menge lief ihm der Brei in die Augen. Ärgerlich hieb er dem Pferd die Hacken in die Flanken und trieb es auf diese Weise an. Nun gab es kein Halten mehr für ihn. Rücksichtslos überquerte er den Marktplatz vor dem Rathaus, so schnell, dass ihm einige nicht mehr ausweichen konnten, mit dem Pferd zusammenprallten und zu Boden stürzten. Er hielt sich nicht auf, nahm das Pferd auch nicht zurück, sondern galoppierte in eine der Gassen hinein, wild und laut schreiend, um die Passanten auf sich aufmerksam zu machen, sodass sie ihm Platz machen konnten.

Hanna hatte den Hof der Brauerei gerade eben verlassen, als ein Bote vom Rathaus kam, an der Tür klopfte und das Haus respektvoll und auffallend höflich betrat. Conrad Buddebahn blieb an dem Tisch sitzen, an dem er gearbeitet hatte, mehrere Zeichnungen und zahlreiche Notizen vor sich.

»Was gibt es?«, fragte er.

»Ich soll Euch ausrichten, dass der Bürgermeister Euch sprechen möchte«, antwortete der Rathausbedienstete. Er verneigte sich kurz. »Er bittet Euch, zu ihm zu kommen, falls es Eure Zeit irgendwie zulässt.«

»Ich habe nichts mit Will Rother zu bereden«, erwiderte er, wobei er sich über eine seiner Skizzen beugte, um ein paar Striche nachzuziehen, die er mit Kohle aufs Pergament gebracht hatte und die nun zu verblassen drohten.

»Nicht Will Rother«, stellte der Bote klar. Buddebahn kannte ihn vom Rathaus her, wo er ihm schon öfter begegnet war. »Der neue Bürgermeister.«

Buddebahn blickte auf, lehnte sich bequem auf seiner Sitzbank zurück und legte die Feder zur Seite, mit der er gezeichnet hatte.

»Wir haben also einen neuen Bürgermeister. Wer ist es?«

»Es ist mir leider nicht gestattet, Euch das mitzuteilen«, bedauerte der Bote. »Begleitet mich, bitte, ins Rathaus.«

Buddebahn dachte kurz daran, was Hanna widerfahren war, nachdem sie ins Rathaus eingeladen worden war, schloss dann jedoch aus, dass ihm aus dieser Richtung Gefahr drohte. Da Will Rother gescheitert war und sich vermutlich schon nicht mehr im Rathaus aufhielt, hatte er aus dieser Richtung nichts zu befürchten. Im Gegenteil. Es konnte nur von Vorteil sein, wenn er so bald als möglich Verbindung zum Ersten Bürger der Stadt aufnahm, um sich mit ihm abzustimmen und aus dem Weg zu räumen, was sich bisher an Hindernissen aufgebaut hatte.

»Also gut. Gehen wir!« Er rollte die Pergamentbögen zusammen und legte sie zur Seite. Mit einem grauen Hut auf dem Kopf verließ er das Haus und begleitete den Boten zum Rathaus. Die Wachen an der Treppe ließen sie passieren, ohne Fragen zu stellen. Als der Ermittler und der Bote darauf das Gebäude betraten, begegneten sie einem der Sekretäre, der sich bisher recht hochmütig verhalten hatte, der sich nun aber vor ihm verneigte und ihm eine der Türen öffnete.

»Das überrascht mich ein wenig«, sagte Buddebahn, als er einen

Mann hinter dem Schreibtisch sitzen sah, der von seinem äußeren Erscheinungsbild her ein Künstler hätte sein können. »Klaas Bracker, ich hätte mir allerdings denken können, dass du zur engeren Wahl gehörst.«

Er reichte dem Freund die Hand und gratulierte ihm zur Ernennung. Mit einem wohlwollenden Lächeln nahm der Banker die Glückwünsche entgegen.

»Zunächst habe ich mich gesträubt«, berichtete er. »Schließlich habe ich in meinem Geschäft genügend zu tun. Andererseits geht der Sommer zu Ende, und schon in wenigen Wochen werden keine Schiffe mehr ein- oder auslaufen. In der Pause bis Februar werde ich als Banker gemeinhin nur wenig gefordert. Sobald die Schifffahrt wieder aufgenommen wird, sieht es dann schon schlechter aus. Doch bis dahin bin ich Bürgermeister und habe das Geschäft so organisiert, dass es von einem anderen geführt werden kann. Hamburg braucht einen Ersten Bürger, der etwas vom Finanzwesen und vom Handel versteht und der darüber hinaus in der Lage ist, Entscheidungen zu treffen und die Ratsherren zum Vorteil der Stadt zu führen.«

»Ich denke, man hat die richtige Wahl getroffen. Aber was ist mit Will Rother?«

»Er ist erledigt«, teilte Bracker ihm mit. »Er hat sich mit den Feinden der Stadt Hamburg eingelassen. Ob er dabei erpresst wurde oder nicht, spielt keine Rolle. Falls er sich wirklich in einer Notlage befunden hat, hätte er als Bürgermeister den Rat der Stadt informieren müssen. Gemeinsam hätte man einen Ausweg gefunden. Leider ist ihm nicht in den Sinn gekommen, diesen Schritt zu tun. Mit einem vermeintlich großen Geschäft vor der Nase hat er nur an seinen eigenen Vorteil gedacht. Er ist gekommen, wie es kommen musste. Konsequenterweise hat er verloren. Niemand weint ihm eine Träne nach.«

Bracker zeigte die in seinem Amt nötige Härte, die man bei Will Rother seit Jahren vermisst hatte. Nachdem sie sich über einige technische Dinge unterhalten hatte, die das Amt für Bracker mit sich brachte, sprach Buddebahn die Anordnungen an, die von der Stadt erlassen worden waren.

»Henning Schröder kann die Arbeit sofort wieder aufnehmen«,

versetzte der neue Bürgermeister daraufhin. »Die Uhl-Brauerei ist keinerlei Einschränkungen mehr unterworfen. Weder was die Herstellung von Bier noch den Handel damit betrifft.«

»Henning wird sich freuen, das zu hören. Ich werde ihn gleich informieren.« Buddebahn, der sich ebenso wie Bracker gesetzt hatte, stand auf. »Wenn du erlaubst, gehe ich zu ihm.«

»Noch nicht«, bat der Freund. »Da ist noch etwas. Ich habe Kröger abgesetzt, damit du die Ermittlungen weiterführen kannst. Du bist jetzt offiziell der Ermittler.«

»Oh, ich halte das für keine gute Idee«, entgegnete Buddebahn.

»Der Rat der Stadt hat sich geschlossen für dich ausgesprochen«, berichtete Bracker, wobei er sein Seidentuch aus der Brusttasche zupfte. »Man bedauert, dass man sich von Will Rother hat beschwatzen lassen. Ich möchte, dass du die Arbeit unverzüglich aufnimmst und den Fall so schnell zum Abschluss bringst, wie es dir möglich ist. Von mir erhältst du jede Hilfe, die notwendig ist.«

»Ich stehe kurz vor der Aufklärung«, eröffnete Buddebahn ihm. »Wenn es so weit ist, brauche ich die Unterstützung der Landsknechte.«

»Die wirst du bekommen«, versprach ihm der Bürgermeister. »Nur eine Frage noch: Wieso ist es keine gute Idee, dich als Ermittler einzusetzen?«

»Das werde ich dir, mit Verlaub, später erläutern. Bis jetzt nur so viel: Es wird Überraschungen geben, und die werden nicht allen gefallen.«

Mit diesen Worten verabschiedete er sich und kehrte zur Brauerei zurück, wo er Henning Schröder augenblicklich informierte. Wie nicht anders erwartet, nahm sein Nachfolger die Nachricht mit großer Freude auf und machte sich sofort an die Arbeit. Buddebahn ging zu den Landsknechten, die noch immer vor dem Sudhaus standen, und teilte ihnen mit, was er mit dem Bürgermeister besprochen hatte.

Danach gesellte er sich zu dem Schmied, der endlich so weit war, dass er den Brunnenaufbau reparieren konnte. Mit der metallenen Eule hatte er ein kleines Kunstwerk geschaffen, auf das er zu recht stolz war. Buddebahn lobte ihn entsprechend und versicherte ihm, wie zufrieden er mit dem Werk war.

Um Hanna von der unerwarteten Wende im Rathaus in Kenntnis zu setzen, verließ er die Brauerei und ging zum Hopfenmarkt an der Nicolaikirche. Doch sie war nicht an ihrem Stand. Nur ein halbes Dutzend Fische lag dort. Kreischend zankte sich ein Schwarm Möwen um die Beute. Vergeblich fragte er nach Hanna. Niemand konnte ihm sagen, wohin sie gegangen war. Er erfuhr lediglich, dass Jonas Bracker bei ihr gewesen war, der sich jedoch nach einem kurzen Gespräch allein entfernt hatte. Alma Gerks, die Gemüsefrau, erinnerte sich daran, dass Hanna noch eine ganze Weile an ihrem Stand gewesen war und auch gut verkauft hatte. Auch sie konnte ihm nicht weiterhelfen.

Nun wurde Buddebahn unruhig. Er war sicher, dass Hanna nicht noch einmal verhaftet worden war. Unter dem neuen Bürgermeister kam so etwas nicht in Frage. Aber Jonas Bracker war bei ihr gewesen, und er vermutete, dass sie ihm gefolgt war. Es missfiel ihm, dass sie ein Geheimnis um ihre Beziehung zu diesem Mann machte und sich nicht über ihn äußern wollte. Zweifel begannen an ihm zu nagen, und er beschloss, nicht länger tatenlos zuzusehen, sondern etwas zu unternehmen.

Er überquerte den Markt, blieb hier und da stehen, um ein paar unverbindliche Worte mit Bekannten zu wechseln, ließ sich dabei kein Urteil über den abgesetzten Will Rother entlocken und erreichte schließlich den *Hopfensaal*. Er blickte nur kurz in die Schankstube, in der es noch recht ruhig zuging, und begab sich zum Hof mit den vielen Pferden und stieg gleich darauf die Treppe hoch. Ihm kam es vor, als knarre sie noch viel lauter als bei seinem ersten Besuch in diesem Bereich, als er *Zweifinger* gefolgt war. Als er das Ende der Treppe erreicht hatte, blieb er zögernd stehen. Er hatte nun dicke Bohlen unter den Füßen, auf denen er sich relativ leise bewegen konnte.

Ein breiter Gang führte in die Tiefe des Gebäudes. Mehrere Türen zweigten von ihm ab. Durch ein offenes Fenster fiel etwas Licht herein. Eine Blaumeise pickte Insekten auf, die sich in die Spalten des hölzernen Rahmens zurückgezogen hatten.

Während Buddebahn noch überlegte, ob er weitergehen sollte, obwohl er nicht in offizieller Funktion als Ermittler in das Haus eingedrungen war, sondern höchst private Interessen verfolgte, vernahm er verräterische Geräusche. Ein Bett quietschte und knarrte, als würde es gewaltsam auseinandergenommen. Langsam, beinahe gegen seinen Willen, ging er weiter, bis er vor einer Tür zu einer Kammer stand, aus der die Geräusche kamen. Eine innere Stimme drängte ihn dazu, umzukehren und auf keinen Fall einen Blick in die Kammer zu werfen. Was auch immer hinter der Tür geschah, war für zwei Menschen bestimmt, die sich da drinnen aufhielten, aber nicht für neugierige Augen.

Eine fremde Kraft schien seine Hand zu führen, als sie zum Türgriff glitt, und dabei fragte er sich, ob er wirklich sehen wollte, was sich in dem Raum abspielte und was möglicherweise äußerst demütigend für ihn war.

Er ermahnte sich, daran zu denken, dass er sich im *Hopfensaal* befand, sodass er höchstwahrscheinlich hörte, wie eines der Hurenweibchen seiner Beschäftigung nachging.

Er wandte sich ab und kehrte zur Treppe zurück, entschlossen, Hanna selbst jetzt noch zu vertrauen und weder sie noch sich selber bloßzustellen. Dann aber blieb er stehen. Jemand hustete leise, und er wandte sich um. Ein weißhaariger Mann mit einem Sattel auf der einen Schulter und einer Reisetasche auf der anderen kam ihm vom hinteren Ende des Ganges entgegen. Er hatte ein hohlwangiges Gesicht mit tiefen Kerben zu beiden Seiten seines nahezu lippenlosen Mundes. Ein dünner Bart bedeckte Wangen und Kinn.

Als ein spitzer Schrei aus dem Zimmer ertönte, blieb er stehen und warf einen missbilligenden Blick auf die Tür.

»So etwas nenne ich schamlos«, beschwerte der Alte sich.

Ein lautes Stöhnen ließ Buddebahn zurückkehren. Es schien aus tiefer Qual geboren und beunruhigte ihn in höchstem Maße. Er hob die Hand, um gegen die Tür zu klopfen.

»Was soll das?«, fuhr der andere ihn an.

»Vielleicht wird es dann ruhiger«, erwiderte er.

»Unsinn!« Bevor Buddebahn ihn daran hindern konnte, riss der Alte die Tür auf.

Wildes Geschrei ließ David aufhorchen. Verwundert zügelte er den Hengst seines Vaters, mit dem er an diesem Morgen ausritt, um an einem der Stadtbrunnen zu halten. Der Lärm einer Menschenmenge drang von Westen her zu ihm herüber. Er näherte sich ihm, und dabei klang es nach Aufruhr. Derartiges hatte er noch nie erlebt, und ihm wollte auch nichts einfallen, gegen das sich die Bürger der Stadt empören konnten. Hamburg war im Großen und Ganzen eine friedliche Stadt, in der die Bürger – von kleinen, marginalen Spannungen abgesehen – harmonisch miteinander lebten.

Plötzlich stürmte eine Schar kreischender und lachender Kinder aus einer Gasse heran. Ihnen folgten Männer und Frauen, die nicht ganz so laut waren, und dann brach ein Fuhrwerk aus der Lücke zwischen den Häusern hervor. Zwei schwere Belgier galoppierten vor einem Fuhrwerk her, an dessen Kutschbock sich Will Rother und seine Frau Emma klammerten. Auf dem unebenen Boden hüpften die schweren Räder, und der Wagen neigte sich ein ums andere Mal bedenklich zur Seite, als müsse er umkippen, fing sich jedoch und raste weiter, verfolgt von einer Meute wild schreiender und pöbelnder Menschen, die mit allerlei Dingen nach den beiden warfen. David machte Äpfel, Fische und tote Ratten aus. Eine Frau hob gar Exkremente aus einer Abwasserrinne am Straßenrand und schleuderte sie dem Wagen hinterher.

Will Rother und seine Frau hielten sich nur mit größter Mühe auf dem Kutschbock des heftig schwankenden Fuhrwerks. Die Zügel waren seinen Händen entglitten, sodass er die Pferde nicht lenken und ihren Weg bestimmen konnte, den sie nahmen. Kreidebleich, mit vor Angst und Entsetzen geweiteten Augen hing Emma Rother am Kutschbock. David kam es wie ein Wunder vor, dass sie sich überhaupt noch halten konnte. Ihr Rock hatte sich in einem der Räder verfangen und war zerfetzt worden. Nur noch ein bis an die Knie reichender Unterrock verdeckte ihre Blößen.

David erfasste, dass der abgesetzte Bürgermeister sich nicht ohne Hilfe aus seiner Notlage befreien konnte. Er zog den Hengst herum und trieb ihn energisch an. Holstein beschleunigte in einer Art und Weise, wie sie einem Kaltblutpferd unmöglich gewesen wäre, und es gelang ihm, buchstäblich aus dem Stand heraus nicht nur an die Seite der galoppierenden Pferde zu kommen, sondern auf gleicher Höhe mit ihnen zu bleiben. Er beugte sich zur Seite, griff einem der Pferde ins Halfter und zog ihm den Kopf energisch zurück. Damit erzielte David fast augenblicklich die erhoffte Wirkung. Die Pferde wurden langsamer, legten noch einmal eine Strecke von fast hundert Ellen zurück, um dann schnaubend stehenzubleiben.

Damit aber hatte sich die Situation Will Rothers und seiner Frau Emma nicht entscheidend verbessert. Schluchzend und klagend rappelten sie sich auf. Sie kletterte auf den Kutschbock und setzte sich, wobei sie ihren Unterrock um die Beine schlang, während er fahrig und nervös nach den Zügeln fischte, die unterhalb des Kutschbocks auf der Deichsel des Fuhrwerks lagen.

Dabei blickten die beiden sich gehetzt um, denn die Meute tobte schreiend und pöbelnd heran, begleitet von wild bellenden Hunden und kreischenden Kindern. Die Türen der Häuser öffneten sich, und Männer und Frauen stürzten heraus, um sich der schmähenden Menge anzuschließen und sich für die hochmütige Behandlung zu rächen, die viele von ihnen von Seiten Emma Rothers hatten hinnehmen müssen. Abfälle flogen gegen das Fuhrwerk, und ein älterer Mann warf gar sein Nachtgeschirr in ihre Richtung. Es prallte dicht hinter Emma gegen den Kutschbock, und sein Inhalt ergoss sich auf die Ladefläche und die beiden Truhen, die dort neben allerlei Hausrat standen. Hätten Rother und seine Frau am Pranger gestanden, hätte es nicht schlimmer für sie sein können.

»Weiter!«, rief David dem ehemaligen Bürgermeister zu. »Um Himmels willen, fahrt weiter!«

Endlich gelang es Will Rother, die Zügel aufzunehmen. Ungeschickt schwang er sie auf und ab, um die Pferde damit anzutreiben. Tatsächlich setzten sie sich in Bewegung. Nicht schnell genug, denn nun hatten die Männer, Frauen und Kinder das Fuhrwerk erreicht. Rother und seine Frau verschränkten die Arme über den Köpfen, um sich vor den Wurfgeschossen zu schützen. Die wüsten Beschimpfungen aber konnten sie damit nicht abwehren. Sie galten vor allem Emma, die schier Unglaubliches hinnehmen musste, sicherlich weitaus mehr, als sie verdient hatte, während ihr Mann zumindest von üblen Worten weitgehend verschont blieb.

David beugte sich zu den Zugpferden hin und trieb sie an, sodass sie zu traben begannen. Nun blieben die meisten Männer und Frauen zurück, während die Kinder dem Fuhrwerk weiterhin johlend folgten. Erst als es die Stadtmauer erreichte und durch eines der Tore hinausrollte in das offene Land, blieben sie zurück.

David kümmerte sich nicht länger um Rother und Emma. Er war der Ansicht, genug für sie getan zu haben. Daher bog er ab, machte es sich im Sattel bequem und gab die Zügel frei, um den Hengst laufenzulassen. Das Pferd setzte sogleich zum Galopp an und stürmte einen Feldweg entlang. Er genoss es, sich den Wind um die Nase wehen zu lassen und das edle Warmblut unter sich zu spüren. Immer wieder überraschte ihn, wie schnell und temperamentvoll der Hengst war, welche Kraft und Ausdauer in ihm steckten. Längst war er von den Vorteilen dieser neuen Rasse überzeugt, und es erfüllte ihn mit Stolz, dass er einer der ersten war, der so ein Pferd reiten durfte.

Ohne besondere Absichten zu verfolgen, schlug er einen weiten Bogen ein, der ihn zur Elbe führte. Schon von weitem konnte er die Fähre sehen, wie sie den Fluss überquerte. Mit ihr war das Bier aus Einbeck herübergebracht worden. Nun wollte er von dort aus über den Handelsweg nach Hamburg zurückkehren.

Als er sich den Katen näherte, sah er das Fuhrwerk, mit dem Will Rother und seine Frau Hamburg den Rücken gekehrt hatten. Es stand verlassen auf dem Zufahrtsweg zur Fähre, während diese das jenseitige Ufer fast erreicht hatte. Der Fährmann zog sie am Seil entlang, derweil Will Rother und seine Frau bei den Pferden standen und sie am Zaumzeug hielten.

David fragte sich, warum sie das Fuhrwerk und ihre ganze Habe zurückgelassen hatten. Für kurze Zeit glaubte er, sie würden alles zusammen später hinüberschaffen, doch schon bald wurde ihm klar, dass es einen anderen Grund für ihr Verhalten gab. Er wartete etwa eine Stunde, bis die Fähre mit einer Gruppe von Händlern und zwei hoch beladenen Karren herüberkam. Sie wurde von der Strömung so weit weggedrückt, dass der Fährmann es nicht mehr allein schaffte, sie auf Kurs zu halten. Mehrere Männer mussten ihm helfen, sie am Seil entlangzuziehen.

Im Gras neben seinem Pferd sitzend, verfolgte David, wie die Fähre endlich anlegte. Gelangweilt ließ er die Händler an sich vorbeiziehen. Dabei beobachtete er, wie alle beim Schieben der Karren halfen. Laut rufend trieben sie einander an, und noch ziemlich lange konnte er sie hören, wie sie sich mit ihrer Fracht über den Handelspfad quälten.

Als es ruhig geworden war, kam der alte Fährmann zu ihm. Er hatte lange weiße Haare, die ihm im Rücken bis beinahe auf die Hüften herabfielen, und einen Bart, der nur seine Kinnlade in einem schmalen Streifen bedeckte.

»Willst du rüber?«, fragte er.

»Diesmal nicht«, antwortete David. Er deutete auf das verlassene Fuhrwerk. »Ich wüsste nur gern, weshalb Will Rother und seine Frau Emma den Wagen und ihren Hausrat nicht mitgenommen haben.«

»Wer nicht bezahlen kann, wird nicht übergesetzt«, erwiderte der Alte. »Sie hatten kein Geld. Nicht eine Münze. Nicht einmal einen Hohlpfennig, und schon gar keine Blafferte oder Dreilinge. Also habe ich sie vor die Wahl gestellt. Entweder sie geben mir die Pferde oder den Wagen. Erst wollten sie mir die Pferde überlassen, aber dann wurde ihnen klar, dass sie den Wagen ohne Pferde keine Meile weit ziehen können. Also haben sie sich für die Pferde entschieden, damit sie nicht laufen müssen.«

David nickte. So etwas Ähnliches hatte er sich gedacht. Er spähte zum anderen Elbufer hinüber, konnte Will Rother und Emma aber nicht mehr sehen. Sie hatten sich auf den Weg nach Süden gemacht und damit Hamburg endgültig den Rücken gekehrt. Er war sicher, dass sie nie mehr in die Stadt zurückkehren würden, die sie in Schimpf und Schande ausgestoßen hatte.

Er zeigte auf die Fähre.

»Dat Ding schull'n Dödel hebben«, sagte er.

»Wat?« Der Fährmann blickte ihn an, als habe er den Verstand verloren. »Wat is denn dat für'n Snack?«

»Die Fähre sollte so eine Art Kiel haben«, fuhr David nachdenklich fort. »Das wie ein Schwert nach unten ins Wasser ragt. Dann kann man besser steuern.«

»Wat is denn dat für'n appledwatschen Krom?« Der Mann tippte sich mit dem Zeigefinger gegen die Stirn. Deutlicher hätte er nicht zeigen können, was er von dem Vorschlag des jungen Mannes hielt.

»Gar nicht verrückt«, behauptete David. »Man sollte es mal ausprobieren.«

Er schwang sich in den Sattel, nickte dem Alten grüßend zu und machte sich auf den Rückweg.

»Nein«, rief Buddebahn. »Das solltet Ihr nicht tun. Ich …«

Er verstummte, denn die Tür schwang weit auf, sodass er die beiden unbekleideten Männer sehen konnte, die sich in inniger Umarmung auf einem Liebeslager tummelten. Der eine war Jonas Bracker, der andere war jener Mann mit der Gürtelschnalle aus ineinander verschlungenen Schlangen. Erschrocken warf er eine Decke über sie beide.

»Teufel auch«, keuchte der Reiter. Er war so überrascht, dass ihm der Sattel von der Schulter rutschte. Ächzend hob er ihn wieder hinauf. »Müsst ihr einen solchen Lärm machen, schwules Pack?«

Mit Zornesröte im Antlitz sprang Jonas Bracker aus dem Bett. Da er vollkommen unbekleidet war, fiel der blutrote Streifen umso mehr auf, der sich quer über seine Brust zog und der von einem Peitschenhieb stammte.

»Verschwindet!«, schrie er, war mit wenigen Schritten bei der Tür und versetzte ihr einen wütenden Fußtritt, dass sie krachend ins Schloss fiel.

»Widerlich!« Verächtlich schürzte der Reiter die Lippen. »Das ist wider die Natur. Dafür wird die Kirche sie mit einem Bann belegen und für alle Ewigkeit verdammen. Man wird sie an den Pranger stellen. Mit heruntergelassenen Hosen, sodass jeder die verfluchten Ärsche sehen kann.«

Buddebahn wich zur Seite, um ihn vorbeizulassen, und dann blickte er hinter ihm her, wie er die Treppe hinunterstolperte und aus dem Haus lief. Langsam folgte er ihm, von zwiespältigen Gefühlen erfüllt.

»Widernatürlich ist es wohl nicht.« Weil er an seinen Ausritt zu seinem Freund Hermann und an die Kühe denken musste, die er dort beobachtet hatte, konnte er sich ein Lachen nicht verkneifen. Im Tierreich gab es keine Moral und keine engstirnigen Vorschriften, keine Kirche, die bestimmte, was sein durfte und was nicht, keine Obrigkeit, die eine Kuh an den Pranger stellen konnte.

Wenn die gleichgeschlechtliche Liebe in der Tierwelt auftrat, konnte sie schlechterdings nicht gegen die Natur sein, und wenn sie sich bei den Tieren zeigte, wäre es höchst verwunderlich gewesen, wenn Menschen von diesen Erscheinungen nicht berührt gewesen wären. Das aber war ein Thema, über das man nicht diskutieren durfte, wollte man die Kirche nicht gegen sich aufbringen – oder jemanden, der im festen Glauben zur Kirche stand.

Trotz dieser Überlegungen fiel es Buddebahn schwer, als normal zu empfinden, was er gesehen hatte. Dass sich zwei Männer verliebt im Bett wälzten, war ihm zuvor noch nie begegnet, und diese Beobachtung beschäftigte ihn mehr, als er eigentlich wollte. In einem der beiden Jonas Bracker zu erkennen war allerdings die größte Überraschung für ihn gewesen. Damit hatte er in keinem Fall gerechnet, sondern ihn bei allem Vertrauen zu Hanna als Rivalen eingestuft. Dabei hatte Klaas Bracker ihm einen Hinweis gegeben, den er jedoch nicht beachtet hatte.

»Das glaube ich eher nicht«, hatte er gesagt, als er seiner Sorge Ausdruck verliehen hatte, sein Bruder könne ihm bei Hanna in die Quere kommen.

Danach war Jonas erschienen, und sie hatten ihr Gespräch nicht fortsetzen können.

Er stieg die Treppe hinunter und trat auf den Hof hinaus. Der Reiter war dabei, einem der Pferde den Sattel aufzulegen. Damit war er so beschäftigt, dass er nicht auf ihn achtete. Buddebahn hörte ihn schimpfen und fluchen, Drohungen ausstoßen und nach der Kirche rufen, damit diese die Sündigen mit schweren Strafen belege. Er kümmerte sich nicht um ihn. Was Jonas Bracker im Bett trieb, interessierte ihn nicht.

Als er zum Marktplatz kam, trat ihm unversehens Kröger entgegen, den Hut mit der auffallenden Krempe in den Händen. Der bisherige Ermittler machte einen geradezu verzweifelten Eindruck auf ihn. Sein Antlitz war bleich und mit Schweiß bedeckt. Nur die Knollennase hatte noch etwas Farbe. Der Mund wirkte schlaffer und kraftloser noch als sonst. Nervös, beinahe hektisch versuchte er, eine Wespe zu vertreiben, die seinem Ohr allzu nahe gekommen war. Sie wich seiner schlagenden Hand aus, kehrte aber immer wieder in seine

Nähe zurück, bis er sie mit einem Hut attackierte und von sich schleuderte. Endlich machte sie sich davon.

»Wartet, Meister Buddebahn, ich muss mit Euch reden. Nur einen Moment.«

»Was gibt es?« Die übertriebene Anrede störte ihn und vertiefte seine Antipathie gegen diesen Mann, der sich unterwürfig gab, nachdem der neue Bürgermeister ihm das Mandat eines Ermittlers genommen und damit um Macht und Einfluss gebracht hatte. Die Augen Krögers hatten etwas Lauerndes.

»Ich brauche Hilfe, Meister Buddebahn.«

»Und die sucht Ihr ausgerechnet bei mir?« Er war sich nicht klar darüber, was mehr Raum einnahm in der Person Krögers – die Dummheit oder die Dreistigkeit. Wie konnte dieser Mann Unterstützung von ihm erwarten, nachdem er ihn alles andere als freundlich behandelt und darüber hinaus dafür gesorgt hatte, dass Hanna Butenschön in den Kerker geworfen wurde? Wäre es nach ihm gegangen, hätten die Folterknechte sie mit glühenden Zangen traktiert.

Bevor Buddebahn etwas antworten konnte, stürmte Jonas Bracker heran. Die Lippen zu einem schmalen Strich zusammengepresst und das ausladende Kinn weit vorgeschoben. Er sah aus, als wollte er sich sogleich auf ihn stürzen, um sich mit ihm zu schlagen. Doch das tat er nicht. Er blieb kurz stehen und sagte so leise, dass nur er ihn verstehen konnte: »Ein Wort, und Ihr werdet es bereuen, solange Ihr lebt.«

»Ich habe nicht vor, irgendetwas auszuplaudern«, erwiderte Buddebahn. »Darüber hinaus ist mir völlig egal, wem ihr zugetan seid.«

Bracker nickte verhalten und eilte weiter, wobei er auffallend stark hinkte. Das linke Bein war kürzer als das rechte. Es schien ihm Beschwerden zu bereiten. Kröger blickte hinter ihm her, um sich dann wieder Buddebahn zuzuwenden. In seinem Gesicht arbeitete es. Er war erkennbar bemüht, zu ergründen, was diese Begegnung zu bedeuten hatte.

»Helft mir, Meister Buddebahn«, fuhr Kröger fort, wobei er sich noch einmal nach Jonas Bracker umsah. »Der neue Bürgermeister will meine Dienste nicht mehr. Er hat mir noch nicht einmal den mir zustehenden Lohn gezahlt.« Er trat ein wenig zu nah an ihn heran. Unangenehm berührt, wich er vor ihm zurück.

»Was stellt Ihr Euch vor?«, fragte er.

»Ihr könntet mich als Euren Helfer beschäftigen. Ich könnte Nachforschungen für Euch anstellen und Euch damit Arbeit abnehmen, die Euch lästig oder die mit besonderen Mühen verbunden ist.« Voller Unruhe zerknautschte Kröger seinen Hut in den Händen, und während er sprach, verlagerte er ständig sein Gewicht von einem Bein auf das andere.

»Was habt Ihr als Ergebnis Eurer bisherigen Arbeit aufzuweisen?«

Plötzlich stand Kröger still. Er richtete sich auf und hielt auch die Hände ruhig. Nervosität und Unsicherheit waren wie weggewischt.

»Ich bin bereit, einen Eid darauf zu leisten, dass Ihr unschuldig seid, Herr«, erwiderte er. »Niemand wird Euch behelligen.«

»Das ist natürlich ein Angebot, das ich kaum ablehnen kann«, spottete Buddebahn. Die Dummheit seines Vorgängers als Ermittler schien grenzenlos zu sein. Will Rother hatte allein dafür eine Strafe verdient, dass er ihn mit der Aufklärung der Morde beauftragt hatte.

»Dann setzt Ihr mich als Helfer ein?«

»Das ist mir leider nicht erlaubt«, flüchtete er sich in eine Notlüge. »Der neue Bürgermeister besteht darauf, dass ich allein ermittle und dass niemand außer ihm und mir erfährt, zu welchen Ergebnissen ich gekommen bin – bis wir so weit sind, dass wir den oder die Täter verhaften können.«

»Ich könntet es heimlich tun«, schlug Kröger mit einem letzten Versuch vor, doch noch beschäftigt zu werden.

»Das wiederum verbietet mir meine Ehre.« Buddebahn hob beide Hände, um sein Bedauern auszudrücken. »Ich würde gern etwas für Euch tun, aber leider sind mir die Hände gebunden.«

Endlich begriff Kröger, dass er nichts ausrichten konnte, und wiederum änderte sich seine Haltung. Er legte den Kopf zur Seite und blickte ihn mit einem Ausdruck abgrundtiefen Hasses an. Damit bewies er, dass er sich die ganze Zeit über verstellt hatte und dass sich eine Persönlichkeit hinter der Fassade der Nervosität verbarg, der man nicht über den Weg trauen durfte.

»Ich weiß, dass Ihr ein Mörder seid«, flüsterte er, wobei er wiederum nah an ihn herankam. »Ihr fühlt Euch sicher. Aber das seid Ihr nicht. Ihr werdet büßen für die Bluttat, die Ihr begangen habt.«

Überraschend beweglich fuhr er herum und war mit wenigen, schnellen Schritten hinter einem der Marktstände verschwunden.

Buddebahn blieb nachdenklich stehen. Er nahm die Warnung Krögers ernst, glaubte jedoch nicht, dass dieser ihn wirklich gefährlich werden konnte. Nachdem dieser Ermittler gescheitert war, hatte er nichts mehr in der Stadt zu tun. Daher war es wahrscheinlich, dass er in absehbarer Zukunft aufbrechen und aus Hamburg verschwinden würde.

Es war warm geworden an diesem Tag, und da er Durst verspürte, beschloss er, in den *Hopfensaal* zu gehen, ein Bier zu trinken und mit dem Wirt zu reden. Als er sich dem Wirthaus näherte, kam ihm der Gaukler entgegen, wobei er kräftig mit dem Kopf wackelte, sodass die Glöckchen an seiner Narrenkappe klangen. In unnachahmlicher Weise grinsend, stellte er sich ihm in den Weg und verneigte sich vor ihm.

»Sieh da, sieh da, der große Buddebahn! Wohin des Wegs, edler Mann? Auf der Suche nach dem Bösewicht? Wie man hört, seid Ihr ja jetzt Ermittler. Oder seid Ihr auf der Spur des Weibes?«

»Könnte schon sein«, gab Buddebahn zögernd zurück, wobei er mit einigem Unbehagen für sich registrierte, dass der Gaukler über seine Ernennung informiert war. Er konnte nur vermuten, dass es jemanden im Rathaus gab, der die Nachricht weitergegeben hatte.

»Wie der Lateiner sagt: *Varium et mutabile semper femina!*«, zitierte der Gaukler. »Das Weib ist stets ein schwankendes und veränderliches Wesen.«

»Du sprichst Latein?«, staunte Buddebahn, der seinen Ohren nicht trauen wollte. Der Bänkelsänger war ein schwer einzuschätzender Mann, dem er keine höhere Bildung zugetraut hatte. Jetzt schien es, als habe er sich bei seiner Beurteilung geirrt.

»O nein!« Der Gaukler lachte. »Das sind die einzigen Worte, die ich kenne. Ansonsten habe ich nicht die Spur von Ahnung, was Latein anbetrifft. Ich weiß nur, dass es die Sprache der alten Griechen war.«

»Der Römer! Es war die Sprache der Römer. Sie dient der internatonalen Verständigung. Mit ihrer Hilfe können sich die Gelehrten von Kirche und Wissenschaft überall auf der Welt austauschen.«

»Also der Römer. Von denen kann ich Euch nichts berichten, aber über die Weiber kann ich Euch noch mehr erzählen.«

»Und das wäre?«

»Die Zwiebel hat der Häute sieben,
Tränen rollen,
werden sie gerieben.
Das Weib hat ihrer neun,
Tränen sind vergebens,
nicht der Sinn des Lebens.
Das kann Euch nicht erfreu'n.
Wenn der Herr gestatten,
das Weib ist wie ein Schatten.
dem sich entwindet,
wer ihn an sich bindet
und ihn halten will,
und der bei Euch bleibt,
wenn man ihn von sich treibt.
Auf den Punkt und Nenner,
bringt es der Frauenkenner.
Wer der Frau glaubt, betrügt sich,
wer ihr nicht glaubt,
wird betrogen.«

Er seufzte tief und fügte hinzu: »Muss sich ja nicht alles reimen, oder?«

Buddebahn drückte ihm eine Münze in die Hand und trat zur Seite, um ihn vorbeizulassen. Der Gaukler tänzelte zum Verkaufsstand eines Töpfers hinüber, verbeugte sich übertrieben tief und entfernte sich, wobei er sich mit lauter Stimme bemühte, einen anderen Vers zusammenzubringen, bei dem er sich über frisches und über verdorbenes Gemüse äußerte.

Der Ermittler blickte hinter ihm her, bis er in der Menge verschwand. Dabei fragte er sich, was ihn veranlasst hatte, sich über Frauen zu äußern. Bezogen sich seine Verse auf Hanna Butenschön und ihn? Wollte er ihm eine Botschaft übermitteln?

Nachdenklich betrat er das Wirtshaus.

Jonas Bracker interessierte sich nicht für Frauen, sondern nur für Männer. An eine solche Möglichkeit hatte er bisher überhaupt nicht gedacht. Daher suchte er nun noch intensiver nach einer Antwort auf die Frage: Welche Absichten verfolgte der Bruder des Bankers bei Hanna?

Dass er sich nur aus Gründen der Freundschaft mit ihr traf und lediglich Erinnerungen an frühere Zeiten auffrischen wollte, schloss Buddebahn aus. Es ging um mehr. Ein Mann wie Jonas Bracker suchte ihre Nähe nicht, um nur mit ihr zu plaudern.

Auf jeden Fall war er äußerst geschickt vorgegangen, denn bislang schien Hanna noch nicht gemerkt zu haben, dass er sich mit ihrer Hilfe Vorteile verschafft hatte. Sie glaubte an seine Freundschaft.

18

Zum Mittagessen bestellte Buddebahn ein Schinkenbrot. Er saß mit einigen Händlern zusammen an einem langen Tisch, und man tauschte sich über Themen aus, die alle interessierten – wie sich die Stadt Lübeck entwickelte, Wismar immer mehr an Bedeutung als Handelsplatz gewann, die Ratsherren von Danzig alles unternahmen, was ihnen möglich war, um den Hafen zu einem zentralen Umschlagsplatz zu entwickeln, von dem aus alle anderen Ostseehäfen gleich günstig und schnell erreicht werden konnten, wie Piraten ein kurzes Intermezzo vor Nowgorod gegeben hatten, bis sie alle am Galgen landeten, oder welch glanzende Geschafte Pelzhandler in Russland machten.

Buddebahn beteiligte sich nur wenig an den Gesprächen, sondern behielt die Gäste im Auge. Vergeblich hoffte er, irgendeinen Hinweis zu finden, der ihm bei seinen Ermittlungen half. Darüber hinaus dachte er immer wieder an Hanna, und er fragte sich, wo sie sein mochte. Mit Jonas Bracker war sie nicht zusammen. Das stand zweifelsfrei fest. Warum aber hatte sie ihren Verkaufsstand auf dem Markt verlassen?

Als er sein Mahl beendet hatte, bezahlte er und verließ den *Hopfensaal,* um die Märkte an der Nicolaikirche und am Domplatz nach Hanna abzusuchen. Er war bemüht, möglichst wenig Aufmerksamkeit zu erregen, und fragte daher eher beiläufig nach ihr. Niemand hatte sie an diesem Tag gesehen. Keinem war etwas aufgefallen. Nichts Ungewöhnliches hatte sich ereignet. Gesprächsthema war immer noch der Auszug des Bürgermeisters und seiner Frau, über die allerlei Anekdoten erzählt wurden. Die Berichte von kleinen Ereignissen um Emma hatten allesamt eines miteinander gemein – sie ließen kein gutes Haar an ihr, und bei allen schwang eine gewisse Schadenfreude mit. Man war sich einig darin, dass der Sturz Rothers für ihn und seine Frau nicht demütigender hätte verlaufen können, selbst wenn man sie an den Pranger gestellt und öffentlich dem Spott der Bürger ausgesetzt hätte.

Von Hanna aber fand sich keine Spur.

Seine Unruhe stieg. Er suchte das Rathaus noch einmal auf und unterrichtete Klaas Bracker von ihrem Verschwinden. Der neue Bürgermeister ließ daraufhin im Kerker und in den Turmverliesen nach ihr suchen, weil immerhin die Möglichkeit bestand, dass irgendein übereifriger Stadtdiener sie aufgrund eines Missverständnisses hatte einsperren lassen. Vergeblich. Es lag nichts gegen Hanna vor, und sie war nicht verhaftet worden. In den Kerkern der Stadt fand sich keine Spur von ihr. Die Sorge Buddebahns stieg.

Schließlich sah er nur noch eine Möglichkeit.

Er fürchtete, dass sie irgendwo im Gebäude des *Hopfensaals* festgehalten wurde. Immerhin hatte er Jonas Bracker dort überrascht, und mit ihm war sie einige Male zusammen gewesen. Er konnte nicht ausschließen, dass der Bruder des Bankers sie dorthin gebracht hatte.

Mittlerweile hatte sich das Wetter verschlechtert. Wind war aufgekommen, der hin und wieder in Form von kräftigen Böen durch die Straßen und Gassen fegte, wobei er Staub und Unrat aufwirbelte. Als die Glocken von St. Nicolai läuteten, war ihr Klang seltsam verzerrt, da der Wind aus wechselnden Richtungen kam.

Unauffällig näherte Buddebahn sich dem *Hopfensaal,* und als er sicher war, von niemandem beobachtet zu werden, betrat er das Gebäude wiederum durch den Seiteneingang. Abermals wollte er sich ein Messer nehmen, um sich im Notfall wehren zu können, doch die Köche hatten alle entfernt. Als er die Treppe hinaufstieg, erfasste ihn ein unangenehmes Gefühl der Spannung, das von Stufe zu Stufe zunahm. Er setzte seine Füße ganz an den Seiten der Stufen auf, damit sie nicht knarrten. Trotz aller Vorsicht aber konnte er sich nicht lautlos bewegen. Ein leises Quietschen oder verhaltenes Ächzen im Holz war nicht zu vermeiden. Nun erwies sich als Vorteil, dass es windig geworden war. Wenn Böen das Fachwerkhaus erfassten, arbeitete das Gebälk, als wollte das Holzwerk sich stöhnend mitteilen, und dabei übertönte es das eine oder andere Geräusch, das er verursachte.

Schritt für Schritt drang er in den Gang mit den Kammern für die Gäste ein, und dabei fragte er sich, ob Hanna sich irgendwo befand. Er wollte sich nicht durch Rufen bemerkbar machen, sondern Tür für Tür absuchen, bis er sicher sein konnte, keine Möglichkeit ausgelassen zu haben.

Kaum aber hatte Buddebahn die erste Tür erreicht, als unten an der Treppe Stimmen laut wurden. Das Knarren der Stufen verriet ihm, dass jemand heraufkam. Kurz entschlossen öffnete er die Tür und betrat die Werkstatt, in der er schon einmal gewesen war und mit *Zweifinger* gesprochen hatte. Ohne das geringste Geräusch zu verursachen, zog er die Tür hinter sich zu und horchte.

Schritte näherten sich ihm. Sie verrieten, dass sich zwei Männer auf dem Gang befanden. Als sie die Tür erreichten, hielt Buddebahn unwillkürlich den Atem an, und seine Blicke richteten sich auf den Holzgriff, mit dem sie verschlossen war. Für einen kurzen Moment fürchtete er, sich falsch entschieden zu haben und in eine Falle geraten zu sein. Doch der Griff bewegte sich nicht. Die Männer gingen vorbei. Gleich darauf öffnete und schloss sich eine Tür, die nicht allzu weit von ihm entfernt war. Er vernahm gedämpfte Stimmen, konnte jedoch nichts verstehen.

Vorsichtig schritt er in die Werkstatt hinein. Eine Armbrust auf der Werkbank erregte seine Aufmerksamkeit. Waffen dieser Art stammten ursprünglich aus dem Orient, hatten jedoch seit den Kreuzzügen im 12. Jahrhundert eine weite Verbreitung in Europa gefunden. Sie setzten sich aus einem hölzernen Schaft und einem metallenen Bogen zusammen. Die in einer Kerbe liegende Sehne konnte mit einem Hebel gespannt werden. Bei der Waffe, die vor ihm lag, war der Hebel gebrochen und sollte durch einen anderen ersetzt werden, der bereits in einer Haltevorrichtung steckte.

Seit dem Jahre 1139 war die Armbrust verboten. Es war lediglich erlaubt, sie gegen Nichtchristen einzusetzen. Doch kaum jemand beachtete diese Verordnung, die seinerzeit auf dem 2. Laterankonzil beschlossen worden war.

Buddebahn interessierte sich weniger für die Waffe als vielmehr für die Bolzen, die daneben in einem Becher steckten. Diese Geschosse wurden beim Einsatz in eine Rinne auf der Oberseite des Schafts gelegt und konnten mit erheblicher Schnellkraft abgeschossen werden. Wie wirksam die kleinen Pfeile waren, hatte sich bei Hildebrand Franke gezeigt, bei dem der Bolzen den Nacken glatt durchschlagen hatte und vorn am Kehlkopf wieder herausgekommen war.

Buddebahn nahm eines der Geschosse an sich. Der Pfeil war nur wenig länger als sein Mittelfinger. Er war mit einer Metallspitze versehen, die zwei Widerhaken hatte. An seinem Ende befanden sich keine Federn wie bei den meisten Bolzen dieser Art, sondern Bündel von Wildschweinborsten. Daher drängte sich der Verdacht auf, dass Franke mit einem Bolzen aus dieser Werkstatt getötet worden war.

Solange er die Waffe jedoch keinem bestimmten Schützen zuordnen konnte, half ihm diese Erkenntnis nur wenig. Dennoch war wichtig für ihn, dass er Waffe und Bolzen im *Hopfensaal* entdeckt hatte.

Er nahm die Armbrust in die Hand, löste den Hebel aus der Halterung und schob ihn in die Öffnung, die an der Waffe dafür vorgesehen war. Sie musste mit einer Achse versehen und verschraubt werden, um sie verwendungsfähig zu machen. Das jedoch lag nicht in seiner Absicht. Er hoffte lediglich, irgendetwas an der Armbrust zu sehen, was ihm bei seinen Überlegungen weiterhalf. Dabei war er so sehr in Gedanken vertieft, dass er Abel erst hörte, als dieser die Tür öffnete und eintrat.

»Was zum Teufel, Ihr …?«, fragte der Wirt. Er war sichtlich überrascht, weil er nicht erwartet hatte, ihn in seinem Hause anzutreffen.

Buddebahn ließ einen Bolzen in die Führungsrille der Armbrust gleiten und legte die Hand an den Spannhebel. Erschrocken blieb der schwergewichtige Mann stehen. Das Blut drängte sich ihm ins Gesicht und färbte es tiefrot. Vor der Brust drückte er die rechte Faust in die offene, linke Hand, sodass die Muskeln an seinem Arm mächtig anschwollen, wagte es jedoch nicht, sich Buddebahn auch nur einen weiteren Schritt zu nähern. Sein Respekt vor der Waffe schien beachtlich zu sein, wobei ihm offensichtlich entging, dass sie unter den gegebenen Umständen gar nicht abgeschossen werden konnte.

»Ich habe einige Fragen an Euch«, sagte Buddebahn. Entspannt lehnte er sich an die Werkbank, die Waffe auf Abel gerichtet.

»Fragen? An mich? Wieso?«

»Ihr solltet Euch nicht dümmer stellen, als Ihr seid«, erwiderte der Ermittler. »In Eurem Hause gehen Personen ein und aus, die in Mord und Brandschatzungen verwickelt sind. Ihr habt Ihnen Eure Ritterhelme überlassen. Damit ausgerüstet, haben diese Männer Bauernhöfe überfallen, Felder angezündet und Menschen aufgehängt.«

»Damit habe ich nichts zu tun«, stammelte Abel. Seine Hände sanken nach unten, als seien seine Arme kraftlos geworden. »Ich habe überhaupt nichts davon gewusst. Das müsst Ihr mir glauben.«

»Wann immer ich zu Euch komme, sind einige dieser Männer bei Euch in der Schankstube. Wollt Ihr mir wirklich weismachen, dass Euch nicht klar ist, wer sie sind und was sie in Hamburg wollen? Diese Männer haben Norton, den Engländer, Hildebrand Franke und Johann Berger ermordet. Redet endlich!«

Der Wirt wirkte wie Wild, das in die Enge getrieben worden war. Gehetzt blickte er sich um. Seine Hand streckte sich nach dem Griff an der Tür aus, berührte ihn jedoch nicht. Hektisch zuckten die Muskeln seiner Wangen, weil er die Zähne allzu kräftig aufeinanderbiss.

»Ich muss näher zu Euch herantreten«, flüsterte er. »Wenn ich mit Euch rede, darf man mich nicht hören.«

»Nur zu«, forderte Buddebahn ihn auf.

Schwerfällig und zögernd kam der Wirt heran. Er überragte Buddebahn deutlich, und hätte er sich auf ihn geworfen, wäre er sicherlich allein schon aufgrund seiner Masse in der Lage gewesen, ihn zu erdrücken. Doch er machte keiner Anstalten, ihn anzugreifen, sondern blieb eine Armlänge von ihm entfernt stehen.

»Ich schwöre bei Gott dem Herrn, dass ich mit diesen Männern keine gemeinsame Sache mache«, versetzte er so leise, dass er kaum zu verstehen war. »Aber sie zwingen mich, ihnen gefällig zu sein. Sie haben mir angedroht, mich an einen der Balken zu fesseln und dann das Haus anzuzünden.«

»Und Ihr glaubt ihnen.«

»Ja, ich bin sicher, dass sie es ernst meinen. Ist Euch der Mann aufgefallen, der nur noch zwei Finger an der linken Hand hat? Mit sieben anderen stand er an meinem Schanktisch und hat damit geprahlt, dass der Mörder Nortons, Frankes und Johann Bergers sein Freund und jeden Tag bei mir zu Gast ist. Vor allen anderen hat er mir ins Gesicht gesagt, was mit mir geschieht, wenn ich nicht das mache, was sie von mir verlangen. Wenn ich es aber tue, werden sie mir eine Brauerei überschreiben.«

»Ach, ja? Welche?«

»Fragt lieber nicht.«

»Ich frage Euch, Abel. Welche Brauerei?«

»Die Uhl-Brauerei«, entgegnete der Wirt, nachdem er lange gezögert hatte. Dabei wich er verlegen seinen Blicken aus. »Eure Brauerei.«

»Daraus wird nichts werden. Findet Euch damit ab!« Buddebahn zeigte auf die Tür. »Ihr könnt jetzt gehen. Kein Wort von unserem Gespräch zu *Zweifinger* und den anderen Männern. Und schon gar nicht zur Schwarzen Frau.«

»Von mir wird niemand etwas erfahren«, versprach der Wirt. »Jottsverdori, ganz sicher nicht.«

»Noch eine letzte Frage«, hielt Buddebahn ihn auf, bevor er sich zurückziehen konnte. »Ich suche Hanna Butenschön. War sie heute hier bei Euch? Ich will eine ehrliche Antwort.«

Abel schüttelte den Kopf.

»Nein. War sie nicht. Bei Gott, ich schwöre, dass sie dieses Haus heute nicht betreten hat.«

Er glaubte ihm.

»Und noch eine Frage. Was treiben diese Männer hier im *Hopfensaal*? Außer dass sie trinken und essen.«

»Nur einer von ihnen hat sich bei mir einquartiert, falls Ihr das meint. Die anderen haben nur ihre Pferde hier.«

»Und sonst?«

»Sie wickeln ihre Geschäfte ab. Sie holen einen Advokaten, der die Urkunden dafür aufsetzen muss. Dabei geht es um die Brauereien. Vier Brauereien gehören ihnen schon. Die von Adolf Rumohr werden sie auch kassieren.«

»Welcher Advokat ist es?«

»Kein bestimmter. Mal der eine, mal der andere.«

Durchaus zufrieden mit diesen Antworten, bedeutete Buddebahn ihm, dass er gehen konnte. Er ließ Abel nicht aus den Augen und verfolgte jede seiner Bewegungen, stets darauf gefasst, dass er seine Haltung änderte und angriff. Doch der Wirt verhielt sich friedlich. Vielleicht sah er gar einen Verbündeten in ihm, da er gegen die gleichen Männer zu Felde zog, die ihn unter Druck setzten und ihm gar den Tod angedroht hatten. Bei jedem seiner Schritte ächzte und stöhnte der Fußboden unter seinem Gewicht, und es schien, als knarre die Tür viel lauter in ihren Angeln als zuvor.

Buddebahn wartete, bis er ihn die Treppe hinabsteigen hörte, dann legte er die Armbrust ab und folgte ihm. Ungehindert erreichte er den Domplatz, wo er sich sogleich auf die Suche nach Hanna machte.

Enttäuscht stellte er fest, dass ihr Stand nach wie vor verlassen war. Mittlerweile hatten Möwen sich auch die letzten Fische geholt. Unter diesen Umständen erwartete er nicht, Hanna an der Nicolaikirche zu sehen, wo sie häufig verkaufte. Tatsächlich hatte sie sich dort nicht blicken lassen. Er ging nun zum Hopfensack, um nach ihr zu fragen. Sie war nicht im Haus, das Feuer in der Küche brannte auf kleiner Flamme, und es hing kein Kessel mit irgendeiner Köstlichkeit über dem Feuer. Die Dienstboten hatten Hanna nicht mehr gesehen, seit sie am Morgen die Brauerei verlassen hatte.

In höchstem Maße beunruhigt, begab Buddebahn sich zum Hafen an der Alster, wo die Fischer mit ihren Booten lagen und Schäden an ihren Netzen behoben. Hanna war am Morgen bei ihnen gewesen und hatte wie üblich Fisch gekauft, jedoch eine geringere Menge als sonst. Danach aber war sie nicht mehr aufgetaucht.

Buddebahn konnte sich nicht erklären, was geschehen war. Ratlos kehrte er in die Brauerei zurück. Er setzte sich vor seinem Haus auf die Bank, um in Ruhe und ungestört nachdenken zu können. Hanna war eine temperamentvolle Frau, die zuweilen recht launisch sein konnte, die nicht unbedingt logisch dachte und hin und wieder völlig unberechenbar war. Er erinnerte sich jedoch nicht daran, dass sie sich jemals zuvor so verhalten hatte.

Da er sich ihrer Liebe sicher war, verschwendete er keinen einzigen Gedanken daran, sie könne sich für einen anderen Mann entschieden haben. Nach wie vor war er sich nicht ganz klar darüber, was sie mit Jonas Bracker verbunden hatte. Dass dieser sich für sie als Frau interessierte, war ausgeschlossen. Seit er ihn mit einem anderen Mann im Bett gesehen hatte, hatte er diesen Gedanken ausgeklammert.

Während Buddebahn noch darüber nachdachte, weshalb Bracker die Verbindung zu ihr gesucht hatte, kam Vadder Pit auf den Hof. Der Schuhmacher trug ein Bündel Schuhe und Stiefel auf der Schulter. Unterwürfig zog er seinen Hut. Scheu und respektvoll trat er an den Tisch heran.

»Verzeiht, wenn ich Euch störe, Herr. Ein Teil des Schuhwerks ist fertig«, berichtete er, während er das Bündel ablegte. Er war ein alter Mann, sodass es für ihn nicht leicht war, die Last zu tragen. »Erlaubt Ihr mir, Euch etwas mitzuteilen?«

»Nur zu, Vadder Pit. Ich bin ganz Ohr.«

»Ihr habt mich gebeten, die Augen offen zu halten, Herr, und es Euch zu sagen, falls mir etwas auffällt.«

»Und? Was gibt es, Vadder Pit?«

»Ich habe meinen Sohn zum Markt geschickt. Den Paul. Sollte ein bisschen aufpassen, Herr.«

Buddebahn übte sich in Geduld. Er fürchtete, der Alte könnte den Faden verlieren oder gar nichts mehr von sich geben, um nur nichts falsch zu machen.

»Er hat Hanna Butenschön im Auge behalten?«

»Genau das, hoher Herr. Ein Mann ist zu ihr gekommen und hat mit ihr geredet, und dann sind sie weggegangen. Obwohl noch Fisch auf der Karre lag.«

»Ein Mann? Was für ein Mann?«

»Paul konnte ihn nur schlecht beschreiben. Groß. Stark. Mit einem Gesicht, das ihm Angst gemacht hat.«

Diese Beschreibung half Buddebahn nicht weiter. Doch er äußerte sich nicht dazu, sondern fragte: »Wohin sind sie gegangen? Ist Paul ihnen gefolgt?«

»Ja, Herr. Er ist hinterhergegangen. Bis zum Kloster, Herr. Bis zum Nonnenkloster. Ich habe sie kurz gesehen. Von meiner Hütte aus reicht der Blick durch die Lücken zwischen den Häusern bis dorthin. Da war sie. Ein Mann hat sie ins Kloster gebracht und ist allein wieder weggegangen.«

»Wann war das?« Buddebahn stand auf. Endlich hatte er einen Hinweis darauf, wo Hanna sich aufhielt.

»Ist noch nicht so lange her«, antwortete der Alte. Er blinzelte in die Sonne. »Vielleicht eine Stunde oder zwei.«

»Im Kloster also. Und du bist ganz sicher, dass sie es war?«

»Welche Frau hat denn schon solche Haare?« Er hob die Hände zum Kopf, um anzuzeigen, welche Dimension ihre Frisur annehmen konnte, wenn sie ihr Haar nicht mit einem Tuch bändigte, sondern es offen trug.

»Und der Mann? Hast du den erkannt?«

»Nein, Herr. Sie waren zu weit von mit entfernt. So gut sind meine Augen nicht mehr.«

»Danke, Vadder Pit. Du hast mir sehr geholfen. Komm mit mir!« Er nahm das Bündel mit dem Schuhwerk und trug es ins Haus, um es an die Dienstboten zu übergeben und den Alten zu entlohnen. Danach begleitete er den Schuhmacher zu seiner Hütte, um mit seinem Sohn zu sprechen. Paul erwies sich als aufgeweckter Junge mit wachen, blauen Augen und einem zurückhaltenden Wesen. Er vermochte sich deutlich auszudrücken und verfügte angesichts seines Alters von etwa elf Jahren über ein erstaunliches Wissen. Er kannte sich auf dem Markt aus und wusste das Verhalten Hannas besser zu beurteilen als sein Vater, der über keine gute Beobachtungsgabe verfügte.

Nachdem Buddebahn eine Weile mit Paul gesprochen hatte, war er sicher, dass Hanna dem genannten Mann nicht freiwillig gefolgt, sondern gezwungen worden war, ihn zu begleiten. Der Junge bestätigte ihn in dieser Ansicht, indem er vermutete, ein Messer sei auf sie gerichtet gewesen.

»Der Mann war nah bei ihr. Ich konnte es nicht sehen, aber er hat einen Arm um ihre Hüfte gelegt. So macht man es, wenn man etwas in der Hand hält. Ein Messer, Herr.«

Buddebahn war davon überzeugt, dass er richtig beobachtet hatte. Nach ihren Erlebnissen im Kerker war Hanna ganz sicher nicht bereit, sich von irgendjemandem wegführen zu lassen, ohne sich abzusichern. Behutsam befragte er den Jungen weiter und ermunterte ihn, den Mann zu schildern, mit dem Hanna vom Markt gegangen war. Hinsichtlich der Personenbeschreibung erwies sich Paul als sehr unsicher. Immerhin war ihm die große Nase des Mannes aufgefallen und ein eigenartiger Gang.

Buddebahn zögerte einen kurzen Moment, dann schritt er vor dem Jungen auf und ab, wobei er leicht hinkte.

»So war es!«, rief Pits Sohn. »Ja, genauso.«

Jonas Bracker war es gewesen, der Hanna vom Markt geholt hatte. Daran bestand kein Zweifel für ihn.

»Du bist den beiden auf den Fersen geblieben und hast beobachtet, wie sie ins Kloster gegangen sind?«, fuhr er fort.

»Ja, so war es«, bestätigte Paul. »Aber sie haben es nicht durch die Pforte an der Straße betreten, sondern durch ein kleines Tor an der Seite zur Stadtmauer hin.«

Jetzt war er sicher, dass der Junge ihm die Wahrheit gesagt hatte und dass Hanna sich gegen ihren Willen im Nonnenkloster aufhielt. Doch der Bericht des Jungen fügte dem »Kapitel Jonas Bracker« ein weiteres Rätsel hinzu.

Warum hatte Bracker Hanna erst aus dem Kerker befreit, um sie nun einzusperren?

Was schon seit einiger Zeit offensichtlich war, schien nun gesichert zu sein. Jonas Bracker gehörte zu jenen Männern, die aus London nach Hamburg gekommen waren, um sich mit ungesetzlichen Mitteln die maßgeblichen Brauereien der Stadt anzueignen. Die Vermutung lag nahe, dass er versucht hatte, seinen Bruder, den Banker, als Hebel zu missbrauchen, um seine gegen die Brauereien gerichteten Kräfte zu vervielfachen. Dabei schien er jedoch an der starken Persönlichkeit Klaas Brackers gescheitert zu sein, der sich nicht erpressen ließ, sondern seine Mittel nutzte, um auf den höchsten Posten aufzusteigen, den die Stadt zu vergeben hatte – den des Bürgermeisteramts. Damit war ein Gegengewicht entstanden, das Jonas Bracker und seinen Hintermännern ganz sicher nicht in den Plan passte.

Buddebahn bedankte sich bei Vadder Pit und seinem Sohn Paul, entlohnte beide großzügig und kehrte zum Hopfensack zurück, wo er zunächst mit Henning Schröder sprach. Der Braumeister arbeitete mit Hochdruck daran, alles zu erledigen, was in den letzten Tagen liegengeblieben war. Dabei hatten sich einige Probleme ergeben, die er nicht so ohne Weiteres lösen konnte und für die er den Rat Buddebahns brauchte. Er half ihm bis in den späten Nachmittag hinein und fand dann endlich Zeit, Per Wasmann aufzusuchen, der mit Harm zusammen Reparaturen im Pferdestall ausführte.

Der Braumeister saß nachdenklich in seiner Kammer und wusste nichts Rechtes mit sich anzufangen. Buddebahn vermutete, dass er Hamburg längst verlassen hätte, wenn er seinen Sohn hätte mitnehmen können. Doch Jacob war noch bei den Nonnen im Kloster.

Er setzte sich ihm gegenüber an den Tisch.

»Wir müssen noch einmal in den Convent«, eröffnete er ihm und berichtete mit knappen Worten, was Hanna widerfahren war.

»Das passt nicht zusammen. Wieso macht er so was mit ihr?«, rätselte Wasmann. »Was hat er vor mit Hanna?«

»Er wird ihr nichts antun«, erwiderte er. »Hanna und er sind befreundet. Ich denke, das kann man so sagen. Er hat sie nicht erst aus dem Kerker befreit, um sie anschließend umzubringen.«

»Das ist eine eigenartige Geschichte«, versetzte der Braumeister. »Jonas holt Hanna aus dem Kerker, und wenig später hat er blutige Striemen auf der Brust, so als ob ihm jemand die Peitsche für das gegeben hat, was er getan hat.«

»Wie auch immer. Vielleicht werden wir das nie klären. Jedenfalls müssen wir ins Kloster.«

»Warum? Ich habe den Eindruck, dass sie dort gut aufgehoben ist.«

»Dennoch bin ich nicht damit einverstanden. Per, ich will Jonas Bracker und seine Hintermänner auffliegen lassen. Sobald ich das versuche, könnte es gefährlich für Hanna und Jacob werden. Die beiden müssen frei und in Sicherheit sein, wenn es losgeht.«

»Wieso Jacob? Er hat nichts damit zu tun.«

»Das ist leider ein Irrtum. Ich bin sicher, dass Jonas Bracker über alles informiert ist, was uns betrifft, vor allem, wo unsere Schwächen sind. Er weiß, dass du deinen Sohn über alles liebst und ihn niemals im Stich lassen würdest. Gerade diese Tatsache könnte er nutzen, um dich zu dem zu zwingen, was für ihn von Nutzen ist. Eben das haben er und seine Freunde mit August Rumohr, Will Rother, Johann Berger und einer ganzen Reihe von anderen Bürgern der Stadt gemacht.«

Mit einem Fluch schlug Per Wasmann die Faust auf den Tisch, stand auf und ging, mit sich und seiner Situation hadernd, immer wieder unwillig stöhnend in der Kammer auf und ab. Einige Male blieb er neben dem Alkoven stehen, um seine Hände in eine Schüssel mit Wasser zu tauchen und sich das Gesicht zu benetzen.

»Bildest du dir im Ernst ein, dass wir ins das Kloster eindringen, die beiden dort suchen und herausholen können? Wenn Hanna eingesperrt ist, wird sie bewacht. Wir müssen uns also etwas einfallen lassen, um die Wachen auszuschalten. Aber da sind ja auch noch die Nonnen. Kannst du mir sagen, wie sie sich verhalten, wenn sie uns bemerken? Werden sie uns helfen, oder werden sie schreien und Alarm schlagen, weil sie Angst vor uns haben?«

»Willst du, dass ich allein gehe?«

»Du und allein?« Wasmann lachte. Verständnislos schüttelte er den Kopf. »Du meine Güte, du bist schon erledigt, wenn einer mit bloßen Fäusten auf dich losgeht. Wir haben es mit kampferprobten Männern zu tun, die dir eiskalt die Kehle durchschneiden, wenn sie dich erwischen. Wenn sie Bauern mit ihren Kindern aufhängen, haben sie ganz gewiss keine Bedenken, einen wie dich umzubringen, der einen verdammt schlauen Kopf, aber schwache Fäuste wie ein Kind hat.«

»Du redest wie ein Wasserfall«, warf Buddebahn ein. »Hast du was getrunken?«

»Nee, hevv ick nich! Verdori noch mol to!«

»Sobald es dunkel ist, gehen wir.«

»Das bestimmst du einfach so?«

»Du hast es erraten. Und morgen solltest du Henning Schröder in der Brauerei helfen. Er braucht jede Hand. Bis später.« Damit verabschiedete Buddebahn sich und ließ ihn allein.

Wasmann schickte ihm einen Fluch hinterher.

Kurz vor Einbruch der Dämmerung kehrte Buddebahn in den Hopfensack zurück.

»Wo bist du gewesen?«, fragte David, der ihn auf der Bank vor dem Haus sitzend empfing. »Wir haben dich gesucht. Henning hatte ein paar Fragen, die nur du ihm beantworten kannst.«

»Ich bin ein bisschen durch die Stadt gebummelt«, erwiderte Buddebahn. »Ein paar Bekannte gesprochen.«

»So wie du möchte ich es auch mal haben. Nichts tun. Hier und da ein Schwätzchen halten und sich ansonsten um gar nichts kümmern«, lästerte sein Sohn.

»Dazu musst du erst einmal ein Leben lang hart und konzentriert arbeiten«, gab er kühl zurück. »Wer nur die Hände in den Schoß legt, darf sich später nicht beschweren, wenn es hinten und vorne nicht reicht.«

»Schon gut, schon gut«, wehrte David weitere Kritik ab. »Ich gehe in den Stall zu Harm. Da muss ich mir so was nicht anhören.«

Buddebahn ließ ihn ziehen. Er ging ins Haus, um eine Kleinigkeit zu essen und zu trinken sowie dunkle Kleidung anzuziehen, die für sein Vorhaben geeigneter war als das helle Wams und die braunen Hosen, die er bis dahin getragen hatte. Er schlüpfte gerade in schwarze Stiefel aus weichem Leder, als Per Wasmann hereinkam.

Sie blickten sich nur kurz an, verstanden sich ohne viele Worte und machten sich auf den Weg zum Kloster. Dabei nutzten sie die Dunkelheit und wichen den Laternen und Fackeln aus, die hier und da an den öffentlichen Brunnen oder den Einmündungen der Straßen und Gassen leuchteten. Es gab genügend Lücken zwischen den Häusern, durch die sie sich dem Convent nähern konnten.

Hoch oben auf der Stadtmauer brannten besonders viele Fackeln. Zahleiche Bürger hatten dort Position bezogen, um einige Stunden lang über die Sicherheit der Stadt zu wachen, bis sie durch andere abgelöst wurden. Am Fuß der Stadtmauer aber herrschte eine nahezu undurchdringliche Dunkelheit, sodass Buddebahn und Wasmann sich unbemerkt dem Seiteneingang nähern und diesen öffnen konnten.

Es war still im Kloster. Irgendwo bimmelte eine kleine Glocke, und der Gesang einer Frauenstimme klang leise und gedämpft durch die Dunkelheit, ohne dass zu bestimmen war, ob sie aus der Nähe oder aus einem der Häuser in der Umgebung kam. Im Laub zu den Füßen Buddebahns raschelte es. Er blieb stehen und horchte.

»Eine Ratte«, flüsterte Wasmann. »Weiter nichts.«

Mit wenigen Handgriffen gelang es ihm, die Tür zu öffnen. Sie schoben sich durch die Öffnung und verharrten einige Zeit auf der Stelle, bis sie sicher waren, dass sich keine Wache in ihrer Nähe verbarg, der sie unversehens in die Arme laufen konnten.

»Die Luft ist rein«, erkannte der Braumeister. »Und jetzt?«

Buddebahn antwortete nicht. Langsam schritt er auf das Klostergebäude zu. Dieses Mal schimmerte kein Licht durch Öffnungen heraus. Nirgendwo brannte ein Feuer. Daher wählte er den Weg durch den gebogenen Gang. Vorsichtig schob er sich voran, bis er sehen konnte, wo er in den Innenhof mündete. Augenblicklich blieb er stehen und streckte zugleich die Hand nach hinten aus, um Wasmann zu bedeuten, dass er etwas entdeckt hatte. Der Braumeister schloss lautlos zu ihm auf.

Nur wenige Schritte von ihnen entfernt saß eine dunkle Gestalt auf dem Boden und blickte auf den Innenhof hinaus. In der Dunkelheit war sie nur schemenhaft auszumachen.

Buddebahn zog sich bis in den Vorgarten zurück.

»Ich könnte ihm eins über die Rübe geben«, schlug Wasmann vor. »Dann schläft er erst mal für eine Weile.«

»Vielleicht ist er nicht allein. Eine weitere Wache könnte in der Nähe sitzen«, gab er zu bedenken. Er ließ keine Diskussion zu und hielt sich nicht auf, sondern glitt an der Außenwand des Klostergebäudes entlang. Er blieb erst stehen, als über ihm die Glocke zu läuten begann, mit der die Nonnen zur Andacht gerufen wurden. Hinter einer der Fensteröffnungen flackerte ein Licht auf und erlosch gleich darauf wieder. Zugleich hörte er, wie im Inneren des Gebäudes eine Tür ging.

»Wir sind zu früh dran«, wisperte der Braumeister. »Wir sollten warten, bis die Nonnen und alle anderen schlafen.«

»Auf keinen Fall«, antwortete Buddebahn. »Zurzeit scheinen nur ein oder zwei Wachen hier zu sein. Ich glaube, dass die anderen Männer im *Hopfensaal* sind. Wenn sie zurückkommen, ist es zu spät für uns.«

»Du könntest recht haben.« Wasmann öffnete eine Tür und schlüpfte ins Innere des Gebäudes. Lautlos folgte ihm der Ermittler in einen Raum, in dem es nach vergorenen Kräutern und Erde roch. Seine Hände ertasteten Gartengeräte.

»Warte«, forderte der Braumeister, der sich langsam in den Raum hinein bewegte, sorgfältig darauf bedacht, nirgendwo anzustoßen und Lärm zu verursachen. Es dauerte einige Zeit, bis er vermelden konnte, dass er eine Tür gefunden hatte. Geschickt öffnete er sie, und nun fiel ein schwacher Lichtstrahl zu ihnen herein. Buddebahn schloss zu ihm auf. Er blickte in einen langgestreckten Gang, von dem mehrere Türen abzweigten. Irgendwo in der Nähe versammelten sich die Nonnen. Ihr Gesang klang rein und klar zu ihnen herüber.

Plötzlich taumelte eine zierliche Gestalt auf den Gang heraus und stürzte zu Boden. Ein bärtiger Mann folgte ihr, riss ihr die Kapuze weg, krallte eine Hand in ihr Haar und zog ihr den Kopf zurück, um sie mit der anderen Hand am Arm zu packen und hochzuziehen, bis sie wieder auf ihren Füßen stand.

»Ich habe dir gesagt, du sollst mir Schinken und Speck geben«, fuhr er sie an. »War das nicht deutlich genug? Beeile dich gefälligst, oder ich schneide dir die Ohren ab. Hast du mich verstanden?«

»Ja, Herr«, stammelte die Nonne, die nun den Kopf zur Seite drehte, sodass Buddebahn ihr Antlitz sehen konnte. Es war Schwester Maria, deren Gesicht von mehreren Schnitten entstellt war.

Der Bärtige gab ihr einen kräftigen Stoß in den Rücken, der sie beinahe stürzen ließ. Sie fing sich ab, indem sie ihre Hände gegen die Wand drückte, dann hastete sie einige Schritte weiter und verschwand durch eine Tür. Ihr Peiniger schickte ihr einen Fluch und einige unflätige Worte hinterher, wandte sich dann ab und entfernte sich. Sie hörten eine Tür, dann wurde es wieder still, und nur noch der Gesang der Nonnen aus der Kapelle war zu hören.

Buddebahn eilte zu der Tür, durch die Maria verschwunden war. Als er sie öffnete, sah er, dass sie zu einer Küche führte. Die Nonne säbelte mit einem Messer an einem Schinken herum, der vor ihr in einem hölzernen Gestell steckte.

»Erschreckt nicht, Schwester Maria«, rief er mit gedämpfter Stimme. »Ich bin es. Sicherlich erinnert Ihr Euch an mich.«

Sie fuhr herum, und das Messer entfiel ihren zarten Händen.

»Ich will keinen Laut hören«, zischte Wasmann. »Bitte, Schwester!«

Maria erkannte sie beide. Sie wollte sich nach dem Messer bücken, doch Buddebahn kam ihr zuvor, nahm es auf und gab es ihr.

»Wir brauchen Eure Hilfe, Maria«, flüsterte er.

»Ich soll Euch helfen? Gott hat uns eine schwere Prüfung auferlegt. Wir sind in großer Not und können uns kaum selber bewahren. Wir könnten wir da ...?

»Wenn ihr lange quatschen wollt, solltet ihr euch einen anderen Ort aussuchen. Und eine andere Gelegenheit«, fuhr der Braumeister dazwischen. »Jeden Moment kann dieser Kerl hier auftauchen. Dann gibt es Ärger. Wenn es das ist, was ihr wollt, redet ruhig weiter. Ich verschwinde.«

»Wir kennen Eure Lage«, fuhr Buddebahn fort, ohne ihn zu beachten. »Diese Männer werden Euch nicht mehr lange belästigen. Bitte, sagt mir, wo Jacob ist, und wie es ihm geht. Und dann muss ich wissen, wo Hanna Butenschön festgehalten wird. Sie wurde vor einigen Stunden hierher gebracht.«

Schwester Maria legte warnend einen Finger an die Lippen und gab ihnen mit der anderen Hand zu verstehen, dass sie ihr folgen sollten. Sie eilte zu einer kleinen Tür, öffnete sie und winkte erneut. Sie hörten, dass sich die schweren Schritte eines Mannes näherten, liefen an ihr vorbei in eine Speisekammer, und sie schloss die Tür hinter ihnen. Unmittelbar darauf vernahmen sie die Stimme des Bärtigen.

»Bist du endlich soweit?«

»Ja, Herr«, antwortete Maria. »Ich habe Schinken und Speck abgeschnitten. Bitte bedient Euch. Ihr könnt so viel nehmen, wie Ihr wollt.«

»Das mache ich sowieso.« Der Mann lachte, raffte zusammen, was sie vorbereitet hatte, und entfernte sich.

Buddebahn wartete an der Tür der Speisekammer, die sich nun öffnete.

»Schnell, beeilt Euch«, bat Schwester Maria. »Er kommt sicherlich bald zurück und will mehr Schinken.«

»Wo ist Hanna Butenschön?«, fragte Buddebahn.

»Kommt, ich zeige es Euch«, versprach sie und lief mit leise raschelnder Kutte vor ihnen her über den Gang, eine Treppe hinab ins Untergeschoss und einen weiteren Gang mit Dutzenden von Holztüren. In regelmäßigen Abständen steckten Fackeln in eisernen Halterungen und spendeten ein wenig Licht. Vor einer der Türen blieb sie stehen. »Hier ist es. Der Junge befindet sich in einer anderen Kammer. Sie ist dort hinten.«

Während Schwester Maria sich die Kapuze über den Kopf zog und in die Küche zurückkehrte, öffnete Buddebahn die Tür. Als sie aufschwang, schoss ihm Hanna mit ausgestreckten Armen entgegen. Bevor er sich versah, krallten sich ihre Hände um seinen Hals. Zugleich holte sie zu einem mächtigen Stoß aus, um ihm das Knie zwischen die Schenkel zu rammen.

»Hanna!«

Sie war geblendet, da sie die ganze Zeit in der Dunkelheit gewesen war, erkannte ihn jedoch noch rechtzeitig, ließ seinen Hals fahren und warf sich ihm in die Arme.

»Conrad«, schluchzte sie. »Oh, mein Gott, dass du mich gefunden hast!«

»Verdammt, müsst ihr so einen Lärm machen? Wenn man uns erwischt, ist es aus mit uns.« Per Wasmann schob sie zur Seite. Er lief bis zum Ende des Ganges, um eine Tür zu öffnen. Danach war er selber so laut, dass Buddebahn ihn ermahnen musste. Der mächtige, schwergewichtige Mann sank auf die Knie und umarmte seinen Jungen, der ihm entgegengekommen war und dessen Augen nicht mehr geschlossen waren.

»Ich kann wieder sehen, Papa«, stammelte Jacob. »Die Schwestern haben mir geholfen. Sie haben meine Augen gespült. Ich kann wieder sehen!«

Das war weitaus mehr, als der Braumeister erwartet hatte. Er presste seinen Sohn fest an sich, und sein Körper erbebte unter dem Aufruhr seiner Gefühle, deren er nicht Herr werden konnte.

»Wir müssen später miteinander reden«, drängte Buddebahn, der Hanna an der Hand hielt und nicht loslassen wollte. »Erst müssen wir heraus aus dem Kloster.«

Wasmann blickte ihn mit tränenfeuchten Augen an, als werde er sich erst jetzt seiner Anwesenheit bewusst.

»Jacob hat sein Augenlicht nicht verloren«, brachte er mühsam über die zuckenden Lippen. »Begreifst du denn nicht? Er ist nicht mehr blind. Oh, mein Gott, das ist ein Wunder. Ich danke dir!«

Buddebahn drückte ihm die Hand auf den Mund.

»Hast du vor, deinen Sohn und uns obendrein umzubringen?«, fragte er. »Dann mach nur so weiter. Du brüllst wie ein Ochse!«

Endlich begriff Wasmann. Er stand auf, drückte Jacob erneut an sich und blickte sich suchend um. Noch waren sie allein auf dem Gang, doch von oben klangen die Stimmen von mehreren Männern zu ihnen herab. Sie machten ihnen bewusst, in welcher Gefahr sie sich befanden. Mehrere Personen eilten durch die Räume über ihnen, Türen öffneten sich und schlossen sich.

»Wir müssen raus«, stimmte er zu. »Aber wie?«

Der Weg nach oben war ihnen versperrt. Waffen klirrten, und Kommandos ertönten. Buddebahn ging bis unmittelbar an die nach oben führende Treppe heran. Er meinte den Geräuschen entnehmen zu können, dass die Männer um die Schwarze Frau im Aufbruch begriffen waren.

»Es wird Zeit«, sagte er zu Hanna. »Wenn wir zu lange im Kloster bleiben, verschwinden sie, und die Mörder kommen ungeschoren davon.«

Er wollte die Stufen der Treppe hinaufgehen, doch Hanna hielt ihn fest und ließ es nicht zu.

»Bist du wahnsinnig?«, zischte sie. »Wenn sie dich sehen, bringen sie dich um. Die lassen sich nicht aufhalten.«

Unschlüssig blieb er stehen. Als ein leises Rascheln an sein Ohr drang, blickte er hoch, sah den Saum einer schwingenden Kutte und wich zurück. Im nächsten Moment erkannte er, dass eine Nonne die

Treppe herabkam. Hanna stand neben ihm. Halt suchend drückte sie sich an ihn.

Das Gesicht der Nonne blieb bis zum letzten Augenblick unter der tief herabgezogenen Kapuze verborgen. Erst als sie die unterste Stufe der Treppe erreicht hatte, schlug sie die Kopfbedeckung zurück.

»Schwester Maria«, flüsterte Buddebahn. »Ihr?«

Sie legte einen Finger an die Lippen.

»Leise, bitte, seid leise«, ermahnte sie ihn. Mit einem Handzeichen gab sie zu verstehen, dass man ihr folgen sollte. Nach nur wenigen Schritten öffnete sie eine Tür. Als Buddebahn zu ihr aufschloss, konnte er an ihr vorbei die Stufen einer Steintreppe sehen, die nach oben führte. »Ihr kommt ganz nah bei der Klostermauer heraus. Danach müsst Ihr Euch selber helfen. Gott steh Euch bei!«

»Wir danken Euch, Schwester Maria«, gab Buddebahn zurück.

»Beeilt Euch!«, drängte sie. »Wir haben keine Zeit mehr. Der Teufel ist über uns gekommen. In vielfältiger Gestalt.«

Sie liefen zur Treppe hin, und die Nonne schloss die Tür hinter ihnen. Leise knirschte der Eisenriegel. Es war dunkel vor der Treppe. Nur ein dünner Lichtschimmer unter der Tür war zu erkennen.

Buddebahn tastete sich die Stufen hoch, gefolgt von Hanna, dem Braumeister und dem Jungen. Während hinter ihnen Männerstimmen laut wurden und Türen knallten, erreichte er das Ende der Treppe und eine weitere Holztür. Vergeblich versuchte er, sie zu öffnen.

»Was ist denn, verdammt?« Wasmann schob ihn ungeduldig knurrend zur Seite. Leise klirrte Metall, die Tür schwang auf, und sie konnten die Sterne am Himmel sehen.

Lautlos traten sie in den Garten hinaus. Von fern vernahmen sie die Stimmen vieler Männer, die sich offenbar in heller Aufregung befanden.

»Sie haben entdeckt, dass der Junge und ich weg sind«, stellte Hanna fest. »Wir müssen uns beeilen. Es wird eng.«

Es zischte bedrohlich, und im gleichen Moment schlug etwas unmittelbar neben dem Kopf Buddebahns ins Holz der Tür. Erschrocken zuckte er zusammen, hob die Hand und berührte einen Bolzen, der an seinem Ende mit Borsten versehen war.

»Lauft!«, rief er. »Jemand schießt mit einer Armbrust auf uns.«

Sie rannten quer über die Beete zur Mauer hin. Abermals zischte es. Buddebahn fühlte, dass ihm etwas im Nacken durch das Haar fuhr, und er begriff, dass ihn ein Pfeil denkbar knapp verfehlt hatte. Wasmann riss die Tür auf, die er dabei mit der rechten Hand hielt, und stieß seinen Sohn mit der linken hindurch. Als Hanna und Buddebahn folgten, schlug etwas ins Holz, und der Braumeister stöhnte auf.

»Conrad!«

»Was ist los?« Buddebahn kehrte zu ihm zurück. »Warum kommst du nicht?«

»Meine Hand«, klagte der Braumeister. »Du musst mir helfen.«

Vom Hof des Klosters klang wildes Geschrei zu ihnen herüber. Jemand schrie Kommandos und ein anderer brüllte: »Da drüben sind sie. An der Mauer. Sie wollen durch die Pforte raus.«

Buddebahn ließ seine Hand am rechten Arm Wasmanns hochgleiten, bis er seine Hand erreichte. Dann fühlte er, dass ein Messer den Handrücken durchbohrt und den Braumeister buchstäblich an die Tür genagelt hatte. Er packte den Griff und versuchte, die Klinge herauszuziehen, doch sie saß zu fest im Holz.

»Du musst das Messer bewegen«, presste Wasmann durch die fast geschlossenen Lippen hervor. »Hin und her kippen, bis es sich löst.«

»Dabei zerschneide ich dir die Hand.«

»Nu fang schon an, verdori!«

Buddebahn hörte an dem Geschrei, dass sich ihnen die Männer näherten. Er tat, wozu der Braumeister ihn aufgefordert hatte, bis sich die Klinge endlich lösen ließ. Gemeinsam mit Wasmann flüchtete er in die Nacht hinaus. Schon nach wenigen Schritten erreichten sie Hanna Butenschön und Jacob.

»Sie werden uns erwischen«, befürchtete sie. »Wir müssen uns irgendwo verstecken, oder es ist aus mit uns.«

»Kommt!«

Sie hasteten die Steinstraße entlang. Sehen konnten sie kaum etwas. Dafür hörten sie die Stimmen und die Schritte ihrer Verfolger, die bedrohlich nahe kamen. Buddebahn behielt die Ruhe. Um sie vorzubereiten, sagte er mit gedämpfter, jedoch klarer Stimme, wohin er fliehen wollte. So überraschte es sie nicht, als er stehenblieb, die Tür eines Hauses öffnete und sie hindurchzog. Hinter ihnen verriegelte er die Tür.

»Wartet auf mich!, wies er sie an. Während er eine Holztreppe hinaufstieg, rannten ihre Verfolger am Haus vorbei. »Das Haus gehört dem Goldschmied Jung. Hier sind wir sicher. Aber wir dürfen uns nicht lange aufhalten. Wir müssen zum *Hopfensaal*.«

19

»Ich muss jetzt wissen, was mit dir und Jonas Bracker war«, sagte Conrad Buddebahn. Zusammen mit Hanna Butenschön, Per Wasmann, dessen Hand mittlerweile verbunden worden war, Jacob und dem Goldschmied Jung saß er in einer Kammer neben der Werkstatt des Alten. Kerzen standen auf einem Tisch und erhellten den Raum. Geräusche von draußen drangen kaum herein. Die Fensterläden waren geschlossen und mit Stoffbahnen verhängt. Hin und wieder knarrte es im Gebälk, als befände sich noch jemand im Haus, der mal in einer anderen Kammer, mal auf dem Dachboden und mal unter ihnen im Treppenhaus herumgeisterte. Sie waren derlei Geräusche gewohnt und hörten nicht hin.

»Du brauchst wirklich nicht eifersüchtig zu sein«, erwiderte Hanna, wobei sich ihr Gesicht verschloss und die Hände sich hart um den Becher legten, aus dem sie Most getrunken hatte. »Da war gar nichts zwischen Jonas und mir. Jonas ist …«

»… nur an Männern interessiert. Das ist mir bekannt«, unterbrach er sie. »Hanna, darum geht es nicht. Ich muss wissen, welche Pläne er hat und was er von dir wollte. Wieso hat er dich erst aus dem Kerker geholt, um dich dann ins Kloster zu sperren? Wie passt das zusammen?«

»Ich bringe ihn um«, zischte sie durch die Zähne. »Wenn ich ihn erwische, ist es aus mit ihm. So ein Lump! Ich schiebe ihm einen Dorsch in den Rachen, bis er daran erstickt. An der Nase herumgeführt hat er mich. Nie hätte ich gedacht, dass mir so etwas passieren kann.«

»Nimm dich zusammen und erzähle mir, was passiert ist«, forderte Buddebahn. »Wenn du noch lange wartest, packt er seine Siebensachen und verschwindet auf Nimmerwiedersehen aus der Stadt.«

Sie richtete sich auf und atmete tief durch. Zornig fuhr sie sich mit den Fingern durch das Haar, das sie offen trug und das sich widerborstig in alle Richtung aufwölbte.

»Es tut mir leid, Conrad. Der Teufel hat mich geritten. Ich wollte dich ein bisschen ärgern und dich vielleicht auch ein wenig eifersüchtig zu machen, weil du mit Grete dieses Spielchen treibst.«

»Hanna!«, ermahnte er sie. »Wir dürfen keine Zeit verlieren. Oder möchtest du, dass Jonas sich aus dem Staub macht? Der Mann ist ein Verbrecher. Er hat mehr auf dem Kerbholz, als du dir vorstellen kannst.«

»Er hat mich um den Finger gewickelt«, fuhr sie fort. »Er hat mir geschmeichelt und mir Angebote gemacht. Erst ein Haus in London und eine leichte Arbeit, die viel einbringt, dann ein Fischerboot und schließlich eine Beteiligung an einer Brauerei. Ich habe immer abgelehnt, aber damit hat er mich eingelullt.«

»Wirst du mir endlich verraten, worüber ihr gesprochen habt, wenn ihr zusammen wart?« Allmählich wurde Buddebahn ungeduldig.

»Er hat mir kleine, amüsante Geschichten aus seiner Jugend vorgetragen. Wir haben viel gelacht. Und dann hat er gefragt: Weißt du noch, wie das war? Was macht eigentlich dieser und jener, dem wir damals einen Streich gespielt haben? Ich bin darauf hereingefallen und habe ihm alles Mögliche berichtet. Ich ahnte ja nicht, dass er mich auf diese Weise ausspioniert hat. Ich habe ihm Hinweise auf Johann Berger, Hildebrand Franke und Adolf Rumohr gegeben, wir haben über die Häuser dieser Männer gesprochen und wie sie sich im Laufe der Jahre verändert haben, und ich bin noch nicht einmal aufgewacht, als Berger und Franke tot waren.«

»Also hat er dich aus dem Kerker geholt, weil er dich als Informationsquelle brauchte«, stellte Buddebahn fest.

»Genau das«, bestätigte sie. »Ich habe geredet wie ein Waschweib. Ohrfeigen könnte ich mich dafür. Aber der Schwarzen Frau hat es nicht gepasst, dass er mich befreit hat. Dafür hat sie ihm die Peitsche gegeben. Einmal quer über die Brust.«

»Dennoch arbeitet er für sie.«

»Ich begreife es auch nicht. Ich habe ihn gefragt, warum er es sich gefallen lässt. Darauf sagte er, dass er nur durch sie viel Geld verdient. Sehr viel Geld. Sie befiehlt. Was sie will, geschieht. Alles dreht sich um sie. Es war das erste Mal, dass er ihr ungehorsam war. Er wird es nie wieder sein.«

»Und dann bist du endlich aufgewacht, und es hat Ärger gegeben.«

»Richtig, Conrad. Es war im *Hopfensaal*. Ich war zum Klo, und als ich danach in den Schankraum gehen wollte, habe ich zufällig gehört, wie er sich mit der Schwarzen Frau unterhalten hat. Ich wollte es nicht, aber ich stand keine drei Schritte von ihnen entfernt hinter einer Tür. Bevor ich mich bemerkbar machen konnte, sagte die Schwarze Frau: ›Du wirst ihn töten.‹«

»Da bist du stutzig geworden.«

»Ja, ich blieb stehen. Sie haben mich nicht gesehen. Ziemlich laut besprachen sie, wie sie Adolf Rumohr aus dem Verlies herausholen und zu einem Advokaten bringen wollen, um ihn zu zwingen, ihnen die Brauerei zu schenken und seine Familie zu enterben. Sobald die Urkunden unterschrieben sind, wollen sie ihm die Kehle durchschneiden oder ihn aufhängen, um danach aus Hamburg zu verschwinden. Andere Männer sollen aus London anreisen und die Brauereien übernehmen.«

»Und dann haben sie gemerkt, dass du sie belauscht hast«, vermutete er.

»Ja. So war es. Dieser Kerl, der nur zwei Finger an der linken Hand hat, tauchte plötzlich hinter mir auf. Er hat Krach geschlagen. Und nun war Jonas überhaupt nicht mehr nett. Er hat mir ein Messer in die Seite gedrückt und mich ins Kloster gebracht, wo er mich eingesperrt hat. Bevor er ging, hat er mir gedroht, dass er mir die Klinge ins Herz stößt, wenn ich versuche wegzulaufen und irgendjemandem etwas von seinen Plänen verrate. Ich hasse ihn. Ich begreife überhaupt nicht mehr, dass ich ihm vertraut habe. Er hat's mit Männern, was der Kirche gar nicht gefällt, aber ich dachte, er ist ansonsten anständig.«

Meister Jung blickte sie irritiert an. Ihm war in seinem langen Leben noch keine Frau begegnet, die so offen sprach und in keinerlei Hinsicht ein Blatt vor den Mund nahm.

»Ihr bleibt hier«, versetzte Buddebahn.

»Und du? Was hast du vor?«, fragte Hanna.

»Ich gehe in den *Hopfensaal* und alarmiere die Stadtwachen. Vielleicht kann ich verhindern, dass man Adolf Rumohr umbringt.«

»Hast du den Verstand verloren?«, fuhr sie ihn an. »Man hat mit der Armbrust auf uns geschossen und mit Messern geworfen. Zum Glück haben sie Per nur an der Hand getroffen. Die Klinge hätte ihm auch ins Herz fahren können. Du darfst dich nicht mit diesen Männern einlassen. Du würdest es nicht überleben.«

»Ich habe ein paar kleine Vorbereitungen getroffen«, erwiderte Buddebahn mit einem Lächeln. »Gar so wehrlos, wie du glaubst, bin ich nicht.«

»Dann komme ich mit.«

»Das ist zu gefährlich.«

»Dat is Tüünkraam! So was kann man mit Hanna Butenschön nicht machen!«

»Kein Unsinn, Hanna. Wir haben es nicht nur mit Jonas Bracker zu tun.«

»Du brauchst eine Zeugin, wenn du etwas gegen Jonas und die Schwarze Frau ausrichten willst. Ohne mich erreichst du gar nichts. Was auch immer du gegen ihn vorzubringen hast, er wird alles als erfunden abtun.« Sie blickte ihn durchdringend an. »Moment mal – denkst du etwa, er hat Norton, Johann Berger und Hildebrand Franke ermordet?«

Buddebahn stand schweigend auf und ging zur Tür. »Also gut. Du kannst mich begleiten. Aber du wirst tun, was ich dir sage. Aufmüpfigkeit können wir uns nicht leisten, wenn wir erst einmal im *Hopfensaal* sind.«

»Aufmüpfig?« Hanna fischte ein langes Tuch unter ihrem Kleid hervor und band sich damit die Haare im Nacken zusammen. »Wann bin ich je aufmüpfig gewesen?«

Sie verzog keine Miene, als sie an ihm vorbeiging, doch ihre Augen funkelten, als wollte sie im nächsten Moment laut loslachen. Sie wusste, dass er recht hatte mit seiner Warnung, doch zugeben würde sie es niemals und unter gar keinen Umständen.

»Per, du wartest hier, bis alles vorbei ist«, sagte Buddebahn, bevor er die Treppe hinabstieg. »Lass deinen Jungen nicht aus den Augen. Er ist jetzt wichtiger als alles andere. Sind wir uns einig?«

»Sind wir. Mir ist nur nicht ganz klar, wie ein Schwächling wie du mit Jonas Bracker und dieser Bande fertigwerden will.«

»Das lass nur meine Sorge sein.« Er eilte die Treppe hinunter. Hanna wartete vor der hinteren Ausgangstür auf ihn. Er schob sie mit sanfter Gewalt zur Seite, öffnete die Tür und blickte vorsichtig hinaus. Es dauerte einige Zeit, bis sich seine Augen an die Dunkelheit gewöhnt hatten, die nur durch das Sternenlicht ein wenig abgemindert wurde. Er trat auf den Hof hinaus und zog Hanna hinter sich her.

»Wir gehen durch den Wald«, wisperte er. »Ich kenne mich gut aus.«

»Sie wollen nach Dänemark«, eröffnete sie ihm. »Beinahe hätte ich vergessen, es dir zu sagen. Sobald sie die Urkunden in den Händen halten und Rumohr umgebracht haben, wollen sie sich nach Altona und über die dänische Grenze zurückziehen.«

»In Altona sind sie in Sicherheit«, stellte er fest. »Die Dänen werden sie auf keinen Fall ausliefern. Das haben sie noch nie getan. Sie haben ihre eigenen Vorstellungen, wenn es um rechtliche Fragen geht. In ihren Augen gehört unser Rechtssystem in die Steinzeit.«

»Damit sind sie nicht weit von der Wahrheit entfernt«, antwortete sie. »Solange unschuldige Menschen bei uns gefoltert werden, bis sie alles zugeben, was man ihnen vorwirft, nur damit die Qual endlich ein Ende hat, kann man kaum von Recht sprechen.«

»Du bist ein kluges Mädchen.«

»Sage ich doch.«

»Jedenfalls manchmal.«

»Ich habe versprochen, dir nicht zu widersprechen, aber es wäre besser, wenn du die Klappe hältst!« Sie stieß ihm ihren Ellbogen in die Seite, und er meinte, ein verhaltenes Glucksen zu vernehmen, das tief aus ihrer Kehle kam.

Er ergriff ihre Hand, überquerte den Hof mit ihr und lief in den

Wald. Wiederum folgte er den Pfaden, auf denen er schon als Kind gespielt hatte. Ungefährdet gelangten sie bis an den Domplatz und über die Große Johannisstraße an dem Johanniskloster der Dominikanermönche vorbei bis zur Nicolaikirche. Im Schatten des Klosters verharrten sie kurz, um sich zu vergewissern, dass ihnen niemand auf dem letzten Stück bis hin zum *Hopfensaal* auflauerte. Die Eingangspforte des Klosters war mit dicken Balken versperrt. Die wenigen Mönche, die sich noch in dem Gebäude aufhielten, gingen durch ein rückwärtiges Tor aus und ein. Buddebahn musste kurz an die Gerüchte denken, in denen es hieß, dass sich das Kloster auflöste, weil es den neuen Ideen, die aus dem Südosten des Landes kamen, nicht standhalten konnte.

Als Hanna und er an der Nicolaikirche vorbeischritten, brach eine Gruppe von Reitern aus dem Hof des *Hopfensaals* hervor. Wild brüllend treiben die Reiter ihre Pferde zum Galopp an. Eine breite Front von wuchtigen Pferdeleibern jagte auf sie zu. Bedrohlich trommelten die Hufe der Kaltblüter über den gepflasterten Platz. Um nicht überrannt zu werden, zog Buddebahn seine Begleiterin zur Seite. Im Widerschein der Fackeln an der Kirche erkannte er die lachenden Gesichter Jonas Brackers, *Zweifingers* und einiger anderer Männer, die nach Hamburg gekommen waren, um Rache zu üben und sich Brauereien anzueignen. Das Antlitz der Schwarzen Frau blieb auch jetzt hinter Schleiern verborgen. Der Bruder des Bankers hielt Pergamente in der rechten Hand, die er triumphierend in die Höhe streckte. Einige der anderen Männer schwangen ihre Schwerter, um ihrer Siegesfreude Ausdruck zu geben, auch aber, um jeden aus dem Weg zu räumen, der sich ihnen entgegenstellte.

»Wir haben es geschafft!«, schrie einer der Männer, wobei er einem jungen Mann das Schwert mit der Breitseite auf den Kopf schlug, der sich nicht rechtzeitig genug in Sicherheit gebracht hatte. »Jetzt hält uns niemand mehr auf.«

Die Horde galoppierte vorbei und bog in die Große Johannisstraße ein. Das Donnern der Hufe hallte von den Wänden der Fachwerkhäuser wider, und Buddebahn meinte das siegestrunkene Gelächter Jonas Brackers noch lange zu hören. Er war zu spät gekommen. Sein Plan, der Bruder des Bankers im *Hopfensaal* zu stellen und mit Hilfe von Landsknechten an der Flucht zu hindern, war gescheitert. Jonas Bracker und seine Mitstreiter hatten gemordet und geraubt, sie hatten Nonnen vergewaltigt und sich für eine Tat gerächt, die vor mehr als einem Jahrzehnt eine Londoner Familie zerstört hatte.

Es schien, als sollten ihre Taten ungesühnt bleiben.

»Schnell. Wir folgen ihnen«, rief Buddebahn. »Ich habe die Wachen am Stadttor gewarnt. An ihnen sollten sie nicht vorbeikommen.«

Sie waren wesentlich langsamer als die Reiter, sodass sie die Steintorstraße und das sich an ihrem Ende erhebende Tor erst erreichten, als schon alles vorbei war. Von Jonas Bracker, der Schwarzen Frau und den anderen Reitern war nichts mehr zu sehen. Mehrere Landsknechte lagen verwundet auf dem Boden, und in einem einzigen Durcheinander bewegten sich die Wachen auf der Mauerkrone. Sie hielten Fackeln in den Händen. Keiner schien zu wissen, was zu tun war, und sie hatten es auch vorher nicht gewusst. An einem Balken, der aus der Stadtmauer hervorragte, hing Adolf Rumohr mit einem Strick um den Hals. Ein überaus deutliches Zeichen ihres Versagens.

Heftig atmend blieben Buddebahn und Hanna stehen.

»Zu spät«, stellte sie enttäuscht fest. »Sie haben das Tor geöffnet und sind weg. Rüber nach Altona und somit nach Dänemark. Und da sind sie sicher vor uns.«

Ein Bader eilte herbei, um die verwundeten Landsknechte zu versorgen, und aus den angrenzenden Häusern kamen Männer und Frauen hervor, die ebenfalls helfen wollten. Vom Kloster her näherten sich einige Nonnen. Mehrere Männer der Bürgerwache stellten eine Leiter an die Stadtmauer, um den toten Bierbrauer vom Galgen zu holen.

Zutiefst enttäuscht kehrte Buddebahn um und ging mit Hanna zum *Hopfensaal*, weil er wissen wollte, was dort vorgefallen war. Wie nicht anders zu erwarten, war der Schankraum geradezu berstend voll und von einem kaum noch erträglichen Lärm erfüllt. Zahllose Männer schrien durcheinander, jeder wollte den anderen überstimmen, jeder wollte sich mitteilen, und es schien niemanden zu geben, der einfach nur zuhören wollte.

Doch dieser Eindruck täuschte. Hanna machte Buddebahn auf

Klaas Bracker aufmerksam, der oben auf der Empore saß und aussah, als habe ihn der Medicus über ein vertretbares Maß hinaus zur Ader gelassen. Er war bleich bis an die Lippen. Kalter Schweiß überdeckte sein Antlitz, und die Hand, mit der er sich am Geländer abstützte, zitterte. Die Ratsherren, die mit ihm am Tisch Platz genommen hatten, beachteten ihn nicht, sodass er vollkommen isoliert war. Ausdruckslos blickten seine fast schwarzen Augen ins Leere, als sei das Leben aus ihnen gewichen.

Buddebahn und Hanna stiegen die Treppe hoch. Keiner der beiden Landsknechte, die dort wachten, hielt sie auf.

»Klaas, was ist geschehen?«, fragte er, während sie sich zu ihm setzten.

Langsam wandte sich ihm der Banker zu.

»Mein Bruder ist ein Mörder«, versetzte er mit tonloser Stimme. »Er hat sich nicht gescheut, es mir ins Gesicht zu sagen. Dabei hat er gelacht wie der Leibhaftige. Wir haben versucht, ihn und seine Freunde aufzuhalten, aber das konnten wir nicht. Jonas hat den Wirt mit einem Schwerthieb verletzt. Danach hat keiner mehr gewagt, gegen ihn vorzugehen.«

»Er hat Hamburg verlassen und ist nach Altona rüber«, bemerkte Hanna.

»Und damit ist er in Dänemark und in Sicherheit«, stellte Bracker resigniert fest. »Er, die Schwarze Frau und alle anderen, die dazugehören. Er hat die ungeheure Frechheit besessen, mir die Urkunde vor die Nase zu halten, in der Adolf Rumohr bescheinigt, dass er ihm sein gesamtes Vermögen ohne jede Einschränkung schenkt. Beglaubigt und unterzeichnet von Rumohr und vom Advokaten. Mit dem Zusatz, dass die Schenkung freiwillig und ohne jeden Zwang erfolgt ist.«

»Sie dürfen nicht ungeschoren davonkommen«, empörte sich Hanna Butenschön.

»Das werden sie«, befürchtete der Bürgermeister. »Wir machen gute Geschäfte mit den Dänen, aber unsere Freunde sind sie nicht. Es ist wie überall. Die nächsten Nachbarn vertragen sich am wenigsten.«

»Ich gehe nach Altona«, beschloss Buddebahn. »Ich rede mit dem

Statthalter. Wenn er ein rechtschaffener Mann ist, wird er mich zumindest anhören. Du könntest mir helfen, indem du mich mit den nötigen Papieren ausstattest.«

»Das werde ich«, versprach Klaas Bracker.

Ein milder Wind aus Südwest schob warme Luftmassen über die Elbe hoch an ihre Ufer. Schwärme von Krähen zogen über die Sumpfwiesen hinweg, auf denen Dutzende von Störchen in stoischer Ruhe nach Fröschen und Lurchen suchten, unbeeindruckt von den Fischreihern, die in flachen Gewässern ihre Beute machten, und den beiden Reitern, die aus dem Tor der Hamburger Stadtmauer hervorkamen und dem Knüppeldamm folgten, der mit zahlreichen Windungen und einigen Steigungen zu der Nachbarstadt Altona hinüberführte, die kaum mehr als einen Steinwurf entfernt war.

»Wieso gönnen uns die Dänen das Schwarze unter den Fingernägeln nicht?«, fragte Hanna Butenschön, die ein schweres Holsteiner Kaltblut ritt, während Buddebahn sich von dem edlen Warmblut tragen ließ. Sie kamen an einigen Bäumen vorbei. Gelblich verfärbte Blätter wirbelten auf sie herab.

»Altona hat keinen so günstigen Hafen wie Hamburg«, erwiderte er. Im leichten Trab näherten sie sich der Nachbarstadt. »Bei widrigen Winden finden die Schiffe nur schwer Schutz an den Ufern der Elbe. Daher laufen sie bei schwierigen Bedingungen zunächst Hamburg an, um dort besseres Wetter abzuwarten, und erst dann bei den Dänen anzulegen, wenn keine Gefahr mehr für Leib, Leben und Fracht besteht. Unter solchen Gegebenheiten kann sich der Handel nicht so entwickeln wie bei uns. Also geht der Wohlstand an unserer Nachbarstadt vorbei, und das gefällt den Dänen nicht.«

Hanna nickte nur. Sie spähte zur Mauer hinüber, die Altona umschloss. Sie war bei weitem nicht so hoch wie die Hamburger Mauer, und wo sich am Stadtrand unpassierbare Sümpfe ausbreiteten, wies sie beträchtliche Lücken auf.

Vor dem hölzernen Tor der Stadt standen prächtig gekleidete Fußsoldaten, den Hamburger Landsknechten nicht unähnlich. Sie waren mit Metallhelmen, Hellebarden, Kurzschwertern und Messern ausgestattet. Einer von ihnen trug gar eine Pistole an seinem Gürtel. Er kam ihnen einige Schritte entgegen, wobei er seine Hand gewichtig auf den Griff seiner Handfeuerwaffe legte.

»Was führt Euch zu uns?«, rief er. »Wenn Ihr Handel treiben wollt, wo sind dann Eure Waren? Oder geht es um Gold, Silber und edle Steine, die nicht viel Platz benötigen?«

»Nichts von alledem, Hauptmann«, antwortete Buddebahn. Er kannte den militärischen Rang dieses Mannes nicht, nahm jedoch an, dass er der Kommandant der Wachen war. An der Reaktion des Dänen merkte er, dass er richtig ermutet hatte. »Wir müssen mit dem Statthalter reden. Der Bürgermeister von Hamburg schickt uns. Lasst uns also ein und gebt uns einen Begleiter mit, der uns zu ihm führt.«

»Wenn das der Wahrheit entspricht, habt Ihr ein Papier.« Fordernd streckte er eine Hand aus. Buddbahn reichte ihm das von Klaas Bracker unterzeichnete und mit einem Siegel versehene Dokument. Der Wächter nahm es und tat so, als ob er es lesen könne, hielt es jedoch verkehrt herum. Er schien zu glauben, das Siegel müsse immer unten sein. Der Bürgermeister Hamburgs hatte es jedoch nicht an das Ende seines Schreibens, sondern an den Anfang nach oben rechts gesetzt und mit dem Abdruck seines Ringes vervollständigt.

Zufrieden rollte der Hauptmann das Pergament zusammen und gab es Buddebahn zurück. »Ihr könnt passieren. Einer meiner Männer wird Euch zu Statthalter Anderson führen.« Mit einem abfälligen Blick auf den Warmbluthengst gab er den Weg frei.

Altona unterschied sich deutlich von Hamburg. Fachwerkbauten gab es kaum. Die Häuser waren fast alle einstöckig, aus Holz gebaut und mit liebevoll verzierten Fensterläden versehen. Bei den meisten war das Holz im Verlauf der Zeit grau verwittert, bei einigen mit roter Farbe vor dem Verrotten geschützt. Im Gegensatz zu Hamburg, wo die Gebäude fast immer mit ihrer schmalen Frontseite zu den Straßen und Gassen ausgerichtet waren, gab es eine große Zahl von Häusern, die der Straße ihre langgestreckte Seite zuwandten. Zwischen den Gebäuden befanden sich meist gepflegte Gärten mit Obstbäumen. Die Menschen waren anders gekleidet als die Hamburger, weniger bunt und weniger auffällig.

Am Ende einer langen Straße öffnete sich der Blick auf die Elbe.

Hoch an einem Steilhang war das größte Gebäude der Stadt errichtet worden, das Einzige, das über drei Stockwerke verfügte. Zum Strom hin war es mit einem breiten Balkon ausgestattet. Zwei Wachhäuschen vor dem Haus sollten die mit Schwertern und Äxten bewaffneten Posten vor dem häufigen Regen schützen. An diesem Tag hatten sie sich davor aufgebaut – bärtige Männer mit schulterlangen Haaren und schwellenden Muskeln an den weitgehend unbedeckten Armen. Mit grimmiger Miene bedeuteten sie Buddebahn und Hannas Begleiter, dass sie ihre Pferde an bereitstehende Pfosten binden sollten. Sie warteten, bis sie diesen Anweisungen nachgekommen waren, dann eröffneten sie dem Landsknecht von der Stadtwache, dass er das Haus des Statthalters zunächst nur allein betreten durfte.

Während Buddebahn und Hanna auf seine Rückkehr warteten, kamen Jonas Bracker und *Zweifinger* heraus. Überrascht blieben sie stehen.

»Wen haben wir denn da?«, rief der Bruder des Bankers höhnisch lachend. Er gönnte Hanna nur einen kurzen Blick. »Sollten das Hamburger sein?«

Sie wechselten einige Worte mit den Wachposten, wobei sie so leise sprachen, dass Buddebahn und Hanna sie nicht verstehen konnten, dann lachten sie laut auf und gingen davon. Ihre Haltung ließ erkennen, dass sie sich absolut sicher fühlten.

»Beruhige dich«, flüsterte Buddebahn seiner Begleiterin zu, die ihr Temperament nur mühsam beherrschte. »Wir erreichen überhaupt nichts, wenn du versuchst, ihm die Augen auszukratzen. Nur wenn wir Ruhe bewahren, kommen wir weiter.«

Sie nickte, senkte den Kopf und sagte: »Es fällt mir schwer. Nach allem, was dieser Mistkerl getan hat, ist er in Sicherheit.«

Buddebahn löste eine Lederrolle mit einer Reihe von Zeichnungen darin vom Sattel seines Pferdes, und dann warteten sie schweigend, bis sie ins Haus des Statthalters gerufen wurden. Eine der Wachen führte sie in einen großen Raum, in dem mehrere Hocker und drei Tische standen. Durch die offenen Fenster konnten sie auf die Elbe hinunterblicken, die sich silbern funkelnd in ihrem breiten Bett bewegte. Zwei Kraveelen zogen vor dem Wind und mit der Flut an Altona vorbei. Sie strebten dem Hamburger Hafen zu. Die Inseln lagen größtenteils im Dunst verborgen. Nur an wenigen Stellen schimmerte das herbstlich verfärbte Laub hindurch.

»Das ist es«, sagte er mit einem unbehaglichen Blick auf ein Wespennest, das sich oben in der Ecke des Fensters befand. »Hier in Altona sehen sie jedes Schiff, das hereinkommt, und jedes, das in See sticht. Und fast alle fahren vorbei, um Hamburg aufzusuchen, während sie selber leer ausgehen.«

Kaum hatte er ausgesprochen, als durch eine andere Tür ein kleiner, zierlich wirkender Mann hereinkam, der von zwei Hunden begleitet wurde. Die Tiere, groß wie Kälber und einer Rasse zugehörig, die Buddebahn und Hanna unbekannt war, schossen knurrend und geifernd auf sie zu. Erschrocken wichen sie bis an eine Wand zurück, wo sie hilflos stehenblieben. Einer der beiden Hunde richtete sich auf und stemmte Buddebahn die Pfoten gegen die Schultern. Er war so schwer, und die Attacke folgte so überraschend, dass er mit dem Rücken gegen die Wand geworfen wurde. Nur wenige Fingerbreit vor seinem Gesicht schnappten die Zähne des Hundes zusammen, und der heiße Atem schlug ihm entgegen.

Der Däne pfiff, und die Hunde zogen sich zurück. Knurrend trotteten sie zu ihm herüber, ließen Hanna und den Ermittler jedoch nicht aus den Augen.

»Ihr solltet euch nicht bewegen«, warnte Statthalter Anderson. Ein zottiger, schwarzer Bart bedeckte die Unterseite seines Kinns und seinen Hals bis hin zum Kehlkopf. »Sie sind scharf, und sie beißen sofort, wenn ich es befehle, oder wenn ihr versucht, das Hasenpanier zu ergreifen.«

Sich betont gerade haltend, schritt er zu einem der Tische hinüber, nahm den Hut mit der schmalen Krempe ab und legte ihn auf einen der Hocker. Mit geziert wirkenden Bewegungen ließ er sich hinter dem Tisch in einen Holzsessel sinken, faltete die Hände und blickte sie forschend an. Sein Gesicht war blass, kalt und ausdruckslos. Er wirkte gelangweilt und schien nicht das geringste Interesse an ihnen zu haben. Vielmehr machte er den Eindruck, als fühle er sich durch sie belästigt.

Er trug schwarze Hosen und eine schwarze Jacke mit einem Hemd darunter, das auf der Brust, am Kragen und an den Handgelenken mit Spitzen verziert war. Die Füße steckten in schwarzen Stiefeln, mit Schäften, die ihm bis an die Knie herauf reichten.

»Was habt ihr vorzubringen?«, fragte er, zeigte mit dem Finger auf Buddebahn und befahl: »Du redest.«

»Aber ich ...«, begann Hanna, verstummte jedoch, als er sich erhob und sich seinen Hut aufsetzte.

»Du bleibst hier, Weib!«, befahl er. »Und du kommst mit, Kerl!«

Angesichts seiner konsequenten Haltung wagte sie keine Widerrede. Hilflos sah sie zu, wie die beiden Männer den Raum verließen. Ihr Gesicht rötete sich, und nur zu gern hätte sie ihrem Ärger Luft gemacht. Doch kaum zwei Schritte von ihr entfernt lagen zwei Hunde, die sie nicht aus den Augen ließen und deren Lefzen verdächtig zuckten. So harrte sie an der Wand aus. Sie konnte nur warten. Mehr nicht.

Es fiel ihr schwer, und ihre Geduld wurde auf eine harte Probe gestellt, denn die Mittagsstunde war bereits vorbei, als die beiden Männer endlich zurückkehrten. Fragend blickte sie Buddebahn an. Er zuckte nur mit den Achseln und verdrehte kurz die Augen. Damit gab er ihr zu verstehen, dass er nahe davor war, zu resignieren, weil er das Gefühl hatte, so gut wie nichts erreicht zu haben.

Erneut setzte sich der Statthalter an den Tisch, während Buddebahn langsam an den knurrenden Hunden vorbeiging und sich neben Hanna stellte. Jetzt rief der Däne die beiden Kolosse zu sich und befahl ihnen, sich zu seinen Füßen auf den Boden zu legen. Sie gehorchten, ohne zu zögern, die Blicke voller Aufmerksamkeit auf Buddebahn und Hanna gerichtet. Sie mochten wild und gefährlich sein, aber sie waren bestens abgerichtet.

»Ihr seid gekommen, um Männer zu verhaften, die sich auf dänischem Boden befinden und damit unter dem Schutz der Königin stehen«, eröffnete der Statthalter die Verhandlung.

»Es geht um drei Männer und eine Frau«, antwortete Buddebahn.

»Erstens missfällt mir, dass ihr schwerwiegende Vorwürfe gegen sie erhebt«, fuhr Anderson kalt und abweisend fort. »Und zweitens glaube ich euch kein Wort.«

Die Tür öffnete sich, und zwei bewaffnete Krieger kamen herein.

»Führt sie ab!«, befahl der Statthalter.

»Aber ... wozu haben wir miteinander geredet?«, begann Buddebahn. Er verstummte, denn der Statthalter erhob sich und verließ den Raum zusammen mit den Hunden. Wortlos. Ohne sie noch zu beachten oder auf die Frage des Ermittlers zu reagieren.

»Was habt ihr mit uns vor?«, fragte Hanna. Erschrocken sah sie sich nach einem Fluchtweg um, und für einen Moment schien es, als wollte sie aus dem Fenster springen, um zum Elbufer hinunterzulaufen. Doch Buddebahn hielt ihre Hand fest, sodass sie bei ihm bleiben musste.

Die Wachen führten sie aus dem Gebäude zu einem kleinen Haus mit vergitterten Fenstern hinüber. Schweigend öffneten sie die Tür und befahlen ihnen einzutreten. Hanna und ihm blieb keine andere Möglichkeit, als sich ihrer Gewalt zu beugen. Die Tür schloss sich hinter ihnen. Ein Riegel rasselte, und alles schien verloren.

»Was wollte der Statthalter von dir?«, fragte Hanna. »Wieso hat es so lange gedauert und zu nichts geführt?«

»Er hat sich alles vortragen lassen, was ich zu sagen hatte«, antwortete er. »Ich habe die Auslieferung von Jonas Bracker, *Zweifingers,* dieses Kerls mit der Schlangenschnalle und der Schwarzen Frau gefordert. Er hat abgelehnt. Ich habe verlangt, dass er der Frau zumindest den Schleier herunternimmt. Auch dazu war er nicht bereit.«

»Warum nicht?«

»Dänemark ist ein freies Land mit freien Bürgern, hat er mir erklärt. Solange er nicht gegen unsere Gesetze verstößt, kann jeder tun und lassen, was er will. Und wenn jemand sein Antlitz verhüllt, weil es möglicherweise so entstellt ist, dass sein Anblick für andere unerträglich ist, hat niemand das Recht, ihm den schützenden Schleier wegzunehmen.«

Drei Tage vergingen, ohne dass sich etwas änderte. Niemand sprach mit ihnen. Die Wachen kamen zweimal am Tag, um ihnen etwas zu essen und zu trinken zu bringen.

Aus den Fenstern konnten die beiden Gefangenen auf die Elbe hinuntersehen, nicht aber verfolgen, was vor dem Haus des Statthalters oder auf den Straßen Altonas geschah.

»Tu doch etwas«, forderte Hanna, als der vierte Tag anbrach, ohne dass sich etwas verändert hatte. »Während wir in dieser Bude versauern, können Jonas Bracker und die anderen in aller Ruhe ihre Siebensachen packen und sich aus dem Staub machen.«

Buddebahn saß auf einem Hocker und blickte zum Fenster hinaus auf den Strom. Abwehrend hob er die Hände.

»Seit Tagen suche ich nach einem Ausweg. Ich habe mir jede Tür, jedes Gitter, einfach alles angesehen, aber keine Möglichkeit gefunden, dieses Haus gegen den Willen der Dänen zu verlassen. Wir müssen warten. Etwas anderes bleibt uns nicht übrig.«

Sie wusste, dass er recht hatte, doch es gefiel ihr nicht.

»Dieser verdammte Kerl«, schimpfte sie. »Anderson hasst uns. Das ist ihm anzusehen. Er kann uns hier schmoren lassen bis ans Ende aller Tage. Wieso sperrt er uns ein? Ich verstehe das nicht. Er hat uns nichts vorzuwerfen.«

»Offensichtlich glaubt er Jonas Bracker und den anderen mehr als uns. Ich kann mir vorstellen, dass er uns festhält, bis sie ein Schiff haben, mit dem sie sich absetzen können.« Voller Bedenken schüttelte er den Kopf. »Ich habe einen Fehler gemacht. Ich habe ihm erzählt, dass es ihnen gelungen ist, fünf Hamburger Brauereien an sich zu bringen.«

»Sie werden sie wieder abgeben müssen.«

»Solange wir ihnen die ungesetzlichen Machenschaften nicht nachweisen können, wird gar nichts geschehen. Denkbar ist, dass Bracker und die anderen sich mit dem Statthalter geeinigt haben und die Brauereien von hier aus leiten. Sie könnten dänische Braumeister nach Hamburg schicken und sich selber für einige Zeit fernhalten, bis sich alles beruhigt hat. Wenn Anderson zu ihnen ins Boot gestiegen ist, haben wir verloren.«

»Danach sieht es aus. Verdori, wir können froh sein, wenn wir lebend hier herauskommen.«

»Alles hängt davon ab, wie der Statthalter sich entscheidet«, versetzte er. »Schließt er sich Jonas Bracker und den anderen an, ist es vorbei. Ich könnte mir vorstellen, dass sie ihm eine der Brauereien schenken.«

»Deine Brauerei«, befürchtete sie.

»Sie haben mich in der Hand. Also könnten sie mich zwingen, die Uhl-Brauerei dem Statthalter zu überschreiben. Das wäre die einfachste Lösung für sie.«

»Das würde eine Menge Geld für den Dänen bedeuten.«

»Und wer kann schon einem solchen Angebot widerstehen?«

»Verdori. Jottsverdori!«

20

Quälend langsam zogen sich die Stunden dahin. Oft standen sie an den Fenstern und hofften, aus den Geräuschen in ihrer Umgebung auf das schließen zu können, was geschehen sollte. Doch vergeblich. Es war nichts Ungewöhnliches zu vernehmen.

Als sich die Außentür in der Mittagszeit öffnete, glaubten sie, dass die Wachen mit dem Essen kamen, doch die Männer traten mit leeren Händen ein.

»Kommt mit!«, befahl einer von ihnen. »Und macht keine Mätzchen! Ihr würdet es bereuen.«

Er zog ein Messer aus dem Gürtel und trat zur Seite, um sie vorbeizulassen. Mit einem Gefühl wachsenden Unbehagens verließen sie das Haus und gingen begleitet von vier Wachen in das Hauptgebäude hinüber, wo man sie in den Raum führte, in dem sie bereits mit dem Statthalter gesprochen hatten. Die Wachen teilten sich auf, sodass jeweils zwei Männer an den Türen standen und diese absicherten.

Buddebahn und Hanna setzten sich auf Hocker an einem der Fenster und warteten. Und wiederum mussten sie sich in Geduld üben, denn der Statthalter ließ sich Zeit. Sicherlich mehr als eine Stunde verstrich, bis er mit seinen beiden Hunden hereinkam. Er führte sie an der Leine, gab sie aber frei, nachdem er sich an den Tisch gesetzt hatte. Knurrend und mit aggressiv hochgezogenen Lefzen schossen sie auf Buddebahn und Hanna zu, doch ein Pfiff hielt sie zurück. Wiederum reagierten sie augenblicklich, legten sich auf den Boden und schienen das Interesse an ihnen verloren zu haben.

Als sich jedoch die Tür öffnete und *Zweifinger* sowie der Mann mit der seltsamen Gürtelschnalle eintraten, sprangen sie erneut auf, und dieses Mal sah es aus, als wollten sie die beiden Männer zu Boden werfen. Wütend schnappten sie nach ihnen und hätten sie sicherlich gebissen, wenn die Wachposten sie nicht mit Hilfe ihrer Hellebarden zurückgehalten hätten. Der Statthalter ließ die Hunde erstaunlich lange gewähren, dann aber pfiff er, und sie beruhigten sich.

»Ihr habt schwere Vorwürfe gegen diese ehrenwerten Männer erhoben«, eröffnete Anderson, was offenbar eine Verhandlung werden sollte. »Ich werde euch Gelegenheit geben, sie zu begründen.«

Er brach ab, weil sich die Tür erneut öffnete. Dieses Mal kamen Jonas Bracker und die Schwarze Frau herein, die wiederum einen Hut trug und ihr Antlitz hinter schwarzen Schleiern verbarg. Angriffslustig stürmten die Hunde auf Bracker zu, schnappten jedoch nicht nach ihm. Er streckte ihnen eine Hand entgegen, und sie verhielten sich ganz anders als zuvor. Sie entspannten sich und drängten sich friedlich an ihn, sodass er ihnen gar mit der Hand über den Kopf streichen und ihnen die Seite klopfen konnte. Danach aber versuchten sie, an ihm vorbeizukommen und die Schwarze Frau zu erreichen. Er sprach auf sie ein, und sie gaben auf. Zu seinen Füßen legten sie sich auf den Boden.

Mit einem triumphierenden Grinsen auf den Lippen blickte Jonas Bracker Buddebahn an.

»Ich liebe Hunde«, sagte er. »Besonders wenn es solche Prachtexemplare sind. Dich würden sie zerreißen, wenn sie nicht aufgehalten werden. Mich nicht.«

»Das überrascht mich nicht«, erwiderte der Ermittler. »Eher wundert mich, dass ich zunächst völlig übersehen habe, wie gut du mit Hunden umzugehen vermagst. Meine Hunde fangen sofort an zu bellen, sobald sich ein Fremder bei uns auf dem Gelände der Brauerei blicken lässt. Bei dir aber nicht. Sie haben nicht angeschlagen, als du mit der Leiche Nortons auf dem Rücken zur Uhl-Brauerei gekommen bist. So konntest du den toten Engländer ungestört ins Sudhaus bringen und dort in den Kessel mit der Stammwürze legen. Die Hunde haben dich gewähren lassen.«

»Was für ein Unsinn«, erwiderte Jonas Bracker, dessen Antlitz eine fahle Farbe angenommen hatte und der nun nicht mehr grinste.

»Vor zwölf Jahren ist eine Jungfrau in London von drei Hamburger Brauern vergewaltigt worden«, fuhr der Ermittler kühl und beherrscht fort. »Erst jetzt aber sollte dieses Verbrechen gesühnt werden. Norton hatte davon erfahren und war nach Hamburg gereist, um die drei Männer zu warnen, die sich an der jungen Frau vergangen haben. Damit waren die Rächer nicht einverstanden. Sie haben ihn getötet, und Jonas Bracker hatte den Auftrag, seine Leiche in die Brauerei Hildebrand Frankes zu bringen, die der Uhl-Brauerei gegenüber und auf der linken Seite des Hopfensacks liegt. Doch Bracker kann links und rechts nicht auseinanderhalten. Er hat die Seiten verwechselt, und so landete Norton nicht bei Franke, sondern bei mir.«

»Muss ich mir das wirklich anhören?«, rief Jonas Bracker. »Das sind nichts als Lügen. Das hat ein kranker Geist erfunden!«

»Dabei wäre es so leicht für ihn, links und rechts auseinanderzuhalten«, versetzte Buddebahn. »Er brauchte sich nur zu merken, dass sein linkes Bein etwas kürzer ist als das andere. Eben aus diesem Grund steigt er von rechts auf sein Pferd und nicht von links wie alle anderen.«

Bevor Bracker erneut protestieren konnte, kam ein Dienstbote mit einem Tablett und einem großen Teller voller Kuchen herein. Er stellte sie auf dem Tisch vor der Schwarzen Frau ab.

»Beruhige dich, Jonas«, sagte der Statthalter freundlich lächelnd. Er zeigte kurz auf den Kuchen. »Bedient euch! Ich habe ihn vom besten Becker der Stadt kommen lassen.«

»Danke.« Bracker kam der Aufforderung nach und nahm sich eines der vielen Stücke, nachdem er mit sanfter Handbewegung einige Wespen verscheucht hatte. »Wie lange soll dieser Hamburger noch Gelegenheit haben, mich zu belästigen und zu beleidigen?«

»Wir Dänen legen Wert auf eine Verhandlung, in der beide Parteien ihre Sicht der Dinge schildern dürfen«, antwortete der Statthalter, wobei er Bracker wohlwollend zunickte. »Schon die Römer haben gesagt: *Audiatur et altera pars!* Man höre auch die andere Seite. Will sagen, Gerechtigkeit kann nur geübt werden, wenn alle Betroffenen sich äußern können. Daran wollen wir uns halten.«

»Selbstverständlich.« Jonas Bracker deutete mit einer Verbeugung an, dass er nunmehr keine Bedenken mehr gegen das rechtlichen Procedere der Verhandlung erhob. Der Kuchen lockte weitere Wespen an. Sie wurden ihm lästig, er griff nach seinem Messer und schlug mit rascher Handbewegung nach den Insekten. Mitten im Flug zerteilte er nacheinander drei von ihnen.

»Wirklich bewundernswert«, lobte der Däne. »Mir ist noch kein Mensch begegnet, der so etwas kann.«

»Mir ebenfalls nicht«, erwiderte Jonas Bracker geschmeichelt. »Ich denke, ich bin der Einzige, der es kann.«

»Dieser Ansicht bin ich ebenfalls«, meldete sich Buddebahn zu Wort. Er trat einen Schritt näher an den Tisch des Statthalters heran, griff in seine Tasche, holte etwas daraus hervor und breitete es vor dem Dänen aus. Es waren ein halbes Dutzend Wespenhälften. »Dies hier habe ich an der Stelle gefunden, an der Norton ermordet worden ist. Im Kattrepel. Nur Jonas Bracker kann die Wespen auf diese Weise zerteilt haben.«

»Im Kattrepel?«, fragte Bracker. Seine Stimme schwankte ein wenig. »Kann sein, dass ich dort mal gewesen bin. Aber mit dem Mord habe ich nichts zu tun. Gar nichts.«

»In der Tat beweisen die Wespenreste, dass er sich an jener Stelle aufgehalten hat«, erklärte Anderson mit gewichtiger Miene, »doch das kann lange vor oder nach dem Mord gewesen sein.«

»Völlig richtig«, stimmte Buddebahn zu. »Lasst mich von anderen Verbrechen berichten, die von diesen Männern verübt worden sind.«

»Nur zu!«

»In der Umgebung Hamburgs sind mehreren Bauernfamilien ermordet worden. Männer, Frauen, Kinder und Leibeigene wurden erhängt. Die Kornfelder wurden abgebrannt. Die Täter waren Männer, die sich mit Ritterhelmen maskiert hatten. Es waren diese Männer und einige andere, die ich nicht identifizieren kann. Sie haben sich die Helme vom *Hopfensaal* ausgeliehen.«

»Lächerlich«, rief Jonas Bracker. »Das sind Behauptungen eines Schwachsinnigen.«

»Sie interessieren mich«, erklärte der Statthalter, »da auch auf dänischem Gebiet Verbrechen dieser Art verübt worden sind. Dadurch ist das Getreide in diesem Jahr knapp. Nicht nur die Brauereien haben darunter zu leiden, sondern auch die Bevölkerung. Vorteile haben nur jene, die Getreide mit Hilfe von Schiffen heranbringen können, oder die schon vorher große Vorräte gekauft und eingelagert haben.«

»Wie auch immer«, sagte Bracker mit einem selbstgefälligen Lächeln. Mit seiner Haltung machte er deutlich, dass er glaubte, die Verhandlung unbeschadet überstanden zu haben. »Das alles sind scheußliche Verbrechen. Ich höre zum ersten Mal davon.«

Der Statthalter gab einer der Wachen ein Zeichen. Der Mann ging zur Tür und öffnete sie. Augenblicklich verlor sich das siegessichere Lächeln Brackers, denn durch die Tür kamen vier in schlichte Kutten gekleidete Nonnen herein. In einer von ihnen erkannte Buddebahn Schwester Maria aus dem Convent in der Steinstraße Hamburgs. Die Hunde knurrten, doch der Däne hielt sie zurück.

»Ihr wisst, um was es geht«, sprach der Statthalter die Nonnen an. »Sprecht jetzt, wenn euch Gerechtigkeit widerfahren soll.«

Schwester Maria zeigte anklagend auf Jonas Bracker.

»Er und die anderen haben das Kloster überfallen und besetzt«, sagte sie mit verhalten bebender Stimme. Sie drohte von ihren Gefühlen überwältigt zu werden, und das Sprechen fiel ihr schwer. »Beinahe zwei Wochen lang haben sie sich bei uns aufgehalten. Während dieser Zeit haben sie mehreren Schwestern Gewalt angetan. Wir mussten sie bedienen und ihnen alles geben, was wir hatten. Dabei haben wir nur bescheidene Mittel, die kaum ausreichend für uns sind.«

Sie senkte den Kopf, um sich zu sammeln. Ihre Schultern zuckten, als erschauere sie bei dem Gedanken an das, was im Convent geschehen war.

»Am Abend saßen die Männer fast immer am Feuer zusammen. Wir haben gehört, wie sie mit ihren Taten geprahlt haben. Sie haben beschrieben, wie sie die Bauern aufgehängt und ihre Felder angezündet haben.« Sie zeigte auf *Zweifinger*. »Dieser Mann hat gesagt, ein Bauer habe gequiekt wie ein Schwein, als er seine Tochter von ihrer Jungfernschaft befreit habe, um sie anschließend an einem Baum aufzuhängen. Das Quieken sei ihnen allen auf den Geist gegangen, deshalb habe man alle aufgehängt. Das ist die Wahrheit, Herr. So wahr mir Gott helfe.«

»Danke«, erwiderte Anderson und wies die Nonnen an, sich auf die Hocker zu setzen. Er winkte Buddebahn zu sich heran.

Der Ermittler legte das Bild aus dem Haus Hildebrand Frankes auf den Tisch.

»Auf dieses Bild hat der Tote gezeigt«, führte er aus. »Damit wollte er an einen Streich erinnern, den Jonas Bracker in seiner Jugend den Reitern der Stadt Hamburg bei einem Fest gespielt hat. In einem unbewachten Moment hat er den Pferden angefaulte Äpfel gegeben. Die Pferde haben das Obst gefressen, und zur Belustigung der Zuschauer hat der Alkohol sie betrunken gemacht. Nur wenige haben gesehen, dass die Pferde Koliken bekamen und dass zwei von ihnen daran eingegangen sind!«

»Ich kann bezeugen, dass es so war«, warf Hanna Butenschön ein. »Ich erinnere mich recht gut an dieses Reiterfest.«

»Jonas Bracker hat Hildebrand Franke ermordet«, stellte Buddebahn fest. »Der Sterbende hat einen klaren Hinweis auf ihn gegeben. Mein Nachbar wurde mit einer Armbrust erschossen. Ein Pfeil, der an seinem Ende mit Wildschweinborsten versehen war, ist ihm durch den Hals geschlagen.«

»Das ist eine Lüge«, schnaubte der Beschuldigte. »Wie lange muss ich mir das noch anhören?«

»So lange, bis alle Fragen geklärt sind«, bestimmte der Statthalter, wobei er ihm einen missbilligenden Blick zuwarf. Die Warnung war deutlich. Bracker verstummte.

Einer der Wachposten kam herein. Er trug einen Sattel. Vor dem Statthalter legte er ihn auf den Boden, öffnete die Satteltaschen und holte ein Bündel von Bolzen heraus, wie sie von einer Armbrust abgeschossen werden konnten, um sie auf den Tisch zu legen. Alle Pfeile waren an ihrem Ende mit Wildschweinborsten ausgestattet.

»Das ist dein Sattel«, sagte Anderson, wobei er Jonas Bracker ansah.

»Das beweist gar nichts«, erwiderte dieser. »Ja, ich habe solche Bolzen, aber das heißt noch lange nicht, dass ich damit auf Franke geschossen habe.«

»Solche Bolzen wurden auch bei ermordeten dänischen Bauern

gefunden«, berichtete der Statthalter, und nun wurde seine Stimme scharf und anklagend. »Ich bin sicher, dass du der Mörder bist.«

Jonas Bracker verlor die Nerven. Er versuchte, aus dem Raum zu fliehen, kam jedoch nicht weit, da sich ihm nicht nur die Wachposten in den Weg stellten, sondern auch die Hunde angriffen, ihm in den Rücken sprangen und ihn zu Boden warfen. Knurrend und geifernd schnappten sie nach seinem Nacken.

»Ruf die Hunde zurück!«, schrie der Beschuldigte.

Der Däne pfiff kurz, und die Tiere gehorchten. Sie gaben Bracker frei. Als dieser sich aufrichtete, nahmen ihm die Wachposten das Messer weg.

Mittlerweile hatte er erfasst, dass er sowohl Anderson als auch seine Situation völlig falsch eingeschätzt hatte. Er wusste, dass er ab sofort kein freier Mann mehr war und welche Strafe ihm drohte. Um das Schlimmste abzuwenden, zeigte er anklagend auf die Schwarze Frau. »Er ist schuld«, rief er. »Weil seine Schwester so viele Jahre nach der Vergewaltigung nicht mehr leben mochte und sich getötet hat, wollte er sich rächen. Er hat den Plan entwickelt. Er hat alles bezahlt. Wir haben nur getan, was er befohlen hat.«

Buddebahn ging langsam auf die Schwarze Frau zu, die es nicht mehr auf dem Hocker hielt und die offenbar nach einer Fluchtmöglichkeit suchte. Ihr Kopf ging hin und her, doch nirgendwo bot sich eine Lücke, durch die sie entkommen konnte.

»Schon mancher hat gedacht,
er sei ein freier Mann,
und hat gelacht.
Doch anders kam es dann.
Der Schleier fiel,
und vorbei das Spiel.
Ein Mann bislang unbescholten,
hat die böse Tat vergolten.
Doch den Richter hat vergessen,
der allein das Urteil fällt,
dazu den Henker stellt,
der mit Schwert und voller Kraft,
dich einen Kopf kürzer macht«,

dichtete Buddebahn. »Den letzten Reim habe ich vergessen. Ich weiß, das klingt nicht gut, und ein Poet würde sich mit Grausen abwenden. Aber es sagt aus, um was es geht.«

Mit einem raschen Griff zog er der Schwarzen Frau Hut und Schleier vom Kopf. Hanna schrie überrascht auf, und Anderson erhob sich von seinem Platz. Er schien geradezu fassungslos zu sein.

»Mr. Falcon, nehme ich an«, sagte Buddebahn. »Der Vater oder der ältere Bruder des vergewaltigten Mädchens.

»Der Bruder, du verdammter Hund«, schimpfte der Gaukler. »Das wirst du noch bereuen.«

Eine der Wachen legte ihm die Hand auf die Schulter und bedeutete ihm, aufzustehen. Ruckartig wandte er sich zur Seite, um dem Griff zu entgehen. Dabei riss er sich das Hemd über der Brust auf, und die Tätowierung eines schwarzen Falken über dem Herzen wurde sichtbar. Ebenso ein seltsames Instrument, das aus einem halben Dutzend dünnen Röhren bestand.

»Der schwarze Falke«, versetzte Buddebahn. »Das habe ich mir gedacht.«

Er nahm die fremdartige Flöte an sich, bevor der Gaukler es verhindern konnte, setzte sie an die Lippen und entlockte ihr eine eigenartig klingende Melodie, die auf der einen Seite heiter, auf der anderen jedoch melancholisch war. Danach reichte er das Instrument Anderson, der es interessiert betrachtete.

»Bindet ihnen die Hände auf den Rücken und fesselt ihnen die Beine, sodass sie gehen, aber nicht weglaufen können«, befahl er.

»Was geschieht mit uns?«, rief Jonas Bracker.

»Ich liefere euch an den Ermittler der Hansestadt Hamburg aus. Alle vier!«, antwortete Anderson. »Conrad Buddebahn wird euch hinüberbringen und dem dortigen Richter übergeben. Wenn mich nicht alles täuscht, wartet das Henkersschwert auf euch.«

Er ging zu Buddebahn und Hanna und reichte ihnen die Hand.

»Ich bin sehr froh, dass es so ausgegangen ist«, sagte er freundlich. »Die letzten Tage waren unangenehm für euch, aber ich hatte einige Vorbereitungen zu treffen. Daher ließ es sich nicht anders machen.«

»Ich denke Euch«, erwiderte Buddebahn. »Es war perfekt.«

»Dir«, verbesserte Anderson ihn. »In Dänemark kennt man kein Ihr und Euch. Man verwendet nur das Du.«

»Danke ich dir!«

Der Statthalter nickte ihnen lächelnd zu, pfiff die Hunde zu sich heran und verließ den Raum, ohne Jonas Bracker und die anderen noch eines Blickes zu würdigen.

Eine halbe Stunde später ritten Buddebahn und Hanna Butenschön mit den vier Männern zum Stadttor hinaus, begleitet von zehn Fußsoldaten der Dänen. Da die übrigen Helfer des schwarzen Falken sich noch auf freiem Fuß befanden, sorgten sie dafür, dass der Transport auf dem kurzen Weg von Altona nach Hamburg nicht überfallen werden konnte.

Als er durch das Stadttor Hamburgs ritt und die Steinstraße erreichte, drehte Buddebahn sich kurz um und blickte nach Altona hinüber. Er sah die Stadt der Dänen jetzt mit anderen Augen als zuvor.

Titus Müller: »Ein erstaunlicher Autor«

HESSISCHER RUNDFUNK

Der Kalligraph des Bischofs
Turin im 9. Jahrhundert: Der kämpferische wie auch gelehrte Bischof Claudius nimmt den verstoßenen Germunt an seinem Hof auf und lässt ihn in den sieben freien Künsten unterrichten. Germunt gerät in den Bann des Schreibens und der Liebe, dringt tiefer in die Geheimnisse der Kalligraphie ein und muss eines Tages mit Hilfe seiner Kunst Leben retten. Ein großer Roman über den Zauber des Schreibens, die Zweifel des Glaubens, die Verlockungen der Liebe. »Spannend, leicht verständlich, ausgereift und anspruchsvoll zugleich.« BRAUNSCHWEIGER ZEITUNG
Roman. 421 Seiten. AtV 1856

Die Priestertochter
Der Roman führt uns in die magische Welt des 9. Jahrhunderts, in die Welt der Waldgeister, Märtyrer, Götzen und Liebenden. Das Pferdeorakel von Rethra fordert ein Menschenopfer. Doch Alena, die schöne und kluge Tochter des Hochpriesters, verliebt sich in den stattlichen Anführer der Feinde. Während sich Franken und Slawen zur Schlacht rüsten, kämpft Alena um ihre verbotene Liebe. Aber Größeres geschieht: Ein alter Gott wird wiedergeboren, und gegen den Priester des Orakels erhebt sich ein mächtiger Gegner. »Sprach- und bildmächtig, mitreißend erzählt.« BERLINER MORGENPOST
Roman. 458 Seiten. AtV 1990

Die Todgeweihte
Basel 1348: Auf einen Schlag verliert die Jüdin Saphira ihren Beruf, ihre Familie und ihre Heimat. »Bringe dieses Kästchen zum König«, flüstert der Vater, bevor er stirbt. Doch die junge Frau wird von mächtigen Feinden gejagt. Es sind die dunklen Jahre – die Pest wütet in der Stadt, und deren Bürger richten ihren Zorn gegen die Juden. Was ist das Leben einer Jüdin wert? Eines haben Saphiras Verfolger nicht bedacht: Zwei Männer sind unsterblich in sie verliebt. »Ein historischer Leckerbissen!« BILD
Roman. 378 Seiten. AtV 2180

Die Brillenmacherin
England 1387: Ein verbotenes und doch heiliges Buch, ein ketzerischer und doch frommer Geheimbund, ein gnädiger und doch grausamer Erzbischof. In den Wirren dieser Zeit findet sich eine junge Brillenmacherin wieder. Dank einer epochalen Erfindung hofft sie, ihr Leben und das der Ihren zu retten. »Müllers historischer Roman erinnert an den ›Medicus‹ von Noah Gordon. Es macht Spaß, ihm zu folgen.« WESTDEUTSCHE ZEITUNG
Roman. 439 Seiten. AtV 2288

Mehr Informationen unter
www.aufbauverlagsgruppe.de
oder bei Ihrem Buchhändler

aufbau taschenbuch
AUFBAU VERLAGSGRUPPE